Buch

Archibald von Barring, Herr auf Wiesenburg, Gottesfelde und Bladupönen, ist nicht nur ein treuer Diener des alten Kaisers Wilhelm I., er ist auch das achtunggebietende Haupt seiner Familie und der väterliche Freund seiner Gutsleute. Der weiten Landschaft und dem ungebrochenen Leben in Ostpreußen, das sich dem Leser in unvergeßlichen Bildern einprägt, steht das Regierungsviertel der Reichshauptstadt gegenüber, in dem Barring als Mitglied der Konservativen Partei häufig zu sehen ist.
Barring stirbt, ohne die Gewißheit zu haben, daß sein Sohn Fried in seinen Spuren wandelt. Unter dem Einfluß seiner Frau Gerda bringt es Fried über sich, die ererbten Güter zu verkaufen; aber nun ist er auch, wie wenn das Schicksal ein Machtwort gesprochen hätte, mit seinem Leben am Ende.
Archibald, der Enkel des alten Barring, trennt sich voll Zorn von seiner eigensüchtigen Mutter. Sie hat den Jungen ohnehin nie von Herzen geliebt.

Autor

William von Simpson, geboren am 19. April 1881 in Nettienen in Ostpreußen, war Husarenoffizier und Gutsbesitzer, ehe er zu schreiben begann. Nach dem ersten Weltkrieg lebte er fünf Jahre in Brasilien, später in Berlin und zuletzt in der Rominter Heide. Er starb am 11. Mai 1945 in Scharbeutz in Schleswig-Holstein.

Teil 2 und 3 der Roman-Trilogie um die Familie von Barring
liegen ebenfalls als Goldmann-Taschenbücher vor:

Die Enkel der Barrings (6654)
Das Erbe der Barrings (6655)

WILLIAM VON SIMPSON

DIE BARRINGS

ROMAN

Wilhelm Goldmann Verlag

Neu erarbeitete Fassung

Made in Germany · 12/83 · 1. Auflage · 1115
© 1951 »Die Barrings«
© 1978 Blanvalet Verlag GmbH, München,
für die neu erarbeitete Fassung
Umschlagentwurf: Design Team, München
Umschlagfoto: Deutsches Institut für Filmkunde, Wiesbaden
Druck: Elsnerdruck GmbH, Berlin
Verlagsnummer: 6653
MV · Herstellung: Peter Papenbrok
ISBN 3-442-06653-0

Erstes Buch
Die Hand am Pflug

Erstes Kapitel

Archibald von Barring, Herr auf Wiesenburg, Gottesfelde und Bladupönen, saß rauchend in seiner Schreibstube und las die »Norddeutsche Allgemeine«. Trotz der späten Vormittagsstunde lag über dem großen Raum an diesem häßlichen Novembertage nur trübes Zwielicht. Der bleigraue Himmel hing tief und lastend über der Erde; der Regen strömte so unaufhaltsam, daß man an der Hoffnung, je wieder die Sonne scheinen zu sehen, verzweifeln konnte; ein kalter Wind pfiff um das Schloß, verfing sich in dem wuchernden Efeu, der seine Mauern bedeckte, und sauste im Geäst der alten Bäume des Parks.

Vor dem Kamin lag der Spaniel Peter. Den Kopf auf die Vorderpfoten gedrückt, starrte er regungslos in die Flammen des prasselnden Feuers.

Über die Zeitung weg warf Barring einen Blick auf die alte englische Standuhr, deren hochgewölbtes Zifferblatt im Weiß seines Porzellans aus dem rotbraunen Mahagonigehäuse leuchtend hervorsprang: ›Gleich zwölf.‹ Der Wagen, der Mathias Schlenther in Kallenberg von der Bahn abholte, mußte also in einer kleinen Stunde zurück sein, so daß man pünktlich würde zu Tisch gehen können.

Was Mathias wohl herführen mochte? Seine briefliche Ansage verriet nicht den Zweck, den er mit seinem Besuch verband. Aber eine ganz bestimmte Absicht verfolgte er mit seinem Kommen zweifellos. So ohne weiteres machte der Vielbeschäftigte sich von seiner Arbeit nicht frei. Na – es würde sich ja finden! Was den Vetter auch immer herbrachte – auf alle Fälle war es erfreulich, ihn einmal wieder hier zu haben. Ob Karl auch für den richtigen Wein gesorgt hatte? In letzter Zeit fing er an, etwas vergeßlich zu werden. Merkwürdig! Mit seinen ... Ja, wie alt konnte er denn eigentlich sein, der Karl?

Barring, der nicht gern eine Frage offenließ, begann zu überlegen. Im vorigen Jahr waren gerade vierzig Jahre vergangen, seit er hier im Dienst stand. Wie die Zeit doch verflog! Als Bengel von fünfzehn Jahren war Karl eingetreten, und der alte Jurleit, der ihn anbändigen mußte, hatte sich damals grün und gelb über den Jungen geärgert. Noch heute bekam Mama das Lachen, wenn sie an die tiefe Empörung des alten Jurleit dachte. Jedenfalls mußte

Karl um 1820 geboren, heute also fünfundfünfzig oder sechsundfünfzig sein. Das war schließlich noch kein Alter, das zur Vergeßlichkeit berechtigte. Was sollte er selbst denn wohl sagen mit seinen achtundfünfzig auf dem Buckel? Wo sollte es wohl hinführen, wenn er sich erlauben würde, sein Gedächtnis zu schonen! Nein, nein ... Karl vergaß wirklich zu viel. Aber so waren die Leute nun mal! Mangel an Selbstzucht natürlich, nichts weiter! – Und man selbst hatte dann darunter zu leiden, mußte schließlich selbst an alles denken!

Er stand auf, zog am Klingelzug mit dem blankpolierten Steigbügel als Griff, trat dann ans Fenster und sah in den Regen hinaus.

Trotz seiner ungewöhnlichen Größe – über ein Meter neunzig hoch stand er in den Stiefeln – hielt er sich in seiner trockenen Magerkeit sehr gerade. Das lange, hagere Gesicht mit der großen, stark vorspringenden Nase, den blaugrauen ernsten Augen und der infolge des schon recht spärlichen Haupthaares außergewöhnlich hoch erscheinenden Stirn war bis auf den langen grauen Schnurrbart, der über dem ziemlich großen, aber schmallippigen, energischen Mund hing, glattrasiert. Die Strenge dieser starken Züge wurde durch den freundlich-ernsten Ausdruck der graublauen Augen gemildert.

Das leise Eintreten des Dieners schien Barring überhört zu haben.

Karl stand schon geraume Zeit – knapp mittelgroß und beleibt – in abwartender Dienstbereitschaft an der Tür. Der runde Kopf saß auf einem zu kurzen Hals. Unter der kurzen, fleischigen Nase sträubte sich ein bürstenartiger Schnurrbart, und über der ganzen Erscheinung lag jene mit Würde gepaarte Duldsamkeit, die mit den Schwächen dieser Welt zu rechnen weiß und bereit ist, sie mit wohlwollender Nachsicht hinzunehmen.

Schließlich hielt Karl den Augenblick für gekommen, seine Gegenwart durch ein diskretes Räuspern anzudeuten, worauf Barring sich langsam umwandte und den Diener mit einem mißbilligenden Blick betrachtete. Schon wieder hatte dieser Karl vergessen, seinen Rock zuzuknöpfen! Unglaublich! Der Mensch war einfach nicht dazu zu bekommen, sich ordentlich anzuziehen! Immer hatte er was Saloppes an sich.

»Du könntest dich endlich mal daran gewöhnen, Karl, deinen Rock zuzumachen.«

Karl murmelte beipflichtend: »Zu Befehl, gnäd'ger Herr«, und versuchte krampfhaft, die hellblaue Pracht zu schließen, mußte diesen Versuch aber schon beim zweiten Knopf als aussichtslos aufgeben.

»Na – denn laß ihn man offen, Karl. Du bist wieder dicker geworden. Ich muß dir mal 'nen neuen Rock machen lassen. Hast du den Wein raufgeholt?«

»Sehr wohl, gnäd'ger Herr. Eine Flasch von dem alten Portwein und zwei Flaschen Rauenthaler.«

»Laß sie nicht zu lange kalt liegen. Etwas unter Kellertemperatur genügt. – Wo mag die gnäd'ge Frau sein?«

»Eben waren gnäd'ge Frau noch beim Umziehen, gnäd'ger Herr. Die Jungfer kam gerads, und da hört ich man, wie sie es zur Mamsell sagte.«

»So? – Na, dann leg noch etwas nach im Kamin, Karl. Greuliches Wetter!«

»Schauderhaft«, pflichtete Karl murmelnd bei, worauf Barring fragte: »Wo wohnt der Herr Kommerzienrat?«

»In der Bilderstub, gnäd'ger Herr!«

Barring trat zu dem Schrank, in dem er seine Zigarren aufbewahrte, nahm ein poliertes, flaches Kistchen und eine größere Kiste mit einer leichten Sorte aus dem Vorrat, gab beide Karl: »Stell sie in die Bilderstube und leg auch ein paar Bücher hin.«

Er gab dem Diener einige Bücher: »Wir werden doch pünktlich essen können?«

»Sehr wohl, gnäd'ger Herr. Die Mamsell is mit allem fertig.«

Barring nickte, und Karl verschwand, mit Zigarren und Büchern bewaffnet, während sein Herr ihm leise mißbilligend nachblickte. Merkwürdig! Je älter, desto dicker wurde der Mensch. Natürlich – wie sollten da die Röcke nicht zu eng werden! Wo das wohl noch hin sollte? Und außerdem diese Vergeßlichkeit! Ob er wohl die Zigarrenkisten auch aufmachen würde? Der Mensch war imstande, selbst das zu vergessen! Es war wirklich . . .

Durch die Tür zum Grünen Zimmer trat Frau von Barring. Mit ihrer schönen, vollen Figur, dem reizenden Gesicht war die angehende Fünfzigerin noch immer eine schöne Frau.

»Störe ich dich, Archibald?«

»Im Gegenteil! Nimm Platz, Thilde. Mathias wird jeden Moment hier sein. Ich wüßte wirklich gern, was ihn herführt. Ohne besonderen Grund kommt er wahrscheinlich nicht . . .«

»Aber, Archibald«, warf Mathilde ein, »was ihn zu seinem Besuch veranlaßt, ist doch ganz klar! Der Wunsch, dich wiederzusehen, natürlich! Was sollte es denn anders sein?« Wie immer, hatte sie mit etwas müder, leidender Stimme gesprochen.

Barring hätte fast ein wenig ungeduldig die Achseln gezuckt. Mathildens weltfremde Art war wirklich manchmal etwas mühsam ... Daß Mathias bei der Arbeitslast, die auf ihm lag, mit jeder Stunde rechnen mußte, hätte sie schließlich genausogut wissen können, wie alle Welt es wußte. Aber Mathilde wollte das Leben nie so sehen, wie es war, sondern nur so, wie sie es sich wünschte. Sie gehörte zu jenen Frauen, denen es peinlich ist, mit einem Kochbuch in der Hand statt mit »Werthers Leiden« angetroffen zu werden. An dieser etwas konstruierten Einstellung lag es auch, daß sie sich mit Mama so schwer verständigte. Jaja, die Mama! Fest und sicher stand sie mit beiden Füßen auf der Erde, auf der sie aufgewachsen und alt geworden war, nahm das Leben resolut und praktisch von der richtigen Seite, und ihr gesundes altes Bauernblut wehrte sich gegen jede unnütze Komplikation des Daseins. »Schöne Wiesen, das Haff, unseren herrlichen Wald – das lass' ich mir gefallen, und das entzückt mich. Aber was fange ich mit Orangenhainen und Marmorpuppen an? Außerdem sprechen die Menschen in Italien alle italienisch, und das versteh' ich nicht. Wo ich bin, will ich 'nen Ton mitreden können und auch verstanden werden. Nein ... laßt mich mit Italien zufrieden, Kinder«, hatte Mama gesagt, als ihr einmal jemand zu einer Reise nach Italien riet. Damit hatte sie ihren sehr vernünftigen Standpunkt klar gekennzeichnet!

»Hast du Mama schon gesehen, Thilde? Ob sie wohl zu Tisch kommt?«

»Ich nehme es an, Archibald. Ich sah Mama heute noch nicht. Aber sie weiß ja, daß wir Besuch haben werden, und so wird sie wahrscheinlich erscheinen.«

»Wir wollen doch lieber noch mal rüberschicken. Sonst läßt sie uns wieder stundenlang warten. Über Zeit und Raum ist sie ja nun mal erhaben. Aber vielleicht weiß Fräulein Hanna Bescheid. Wo mag sie stecken?«

»Sie wird wohl in der Küche nach dem Rechten sehn, denke ich. Übrigens muß sie jeden Augenblick kommen.«

Barring schwieg. Sein Blick streifte den Spaniel, der immer noch regungslos in die langsam erlöschenden Flammen im Kamin starrte. Barring stand auf und warf ein paar Scheite auf die verglimmende Glut. Der Hund seufzte leise auf und klopfte mit der buschigen Rute den Teppich. Sein Herr hatte einmal wieder genau das Richtige getan! »Schon gut, Peter, schon gut«, murmelte Barring zerstreut. Er war mit seinen Gedanken woanders. Natürlich würde Hanna Lamberg in der Küche sein! Mathilde betrat sie ja kaum. Sie ›schwebte eben über dem Ganzen‹ – wie Mama, die sich darüber immer wieder innerlich erregte, das nannte. Trotzdem lief der große Haushalt wie am Schnürchen, eine Tatsache, die Mamas Erregung aber keineswegs dämpfte, sondern nur noch größer machte. Sie begriff nicht, wie es möglich war, daß trotz Mathildens ›Über-dem-Ganzen-Schweben‹ die Wiesenburger Küche als vorzüglich bekannt, die Dienerschaft in jeder Beziehung auf Posten war, obgleich Mathilde nie ein heftiges, kaum je ein ungeduldiges Wort hatte. Den Leuten gegenüber war sie mit Worten überaus sparsam, und in ihrer immer betonten Reserve lag zuweilen etwas Abweisendes, ja Kaltes. Allein, ihr gesunder Instinkt ließ die Leute erkennen, was sie an Mathilde hatten. Sie wußten es alle, und viele von ihnen hatten es erfahren, daß ›die gnäd'ge Frau‹ für jeden Trost und Hilfe hatte, der mit seiner Sorge und Not zu ihr kam. So war es verständlich, daß die ganze Dienerschaft ihr treu ergeben war.

Barring sah zu Mathilde hinüber: »Wo Fräulein Hanna nur bleibt! Mathias muß gleich hier sein, und wir wissen immer noch nicht, ob wir auf Mama rechnen dürfen.«

»Fräulein Lamberg hat sicher noch zu tun. Aber nun muß sie ja gleich kommen.«

Mit seiner großen, nervigen Hand srich Barring über den hängenden Schnurrbart und verfiel wieder in Schweigen.

Er hatte diese kleine Lamberg in Berlin kennengelernt und dann gelegentlich nach Wiesenburg eingeladen, wo sie für acht Wochen ›auf Weide gehen‹ sollte. Und nun waren aus den acht Wochen sechs Jahre geworden, und Wiesenburg war ohne sie eigentlich gar nicht mehr zu denken. Ein tüchtiges, braves Mädchen, wie es sicher nicht viele gab! Mit ihren fünfundzwanzig Jahren hielt sie die Zügel fest in der Hand und leitete den großen Haushalt mit einer Umsicht, die über ihre Jahre weit hinausging.

Auch für Hanna Lamberg war es gut, hier einen gesicherten Platz und eine dankbare Aufgabe gefunden zu haben. Sie hatte ein schweres Schicksal gehabt, hier erst wieder Lebensmut und die Freude am Dasein zurückgewonnen.

Barring stand auf, ging zum Kamin hinüber, warf ein paar

Schaufeln Tannenzapfen auf, die dort in einem großen Korb immer zur Verfügung standen. Peter, dem Spaniel, würde das angenehm sein. Wie immer mußte Peter herhalten, wenn Barring am Faden seiner Gedanken nicht weiterspinnen wollte, und dieser Augenblick trat meistens dann ein, wenn die Rolle einsetzte, die er selbst im Laufe der Ereignisse gespielt und die den Gang der Dinge zugunsten eines Dritten maßgebend beeinflußt hatte. So schaltete er auch immer seine Gedanken aus, wenn sie bezüglich Hanna Lambergs an einem bestimmten Punkt angelangt waren. Sein vornehmer Instinkt wehrte sich dagegen, das eigene Verdienst in indiskrete Beleuchtung gestellt zu sehen, denn das Wort der Schrift, nach dem die linke Hand nicht wissen soll, was die rechte tut, entsprach ganz dem Empfinden seiner noblen Natur. Hatte seine Hilfe aber Menschen gegolten, die er hochschätzte und die seinem Herzen nahestanden, so versetzte ihn jeder Ausdruck der Dankbarkeit in eine Lage, die er als schwierig, ja – peinlich empfand und die ihn infolgedessen in eine gewisse Verlegenheit brachte.

Aus dieser Einstellung heraus war Barring immer geneigt, Werte, die das Herz gibt, über jene zu stellen, die durch das Geld zu schaffen sind, und infolgedessen veranschlagte er seine Hilfsbereitschaft, die ja in den meisten Fällen wirkungsvoll nur durch eine offene Hand sich ausdrücken konnte, nicht besonders hoch, zumal dann nicht, wenn sie ihm selber keine fühlbaren Entbehrungen auferlegte. In dieser Bewertung der eigenen materiellen Leistung war auch der Grund für die abweisende Haltung zu suchen, mit der er die Versuche Hanna Lambergs, ihm ihre Dankbarkeit immer wieder zu zeigen, hartnäckig zurückwies.

»Lassen Sie doch, Fräulein Lamberg«, pflegte er dann zu knurren. »Mein Gott – ich konnte Ihrem verstorbenen Vater mal gefällig sein. Aber das ist doch schließlich noch kein Grund für Sie, mich nun immer wieder in eine schwierige Lage zu bringen.« – Wenn er sie so förmlich »Fräulein Lamberg« nannte, so blieb ihr nichts übrig, als zu schweigen. Aber lange hielt sein Verdruß niemals vor. Sehr bald hatte er dann irgendeinen Wunsch: »Wollen Sie mir noch 'ne Tasse Tee geben, Fräulein Hanna«, oder: »Würden Sie mir wohl mal die Zeitung holen, Fräulein Hanna?«, und dann, wenn sie aufatmend seinen Wunsch erfüllt hatte, mit aufmunterndem Zunicken und einem kleinen Lächeln in den Augen: »Schönen Dank auch, Kindchen!« – Und durch diese vier kleinen Worte wußte er mehr auszudrücken, als andere in einer Stunde hätten sagen können. Aber wenn sie auch nicht davon sprechen durfte, so blieb das, was Barring damals in der entsetzlichen Zeit in Berlin, als alles um Hanna zusammenzubrechen schien, für ihren inzwischen verstorbenen Vater getan hatte, doch »unauslöschlich in ihr Herz geschrieben« ...

Immer noch saß Barring schweigend in seinem Sessel und wartete auf Hanna Lamberg. Die Frage, ob seine Mutter zu Tisch herüberkommen würde oder nicht, beschäftigte ihn. Mein Himmel, es war Zeit, darüber endlich Gewißheit zu bekommen! Manchmal war Mathildes Ruhe nicht ganz leicht hinzunehmen. Aber da schien ja Fräulein Hanna schon zu kommen! Im nächsten Augenblick trat Hanna Lamberg in das Schreibzimmer.

»Na – da sind Sie ja, Fräulein Hanna«, begrüßte sie Barring. »Sie haben wahrscheinlich meine Mutter schon gesehen? Kommt sie zu Tisch?«

»Nein, Herr von Barring. Die gnädige Frau will drüben essen, erwartet die Herrschaften aber um vier Uhr zum Kaffee.«

»So, so! Na schön! Dann wollen wir uns also auf Raderkuchen und Waffeln einrichten. Dir ist's doch recht, Thilde?«

»Ich habe zwar etwas Migräne, aber wenn Mama befiehlt, Archibald, ist es mir selbstverständlich recht.«

Barring hob lauschend den Kopf – »Da kommt der Wagen!« – und ging hinaus, um seinen Vetter, den Großkaufmann Kommerzienrat Mathias Schlenther, alleinigen Inhaber der alten Königsberger Firma »Johannes Mathias Schlenther«, zu empfangen.

Als Barring seinen Gast in die Bilderstube geleitet hatte, überließ er ihn dort der Fürsorge des zweiten Dieners August, der sich gleich ans Auspacken des Koffers machte.

»Na, August, immer gut zuwege?« fragte Schlenther freundlich. Er kannte August jetzt auch schon an die dreißig Jahre.

Dieser ordnete gerade die Toilettensachen auf dem Frisiertisch. »Danke gehorsamst, Herr Kommerzienrat. Es geht je noch immer soweit. Bloß die alten Knochen – die wollen mitunter doch nich mehr so recht.«

»Nanu, August! Sie können doch nicht von Alter reden! Sie sind doch knapp fünfzig. Was soll ich da wohl sagen mit meinen zweiundsechzig?«

»Die glaubt Herrn Kommerzienrat kein Mensch nich! Herr Kommerzienrat sehn aus wie fuffzig. Aber die hab' ich nu auch schon hinter mir. Ich steh im zweiundfuffzigsten. Die Jahre laufen wie die Rehe!«

»Wir sagen ›leider‹, andere sagen ›Gott sei Dank‹, August. Jedenfalls ist es besser, zu denen zu gehören, die ›leider‹ sagen.«

»Das sowieso, Herr Kommerzienrat! Na – Hauptsach, daß einer nuscht nich verpaßt hat. Wenn einer mal so bedenkt, was die langen Jahre gebracht haben, denn is doch bei wenigstens gut, wenn einer sich sagen kann: Hol der Schinder, aber verfehlt hast nuscht nich! Verzeihen Herr Kommerzienrat! Is der Herr Leutnant auch auf Posten?«

»Gut, daß Sie fragen, August! Ich soll Sie von ihm grüßen. Vorgestern war er erst bei mir. Soweit geht's ihm ja gut, nur höllisch mager ist er geworden. Wegen dieser verdammten Rennreiterei hat er immer Angst, zu schwer zu werden, und ißt nichts Vernünftiges.«

Mit ernster Mißbilligung sah August zu Schlenther hinüber. »Na, ich sag man bloßig so viel, Herr Kommerzienrat, kein gutes End nimmt das nich! Wie er das letztemal auf Urlaub war, sagt ich auch schon zu ihm: ›Herr Leutnant‹, sagt ich, ›Herr Leutnant rennen in all die Glut wer weiß wie weit im dicken Pelz und schwitzen, daß es man immerforts so runterklecken tut. So was hält ja doch keiner nich aus! Erbarmung‹, sagt ich, ›was zu doll is, is zu doll.‹«

»Na ja, August! Sie haben ganz recht! Was meinte er denn?«

»Na – was wird er viel gemeint haben, Herr Kommerzienrat! Er belacht sich und meint man: ›Laß man, August!‹ Ja – laß man, August! Bis es wird zu spät sein. Aber wer kann heutzutag was richten mit die Jugend? Die hat ihrem Kopf für sich, und sagt einer was, denn muß einer sich noch versehen, daß sie ihm womöglich nich noch wo auslachen tun. Haben Herr Kommerzienrat noch Befehle?«

»Nein, danke, August. In 'ner Viertelstunde bin ich fertig.«

Mit einem gemurmelten »Sehr wohl, Herr Kommerzienrat« verschwand August.

Während Mathias Schlenther sich zu Tisch zurechtmachte und dabei überlegte, auf welche Weise er Barring das, was ihn hergeführt hatte, am besten beibringen könnte, stand dieser am Fenster seines Schreibzimmers und studierte die Familiennachrichten in der Zeitung. Aber bald legte er das Blatt beiseite und überließ sich – im Zimmer auf und ab gehend – seinen Gedanken.

Mathilde war natürlich wieder verschwunden. Sie fand es wahrscheinlich angemessener, Mathias ›in ihrem Salon zu empfangen‹, statt ihn gleich hier im Schreibzimmer zu begrüßen, was jedenfalls einfacher gewesen wäre. Aber sie hatte nun mal immer das Bedürfnis, sich irgendwie ein bißchen in Szene zu setzen, und eine gewisse offizielle Feierlichkeit schien ihr unerläßlich. Zuweilen ging sie darin wirklich etwas weit! Aber – jeder hatte seine Eigenheiten, mit denen man sich abfinden mußte, wollte man nicht Gegensätze schaffen, die in der engen Gemeinsamkeit des Zusammenlebens zur Klippe werden konnten... Übrigens würde Mathias wahrscheinlich Fried gesehen haben, der nun schon im sechsten Jahr bei den Kürassieren in Königsberg Dienst tat.

Barring hatte damals seinen einzigen Sohn Friedrich nur ungern aktiv werden lassen, aber schließlich dem Wunsch des Jungen, der an der Mutter natürlich eine Verbündete hatte, doch nachgegeben, wenn auch eigentlich gegen seine Überzeugung und bessere Einsicht. Fried sollte mal achttausend Morgen Weizenboden bewirtschaften, und so wäre es zweckmäßiger gewesen, seine jungen Jahre in der Landwirtschaft nützlich anzuwenden, als Rekruten zu drillen und Remonten zu dressieren. Die Soldatenzeit war natürlich keine verlorene und die strenge Schule der Armee für jeden jungen Menschen nur gesund. Das alles verkannte Barring nicht. Trotzdem war es ihm nicht ganz recht, daß Fried immer noch beim Regiment war. Aber das war eben auch eine Folge des Krieges, in den Fried als Gewinner gezogen und aus dem er mit dem Eisernen Kreuz und den Offizierspauletten heimgekehrt war. Wenn Barring an die Kriegszeit zurückdachte, wurde ihm heute noch heiß und kalt! Herr des Himmels – wie hatte er um seinen einzigen Jungen sich gesorgt! Als Fried dann endlich gesund und glückstrahlend aus dem Felde heimgekehrt war, da hatte der Vater ihn mit dem Gefühl an die Brust gezogen, als sei ihm der Sohn zum zweiten Male geschenkt worden, hatte sich überreich für alle ausgestandene Sorge und Angst entschädigt gefühlt. In der Freude, den geliebten Jungen endlich wiederzuhaben, gab er denn auch schließlich nach und ließ ihn noch weiter bei seinem Regiment, mit dem Fried so verwachsen war. Doch jetzt war's hohe Zeit, den Koller auszuziehen. Das Schicksal hatte Fried zu was anderem bestimmt als zum Soldaten. Es war Zeit, den Pallasch an den Nagel zu hängen und die Hand an den Pflug zu legen...

Ein leises Knurren des Spaniels Peter riß den Faden ab, an dem die Gedanken Barrings spannen. Mathias schien zu kommen! – Gleich darauf trat der Vetter ins Zimmer. Peter hob ein wenig den Kopf, blaffte ein-, zweimal kurz auf, knurrte ein bißchen und versank im Gefühl erfüllter Pflicht wieder in seine Träume.

Neben Barring wirkte Mathias Schlenther – obwohl über mittelgroß – fast klein.

»Schön, Mathias, daß du da bist. Wollen gleich zu Mathilde rübergehen, wenn's dir recht ist. Ich glaube, wir werden dann auch gleich essen. Du wirst wahrscheinlich auch Hunger haben?«

»Kann ich nicht leugnen, Archibald«, gab Schlenther zu, dessen volles schlohweißes Haar in eigentümlichem Kontrast zu dem frischen bartlosen Gesicht und den jungen tiefblauen Augen stand. Trotz seiner zweiundsechzig Jahre und der zur Fülle neigenden Figur, war er lebhaft und elastisch in seinen Bewegungen.

Beim Eintritt der Herren erhob sich Mathilde, ging dem Gast ein paar Schritte entgegen und bot ihm mit einer von ihr nur selten gezeigten Herzlichkeit die Hand. Sie schätzte den Vetter hoch, fühlte sich ihm durch langjährige Freundschaft verbunden und bewahrte ihm warm empfundene Dankbarkeit. Damals – vor langen Jahren –, als alles sich gegen sie wandte und sie sich in harten Kampf um ihr Lebensglück verstrickt sah, da hatte Mathias unbeirrbar zu ihr gehalten und ihr redlich geholfen, all das Schwere zu tragen, was das Schicksal ihr aufbürdete. Das behielt Mathilde treu im Gedächtnis, und die Freude, die sie über des Vetters Besuch zeigte, war ehrlich. Trotzdem wirkte sie ein wenig gemacht. Die Fähigkeit, sich ohne jede Pose zu geben, schien Mathilde abzugehen. Sie beherrschte zwar mit absoluter, oft sogar überlegener Sicherheit die gesellschaftliche Form, aber jene graziöse Geste der Dame von Welt, mit der diese in reizender Natürlichkeit jede Lage einfach und harmlos zu gestalten weiß, die stand ihr nicht zu Gebote. In ihrer Art lag immer eine leise Wehmut, die ein wenig manieriert wirkte, und dadurch entstand eine Atmosphäre, die das Aufkommen heiterer Behaglichkeit mindestens nicht erleichterte. Es kam hinzu, daß sie nie ganz aus jener Reserve herauszutreten vermochte, die ihr zur zweiten Natur geworden war und die von vornherein eine Schranke aufrichtete.

Mathilde und Mathias standen sich gegenüber und tauschten mit beflissener, nach Barrings etwas zu konventioneller Verbindlichkeit Artigkeiten aus. Er selbst beteiligte sich kaum an der ›Konversation‹, wie er es bei sich nannte, sondern stellte im stillen, wie er das in diesem Zimmer immer wieder tat, seine Betrachtungen an über die Ausstattung des ›Salons‹. ›Mein Himmel‹, dachte er, ›Salon muß man doch schon sagen! Wohnzimmer oder gar Wohnstube paßt doch nun mal nicht. Dazu ist es nicht gemütlich genug.‹ –

Sein Blick glitt über die Bilder, welche die Wände des Zimmers schmückten. Diese idealisierten Landschaften in den breiten, anspruchsvollen Goldrahmen fand er ziemlich langweilig. ›Unsinn‹, sagte er sich, ›wo gibt es denn solche Bäume, blumigen Wiesen, so silberhelle Bäche und solchen knallblauen Himmel? Diese Kerls, diese Maler, sehn alles anders wie andere Leute und behaupten, die anderen hätten keine Augen im Kopf.‹

Schließlich musterte er den großen Brüsseler Teppich. Er gefiel ihm in seiner Farbenfreudigkeit: ›Viel Blumen, Rankenwerk, große Blätter – wirklich nicht häßlich.‹ – Dann fiel ihm wieder die fast pedantisch anmutende Ordnung auf, die für das Zimmer charakteristisch war. ›Sieht so 'n bißchen unbewohnt aus. Na ja – Salon!‹ –

Karl erschien und meldete, daß angerichtet sei, und Barring folgte mit dem Gefühl der Erleichterung der am Arm von Mathias voranschreitenden Mathilde.

Man aß in dem großen, mit hellgebeizten Eichenmöbeln eingerichteten Eßsaal, in dem zwei riesige, grellweiße Kachelöfen, die sich an den Schmalseiten des langgestreckten Raumes gegenüberstanden, eine angenehme Wärme verbreiteten.

Fräulein Lamberg, von Mathias Schlenther mit diskreter Herzlichkeit begrüßt, dirigierte mit den Augen die beiden Diener, die, in Amt und Würden grau geworden, auch im Schlaf die klare Bouillon mit den verlorenen Eiern, die gebratene Ente mit Rotkohl und die Apfelcharlotte hätten servieren können. Karl schenkte zur Suppe alten Portwein ein, der rotbraun und ölig am Glase hing. Dann wurde der Rauenthaler getrunken, der den weiten Raum mit dem vollen Duft seiner köstlichen Blume erfüllte.

Während des Essens erzählte Mathias viel von Fried, sprach von dem aufblühenden Leben in Königsberg, man streifte die Politik, die Barring gerade jetzt sehr beschäftigte, und dann kam Schlenther auf Logrimmen zu sprechen, das viertausend Morgen große Gut im Darkehmer Kreise, das er nach dem Tode seines kinderlos verstorbenen einzigen Bruders hatte übernehmen müssen und das ihm einiges Kopfzerbrechen zu machen schien.

»Der alte Pahlke wirtschaftet ja nun schon an die dreißig Jahre dort, und so weit geht ja alles ganz gut. Aber das Richtige ist es doch nicht, wenn man nicht auf seinem Grund und Boden wohnt. Und dann – meine Frau und meinen Jungen habe ich verloren. Da weiß ich manchmal gar nicht recht . . .«

»Du kannst aber einen so alten Familienbesitz doch nicht aufgeben, Mathias«, meinte Barring. »Dazu hängst du ja auch viel zu sehr an Logrimmen, und tragen tut es ja auch schließlich genug. Der alte Pahlke macht seine Sache ganz gut, und daß er gegen all den neumod'schen Kram ist, darüber kannst du nur froh sein.«

»Oh – dies entzückende Logrimmen!« fiel Mathilde ein. »Dieser wundervolle Park, das reizende Haus! Nein – ich muß Archibald beistimmen, davon dürfen Sie sich nie trennen, lieber Vetter!«

Barring brummte so etwas wie: »Na ja – Haus und Park sind 'ne angenehme Zugabe, und man soll sie nicht unterschätzen. Aber schließlich bleibt es immer nur 'ne Zugabe, die sogar meistens noch 'ne Masse Geld kostet.«

Schlenther, der sich gerade zum zweitenmal von der Apfelcharlotte nahm, murmelte: »Natürlich, natürlich, Park und Haus liebe ich auch sehr«, um dann, mehr für Barring berechnet als für Mathilde, fortzufahren: »Nein, nein, trennen will ich mich von Logrimmen natürlich auch nicht. Selbstverständlich nicht! So weit sind wir Gott sei Dank noch nicht, daß wir ererbten Grund und Boden aufgeben, und der Himmel möge verhüten, daß je Zeiten eintreten könnten, wo so etwas möglich wäre. Aber es sind . . . Na – wir müssen mal gelegentlich darüber sprechen.«

»Das können wir, Mathias.« – Er winkte Karl zu: »Gieß mal dem Herrn Kommerzienrat noch Portwein ein, Karl. Mir kannst du übrigens auch noch 'n Glas geben.«

Karl füllte die Gläser. Dann ging er, um den Spaniel Peter aus der Schreibstube zu holen, der das Privileg hatte, mit dem Käse im Eßsaal zu erscheinen. Auch heute bekam er sein Häppchen Käse, setzte sich neben Barrings Stuhl und starrte ihn unverwandt an, bis er ihm den Kopf tätschelte. Erst dann legte sich der Hund befriedigt nieder und döste behaglich vor sich hin.

Schlenther nahm einen Schluck aus seinem Glase. »Mein Portwein ist auch trinkbar, Archibald, aber mit deinem kann er nicht mit. Dein verstorbener Vater hat gut gesorgt. Das muß man ihm lassen.«

Ein halbes Stündchen unterhielt man sich noch, dann warf Barring einen Blick auf die Uhr. »Schon zwei! Du solltest dich hinlegen, Thilde. Um vier erwartet uns schon Mama. Sie freut sich sehr auf dich, Mathias. Du legst dich wohl auch ein bißchen aufs Ohr? Ich will noch mal raussehen.«

Er stand auf und ging zum Fenster.

Fünf Minuten später fuhr er in seinem niedrigen Feldwagen vom Hof und schlug die Chaussee nach Gottesfelde ein. »Fahr zu, Hennig!« befahl er dem Kutscher, der nicht viel kleiner sein mochte als sein Herr, aber wohl zweimal so schwer. Hennig trug einen gewaltigen Schnauzbart, der im Winde flatterte wie zwei Standarten, und hatte ein Paar Hände wie die Handkoffer.

»Wir müssen uns heute sputen«, sagte Barring nach einem Weilchen. »Um vier will ich wieder zu Hause sein.«

Die beiden mächtigen Braunen kannten das Tempo. Gewöhnlich ging es ja ziemlich gemütlich zu. Aber dann kamen auch wieder Tage, wo sie hergeben mußten, was sie hatten. Heute fegten sie wie das Ungewitter die Chaussee hinunter, und der Novemberschlack spritzte hoch auf unter ihren Hufen.

Zweites Kapitel

Die ›alte Gnädige‹, wie Barrings Mutter allgemein genannt wurde, trug nicht schwer an der Last ihrer hohen Jahre. Sie ging nun schon ins siebenundsiebzigste, aber wer sie dort in dem bequemen Biedermeiersofa ihres gemütlichen Wohnzimmers, in dem es immer leise nach Lavendel duftete, in lebhaftester Unterhaltung mit ihren Gästen sitzen sah, der wollte ihr kaum siebzig Jahre geben.

Mit erstaunlicher Beweglichkeit beherrschte sie die Unterhaltung, vergaß aber darüber nicht, ihren Gästen immer wieder von dem starken Kaffee anzubieten und die warmen Waffeln und knusprigen Raderkuchen zu empfehlen.

Sie hing mit abgöttischer Liebe an Archibald, der ihr ein und alles war, seitdem ihre einzige Tochter, die in kinderloser Ehe mit dem auch schon verstorbenen Professor der Geschichte Wellert in Berlin gelebt hatte, ihr durch den Tod genommen war. Nun bewohnte sie das Wiesenburger Kavalierhaus, um ihrem Sohn immer nahe zu sein, und Mutter und Sohn waren gleich dankbar dafür, daß die Gunst der Verhältnisse ihnen ein so nahes Beieinanderleben ermöglichte.

Barring und Mathias hatten sich Zigarren angezündet. Die alte Gnädige mochte es gern, wenn die Herren rauchten. »Nichtraucher haben was Ungemütliches und sind immer berechnend«, behauptete sie, und da Doktor Krüger aus Kallenberg, auf den sie große Stücke hielt, versichert hatte, einige leichte Zigarren wären dem Herzen Barrings nicht schädlich, so sah sie auch den Sohn ohne Beunruhigung rauchen.

»Wir müssen nun mal von Fried sprechen«, sagte sie jetzt entschlossen. »Wenn du ihn siehst, Mathias, so sage ihm nur, mit dem Soldatspielen, das wär' nun zu Ende. Eigentlich ist er ja schon zu lange beim Regiment. Mein Himmel – er soll mal 'nen großen Besitz bewirtschaften! Das fliegt einem doch nicht so an! Dagegen ist ja nichts zu sagen, daß er sich mal 'n paar Jahre amüsiert hat. Ist schließlich ja ganz gut, sie laufen sich erst mal die Hörner ab, die jungen Leute. Aber jetzt ist es genug! Jetzt muß er auf den Platz, auf den er gehört.«

Statt Mathias antwortete Barring: »Du weißt ja, Mamachen, daß ich deiner Ansicht bin. Übrigens habe ich mich schon entschieden. Gleich nach dem Fest wird Fried den Abschied nehmen müssen, und damit wäre ja dann die Frage geklärt. Eigentlich wollte ich ihm darüber schreiben, aber nun wäre es wohl einfacher, Mathias, wenn du es übernehmen wolltest, mit Fried zu sprechen. An meinem Standpunkt ist nicht zu rütteln. Aber das weiß er ja auch und wird es wahrscheinlich gar nicht erst versuchen.«

Er stand auf, verabschiedete sich mit einem Handkuß von seiner Mutter: »Ich muß leider gehen, Mamachen. Der alte Schlüter erwartet mich drüben auf der Schreiberei. Du entschuldigst mich wohl, Mathias. Laß dich aber ja nicht stören. Mama freut sich sicher, wenn du ihr noch etwas Gesellschaft leistest.«

Mathias blieb zurück im Kavalierhaus und leitete die Unterhaltung diplomatisch von Fried auf die Rottburgs über. Es lag ihm nichts daran, mit der alten Gnädigen das im Augenblick ein wenig heikle Thema ›Fried‹ weiter auszuspinnen, und er erreichte seine Absicht auch ohne Schwierigkeiten, da die alte Gnädige mit Vorliebe über Rottburgs sprach, die – wie sie sich ausdrückte – ›eine gute, verständige Menage führten‹ und in Umständen lebten, mit denen sie in jeder Beziehung einverstanden war.

Die jetzt vierundzwanzigjährige einzige Schwester Frieds war seit fünf Jahren mit dem achtzehn Jahre älteren Freiherrn Andreas von Rottburg verheiratet, dem Landrat des Kreises Tilsit. Das Ehepaar Rottburg hätte sich nirgends wohler fühlen können als in Tilsit. Rottburg hatte zwar kein Vermögen, galt aber als der kommende Mann. Seine Klugheit und Tüchtigkeit, lautere Gesinnung und wirkliche Bildung stellten ihn über den Durchschnitt, und man sagte ihm allgemein eine glänzende Laufbahn voraus. – Sein Kreis hatte ihn in den Reichstag gewählt, in dem er eine stark beachtete Rolle spielte. Sogar der Reichskanzler Bismarck hatte schon ein Auge auf ihn geworfen.

Die alte Gnädige, die sich ihre Leute recht genau anzusehen pflegte und der durchaus nicht leicht zu imponieren war, hatte Rottburg ins Herz geschlossen. Sie wußte die Enkeltochter bei ihm in guter Hut, freute sich an dem Glück der ›guten Menage‹ und verwöhnte die drei reizenden Urenkel – zwei Jungen und ein Mädelchen – über jedes Maß hinaus. »Geld ist nun mal die Hauptsache im Leben«, behauptete sie, »und es gibt nur sehr wenig Männer, die mehr zu bieten haben als Geld. Zu diesen wenigen gehört Andreas.«

Gegen sieben Uhr erschien der alte Diener Evert, der mit seinem schlohweißen langen Backenbart ein bißchen wie ein Weihnachtsmann aussah, um daran zu erinnern, daß zum Abendessen der Herr Pfarrer erwartet würde.

»Jaja, ich weiß, Evert. Ist es denn schon soweit?«

»In 'ner halben Stunde, gnäd'ge Frau.«

»Na – denn haben wir noch 'n bißchen Zeit, Mathias. Kennst du eigentlich schon unseren neuen Pfarrer? Nein? Na – du kannst es überleben! Es ist ein Jammer um den alten Müllauer! Und nun geht es ihm so gut, daß er sich Vorwürfe macht, in den Ruhestand gegangen zu sein. Gott, mit seinen einundachtzig ist er schließlich noch nicht so schrecklich alt. Du glaubst nicht, was wir alle, Archibald, ich, ganz Wiesenburg, mit ihm verloren haben! Das war mal 'n Pfarrer, wie er sein soll. Bei dem spielte nicht der Kopf die erste Geige, sondern das Herz. An seinen Nachfolger, diesen jungen Reder, kann ich mich gar nicht so recht gewöhnen. Das Beste an ihm ist wohl sein Singen. Wenn er mit seinem Posaunenbaß in der Kirche das Vaterunser singt, das ist wirklich schön, wenn er auch gar nichts vom Posaunenengel hat. Die alten Weiber sind hingerissen, weil er sie zu Tränen rührt, wozu übrigens nicht viel gehört, und mitunter wird man selbst gerührt. Aber ich weiß nicht, so recht gewöhnen kann ich mich nicht an ihn.«

»Wahrscheinlich ist er zu salbungsvoll, Tante Barbara? Wenn so 'n Pfarrer nicht recht weiter weiß, wird er salbadrig. Das ist dann immer der letzte Ausweg.«

»Salbadrig ist er eigentlich gar nicht mal und direkt unangenehm auch nicht. Aber er redet immer so von Weltlichkeit und daß jeder an sein Ende denken muß. Ich finde, so was kommt diesem jungen Mann nicht zu. Er ist fünfundvierzig oder sechsundvierzig. Was kann der schon viel wissen! Wenn er neunzig wäre, könnte man es hingehen lassen. Unpassend wäre es dann zwar auch, denn wer läßt sich gern fortwährend an sein Ende erinnern? Aber man könnte es dann für Tuntligkeit nehmen.«

»Das ist ja aber eigentlich sehr anmaßend von dem Mann, Tante Barbara. An deiner Stelle würde ich ihn doch nicht noch einladen, wenn er so unangenehme Dinge sagt.«

»Gott, weißt du, Mathias, seitdem ich ihn ab und zu bei mir zu Tisch habe, ist es besser mit ihm geworden. Das kann ich nicht anders sagen. Fasan mit Sauerkraut und alter Rheinwein stimmen ihn – wie mir scheint – weicher und milder. Es ist ja auch schwieriger, von der Eitelkeit dieser Welt zu sprechen, wenn man eben mit einem halben Fasan fertig geworden und gerade bei der zweiten Flasche Rheinwein angekommen ist. Na – kurz und gut –, ihn macht es menschlicher, und deshalb ist es ganz praktisch und vielleicht sogar christlich, ihn ab und zu einzuladen. Ich habe ihm neulich auch gesagt, ich hätte es mir genau überlegt und hielt es für besser, mich von der Weltlichkeit abzuwenden und vegetarisch zu leben. Ob ich darauf rechnen könnte, von ihm gestärkt zu werden, denn in meinem Alter sei das Umgewöhnen nicht so leicht. Aber da meinte er, er habe für die Seele und nicht für den Leib zu sorgen, und darauf käme es auch überhaupt nicht an, und ich sollte nur ruhig bei Fleisch bleiben, und ab und zu ein Glas Wein, das sei auch nicht zum Schaden. Wein sei auch 'ne Gottesgabe, und überhaupt täte es in meinem Alter nicht gut, die ganze Lebensweise zu ändern. Er hatte wohl Angst vor Spinat und Limonade. Jedenfalls spricht er seitdem nicht mehr von der Nichtigkeit aller irdischen Freuden.«

»Na – Tante Barbara«, lachte Mathias, »dann bekommt deine Erziehung ihm ja ausgezeichnet. Ist er denn sonst ganz unterhaltend?«

»So, auch so, Mathias. Er redet wie 'n Buch natürlich. Zuletzt wird immer 'ne Hymne auf die eigene Vorzüglichkeit draus. Das ist mitunter langweilig, weil ich ja nun schon weiß, daß er sich immer nur an die Brust schlägt und dem lieben Gott dankt, so rein und edel zu sein. Singen müßtest du ihn aber doch mal hören. Wenn er das Predigen ebenso gut könnte, dann wäre alles in Ordnung.«

Mathias stand auf. »Mathilde erzählte mir auch schon von seinem wundervollen Baß. Ich hoffe übrigens, mit der Zeit wird er noch ganz passabel werden, der Pfarrer. Man hat schon öfter gehört, daß Leute mit Sinn für Essen und Trinken ihre Meriten haben . . .«

»Vielleicht! Aber wir wollen in diesem Falle lieber sagen: ›Böse Menschen haben keine Lieder.‹ Ich glaube, das würde dem Pfarrer lieber sein. Auf Wiedersehen, Mathias, und lasse dich noch mal bei mir sehen, bevor du nach Hause fährst.«

Die Herren saßen rauchend in den bequemen Sesseln am Kamin, und der Spaniel Peter starrte in das knisternde Feuer. In blauen Wolken stieg der Rauch der Zigarren zur Decke hinauf, und über dem warmen Zimmer lag die halbe Dämmerung des trüben Novembertages. Während Mathias noch überlegte, wie er am besten die heikle Besprechung einleiten könnte, kam Barring – das Schweigen brechend – ihm auch schon zu Hilfe.

»Wenn du Fried siehst, Mathias, so lasse ihn bitte über meine Wünsche nicht im unklaren.«

»Natürlich nicht«, erklärte Mathias bereitwillig. »Aber du mußt sie dann nur möglichst genau präzisieren. Ich möchte es vermeiden, ihm etwas zu sagen, was nicht ganz genau in deinem Sinne wäre oder zu irgendwelchen Mißverständnissen führen könnte. Wir müssen in aller Ruhe über alles sprechen, glaube ich.«

»Selbstverständlich, Mathias, wenn ja auch nicht viel zu sagen bleibt, weil alles so klar liegt. Sieh mal, Fried mit seinen sechsundzwanzig Jahren muß doch nun energisch an die Zukunft denken. Er gehört an den Platz, für den er bestimmt ist. Es war falsch, daß ich ihn aktiv werden ließ. Aber geschehen ist geschehen, und es hat keinen Sinn, darüber viel zu reden. Zum ersten Januar schon soll er in 'ne ordentliche Wirtschaft gehen und sich da so anderthalb Jahre die Geschichte gründlich ansehen. Dann kann er meinetwegen noch 'n Semester studieren, und dann muß er mir hier beispringen. Ich hab' schon jetzt mehr auf dem Kopf, wie mir lieb ist. Reichstag und Herrenhaus nehmen mich immer stärker in Anspruch, und auch die verschiedenen Aufsichtsratsposten belasten meine Zeit und Verantwortung. Auch als Präsident der Südbahn habe ich allerhand um die Ohren. Von den anderen Ämtern im Kreis und in der Provinz will ich erst gar nicht sprechen. Jedenfalls bleibt mir für Wiesenburg und Gottesfelde nicht so viel Zeit, wie ich möchte, und erst recht nicht für Bladupönen. Na – es geht ja trotzdem einigermaßen vorwärts. Meine Inspektoren sind eingearbeitet, und es ist Verlaß auf sie. Und der alte Schlüter ist trotz seiner einundsechzig auf Posten und hält den Daumen drauf. So weit ist also alles leidlich im Gange, und mit dem, was unterm Strich bleibt, kann man ja einigermaßen bestehen. Trotzdem bleibt es nun mal so: Das Auge des Herrn macht das Vieh fett, und wenn ich mehr hier sein könnte, wäre es besser für Wiesenburg.«

Mathias befand sich in der mißlichen Lage, Barring eine Enttäuschung bereiten und eine Angelegenheit zur Sprache bringen zu müssen, welche diesen schwer treffen würde. Aber das half ja nun nichts! Auf alle Fälle war es richtiger, ihn ins Bild zu setzen.

»Na ja – ich meine bloß, sehr entzückt zird Fried nicht gerade sein, daß er so Hals über Kopf vom Regiment weg soll.«

»Ob in sechs Jahren oder sechs Wochen – entzückt wird er nie sein, wenn er den Koller im Schrank verschließen soll. Aber ich glaube, wir reden immer noch drum rum. Ich müßte mich sehr irren, wenn du mir nicht noch was Besonderes zu sagen hättest.«

»Es ist auch besser, ich mache keine Umschweife weiter. Vor drei oder vier Tagen war Fried bei mir und sagte mir klipp und klar, ein Jahr wolle er noch beim Regiment bleiben.«

»Daß er das gern will, weiß ich, Mathias. Aber er wird seine Absicht eben aufgeben müssen.«

»Das wird ihm aber, glaube ich, sehr schwerfallen.«

»Warum? So viel Einsehen sollte er doch wohl haben, daß er da endlich Schluß machen muß. Schließlich gibt es doch noch was anderes auf der Welt als Rekrutendrillen.«

»Das schon, und die Rekruten werden ihn auch nicht so festhalten. Es sind da wohl andere Gründe, die ihm den Abschied von Königsberg im Augenblick besonders schwer machen würden.«

In Barrings graublauen Augen stritten Ungeduld und Humor um die Vorherrschaft. »Na, Mathias, nu laß mal die Katz aus dem Sack! Ich denke, wir beide brauchen uns nicht so lange zu zieren. Den Finger hast du jetzt lange genug am Hahn. Nu laß mal fliegen!«

»Gut, Archibald! Die Sache ist die: Fried hat ganz bestimmte Absichten, die er seiner Überzeugung nach am sichersten und schnellsten von Königsberg aus verwirklichen kann, und deshalb will er vorläufig da bleiben.«
»Was sind das denn für Absichten?«
»Fried will heiraten.«
Amüsiert, erfreut lachte Barring auf. »Ich will nur wünschen, du hättest recht, Mathias! Es wird langsam Zeit für den Jungen, und wenn er schon bald ins Joch will – mir soll's recht sein! Wer ist denn die Auserwählte seines Herzens?«
»Darüber kann ich nur das sagen, was überall mit größter Bestimmtheit erzählt wird. Man glaubt allgemein, daß Fried mit Fräulein Gerda von Eyff-Werndorff längst einig ist.«
Nichts im Gesicht Barrings verriet, was in ihm vorging, als der Name Eyff-Werndorff fiel. Es klang sehr gelassen, als er fragte: »Soso, 'ne Eyff-Werndorff? Doch wohl eine der drei Töchter aus Laugallen?«
»Ja! Die älteste.«
»Na – wart mal! Die muß ungefähr gleich alt mit Fried sein. Das weiß ich zufällig. Im Alter würden sie also nicht zusammenpassen. Aber wie kommst du so bestimmt auf die Eyff?«
»Mein Gott – weil überall schon davon wie von 'ner vollendeten Tatsache gesprochen wird. Außerdem sind sie ewig zusammen. Entweder sieht Fried sich mit den Eyffs in Königsberg, oder er ist in Laugallen. Die Leute tun überall, als sei die Verlobung schon raus. Sie laden die beiden zusammen ein und setzen sie natürlich auch immer zusammen. Fried weiß selbstverständlich, was alle Welt sagt, und wenn er nicht absolut fest entschlossen wäre, dann würde er doch einen Weg finden, sich zurückzuziehen.«
Barring stand auf, ging langsam im Zimmer auf und ab, blieb endlich vor Mathias stehen: »Gut, daß du mir das alles gesagt hast, Mathias. Nach dem, was ich von dir höre, scheint Fried sich da wirklich was in den Kopf gesetzt zu haben. Es wird ihm Ernst sein. Das glaube ich auch. So auf den Plutz kann ich nichts sagen. Mir kommt das alles überraschend. Ich muß mir die Geschichte durch den Kopf gehen lassen. Der Wagen muß gleich vorkommen. Ich will dann mal 'n paar Stunden durch die Wirtschaft fahren. Bei dem Wetter ist das kein Genuß. Du bist hier bei Thilde besser aufgehoben als auf'm Wagen. Sage ihr vorläufig bitte nichts ... Erst müssen wir beide nochmals darüber sprechen, und

das können wir heute nachmittag tun, wenn Thilde sich hingelegt hat. Ist es dir recht so?«

»Aber selbstverständlich, Archibald.«

»Schön, Mathias!« Und dann zu dem eintretenden Diener, der den Wagen meldete: »Den großen Pelz, Karl. Es ist ekliges Wetter.«

›Wie reizend sie immer noch aussieht‹, dachte Mathias, als Mathilde ihm in ihrem Zimmer entgegentrat. Er mußte zurückdenken an den Tag vor zweiunddreißig Jahren, an dem er ihr zum erstenmal gegenübergetreten war.

Archibald hatte seinen tief erschrockenen, ja fassungslosen Eltern aus Berlin, wo er einen Winter zubrachte, um dort in der Gesellschaft auszugehen, geschrieben, er habe sich mit der einzigen Tochter des Tischlermeisters Böckmann verlobt. Der alte Böckmann sei seit vielen Jahren gelähmt – vollständig arbeitsunfähig, und infolgedessen hätte die Familie Zeiten bitterster Not durchmachen müssen, bis Mathilde sich entschlossen habe, ihr wundervolles Talent und ihre bezaubernde Schönheit auszunutzen, um ihre Angehörigen ernähren zu können. So sei sie Tänzerin geworden und habe es in wenigen Jahren durch ihre vollendete Kunst und bewundernswürdige Energie zur Solotänzerin an der Königlichen Oper und damit nicht nur zu einer Lebensstellung, sondern auch zu einem Einkommen gebracht, das es ihr möglich mache, den glühenden Wunsch ihres großen Herzens zu erfüllen, nämlich ihren Eltern ein sorgenfreies Dasein zu bieten und für ihren schwerkranken Bruder zu sorgen, der infolge eines Unfalls, den er als kleines Kind erlitten hatte, an den Rollstuhl gefesselt war. Mit neunzehn Jahren war er dann gestorben, und der Tod war hier wirklich als Erlöser gekommen. Sie – Mathilde – sei das selbstloseste und edelste, dabei schönste und liebenswerteste Geschöpf, und er – Archibald – der dankbarste und glücklichste Mann, da sie seine Liebe erwiderte und eingewilligt habe, seine Frau zu werden.

Im ersten Augenblick waren seine Eltern bestürzt, dann außer sich und schließlich verzweifelt gewesen, und Mathias, als bester Freund Archibalds, wurde nach Berlin geschickt mit dem Auftrag, das Unglück unter allen Umständen zu verhindern, Archibald den Wahnsinn auszureden und ihn nach Wiesenburg zurückzubringen. Mathias war auch wirklich mit dem festen Entschluß nach Berlin gefahren, Archibald davor zu schützen, sein Leben zu vernichten. Als er dann aber mit Mathilde eine lange Aussprache gehabt hatte, war er mit fliegenden Fahnen zu ihr übergegangen und mit der Eröffnung nach Wiesenburg zurückgekehrt: »Wenn Archibald sie nicht heiraten würde, so täte ich es! Der Mann, dem dies Mädchen seine Liebe schenkt, ist glücklich zu preisen!«

In der Tat ging auch heute noch ein Zauber von Mathilde aus, dem man sich um so schwerer entziehen konnte, als sie selbst nicht zu ahnen schien, wie sehr ihr unvergleichlicher Charme bezwang.

Mathilde Barring hatte sich von ihrem Schreibtisch, wo sie in das Studium eines großen Kontobuches vertieft gewesen war, erhoben, um Mathias zu begrüßen. »Hoffentlich haben Sie gut geschlafen, lieber Vetter? Ja? Das freut mich! Aber wollen Sie nicht Platz nehmen? Eben war ich beim Prüfen der Ausgaben. Nein – was das nur alles kostet! Ich bin ganz entsetzt über die Summen!«

In kleinen, mehr als bescheidenen Verhältnissen aufgewachsen, hatte sich Frau von Barring während ihrer nun bald dreißigjährigen Ehe immer noch nicht recht in den großzügigen Zuschnitt Wiesenburgs hineinleben können. Sie wußte zwar, daß Barring ungewöhnlich hohe Einnahmen hatte, und bewunderte die hervorragende Geschäftstüchtigkeit, mit der er es verstand, seine Einkünfte nicht nur zu stabilisieren, sondern sie auch ständig zu vermehren. Trotzdem kam sie nie zum ungetrübten Genuß ihrer beneidenswert gesicherten und glänzenden Lage, weil sie eigentlich immer nur die Ausgaben sah, während sie die bedeutend höheren Einnahmen vergaß.

Jede fünfstellige Zahl auf der Ausgabenseite erfüllte sie mit banger Sorge und ließ sie Gespenster sehen. Barring hatte sich zunächst über die Manie Mathildens geärgert, sich um Dinge zu kümmern, die sie nicht verstand und die ihr weiter nichts brachten als Unruhe, sich dann aber daran gewöhnt, darüber mit einem Lächeln hinwegzugehen. Er ließ sie schließlich gewähren, weil er ihr durch das völlige Ausschalten aus der Wirtschaft nicht weh tun wollte, und dann war ihm auch darum zu tun, sie beschäftigt zu wissen.

Kurz vor dem Mittagessen war Barring zurückgekehrt. Zur Verwunderung des Kutschers Hennig war es heute vom Wiesenburger Hof direkt zum Wald gegangen, wo dann im Schuckeltrab oder gar Schritt die ganzen Gestelle abgeklappert wurden. Hennig fiel auch die Schweigsamkeit seines Herrn auf. Viel sprach er ja nie, aber ab und zu ließ er denn doch immer mal ein Wort fallen, und im Walde, wo er sich über jeden alten Baum, die wüchsigen Schonungen und jedes Stück Wild freute, konnte er mitunter sogar ganz gesprächig werden. Aber heute hatte er sich mit keinem Wort verlautbaren lassen, und als er dann beim Aussteigen sagte: »Nachmittag brauchst du nicht anzuspannen. Ich fahre heute nicht mehr raus«, da zweifelte Hennig nicht mehr daran: sein Herr mußte heute was ganz Besonderes im Kopf haben. Kurz und gut – der Kutscher Hennig, der Barring nun schon all die langen Jahre fuhr, hatte alle Ursache, sich zu wundern, und es war sehr begreiflich, daß er beim Ausspannen zu Fritz Raudnat, dem zweiten Kutscher, mit dem er sonst auf ziemlich kühlem Fuße stand, kopfschüttelnd sagte: »Eck segg di man bloßig so veel: Mit uns' Herr doa stimmt wat nich. He hevt sich wat in' Kopp setzt, dat kannst driest glöve.«

Bei Tisch war Barring wie immer. Nur über seinen Appetitmangel beklagte sich Mathilde. »Es hat mir ausgezeichnet geschmeckt, Thilde«, beruhigte er sie. »Ich habe nur zum Frühstück zuviel gegessen.«

Als dann Mathilde nach Tisch die Herren allein im Schreibzimmer gelassen hatte, bot Barring dem Vetter eine besonders gute Zigarre an: »Wir wollen uns heute mal 'ne leichte Bock anstecken, Mathias. Ab und zu könnte ich ruhig eine rauchen, meint Doktor Krüger. Bei 'nem anständigen Tobak spricht es sich besser.«

Die Herren rauchten und schwiegen. Mathias wollte es Barring überlassen, die Initiative zu ergreifen. Aber dieser schien sich das, was er sagen, und die Form, in der er es zur Sprache bringen wollte, noch durch den Kopf gehen zu lassen. Endlich schien er einig mit sich.

»Du beurteilst die Lage wahrscheinlich ganz richtig, Mathias, fürchte ich. Fried scheint wirklich dicht vor 'ner Dummheit zu stehen.«

»Solltest du nicht vielleicht doch etwas zu – schwarz sehen, Archibald, oder wenigstens zu kritisch eingestellt sein?«

»Lieber Mathias, du weißt ja doch genau, daß ich das nicht bin. Man kann mir manches vorwerfen, aber die Neigung zur Schwarzseherei eigentlich wohl kaum. Wir wollen uns doch gegenseitig nichts vormachen! Wenn wir überhaupt über die Geschichte sprechen, müssen wir das Kind auch beim richtigen Namen nennen. Sonst reden wir ja doch bloß drum rum.«

Mathias' Blick und der Barrings trafen sich. »Na ja, ja, Archibald, das ist schon so! Wenn ich frei von der Leber weg reden soll, dann muß ich ja auch sagen, ich fürchte, Fried hat sich da in etwas verbiestert, das nicht zum Guten sein kann.«

»Ich bin nicht sentimental. Aber ich muß zugeben, daß mir das, was ich gehört habe, eine bittere Enttäuschung ist. Wie die Dinge zu liegen scheinen, wird es schwer sein, Fried zur Vernunft zu bringen. Trotzdem werde ich selbstverständlich alles tun, was ich tun kann, um die Heirat zu verhindern. Kommt es aber zuletzt hart auf hart, werde ich natürlich der Welt kein Schauspiel geben und nicht den unversöhnlichen Vater spielen. Aber es kann sich immer nur um eine Einwilligung handeln, die ich unter dem Zwang der Verhältnisse gab.«

»Und die Gründe für deine ablehnende Haltung? Willst du sie mir vielleicht angeben?« fragte Mathias.

»Natürlich sollst du sie genau erfahren, Mathias. Laß mich dir nur erst sagen, zu welchem Entschluß ich gekommen bin. Fried quittiert den Dienst zum ersten Januar. Dabei muß es bleiben. Selbstverständlich warte ich ab, bis er mit seinem Heiratsplan an mich herantritt. Bitte sage ihm nicht, daß du mich orientiert hast. Besteht er auf seiner Absicht, werde ich unter der Bedingung einwilligen, daß er mit dem Heiraten noch ein Jahr wartet und dies Wartejahr in England zubringt. Unsere Verwandten Hamilton werden ihn gern aufnehmen. Denkt er nach einem Jahr noch wie heute, so mag er heiraten. Ich habe dann getan, was ich tun konnte, und brauche mir nicht den Vorwurf zu machen, etwas versäumt zu haben.«

Karl erschien, um zu fragen, ob er die Lampen bringen solle.

»Ja, bring sie man«, nickte Barring, »und den Kaffee wollen wir hierher haben. Aber erst um fünf! Sag der gnäd'gen Frau, wir hätten was zu besprechen und wollten uns nicht gern unterbrechen.«

»Sehr wohl, gnäd'ger Herr.«

Als Karl sich entfernt hatte, fragte Mathias: »Du meinst doch *George* Hamilton, Archibald?«

»Ganz recht, Mathias! Wir haben ja verschiedene Verwandte Hamilton drüben, aber mit George stehe ich mich besonders gut, nicht nur weil unsere Großmutter Barring und sein Großvater väterlicherseits rechte Geschwister waren.«

»Du denkst an England, weil du Fried natürlich möglichst weit vom Schuß haben willst?«

»Ja! Behielte ich ihn hier in der Provinz, würde er das Mädchen ja doch immer wiedersehen.«

»Und wenn er sich dort die Hochzuchten ansieht, hat er seine Zeit bestimmt nicht verloren.«

»Sicher nicht! Wir können von den Engländern darin noch sehr viel lernen.« Barring stand auf. »Aber du hast nichts mehr zu rauchen. Willst du noch 'ne Bock?«

»Nein, danke! Sie hat mir sehr gut geschmeckt. Aber gib mir jetzt bitte 'ne ganz leichte Zigarre.«

Barring holte eine große Kiste, bot sie Mathias. »'ne Bremer! Ganz leicht, aber nicht strohig.«

Nachdem er sich wieder gesetzt hatte, sagte er: »Jetzt muß ich meinen so entschieden ablehnenden Standpunkt begründen. Willst du etwas Geduld haben? Ich werde mich so kurz fassen wie möglich.«

Er räusperte sich und begann nun, seinen Standpunkt darzulegen:

»Persönlich kenne ich die Eyff-Werndorffs nur oberflächlich. Aber ich weiß immerhin ziemlich genau Bescheid über die Familie. Sie gilt als eine der ältesten und besten hier. Die gräfliche Linie Eyff ist auch heute noch groß und gut angesessen, aber die freiherrliche hat wohl nie recht wirtschaften können. Vor dreißig oder vierzig Jahren hatte sie noch bedeutenden Grundbesitz. Heute ist er zum größten Teil verlorengegangen. Sie waren immer mehr Soldaten als Landwirte, die Eyffs. Als alter Rittmeister nahm der Laugaller erst den Abschied und hat – wie ich höre – als Gardeulan einen Haufen Geld auf den Kopf gehaun. Als er dann endlich nach Laugallen ging, hatte er natürlich von vornherein Schwierigkeiten, und wenn er nicht zwei Vorwerke mit gutem Boden abverkauft hätte, weiß ich nicht, wie er sich hätte halten sollen. Du weißt ja, daß ich als Vertrauensmann und Ausschußmitglied der Landschaft Einblick in die Verhältnisse der meisten Güter bekomme. Seine Frau ist 'ne Gräfin Warnitz. Sie hat kein Vermögen, oder wenigstens so gut wie keins. Ich kenne sie nur flüchtig, es soll aber viel an ihr dran sein, und man behauptet vielfach, sie sei der wertvollere Teil der Ehe. Weißt du was von ihr?«

»Nur das, was allgemein bekannt ist, daß sie nämlich überall sehr geschätzt und verehrt wird. Persönlich sah ich sie nur ein-

oder zweimal 'ne Stunde lang. Aber ich hatte den besten Eindruck von ihr. Herr von Eyff wollte meine geschäftliche Hilfe in Anspruch nehmen, fand aber nicht viel Entgegenkommen bei mir. Schließlich kam dann Frau von Eyff zu mir ins Kontor, um mir die Situation zu erklären, und von ihr ließ ich mich denn auch umstimmen und gab das Geld her.«
»Hängst du noch in Laugallen?«
»Ja! Aber nicht so fest, daß es mir Kopfschmerzen machen könnte. Ab und zu sehe ich Eyff auch. Von Zeit zu Zeit kommt er in mein Kontor, um mir auseinanderzusetzen, daß ich mich noch einige Zeit mit den Zinsen zufriedengeben müßte. Die zahlt er übrigens pünktlich, und damit sind unsere Beziehungen, die rein geschäftliche geblieben sind, ausgestanden. Menschlich sind wir uns nicht nähergekommen.«
»Handelt es sich um eine größere Summe?«
»Nicht groß genug, um mir unbequem zu werden, und zu groß, um sie zu verlieren. Zehntausend Taler. Er ließ mir das Geld kurzfristig eintragen. Nun haben wir schon dreimal verlängert, und es macht mir ja auch weiter nichts aus.«
Die Herren verfielen in nachdenkliches Schweigen. Schließlich nahm Barring das Gespräch wieder auf.
»Eyffs Ältester ist natürlich auch wieder aktiv bei den Gardeulanen. Wie der Alte eigentlich die Zulage aufbringt, ist mir rätselhaft. Aber das ist ja auch nicht meine Sache! Die drei Töchter sind alle noch zu Hause. Der jüngste Junge auch. Er ist ein Nachkömmling, muß so zehn, zwölf Jahre sein, wenn ich nicht irre. Der alte Eyff ist ein anständiger Mann, aber kein Landwirt, und das Rechnen hat er kaum erfunden. Die Töchter sollen schön oder wenigstens recht hübsch sein, ob aber auch tüchtig, das ist 'ne andere Frage. Die älteste gilt als schwierig und hochnäsig. Weiß nicht, was dran ist, könnte es mir aber denken, denn die Eyffs sind alle – wie man sagt – reichlich hochgestochen. Der Kaufmann ist für sie immer noch der Pfeffersack und wird es wohl noch auf lange hinaus bleiben. Na – das sollen sie halten, wie sie wollen, aber in unsere Familie passen sie nicht! In mir wehrt sich alles gegen diese Verbindung! Als Geschäftsmann ist Fried kein Genie. Seine Mutter gab ihm viel ideales Empfinden mit, aber nicht besonders viele materielle Instinkte. Er muß eine Frau haben, die da ausgleichend wirken kann, also eine praktisch und sparsam veranlagte Frau. Daß dieses Fräulein von Eyff für Fried außerdem zu alt ist, darüber will ich erst gar nicht sprechen. Ich könnte

darüber hinwegkommen, wenn sonst alles stimmte. Das ist aber nicht der Fall! In keiner Beziehung stimmt es!«

Barring schwieg, stand auf und begann im Zimmer auf und ab zu gehen. Sosehr er sich auch in der Hand hatte, die tiefe Erregung, die sein Inneres aufwühlte, konnte er doch nicht ganz verbergen.

Mathias hatte gewußt, eine enttäuschende Nachricht nach Wiesenburg zu bringen, war aber nicht darauf vorbereitet, Barring so tief und schmerzlich zu treffen. Er hätte ihm gern ein beruhigendes Wort gesagt. Was aber konnte man gegen seine Argumente vorbringen? Er sah die Sachlage ja leider nur zu klar und traf mit dem, was er sagte, mitten ins Schwarze.

Karl, der auf einem großen silbernen Tablett eben den Kaffee hereinbrachte, kam Mathias sehr gelegen. So war er der Notwendigkeit enthoben, Barring antworten zu müssen. Karl richtete den Kaffeetisch und entfernte sich, und Barring erwachte aus seinem Sinnen: »Komm, Mathias, wir wollen Kaffee trinken. Übrigens brauch' ich dir ja nicht erst zu sagen, wie schwer es mir werden würde, Fried weh zu tun. Ich gäbe viel darum, wenn ich es ihm und mir ersparen könnte. Dabei verstehe ich ihn so gut! Natürlich wird er überhaupt nicht begreifen, warum ich ihm entgegentreten muß. Wie sollte er auch!« Er schwieg, fuhr sich mit der großen Hand über die Stirn.

Vor einer Stunde war Fried Barring von Wiesenburg zur Bahn gefahren, um nach zwei kurzen Urlaubstagen in seine Garnison zurückzukehren, und Barring saß nun in seinem Schreibzimmer zusammen mit Mathilde am Sofatisch.

Ganz versunken in trübe Gedanken, starrte er vor sich hin, bemerkte nicht den besorgten Blick Mathildens. Endlich brach sie das lastende Schweigen, und wie das zuweilen geht, begann sie in dem Bestreben, beruhigend zu wirken, mit einer Frage, in der fast ein Vorwurf lag.

»Ging es denn wirklich nicht anders, Archibald? War es denn gar nicht möglich, an dir und Fried und uns allen den bitteren Kelch vorübergehen zu lassen?«

Er antwortete nicht gleich, hob nur ein wenig die Schultern, machte mit den Händen eine Bewegung, die andeuten sollte, er sci in einer Zwangslage gewesen und habe entsprechend handeln müssen. Schließlich sagte er: »Ich mußte handeln, wie ich es getan habe, und hätte ich anders gehandelt, so wäre das unverantwortlich gegen Wiesenburg und gegen Fried gewesen. Mein Gott – das fühlt man, oder man fühlt es nicht! Aber der Gedanke, daß Fried mich jetzt wahrscheinlich für hartherzig, vielleicht lieblos hält, der ist natürlich sehr schwer für mich . . .«

»Oh – Archibald«, unterbrach ihn Mathilde. »Fried ist mein Kind, genau wie das deine! Aber die Mutter sieht vielleicht doch noch tiefer als der Vater. Glaube mir, das Band, das Liebe und Vertrauen und Verstehen um euch beide geschlungen haben, kann niemals zerreißen; es kann nicht einmal gelockert werden. Archibald, er glaubt an dich so unerschütterlich, wie ich an dich glaube, und wenn ich vorher auch fragte, ob all dies hat sein müssen, ich weiß ja, daß du nur gehandelt hast, wie du handeln mußtest. Das weiß auch Fried, und er wird sich sagen: ›Wie tief muß die Liebe meines Vaters zu mir sein, daß er sich selbst überwinden und mir so weh tun konnte!‹ Wir wollen alles in Gottes Hand legen. Er wird zuletzt uns den Weg weisen und endlich doch alles zum Besten wenden. Wir selbst können nichts anderes tun als das, was wir als unsere Pflicht erkannten.«

Barring legte den Arm um Mathilde und zog sie an sich: »Meine Herzensthilde«, murmelte er. Dann sagte er: »Manchmal glaubt man im Dunkeln zu sein, aber du hast die Gabe, dann immer gleich wieder ein Licht anzuzünden, Thilde.«

Drittes Kapitel

In peinlichem Widerstreit seiner Empfindungen saß Fried Barring an diesem kalten, klaren Dezembertag in einem Abteil·der Südbahn und starrte auf das flache, tote Land unter der dicken, bläulichweiß schimmernden Schneedecke. Unausgesetzt beschäftigten sich seine Gedanken mit der für ihn während der letzten Wochen so einschneidend veränderten Lage.

Als Fried vor acht Tagen Barring seine Ansicht unterbreitet und hinzugefügt hatte, daß er nicht nur das Jawort Gerdas, sondern auch das Einverständnis ihrer Eltern habe, und Barring dann gebeten hatte, schon in drei Monaten heiraten zu dürfen, hatte dieser mit aller Bestimmtheit erklärt, er sei aus verschiedenen Gründen gegen die Heirat, und erst als sein ernstlicher Versuch, Fried von seinem Vorhaben abzubringen, an dessen absoluter Entschlossenheit als gescheitert angesehen werden mußte, hatte

Barring sich schweren Herzens bereit gefunden, mit den gegebenen Verhältnissen sich abzufinden und den Dingen ihren Lauf zu lassen. Die für beide Teile schmerzliche Auseinandersetzung beendigte er damit, daß er die Bedingungen bekanntgab, unter denen er nach Verlauf einer Wartezeit von zwölf Monaten bereit sein würde, die Heirat zuzugeben, und Fried war denn auch nichts anderes übriggeblieben, als seine eigenen Wünsche dem Willen des Vaters unterzuordnen.

Nun war er auf dem Wege nach Laugallen, um mit Gerda die veränderte Situation zu besprechen und den Versuch zu machen, durch eine Aussprache ihr Verständnis dafür zu finden, daß er sich nicht nur unter dem Zwang der Verhältnisse in den Willen des Vaters hatte schicken, sondern auch im Interesse Gerdas ernstliche Opposition hatte vermeiden müssen, die – wie er genau wußte – seinen Vater nur gekränkt haben würde, ohne ihn umstimmen zu können. Die lange Trennung durch den Aufenthalt in England war – wie nun einmal alles lag – nicht zu vermeiden, und Gerda mußte sich damit abfinden, wie er selbst ja auch.

Fried schüttelte gewaltsam seine Gedanken ab. Die nächste Haltestelle war schon Rogehnen, die Station Laugallens.

Der Zug verlangsamte die Fahrt, hielt vor dem rotziegeligen, verschneiten Stationsgebäude, und gleich darauf fuhr Fried unter dem Gebimmel der Schlittenglocken Laugallen zu, wo er in dem weiten, mit rötlichbraunen Fliesen ausgelegten Flur von Gerda empfangen wurde. Ihre Erscheinung hatte auf den ersten Blick etwas sehr Reizvolles. Übermittelgroß, hatte sie eine ebenmäßig gebaute, sehr schöne Gestalt, deren volle Schlankheit etwas Frauenhaftes hatte. Die Schultern waren breit, die Taille fein, edel geschwungen die Hüften. Frei und stolz wuchs der Hals aus den Schultern heraus und trug mit Grazie und Anmut den bildhübschen Kopf, den in reicher Fülle das rotbraune Haar krönte. Dieses reizende Gesicht wurde völlig beherrscht von den großen blaugrünen Augen, die unter langen, in edler Linie auf die klare Stirn gezeichneten, fast schwarzen Augenbrauen mit leicht verschleiertem und doch seltsam eindringlichem Ausdruck blickten. Obwohl Gerda einfach gekleidet war, hatte sie doch etwas ungemein Elegantes. Sie war in hohem Maße das, was der Wiener unter ›fesch‹ versteht.

In der Art, wie sie Fried begrüßte, lag eine gewisse liebenswürdige Überlegenheit, welche die unverhohlen gezeigte Freude und betonte Herzlichkeit zwar nicht dämpfte, ihr aber etwas über der

Situation Stehendes gab, so daß man den Eindruck gewann, in der Zweisamkeit der Ehe könnte die führende Rolle leicht Gerda zufallen.

Man ging gleich zum Kaffee, bei dem hauptsächlich Herr von Eyff das Wort führte: ein mittelgroßer, etwas stark gewordener Herr, Mitte der Fünfzig, sehr lebhaft, immer eine Spur zu laut, jovial, gesprächig, vom Hundertsten ins Tausendste kommend.

Frau von Eyff, vielleicht siebenundvierzig oder achtundvierzig Jahre alt, war einst wohl sehr schön gewesen. Sie war der Typ der vornehmen Dame. Herzensgüte verrieten ihre dunklen Augen, Klugheit und sicheren Takt ihre wohlüberlegten Worte, mit denen sie nicht verschwenderisch umging, wenn man ihr auch keineswegs den Vorwurf zu großer Schweigsamkeit machen konnte. Da aber Herr von Eyff sehr viel und gern, wenn auch nicht immer besonders gehaltvoll sprach, so überließ Frau von Eyff ihm neidlos den Löwenanteil an der Unterhaltung.

Gerda und ihre beiden auffallend hübschen Schwestern, Adelheid und Gisela, kamen kaum zu Wort, und der zwölfjährige Malte, ein strammer, hübscher Junge mit weichen, schönen Augen, hüllte sich ganz in Schweigen und widmete sich mit entschlossener Ausschließlichkeit dem Kuchen, von dem er mit überraschender Schnelligkeit große Mengen vertilgte.

»Na, Kinder«, forderte Eyff endlich seine beiden jüngsten Töchter zu einem Spielchen auf, »wie wär's denn mit 'ner Partie Whist? Einverstanden? Schön! Sie, lieber Barring«, fügte er lächelnd hinzu, »können mitspielen oder sich mit Gerda unterhalten, ganz, was Ihnen mehr liegt.«

Im Wohnzimmer der Schwestern hatte Fried dann Gerda alles gesagt. Im ersten Augenblick war sie tief betroffen. Sie schien das alles kaum zu fassen. Ein Ausdruck erstaunter Ratlosigkeit trat in ihre Züge, um im nächsten Augenblick einem solchen zorniger Enttäuschung zu weichen. Aber schon in der nächsten Sekunde änderte sich der Ausdruck dieser beweglichen Züge, auf denen jetzt nur noch liebenswürdiger Spott geisterte.

»Du kannst nicht gut verlangen, Fried, daß ich nun besonders entzückt sein sollte. Alle Welt erwartet täglich die Veröffentlichung unserer Verlobung, und die Aussicht, nun entweder bemitleidet oder ausgelacht zu werden, hat – offen gesagt – wenig Verlockendes für mich...«

»Aber Gerda! Davon kann doch gar keine Rede sein«, fiel Fried nicht ganz frei von Unsicherheit ein. »Es läßt sich doch so leicht erklären, warum wir noch etwas warten wollen ...«–»O ja – eine Erklärung findet man schon«, unterbrach sie ihn mit undurchsichtigem Lächeln. »Sie liegt ja schließlich in der ... ja ... wie soll ich das sagen? Also ja – in der rührend kindlichen Folgsamkeit, mit der du dich den Wünschen deines Vaters unterwirfst. Daß mir übrigens diese Wünsche nicht recht verständlich und auch weiter nicht besonders schmeichelhaft sind, das ist ja wohl schließlich begreiflich.«

Frieds Augenbrauen zogen sich unmutig zusammen.

»Mein Gott, Gerda, würdest du Papa kennen, so wüßtest du, daß es nicht nur zwecklos wäre, ihm Opposition zu machen, sondern auch dumm. Er ist *sehr* loyal. Hat er aber mal einen Entschluß gefaßt, so ist er besiegelt, und es ist verlorene Zeit, ihn davon abbringen zu wollen. Daß ich am meisten unter der schrecklichen Wartezeit leide, weißt du ja. Aber was kann ich tun? Wie die Dinge liegen, bleibt nichts übrig, als sich zu fügen, und das eine Jahr geht doch auch mal zu Ende ...«

»Natürlich, Fried!« schnitt sie ihm das Wort ab. »Ewig wird's kaum dauern. Aber deswegen bleibt dies Warten doch überflüssig und kränkend für mich.«

»Überflüssig ja, aber kränkend? Nein, Gerda, das mußt du dir nicht einreden. Du siehst das nicht richtig. Papa hatte wahrscheinlich bestimmte Pläne mit mir. Ich weiß es nicht. Aber daß es ihm ganz und gar ferngelegen hat, dich kränken zu wollen, das kann ich dir mit aller Bestimmtheit sagen ...«

»Dann ist es ja gut, Fried«, sagte sie, immer noch nicht ganz ausgesöhnt mit der Neuordnung der Dinge. Aber dann fuhr sie mit einem reizenden Lächeln fort: »Willst du mir darum böse sein, daß mir ... na ja, daß auch mir das Warten nicht leichtfällt?«

Er legte den Arm um sie und zog sie an sich. Sein Mund suchte ihre Lippen.

Sie ließ nun das Thema fallen, schien ihre Enttäuschung heruntergeschluckt zu haben. Niemand hätte den wilden Zorn, unter dem ihr ganzes Innere erbebte, ahnen können. Ihr Stolz – aufs tiefste getroffen – bäumte sich gegen das Machtwort Barrings auf. Doch sie verstand es, ihre wahren Empfindungen geschickt zu verbergen. Ihr leicht fassender, beweglicher Verstand hatte sie die Nutzloigkcit jeder Auflehnung erkennen lassen, und sie begriff, daß es das einzig Richtige war, sich mit guter Miene zu fügen. Aber sie mußte jetzt allein sein mit ihren zornigen Gedanken.

»Ich muß mich mal um das Essen kümmern, Fried. Sei nicht böse, wenn ich dich eine halbe Stunde allein lasse. Oder, weißt du, sprich mit Papa! Das wird das beste sein. Du mußt ja doch über all das mit ihm sprechen, und dann habt ihr beide es hinter euch.«

Etwas ratlos unter dem Zwiespalt seiner Empfindungen und dem lästigen Druck einer unangenehm fühlbaren Befangenheit, ging Fried zum Wohnzimmer hinüber, wo er so harmlos wie möglich erklärte, Gerda sei im Haushalt beschäftigt. Dann bat er Eyff um eine Zigarre. Der verstand ihn sofort und stand vom Spieltisch auf: »Sehr gern, Barring. Kommen Sie – wir wollen in meine Stube gehen.«

Als Fried ihm dann alles gesagt hatte, schien es einen Augenblick, als würde die leicht entflammte Heftigkeit Eyffs zum Durchbruch kommen. Doch er bezwang sich und sagte äußerlich ruhig: »Ja, lieber Barring, das ist dann nicht zu ändern. Aber nehmen Sie es mir nicht übel, angenehm ist die Lage nun wirklich nicht! Weder für Gerda noch für meine Frau und mich. Das muß ich sagen! Das muß ich wirklich sagen!«

Der Abend verlief in einer Stimmung, die vielleicht nicht direkt als gedrückt, aber doch keineswegs als gehoben bezeichnet werden konnte. Ganz gegen seine Gewohnheit war der Laugaller ziemlich schweigsam, während Gerda eine im Unterton leicht spöttisch-überlegene Nachsicht Fried gegenüber zur Schau trug, die dieser im ersten Augenblick zwar nicht gerade als störend empfand, die ihn schließlich aber doch irritierte, da Gerda sich darin gefiel, diesen etwas gönnerhaften Ton den ganzen Abend über beizubehalten.

Man trennte sich zu verhältnismäßig früher Stunde, und Fried suchte leise enttäuscht und etwas verärgert sein Zimmer auf.

Als er nach einer Nacht, die ihm keine Erquickung gebracht hatte, beim Frühstück eine Viertelstunde mit Frau von Eyff allein war, sagte diese in ihrer stillen und gütigen Art: »Ihr Vater hat ganz recht, Friedrich. Man kann schwer zu spät, aber sehr leicht zu früh zum Heiraten kommen. Was ist auch ein Jahr? Liegt es vor uns, erscheint es lang, und ist es vorüber, war es wie der Hauch des Windes, der uns flüchtig traf. Jetzt werden Sie mir natürlich nicht zustimmen. Aber später werden Sie mir recht geben.«

Gerda brachte ihn dann zur Bahn, und nun warteten sie auf dem einsamen, zugigen Bahnsteig auf den Zug.

»Werde ich dich in einem Jahre so wiederfinden, Gerda, wie ich dich verlassen habe?«

Da lief auch schon der Zug ein, und es hieß Abschied nehmen. Einen Fuß hatte Fried schon auf dem Trittbrett, als Gerda ihm noch schnell zuraunte: »Weißt du, Fried, wir wollen uns beide als frei betrachten. Wir sind's ja nicht. Natürlich nicht! Aber vor der Welt wollen wir so tun, als wenn wir's wären.«

Gellend und mißtönend pfiff die Lokomotive. Fried blieb keine Zeit zur Erwiderung. Er sprang ins Coupé. Mit schwerem Herzen sah er aus dem Fenster des langsam abfahrenden Zuges auf Gerda, die mit dem Taschentuch winkte. In ihren Augen stand ein Lächeln, das alles und nichts sagte.

Viertes Kapitel

An einem heißen Augustvormittag saß Herr von Eyff auf der Veranda in Broditten und sah mit leichter Ungeduld seiner um einige Jahre älteren Schwester zu, der verwitweten Baronin Ulrike von Lindtheim, wie sie einen offenbar äußerst komplizierten und höchst raffinierten Salat mischte, dessen unzählige Ingredienzen in Schüsseln und Schüsselchen, Tellern und Flaschen auf dem großen Tisch herumstanden, vor dem Frau von Lindtheim in der ganzen überwältigenden Körperlichkeit ihrer hundertsiebzig Pfund thronte und sich der Beschäftigung des Salatmischens mit so weltvergessener Ausschließlichkeit widmete, daß sie die Gegenwart des Bruders darüber völlig vergessen zu haben schien.

Etwas indigniert blickte Eyff zu seiner Stute hinüber, die dort im Schatten der alten Linden von einem Stalljungen herumgeführt wurde – dann wandte er sich wieder der Schwester zu, um den Versuch zu machen, ihre Aufmerksamkeit von den Sardellen und Ölflaschen auf seine im Augenblick etwas mißvergnügte Person zu lenken.

»Wenn ich nicht befürchten müßte«, leitete er die Unterhaltung vorsichtig ein, »dich in deiner Beschäftigung zu stören, liebe Ulrike, spräche ich gern noch mal über Gerda mit dir.«

»Aber sehr gern, Waldemar! Warum hast du es bloß nicht früher gesagt? Wir hätten doch schon längst von ihr sprechen können. Ich brenne ja drauf. Gibt's denn was Neues? Will er nicht mehr? Mein Gott, mein Gott – wer einem das vor einem halben Jahr gesagt hätte!«

»Wer soll nicht mehr wollen?« fragte er düster, aber gefaßt. »Von wem sprichst du eigentlich, Ulrike?«

»Gott, Waldemar, nu stell dich nicht an! Von wem soll ich schon sprechen? Vom Schlorrenmacher Baldereit aus Rogehnen jedenfalls nicht! Von Friedrich Barring natürlich! Wer sollte denn sonst wohl noch wollen?«

»Na – man weiß bei dir manchmal wirklich nicht so recht. Du hast mitunter 'ne Art, Fragen zu stellen . . . Aber wie kommst du eigentlich darauf, daß Fried, wie du dich ausdrückst, nicht mehr wollen sollte?«

»Hab' ich gar nicht gesagt, bester Waldemar! Ist mir nicht eingefallen, so was zu behaupten. Ob er nicht mehr will, hab' ich bloß gefragt. Weiter nichts! Ich nehme übrigens an, er wird immer noch wollen. Er wird wahrscheinlich wie so 'n Schlafwandler . . .«

»Verzeih, Ulrike«, fiel Eyff vorbeugend ein. »Deine bildhaften Vergleiche sind manchmal etwas . . . ja, wie soll ich gleich sagen? Ich weiß nicht recht, aber . . .«

»Na – was denn, Waldemar? Vielleicht hast du was gegen meine Vergleiche, weil sie treffend sind? Aber darf ich dir jetzt vorschlagen, daß du endlich – natürlich auch nur bildhaft gesprochen – zu Stuhle kommst?«

Eyff zuckte resigniert die Achseln und antwortete: »Fried schreibt mir, acht Monate wäre er nun schon drüben in England, und das sei nun wohl lange genug. Kurz und gut – ich soll mal mit seinem Vater sprechen. Ich weiß nicht recht, wie der alte Barring meine Einmischung aufnehmen würde. Es liegt mir eigentlich nicht sehr, an ihn heranzutreten. Was rätst du mir, Ulrike? Was meinst du?«

»Gott, Waldemar, wenn dir an dem jungen Barring als Schwiegersohn was liegt, dann sprich doch ruhig mit dem Wiesenburger . . .«

»Natürlich liegt mir an ihm!«

»Na ja, siehst du! Dir vielleicht noch mehr als Gerda . . .«

»Was soll das nu wieder heißen?« fiel Eyff mißtrauisch ein. »Wie meinst du das? Ich verstehe kein Wort!«

»Erbarm dich, Waldemar, und spiel nicht den Ahnungslosen! Daß dieser Graf Wilda von der Regierung sich sehr viel intensiver um Gerda bemüht, wie unbedingt nötig wäre. Ich könnte mir

wenigstens ganz gut denken, daß Wildas Courmacherei für
Gerda bedeutend reizvoller sein könnte als zum Beispiel für
Fried Barring.«

Entgeistert starrte Eyff auf seine Schwester. »Wilda?« fragte er
endlich. »Na hör mal, Ulrike, nimm es mir bitte nicht übel, aber
ich kann mir nicht helfen, du scheinst an Halluzinationen . . .«

»Oder du scheinst mir von Blindheit geschlagen zu sein. Jedenfalls spricht alle Welt darüber, daß die beiden verliebt sind wie
die Spatzen im Mai . . .«

Eyff machte ein Gesicht, als hätte man ihm auf den Fuß getreten. »Tu mir den einz'gen Gefallen und stelle etwas zartere Vergleiche an, liebste Ulrike . . .«

»Ach was, 'n Spatz ist nichts Unzartes und der Mai erst recht
nicht, und nu hab dich nicht! Vielleicht verstellen sie sich ja auch
bloß, die Gerda und der Wilda. Ich weiß es nicht. Ich weiß nur,
daß Gerda sich nicht gern langweilt und keine Spielverderberin
ist. An deiner Stelle würde ich mit dem alten Barring sprechen.
Er ist 'n verständiger Mann . . .«

»Ach, sieh mal an, Ulrike, ist er das?« fiel Eyff gereizt ein. »Na,
ich will dir sagen, was er ist: eingebildet und eigensinnig dazu!
Alle fünf Finger könnte er sich lecken, Gerda in die Familie zu
bekommen. Statt dessen macht er solche Schwierigkeiten, daß es
schon was Beleidigendes hat.«

Frau von Lindtheim lächelte ironisch. »Warum sollte der Wiesenburger sich eigentlich um Gerda reißen? Weil sie 'n hübscher
Fratz ist? Ach du lieber Himmel – von der Sorte gibt's mehr! O
nein, Waldemar! Heilfroh könnt ihr sein, wenn sie den Barring
bekommt! Aber das brauch' ich dir gar nicht erst zu sagen, das
weißt du sowieso sehr gut!«

»Du wirst mir wohl zugeben müssen«, sagte Eyff mit einer Art
stolzer Wehmut, die ihm etwas von Seelengröße geben sollte,
»daß eine Eyff manches opfern muß, wenn sie sich entschließt,
eine Frau von Barring zu werden. Und daß es für mich auch nicht
gerade leicht ist; mein Gott, wer wollte es nicht verstehen?«

»Ich zum Beispiel, Waldemar! Tu mir den Gefallen und red
kein Blech! Der alte Barring wird wahrscheinlich ganz anderer
Ansicht sein. Wollen wir nicht lieber die Faxen lassen und offen
zusammen sprechen? Wir sind ja unter uns. Sieh mal, die Eyffs
hatten so ziemlich abgewirtschaftet, wie die Barrings erst richtig
anfingen, was vor sich zu bringen. Jedenfalls sind die Eyffs immer
ärmer geworden und die Barrings immer reicher. Das läßt sich

doch nun mal nicht leugnen! Bitte, laß mich aussprechen, Waldemar! Ich bin gleich fertig! Die Barrings haben durch Generationen bewiesen, was sie können, die Eyffs haben während der letzten hundertfünfzig Jahre eigentlich nur eine ungewöhnlich zähe Vitalität gezeigt. Sie sind immer noch da, und das ist ja auch etwas!«

Eyff hatte zwar verärgert, aber doch aufmerksam zugehört. Sie gab ihm wieder mal unangenehme Wahrheiten zu schlucken, die gute Ulrike, hatte im Grunde ja aber eigentlich recht, wenn man es ihr auch nicht zugeben durfte.

»Gott, Ulrike, du magst vielleicht gar nicht mal so ganz unrecht haben, wenn dein Standpunkt auch nicht ganz leicht zu verstehen ist. Aber natürlich – ich möchte ja schon mit Barring sprechen, ich weiß nur nicht recht, wie er sich dazu stellen würde. Daß ich mir keinen Korb holen möchte, ist ja begreiflich.«

»Mir scheint aber, daß du auf 'nen Korb gefaßt sein mußt. Vernünftigen Gründen wird er aber zugänglich sein, denke ich. Mit wirklich klugen Leuten kann man sich ja eigentlich immer leicht verständigen.«

Eyff schwieg überlegend. Schließlich sagte er: »Barring soll in Berlin sein. Er läßt – glaube ich – ein paar Pferde in Hoppegarten laufen. Ich will nach Schlesien. Schweinitz erwartet mich zur Hühnerjagd. Da könnte ich eigentlich über Berlin fahren und Barring aufsuchen. Es ist mir sympathischer, als nach Wiesenburg zu fahren. Die ganze Situation ist doch ziemlich merkwürdig . . .«

»Mach, was du willst! Gehst du aber zu Barring, ließe ich den uradligen Eyff jedenfalls in der Mottenkiste in Laugallen . . .«

»Liebe Ulrike, ich bitte dich herzlich und dringend . . .«

»Alteriere dich nicht, Waldemar! Es muß nicht gerade die Mottenkiste sein. Aber zu Hause würde ich ihn lassen. Beim Wiesenburger verfängt er doch nicht.«

Eyff stand auf und winkte dem Stalljungen. »Beste Ulrike, du scheinst wirklich nicht anders zu können, du *mußt* einem unangenehme Sachen sagen! 'ne eigentümliche Passion! Aber du bist, wie du bist! Ich werde es also so machen und den Wiesenburger in Berlin besuchen. Und tu mir den Gefallen, Ulrike, laß das alles unter uns. Wirklich – tu das, Ulrike . . .«

Barring hatte nach dem Rennen mit einigen Herren im Unionklub gesessen. Nun saß man in lebhafter Unterhaltung bei Kaffee und Zigarren zusammen: Fürst Pleß, dieser vollkommenste Grandseigneur, der junge Schlobitter Dohna, ein lustiger und gemütlicher Riese, der als märkischer Pferdezüchter bekannte Herr von Wedemeier-Schönrade, dann der Generaladjutant Seiner Majestät des Kaisers und Königs, Graf Heinrich Lehndorff. Auch der originelle, in unerhörten Geschichten exzellierende Herr von Neumann-Szirgupönen war dabei und endlich der Oberstallmeister Exzellenz von Rauch.

Der Schlobitter Dohna sprach eifrig auf Barring ein. »Geben Sie mir doch den ›Perfekt‹, Herr von Barring! Ich hätte den Hengst wirklich gern und will auch nicht handeln. Wollen Sie ihn mir nicht verkaufen?«

Barring rauchte ein paar nachdenkliche Züge. »Der Hengst soll mal in Wiesenburg decken, Graf Dohna. Deshalb möchte ich ihn nicht weggeben.«

»Ich könnte mich ja doch verpflichten, den Hengst an Sie zurückzugeben, wenn er seine Rennlaufbahn beendigt hat, Herr von Barring. Könnte man sich auf diese Weise nicht vielleicht zusammenfinden?«

Barring wurde an der Antwort gehindert. Ein Diener in Eskarpins und Schnallenschuhen trat auf ihn zu und präsentierte ihm eine Visitenkarte. »Bethel Henry Strousberg« las er erstaunt. Was den wohl zu ihm führen mochte? Früher hatte er den weltbekannten Eisenbahnmagnaten, mit dem er in verschiedenen Aufsichtsräten zusammengesessen, häufiger gesehen, war auch dann und wann zu einem seiner berühmten Diners in dem großartigen Palais gewesen, das Strousberg sich neben dem Palais Redern in der Wilhelmstraße dicht an den Linden erbaut und mit fürstlichem Luxus ausgestattet hatte. Als dann aber vor acht oder neun Monaten der einst märchenhaft reiche Eisenbahnkönig infolge Fehlschlagens seiner Unternehmungen auf dem Balkan und in Rumänien finanziell zusammengebrochen war und sein ganzes enormes Vermögen bis auf einen winzigen Bruchteil verloren hatte, da schliefen die Beziehungen, die Barring mit Strousberg immer nur lose verbunden hatten, ganz ein, und der Wiesenburger hatte ihn nicht wieder getroffen. Ihn jetzt in seinem Unglück sehen zu wollen, war ihm nicht besonders angenehm. Trotzdem zögerte er nicht, den von der harten Faust des Schicksals so schwer Getroffenen, dem man Unsauberes nicht nachsagen konnte, zu empfangen. »Bitten Sie den Herrn in den Grünen Salon«, wies er den Diener an.

Strousberg, fast weiß geworden, schien um Jahre gealtert, sah müde und angegriffen aus, hatte sich aber dieselbe eindrucksvolle, ruhige Haltung bewahrt, die Barring an ihm kannte und schätzte.

Strousberg kam sofort auf den eigentlichen Zweck seines Besuchs zu sprechen. Um folgendes handelte es sich: Zwischen Wiesenburg und Gottesfelde lag das zweitausendachthundert Morgen große Rittergut Eichberg, das einem Verwandten Strousbergs gehörte, einem Herrn Wödtke, der zwar gut wirtschaftete, den Besitz aber mit zuwenig eigenem Kapital übernommen hatte. Eichberg war außer mit Landschaftsgeld mit einer größeren Hypothek belastet, die für den Besitzer des Ritterguts Legischken, einen gewissen Steinberg, eingetragen war. Schließlich stand hinter dem Steinbergschen Geld noch eine kleinere Hypothek von Strousberg auf Eichberg, die wohl den minimalen Rest seines einstigen Riesenvermögens ausmachen mochte. Steinberg war sehr wohlhabend, galt aber als geizig und rücksichtslos. Er spekulierte in städtischen Grundstücken und verdiente damit – wie es hieß – viel Geld. Das fünftausend Morgen große Rittergut Legischken, das jenseits des Flusses gegenüber von Eichberg lag, wäre durch Eichberg sehr schön arrondiert worden, und so hatte Steinberg seine Hypothek, die schon zum ersten Januar fällig wurde, Wödtke gekündigt. Dieser hatte schwer zu kämpfen, und es schien ziemlich aussichtslos, das Geld für die Steinbergsche Hypothek aufzutreiben. Die schönen Eichberger Wiesen lockten Steinberg vor allem. Rund tausend Morgen in einem Plan gelegene Flußwiesen zogen sich den Legischker Wiesen gegenüber schmal und lang wie ein Handtuch am Ufer entlang.

Selbstverständlich hatte Strousberg größtes Interesse daran, es nicht zum Zwangsverkauf kommen zu lassen, mindestens aber noch einen Interessenten für Eichberg zu gewinnen, wenn Steinbergs Absicht, den Zwangsverkauf herbeizuführen, nicht zu vereiteln war. Deshalb wandte er sich mit dem Vorschlag an Barring, Eichberg zu übernehmen. Der Wiesenburger strich sich nachdenklich über den Schnurrbart. »Ja – ich hörte es schon, Herr Strousberg, Steinberg soll wirklich drauf aus sein, sich da reinzusetzen. Eichberg liegt günstig zu Wiesenburg und Gottesfelde. Das gebe ich zu. Aber ich wollte eigentlich nicht mehr zukaufen. Mit vierzehntausend Morgen habe ich schließlich allerhand um die Ohren, und man wird ja auch langsam älter. Eichberg ist ein hübscher Besitz, hat aber schwierigen Boden. Mit den Gebäuden ist auch nicht sehr viel Staat zu machen. Das sind die Schattenseiten. Das Beste an Eichberg ist sein gutes Wiesenverhältnis. Daß mich Eiberg besonders lockt, kann ich nicht behaupten. Aber glatt nein sagen will ich trotzdem nicht! Lassen Sie mir nur etwas Zeit, damit ich mir die Geschichte beschlafen kann. Jedenfalls hören Sie bald von mir.«

Als Strousberg sich dann verabschiedete, war Barring schon ziemlich einig mit sich. Er hatte ja schon öfters an Eichberg gedacht, das an Wiesenburg und zu einem kleinen Teil auch an Gottesfelde grenzte und so in die Begüterung schön hineinpaßte. Außerdem wollte er diesen Häuserspekulanten Steinberg nicht als Grenznachbar haben. Endlich würde ihm Eichberg insofern sogar gelegen kommen, als in Gottesfelde nur ein kleines Wohnhaus stand, das für den verheirateten Inspektor gerade ausreichte, für Fried aber zuwenig Raum bieten würde, wenn diese törichte Heirat denn wirklich nicht zu verhindern war, wie es ja leider den Anschein hatte. Eichberg hatte ein geräumiges, bequemes Wohnhaus, das hoch auf dem Berge unmittelbar im Park lag und einen wunderschönen Blick über die Wiesen und das Flußtal gewährte. Sechzig-, siebzigtausend Mark würde man ja noch in Eichberg hineinstecken müssen.

Barring ging wieder zu den Herren hinüber, und der Schlobitter kam gleich auf den Hengst zurück, der heute in dem schweren Hindernisrennen den anderen Pferden einfach weggelaufen war und im Kanter gewonnen hatte. »Ich will mir das mal überlegen, Graf Dohna. Der Hengst verdient seinen Hafer schließlich auch in meinem Stall leicht und auch noch 'n bißchen was drüber. Aber vielleicht beteilige ich Sie an ihm und gebe ihn hierher in Ihren Stall. Wollen mal sehen.«

Barring verabschiedete sich bald. Der Tag hatte ihn doch etwas müde gemacht, und er freute sich auf das Bett.

Der Portier im Hôtel de Rome, Unter den Linden, in dem Barring seit Jahren immer dieselben Zimmer hatte, übergab ihm einen Brief, den er gleich unten im Vestibül las.

»Sehr verehrter Herr von Barring!
Auf dem Wege nach Schlesien, wo ich bei meinem alten Freund Schweinitz Hühner schießen will, in Berlin, erlaube ich mir die Anfrage, ob ich Sie morgen aufsuchen dürfte. Würde Ihnen vielleicht schon halb elf vormittags recht sein? Mein Zug geht am frü-

hen Nachmittag. Für freundliche Antwort nach dem Hotel Berg in der Neustädtischen Kirchstraße wäre ich Ihnen sehr dankbar. Mit besten Empfehlungen
Ihr sehr ergebener
v. Eyff-Werndorff«

Barring stieg, nicht gerade entzückt von dem in Aussicht stehenden Besuch, zu seinem im ersten Stock gelegenen Quartier hinauf, wo Karl ihn vor der offenen Tür des Wohnzimmers empfing. »Du bist noch auf, Karl! Warum denn?« fragte er, sein Zimmer betretend.

»Na – ich dacht man, mitunter kann doch noch wo was sind, und schläfern tat mir auch nich, da dacht ich man, denn kannst ja auch aufbleiben.«

»Ist ganz gut, daß du noch da bist. Weck mich morgen schon um sechs. Um halb neun kannst du mit einem Brief nach der Neustädtischen Kirchstraße rübergehen, und nu mach man, daß du ins Bett kommst. Gute Nacht!«

»Untertänigst gut Nacht, gnäd'ger Herr.«

»Herr Rittmeister von Eyff«, meldete pünktlich um halb elf Karl seinem Herrn.

»Rauchen Sie, Herr von Eyff?« Mit einer leichten Bewegung wies Barring auf die Zigarren. »Sie sind leicht. Oder darf ich Ihnen eine schwerere anbieten?«

»Tausend Dank, Herr von Barring! Nein – ich nehme lieber 'ne leichte.« Ein wenig hastig griff er in eine der Kisten, war ganz froh, vorläufig mit dem Abschneiden der Spitze, dem Anzünden beschäftigt zu sein. Dieser Barring hatte so was eigentümlich Kühles im Blick, so was Abwartendes. Keine angenehme Lage, weiß der Teufel! Nein, ganz und gar nicht angenehm!

»Was verschafft mir die Ehre Ihres Besuches, Herr von Eyff, wenn ich fragen darf?«

Immer peinlicher empfand der Laugaller die Situation, die ihn von vorneherein auf den zweiten Platz verwies. Teufel noch mal! Leicht machte dieser Barring es ihm gerade nicht! Aber das half ja nun nichts! Jetzt hieß es Farbe bekennen. Das beste war schon, gerade auf sein Ziel loszusteuern, ohne Winkelzüge. Er versuchte in seinen Ton so etwas wie scherzhafte Gemütlichkeit zu legen. »Ich komme sozusagen in diplomatischer Mission, Herr von Barring. Fried – ich meine, Ihr Sohn schreibt mir und bittet mich, einmal mit Ihnen zu sprechen. Worum es sich handelt, brauche ich Ihnen wohl nicht erst zu sagen.«

Er schwieg, sah abwartend zu Barring hinüber. Irgendwas mußte der ja jetzt wohl von sich geben. Allein der Wiesenburger schien diese Notwendigkeit nicht einzusehen. Sehr ruhig, mit unpersönlich-verbindlicher Höflichkeit saß er seinem Gast gegenüber und sah den Laugaller an. So blieb diesem nichts anderes übrig, als weiterzusprechen. »Ja, Herr von Barring, so liegen also die Dinge. Darf ich fragen, wie Sie sich wohl dazu stellen?«

»Wozu, Herr von Eyff? Sie hatten noch nicht die Güte, mir zu sagen, worum es sich handelt.«

Der Laugaller zog krampfhaft an seiner Zigarre, hüllte sich in dichte Rauchwolken. »Ah – ganz recht, ganz recht! Natürlich, Herr von Barring! Ja – also er möchte durchaus schon jetzt zurückkommen aus England, der Fried ... hm, hm, hm, Ihr Sohn, und nun bittet er mich eben, seinen Wunsch bei Ihnen zu unterstützen oder wenigstens ein gutes Wort für ihn einzulegen, na ja, darum handelt es sich also, und mit Ihrer Erlaubnis will ich Frieds Wunsch hiermit bestens Ihnen übermittelt haben.«

Der Ausdruck unpersönlicher Verbindlichkeit auf Barrings Zügen veränderte sich nicht. »Es ist mir nicht ganz klar, warum mein Sohn Sie bemüht hat, Herr von Eyff«, sagte er in seiner bedächtigen Art. »Er weiß ja, daß es mein Wunsch ist, daß er ein volles Jahr drüben bleibt, und er weiß auch, daß ich schwer meine Absichten ändere. Man kann ja nicht gut heute rot sagen und morgen blau. Aber mein Sohn ist kein Kind mehr und kann schließlich tun, was er für richtig hält. Ich will ihn natürlich nicht zwingen, meinen Wunsch zu respektieren, und könnte das ja auch kaum.«

Was – zum Teufel – sollte man darauf sagen? – Eyff verwünschte in diesem Augenblick seinen Entschluß, der ihn hierhergeführt hatte. »Ihr Sohn wird meiner Überzeugung nach selbstverständlich nicht gegen Ihren Wunsch zurückkommen, Herr von Barring«, erwiderte er schließlich. »Aber darf ich wohl einmal ganz offen sprechen? Ich glaube, das wäre der kürzeste Weg zur gegenseitigen Verständigung.«

»Ich bitte darum, Herr von Eyff.«

»Nun gut! Ihr Sohn ist jetzt bald neun Monate drüben. Soweit ich sehe, wird er in zwölf oder vierundzwanzig Monaten nicht anders denken als heute, und wenn Sie, Herr von Barring, die Lage ebenso ansehen sollten wie ich, wäre es ja immerhin nicht unmöglich, daß Ihnen die weitere Abwesenheit Ihres Sohnes zwecklos erscheinen könnte.«

»Man soll im allgemeinen einmal gefaßte Entschlüsse nicht umwerfen, finde ich«, erwiderte Barring mit sachlicher Höflichkeit. »Aber dem Vorwurf, eigensinnig und ohne Zweck auf meinem Standpunkt zu beharren, dem will ich mich nicht aussetzen. Ich muß sowieso in nächster Zeit nach England rüber. Dann kann ich alles mit meinem Sohn besprechen. Bis dahin – denke ich – lassen wir alles so, wie es ist. Nach meiner Rückkehr kann man dann bestimmte Entschlüsse fassen. Ist es Ihnen so recht, Herr von Eyff?«

»Aber selbstverständlich ist es mir sehr recht«, versicherte der Laugaller aufatmend. »Auf die paar Wochen kommt es wirklich nicht an. Und – nicht wahr, Herr von Barring? – Sie werden meinen Wunsch, Klarheit zu bekommen, verstehen und mir deshalb auch nicht verdenken, daß ich zu Ihnen kam?«

Barring sah den Laugaller freundlich an. »Davon kann doch keine Rede sein, verehrter Herr von Eyff! Eine Aussprache ist immer besser, wie umeinander rumzugehen . . .«

Karl erschien, um Barring eine Visitenkarte zu überbringen. So blieb das, was der Wiesenburger vielleicht noch hatte sagen wollen, ungesprochen. Im Grunde war ja auch nichts weiter zu sagen. Barring warf einen Blick auf die Karte: »Ich lasse bitten, etwas zu warten. Ich hätte Besuch.«

»Sehr wohl, gnäd'ger Herr! Verzeihn gnäd'ger Herr. Um zwölf ist die Sitzung im Ministerium.«

»Ich weiß.« Karl verschwand, und Barring sagte: »Ja – soweit ich sehe, werden wir, Sie, Herr von Eyff, und ich, kaum Schwierigkeiten haben, uns zu verständigen.«

In seiner lebhaften Art reichte der Laugaller über den Tisch weg dem Wiesenburger die Hand: »Was an mir liegt, ganz bestimmt nicht, verehrter Herr von Barring«, fiel er ein. »Bitte, seien Sie davon überzeugt!« Er stand auf. »Nun will ich Sie aber nicht länger aufhalten. Herzlichen Dank für Ihre Geduld und auf Wiedersehen, Herr von Barring. Darf ich bitten, mich Ihrer Frau Gemahlin und Frau Mutter zu empfehlen?«

Barring verbeugte sich leicht. »Bitte empfehlen Sie mich Ihrer verehrten Frau Gemahlin und Weidmannsheil für Schlesien.«

›Doch ein famoser Mann‹, dachte Eyff, als er durch den Korridor zur Treppe ging. ›Wirklich, ganz famos! Kann man nicht anders sagen.‹

Fünftes Kapitel

Schweren Herzens hatte Barring sich mit den Heiratsplänen Frieds abgefunden. Nach den letzten Nachrichten aus England schien Fried an seiner Absicht unerschütterlich festzuhalten.

Er schrieb, es ginge ihm so gut, wie es unter den Umständen, die ihn in England festhielten, eben möglich sei. Er halte sich selbstverständlich an sein Versprechen gebunden, ein volles Jahr drüben durchzuhalten. Auch zwei oder drei Jahre der Trennung könnten aber an seinem Entschluß nichts ändern! Der Brief schloß:

»Ich glaube, lieber Papa, daß Du der letzte sein würdest, der für meinen schwächlichen Wankelmut und die Charakterlosigkeit meiner Haltung Verständnis aufbrächte, wenn ich wirklich über diesem einen Jahr der Trennung mein Wort, das mich an Gerda bindet, vergessen könnte.«

Schon halb und halb entschlossen, Fried vor Ablauf des Wartejahres zurückzurufen, wollte Barring sich nun ungesäumt in der Frage ›Eichberg‹ schlüssig werden, um dann möglichst bald nach England hinüberzufahren.

Eine eingehende Besichtigung Eichbergs ergab, daß die Ernte in diesem Jahr dort zwar nicht glänzend ausgefallen war, immerhin aber zufriedenstellen konnte. Die paar Morgen Kartoffeln, die angebaut wurden, standen ganz gut, die Futterrüben versprachen sogar einen annehmbaren Ertrag. Die Wiesen hatten eine bezüglich der Menge wie auch der Güte gute Futterernte geliefert. Das tote Inventar war nicht nur ziemlich komplett, sondern auch in erträglichem Zustand, und was den Viehbesatz anging, so hätte er zwar stärker sein können, war aber in keiner schlechten Verfassung und genügte insoweit, als das lebende Inventar aus dem eigenen Nachwuchs vermehrt werden konnte, so daß an dieser Stelle Bargeld nicht hineinzustecken war. Die Herde war in der Milchleistung nicht schlecht, und die vierhundert Mutterschafe, die auf dem Vorwerk Augustenhof standen, das an die fünfhundert Morgen milden bis leichten Boden hatte, wiesen sogar eine ungewöhnlich hohe Qualität auf.

Wirklich hohen Anforderungen wurden auch die acht übernommenen Mutterstuten gerecht: lauter Pferde im großen Rahmen, sehr ausgeglichen im Typ, mit viel Knochen und schwungvollen Bewegungen. Diese Stuten konnten zur Grundlage einer wirklich hochwertigen Zucht werden.

Auf den ersten Blick sahen die Gebäude schlechter aus, als sie waren. Es handelte sich hauptsächlich um die Folgen langjähriger Vernachlässigung, durch die das Ansehen der Baulichkeiten zwar eingebüßt, ihr Inneres aber nicht besonders gelitten hatte. Die Gebäude stammten aus der guten alten Zeit, in der man wie für die Ewigkeit unter Verwendung von wertvollstem Eichenholz gebaut hatte. Mit verhältnismäßig geringen Mitteln ließen sie sich in Ordnung bringen.

Im Walde stand nicht viel schlagbares Holz, doch von den achthundert Morgen waren immerhin an die fünfzig mit alten, schönen Eichen bestanden und über vierhundert mit einem dreißig- bis sechzigjährigen Mischwald bestockt, in dem die Eichen stark überwogen.

Es ergab sich die Möglichkeit, das Gut nicht nur unter wirtschaftlich annehmbaren, sondern sogar unter verhältnismäßig günstigen Voraussetzungen zu erwerben, da Barring bereit war, den Kaufpreis in voller Höhe auszuzahlen. Nachdem über den Preis eine Einigung ohne Schwierigkeiten erzielt war, zögerte der Wiesenburger nicht, den Kauf zum Abschluß zu bringen. Schon am fünfzehnten September übernahm er Eichberg und setzte Albert Barbknecht, den zweiten Wiesenburger Inspektor, als Wirtschafter hin. Mit seinen sechsundzwanzig oder siebenundzwanzig Jahren war Barbknecht zwar noch jung, aber über seine Jahre hinaus tüchtig. Barring, der ihn sehr genau kannte, schätzte seinen Fleiß und die Zuverlässigkeit, die er immer bewiesen hatte, hoch ein.

»Na, Barbknecht, denn zeigen Sie mal, was Sie können«, hatte Barring in seiner ruhigen Weise gesagt. »Wir wollen gleich die Handwerker ins Haus nehmen und alles in Ordnung bringen lassen. Sehen Sie zu, daß alles im Gang ist, wenn mein Sohn zurückkommt. Ich denke, in sechs Wochen wird er wieder hier sein. Vielleicht auch schon in vier.«

Mit Feuereifer war Barbknecht an die Arbeit gegangen. Barrings Vertrauen ging ihm glatt herunter, er fühlte sich gehoben, und in der ganzen Gegend würde er stark an Ansehen gewinnen, wenn erst bekannt wurde, daß ihm die Bewirtschaftung des als schwierig bekannten Eichberg anvertraut worden war.

Zehn Tage nahm Barring sich Zeit, um in Eichberg alles ins rechte Gleis zu bringen. Er hatte lange Besprechungen mit den

Handwerkern, die er ungesäumt an die Arbeiten im Herrenhaus gehen ließ. So wurden die Zimmer neu tapeziert, die Fußböden, Fenster und Türen ausgebessert und neu gestrichen. In der geräumigen, hellen Küche wurde ein großer, moderner Herd aufgestellt, das Badezimmer im Parterre modernisiert, ein zweites eine Treppe hoch für die Gastzimmer eingerichtet. In den beiden Räumen, die der Wiesenburger sich als Frieds Schreibstube und Gerdas Wohnzimmer dachte, sollten große, behagliche Kamine gesetzt werden.

Barbknecht war hinten und vorne, gönnte sich keine Ruhe und förderte die Arbeit nach Kräften.

Die wenigen Tage vor seiner Abreise nach England wurden Barring viel zu kurz. Er hatte alle Hände voll zu tun, war vom frühen Morgen bis spätabends im Geschirr. Für Eichberg nahm er sich täglich einige Stunden Zeit, ging mit Barbknecht durch die Wirtschaft, besprach alle Einzelheiten mit ihm, sah nach den Arbeiten im Herrenhause und dachte bei allem, was er anordnete, an Fried, nach dem er sich doch sehr sehnte, wenn er sich selbst und anderen das auch nicht eingestehen mochte. –

Nun saß er an seinem Schreibtisch und sah die Post durch, die umfangreich wie immer war. Aber dann schob er die Briefe doch bald wieder auf die Seite und hing seinen Gedanken nach.

Mit Gerda Eyff als Schwiegertochter hatte er sich wohl oder übel abgefunden. Was blieb ihm schließlich auch übrig!

An jene Zeit vor dreißig Jahren dachte er, da er trotz der Tränen der angebeteten Mutter, der Bitten des lieben Vaters unbeirrt an Mathilde festgehalten hatte. In der Ehe mit ihr hatten die Eltern damals sein Unglück gesehen, waren durchdrungen von der Überzeugung gewesen, daß mit Mathilde das Verhängnis über Wiesenburg kommen müsse. Und wieviel an Glück und Segen hatte ihm seine Ehe dann gebracht! Aber diese Gerda Eyff war keine Mathilde! Auch nicht entfernt hielt sie einen Vergleich mit Thilde aus. Die lebte nur ihrer Pflicht, und wenn sie auch zuweilen etwas weit ging, so war es doch immer besser, darin zu viel des Guten zu tun, als nur an seine Vergnügungen zu denken, wie Fräulein von Eyff das tat. Man hörte wenigstens immer wieder, daß sie kaum was anderes im Kopf hatte. Auch diese Courmacherei von Graf Wilda, über die alle Welt sprach, paßte ihm ganz und gar nicht! Wenn man so gut wie verlobt war, dann ließ man sich nicht auf Tod und Leben den Hof machen. Das gehörte sich nicht! Man hätte es Fried sagen müssen. Aber was würde dabei herauskommen? Nichts natürlich! Gerda Eyff würde empört tun, alles auf Klatsch und Böswilligkeit schieben, und schließlich würde Fried höchstens noch Mitleid mit Gerda empfinden und sich um so entschiedener auf ihre Seite stellen. Eine gräßliche, ganz schauderhafte Geschichte!

Barring stand auf, um vor dem Mittagessen noch einmal durch die Ställe zu gehen. Peter, der Spaniel, erhob sich, gähnte und reckte sich, starrte seinen Herrn erwartungsvoll an und wedelte bittend mit der Rute.

»Jaja, Peter! Wir gehen raus. Komm, Alter.«

Als Karl ihm dann in den kurzen Pelz geholfen hatte, traf ihn Barrings mißbilligender Blick. »Ich weiß wirklich nicht, warum du eigentlich nie deinen Rock zumachst?«

»Verzeihn gnäd'ger Herr, aber es geht nu einmal nich ...«

»Was geht nicht? Alles geht! Das wär ja noch schöner!«

»Gnäd'ger Herr werden entschuld'gen, er is mir aber doch zu eng geworden.«

»Ach so ... jaja, ich weiß. Du wirst aber auch immer dicker. Wo das noch mal hin soll, weiß ich wirklich nicht. Na – vielleicht ist es krankhaft. Ich muß dir mal 'nen neuen bestellen. Erinner' mich dran.«

»Zu Befehl, gnäd'ger Herr.«

Nach dem Abendessen schnitt Barring noch einmal die Frage an, ob Mathilde ihn nicht doch nach England begleiten wolle. »Du kannst doch wirklich ruhig für die paar Tage fort, Thilde. Fräulein Hanna wird hier schon für alles sorgen.«

Allein Mathilde schüttelte den Kopf. »Es ist schon besser, ich bleibe hier. Ich hätte doch keine rechte Ruhe unterwegs. In Eichberg muß man doch auch nach den Handwerkern sehen. Laß mich schon hierbleiben, Archibald! Ich kann mich dann auf dein Zurückkommen freuen, und du bist in London ungestört und kannst ohne Rücksicht auf mich deinen Geschäften nachgehen.«

Barring sagte nichts. Er sah ein, es würde zwecklos sein, Mathilde weiter zuzureden, und gegen ihren Willen wollte er sie zum Mitkommen nicht veranlassen. Aber er dachte: ›Warum sie sich nur das Dasein unnütz schwer macht? Hoffentlich kümmert sie sich nicht zu viel um die Handwerker in Eichberg. Sie würde sie nur aufhalten ...‹

Einen Augenblick empfand er leisen Verdruß. Er wollte Mathilde so gern das Leben schöner machen und konnte es dann doch nicht, weil an ihrer übertriebenen Pflichttreue alle seine guten Absichten scheiterten. Mitunter war's nicht ganz einfach. Aber wenn man sich manchmal auch ärgerte – sie zwang einem doch Bewunderung ab, die Thilde, die nie an sich selbst dachte, sondern immer nur an andere ...

In London, wo Barring Anfang Oktober eintraf, fand er Fried zwar gesund vor, aber so überschlank geworden und wenig frisch aussehend, daß er sich ernsthafte Gedanken machte. Allein, merken ließ er nichts von seinen Sorgen.

»Besonders gut siehst du nicht aus, mein Junge«, sagte er, worauf Fried auch nur, wie beiläufig, erwiderte: »Es geht mir aber soweit ganz gut, Papa. Ich bin etwas leichter geworden. Aber das ist ja nur gut.« Barring hatte dazu zwar geschwiegen, aber doch den Entschluß bei sich gefaßt, mit einer Maßnahme ein Ende zu machen, die – davon war er jetzt überzeugt – ihren Zweck doch nicht erreichen würde. So sollte Fried denn gleich mit ihm zusammen nach Hause reisen.

Barring wohnte, wie immer, wenn er in London weilte, in einem kleineren, aber sehr gut erhaltenen Hotel am Hydepark. Mit leichter Ungeduld verfolgte er die Hantierungen des Hoteldieners, der leise und gewandt, wie der beste Kammerdiener, die Koffer auspackte, Kleider und Wäsche wegräumte, die Schuhe aus ihren Flanellüberzügen herausnahm und im Schuhfach unterbrachte. Endlich war der Mann fertig. Barring ließ Tee kommen und freute sich auf das ungestörte Zusammensein mit Fried. Glücklich, ihn endlich wiederzuhaben, erzählte er lebhafter von zu Hause, als es sonst seine Art war. Beide waren froh, nach langer Trennung sich endlich wieder gegenüberzusitzen, beide empfanden, wieviel sie einander waren, und fühlten trotzdem das Unausgesprochene, das störend zwischen ihnen stand und die volle Harmonie restlosen Sichverstehens nicht recht aufkommen ließ.

Doch keiner von beiden fand das erlösende Wort. Weder Barring noch Fried konnten sich entschließen, das Gespräch auf das zu lenken, was sie so stark erfüllte, daß alles andere daneben zu einer gewissen Belanglosigkeit zusammenschrumpfte. Schließlich benutzte Fried eine Pause im Gespräch, um einzuwerfen:

»Tante Lorna und Onkel George erwarten dich heute zum Essen, Papa. Du kommst doch wohl?«

»Ja, gewiß, Fried! Morgen wollte ich euch alle gern bei mir haben. Auch Cecilie und Irene mit ihren Männern. Wir könnten dann im Mayfair essen, habe ich mir gedacht. Ob es Onkel und Tante wohl recht sein wird, und weißt du, ob Andrew Bruce und Frank Faraday hier sind?«

»Soviel ich weiß, sind beide in London, Papa. Und Tante Lorna und Onkel George werden sicher sehr gern kommen. Ich glaube kaum, daß sie was anderes vorhaben.«

»Schön. In drei Tagen will ich dann nach Irland rüber zu Sir Henry Saint-Pierre und mir den ›Formidable‹ ansehen. Du kennst ja den Hengst, Fried. Erzähl mal! – Was ist an ihm dran?«

»Ja, Papa, er ist schon ein Hengst von besonderem Format! Ein mächtiger, hochedler und bildschöner Grauschimmel, für 'nen Vollblüter auffallend korrekt. Seine Vorderbeine sind ausgezeichnet, stramm und ausdrucksvoll. Der Oberarm ist lang und wundervoll modelliert. Aber Röhren wie ›Bacchus‹ und ›Emilius‹ in Wiesenburg hat er natürlich nicht. Hervorragend gut sind seine Sprunggelenke: trocken, breit und tief angesetzt. Der Hengst ist kolossal bemuskelt, und schließlich scheint er ein lammfrommes Temperament zu haben! Ich glaube, Papa, du wirst ihn kaufen.«

»Glaubst du, Fried? Als Schimmel hat er schon 'n Stein bei mir im Brett. Kann er denn gehen?«

»Wie 'n preußischer Landbeschäler im fünften Jahr! 'nen Vollblüter mit solchen Tritten findet man nicht oft! Und dabei geht er wie auf der Schnur! Für unsere mächtigen Stuten, wie die alte ›Walpurgis‹, die ›Bellona‹, die ›Kaskade‹, müßte er brillant passen. Er hat Hauptbeschälerqualität, und wenn General Lüderitz was von ihm wüßte, bekämst du ihn kaum, Papa, glaube ich.«

Barring hatte interessiert zugehört. Der Fried – das mußte man ihm lassen – hatte viel Blick, gerade für Zuchtmaterial.

»Na – wollen mal sehen!« sagte Barring. »Wenn der Schimmel so ist, wie du ihn beschreibst, kann er mir nicht ganz leicht zu teuer werden. Wenn du willst, kannst du ja mitkommen, Fried.« Einen Augenblick sah er den Sohn überlegend an, sprach dann – ohne dessen Antwort abzuwarten – aber auch schon weiter:

»Aber vielleicht ist es auch praktischer, ich fahre allein, und du benutzt die paar Tage, um dich hier zu verabschieden und deine Koffer zu packen . . .«

Er beugte sich vor, nahm einen Schluck Tee. Er mochte seinem Jungen gar nicht recht in die Augen sehen, die so überrascht und ungläubig blickten. »Na ja – ich wollte dir eigentlich vorschlagen, gleich mit mir zusammen nach Hause zu fahren, damit ich dich

Mamachen untern Weihnachtsbaum stellen kann. Was meinst du, mein Junge? Hast du Lust, gleich mitzukommen?«

Fried zögerte einen Augenblick mit der Antwort, er schien mit sich zu Rate zu gehen.

»Na, Fried! Ich dachte, du würdest dich nicht lange besinnen!«

Freimütig sah Fried den Vater an. »Wenn ich mit der Gewißheit nach Hause kommen könnte, Papa, daß Gerda dir nun wirklich willkommen ist, dann würd' ich natürlich unbeschreiblich gern und als sehr glücklicher Mensch mit nach Hause fahren.«

Barring sah ihn schweigend an. Was sollte er darauf antworten? Immer noch lagen der Besitzer von Wiesenburg und der Vater in ihm im heftigen Widerstreit der Empfindungen.

»Komm man ruhig mit nach Hause, mein Junge«, murmelte er schließlich, »und bring ein frohes Herz mit . . .« Er stand auf, holte sich eine Zigarre. »Willst du auch 'n Tobak, Fried? Ja? Schön! Hier hast du einen. Steck ihn an, und dann hör mal zu.«

Als dann die Zigarren brannten, sprach er – immer im Zimmer auf und ab gehend – weiter: »Ja, Fried, was ich sagen wollte . . . Eichberg hab' ich gekauft. Der Barbknecht wirtschaftet jetzt da. Er ist hinten und vorne und wird ganz gut damit fertig werden. Paar gute Böcke stehen auch da, und ganz nette Fasanen sind am See im Walde. Im Hause sind die Handwerker. Wenn alles fertig ist, kannst du hingehen und es übernehmen. Kannst dir mal die Zähne ausbeißen auf dem schweren Zeug. Na, was meinst du dazu, Fried?«

»Ja, Papachen, was soll ich meinen? Von ganzem Herzen dankbar bin ich dir, daß du mir das schöne Eichberg anvertrauen willst, und ich weiß nicht, wo ich lieber hinginge, wenn ich nur erst wüßte, wie du nun eigentlich über . . . über . . . na ja, also, wie du über Gerda denkst.«

Barring war vor Fried stehengeblieben, lächelte leise auf ihn herab. »Wie ich über Gerda denke? Ja, mein Junge, ich glaube, es kommt mehr darauf an, wie du über sie denkst. Und in deinen Gedanken hat sich ja wohl nichts geändert, soweit ich sehe? Was ich von Gerda Eyff denke? Das ist leicht gesagt! Daß ich es ihr danken will, recht aus dem Herzen heraus, wenn sie dich zum glücklichen Mann machen würde und dir helfen wollte, alles zusammenzuhalten. Und du, Fried? – Du denkst doch wohl noch genauso wie damals, als du zu mir kamst in Wiesenburg?«

»Ja, Papa, das tu ich!«

»Na, dann muß ich zu dem stehen, was ich dir gesagt habe. Wart mal 'n Augenblick, Fried. Ich muß schnell mal was aufschreiben.«

Er ging zum Schreibtisch, setzte sich, griff zur Brille, warf ein paar Zeilen auf ein Telegrammformular, überlas es, kniff das Papier zusammen und gab es Fried.

»Hier, mein Junge! Das kannst du mal runterbringen und expedieren lassen. Wenn du zurückkommst, sprechen wir noch mal von Gerda Eyff.«

Leicht verwundert stand Fried auf. Aber dann wandte er sich auch schon der Tür zu.

Barring blieb vor dem Schreibtisch sitzen. Etwas müde sah er aus, ein wenig abgespannt. So hing er seinen Gedanken nach. Sie waren nicht rosig... ›Wohin, wohin?‹ fragte er sich. ›Wird er Kurs halten, der Fried? Wird sie ihm helfen, das Erbe der Väter hoch zuhalten? Wird sie ihn stark halten für den Kampf des Daseins?...‹

Da wurde plötzlich die Tür aufgerissen, Fried stand, das Telegramm in der Hand, auf der Schwelle.

»Papa!«

Fried trat auf Barring zu, und dieser dachte: ›Mein Gott, wie leuchten nur seine Augen! Ich habe ja gar nicht gewußt, daß Augen so leuchten können!‹

»Na?« fragte Barring. »Was ist denn, Fried?«

»Nichts, Papa.«

»Soso! Na, dann geh jetzt man, mein Junge.«

»Ja, Papa!... Papa, ich möchte so gern, daß du *ganz* genau weißt, was ich alles fühle in mir... Es ist so schwer, das alles zu sagen. Aber ich denke, du weißt es auch so, Papa?«

»Ich weiß, ich weiß, Fried. Brauchst mir nichts zu sagen. Laß man.« – Er streckte dem Sohn die Hand hin: »Komm – gib mir die Hand, mein Junge, und dann ist es gut.«

Unten im Vestibül stand Fried und las zum vierten oder fünften Male die Depesche:

»Herrn und Frau von Eyff
Laugallen-Rogehnen, Ostpreußen Deutschland
Würden Sie meiner Frau und mir die Freude machen, uns zwischen Weihnachten und Neujahr für einige Tage in Wiesenburg zu besuchen und Ihr Fräulein Tochter Gerda mitzubringen? Fried schließt sich mit vielen Grüßen meiner Bitte herzlich an. Erbitte Drahtzusage London Hydepark Hotel   Barring«

Sechstes Kapitel

Der Winter hatte weiße Weihnachten und herrliche Schlittbahn gebracht.

Hennig und Raudnat, die beiden Wiesenburger Kutscher, fuhren gemächlich zur Bahn, um die Laugaller Herrschaften abzuholen. Bis zur Ankunft des Zuges war noch eine gute halbe Stunde Zeit, und so ließen sie die Pferde, die stallmutig ins Gebiß knirschten und gehlustig die Köpfe warfen, im Schritt gehen.

Schloß Wiesenburg war voller Gäste: Rottburgs, Mathias Schlenther, dann die Friedrichsthaler Barrings, die schon gestern gekommen waren, ebenso Herr und Frau von Koßwitz, die zur Familie gezählt wurden, wenn sie mit den Barrings auch durch keine verwandtschaftlichen Bande verbunden waren. Aber Axel Koßwitz, der eine Schwadron bei den Kürassieren hatte, und Fried verband treue, langjährige Freundschaft, und seine blonde Frau, eine immer lustige Amerikanerin, war die Dritte in diesem Freundschaftsbund. Maud Koßwitz, sehr hübsch und elegant, amüsant und gescheit, weilte nirgends lieber als in Wiesenburg, wo Barring sie verwöhnte und alles, was sie in den Ställen, dem Hof, dem Walde sah und erlebte, ihr Entzücken erregte. – Die Friedrichsthaler Barrings waren sechs Mann hoch erschienen.

Der Vetter Barrings, Thomas Fabian Barring, Besitzer des zweitausend Morgen großen Rittergutes Friedrichsthal im Gumbinner Kreise, hatte diesen nicht besonders großen, aber ertragreichen Besitz vor siebenundzwanzig Jahren von der Mutter übernommen und ihn seitdem sparsam, bedacht und mit großer Sachkenntnis bewirtschaftet. Er hatte mit dem Wiesenburger denselben Großvater: jenen Archibald Barring, dem seine Frau, geborene Hamilton, zwei Söhne, Archibald und George, geschenkt hatte.

Seinen Sohn George, den Vater des Wiesenburgers, Frieds Großvater also, hatte der alte Archibald Barring von der Pike auf Landwirtschaft lernen lassen und ihm dann Wiesenburg und Gottesfelde zugeschrieben. George übernahm die achttausend Morgen umfassende Begüterung in einer wirtschaftlich hervorragenden, finanziell glänzend fundierten Verfassung, und der als Landwirt besonders begabte, als Geschäftsmann kluge und versierte Mann baute den Besitz immer mehr zu einem ungewöhnlich ertragreichen Betriebe aus, den nach seinem Tode sein einziger Sohn – der heutige Wiesenburger – unter Bedingungen übernehmen konnte, die in jeder Hinsicht außerordentlich günstig waren.

Der Wiesenburger galt heute als Chef der Familie Barring, bildete ihren Mittelpunkt, um den sich die Verwandten gerne zusammenfanden, hielt mit allen Familienmitgliedern den engsten Zusammenhang aufrecht und pflegte die verwandtschaftlichen Beziehungen mit Sorgfalt.

Mit Thomas Fabian Barring verband ihn nicht nur verwandtschaftliche Treue, sondern auch aufrichtige Freundschaft, und auch Fried hing mit Zuneigung und Verehrung an dem Oheim, dessen bedachtsames Urteil in Wiesenburg viel galt.

Seine Frau, eine Tochter des Herrn von Randten auf Rosseinen, dem alten Familienbesitz der Randtens im Tilsiter Kreis, ergänzte den strengen Mann, der auch an seine Söhne die höchsten Anforderungen stellte, aufs glücklichste. Sie war eine wahrhaft gütige Natur, die immer nur Liebe geben und Verstehen zeigen wollte, und die Söhne, die zuweilen unter der abweisenden Art des Vaters litten, hingen in inniger Liebe an der Mutter. Über den Eigenschaften des Herzens war die praktische Begabung Elisabeth Barrings aber keineswegs zu kurz gekommen: sie hielt ihren Haushalt musterhaft in Ordnung, und die Häuslichkeit in Friedrichsthal atmete Ruhe und Behagen.

Die vier Friedrichsthaler Söhne hatten bei der strengen Lebensauffassung des äußerlich immer kühlen, oft sogar abweisenden Vaters keine ganz leichte Jugend gehabt, waren aber zu pflichtbewußten Männern herangereift, die vorwärtsstrebten und wußten, daß Kampf und nicht Spiel der Inhalt des Daseins ist. Sie befanden sich in gesicherten Stellungen und hatten eine Zukunft vor sich. Der älteste – Thomas – arbeitete als Ingenieur mit anerkanntem Erfolg bei Siemens in Berlin. Er war schon einige Dreißig, aber noch unverheiratet. Der zweite – Richard – galt als besonders tüchtiger Landwirt und war bei einem Grafen Zech in Schlesien als Inspektor tätig.

Die beiden anderen Söhne dienten in der Armee: Frank als Premierleutnant bei den ersten Grenadieren in Königsberg, Erich in derselben Charge bei den fünften Grenadieren in Danzig. Auch dieser hatte noch nicht den Entschluß finden können, die persönliche Freiheit aufzugeben, wogegen Frank in Else, der einzigen Tochter eines wohlhabenden Gutsbesitzers aus dem Oderbruch, eine liebenswürdige und hübsche Frau gefunden hatte, die ihn auch schon zum glücklichen Vater zweier gesunder Jungen gemacht hatte. Wie Thomas sich durch seine Leistungen, die über dem Durchschnitt lagen, bei Siemens eine ausgezeichnete Stellung errungen hatte, so erfreuten sich auch Erich und Frank nicht nur des Wohlwollens ihrer Vorgesetzten, sondern auch großer Beliebtheit bei den Untergebenen, so daß der Friedrichsthaler auch wegen seiner beiden jüngsten Söhne beruhigt sein durfte: ihre Laufbahn schien gesichert. Barring freute sich aufrichtig, daß die Friedrichsthaler vollzählig gekommen waren, um an Frieds Verlobungsfeier teilzunehmen. Er selbst stand diesem, für das Haus Wiesenburg so wichtigen Ereignis immer noch sehr zwiespältig gegenüber und vermochte infolgedessen das Gefühl beruhigter Befriedigung, geschweige denn das ungetrübter Freude nicht aufzubringen.

Allein in einem Abteil des Königsberger Zuges, der in den nächsten Minuten das ziemlich auf der Mitte der Strecke Königsberg–Kallenberg gelegene Wehlau erreicht haben mußte, saßen Herr und Frau von Eyff mit Gerda und Emanuel, den Barring noch nachträglich eingeladen hatte.

»Kinder«, seufzte der alte Eyff, »wenn ich bloß erst die ›alte Gnädige‹ überstanden hätte! Auf alles andere freue ich mich: Aber die Alte liegt mir – offen gestanden – etwas im Magen. Sie soll doch sehr ihre Schwierigkeiten haben. Sieh zu, Gerda, daß du gut bei ihr abschneidest.«

»Ich habe auch ein bißchen Angst vor ihr, Papachen«, gab Gerda zu. »Fried behauptet zwar, es wäre gar nicht so schwer mit ihr, aber ich weiß doch nicht so recht...«

»Auf jeden Fall ist sie klug«, warf Frau von Eyff ein, »und hat Fried sehr lieb, und wenn sie sich überzeugt haben wird, daß du ihn glücklich machst, wird sie dich mit offenen Armen aufnehmen...«

Emanuel öffnete das beschlagene Fenster. »Eben taucht Wehlau auf. Wir haben also bis Kallenberg noch reichlich zwanzig Minuten Zeit.«

Der Zug fuhr langsam in den Wehlauer Bahnhof ein. Da beugte Emanuel sich aus dem Fenster: »Hier, Fried!« winkte er erfreut. »Das ist ja famos, daß du uns schon hier erwartest!« Er stieß die Coupétür auf, und Fried sprang in das Abteil, drückte einen Kuß auf Gerdas Hand, überreichte Frau von Eyff ein paar schöne Rosen, begrüßte Eyff und Emanuel. Dann gab er Gerda mit einem Strauß roter Rosen ein kleines Päckchen: »Von Mama! Es soll dir zeigen, wie sehr sie sich auf dich freut, und viel Liebes soll ich dir von ihr ausrichten, Gerda.«

Ein liebenswürdig dankendes Lächeln trat in Gerdas Augen. Nur ein sehr scharfer Beobachter hätte darin eine leise Spur hochmütig-ironischer Ablehnung entdecken können.

»Wie gut und freundlich von deiner Mutter, Fried!« Sie entfernte das Seidenpapier. Aus einem roten Lederetui funkelte ihr ein schöner Ring entgegen: ein in Brillanten gefaßter Saphir, so tiefblau wie der Himmel einer schönen Sommernacht. »Oh – wie entzückend!« rief sie erfreut. »Und gerade Saphire liebe ich so! Nein, wie gut von deiner Mutter!«

In Kallenberg wartete schon August auf dem Bahnsteig, nahm das Handgepäck in Empfang, war beim Aussteigen behilflich, bat um die Gepäckscheine und packte die Gäste schließlich auf den Schlitten in die warmen Pelzdecken.

Im ersten Schlitten fuhr Raudnat die Laugaller und Emanuel, während Hennig mit dem Brautpaar folgte. »Du fährst zuerst vor, Raudnat«, hatte Hennig verfügt. »Uns' Leutnant und was dem seine Braut is, die sind ja nu heut die Hauptsach, und die Hauptsach in Wiesenburg tut immer derjenige fahren, wo mehr zu bedeuten hat. Versteh mir man richtig, Raudnat! Es soll mir doch wundern, wenn sich uns' Fried nich allein mit sie im Schlitten packt! Wenn es mit einem erst so weit is, wie mit die beid's, hernach hilft allens nich, denn is einer doch meist lieberst allein mit sie und nich mang andre.«

Er schwieg und dachte über seine tiefsinnigen Betrachtungen nach, und Raudnat sah ihn mit Achtung an: Donnerschock, der Hennig wußt sich aber auch forts mit allem zu behelfen, und über alles und jedes konnt er so recht nachsinnieren und sich seine Gedanken machen!

Hennig behielt recht! Er fuhr das Brautpaar so stolz nach Wiesenburg, als säßen hinter ihm in den weichen Pelzdecken zwei Königskinder! Und er machte sich so seine Gedanken. Den Fried – den hatte er ja schon zur Taufe gefahren, und jetzt ... jetzt wollte er denn ja feiern! Jaja, wie das so zugeht in der Welt.

Neugierig sahen die Kallenberger den Schlitten nach. Natürlich wußten sie längst Bescheid und interessierten sich brennend für die Braut. Mächtig, langgestreckt in seinem grauen Mauerwerk mit den vielen Fenstern, die in dem riesigen Bau klein wirkten wie Luken, tauchte in ernster, imponierender Wucht Schloß Wiesenburg auf mit seinen Zinnen und dem Turm mit der Wetterfahne.

An dem Gasthof ging es vorbei, die Dorfstraße wurde gekreuzt, dann fuhren die Schlitten den sanften Berg zum Hof hinauf. Rechts ging es durch parkartige Anpflanzungen zum Burgtor, durch das man in den riesigen Hof einfuhr, der sich linker Hand mit seinen vielen Ställen und Scheunen schier unabsehbar ausdehnte. Weiter halbrechts, ziemlich isoliert vom Hof, dicht am Park, lag das alte graue Schloß, dessen rechtem Flügel gegenüber das Kavalierhaus stand, so daß von diesem zweietagigen Bau und dem rechten Schloßflügel ein geräumiger innerer Schloßhof gebildet wurde, über den jetzt die Schlitten vor die Granittreppe sausten, auf der Barring seine Gäste erwartete, während Karl und der alte, schon dreiundsiebzigjährige Jurleit, der nach langen Dienstjahren als erster Diener in Wiesenburg jetzt die Ruhe des Alters in seiner kleinen gemütlichen Wohnung im Dorf genoß und nur noch zu besonderen Gelegenheiten ins Schloß kam, den Herrschaften beim Aussteigen halfen.

In seiner ruhigen Art begrüßte Barring die Eltern, gab Emanuel die Hand, wandte sich dann erst Gerda zu, sah sie eine Sekunde durchdringend an. Sie fühlte sich verwirrt, nur mit Mühe hielt sie seinen Augen stand, fand nicht den Entschluß, ihn zuerst anzureden. Da streckte ihr Barring die große, nervige Hand hin, und sie hörte seine ruhige, tiefe Stimme: »Seien Sie in Wiesenburg willkommen! Ich will Sie zu meiner Frau bringen, Fräulein Gerda. Kommen Sie bitte.«

Insofern machte er ihr die Lage leichter, als er gar nicht ihre Antwort abwartete, die in solchen Augenblicken ja nicht leicht zu finden ist. Er faßte sie unter den Arm und ging mit ihr zu Mathilde: »Hier bring' ich dir Frieds Braut, Thilde«, und dann zu Gerda: »Sie werden in meiner Frau eine zweite Mutter haben können, Fräulein Gerda.«

Mit einer herzlichen Bewegung reichte Mathilde ihr die Hand, die Gerda – sich tief und anmutig darüber neigend – küßte. Mathilde war ganz verändert. Das kühl Abwartende, das ihrem Wesen sonst den Stempel aufdrückte, war verschwunden. In den schönen dunklen Augen lag ihr ganzes Herz und etwas unendlich Gütiges, vom besten Willen Beseeltes in der Geste, mit der sie den Arm um Gerda legte und sie auf den Mund küßte.

»Wir wollen gleich ›du‹ zueinander sagen, Gerda, und gerade

in diesem Augenblick, in dem du zum erstenmal das Haus Wiesenburg betrittst, möchte ich's dir gern sagen: Ich nehme dich als Mutter an mein Herz, und du wirst mich immer finden, wenn du mich einmal brauchst. Gerade in schweren Stunden, Gerda! Gerade dann sollst du mich nie umsonst suchen.«

Gerda legte mit einer reizenden Bewegung beide Arme um Mathilde und küßte sie. Sie sagte nichts. Aber durch keine noch so schönen Worte hätte sie ihre Empfindungen herzlicher zum Ausdruck bringen können als durch die Art, wie sie Mathilde umarmte. Etwas so Impulsives, Natürliches war darin, und es schien, als hätte sie Mathilde ihr Herz auf beiden Händen entgegentragen wollen, um es ihr ganz zu schenken.

Frau von Eyff trat auf Mathilde zu und drückte ihr die Hand. Die beiden Frauen, in ihrer Wesensart sehr verschieden, verstanden sich in diesem Augenblick ohne alle Worte und fühlten sich zueinander hingezogen. Der Laugaller verneigte sich voll ehrlichen Respekts vor Mathilde und zog ihre Hand dankbar an die Lippen. ›Eine großartige Frau‹, dachte er, ›wirklich eine großartige Frau! Und eine vollendete Dame! Allen Respekt!‹

Gerda bedankte sich nun ›für den wunderschönen Ring, der ihr so große, große Freude mache‹. Mathilde nahm ihre Hand in die ihre, sah einen Augenblick darauf nieder: »Hätte ich deine Hände gekannt, Gerda, so würde ich dir wahrscheinlich statt des Ringes etwas anderes geschenkt haben. Solche Hände sind ohne Ring am hübschesten. – Kommen Sie bitte, liebe Frau von Eyff, ich zeige Ihnen, wo Sie wohnen. Und komm auch du mit, Gerda. Ich will dich auf dein Zimmer bringen.«

Der immer ein wenig verlegene Augenblick des Sichkennenlernens mit den neuen Verwandten war glücklich überstanden, die gewisse beklemmende Feierlichkeit, die in der Situation lag, überwunden, und ein freundlich-harmloser Ton griff allmählich Platz, zu dem Marianne Rottburg, die um zwei Jahre ältere Schwester Frieds, und ihr Gatte, der Landrat Freiherr von Rottburg, viel beitrugen. Äußerlich das Abbild ihres Vaters, war Marianne als Frau keine auffallende Schönheit, hatte aber in ihrer großen, schlanken Erscheinung und dem ruhigen, sehr sicheren Wesen etwas außerordentlich Vornehmes, und durch ihre warmherzige Art nahm sie sofort gefangen.

Sie begegnete Gerda, der Braut ihres geliebten Bruders, mit so viel Wärme und herzlicher Bereitwilligkeit, daß diese durch ihr fast werbendes Entgegenkommen hätte bezwungen werden müssen, was aber keineswegs der Fall war. Instinktiv fühlte sie die moralische Überlegenheit der Schwägerin, und gerade dadurch geriet sie in jene halb unbewußte Verteidigungsstellung, die der Schwache dem Starken gegenüber leicht annimmt, um dahinter die eigene Unzulänglichkeit zu verbergen.

Der gut mittelgroße, breitschultrige Andreas Rottburg war Gerda zwar nicht übermäßig sympathisch, aber er imponierte ihr. Aus seinen braunen, im Ausdruck gewöhnlich kalten Augen leuchtete durchdringende Klugheit. Gerda erkannte sofort, daß diesem Mann mit dem kühlen, beherrschten Wesen, dem nichts besonders Verbindliches eignete, nichts vorzumachen war.

Wenig Gnade vor den Augen Gerdas fanden die Friedrichsthaler. Thomas Fabian Barring war ihr in seiner wortkargen Zurückhaltung unbehaglich, erschien ihr zu streng und verschlossen, zu ernst und kritisch, war ihr – kurz gesagt – unsympathisch. Elisabeth Barring war Gerda – wie sie sich ausdrückte – zu vorzüglich. Es langweilte sie, mit Frieds Tante über wirtschaftliche Fragen zu sprechen, und es fehlte ihr jedes Verständnis für die Vorliebe, mit der Frau Barring von ihren Söhnen erzählte oder über Friedrichsthal sprach.

Von den vier Söhnen erweckte nur Thomas das Interesse Gerdas. Er schien eine merkwürdig hohe Meinung von seinem Beruf zu haben. Aber was war denn schon schließlich ein Ingenieur? Am Ende doch auch nichts als ein bezahlter Angestellter, der sich gewisse Fähigkeiten erworben hatte und infolgedessen etwas mehr verdiente als irgend jemand, der keine bestimmte fachmännische Ausbildung hatte. Jedenfalls mußte er doch für ein mehr oder weniger hohes Gehalt sein geistiges Eigentum der Firma, der er verpflichtet war, zur Verfügung stellen, und es blieb schwer verständlich, warum er seinen Beruf und seine Stellung so wichtig nahm. Immerhin – der Gesichtswinkel, aus dem er Welt und Dinge betrachtete, erschien Gerda neu und infolgedessen auch nicht ganz uninteressant. Dieser Thomas Barring lebte wohl tatsächlich in der Überzeugung, als Ingenieur der Elektrotechnik – man wußte gar nicht mal recht, was das eigentlich war – einer großen Sache zu dienen, die bestimmend die Fortentwicklung der Welt beeinflussen würde.

Insofern lernte Gerda in Thomas Barring einen ihr ganz neuen Typ der Menschheit kennen, als ihm seine Arbeit, sein Beruf tatsächlich zum Inhalt und Zweck des Lebens geworden schienen, während er alles andere mehr oder weniger nur als angenehmes Beiwerk betrachtete. War ihr diese Einstellung auch unbegreiflich, so fand sie die Auffassung, die Thomas vom Zweck des Daseins hatte, doch neu, originell und bemerkenswert. Die Herren, die sie kannte, betrachteten die Arbeit, den Dienst im Grunde doch nur als eine nicht immer erfreuliche Notwendigkeit, eine oft unbequeme Unterbrechung des Vergnügens, die man häufig genug verwünschte.

Einen Augenblick war der Laugaller betroffen, als er plötzlich Mathias Schlenther gegenüberstand.

Man hatte mit diesem Kommerzienrat Schlenther bisher nur rein geschäftlich zu tun gehabt, war sich menschlich fremd geblieben, hatte schließlich auch immer einen gewissen Abstand gewahrt, wie er sich zwischen einem alten Gardekavalleristen und Landedelmann und einem Kaufmann schließlich von selbst verstand, und nun sollte man plötzlich auf gesellschaftlichem Fuß miteinander verkehren, und nicht nur das – man mußte in diesem Kommerzienrat sogar den zukünftigen Oheim der Tochter begrüßen. Komische Lage! Kompliziert und schwierig war die Situation, hatte einen etwas fatalen Beigeschmack.

Mathias Schlenther ließ Eyff weiter keine Zeit, sich noch mehr Gedanken zu machen, und indem er ihn sehr harmlos begrüßte, nahm er der Situation sofort alles Gezwungene. Dann wandte er sich sogleich an Frau von Eyff, die eben herantrat.

»Das ist mir aber wirklich eine besondere Freude, meine verehrte, gnädigste Frau, daß wir uns heute hier treffen«, sagte er in seiner liebenswürdigen Art. »Die Umstände, die uns zusammenführen, sind ja auch so erfreulich! Ich kann mir so gut denken, welche Empfindungen Sie bewegen werden, meine gnädigste Frau! Jede Mutter ist doch erst dann ganz ruhig, wenn sie den Weg übersehen kann, den ihr Kind gehen will.«

»Sie werden verstehen, Herr Schlenther, wie dankbar ich bin, einen steinlosen Weg zu sehen, der im Sonnenschein liegt. Aber nun muß ich Ihnen Ihre freundlichen Worte zurückgeben: Ich freue mich auch sehr, Sie hier zu treffen, und ich möchte gern, daß unsere Beziehungen nicht weiter von zufälligen Begegnungen abhängig bleiben. Sie würden meinem Mann und mir eine Freude machen, wenn sie uns bald einmal in Laugallen besuchen wollten. Es ist ja doch von Königsberg aus nur ein Katzensprung.«

Eyff hatte mit Betroffenheit gehört, wie Amélie diesen Kom-

merzienrat einfach mit seinem Namen anredete. ›Wirklich recht unangenehm! Solche Menschen sind sowieso leicht pikiert und legen großes Gewicht auf Titel.‹ Er beschloß den Versuch zu machen, den Fauxpas seiner Frau auszugleichen: »Der Bitte meiner Frau möchte ich mich anschließen, Herr Kommerzienrat. Ich würde mich außerordentlich freuen, Sie in Laugallen zu begrüßen. Sind Sie Jäger, wenn ich fragen darf?«
»Nein, Herr von Eyff, leider nicht. Ich hatte nie so recht Zeit, ein wirklich guter Jäger zu werden, da hab' ich es lieber ganz gelassen. Aber trotzdem werde ich mit Vergnügen Ihrer freundlichen Aufforderung folgen«, versicherte er, sich leicht gegen Frau von Eyff verbeugend.
»Charmant, Herr Kommerzienrat! Sie machen uns eine große Freude«, wiederholte der Laugaller. »Vielleicht interessiert es Sie auch, Laugallen kennenzulernen. Sie sind ja wohl selbst angesessen . . .«
». . . und im Herzen viel mehr der Besitzer von Logrimmen als der Königsberger Kommerzienrat, den ich überhaupt gern im Kontor zurücklasse, Herr von Eyff. Natürlich wird mich Laugallen sehr interessieren, besonders Ihre Stammschäferei. Ich denke daran, auch Schafe zu halten. Man hat in 'ner Wirtschaft wie Logrimmen immer mal Futter übrig, das Schafe am besten verwerten.«
»Von 'ner gewissen Größe ab ist Schafhaltung meistens empfehlenswert. Wie groß ist Logrimmen eigentlich?«
»Viertausend Morgen. Mein Großvater hatte übrigens eine ziemlich große Schafhaltung. Erst mein Vater schaffte sie ab.«
Plötzlich sah Eyff mit ganz anderen Augen auf Schlenther. Donnerwetter! Die saßen ja länger, *viel* länger auf ihrem Grund und Boden als seine Familie! Gewandt wie er war, nahm er auch sofort die leise Korrektur zur Kenntnis, die Mathias Schlenther hatte einfließen lassen, als er bemerkte, er ließe den Kommerzienrat gern auf dem Kontor zurück, und so ging er ohne weiteres vom Titel zum Namen über. Als man sich trennte, meinte der Laugaller: »Weißt du, Amélie, daß mir dieser Schlenther eigentlich recht gut gefällt? Ist ja ein ganz prächtiger Mann! Eigentlich schade, daß er Kommerzienrat ist. Hat so 'n Beigeschmack, der Kommerzienrat. Ich kann mir nicht helfen! Merkwürdig übrigens, daß er nicht Jäger ist. Aber – weißt du – diese Art Menschen sind fast nie Jäger. Gott, Amélie, wenn man so will, ist er doch schließlich mehr einer von uns. Denk mal, schon der Großvater

saß auf Logrimmen. Sollte mich gar nicht wundern, wenn schon der Urgroßvater drauf gewesen wäre. O nein, mir scheint, mit dem Schlenther könnte man sich direkt anfreunden. Schade eigentlich, daß ich ihn angepumpt habe. Das nimmt doch so 'n bißchen die Harmlosigkeit. Er denkt natürlich immer: er wird hoffentlich bald bar werden, und das ist kein angenehmes Gefühl. Übrigens, diese kleine blonde Lamberg! 'n nettes Ding, wirklich 'n nettes kleines Ding! Ich bilde mir ein, sie hat hier allerhand zu bedeuten. Die Gerda sollte sich nur gut mit ihr stellen.« – Frau von Eyff kam nicht dazu, ihrem Mann zu antworten. In diesem Augenblick meldete der alte Jurleit, daß angerichtet sei, und man ging zum Frühstück.

Gerda hatte sich übrigens Mühe gegeben, mit Hanna Lamberg liebenswürdig zu sein. Aber so ganz war's ihr nicht geglückt. Auch mit Hanna ging es ihr ähnlich wie mit Marianne Rottburg: sie empfand das moralische Übergewicht Hannas als lästig, ›weil‹ – wie sie sich sagte – ›man gegen diese überzeugte Vortrefflichkeit hilflos ist‹, und sie nahm sich vor, diesem Fräulein Lamberg gegenüber es zwar nicht an Freundlichkeit fehlen zu lassen, im übrigen aber einer vorsichtigen Zurückhaltung sich zu befleißigen.

Bei Tisch hob Barring das Weinglas und grüßte Gerda mit freundlichem Zunicken. Er sagte nichts dabei. Aber in seinen Augen war ein Lächeln, und aus seiner ganzen Art sprach die Bereitwilligkeit, der Braut seines Sohnes mit jedem Wohlwollen entgegenzukommen.

Die drei Diener Karl, August und der schlohweiße Jurleit servierten mit Hilfe der beiden Jäger Brand und Mattukat schnell und gewandt, und als man nach einer kleinen Stunde von Tisch aufstand, zogen sich alle bald zurück, um vor dem Diner, das um sechs Uhr sein sollte, noch etwas zu ruhen.

»Wann dürfen wir wohl Ihrer Frau Mutter unsere Aufwartung machen, Herr von Barring?«

»Ich glaube, meine Mutter würde sich sehr freuen, wenn Sie so um vier zu ihr rübergingen, Herr von Eyff. Aber ich wäre Ihnen dankbar, wenn Sie nicht über halb fünf blieben . . .« Er lachte, als er das Erstaunen Eyffs sah. »Meine Mutter gehört nämlich zu den beneidenswerten Menschen, die ohne Uhr auskommen. Bleiben Sie länger als halb fünf, können wir bestimmt erst um sieben, statt um sechs zu Tisch gehen. Wenn Sie aber um halb fünf gehen, besteht 'ne gewisse Aussicht, daß wir wenigstens um halb sieben essen können.«

»Gut, daß Sie mich ins Bild setzen, lieber Herr von Barring«, lachte der Laugaller. »Keine Macht der Welt soll uns länger halten können als bis halb fünf.«

»Gnäd'ge Frau lassen die Herrschaften bitten«, meldete der alte Evert mit der respektvollen Unnahbarkeit eines Mannes, der die Würde des Hauses, dem er schon mehr als fünfzig Jahre diente, zu wahren hatte und der seinen eigenen Wert kannte.
Der Laugaller stand unter dem leisen Druck einer gewissen Unsicherheit. Frau von Eyff empfand die Lage zwar nicht als besonders schwierig, aber doch immerhin als nicht ganz einfach, und Gerda sah der ersten Begegnung mit Frieds Großmutter einigermaßen beklommen entgegen.
Emanuel war harmlos und unbekümmert wie immer. Ihm machte ›die Audienz‹, wie er den Besuch bei sich nannte, Spaß, auch gönnte er Gerda die befangene Unsicherheit, die ihrer sonst so großen Selbstsicherheit ein Ende gemacht hatte, einer Selbstsicherheit, die leicht in Rechthaberei ausartete und ihn zuweilen ärgerte.
Ganz unbefangen und frei von allen beschwerenden Gedanken war Fried. Er küßte der Großmutter respektvoll die Hand:
»Darf ich dir Frau von Eyff, Herrn von Eyff, Gerda und Emanuel Eyff vorstellen, Großmamachen?«
Die alte Gnädige verneigte sich in bewußter Würde leicht, reichte erst Frau von Eyff, dann dem Laugaller, darauf Gerda die Hand, die mit einer tiefen Verbeugung die alte Hand küßte, worauf Emanuel zum Handkuß zugelassen wurde. Dann deutete sie auf das Placement vor dem Sofatisch: »Darf ich bitten, Platz zu nehmen.« Selbst auf ihrem gewohnten Sofaplatz sich niederlassend, bat sie durch einen Blick Amélie Eyff an ihre Seite, winkte dann Gerda zu: »Kommen Sie, Fräulein von Eyff! Nehmen Sie den Sessel hier«, und als Gerda dann neben ihr saß, reichte sie ihr noch einmal die Hand: »Sie sollen mir willkommen sein, mein Kind«, sagte sie, »und ich werde die Stunde, die Sie nach Wiesenburg führte, segnen, wenn Sie Fried eine gute Frau sein werden und wenn ich sehe, daß Sie der ernsten Pflichten immer eingedenk bleiben, die Sie als zukünftige Herrin von Wiesenburg auf sich nehmen müssen.«
Gerda fiel kein passendes Wort der Zustimmung oder des Versprechens ein. Die Art der alten Gnädigen schien ihr zu pathetisch. Ob sie Fried eine gute Frau sein würde, das hing zum Teil

ja auch von ihm ab, und was die Pflichten betraf, die sie gegen
Wiesenburg haben sollte, so würden sich diese tragen lassen.
Augenblicklich war's jedenfalls am klügsten, den Mund zu halten
und ernst in den Schoß zu starren. Man lief dann nicht Gefahr,
Dummheiten zu sagen, und das Schweigen konnte als innere Ergriffenheit gedeutet werden, die auf jeden Fall einen guten Eindruck machen würde.

Aber wie es auch sein mochte, etwas heikel blieb die Situation
doch, und so kam das Erscheinen des alten Dieners Gerda sehr
gelegen. Auf silbernem Teebrett balancierte er hohe, schmale
Champagnerkelche und eine Flasche ›Veuve Cliquot‹, wie der
Laugaller durch einen diskreten Blick feststellte. Evert füllte die
Gläser vorsichtig und präsentierte dann erst Frau von Eyff, darauf der alten Gnädigen das Tablett, bot es schließlich Gerda und
den Herren und verschwand dann mit der halbgeleerten Flasche.

»Wir müssen doch zusammen anstoßen, Fräulein von Eyff«,
sagte die alte Gnädige. »Sehr passend ist die Tageszeit ja nicht für
Champagner, aber dafür ist es die Gelegenheit um so mehr. Also
nochmals: Glück auf Ihren Weg!«

Man stieß an, und jeder trank das halbvolle Glas aus. Der Laugaller warf seiner Frau einen raschen Blick zu, und Amélie nickte
leise. Beide dachten dasselbe: Das war ja gar nicht die hoheits-
volle, kühl überlegene Frau, als welche die alte Gnädige immer
geschildert wurde.

Jetzt setzte sie eine silberne Tischglocke in Bewegung, und
Evert erschien:

»Du kannst uns noch mal eingießen, Evert, und dann sieh doch
mal nach meinem Strickzeug. Ich weiß gar nicht, wo es sein kann,
und es fehlt mir.«

Als Evert verschwunden war, sagte sie zu Frau von Eyff: »Mitunter ist er wirklich albern, der Evert! Wenn er 'ne Gelegenheit
für feierlich hält, findet er es – glaube ich – unpassend, daß ich
stricke. Na – schließlich ist es ja auch 'ne feierliche Gelegenheit,
und vielleicht ist es sogar wirklich nicht ganz passend. Aber
trotzdem ist es 'ne alberne Manier, mir einfach das Strickzeug zu
verstecken...«

Evert erschien mit Champagner und Strickzeug, das er der alten Gnädigen mit einem etwas vorwurfsvollen Blick überreichte.
»Na – da ist es ja! Wo war es denn nur schon wieder, Evert?«

Während dieser die Kelche füllte, murmelte er etwas Unverständliches. Die alte Gnädige hörte es gar nicht, hatte sofort zu

stricken angefangen, sprach schon wieder zu Frau von Eyff: »Nehmen Sie es mir nicht übel, liebe Frau von Eyff, aber ich kann nun mal nicht ohne Strickzeug sein. Wenn ich es nicht habe, werde ich leicht etwas konfus, und das ist für meine Gäste schließlich auch kein Genuß.«

Nun sprach sie weiter zu Amélie: »Alle Frauen von den Barrings, die hier gewirtschaftet haben, liebten Wiesenburg mit heißer Seele, und das hat wohl viel dazu beigetragen, daß Segen auf Wiesenburg lag.«

Der Laugaller blinkte Amélie zu. Es war gleich dreiviertel fünf! Höchste Zeit, sich zu verabschieden.

»Wir dürfen Sie nicht länger aufhalten, gnädige Frau«, sagte, sich erhebend, Amélie Eyff. »Ich fürchte, wir haben es schon zu lange getan. Um sechs soll ja gegessen werden.«

Die alte Gnädige stand auf. »Sie haben mich ganz und gar nicht aufgehalten! Im Gegenteil! Es war mir 'ne Freude, Sie zu sehen. Nun bin ich gar nicht dazu gekommen, mich mit Ihrem Sohn zu unterhalten.« Sie wandte sich an Emanuel: »Wenn Sie mich vor Ihrer Abreise noch mal besuchen wollen, lieber Herr von Eyff, werde ich mich freuen. Ich höre gern mal was von Berlin. Früher war ich öfters da. Aber jetzt reise ich nicht mehr oder wenigstens nur, wenn ich muß. Gehen Sie viel aus in Berlin?«

»Oft mehr, als mir lieb ist, gnädigste Frau. Mein Kommandeur hält drauf. Die unverheirateten Offiziere wären auf der Welt zum Diensttun und Tanzen, behauptet er, und so muß ich oft an jedem Abend der Woche tanzen...«

»Was in Ihrem Alter auch seine Reize hat und bequemer sein kann, als verheiratet zu sein. Ein Engagement zum Souper ist schließlich einfacher und mitunter vielleicht auch unterhaltender als eins auf Lebenszeit. Sie sehen mir übrigens nicht so aus, als könnten Sie bloß aus Bequemlichkeit 'ne Frau suchen. Wissen Sie, bequem ist die Ehe eigentlich nicht, wenn sie so ist, wie sie sein soll, und wenn sie bloß für einen Teil bequem ist, dann taugt sie nichts.« Sie reichte ihm die Hand. »Auf Wiedersehen, Herr von Eyff.« Nun trat sie auf Gerda zu. »Wenn Sie mich mal brauchen sollten, so werden Sie mich nicht umsonst suchen, Fräulein von Eyff. Mitunter hat das Alter doch etwas der Jugend zu geben, wenn die es auch nicht recht glaubt. Aber schließlich hatten wir Zeit genug, vom Leben geschurigelt zu werden. Jedenfalls halte ich mich für Sie bereit! Aber ich will Sie nicht länger aufhalten. Alte Leute reden leicht zuviel. Auf Wiedersehen heute abend!«

Siebentes Kapitel

»Weißt du, Amélie«, faßte Eyff seine Beobachtungen zusammen, »die hört die Frösche niesen! Möglichst aus dem Wege werde ich ihr gehen. Das scheint mir doch das Richtige zu sein. Was meinst du, Alie?«

»An deiner Stelle wäre ich recht nett mit ihr. Dann wird sie es auch mit dir sein, und ihr werdet sehr gut zurechtkommen.«

»Meinst du? Vielleicht hast du gar nicht mal unrecht. Sahst du, wie freundlich sie mit Emanuel war? Ich glaube, er hat ihr recht gefallen ... mehr als Gerda, scheint mir fast ...«

»Gerda steht sie natürlich kritischer gegenüber. Das ist ja begreiflich. Aber dumm ist sie ja nicht, die Gerda, und wird sich schon durchsetzen.«

Auf seinem Zimmer fand Eyff die Tischordnung. Er trat an den Tisch, auf dem zwei Lampen brannten, setzte die Brille auf und studierte das Placement. Plötzlich malte sich Bestürzung auf seinen Zügen: »Amélie, komm doch mal 'nen Moment«, rief er zum Nebenzimmer hinüber. »Nein – so was! Darauf war ich allerdings nicht gefaßt«, murmelte er beunruhigt.

Frau von Eyff stand auf der Schwelle: »Was ist denn, Waldemar?«

»Erbarm dich, Alie, ich muß die Alte führen! Nu tu mir den einz'gen Gefallen!«

»Mein Gott, Waldemar, du machst ein Gesicht, als wenn du Zahnschmerzen hättest! Ihr werdet euch sehr gut unterhalten. Sie soll sehr amüsant sein können, wenn sie will.«

»Jaja, Aliechen«, nickte er nachdenklich. »Das soll sie wohl. Aber ob sie wollen wird, das ist eben die Frage.«

»Nun verdirb dir den Abend nicht, Waldemar! Sei recht nett mit ihr. Mir ist so aus alter Zeit, als könntest du unter Umständen auch sehr amüsant sein.«

Er trat auf sie zu und legte den Arm um ihre Schultern. »Ich bin oft recht langweilig, Aliechen. Ich weiß! Das bringen die Jahre so mit sich. Nach dreißig Jahren fällt einem nicht mehr sehr viel Neues ein. Und daß ich dich eigentlich noch lieber habe als damals, vor jenen Jahren in Berlin, das ist ja nun auch schon 'ne alte Geschichte. Das kann ich dir auch nicht immer wieder erzählen.«

»Oh – das kannst du mir ruhig sagen«, nickte sie lächelnd und trat in ihr Zimmer zurück. »Es wird mir schon nicht langweilig.«

Im Grünen und Roten Zimmer und in der Blumenstube stand und saß man in kleinen Gruppen zusammen und wartete auf die alte Gnädige. Die Herren vom Zivil in Frack und weißer Binde mit der kleinen Ordenskette, einige den Johanniterorden um den Hals, die Herren vom Militär im Waffenrock mit Ordensschmuck, die Damen in großer Toilette, langen weißen Handschuhen, mit Schmuck und Fächer. Zwischen den schwarzen Fracks, den bunten Uniformen, der leuchtenden Farbenfreudigkeit der Damast- und Seidenkleider fielen zwei Erscheinungen besonders auf: Barring, dessen hohe, schlanke Gestalt der tadellos sitzende Frack besonders zur Geltung brachte, und der alte Pfarrer Müllauer, der neben ihm stand. Der Wiesenburger trug außer dem Rechtsritterstern des Johanniters noch zwei andere hohe Halsorden, an blauem und karmoisinrotgerandetem gelben Bande. Die weiße tiefausgeschnittene Frackweste gab dem Gesellschaftsanzug, den er mit der Selbstverständlichkeit langer Gewohnheit trug, eine Note besonderer Eleganz. Neben dem Wiesenburger stand, ebenfalls hochgewachsen und trotz der einundachtzig Jahre noch ungebeugt, Pfarrer Müllauer. Er hatte Barring noch als kleinen Jungen gekannt, als er vor einundfünfzig Jahren sein geistliches Amt in Wiesenburg antrat, hatte ihn unterrichtet und eingesegnet, Marianne und Fried getauft, Rottburgs getraut, und es waren unlösbare Bande der Liebe und Freundschaft, die ihn mit dem Hause Wiesenburg verknüpften. Er war heute der einzige Gast, der den Barrings nicht durch verwandtschaftliche Beziehungen verbunden war. Axel Koßwitz und seine Frau rechneten als Verwandte, Wahlverwandte wenigstens.

»Wollen Sie sich aber nicht setzen, lieber Herr Pfarrer?« fragte Barring. »Man steht sich ja die Beine in den Leib!« Mit leichter Ungeduld sah er auf die Uhr: »Gleich dreiviertel sieben! Ich will doch lieber noch mal rüberschicken.«

In diesem Augenblick rauschte die alte Gnädige pompös und im Bewußtsein ihrer Stellung und Würde ins Zimmer, und ein Schweigen trat ein, wie es zu sein pflegt, wenn die Menschen sich plötzlich vor den gleichen, unerwarteten Eindruck gestellt sehen. Die alte Gnädige bot freilich auch einen etwas überraschenden Anblick. In ihrem ziemlich tief ausgeschnittenen, cremefarbenen Damastkleid, ein Häubchen aus Altbrüsseler Spitzen auf dem

Haar, um die noch vollen Schultern einen wundervollen spanischen Spitzenschal, die Füße in weißen Atlasschuhen, einige schwere Armbänder an den Handgelenken und vor den Ausschnitt eine große ovale Brosche gesteckt, war sie nicht wie eine Frau gekleidet, die auf die Achtzig zugeht, sondern wie eine Fünfzigerin. Aber sie trug ihre jugendliche Pracht mit so viel Selbstverständlichkeit und natürlicher Würde, daß sie höchstens ein wenig überraschend wirkte.

Barring ging sofort auf seine Mutter zu, begrüßte sie mit respektvoller Herzlichkeit, und alle anderen folgten seinem Beispiel, voran die Laugaller, Mathilde, das Brautpaar.

Gerda im zartlila Seidenkleid, nur ein paar rote Rosen im Haar und vor dem Brustausschnitt, Mathildens Saphirring an der schönen Hand, sah reizend aus. Else Barring flüsterte ihrer Schwiegermutter ganz hingenommen zu: »Nein – wie ist sie bloß entzückend! Diese Eleganz, dieser Charme! Man kann gar nicht wegsehen.« Elisabeth Barring nickte. »Sie passen zusammen, sie und Fried. Er sieht famos aus in seinem blauen Koller. Aber er hat auch 'ne selten gute Figur.«

Koßwitz begrüßte die alte Gnädige. »Das freut mich nun aber wirklich ganz besonders, lieber Herr von Koßwitz, Sie zu sehen! Was machen die Mädels? Alle munter? Ja? Das ist schön. Sie müssen mir noch die Bilder zeigen. Aber bei mir. Da kann ich sie mir in Muße ansehen. Ihre Frau sieht wieder reizend aus.«

Die Flügeltüren zum Speisesaal wurden geöffnet, und der alte Jurleit erschien im schwarzen Frack mit Ordensschnalle und meldete mit der Ruhe langjähriger Gewohnheit: »Es ist angerichtet.«

Hinter den Stühlen hatten die vier Diener Karl, August, Evert und Jurleit Posto gefaßt, ebenso die Jäger Brand und Mattukat und endlich die Kutscher Hennig und Raudnat, die bei größeren Gelegenheiten mitservierten. Bis auf Jurleit und Evert, die im schwarzen Frack waren, und die Jäger in ihren grünen Röcken trugen die Diener hellblaue Fracks, blau-weiß gestreifte Westen und lange, schwarze Beinkleider. Alle hatten mehr oder weniger lange Ordensschnallen auf der Brust mit den Orden und Ehrenzeichen daran.

Etwas Grundreelles, Goldechtes ging von diesen alten Dienern der Barrings aus, lag über dem schweren, breiten Tisch mit dem herrlichen Damast, dem alten, massiven Silber, dem Meißner Porzellan mit dem Rosenmuster, und einen Hauch von Würde und Tradition, Familienstolz und Selbstbewußtsein verbreiteten die alten Familienbilder der Barrings, Hamiltons und Habichts, die aus ihren schmalen Goldrahmen ernst und gemessen oder lächelnd und geziert, aber alle voller Selbstgefühl und im Bewußtsein ihrer Würde auf die tafelnde Gesellschaft herabblickten.

Die allgemeine Unterhaltung kam schnell in Fluß. Dumpfes Summen lag über der Tafel. Ab und zu wurde es übertönt von dem hellen Gekicher einer Dame oder durch das herzhafte Lachen eines Herrn unterbrochen. Dazwischen klapperten die silbernen Löffel auf dem dünnen Porzellan der Suppenteller, aus denen man die klare Schildkrötensuppe aß.

Eyff, dem die Suppe vorzüglich schmeckte, nahm jetzt einen vollen Schluck aus dem Portweinglase.

»Alle Wetter!« murmelte er imponiert. Die alte Gnädige sah ihn amüsiert an: »Nanu, Herr von Eyff, schmeckt er nicht?«

»Seien Sie mir nicht böse, gnädigste Frau, aber das rutschte mir so raus. Ich habe mir wirklich eingebildet, zu wissen, wie Portwein schmecken muß. Aber jetzt merk ich, daß ich's erst von heute an weiß. Das ist ja was Unbeschreibliches!«

»Er stammt noch vom alten Barring, meinem Schwiegervater. Er ließ ihn sich immer aus England mitkommen. Der Wein muß an die hundert Jahre alt sein.« Sie griff zu ihrem Glase. »Ich nippe selbst ganz gern davon.«

Der Laugaller atmete auf. Sie schien ja heute abend milde gestimmt! Er nahm mit dem Gefühl der Erleichterung von der in der Serviette gekochten Pute im Reisrand mit Béchamelsauce, die ihm August eben servierte. Die Putenbrust schmeckte ihm so vortrefflich, daß er auch hierüber eine kleine Bemerkung zur alten Gnädigen nicht unterdrücken konnte. »Ein altes Wiesenburger Rezept«, sagte sie lächelnd, und er war wieder einen Schritt weiter bei ihr gekommen.

Gerda fühlte sich an Barrings Seite ein wenig geniert. Es hätte sonst so lustig sein können. Aber so mußte sie immer auf sich achten, konnte sich nicht so frei geben, wie sie es gern tat. Zum Glück unterhielt Barring sich immer mit der Mama, auch mal über den Tisch weg mit der alten Gnädigen, mit Papa, Mathias Schlenther und Elisabeth Barring, so daß er für sie wenig Zeit behielt. Nur ab und zu sagte er ihr ein kurzes, freundliches Wort. Als zu dem warmen Hummer ein alter Steinberger Schloßabzug gereicht wurde, dessen köstliche Blume den ganzen weiten Saal füllte, winkte ihr Papa mit dem Glase zu. Er war in bester Stimmung. Gerda hatte wirklich das Große Los gezogen!

Als der Rehrücken mit dem Gelee aus schwarzen Johannisbeeren und dem römischen Salat herumgereicht wurde und der Champagner, ein halbsüßer Pommery älteren Jahrgangs, wie flüssiges Gold in den Kehlen perlte, schlug Barring ans Glas und stand auf:

»Unsere verehrten Gäste bitte ich, die Gläser zu erheben . . .«
Allgemeines Stühlerücken, die ganze Gesellschaft erhob sich, die Herren sahen streng und feierlich drein, die Damen bemühten sich, ergriffen auszusehen, die Diener erstarrten zu beunruhigender Leblosigkeit und machten beeindruckte Gesichter . . . während die tiefe, ruhige Stimme Barrings klar und deutlich und ohne jedes Pathos, aber ernst durch das Zimmer klang:

». . . und auf das Wohl unseres gnädigen Königs zu trinken. Der liebe Gott erhalte ihn uns noch manches Jahr zum Segen für unser Volk und Land. Seine Majestät der Kaiser und König, er lebe hoch!«

Man rief dreimal hoch, trank die Gläser mit dem Gefühl aus, daß dies nicht die schlechteste Seite des Toastes sei, die Diener erwachten aus ihrer Erstarrung, man nahm wieder Platz und wandte seine volle Aufmerksamkeit dem Rehrücken zu. Jeder trug die Liebe zu dem alten, ruhmgekrönten König im Herzen. Aber das war etwas, was sich von selbst verstand und sich nicht anders gehörte, und schließlich noch kein Grund, diesen köstlichen, zartrosa gebratenen Rehrücken nicht mit der gebührenden Achtung zu behandeln. Die Unterhaltung war gerade wieder in Gang gekommen, die Diener hatten die Teller weggenommen, als Barring wieder ans Glas schlug. Sofort trat Stille ein. Die Diener blieben stehen, erstarrten diesmal aber nicht zur Leblosigkeit, sondern hörten mit aufmerksamer Anteilnahme auf die Worte ihres Herrn.

»Meine verehrten Gäste, meine liebe Gerda, mein lieber Junge!« begann Barring beherrscht und sicher. Obwohl er seine tiefe Stimme nicht besonders hob, erfüllte sie den weiten Saal bis in den letzten Winkel.

»Es ist der Lauf der Welt, einmal für alle Freuden, die uns geschenkt wurden, für alles Glück, das uns beschieden war, die Quittung vom Schicksal präsentiert zu bekommen, und es ist das Los der Eltern, eines Tages sich bescheiden zu müssen, um im Herzen der Kinder einem anderen den ersten Platz einzuräumen.«

Barring stockte, senkte die Augen, die Lippen legten sich einen

Augenblick fest aufeinander. Dann hob er die Lider, sein Blick grüßte voll und warm Mathilde, suchte dann die Augen Frieds. Seine Stimme klang bewegt, als er weitersprach. »An deiner lieben Mutter habe ich immer eine treue und verständnisinnige Helferin gehabt, dich zu einem braven und zuverlässigen Mann zu erziehen, und wir beide – du und ich – tragen es tief im Herzen, was deine Mutter uns in langen Jahren immer wieder mit vollen Händen und aus treuem Herzen geschenkt hat.

Das Leben meiner Vorfahren war damit ausgefüllt, ihren Nachfahren auf sicherem Grund ein Haus zu errichten, das nach wohlüberlegtem Plan so fest gefügt wurde, daß es Generationen Schutz vor jedem Wetter und allen Stürmen gewähren konnte und nach menschlichem Ermessen auch für die ferne Zukunft gewähren kann.

Dein Großvater und ich konnten den Besitz immer stärker befestigen und vermehren.« Wie überlegend schwieg er einen Augenblick. Dann traf sein Blick wieder Mathilde, und in seinen graublauen Augen, die gewöhnlich kühl abwartend blickten, war jetzt nur Liebe und Dankbarkeit. Leise nickte er Mathilde zu, dann glitt sein Blick zu seiner Mutter hin. Als er nun weitersprach, war tiefe Innigkeit in seiner Stimme.

»Daß wir das konnten, das verdanken wir zum großen Teil der hingebenden und selbstlosen Hilfe unserer Frauen. Dir, mein lieber Junge, wünsche ich als Bestes, was ich dir heute wünschen kann, daß du dermaleinst deiner zukünftigen Frau auch so aus vollem Herzen danken darfst, wie ich heute deiner Mutter und deiner Großmutter für all das Viele und Große danke, was sie für uns Barrings getan haben.«

Wieder stand er sinnend ein, zwei Sekunden, wandte sich dann wieder Fried zu, sprach schneller, fast mit Schwung weiter:

»Das Schicksal hat dir eine hohe und schöne Aufgabe zugewiesen. Du wirst einmal über eigenen Grund und Boden gehen dürfen. So sorge dafür, daß dein Schritt über den Wiesenburger Akker goldene Spur zurückläßt! Du wirst über das Wohl und Wehe vieler Menschen zu wachen haben. So sei immer darauf bedacht, nicht nur deinen Acker, sondern auch die Herzen deiner Leute sorgfältig zu bestellen. Halte deine Angestellten und Leute immer in Ehren, dann werden sie auch dich in Ehren halten, und es wird Segen auf eurer Arbeit ruhen.«

Jetzt richtete er seine Worte an Gerda. Seine Stimme wurde ein wenig leiser, und in seinen Augen war ein mahnender Ernst.

»Dir, meine liebe Gerda, kann ich nichts anderes raten als das, was ich Fried eben ans Herz gelegt habe. Möge dir Wiesenburg immer ein unantastbares Heiligtum bleiben, die Arbeit und das Streben Frieds Verständnis und Förderung bei dir finden. Die Pflichten, die du als Frieds Frau zu übernehmen haben wirst, möchten sie dich ausfüllen und beglücken! *Wir,* meine Frau, meine Mutter, alle lieben Verwandten und ich, sind von Herzen bereit, dir zu helfen, wo immer du unsere Hilfe haben willst, und wir haben den guten Willen, an unserem Teil dazu beizutragen, deine Wege zu ebnen.«

Seine Stimme wurde wärmer, als er – ganz erfüllt von der Bereitwilligkeit, das Beste zu geben, was er zu geben hatte – nun fortfuhr: »Meine Frau und ich stehen vor dir und tragen dir unsere Herzen entgegen. Werde Fried eine treue, unverzagte Helferin, wie alle Frauen der Barrings es waren, und sei ihm nicht nur in guten Tagen, sondern auch in schweren Zeiten Trost und Stütze. Sorge dafür, daß er nicht nur seine Freuden zu dir trägt, sondern auch mit seinen Sorgen zu dir findet.

Unsere verehrten Gäste und lieben Verwandten aber bitte ich, sich mit mir in dem Wunsch zusammenzufinden: Möge ein gnädiges Schicksal die Sonne über dem Weg unseres Brautpaares scheinen lassen und die Schatten bannen, soweit sie aus dem Leben von uns Menschen zu bannen sind. Lassen Sie uns die Gläser erheben, und rufen Sie bitte mit mir: Unser liebes Brautpaar, es lebe hoch und abermals hoch und immerdar hoch!«

Wohl der einzige Mensch an der ganzen Tafelrunde, auf den die Worte Barrings keinen tiefen und nachhaltigen Eindruck gemacht hatten, war Gerda. Sie hatte erwartet, in der Rede die Hauptrolle zu spielen, in ihr besonders gefeiert zu werden, und in dieser Erwartung war sie zunächst den Worten Barrings aufmerksam gefolgt. Als sie dann aber nur an die Pflichten gemahnt wurde, die sie zu erfüllen haben würde, schien ihr die Rede trokken und langweilig, um nicht zu sagen überheblich, und sie ließ Barrings Worte, ohne seine Liebe zu Wiesenburg zu begreifen, an ihrem Ohr vorübergleiten.

Sie dankte ihrem Schöpfer, als man endlich wieder saß, die programmäßige Ergriffenheit, mit der Mama, Papa, Frieds Mutter ihr die Hand gedrückt hatten, wieder einer normalen Geistesverfassung gewichen, der Handkuß bei der alten Gnädigen angebracht, die freundlich-ernste Gemessenheit, mit der Barring ihr die Hand gegeben hatte, überstanden war.

Komisch übrigens, wie alle unter dem Eindruck der Rede Barrings standen ... Selbst Papa, der sich so gern über alles lustig machte und immer gleich die komische Seite an allem herausfand, machte sein berühmtes Gesicht und sah in finsterer Entschlossenheit vor sich hin. Diesen Ausdruck hatte er nur, wenn er gar nicht mehr wußte, wie er sich vor seiner inneren Bewegung retten konnte.

Mama wischte sich noch immer mit dem Taschentuch über die Augen und hatte Frieds Mutter mit einer Innigkeit umarmt, die fast peinlich wirkte. Ein bißchen wie auf dem Theater, dachte Gerda.

Sie hatte nicht viel übrig für Sentiments, die Gerda Eyff. Warum sich belasten? Warum sich in überflüssige Unkosten stürzen ...? Ihre Gedanken beschäftigten sich jetzt mit den Dienern. Es war aber auch zu komisch gewesen, wie die alten Nußknacker während der Rede Barrings dagestanden hatten! Wenn sie daran dachte, hätte sie rausplatzen können! Gesichter hatten dieser dicke Karl und der alte Jurleit aufgesteckt, als wären sie bei 'ner Leichenfeier. Kein Auge hatten sie von Barring gelassen, und der alte Mummelgreis, der Jurleit, hatte ab und zu langsam mit dem dicken Kopf genickt. Nein – wirklich zum Totlachen!

August reichte Gerda frische Champignons à la crême und unterbrach dadurch den hohen Flug ihrer Gedanken. Dann sah sie, wie ihr Vater einen tiefen Zug aus dem hauchdünnen, bauchigen Glas tat, in dem der Château Lafitte, 1846er, grand vin, der zu den Champignons eingegossen war, wie Granat glühte. Der Papa schlug ans Glas, stand auf, und dann sprach er kurz, aber wunderhübsch und so warmherzig, daß, als er sich wieder setzte, die alte Gnädige ihr Champagnerglas gegen ihn hob: »Haben Sie Verwendung für die Freundschaft einer alten Frau?«

»Und herzliche und große Dankbarkeit dafür«, hatte er geantwortet. So warm und ehrlich hatte er das gesagt! Ordentlich hübsch klang es! Und dann gab die Alte ihm die Hand, und sehr ehrerbietig beugte er sich darüber.

Als die halbgefrorene Ananasbombe und die Mokkacreme serviert waren, begrüßte Thomas Fabian Barring für die Verwandten des Hauses Wiesenburg die Braut und sagte ihr mit klugen und gütigen Worten, sie alle seien bereit, sie freudig in ihren Kreis aufzunehmen und ihr Teil dazu beizutragen, ihr das Einleben unter den neuen Verwandten zu erleichtern.

Endlich sprach Pfarrer Müllauer noch einige einfache Worte,

die tief und stark wirkten, weil nicht der Verstand, sondern das Herz sie diktiert hatte.

Zu der süßen Speise wurde wieder der alte Portwein eingeschenkt. Eyff trank sein Glas andächtig aus, ließ es noch einmal füllen. Er hatte all die edlen Weine mit der stillen Dankbarkeit des Kenners genossen und befand sich jetzt in einer Stimmung, da ihm das Herz voll war und er die ganze Welt hätte unarmen mögen. Jetzt grüßte er mit dem Glase Barring:

»Ich möchte von dieser Tafel nicht aufstehen, ohne Ihnen noch mal zu sagen, wie stolz ich darauf bin und wie glücklich es mich macht, Gerda in Ihre Familie zu geben. Bitte betrachten Sie es als das aufrichtige Bedürfnis meines Herzens, wenn ich Sie bitte, die Freundschaftshand anzunehmen, die ich Ihnen entgegenstrecke.«

Barring verbeugte sich leicht auf seinem Stuhl, reichte ihm über den Tisch weg die Hand: »Ich danke Ihnen, lieber Eyff. Als Verbündete, wozu uns das Schicksal gemacht hat, wollen wir uns am Glück unserer Kinder freuen.«

Sie tranken sich zu mit dem Wein, den vor hundert Jahren ein Barring in seinen Keller gelegt hatte, damit Kinder und Enkel dermaleinst ihn in Glück und Gesundheit trinken sollten.

Achtes Kapitel

Während oben im Roten und Grünen Zimmer und in der Blumenstube die Herrschaften bei Mokka und Likör zusammensaßen, sich unterhielten und die Herren die langersehnte Zigarre genossen, hatten sich unten in dem großen Leutezimmer die Diener zum Tafeln niedergesetzt und, weil es gemütlicher war, ihre Fracks ausgezogen. Sie aßen ihre Rehkeule in Hemdsärmeln und tranken dazu Bier. Aber dann setzte Karl zwei Flaschen Champagner auf den Tisch: »Uns' Herr läßt sagen, die sollen wir auf das Brautpaar trinken.« Die Gläser wurden vollgeschenkt, und Karl sagte zu August: »Wenn wo sollt geklingelt werden, denn geh du man rauf, August. Von Rechts wegen müßt je der Raudnat rauf, weil er doch der Jüngste is. Aber er kann sich mitunter nich so recht behelfen, wenn er soll Diener spielen.«

»Was sagst?« fragte Raudnat gereizt. »Nich behelfen soll ich mir können? Na, nu wird Tag!«

»Raudnatche, reg dir man noch wo auf«, beschwichtigte ihn Karl. »Ich hab nuscht nich gesagt als bloßig die reine Wahrheit! Was im Menschen drin liegt, das liegt nu mal drin, und einer kann mit Pferdsäppel hantieren und der andre mit Gravensteiner. Das kommt auf die Natur drauf an, und da is nuscht nich zu reden. Hauptsach, daß einer da auf Posten is, wo er hingehören tut, und du gehörst im Stall und nich in die Stub!«

Raudnat schwieg gedankenvoll. Der Karl hatte ja eigentlich ganz recht. Dumm war der überhaupt nicht! Der konnt' einem alles so richtig ausdeuten und zurechtlegen.

Man war in gehobener Stimmung oben im Grünen und Roten Zimmer und in der Blumenstube. Eyff, Mathias Schlenther und der Friedrichsthaler unterhielten sich vortrefflich zusammen. Thomas und Erich Barring amüsierten sich köstlich über die komischen Geschichten Emanuels, Rottburgs saßen angeregt plaudernd mit dem alten Pfarrer Müllauer, Koßwitzens und Hanna Lamberg zusammen, Amélie Eyff und Elisabeth Barring hatten sich gefunden, und um die alte Gnädige saßen Mathilde, das Brautpaar und Else Barring. Gerda langweilte sich und ersehnte das Ende dieses ermüdenden Zusammenseins.

Die Unterhaltung plätscherte munter, man lachte und scherzte, kurz – man befand sich in jener harmonischen und menschenfreundlichen Stimmung, wie sie leicht aufkommt, wenn Menschen zusammen sind, denen ein gutes Diner eben gezeigt hat, daß diese Welt immerhin manche Freuden zu bieten vermag. Die edlen Weine hatten die Zungen gelöst und die Herzen erschlossen, und man hatte den festen Willen, sich gegenseitig angenehm und erfreulich zu finden.

Auf einem Tisch in der Grünen Stube war eine Batterie Likörflaschen aufgebaut, Zigarren aller Größen und Arten standen dort zur Verfügung, und Emanuel und die Friedrichsthaler Söhne genehmigten immer wieder einen grünen Chartreuse, einen Curaçao Winaud Focking oder einen Schluck Hennessy, wobei Emanuel jedesmal behauptete, es wäre ja geradezu eine Sünde, solchen Kognak nicht zu trinken, und Frank immer wieder feststellte, es sei purer Blödsinn, daß Alkohol in konzentrierter Form gesundheitsschädlich sein sollte. »Im Gegenteil! Ganz im Gegenteil! Wissen Sie, Eyff, um die Wahrheit zu sagen, ich fühle mich eigentlich erst richtig wohl, wenn ich so meine zwei, meinetwegen auch drei gekippt habe. Was meinst du, Thomas?«

Der goß sich langsam und mit Bedacht einen grünen Chartreuse ein und machte ein überlegenes Gesicht: »Mein lieber Frank, ernstere Fragen liegen dir ja nicht so besonders. Aber das schadet auch nichts weiter. Es ist sogar ein Glück, daß wir nicht alle zum Philosophen geboren sind. Trotzdem wird dir kaum entgangen sein, daß ich zwar durchaus nicht zur katholischen Kirche hinneige, immerhin aber mit Respekt und Bewunderung auf diese großartige Organisation eiserner Zucht und schärfster Disziplin sehe. Und heute erleben wir nun wieder die Vielseitigkeit Roms mit staunender und dankbarer Bewunderung! Was für prachtvolle Kerls müssen diese Mönche sein, die wahrhaftig mehr können als den Rosenkranz beten und die Messe lesen! Dieser grüne Kräuterlikör ... welch ein Labsal für den müden Leib, welch Balsam für das wunde Herz haben sie uns mit ihm beschert! Lassen Sie uns in diesem edlen Tropfen auf unser Wohl trinken! Sie, lieber Eyff, der rauhe Landsknecht, der in Wehr und Waffen durch die Lande reitet und siehet, wen er verderben kann, ich, der Kämpfer ums Licht, der bereit ist, diese dunkle Welt zu erleuchten! Prost! Sie sollen leben und in Gesundheit hundert Jahre alt werden oder, von der Feinde Lanzen durchbohrt, fallen auf dem Felde der Ehre, was vielleicht noch richtiger wäre, wenn es ja auch nicht gleich morgen zu sein braucht«, schloß er gedankenvoll.

Die alte Gnädige, die Frau von Eyff gerade auseinandersetzte, warum man Spickgänse mit Brustknochen solchen mit ausgelöstem Knochen vorziehen müsse, winkte Fried zu sich heran: »Willst du uns nicht was vorsingen, Fried?«

»Sehr gern, Großmamachen. Hast du besondere Befehle?«

»›Tom der Reimer‹ würde ich gern hören, wenn du mir die Freude machen willst. Er rührt mich immer«, erklärte sie Amélie Eyff, »und ich lasse mich ab und zu ganz gern rühren. Man ist dann so menschenfreundlich und findet alles so traurig und auch wieder so schön, und wenn es ja auch bald wieder vorüber ist, aber für den Augenblick ist es ganz angenehm. Die Stelle mit den Glöckchen liebe ich so! Man bildet sich ein, sie wirklich klingen zu hören. Sie nicht auch, liebe Frau von Eyff?«

Gerda, die hinzugetreten war, biß sich auf die Lippen, während ihre Mutter sich beeilte, der alten Gnädigen zuzustimmen.

Völlig unmusikalisch, empfand Gerda Musik nur als Geräusch, das ihr manchmal unangenehm, immer aber gleichgültig war und das sie weiter nicht berührte, wenn es sie nicht in der Unterhaltung störte. Aber jetzt hielt sie es für diplomatisch, in die Bitte der alten Gnädigen einzustimmen: »Ja – bitte, Fried, ›Tom der Reimer‹! Du weißt ja, wie sehr ich ihn liebe.«

Interessiert sah die alte Gnädige sie an: »Sind Sie musikalisch, Fräulein Gerda?«

»Leider nicht ausübend, gnädige Frau. Aber ich höre Musik so gern, und dann . . .« Sie zögerte, lächelte ein wenig befangen, was ihr in diesem Augenblick sehr gut stand, sprach dann etwas leiser, die Augen wie in Verwirrung niederschlagend, weiter: »Und . . . Fried höre ich natürlich besonders gern.«

»Aha«, sagte die alte Gnädige mit diesem gewissen Lächeln, bei dem man nie wußte, was dahintersteckte, »na – das ist ja weiter nicht so furchtbar überraschend«, wandte sich ab und sprach mit Frau von Eyff weiter, ohne Gerda an der Unterhaltung zu beteiligen.

Fried setzte sich an den Flügel und begann leise zu präludieren. Sein Anschlag war weich, sein Spiel durch und durch musikalisch. Leicht und sicher ging er in die Begleitung über, und voll und schmiegsam schwang sein gut geschulter Bariton durch das Zimmer, das sich allmählich füllte. Alle kamen leise aus den Nebenzimmern herüber, um dem Gesang zu lauschen, mit dem Fried es genug sein lassen wollte, als er »Tom der Reimer« mit starkem Ausdruck und großer Bravour vorgetragen hatte. Aber als er nun den Flügel schloß, erhob sich Widerspruch, und man bat ihn, noch mehr zu singen. Ohne sich irgendwie zu zieren, öffnete er wieder das Klavier, sang aus den »Meistersingern«: »Am stillen Herd, zur Winterszeit«, für seinen Vater, der dies Lied sehr liebte, ließ ein paar Schubertlieder folgen und stand dann auf. – Er hatte heute besonders schön gesungen, und seine Zuhörer standen alle mehr oder weniger lebhaft unter dem Eindruck seines Gesanges. Mathildens Augen ruhten mit dem Ausdruck tiefster Liebe und stolzer Freude auf dem Sohn, Elisabeth Barring, die Musik immer weich stimmte, tupfte sich mit dem Taschentuch die Augen, und Else Barring, die auch nah am Wasser gebaut hatte, sah beharrlich in den Schoß. Emanuel Eyff, den Musik leicht berührte und der reichlich genossene Hennessy für die Macht der Töne besonders empfänglich gemacht hatte, versuchte die innere Bewegung dadurch zu meistern, daß er etwas krampfhaft, aber mit dramatischem Schwung Hanna Lamberg von seinen Erlebnissen auf der letzten Kaiserparade erzählte:

»Und denken Sie, Fräulein Lamberg, wie der Kaiser – mein Himmel . . . Sie werden mir's zugeben, mit achtundsiebzig ist er schließlich kein Jüngling mehr – auf seiner braunen Stute an unser Regiment kommt und die Trompeter den Präsentiermarsch blasen, da legt dieser verdammte Schinder ... verzeihen Sie! Ich wollte sagen, die Stute vom alten Kaiser legt also auf einmal den Schwanz auf die Kruppe und schnarcht wie verrückt, und plötzlich fängt sie an zu schwimmen, kann ich Ihnen sagen! Glauben Sie mir, das Herz blieb uns allen stehen! Der alte Kaiser faßt ins Vorderzeug ... mein Gott, achtundsiebzig, Fräulein Lamberg, achtundsiebzig! – und der Oberstallmeister hinter ihm wird kalkweiß und macht Augen wie die Teetassen. Es war einfach schauderhaft. Was das Aas sich eigentlich gedacht hat ...«

Entsetzt sah Hanna Lamberg ihn an. Wie konnte man nur in diesem unglaublichen Ton vom Oberstallmeister sprechen! Doch da fuhr Emanuel auch schon fort: »Ich meine natürlich das Mistvieh – tausendmal Vergebung! Aber es kann einen noch heute schrecklich aufregen – also die Stute meine ich, Fräulein Lamberg, nicht den Oberstallmeister! Sagen Sie selbst – wie käme ich dazu? Nicht wahr? Also kurz und gut, die Stute! Ja, was der eigentlich eingefallen war, das soll der Deiwel ... das weiß der liebe Gott. Na – zum Glück passierte nichts. Aber der Moment war schauderhaft, wirklich ganz schauderhaft, und mein Kommandeur sagt heute noch: ›Kinder, mir wird übel! Ich kann euch bloß sagen, mir wird übel.‹« Noch in der Erinnerung schien Emanuel von dem entsetzlichen Erlebnis überwältigt, und Hanna Lamberg, die zwar nicht recht wußte, warum es so schrecklich sein sollte, wenn ein Pferd den Schwanz auf die Kruppe legt, auch nicht recht begriff, wie eine Stute im wachen Zustand und noch dazu in der Bewegung den überraschenden Einfall haben kann, plötzlich zu schnarchen, der es ferner rätselhaft blieb, wie dies merkwürdige Tier es fertiggebracht hatte, im tiefen Sande des Paradefeldes zu schwimmen, und die endlich umsonst die Frage zu lösen suchte, warum der Regimentskommandeur so leicht unter Übelkeitsanfällen zu leiden hatte, erschauerte bei der Vorstellung, wie der greise Kaiser auf dem schnarchenden, schwimmenden Pferd gesessen hatte, und hielt es für alle Fälle für richtig, ihrer Erschütterung Ausdruck zu verleihen. So sagte sie gefühlvoll und überzeugt: »Na – Gott sei Dank ... Gott sei Dank!«, worauf Emanuel, sie düster ansehend, mit dumpfer Stimme zustimmte: »Das kann man wohl sagen.«

Die alte Gnädige beobachtete Gerda diskret. ›Mit ihrer Liebe für Musik kann es nicht so sehr weit her sein‹, dachte sie. ›Irgendwelchen Eindruck hat Frieds Gesang ihr jedenfalls nicht gemacht.‹ – In der Tat war der weiche, volle Klang seiner Stimme an Gerdas Ohr vorübergeglitten, ohne ihre Seele zu berühren.

»Wie hübsch du wieder gesungen hast!« sagte sie mit strahlenden Augen. Aber dann hatte gleich wieder ihre Spottlust, das fast krankhafte Bedürfnis die Oberhand gewonnen, in der Linken die bittere Mixtur bereitzuhalten, während die Rechte zärtlich streichelt. »Du hast übrigens an deinen Eltern und Verwandten ein sehr dankbares Publikum, Fried. Sie sind ja alle ganz hin von deinem Gesang! Deine Mutter sah dich ordentlich verklärt an. Sag, Fried, Eichberg ist doch nur einen Katzensprung von Wiesenburg entfernt. Glaubst du nicht, daß es vielleicht besser wäre, wir würden etwas weiter auseinander wohnen?«

Verständnislos sah er sie an: »Wie meinst du das, Gerda? Ich verstehe dich wirklich nicht.«

Sie begriff sofort, eine Unvorsichtigkeit, vielleicht sogar eine Dummheit begangen zu haben. »Nein? Du verstehst mich nicht?« lachte sie. »Mein Gott, ist es denn gar nicht zu verstehen, daß ich am liebsten ganz allein auf der Welt mit dir wäre?« Mit ihren langen, schlanken Fingern, an denen die gewölbten Nägel rosig schimmerten, zupfte sie spielerisch an den Spitzen seines Backenbartes: »Ich weiß ja, Fried, daß das Unsinn ist. Natürlich weiß ich's! Aber darf man sich denn nicht auch einmal Unsinn wünschen?«

Er hatte die verstimmende Befremdung über ihre Frage schon wieder überwunden. ›Sie hat's ja ganz anders gemeint, als es im ersten Augenblick klang‹, sagte er sich, ›und zeigt es nicht am besten, wie sie denkt, wenn sie möglichst einsam mit mir sein will?‹

Er drückte einen heißen Kuß auf ihre schöne Hand.

Als man sich endlich »Gute Nacht« wünschte, erinnerte er sie noch einmal daran, daß morgen schon um neun Uhr nach Eichberg gefahren werden sollte. »Sei pünktlich, Gerda! Papa wartet nicht gern. Träume recht was Schönes in der ersten Nacht in Wiesenburg.«

Neuntes Kapitel

Die Schlitten waren vorgefahren, und auf der Treppe standen – in Pelze gehüllt – Barring, die Laugaller, Mathias Schlenther, der Friedrichsthaler, Emanuel und Fried und warteten auf Gerda.

Herr und Frau von Eyff standen wie auf Kohlen. Schon zwanzig Minuten nach neun war es, und Barring, der Unpünktlichkeit nur bei einem einzigen Menschen, nämlich bei seiner Mutter, ertragen konnte, wurde es nicht leicht, seine steigende Ungeduld zu unterdrücken.

»Länger können wir leider nicht warten«, sagte er schließlich zu Amélie Eyff. »Wenn wir noch weiter wollen nach Gottesfelde, wird es Zeit . . .«

»Aber selbstverständlich wollen wir fahren, Herr von Barring«, fiel Frau von Eyff ein. »Ich begreife nicht, wo Gerda nur bleibt. Es ist unverzeihlich, Sie warten zu lassen.«

»Na – wenn's nicht schlimmer kommt, das läßt sich schon noch ertragen. Gönnen wir ihr den Schlaf!« Er richtete seine Worte an Fried: »Du mußt dann mit Gerda nachkommen, Fried. Ihr nehmt den kleinen einspännigen Schlitten, 'nen Kutscher braucht ihr ja nicht. Also meine Herrschaften, darf ich bitten! Kommen Sie, Eyff! Wir setzen uns vornehin in den ersten Schlitten. Sie, gnädigste Frau, nehmen vielleicht hinten mit meinem Vetter Barring Platz, und du, Mathias, fährst im zweiten Schlitten mit Emanuel Eyff und läßt dir von Berlin erzählen. Einverstanden? Schön!«

Zwischen Amélie Eyff und Thomas Fabian Barring saß der Spaniel Peter.

Lautlos sauste der Schlitten auf der spiegelglatten Bahn dahin. Kein Schellengeläut unterbrach die Stille ringsum. Barring liebte es nicht, mit Glocken zu fahren. Prustend warfen die Pferde die Köpfe, von den Kandarenstangen flog der Schaum in weißen Flocken, und die Braunen traten, als sollten die Stränge reißen. Der scharfe Trab in der herrlichen, starken Luft machte ihnen Freude, und Hennig, der hinten auf dem Trittbrett aufstand, dachte bei sich: ›Die Rackers können doch gehen, daß einem forts die Ohren schlackern? Soll mir bloß wundern, ob die Laugaller Pferd da mitkönnen?‹ – Peter saß warm und selbstbewußt zwischen Frau von Eyff und dem Friedrichsthaler, schnupperte mit der feinen Nase interessiert zu den Fasanen hinüber oder machte schmale, kralle Augen, wenn ein Dorfköter, belfernd vor Wut und sich fast überkugelnd vor Aufregung, wie ein Irrwisch vor den Pferden hertanzte.

Feiertagsstimmung lag über dem weiten, verschneiten Land. Ab und zu bimmelte im gemütlichen Zuckeltrab ein Bauernschlitten vorüber, dessen Insassen freundlich grüßten. Mädchen und Burschen, die auf der Chaussee lustwandelten, boten die Tageszeit. – Barring schien hier alle persönlich zu kennen. Einmal rief er einem vorüberfahrenden Bauern zu: »Frohe Feiertage, Josupeit«, und dann hielt ein entgegenkommender, mit zwei edlen Fuchsstuten bespannter Schlitten an, ein älterer Mann kletterte heraus, kam auf das Wiesenburger Gefährt zu. Barring parierte die Pferde durch: »Guten Tag, lieber Surkau, und recht frohe Feiertage! Geht's gut?«

»Man muß zufrieden sein, Herr von Barring. Solang man gesund ist, soll man nicht klagen. Ich wollt man auch bloß frohe Festtage wünschen.«

»Schön Dank auch, Nachbar!« Surkau begrüßte den Friedrichsthaler, den er gut zu kennen schien. Barring wandte sich halb zurück zu Frau von Eyff: »Mein Nachbar Surkau aus Wiesenburgkehlen. Wir grenzen, und seit über sechzig Jahren halten die Surkaus und die Barrings gute Freundschaft.« Dann zu Surkau gewandt: »Das ist Frau von Eyff aus Laugallen, und das ist Herr von Eyff, Frieds künftige Schwiegereltern. Gestern haben wir Verlobung gefeiert.«

»Ich weiß, Herr von Barring.« Er nahm die Mütze ab, reichte erst Frau von Eyff, dann dem Laugaller die Hand: »Denn möcht ich auch vielmals gratulieren. Die ganze Gegend freut sich, daß der Herr Leutnant heiratet.«

»Vielen Dank, Herr Surkau«, gab Frau von Eyff freundlich zurück. »Und nehmen Sie meine Tochter als Nachbar bitte freundlich auf.«

»Das soll wohl sein, gnäd'ge Frau! Und ich denk doch, das soll auch bei unsern Kindern und Enkeln so bleiben, wie es bei uns ist. Was meinen Herr von Barring?«

»Das hoffe ich, lieber Surkau. Daß unsere Kinder und Enkel festsitzen können – Ihre in Wiesenburgkehlen und meine in Wiesenburg –, dafür ist ja wohl gesorgt! Gute Nachbarschaft hilft düngen und macht dem Unkraut das Leben sauer. Ist der Fritz in Urlaub? Ja? Na – denn wird er sich ja wohl noch bei mir sehen lassen. Grüßen Sie Ihre Frau von mir, Surkau. Auf Wiedersehen, Nachbar!«

»Wenn Sie mal in meine Gegend kommen, vergessen Sie nicht, bei mir einzukehren«, forderte der Friedrichsthaler ihn auf. »Auf Wiedersehen, Herr Surkau.«

»Dem Fräulein Tochter soll es hier bei uns schon gefallen«, sagte Surkau zu Amélie Eyff. »Auf Wiedersehen, die Herrschaften!«

»Ein ausgezeichneter Mann, der Surkau«, versicherte Barring dem Laugaller. »Er sitzt an der Wiesenburger und Eichberger Grenze als Ausgebauter von Wiesenburgkehlen auf dreihundertachtzig Morgen gutem Boden. Es ist Verlaß auf ihn! Von seiner Sorte müßten wir mehr haben!«

»Sitzen sie schon lange hier, die Surkaus?«

»An die zweihundert Jahre. Vielleicht noch länger. Sie haben gut gewirtschaftet und sind zu was gekommen. Der Surkau hat seinen Hof im Schwung.«

Der Laugaller machte sich seine Gedanken. Es hieß immer, Großgrundbesitzer und Bauer gehörten zusammen, und einer müßte zum andern stehen. Aber die Auffassung blieb doch mehr in der Theorie stecken. In der Praxis kam sie leider wenig zur Geltung, und die sogenannte Nachbarschaft, wie man sie nach außen hin hielt, war doch mehr oder weniger ein Werfen mit der Wurst nach der Speckseite.

Die gegenseitigen Interessen überschnitten sich zu stark, man lebte in zu verschiedenen Welten. So konnte man das Gefühl wirklicher Verbundenheit ernstlich kaum haben, und die Überzeugung, aufeinander angewiesen zu sein, stand auf schwachen Füßen. Dem Großgrundbesitzer war der bäuerliche Nachbar hauptsächlich dann recht, wenn die Aussicht bestand, ihn eines Tages auskaufen zu können, und der Bauer wieder fand eigentlich nur den Weg zum großen Nachbarn, wenn er von ihm was haben wollte: Weide für die Kühe oder Stoppeln für die Gänse, mal Vorspann in der Saat- oder Erntezeit, dann wieder ein Fuder Streu- oder Häckselstroh. Alles war in Ordnung, wenn man für die bäuerlichen Wünsche ein offenes Ohr hatte, aber die gute Nachbarschaft fand schnell ein Ende, zeigte man sich den zahlreichen Anliegen des kleinen Angrenzers nicht willfährig . . . Und dann . . . die jagdlichen Schereraien, die nie abrissen! Ewig Wildschadenansprüche, und außerdem hatten diese kleinen, nicht jagdberechtigten Nachbarn nur zu oft ihre Schrotspritze auf dem Heuboden versteckt, knallten in mondhellen Nächten so manchen Hasen weg, und gelegentlich wurde auch ein Reh mit Schrot totgequält, wobei nicht viel gefragt wurde, ob Bock oder Ricke. Und die jagdberechtigten bäuerlichen Nachbarn, die waren noch schlimmer: Tag und Nacht saßen sie in ihren verfluchten Anstandslöchern und ›machten Fleisch‹, wo und wie sie nur konnten!

Nein – in der Idee war dieser berühmte Zusammenhalt zwischen Groß- und Kleingrundbesitz ja ganz schön, aber in der rauhen Wirklichkeit sah das doch alles recht anders aus, als die Idealisten sich einbildeten. Hier in Wiesenburg schienen allerdings die Verhältnisse anders zu liegen. Das Vertrauen, das Barring sich erworben, seine Auffassung von den Pflichten des Großgrundbesitzers dem kleinen Mann gegenüber hatten anscheinend zu den bäuerlichen Nachbarn eine Brücke geschlagen und ein Band geknüpft, das fest genug sein mochte, um auch schärfere Belastungsproben auszuhalten. –

Eichberg tauchte auf und ließ den Faden abreißen, an dem die Gedanken des Laugallers spannen.

Man fuhr am Park vorüber, der sich rechts der Chaussee den Berg hinaufzog. Vom Gipfel der Anhöhe grüßte das Herrenhaus aus den alten Bäumen heraus weit ins Land hinein über die Wiesen und den Fluß nach Kallenberg hinüber. Gleich hinter dem Park bog der Schlitten in den ziemlich langen Weg ein, der sich den steilen Berg hinaufschlängelte. Linker Hand lagen die Schmiede und die Reihe der Insthäuser, und rechts fuhr man an einer zwanzig- bis dreißigjährigen Tannenschonung vorbei, um schließlich durch ein Tor in den weiten Wirtschaftshof einzubiegen, der mit seinen Ställen, Speichern und Scheunen ein längliches Rechteck bildete, an dessen einer Schmalseite das Herrenhaus unter zwei weit ausladenden Linden stand.

Barbknecht erwartete die Herrschaften schon vor dem Wohnhaus, das nun von oben bis unten besichtigt wurde und den uneingeschränkten Beifall der Laugaller fand. Die großen, schönen Zimmer, die sehr praktisch zueinander lagen, waren hell und behaglich, die gemütlichen großen Kamine, die ganz modern eingerichteten Badezimmer, die geräumige Küche, die bequemen und zahlreichen Vorratsräume, die Fremdenzimmer mit der schönen Aussicht über das weite Flußtal – das alles entzückte sie und bestärkte sie in der Überzeugung, daß Gerda auch in materieller Hinsicht ein Los gezogen hatte, wie es nicht vielen Mädchen beschieden war.

Als sie nun zu den Ställen gingen, fuhren Fried und Gerda gerade auf den Hof, und ein rotbejackter Stalljunge stürzte vom Stall herbei, um den Schlitten zu übernehmen. Gerda schien ein wenig befangen. Fried hatte ihr wegen des Zuspätkommens einen leisen Vorwurf gemacht, und statt nun ihren Fehler einfach einzugestehen und damit allem die Spitze abzubrechen, war sie sofort in Verteidigungsstellung gegangen: »Aber ich dachte doch, wir würden erst um zehn fahren, Fried! Natürlich ist es sehr dumm, daß ich das tat, aber es handelt sich doch schließlich nur um ein Mißverständnis.«

»Verzeih, Gerda«, hatte Fried ablehnend erwidert, »aber das verstehe ich nicht ganz. Gestern beim Gutnachtsagen bat ich dich ausdrücklich, pünktlich zu sein, und ich hörte noch, wie dein Vater dir auch noch sagte, daß um neun gefahren werden sollte ...«

»Ja, Fried, wenn du mir nicht glaubst, kann ich's nicht ändern. Daß ich's aber schmerzlich empfinde, daß du es für möglich hältst, ich könnte dir gegenüber nicht bei der Wahrheit bleiben, das wirst du ja vielleicht verstehen. Gerade heute ist mir das doppelt schwer.«

Fried fühlte sich peinlich berührt. Es lag ja so absolut klar, daß sie sich nur herausreden wollte. Aber sie sollte wenigstens nicht noch die Gekränkte spielen! Einen Augenblick schwieg er verstimmt, nahm dann ihre Hand: »Also gut, Gerda! Lassen wir's auf sich beruhen. Ein Beinbruch ist es schließlich nicht und auf keinen Fall ein Grund, uns den Tag zu verderben.«

Als dann aber Gerda auf Barring zueilte und sich mit derselben durchsichtigen Ausrede aus der Klemme zu ziehen trachtete, fühlte Fried wieder ein Mißbehagen in sich aufsteigen, mit dem er nicht ganz leicht fertig werden konnte. »Verzeih, Papa«, hörte er sie bescheiden sagen, »ich begreife es selbst nicht, aber ich hätte drauf schwören können, daß erst um zehn gefahren werden sollte. Bitte, sei nicht böse!«

Barring hatte sie ruhig aussprechen lassen. Nur ein kaum wahrnehmbares Erstaunen war in seine Augen getreten. Freundlich, aber doch mit einer gewissen Zurückhaltung sagte er: »Aber davon ist keine Rede, Gerda. Du bist ja nun doch noch gekommen, und damit ist ja alles in Ordnung. Hoffentlich hast du gut geschlafen. Dein Aussehen macht die Frage eigentlich überflüssig.«

Vielleicht in der Absicht, ihr über die etwas verlegene Situation schnell hinwegzuhelfen, fuhr er – ohne ihr Zeit zu einer Erwiderung zu lassen – zu Fried gewandt fort: »Du wirst Gerda ja jetzt das Haus zeigen wollen, Fried. Wir gehen schon immer durch die Ställe. Ihr könnt ja dann nachkommen Laßt euch jedenfalls durch uns nicht stören.«

Fried hatte mit einigem Befremden die haltlose Ausrede Gerdas gehört, aber dazu geschwiegen, weil er die Flunkerei der Verwirrung zugute hielt, in der sie sich begreiflicherweise befinden mußte, und ihren Wunsch verständlich fand, den begangenen Fehler möglichst zu verwischen oder doch abzuschwächen. Aber im Grunde hielt er es doch für richtig, ja notwendig, sie auf den falschen Weg, den sie betreten hatte, aufmerksam zu machen.

»Verzeih, Gerda, wenn ich's sage. Es ist aber gut gemeint, und ich bin dir Offenheit schuldig. Papa verträgt alles, verlangt aber, daß man unter allen Umständen bei der Wahrheit bleibt. Es ist besser, du weißt das.«

Erstaunt sah sie ihn an: »Wie meinst du das, Fried? Ich verstehe wirklich nicht.«

»Herrgott, Gerda, nun laß doch schon die Ausflüchte! Du weißt ganz genau, was ich meine!«

Sie zuckte die Achseln. »Ich habe dir vorhin schon gesagt, wie kränkend es für mich ist, Fried, wenn du mich für fähig hältst, die Unwahrheit zu sagen. Was anderes kann ich auf deine ... deine Warnung nicht sagen.«

»Eine Warnung sollte es nicht sein. Nur einen Richtungspunkt wollte ich dir zeigen. Weiter nichts! Und nun komm! Wir wollen das Haus ansehen und die ganze Geschichte begraben sein lassen.«

Als sie dann durch das Haus gingen, war Gerda äußerlich die verkörperte Freude und Dankbarkeit, innerlich dagegen weit mehr auf Kritik eingestellt als zur Anerkennung bereit. Sie fand alles hübsch und bequem, vermißte aber ein Ankleidezimmer für sich, fand das Zimmer, das Barring sich als ihre Wohnstube gedacht hatte, zu groß, um wirklich behaglich sein zu können, und beschloß, sich irgendwie ein ›Boudoir‹ einzurichten, wie es alle eleganten Frauen hatten, wenigstens in der Stadt. Sie äußerte jedoch ihre Wünsche und Absichten nicht. – ›Das findet sich dann alles‹, dachte sie. ›Jetzt macht man besser kein Aufhebens. Später ergibt sich das von selbst.‹

In Laugallen wohnte sie wahrhaftig nicht luxuriös! Ein ziemlich kleines Zimmer diente ihr als Schlaf- und Schreibzimmer, und das Wohnzimmer teilte sie mit den Schwestern. Nein – verwöhnt war sie nicht! Um so stärker war sie darauf bedacht, sich an der Zukunft für schadlos zu halten, was die Vergangenheit ihr vorenthalten hatte. Durch die Wirtschaftsräume ging sie sehr schnell. Sie interessierten sie im Grunde wenig. Allzuviel würde sie sich darin nicht aufhalten ...

Im Pferdestall trafen sie die Herren gerade bei der Musterung der Mutterstuten. Eyff war in heller Begeisterung, und auch der

Friedrichsthaler, mit Anerkennung nicht so schnell bei der Hand, fand aufrichtig bewundernde Worte. »Das sind Modelle, Fried«, sagte er, »wie man sie suchen kann! Schwer genug, gute Knochen und dabei doch viel Adel. Alle Achtung!«

»Eine immer schöner wie die andere!« rief Eyff entzückt. »Sieh mal, Gerda! Sind das nicht herrliche Pferde?«

»Ja, Papa! Und so hübsch in der Farbe sind sie.«

In leichter Enttäuschung sah Barring eine Sekunde zu Gerda hin. ›Von Pferden trotz der Passion des Vaters also keinen blassen Schimmer!‹ dachte er, und Eyff ärgerte sich über sich selbst, seine Tochter zu dieser ›maßlos dummen Antwort‹ herausgefordert zu haben, obwohl er ja wußte, daß sie keine Spur von Interesse, geschweige denn Verständnis für Pferde hatte!

»Na, Gerda, bist du mit dem Haus zufrieden?« erkundigte sich Barring freundlich.

»Es ist ganz entzückend, Papa! Und diese Masse Platz! Viel mehr, als man von außen glaubt.«

»Ja! Platz ist genug drin. Gefallen dir die Wirtschaftsräume?«

»Sehr, Papa! Die Küche ist herrlich! So hell und geräumig.«

»Ja«, nickte er zustimmend, »'ne vernünftige Küche muß man auf dem Lande haben.« Dann wandte er seine Aufmerksamkeit wieder den Stuten zu.

Man stand noch ein Weilchen auf dem Hofe herum: Barring hatte mit dem Inspektor Barbknecht etwas zu besprechen, den Gerda heimlich beobachtete. Er sah ganz gut aus: über mittelgroß, die Figur etwas füllig, auf breiten Schultern und ein wenig kurzem Hals ein gut geformter Kopf, den ein blonder Vollbart rahmte. Durch diesen Bart erschien der Mann älter, als er war. Unter dichten dunklen Augenbrauen sahen kluge, offene Augen in die Welt, und im Ausdruck des Gesichts paarte sich Energie mit Selbstvertrauen. Sein Auftreten verriet innere Sicherheit, und die Ruhe, mit der er sich gab, wirkte angenehm. Gerda dachte, es würde wohl nicht ganz leicht sein, ihm zu imponieren. Der würde sich nichts vormachen lassen, und es möchte wohl das beste sein, sich von vorneherein gut mit ihm zu stellen. Als Inspektor war er eine Persönlichkeit, mit der man immerhin rechnen mußte.

Die Laugaller waren hochbefriedigt von Eichberg, entzückt von Gottesfelde, der Kornkammer der Begüterung, nach Wiesenburg zurückgekehrt. Wie hatte das alles Hand und Fuß in der ganzen großen Wirtschaft, wie tadellos griff ein Glied ins andere, wie grundreell, wie ursolide war das alles! Gottesfelde war wundervoll eingebaut, hervorragendes Herdbuchvieh, edelste Pferde in den Ställen. Die Leute schienen zufrieden mit ihrem Los, waren ruhig und sicher im Auftreten, schienen mit der Wirtschaft verwachsen. Die Inspektoren zeigten bei aller Bescheidenheit doch viel Selbstbewußtsein, das ihnen die Gewißheit gab, Barrings Vertrauen zu besitzen und in gesicherter und dankbarer Stellung zu sein. Auf vielen anderen Gütern ventilierte man bei jeder Gelegenheit die Frage, sich durch Verkauf des Besitzes unabhängig zu machen. Das wäre in Wiesenburg unmöglich gewesen! Niemand hätte eine dahin zielende Andeutung auch nur im Scherz Barring gegenüber gewagt. Es schien ausgeschlossen, daß die Frage des ganzen oder teilweisen Verkaufs der Begüterung jemals aufgeworfen werden könnte. Wer Barring kannte, ihn in seiner Wirtschaft sah, der mußte die Überzeugung gewinnen, daß nichts auf der Welt ihn von seinem Wiesenburg trennen könnte. Er würde hier lieber ein Leben der Entsagung führen als in Saus und Braus in der Fremde leben. Mit allen Fasern seines Seins wurzelte er in der Erde, die der Pflug der Väter gefurcht hatte, und auch Fried kannte nichts Höheres als Wiesenburg.

Der dicke, blonde Fink bewirtschaftete nun schon lange Jahre Gottesfelde, das ihm ans Herz gewachsen war, als sei es sein Eigentum. Zufrieden mit seinem Schicksal, sah er dankbar zu Barring auf und genoß mit seiner Frau, einem Wiesenburger Kind, das Glück, das ihm seine Ehe, sein Junge und der Wirkungskreis in Gottesfelde schenkten. In Frau Fink hatten die Laugaller eine besonders nette kleine Frau kennengelernt, die mit großem Takt und doch wirklicher Herzlichkeit ihren Glückwunsch ausgesprochen und den denkbar besten Willen Gerda gegenüber hatte erkennen lassen. Ihre Augen strahlten, als sie ihren dicken, vierjährigen Jungen zeigte. Ganz Wiesenburg schien eine große Familie, die sich voll Vertrauen und Verehrung um Barring scharte.

Wie war Fried zu beneiden, sich einmal in das Bett legen zu dürfen, das der Vater ihm so weich und warm bereitet hatte! Barring würde ihm nicht nur in materieller Beziehung, sondern auch in ideeller Hinsicht Werte hinterlassen, die schwer abzuschätzen waren. Möge ihm Gerda helfen, diese Schätze zu hüten und klug zu verwalten! –

In Wiesenburg hatten die Herren dann noch den Schimmelhengst »Formidable« angesehen, den Barring in Irland gekauft hatte. Thomas Fabian Barring imponierte der Hengst sehr: »Der hat ja 'n Fundament wie 'n Halbblüter! Und dabei dieser herrliche Adel! Zu dem schick ich mal 'n paar Stuten. Die alte ›Bacpipe‹ bringt immer noch ihre Fohlen. Aus der möcht ich von dem Schimmel gern 'n Hengstfohlen haben.«

»Schick sie man her, Thomas! Vielleicht glückt es. Ich denke, der Hengst kann mir die steile Schulter korrigieren, und dann wird der flache Gang sich auch bessern. Da hapert's leider immer bei unsern Ostpreußen.«

Zehntes Kapitel

Nachdem Barring sich einmal mit dem Entschluß Frieds, Gerda Eyff zu heiraten, abgefunden hatte, lag ihm selbst daran, den Brautstand mit seiner Unruhe und dem ewigen Hin und Her abzukürzen, und deshalb erklärte er sich ohne weiteres damit einverstanden, die Hochzeit schon Anfang März stattfinden zu lassen.

Auch Amélie Eyff hatte gegen diesen nahen Termin nichts einzuwenden. Gerdas persönliche Ausstattung war so gut wie fertig, und die wenigen Möbel für die Schlafstube und ihr Wohnzimmer waren nicht schwer zu beschaffen. Alle anderen Eichberger Räume wurden von Wiesenburg aus eingerichtet, wo auf dem Schloßboden eine Menge hübscher Sachen standen, die mehr als ausreichten, um das ganze Haus mit echten Empire-, Biedermeier- und modernen Möbeln bequem und behaglich auszustatten.

Mathilde hatte Frau von Eyff auch ausdrücklich gebeten, kein Stück Tisch-, Bett- und Wirtschaftswäsche zu besorgen, da der Bedarf des neuen Haushalts aus den großen Wiesenburger Beständen leicht gedeckt werden konnte, und nicht einmal Glas und Porzellan blieb anzuschaffen. Mit einem schönen Altberliner Service für vierundzwanzig Personen wanderte auch das nötige Glas von Wiesenburg nach Eichberg hinüber.

Daß Gerdas Ausstattung keine hohen Ausgaben erforderte, paßte dem Laugaller insofern besonders gut, als die Ernte wieder einmal hinter den Erwartungen zurückgeblieben und das Bargeld infolgedessen knapp war. Fünfundsiebzigtausend Mark, die seine Tochter einst haben sollte, hatte er auf Laugallen eintragen lassen, so daß jetzt alles in allem vierhundertfünfundfünfzigtausend Mark auf den fünftausend Morgen standen. An sich war das keine katastrophal hohe Belastung. Rund hundert Mark Schulden konnte der Morgen zur Not tragen. Zog man aber in Betracht, daß vor zwanzig Jahren nach dem Abverkauf zweier Vorwerke Eyff mit einer Schuldenlast von nur sechzigtausend Mark angefangen hatte, so änderte sich das Bild doch wesentlich. Im Laufe von zwanzig Jahren war die Schuldenlast also um dreihundertfünfundneunzigtausend Mark angewachsen, das heißt, sie hatte sich Jahr für Jahr um neunzehntausendsiebenhundertfünfzig Mark erhöht! Diese Tatsache mußte um so bedenklicher erscheinen, als infolge der auskömmlichen Getreidepreise der siebziger Jahre im allgemeinen eine leichte Entschuldung des Großgrundbesitzes, eine erhebliche des bäuerlichen Besitzes eingetreten war.

Dachte der Laugaller einmal über seine wirtschaftliche Lage nach, wozu er sich übrigens nicht besonders oft aufraffte, dann überfielen ihn die Sorgen, und die Zukunft seiner Kinder erschien ihm in trübem Licht.

Emanuel wollte Soldat bleiben. Er war mit Berlin zu fest verwachsen, hatte auch weder Neigung noch Begabung für Landwirtschaft und gönnte neidlos den väterlichen Besitz seinem jüngeren Bruder, der sehr an Laugallen hing, auch Eigenschaften besaß, die ihn zum Landwirt zu befähigen schienen. Aber schwer genug würde er es einmal haben, der Malte! Es gehörten dreihunderttausend Mark dazu, um die Geschwister abzufinden, und wenn die Summe vielleicht auch nicht gleich auszuzahlen war, so mußte sie doch hypothekarisch sichergestellt werden, so daß Malte einmal an die vierunddreißigtausend Mark Zinsen herauszuwirtschaften haben würde.

Aber irgendwie würde Malte sich ja durchbeißen. Es blieb ihm ja vielleicht die Möglichkeit, durch eine reiche Frau seine wirtschaftliche Lage leichter zu gestalten. Dachte Eyff aber an Adelheid und Gisela, wurde ihm doch sehr schwer zumute...

Was sollte aus den beiden werden? Mit einem Vermögen von fünfundsiebzigtausend Mark war nicht viel Staat zu machen, und wer heiratete heutzutage ein unbemitteltes Mädchen? Adelheid mit ihren dreiundzwanzig Jahren war schon jetzt an der Majorsecke. Fand sie nicht bald einen Mann, verpaßte sie den Anschluß überhaupt.

Und Gisela? Ein so liebes Ding war sie, so grundanständig und von Herzen gut, dabei bildhübsch mit ihren großen blauen

Augen, dem blonden Haar, den frischen Farben und der schönen Figur. Und im Haushalt war sie die Tüchtigste von allen! Was sie anfaßte, das geriet, und was sie tat, hatte Hand und Fuß. Am Kochherd nahm sie es mit der besten Köchin auf, und im Sattel saß das Mädel, daß einem das Herz im Leibe lachte. Jedes Pferd ging ihr tadellos, weil sie die wundervoll leichte Hand und den ruhigen, schmiegsamen Sitz hatte. Eigentlich – wenn man's richtig bedachte – war der Fried doch nicht recht zu verstehen! Teufel – hatte man die Wahl zwischen Gerda und Gisela, sollte es einem nicht schwer werden, sich zu entscheiden . . . Na . . . seine Sache! Indessen zu begreifen . . . nein, das war er eigentlich nicht!

Die mannigfaltigsten Charaktere trafen unter den Hochzeitsgästen zusammen. Einige fanden sich unter dem Einfluß der guten Erziehung und wurden durch das Gefühl der Zusammengehörigkeit verbunden. Anderen fehlte die gesellschaftliche Gewandtheit, die geistige Schmiegsamkeit, um gewisse Gegensätze auszugleichen.

Amélies Vetter, Graf Alexander Warnitz-Redau, und seine Frau, eine geborene Gräfin Wachterholdt, hatten durch ihre weltmännische Art viel dazu beigetragen, der im Anfang etwas unbehaglichen und geschraubten Situation das Peinliche zu nehmen. Alexander Warnitz, Reichstagsmitglied und als Fraktionsgenosse Barrings und Rottburgs ein guter Bekannter des Wiesenburgers, galt als tüchtiger, gescheiter Mann, der in sehr rangierten Verhältnissen lebte. Er begrüßte Fried ohne weiteres als Verwandten, trat Mathilde mit ehrerbietiger Ritterlichkeit und harmloser Liebenswürdigkeit gegenüber und unterhielt sich ausgezeichnet mit der alten Gnädigen, die er zu Tisch führte. Auch die Gräfin hieß Fried mit der selbstverständlichen Liebenswürdigkeit der großen Dame als Neffen willkommen: »Wir rechnen auf euren baldigen Besuch in Redau, Fried, und freuen uns schon darauf, ihn in Eichberg zu erwidern.«

Axel und Maud Koßwitz wirkten mit ihrem Frohsinn ansteckend auf die andern Gäste, und der gesunde Mutterwitz, die gemütliche Ursprünglichkeit der Baronin Lindtheim schufen eine Atmosphäre heiteren Behagens, in der alles Gedrechselte und Steife unterging. Die einzige Tochter Ulrike Lindtheims, die vierunddreißigjährige Liese Leßtorff, die seit fünfzehn Jahren mit dem Legationsrat im Auswärtigen Amt, Albrecht Freiherrn von Leßtorff, verheiratet war und sich in der Berliner Gesellschaft nicht nur durch ihre Schönheit, sondern auch durch ihre amüsante und witzige Unterhaltungsgabe beliebt gemacht hatte, tat das Ihre, um die Stimmung der Hochzeitsgesellschaft immer mehr zu erwärmen, und auch der gutaussehende, gewandte Albrecht Leßtorff, der sich unter dem milde und klug gehandhabten Pantoffel seiner Frau sehr wohl fühlte, kehrte seine besten Seiten hervor und bewies Fried, mit dem er sich gut verstand, freundliches Entgegenkommen. Das wurde von zwei anderen nahen Verwandten des Hauses Laugallen nicht gezeigt, so daß Graf Adam Eyff-Schönfeld und der königliche Kammerherr Graf Hannibal Eyff-Waldstein zu der Harmonie nicht viel beitrugen, in der sich die Hochzeitsgäste schließlich doch noch fanden.

Graf Adam Eyff, der wie ein in den Frack gezwängter Bierkutscher aussah, füllte sein Dasein damit aus, Kinder zu zeugen, Ahnenkult zu treiben und auf die Jagd zu gehen, während er die Bewirtschaftung des elftausend Morgen großen Majorats Schönfeld den Inspektoren überließ. Sein Ahnenstolz, mit dem er seine Mitmenschen aufs äußerste langweilte, war krankhaft, hing vielleicht zum Teil auch mit seinem Äußeren zusammen, das wirklich nichts Gräfliches hatte und möglicherweise zum Anreiz für ihn wurde, seine hochgeborene Abstammung bei jeder Gelegenheit zu betonen.

Graf Adam begrüßte den Wiesenburger mit förmlicher Höflichkeit, Mathilde etwas hilflos und befangen und Fried mit jener Zurückhaltung, die ihm bei Leuten, die nicht imstande waren, zweiunddreißig Ahnen nachzuweisen, selbstverständlich schien. Mit den Friedrichsthalern wußte er wenig, mit Mathias Schlenther gar nichts anzufangen, und die ganze Lage empfand er als schief und unbehaglich.

»Sagen Sie mal, Herr von Rottburg«, hatte er, auf Mathias Schlenther deutend, sich erkundigt, »wer ist eigentlich der glattrasierte, weißhaarige Herr dort?«

»Der Kommerzienrat Schlenther, ein Vetter meines Schwiegervaters.«

Hätte Rottburg geantwortet: »Der berühmte Feuerfresser und Degenschlucker Mathias Schlenther«, Graf Eyff würde kaum erstaunter haben aussehen können. »Aha, aha«, murmelte er. »Kommerzienrat! Sehen Sie mal an! Hm, hm«, und dann war er zu seinem Vetter Hannibal begangen, der – groß, schlank, elegant und blasiert – in einer Ecke herumstand. »Denk dir bloß, Hannibal, der Herr dort – siehst du ihn? Ja? Na schön! Also ein Vetter vom Wiesenburger ist er, und weißt du, was er ist? Also du kannst doch nicht drauf kommen! Kommerzienrat ist er! *Kommerzienrat!* Überraschend! Man weiß wirklich nicht, was man sagen soll. Der Großvater kann noch mit 'nem Hundekarren über Land gezogen sein. Fataler Gedanke! In so 'ne Familie reinheiraten – na, Geschmackssache! Jedenfalls muß der Apfel, in den der gute Waldemar da gebissen hat, verdammt sauer geschmeckt haben.«

Der Waldsteiner, der als Legationsrat aus dem diplomatischen Dienst ausgeschieden war, ohne auch nur das winzigste Lorbeerzweiglein geerntet zu haben, sah seinen fassungslosen Vetter abgeklärt an, zuckte die Achseln und gab sich alle Mühe, geistreich auszusehen: »Mon dieu, cher cousin, warum echauffierst du dich? Es kann dich ja niemand zwingen, mit diesem Herrn Schlenther Brüderschaft zu machen. Übrigens sind diese Kommerzienräte beneidenswerte Leute. Verdienen sie tausend Mark, geben sie bestimmt nur neunhundert aus. Bei mir ist das leider anders: ich gebe zwölfhundert aus, wenn ich tausend einnehme. Na, Gott – man ist eben kein Kaufmann, mein guter Adam. Übrigens werde ich – für meine Person – dem angeheirateten Neffen natürlich mit höflicher Verbindlichkeit begegnen, aber gerade *suchen* werde ich ihn nicht. Wozu auch? Eine Verständigung wäre ja doch nicht möglich.«

Von den englischen Verwandten der Barrings nahmen nur Sir Andrew Bruce und Cecilie Bruce, die älteste Tochter George Hamiltons, an der Hochzeit teil.

Sir Andrew freundete sich ganz besonders mit Gisela an, die wenigstens so viel Englisch sprach, um sich – wenn auch etwas mühsam – mit Sir Andrew, der keine Silbe Deutsch verstand, verständigen zu können.

Lady Cecilie, eine prachtvoll gewachsene Blondine, unterhielt sich herrlich, tanzte unermüdlich, war entzückt, mit Maud Koßwitz nach Herzenslust in ihrer Muttersprache plaudern zu können, und ließ sich von Axel Koßwitz und Alexander Warnitz den Hof machen. Graf Warnitz, der leidlich Englisch sprach, nutzte seine Kenntnisse aus, um sich bei ihr beliebt zu machen.

Der zweiundsiebzigjährige Freiherr Philipp von Eyff, der als schrulliger Hagestolz auf Kalwitten im Bartensteiner Kreis einsam wie ein Uhu lebte, es aber seiner Stellung als Senior der Familie schuldig zu sein glaubte, auf keinem ihrer Feste zu fehlen, streifte Alexander Warnitz mit einem ironischen Blick, wandte sich achselzuckend ab und sagte zu seiner Kusine, der Stiftsdame Gräfin Angelika Eyff, die auch schon Anfang der Sechzig war: »Der Redauer benimmt sich mal wieder so albern wie 'n tanzender Derwisch. Na – jeder auf seine Manier! 'n alter Kutscher knallt auch noch mal gern mit der Peitsche.«

Gräfin Angelika erstarrte in eisiger Ablehnung: »Ich weiß zwar nicht, was du mit dieser Redensart andeuten willst«, sagte sie hoheitsvoll, »aber ich nehme an, daß es was Unpassendes ist.«

»Gott ... was Unpassendes? Das kann man eigentlich nicht sagen. Schließlich ist es 'n natürlicher Vorgang, der sich da abspielt, und wenn du bedenkst, liebe Kusine, daß die menschliche Natur ...«

»Verzeih, Philipp! Ich weiß nicht, wie du mir zumuten kannst, über gewisse Eigenschaften der menschlichen Natur nachzudenken. Ich muß es ablehnen, in bestimmtester Form und ein für allemal ablehnen, Philipp, mit dir Betrachtungen über die menschliche Natur anzustellen ...«

»Aber alteriere dich doch nicht, liebe Angelika. Wir können das Thema ja fallenlassen, obwohl du mir zugeben wirst, daß es – so alt es auch sein mag – immer wieder interessiert, lehrreich und – ich möchte sagen – anregend ist ...«

»Auf mich hat es diese Wirkung nicht, Philipp«, schnitt sie ihm streng das Wort ab. »Ich finde es weder interessant noch lehrreich, und wenn du jetzt wirklich das Thema fallenlassen wolltest, wäre ich dankbar.«

»Aber wie du befiehlst, Kusine«, erklärte er bereitwillig. »Natürlich – natürlich, der eine weiß manches noch nicht und kann noch lernen, die andere ist schon an den Grenzen des Wissens angelangt.« Gräfin Angelika machte Anstalten, sich zu erheben, und der Kalwitter hielt es für geraten, beschwichtigend fortzufahren: »Aber sag mal, Angelika, wie heißt sie doch schon, diese Engländerin? Der Name ist gar nicht zu behalten.«

»So schwierig ist er eigentlich gar nicht, Philipp, Bruce of Clackmanan heißt sie.«

»Richtig, richtig! Ich wußte es doch, irgendwas mit kleckern war es. Bruce klingt aber ganz unwahrscheinlich. Sie sieht übrigens wie eine von uns aus. Das kann ich nicht anders sagen. Er hat mit seinem Backenbart was von 'nem königlichen Leibkutscher an sich, soll aber recht nett sein, behauptet Emanuel. Aber der findet ja jeden Engländer grundsätzlich reizend. Was mag er wohl sein, dieser Bruce-Kleckerich oder wie er heißt?«

»Was sein Wesen betrifft, so muß er wohl wirklich sehr angenehm sein, denn Xenia findet das auch. Sie kennt auch die Familie Bruce. Schottischer Uradel, sagt sie, und eine der besten Familien dort. Ich kann dir auch verraten, was er ist, Philipp. Man sagt mir, er sei Teehändler.«

Eyff, der seinen Ruf als geistreicher Sonderling und abgeklärter Philosoph dadurch zu festigen trachtete, daß er sich durch absolut nichts auf der Welt verblüffen ließ, bewahrte auch jetzt seine Fassung. »Sieh mal an, Teehändler! Na – mag auch seine Reize haben, besonders vielleicht, wenn er seinen Tee nicht selbst zu trinken braucht.« In dem angenehmen Bewußtsein, sich einmal wieder der schwierigen Situation gewachsen gezeigt zu haben, nahm er die immer gesuchte Gelegenheit wahr, sich als Mann klassischer Bildung zu zeigen, deutete mit den Augen auf Cecilie Bruce und fuhr fort: »Seine Frau ist übrigens wirklich 'ne Schönheit. Verführerisch wie Aspasia, möchte ich sagen.«

Verständnislos sah Angelika ihn an. »Aspasia? Warum Aspasia? Ich kenne die Person nicht. Was ist sie für 'ne Geborene?«

»Sie ist gar nicht mehr, liebe Angelika, sondern schon einige tausend Jahre tot. Und was für 'ne Geborene? Ich fürchte, gar keine.«

»Was? Seit einigen tausend Jahren tot und von Familie auch nicht? Wie kommst du denn auf sie? Wer war sie also?«

»Eine Dame, die in der Athener Gesellschaft 'ne Rolle spielte und – mit Erlaubnis zu sagen – viele Verhältnisse hatte. Unter anderen eines mit Perikles...«

»Entschuldige, Philipp, wenn ich dich unterbreche! Schlimm genug, wenn dieser Perikles einen so schlüpfrigen Lebenswandel führte, aber deswegen intressieren mich seine Intimitäten doch nicht. Außerdem handelt es sich doch nur um 'ne Annahme von dir. Ich kann mir nicht denken, daß die Leute damals schon ›Verhältnisse‹ hatten, wie du dich ausdrückst. Diese empörende Einrichtung blieb wohl dem Zynismus unseres Zeitalters vorbehalten!« Verachtungsvoll und streng sah sie dem Vetter ins Auge, von dem die Überlieferung behauptete, er habe einst als junger Offizier in zweifelhaften, ja, man könnte sagen, anrüchigen Beziehungen zu einer Balletteuse gestanden. Er galt daher in der Familie als gefährlicher Mädchenjäger und Mephisto. Achselzukkend entgegnete er:

»Du sprichst von schlüpfrigem Lebenswandel, liebe Kusine. Aber das ist ein dehnbarer Begriff. Die Zeiten und Anschauungen ändern sich, und die Sitten und Gebräuche sind verschieden. Wären wir zum Beispiel auf 'ner Insel in der Südsee geboren . . .«

»Auf 'ner Insel in der Südsee? Wie kommst du darauf? Ich begreife nicht . . .«

»Einen Augenblick! Ich komme drauf, weil ich mich freue, in Kalwitten das Licht der Welt erblickt zu haben und nicht in der Südsee, und weil ich dir zeigen möchte, daß die Sitten und Anschauungen überall verschieden sind. In der Südsee gibt es einen Volksstamm, der über Leute in unserem Alter andere Ansichten hat als wir. Leute, die über Sechzig sind, setzt man da auf 'ne hohe Palme, und dann wird sie geschüttelt, bis sie runterfallen und sich totschlagen. Für die, die oben sitzen und runtergeschüttelt werden, ist das nicht gerade sehr pläsierlich. Aber für die, die unten schütteln, ist es 'n Hauptspaß, an dem sie ihre helle Freude haben. Du siehst, es kommt eben alles auf den Standpunkt an im Leben.«

Angelika Eyff blickte mit Abscheu auf den Vetter. Was sollte man dazu sagen? Aus seinen Äußerungen sprach ein derartiger Mangel an Takt, eine so unglaubliche, man könnte fast sagen rohe Gemütlosigkeit, daß man ihn nur beklagen konnte. Der Kalwitter bemerkte die Entrüstung seiner Kusine nicht, da er seine ganze Aufmerksamkeit einer Schüssel mit belegten Brötchen widmen mußte, die ihm ein Diener präsentierte. Er fischte sich geschickt alle Kaviarbrötchen heraus und häufte sie auf seinen Teller. »Ich darf eigentlich so gut wie nichts essen«, murmelte er. »Nur was ganz Leichtes. Mein Magen macht mir immer Geschichten. Es ist ein wie 'ne Strafe Gottes.« Dann begann er, sich behaglich im Sessel zurücklehnend, mit zielbewußter Entschlossenheit das Vernichtungswerk an seiner Beute.

Elftes Kapitel

Die Flitterwochen hatten Gerda und Fried an den oberitalienischen Seen, der französischen Riviera und in Berlin verlebt. Ende April waren sie dann endlich in Eichberg unter Begleitumständen eingezogen, die von Gerda tragischer genommen wurden, als mit der gesunden Vernunft vereinbar war, während sie Fried überflüssigen Ärger und eine Enttäuschung brachten, die ihn nachdenklich stimmte und die Hoffnungen auf eine ungetrübte glückliche Zukunft für einige Tage herabdrückte.

Die eleganten Läden der Friedrich- und Leipziger Straße hatten in Gerda eine wahre Kaufwut entfacht. Sie konnte kein Ende finden, kaufte und kaufte und schlug die leisen Warnungen Frieds in den Wind, so daß dieser schließlich mit dem Gefühl der Erleichterung den Zug bestieg, der das junge Paar mit einer Unzahl von Gepäckstücken nach Kallenberg bringen sollte. Unter den Kisten und Koffern befand sich auch ein solcher, dessen kostbarer Inhalt in einem Dutzend duftiger Hüte bestand, die Gerdas gutem Geschmack alle Ehre machten, in Frieds Geldbeutel aber ein großes Loch gerissen hatten, worüber er weiter kein Wort verlor, da er Gerda die Freude an dem Tand gönnte, er außerdem gern sah, wenn sie sich hübsch und elegant anzog.

Durch einen unglücklichen Zufall hatten nun die Eichberger Windhunde die Hüte unter die Zähne bekommen und sie zu Atomen zerfleddert. Gerda geriet in fassungslose Erregung, wollte die unglückliche Zofe, die den aufgeklappten Koffer einen Augenblick unbewacht gelassen hatte, auf der Stelle entlassen, verlangte die Erschießung, mindestens aber die Abschaffung der schuldbeladenen Hunde und verschloß sich eigensinnig Frieds Vorstellungen, der ihr klarzumachen suchte, daß doch nur die Tücke des Zufalls die sonst zuverlässig im Zwinger gehaltenen Hunde ins Schlafzimmer geführt hatte und das ganze Unheil vermieden worden wäre, wenn sie – Gerda selbst – die Zofe nicht abgerufen hätte. Allein er predigte tauben Ohren. Gerda vergoß Ströme von Tränen und schmollte tagelang, als Fried sich der Entlassung der Jungfer energisch widersetzte, über die Zumutung, die Hunde zu erschießen, nur die Achseln zuckte, es auch entschieden ablehnte, die schönen Tiere abzuschaffen. Dagegen schrieb er an den betreffenden Berliner Lieferanten. Nach einigen Wochen flatterte ihm eine lange Rechnung auf den Schreibtisch, und Gerda hatte ihre zornig und schmerzlich betrauerten Hüte wieder. Trotzdem konnte sie den Vorfall nicht vergessen: Die Windhunde blieben ihr ein Dorn im Auge, und sie versäumte keine Gelegenheit, ihre Abschaffung zu betreiben. Den Ärger, sogar die Tränen Gerdas hatte Fried zwar übertrieben, schließlich aber doch begreiflich gefunden, ihrem wilden Zornesausbruch aber mit betroffener Verständnislosigkeit gegenübergestanden! So unbeherrscht hatte sie sich ihrem sinnlosen Zorn überlassen, ihn so bar jeder damenhaften Mäßigung geäußert, daß sie in eine Verfassung geriet, die in ihrer Haltlosigkeit etwas Entstellendes und Herabwürdigendes hatte. Ihre Stimme war laut und schrill, als sie Fried mit Vorwürfen überschüttete, und die häßliche Szene hatte so abstoßend auf ihn gewirkt, daß er sie noch immer nicht recht vergessen konnte, obgleich inzwischen fast ein Jahr darüber ins Land gegangen war. Er vermochte das Gefühl nicht zu bannen, seinen Willen, den er zuletzt behauptet hatte, mit einer Erfahrung bezahlt zu haben, deren Bitternis im krassen Mißverständnis zu der Ursache stand, durch die sie herbeigeführt worden war. Die Jungfer war nicht entlassen, die Windhunde blieben in Eichberg, aber Gerda hatte Fried ihre Niederlage nicht vergeben. Hartnäckig verschloß sie sich der Erkenntnis, durch ihre planlose Heftigkeit ein an sich geringfügiges Vorkommnis zu einer tragischen Affäre aufgebauscht zu haben, und anstatt nun ein freundliches, ausgleichendes Wort zu finden, redete sie sich immer fester ein, das Opfer der unbilligen Härte und Illoyalität Frieds geworden zu sein. Dieser dagegen versuchte, aus dem Vorfall das Beste zu machen, indem er das Ganze als eine durch Gerda herausgeforderte Kraftprobe auffaßte, die später oder früher doch hätte zum Austrag kommen müssen, da die Frage unabwendbar in der Luft gelegen hatte, wem in der Ehe die ausschlaggebende Rolle zufallen sollte, ob ihm oder Gerda, und so schien es ihm besser, daß durch den Gang der Ereignisse schon nach kurzer Zeit zu seinen Gunsten entschieden wurde. Ihm war klargeworden, daß Gerdas rechthaberischem Sinn und ihrem stets wachen Geltungsbedürfnis bestimmte Grenzen gesetzt werden mußten. Wenn er auch nach wie vor bereit war, ihrer Eigenart und ihren Neigungen alle Zugeständnisse zu machen, die mit der Vernunft und dem gesunden Empfinden für das, was recht und billig schien, vereinbar waren, so hatte die Entwicklung der Dinge seinen Entschluß doch nur gefestigt, Gerda gegenüber seine volle Handlungsfreiheit und Unabhängigkeit sich zu wahren.

Daß er nicht nur bereit, sondern auch fähig war, die eigenen Wünsche und Neigungen den ihrigen unterzuordnen, bewies er dadurch, daß er es ruhig hinnahm, als Gerda ohne Rücksicht auf seine persönlichen Empfindungen Eichberg zum Mittelpunkt einer sehr regen und ausgedehnten Geselligkeit machte, die nicht nur recht kostspielig war, sondern ihm auch hinderlich wurde, weil sie ihn von seiner Arbeit abhielt.

Eichberg glich einem Taubenschlag. Die Gastzimmer wurden niemals leer, die Offiziere der Kallenberger Garnison, die Herren von den Kürassieren, die Mitglieder der Regierungen in Königsberg und Gumbinnen gingen ein und aus, und die zahlreichen Verwandten Gerdas nahmen die Gastfreundschaft des Hauses Eichberg, das bald als eines der elegantesten und behaglichsten der Provinz galt, mit Vorliebe in Anspruch.

Die großen, hellen Räume waren mit viel Geschmack und Sinn für Gemütlichkeit ausgestattet. Überall lagen schöne Teppiche, erfreuten gute Bilder, dufteten Blumen, luden bequeme Sessel zum Verweilen, behagliche Ecken, warme Kaminplätze zum Plaudern ein. Das Zimmer Frieds mit seinem großen Diplomatenschreibtisch, dem kostbaren Bechsteinflügel, breiten Büchergestellen, bequemen, mit russisch-grünem Leder bezogenen Eichenmöbeln, den vielen Geweihen und Rehkronen, Pferde- und Jagdbildern, dem anheimelnden Kamin und hübschen Teppichen übte eine besondere Anziehungskraft aus, so daß es am meisten benutzt wurde. Nach dem Mittagessen und am Abend traf man hier zusammen, unterhielt sich, trank Bier oder Bordeaux, musizierte, lachte und scherzte und genoß das Behagen, das die zwanglos geübte Gastfreundschaft in Eichberg schuf. Daß eine der Schwestern Gerdas immer dort war, hatte sich inzwischen zu einer feststehenden Einrichtung herausgebildet. Fried stand sich mit beiden Schwägerinnen gut, aber während seine Beziehungen zu Adelheid über gegenseitige Sympathie nicht hinausgingen, fühlte er sich mit Gisela durch herzliche Freundschaft verbunden. Sie war der beste Kamerad, ritt mit Fried durch die Felder, begleitete ihn zur Jagd, verwöhnte seine Hunde, brachte seinen Liebhabereien Verständnis, seinem Streben und Schaffen Anteilnahme entgegen, hatte viel Freude an seinem Gesang und Klavierspiel und fand auch zu seinen Eltern und der alten Gnädigen ein herzliches Verhältnis.

Auch Barring fühlte sich durch väterliche Zuneigung dem schönen Mädchen verbunden, das in den blauen Augen etwas so Strahlendes und im Wesen einen unwiderstehlichen Charme hatte. Er verwöhnte Gisela, und zwischen ihm und ihr bildete sich eine Art von Freundschaft aus, über die zwar nie ein Wort fiel, die aber beiden bewußt und wertvoll war.

Barring fand an der frischen, immer taktvollen Art Giselas Gefallen, ging gern auf ihre Fragen ein, hörte mit Freude ihre gesunden Ansichten, erzählte ihr von dem gesellschaftlichen und politischen Leben Berlins und schenkte ihr ein warmherziges Interesse, was sie ihm durch herzliche Verehrung und schrankenloses Vertrauen dankte. Mit der Zeit wurde ihr Instinkt für seine unausgesprochenen Wünsche und Absichten immer sicherer, und zuweilen versuchte sie, sich zu seiner Verbündeten zu machen, wenn sie glaubte, dadurch seinen Absichten entgegenkommen zu können, daß sie seine Wünsche in vorsichtiger Weise herauszuhören suchte, um sie dann geschickt Fried nahezubringen.

Barring sprach nicht viel, aber dafür sah er um so mehr. Da hatte er neulich die Frau vom August Kadereit angehalten: »Was schad' dir, Jette?« – »Nuscht, gnäd'ger Herr. Was soll mich sein?« – »Red keinen Unsinn! Ich kenn dich doch. Was ist also?« Da schwammen die Augen der Frau auch schon in Tränen: »Die Kuh is mich gefallen.« – »So? Wie kam das?« – »Sie konnt nich kalben.« – »Hast auch gut aufgepaßt?« – »Jawohl, gnäd'ger Herr! Die ganze Nacht!« – »Der August auch?« – »Ja. Er war auch immer im Stall.« – »Was wog die Kuh?« – »So an die elf Zentner wird sie gewogen haben.« – »Habt ihr sie gestochen? Hat sie gut ausgeblutet?« – »Jawohl, gnäd'ger Herr.« – Er zog sein Notizbuch, schrieb einen Zettel. »Gib ihn dem Herrn Rendanten. Er wird die Kuh besehen und dir das Fleisch abnehmen. Ich denk, so an die fünfzig Taler kann es bringen. Was kost' 'ne gute, frischmilchende Kuh?« – »Unter hundertzehn Taler is sie nich, gnäd'ger Herr.« – »Hast du sechzig Taler liegen?« – »Nei! An dreißig hab' ich liegen.« – »Du hast fünf Kinder, Jette. Dreißig Taler Bargeld mußt du im Kasten behalten. Komm heut nach Feierabend aufs Schloß. Ich werd dir das Geld geben.« – »Schön' Dank auch, gnäd'ger Herr. Aber mehr wie drei Taler alle Monat kann ich nicht abzahlen.« – »Na, die zahl denn man hübsch ab und leg sie dem Wilhelm in die Sparbüchse. Er wird ja wohl auf nächste Ostern eingesegnet? Ja? Na – denn muß er 'n schwarzen Anzug haben. Aber dem August kannst sagen, wenn ich ihn noch mal sonntags besoffen im Stall treff, dann nehm ich ihm das Gespann ab. Hast mich verstanden, Jette?« – Die Tränen waren gestillt, die Augen leuchteten: »Jawohl, gnäd'ger Herr, und ich bedank mir auch so vielmals, und ich hab ihm auch schon zurechtgestukt! Er verträgt nuscht nich. Er braucht man bloß die volle Buddel ansehen...« – »... denn hat er keine Ruh, bis sie leer ist. Das wollt'st du doch wohl sagen?« – »Erbarmung, nei, gnäd'ger Herr! Ich wollt man sagen, wenn er ihr ansieht, hat er all einem unter de Mütz.«

»Na, denn sorg man dafür, Jette, daß er sie nich zu oft zu Gesicht kriegt.« Damit nickte er der Frau zu und ritt weiter.

»Ach Gott, gnäd'ger Herr, ich dank auch so vielmal!«

Im Krug in Wiesenburg wurde der Fall Kadereit besprochen. »Dunnerschock«, meinte jemand, »die hat das auch einzurichten gewußt, ihm gleich in die Quer zu kommen, und e Gesicht wird se wohl gemacht haben, als wenn ihr forts der Mann und alle fünf Kinder geblieben waren.« – Hennig, der sein Abendtulpchen genehmigte, faßte den vorlauten Sprecher ins Auge: »Uns' Herr braucht man bloßig ein Aug hinschmeißen, denn weiß er all, was los ist. Da braucht einer gar kein Gesicht nich zu machen! Er kennt seine Leut! Die orndlichen tut er kennen und auch die, wo sich immer das Maul zerreißen tun.« – »Das stimmt, das stimmt«, pflichtete Raudnat bei. »Das hat einer je nu all' oft genug belebt und beigewohnt.«

An einem warmen Maienmorgen trabte Barring, gefolgt von dem Spaniel Peter, den Sommerweg der Eichberger Chaussee hinunter. Heute abend wurden Mathilde, Hanna Lamberg und er in Eichberg zu Tisch erwartet. Mama fuhr am Abend nicht mehr gern aus. Ab und zu sagte sie sich zum Kaffee in Eichberg an, aber zu oft sah sie Gerda nicht. Fried besuchte die Großmutter aber mindestens zweimal in der Woche. Dann saßen sie zusammen in Mamas Wohnstube, sie strickte, daß die Nadeln nur so klapperten, Fried bekam ein Glas Portwein vorgesetzt, und die beiden unterhielten sich, daß ein Wort vor dem anderen kein Platz hatte. Mama war dann immer den ganzen Tag in bester Stimmung: Wenn sie nur den Fried hatte. Gerda? Zu ihr konnte sie kein rechtes Verhältnis finden, die Mama. Sie war freundlich mit ihr, aber im Grunde blieb sie ihr doch fremd. Sie sagte auch nie etwas über Gerda, erwähnte es nur wie beiläufig, wenn sie nicht recht einverstanden mit ihr war, und schloß dann immer: »Na – das sind so neumod'sche Geschichten. Wer weiß! Vielleicht hat sie ja auch ganz recht, und ich bin bloß zu alt dafür. Man rostet ein mit den Jahren.«

Auch Mathilde, der es nicht lag, sich immer wieder anzubieten, kam mit Gerda über einen gewissen Punkt nicht hinaus. Sie zeigte zwar immer wieder, daß ihr Herz mütterlich für die Schwiegertochter schlug, hatte es indessen aufgegeben, um die Liebe zu werben, die ihr freiwillig nicht geschenkt wurde. Und er selbst? – Nun – er hielt sich bereit, war für Frieds Frau immer zu haben. Sie mußte das auch fühlen, schien ihn jedoch nicht zu brauchen. Sie begegnete ihm immer mit respektvoller Artigkeit, bemühte sich, ihm den Aufenthalt in Eichberg so behaglich wie möglich zu machen, aber sie hatten doch wohl eine zu verschiedene Auffassung über die Art, durch die man sich gegenseitig wirklich nahekommen konnte. Krammetsvogelpasteten und gutgebratene Hammelrücken waren nicht zu verachten und 'ne ganz angenehme Zugabe, aber wenn es dabei blieb, war es auf die Dauer doch nicht genug. Mit 'ner Schale dicker Milch und Pellkartoffeln wäre er auch zufrieden gewesen, hätte er nur das Gefühl gehabt, der Frau seines Jungen nützlich sein zu können und ihr wirklich etwas zu bedeuten. Man wollte doch gern das Gefühl haben, gebraucht zu werden, wollte an den Freuden teilnehmen, die Sorgen tragen helfen. Wozu war man schließlich da? Man hätte endlich gern gewußt, wie sie nun eigentlich wirklich über Wiesenburg dachte, was sie sich von der Zukunft erhoffte. Es war nicht so recht an sie heranzukommen. Sie schien für alle diese Fragen kein Interesse zu haben, dachte wohl nur an die Gegenwart, die sie wohl auch in vollen Zügen genoß. Aber wo waren denn die Freuden, die ihr und Fried erblühten? Jene Freuden, die das Herz weit und voll machten und dankbar stimmten – kannte sie Freuden solcher Art? Und Sorgen? Jene – die um so fester zusammenschlossen und die so viel weniger drückten, wenn der eine dem andern half, sie zu tragen. Kannte sie diese Sorgen, in denen immer ein Teil Segen lag? Wußte sie überhaupt, was es hieß, *Sorgen* zu haben?

Barring strich seiner Stute nachdenklich mit dem Reitstock über den Mähnenkamm. ›Ich werd nicht klug aus ihr‹, dachte er. ›Ich weiß immer noch nicht, wer sie eigentlich ist und wohin ihr Weg führt. Aber wenn Fried es nur weiß . . .‹ Er sah auf. Da oben auf dem Berge hoben sich zwei Reiter scharf vom blauen Himmel ab: Fried und Gisa. Gerda ritt auch, aber ohne besondere Passion. Nicht mit der Freude, die einen jeden Tag einige Stunden in den Sattel setzt. Sie stieg zu Pferde, wie ihre Laune war: einmal täglich eine ganze Woche lang, dann wieder vier Wochen überhaupt nicht, und ihr Pferd war ihr auch nichts weiter als eine Fortbewegungsmaschine, kein Wesen, mit dem man sich fest verbunden fühlte, dem ein gut Teil des Herzens gehörte.

Jetzt hatten die da oben auf dem Berge ihn auch gesehen, kamen heruntergeritten. Wie hübsch die beiden zu Pferde saßen! Fried in seiner kraftvollen Sicherheit, so elegant, und Gisela mit der schmiegsamen Grazie der geborenen Reiterin. Nun kamen sie die Chaussee heruntergetrabt, parierten kurz vor Barring.

»Na – Kinder, das ist ja nett, daß wir uns treffen. Kommt ihr mit nach Gottesfelde?«

»Ich muß nach Augustenhof 'rüber, Papa, aber Gisa begleitet dich sicher sehr gern.«

»Ja? Wollen Sie mitkommen, Gisachen? Aber ich muß ein bißchen zureiten. Es ist mir heut etwas spät geworden. Auf Wiedersehen heute abend, Fried.«

»Auf Wiedersehen, Papachen. Peter, alter Kerl, nu nimm mal die Beine in die Hand!«

Barring und Gisa ritten hinunter auf die Wiesen und sprangen zum Galopp an. Mit langen Bügeln und Zügeln galoppierte Barring über den grünen Teppich, sah mit Wohlgefallen auf Gisela, unter der ihr Vollblüter federnd wie ein Ball und folgsam wie eine Maschine ging. Peter, der Spaniel, raste mit fliegenden Behängen vor den Pferden her, hatte keinen Augenblick übrig, um auch nur einen schnellen Blick zurückzuwerfen. Ab und zu blaffte er kurz auf. In seiner Sprache hieß das: »Na – nu scheint es mir aber bald genug zu sein mit dem Galopp. Wollen wir nicht mal wieder ein bißchen langsamer werden?« – Aber es machte doch auch wieder Spaß, so über den weichen, grünen Teppich zu jagen, und kam man dann nach Hause, in die Schreibstube, und war so recht müde, dann lag es sich vor dem Kamin doch zu herrlich behaglich. Hinter Geigenincken verhielten sie die Pferde zum Schritt. Gisela atmete tief auf, und ihre blauen Augen leuchteten: »Nirgends galoppiert es sich so herrlich wie in Wiesenburg!«

Barring nickte: »Ja – es reitet sich gut hier über die Wiesen.« ›Warum Gerda?‹ dachte er. ›Warum nicht Gisela?‹

Um fünf Uhr nachmittags desselben Tages saßen acht oder neun ältere Damen, darunter die Baronin Ulrike Lindtheim und die Gräfinnen Dernewitz und Angelika Eyff, bei der alten Frau von Rhaden in Königsberg beim Kaffee und hielten Gericht über Gerechte und Ungerechte.

Wenn die Unvollkommenheit der Welt und die Verworfenheit der Menschheit die Gemüter zu tief erschüttert hatten oder die Überzeugung von der eigenen Vortrefflichkeit zu überwältigend auf die Damen einstürmte, so trat entweder das Schweigen der Erschöpfung ein, oder man wechselte das Thema und sprach zur Wiederherstellung des seelischen Gleichgewichts ein Weilchen von weniger aufregenden Dingen.

Ulrike Lindtheim begnügte sich mit einer mehr passiven Rolle. Es war ihr zu unbequem und angreifend, sich direkt an dem Geklatsch zu beteiligen. Aber das schloß nicht aus, daß sie sich brennend für jedes Wort, das hier fiel, interessierte und sich himmlisch darüber amüsierte, wie verschieden Temperament und Individualität sich äußerten, wie man bemüht war, das Feuer der Leidenschaft unter der Asche der guten Kinderstube zu schüren, oder darauf Bedacht nahm, zum eigenen Ruhm Öl auf die Wogen zu gießen.

Im Grunde war allen diesen Damen eine gewisse Gutmütigkeit nicht abzusprechen, auch mangelte ihnen nicht der Instinkt für die Noblesse des Empfindens. Trotzdem hätten sie um alle Schätze Indiens auf das fast wollüstige Genießen nicht verzichtet, mit dem sie aus dem unergründlichen Born der Medisance schöpften, um die Schwächen ihrer Mitmenschen erbarmungslos zu enthüllen und ihre Unvollkommenheit anzuprangern.

Auf diesem Kaffee wurde scharf angeklagt und nur lau verteidigt, leicht verdammt und schwer vergeben.

»Ich begreife es nicht, Ulrike«, wunderte sich die Stiftsdame Angelika Eyff, »aber so gut wie deine Apfelsinencreme wird meine nie. Woran das wohl nur liegen mag?«

Die Baronin Lindtheim zuckte gelangweilt die Achseln. »Vielleicht machst du sie anders als ich.«

»Aber nein! Genau wie du natürlich! Auf dreiviertel Liter Wasser sechs Apfelsinen.«

»So? Na – 'n bißchen anders machst du es denn eben doch! Ich nehme bloß den Saft von zwanzig besten Blutapfelsinen und überhaupt kein Wasser. Probier es doch auch mal so, Angelika; denn wird deine Creme wahrscheinlich auch werden.«

»Erbarm dich, Ulrike!« warf die alte Rhaden entsetzt ein. »Zwanzig Blutapfelsinen, und von der besten Sorte, und kein Tropfen Wasser! Na – hör mal, das kann man sich denn doch nicht leisten!« Sie warf ihre Handarbeit mit Aplomb auf den Tisch, schlug die Hände zusammen und riß die Augen auf. »Nein, Ulrike, was gibst du bloß für Essen aus! Dabei bekommt es dir gar nicht. Dein Blutandrang zum Kopf ... Heute siehst du auch wieder aus wie 'n Dittchenballon, so rot und gedunsen ...«

»Du hast wirklich 'ne besondere Begabung für anschauliche Vergleiche, Emmchen«, sagte Ulrike Lindtheim anerkennend. »Ob du übrigens so schrecklich begeistert wärst, wenn ich dir drei Wochen lang Klunkermus und Pellkartoffeln vorsetzen würde, das weiß ich nicht recht.«

»Herrjees, Ulrike!« entsetzte sich die Rhaden. »Tu mir den einz'gen Gefallen! Na – nu laß man! Ich bin ja schon still! Ich weiß, ich weiß, du willst es nie wahrhaben. Na – einen Tod kann der Mensch bloß sterben, und wenn du dich mal hinlegst zum ewigen Schlaf, kannst du dir wenigstens sagen: Ich hab was gehabt vom Leben! Aber nu erzähl doch mal, Ulrike, wie war es denn in Eichberg? Gemütlich? Ißt man gut? Sind die Leute gut? Erzähl doch mal, Ulrike!«

»Furchtbar nett war es, Emmchen. Man ißt brillant! Das Haus ist überhaupt sehr gut in Ordnung! Vielleicht 'n Stich zu elegant. Weißt du, so ein Gang zuviel und zwei Diener, glattrasiert und so...«

»Zwei Diener und beide glattrasiert? Na, hör mal!« empörte sich die Gräfin Dernewitz. »Mein Himmel, wenn ich so denke, wie einfach alles in meiner Jugend zuging!« Sie seufzte auf. »Ordentlich wehmütig kann es einen stimmen, wenn man so zurückdenkt.«

»Warum es dich wehmütig stimmt, daß in Eichberg zwei glattrasierte Diener sind, weiß ich zwar nicht, aber ich gebe zu, den einen überkommt die Wehmut dann, den anderen dann. Mich stimmt es zum Beispiel wehmütig, wenn ich meine Morgenandacht verrichte oder mal 'n Leierkasten kommt.«

»'n Leierkasten?« fragte die Gräfin Eyff indigniert. Die Verbindung von Morgenandacht und Leierkasten verletzte sie in ihrem christlichen Empfinden.

»Ja! Besonders das eine Lied... wart mal! Wie ist es doch gleich? Ach so... ich weiß schon! Immer so schließt es: ›In der Laube von Jasmin, da soll unser Glück erblühn.‹ Kennst du es, Angelika?«

»Nein, liebe Ulrike, ich kenne es nicht!« erwiderte Gräfin Eyff mit Nachdruck. »In Leierkastenliedern kenne ich mich nicht aus, muß ich gestehen. Übrigens scheint es mir auch recht zweideutig zu sein.«

Über das Strickzeug weg bedachte Ulrike Lindtheim sie mit einem ironisch-mitleidigen Blick. »'ne Jasminlaube und 'ne schöne Nacht so Ende Mai und dann womöglich noch Vollmond und achtzehn Jahre und allein zusammen, nein, Angelika, das ist gar nicht zweideutig, meistens sogar recht eindeutig. Ach – wo sind die Zeiten hin? Mein Himmel, Angelika, hast du das alles nicht auch mal erlebt?«

Die Gräfin Eyff schöpfte tief Atem und richtete sich kerzengerade auf: »Du scheinst zu vergessen, liebe Ulrike, daß ich unvermählt geblieben bin.«

»Das Vermähltsein is für 'ne schöne Maiennacht mit Vollmond und Jasminduft auch nicht unbedingt nötig. Im Gegenteil, möcht ich fast sagen.«

Die Haltung der Gräfin Eyff wurde majestätisch. »Ulrike, nimm es mir nicht übel, aber dies dürfte denn doch wohl zu weit gehen.«

»Ich weiß nicht, aber du witterst immer was Unpassendes, Angelika.« Frau von Lindtheim zuckte die Achseln. »Ich fürchte wirklich, du neigst in deinen Gedanken zu Schlüpfrigkeiten.«

Gräfin Eyff schien die Luft auszugehen. Dann blähte sie sich auf, daß ihr Korsett in den Nähten krachte, und starrte entgeistert auf Ulrike Lindtheim. »Ulrike! Du vergißt dich!« ächzte sie schließlich. »Wie kannst du so was Unerhörtes behaupten! Nein . . . da findet man wirklich keine Worte . . .«

»Sagen Sie mal, Frau von Lindtheim«, schrie die taube Generalin von Prillwitz in die sittliche Entrüstung der Gräfin Eyff hinein, »sprachen Sie nicht eben von den jungen Barrings? Sie waren doch in Eichberg? Waren Sie allein da oder noch mehr Besuch?«

»Nur noch Graf Wilda, liebe Frau von Prillwitz«, trompetete Ulrike Lindtheim zurück.

»Waaaas, Graf Wilda?!« rief die Baronin Wernuth fassungslos dazwischen. Die Eröffnung, unter ihrem Stuhl befinde sich eine Höllenmaschine, die jede Sekunde explodieren könnte, hätte sie auch nicht tiefer beeindrucken können als die Mitteilung von Graf Wildas Anwesenheit in Eichberg. Sie setzte sich in Positur: »Ich fühle mich nicht berufen, dazu Stellung zu nehmen. Nur soviel will ich sagen: Wie man sich bettet, so schläft man. Das sollten sie sich doch nur klarmachen, die Gerda und dieser Wilda!«

»Ob sie sich nur gerade *das* klarmachen sollten, weiß ich doch nicht so recht«, zweifelte Ulrike Lindtheim.

Die Gräfin Eyff sah aus, als hätte sie eben eine Bremse auf ihrer Nase entdeckt. Sie preßte die Lippen zu einem Strich zusammen und murmelte »shocking«. Ihre englischen Sprachkenntnisse waren damit zwar ziemlich erschöpft, aber sie wandte dies Wort mit Vorliebe an, weil es ihr – so fand sie – etwas Mondänes gab. Außerdem verdankte sie diesem oft gebrauchten Wörtchen den Ruf, ein vorzügliches Englisch zu sprechen.

Die alte Rhaden, die bei jeder Gelegenheit was Unpassendes sagte, lachte: »Hübsch und unternehmend und siebenundzwanzig und denn 'n Graf und sich betten . . . na, ich weiß wirklich nicht... und überhaupt muß ich mich wundern, daß es noch nicht so weit ist mit der jungen Barring. Wie ist es denn, Ulrike? Mir scheint, es brauchte gar nicht mehr unterwegs zu sein, es könnte ruhig schon da sein. Aber ich fürchte, wenn immer noch nichts da ist, wird wohl auch nichts kommen. Oder ist was unterwegs, Ulrike? Man interessiert sich ja schließlich...«

»Scheint nicht, Emmchen. Zeit wäre es ja!«

»Natürlich wär's Zeit«, stimmte die Rhaden eifrig zu. »Wenn ich bedenke... wart mal...« Nachdenklich zählte sie an den Fingern ab. »Himmlischer Vater, über 'n Jahr verheiratet! Na – wenn's nu nich bald losgeht!«

»Was soll losgehen, beste Baronin?« fragte Gräfin Eyff drohend.

Über die Brille weg sah die Rhaden sie an und zog die Brauen in die Stirn. »Liebste Eyff, nu tun Sie mir aber mal 'n Gefallen! Was losgehen soll? 'ne Bombe nicht. Das Kinderkriegen natürlich! Was denn sonst?«

Sie wandte sich wieder an Ulrike Lindtheim. »Natürlich liegt es an ihr. Sie will eben nicht, die Pute! Recht albern! Findst du nicht, Ulrike?«

»Ja, daß es an ihm liegt, kann ich mir eigentlich auch nicht denken. Oder glaubst du doch, Angelika?«

»Beste Ulrike«, sagte schaudernd unter der eigenen Würde die Gräfin Eyff, »warum du dafür gerade bei mir das nötige Verständnis vermutest, weiß ich wirklich nicht. Ich habe dich schon vorhin darauf aufmerksam machen müssen, daß ich nie vermählt war.«

»Erbarm dich – das weiß ich! Trotzdem nehme ich an, daß du wissen wirst...«

»Ulrike!! Dein Zynismus macht vor nichts halt!«

»Ach – red keinen Unsinn, Angelika! Es ist rein albern, sich mit sechzig Jahren...«

»Entschuldige gütigst! Siebenundfünfzig, wenn ich bitten darf!«

»Na, meinetwegen auch siebenundfünfzig! Auch mit siebenundfünfzig kann man wissen, wozu, warum und wieso! Weißt du, man soll sich auch nicht lächerlich machen! Mein Gott und Vater, damit, daß man errötet, wenn man 'n Storch sieht, ist es schließlich auch nicht getan. Nimm mir das nicht übel!«

Gräfin Eyff verdrehte die Augen zum Himmel. »Ach Gott, meine geliebte Ulrike, wie tieftraurig ist es doch, wenn man dahin gekommen ist, Reinheit und Unberührtheit lächerlich zu finden!«

Die Generalin Prillwitz, taub wie Erbsenstroh, unterbrach die Meinungsverschiedenheit ahnungslos: »Sagen Sie, Frau von Lindtheim, haben Sie die alte Gnädige in Eichberg genossen? So besonders entzückt soll sie von Gerda gar nicht sein, wie man so hört.«

»Ja, natürlich hab ich sie gesehen, die alte Barring. Sie ist für ihr Alter sehr frisch und sieht und hört alles. Ablehnend stellt sie sich übrigens weiter gar nicht zu Gerda. Aber den Hof macht sie ihr auch nicht. Sie wartet eben ab, und das ist doch ganz begreiflich.«

»Na – das ist es ja schließlich auch«, nickte die Generalin Prillwitz. »Sie läßt es sowieso an sich kommen, die Gerda. Schadet ihr gar nichts, wenn sie sich auch mal 'n bißchen bemühen muß. Wie geht es denn mit ihr, der Barring?«

»Die Gerda scheint noch nicht begriffen zu haben, was sie an der Schwiegermutter hat. Jedenfalls spricht sie mitunter in 'ner Art über die Barring, die sich ganz einfach nicht gehört...«

»Ja – aber wird der junge Barring denn da nicht unangenehm?« fiel die alte Rhaden ein.

»Vor ihm nimmt sie sich natürlich in acht, Emmchen. Sie ist ja nicht auf 'n Kopf gefallen, und sie weiß ganz gut, daß seine Verliebtheit ihn nicht blind und taub macht...«

»So? Hat er Haare auf den Zähnen? Hält er sie an der Strippe?« erkundigte sich hochinteressiert die Baronin Wernuth.

»In 'nem gewissen Punkt jedenfalls nicht energisch genug, scheint mir«, meckerte die alte Rhaden.

»Und in welchem, liebe Frau von Rhaden?«

»Herrjees, beste Gräfin, in welchem!! 'n Kind soll sie kriegen! Dafür soll er sorgen, der junge Barring!«

Der Aufbruch der Generalin Prillwitz überhob die Gräfin Eyff der peinlichen Notwendigkeit, zu der frivolen Bemerkung Stellung zu nehmen. Man verabschiedete sich allgemein von der liebenswürdigen Gastgeberin und trennte sich in dem befriedigenden Gefühl, während eines genußreichen Nachmittags mit gleichgestimmten Seelen viel empfangen und manches gegeben zu haben.

Die Tür zum Schreibzimmer Barrings wurde geöffnet.

Mit leiser Ungeduld sah er über die Brille weg zur Tür. Fortwährend störte man ihn! Aber dieser Mensch, der Karl, hatte ein Talent, immer zu erscheinen, wenn man ihn nicht brauchen konnte ... Seine Züge hellten sich auf, als er Fried in dem Eintretenden erkannte.

»Ach du, Fried! Das ist nett! Komm, mein Junge, setz dich.«

»Störe ich dich auch nicht, Papachen?«

»Nein, nein, Fried!« lächelte Barring. »Willst du irgendwas haben? 'ne Tasse Kaffee oder 'n Schluck Wein?«

»Dank dir, Papa. Ich habe eben bei Surkau Kaffee getrunken. Sein Formidablefohlen wollt ich mir mal wieder ansehen. Prachtvoll hat es sich 'rausgemacht! Das wird mal 'n Beschäler, Papachen! Willst du es nicht haben?«

»Na – willst du es nicht haben, Fried?«

»Wenn du es nicht kaufst, Papa, natürlich!«

»Was fordert der Surkau denn?«

»Zweihundert Taler. Ich hab ihm zugeredet, den Hengst selbst aufzuziehen. Aber er will nicht. Er meint, dazu sei er nicht recht eingerichtet. Sie liefen sich auch alle die Hacken ab nach dem Fohlen, aber das bekämst du oder ich und sonst keiner.«

Barring nickte. »Zweihundert Taler sind 'n Stück Geld für 'n Absatzfohlen«, überlegte er. »Aber der Schimmel ist es wert. Nimm ihn man, Fried.«

»Schön, Papachen. Aber wird es dir auch nicht 'n bißchen schwer, mir den Hengst zu lassen?«

»Natürlich, Fried! Furchtbar schwer«, erwiderte Barring lächelnd. »Aber du fängst an, und ich hör bald auf. Da muß ich doch sehen, dir ordentlich auf die Beine zu helfen. Ich will dir 'n Vorschlag machen: Ich geb dir hundert Taler zu, und du beteiligst mich an dem Fohlen. Wird es 'n Hengst, gibst du mir was ab. Was meinst du dazu?«

»Daß es bei der Art, wie du unsere gemeinsamen Geschäfte zu berechnen pflegst, kein gutes Geschäft für dich werden wird, Papachen, meine ich. Aber natürlich nehme ich deinen Vorschlag mit tausend Dank an.«

Der Wiesenburger lachte gut gelaunt. »Na schön, Fried. Aber paß mal auf, ich kann auch sehr gut rechnen!« Er nahm aus einem Schub des Schreibtisches drei Hundertmarkscheine und gab sie Fried.

»Dank dir tausendmal, Papachen! Ich fürchte, ich darf dich nicht mehr so oft besuchen. Meine Besuche werden dir sonst zu teuer.«

»Na – laß es man drauf ankommen, Fried«, sagte Barring behaglich, »wenn es knapp bei mir wird, reguliert sich das alles von selbst. Wieviel Hengstfohlen wolltest du zukaufen?«
»Fünf bis sechs, dachte ich . . .«
Er unterbrach sich, sah hinunter. Peter, der Spaniel, hatte ihn leise mit dem Fang gegen das Bein gestoßen. Erwartungsvoll saß er vor ihm und sah unverwandt zu ihm auf. Fried beugte sich zu dem Hund hinab, zog ihn spielerisch am Behang. »Deine Gedanken kenne ich, mein Alter!« Er ging zu der buntbemalten Porzellanbüchse. »Na – einen kannst du ihm ja geben, Fried«, knurrte Barring. »Ewig hat er Hunger. Ich weiß wirklich nicht . . .«
»Aber, Papachen, das beweist doch nur, wie fabelhaft gesund er ist.«
»Glaubst du? Na ja, das mag schon sein. Aber trotzdem! Diese Verfressenheit . . . wirklich unbegreiflich!« Er strich sich langsam über den Schnurrbart. »Weißt du, Fried, wenn du von den dreißig Fohlen, die du als Remonten kaufst, fünf oder sechs Hengste kaufst, denn kostet das, am Anschaffungspreis hoch gerechnet, fünfzehnhundert Mark mehr. Das ist kein Beinbruch. Aber die Aufzucht von Hengststudenten kostet allerhand Geld.«
»Das ist wohl richtig, Papa. Aber wenn sie dann Hengst werden, bringen sie doch auch schönes Geld.«
»Mehr als sechzig, höchstens siebzig Prozent werden nicht Hengst«, erklärte er. »Der Lüderitz sieht unsere Hengste zu sehr mit den Augen des Hannoveraners. Knochen sollen sie haben wie die Bierwagenpferde. Dann holt eben den Nerv und Adel der Deiwel.« Er blickte unwillig. »Ist der reine Unsinn, daß wir hier Pferde wie die Elefanten ziehen sollen! Wir haben hier keine Marsch. Dafür sind die Knochen bei uns aber auch wie Elfenbein. Ich weiß nicht, ob du dich nicht erst mal mit 'ner Hengstaufzucht von vier, fünf Stück begnügst, Fried. Wart mal . . . drei gute Formidablehengstfohlen hast du ja selbst, das vom Surkau dazu, das sind dann vier. Noch eins, vielleicht zwei würd ich zukaufen.«
»Gut, Papachen«, nickte Fried, »so werd ich es auch machen! Bei den paar zugekauften soll es mir aber auf den Preis nicht ankommen. Da will ich nach dem Grundsatz verfahren: Das Beste ist immer das Billigste. Gestern abend hab ich übrigens den alten Bock geschossen.«
»Was? Den Heimlichen?«

»Ja! Das Büchsenlicht war schon fast vorbei, da kam er mir endlich.«

»Wo saß die Kugel?«

»Mitten auf dem Blatt.«

»Denn lag er wohl im Dampf?«

»Ja. Ein Mordsbock!«

»Auch im Wildbret?«

»Das nicht. Aufgebrochen wog er bloß vierundzwanzig Pfund. Ein uralter Bock. Der Windfang war schon ganz grau.«

»Hat 'n schönen Tod gehabt. Deine Weiden sehen gut aus, Fried.«

»Ich hab ihnen auch ordentlich was auf den Kopf gegeben. Und der Besatz, Papa? Gefällt er dir auch?«

»'n bißchen zu wenig Vieh, denk ich.«

»Zuviel Pferde, Papachen?«

»Das scheint mir, Fried. 'n paar Jahre lassen die Weiden sich den starken Pferdebesatz wohl gefallen, aber dann nehmen sie es doch übel.«

Fried schwieg einen Augenblick nachdenklich, sagte dann zögernd: »Im nächsten Jahr ändre ich das auch. Barbknecht redet auch schon immer darüber.« Daß Gerda zwischen den Pferden nicht gern Vieh sah, sagte er nicht. Aber er nahm sich vor, nicht mehr auf sie zu hören. Ihre Neigung, ihm in die Wirtschaft dreinzureden, war überflüssig. Er kümmerte sich um ihre Kochtöpfe und Federviehgeschichten ja auch nicht...

»Wie geht es Gerda?« erkundigte sich Barring.

»Danke, Papa! Alles in Ordnung. Sie ist mit Gisa nach Kallenberg gefahren und macht Besorgungen. Übrigens ... die Frau Liedtke war vorgestern bei Gerda.«

»Die Liedtke aus Milchbude?«

»Ja. Papa.«

»Wollte sie was Besonderes?«

»Gerda bitten, bei dir ein gutes Wort einzulegen, daß du Milchbude kaufst, Papachen.«

Barring schüttelte den Kopf. »Red der Gerda das aus, Fried. Ich müßte ihr 'nen Korb geben. Für den Liedtke kann ich nichts tun, weil er nichts taugt«, sagte er ablehnend. »Er säuft und läßt die Wirtschaft verludern. Vor zehn Jahren hab ich mich breitschlagen lassen und ihm geholfen. Aber er hat mir nicht mal die Zinsen pünktlich gezahlt. Zweitausend Mark sind rückständig. Zweimal hat er mir versprochen, sich zu bessern, und dann hat er sein Versprechen nicht gehalten. Es wär 'n Unglück für die Frau und die Kinder, wenn ich Milchbude kaufen würde. Was übrigbliebe, würde der Kerl verjuxen.« Er schwieg einen Augenblick, sagte dann endgültig: »Nein – für den Liedtke bin ich nicht zu haben.«

»Ich dachte es mir schon, Papachen. Schade um das hübsche Gut! Der Kerl ist wirklich nicht das Aufhängen wert. Die Frau und die netten Kinder können einem leid tun ...«

Karl brachte auf silbernem Tablett einige Depeschen. Mißbilligend sah Barring ihn an: »Na, Karl, du hast 'ne Manier, immer zu kommen ... Aha, Telegramme! Na, denn gib sie man her.«

Er setzte sich die Brille auf, öffnete die erste Depesche. Plötzlich preßten sich seine Lippen zusammen, das Blut stieg ihm in die Stirn, die Adern darauf liefen an. Tief aufatmend legte er das Blatt weg. »Sie haben auf den König geschossen! Heut vormittag. Gottlob ist er nicht verletzt. Ach – man faßt das alles nicht ...«

»Auf den König geschossen? Um Gottes willen ...«

Barring stand auf, trat ans Fenster, starrte hinaus in den scheidenden Tag. »Ja, man begreift die Welt nicht mehr«, murmelte er. Dann drehte er sich um, begann im Zimmer auf und ab zu gehen. »Er ist der beste Mensch, den die Erde trägt. Bescheiden, großmütig, human und so gar nicht Olympier. Im Gegenteil! So ganz Mensch. Und da kommt so ein Schurke und trachtet ihm nach dem Leben und schießt auf ihn. Nicht auszudenken ist es!«

Er klingelte.

»Pack gleich die Sachen, Karl. Für drei Wochen. Morgen früh fahren wir nach Berlin. Nimm auch schwarze Sachen für mich mit.«

»Zu Befehl, gnäd'ger Herr. Und die Zigarren? Wollen der gnäd'ge Herr mich die geben?«

»Später!«

»Sehr wohl, gnäd'ger Herr.« Karl verschwand schnell. Wenn sein Herr diesen gewissen kurzen Ton hatte, tat man besser, sich möglichst nicht in seiner Nähe aufzuhalten.

Barring – immer langsam im Zimmer auf und ab gehend – hatte Mühe, der tiefen Erregung Herr zu weren, die in ihm bebte. »Noch im Februar war ich zu einem der kleinen Diners befohlen. Du weißt, Fried, wie glücklich mich die Gnade des Königs immer gemacht hat! Immer denkt er nur daran, wie er anderen was Gutes tun kann, und da kommt so ein ... ein vertiertes Subjekt und knallt auf diesen Mann! Nein – man kann es nicht fassen! Man kann es wirklich nicht fassen!«

Er trat wieder zum Fenster, blickte hinaus in den dämmernden Abend. Fried sah mit Sorge die tiefe Erschütterung des Vaters.

»Gott sei Dank, daß alles noch gnädig abgelaufen ist, Papa. Es tut mir nur so leid, daß du nun weg mußt.«

»Ach laß man – Fried. Sieh doch mal, was in den anderen Telegrammen steht.«

Fried überflog die Depeschen. »Die Hypothekenbank bittet dich zu kommen. Andreas depeschiert von dem Mordanschlag, und Alexander Warnitz fragt an, wann du in Berlin eintriffst.«

»So? Denn antworte doch mal der Bank und dem Redauer, morgen abend um acht wär ich in Berlin, und bestell mir auch meine Zimmer im Hôtel de Rome.«

Fried schrieb die Depeschen, und Barring klingelte nach Karl. »Schick den Raudnat gleich damit nach Kallenberg, Karl, und sag dem Herrn Rendanten, in 'ner Viertelstunde möcht er 'rüberkommen.«

Er setzte sich wieder an den Schreibtisch: »Der Franz Fink hat schon den Gottesfelder bei mir vorgeschickt. Er möcht mich gern mal in Bladupönen haben. Den englischen Weizen will er mir zeigen, und die Remonten müssen auch mal wieder gemustert werden. So um den 14. wollt ich ei'ntlich 'rüber. Für drei oder vier Tage, dacht ich. Nu mußt du schon für mich hinfahren, Fried. Der Fink kommt sich sonst zu vereinsamt vor. Wenn ich wieder hier bin, käme ich mal auf 'ne ganze Woche, sag ihm man.«

Er sprach dann weiter über das, was mit Fink zu besprechen sei, machte Fried auf das aufmerksam, was in Bladupönen besonders zu beachten war, schloß dann schließlich: »Nimm 'ne Büchse mit, Fried. Es stehen 'n paar gute Böcke da. Ich muß jetzt mit Schlüter noch alles besprechen. Du gehst wohl noch zu Mama? Ja? Sag es ihr man so, daß sie sich nicht zu sehr aufregt. Auf Wiedersehen, mein Junge! Bevor du wegreitest, komm noch mal zu mir.«

Zweites Buch
Narr seines Herzens

Zwölftes Kapitel

Die Tribünen des Reichstags waren am 9. Oktober des Jahres 1878 überfüllt, unter den Abgeordneten machte sich eine gewisse Erregung bemerkbar, in der Diplomatenloge waren die Chefs der fremdherrlichen Missionen darauf bedacht, die innere Spannung hinter einem undurchsichtigen Lächeln gesellschaftlicher Konvention zu verbergen: Der Fürstreichskanzler würde heute das Wort nehmen, und wenn es geschah, lauschte Europa aufmerksam auf die Stimme aus Berlin, die auf der ganzen Welt oft genug entscheidend ins Gewicht fiel.

Barring hatte sich rechtzeitig einige Tribünenkarten gesichert, und so saßen der Laugaller, Mathias Schlenther und Fried auf guten Plätzen in der vordersten Reihe, von wo aus man die ganze Szene gut übersah.

Fried und der Laugaller waren zur Haupttagung des Jagdschutzvereins in Berlin, Mathias Schlenther beabsichtigte nach Bremen weiterzufahren, wo er geschäftlich zu tun hatte. Neben Fried saß Liese Leßtorff und beobachtete mit lebhaftem Interesse das Treiben unten im Plenarsaal.

Plötzlich verstummte das Stimmengewirr, das den weiten Saal mit tiefem, monotonem Summen erfüllt hatte, die Abgeordneten suchten wichtig und geschäftig ihre Plätze auf, die Zuschauer auf den Tribünen unterbrachen ihre Unterhaltung, reckten die Hälse und sahen gespannt nach der Tür hinüber, durch die eben der Fürst im Interimsrock der Seydlitz-Kürassiere in den Saal trat. Durch seinen hohen Wuchs, den mächtigen Schädel, die stark ausgeprägten Züge seines Gesichts wirkte seine Erscheinung zugleich imposant und hart. Aber im Grunde sah man doch nur die blauen Augen, die in seltsamer Kraft und Eindringlichkeit leuchteten. Bis auf den Grund der Seele sahen diese Augen!

Mit ruhigen, für die riesige Gestalt auffallend leichten Schritten ging der Dreiundsechzigjährige zu seinem Platz und setzte sich, worauf der Präsident die Sitzung eröffnete und dem Reichskanzler sofort das Wort erteilte. Dieser erhob sich, und in die lautlose Stille hinein begann er seine Rede zum Sozialistengesetz.

Die Zuhörer, die den Fürstreichskanzler heute zum erstenmal sprechen hörten, fühlten sich zunächst enttäuscht. Mit weicher, hoher Stimme begann der Kanzler so leise zu sprechen, daß man

Mühe hatte, ihm zu folgen. Er sprach stockend, die Sätze wurden durch lange Pausen unterbrochen, man hatte zuweilen das beunruhigende Gefühl, der Fürst hätte den Faden verloren. Oft senkte er den Blick, die Pausen wurden endlos ... Wer einen mitreißenden, schwungvollen Redner erwartet hatte, schien nicht auf seine Kosten zu kommen. Aber allmählich verlor die Rede das Stockende, die Pausen wurden kürzer, seltener, klar und eindrucksvoll reihten sich die Sätze aneinander, und schließlich lauschte das ganze Haus mit angespannter Aufmerksamkeit dem Kanzler, dessen Augen wie im Feuer innerer Erleuchtung strahlten. Es schien, als strömten die Gedanken in so unerschöpflicher Fülle dem Redner zu, daß dieser Mühe hatte, sie in Worte zu kleiden.

Als der Fürst geendet hatte, lag einen Augenblick jenes Schweigen über dem Hause, wie es einzutreten pflegt, wenn die Zuhörer – in den Bann des Redners gezwungen – mit dem starken Eindruck, den sie empfingen, innerlich erst fertig werden müssen. Dann aber äußerte sich der Beifall so stark, daß die wenigen, etwas zaghaften Stimmen der Ablehnung darin ertranken: am Sieg des Kanzlers konnte kein Zweifel bleiben.

Die Tribünenbesucher erhoben sich, Beifall spendend, und zwanzig, dreißig Abgeordnete umringten beglückwünschend den Kanzler, dessen Gesicht, das Liese Leßtorff gespannt durch das Glas betrachtete, kalt und verschlossen blieb. In der vollendeten, aber durchaus unpersönlichen Höflichkeit, die er den Parlamentariern gegenüber beobachtete, lag eine so betonte Reserve, daß die Haltung des Fürsten fast abweisend wirkte.

Der Wiesenburger befand sich nicht unter den Volksvertretern, die dem Fürstreichskanzler gar nicht schnell genug ihre Zustimmung und Ergebenheit bekunden konnten. Unweit seines Platzes stand er im Gespräch mit Graf Warnitz-Redau, und erst als sich der Schwarm um den Kanzler verlaufen hatte, schritt er mit der ruhigen Sicherheit, als ginge er über das Feld in Wiesenburg, auf den Fürsten zu, der ihm mit dem Anflug eines Lächelns einen Schritt entgegentrat und ihm die Hand reichte:

»Gut, daß ich Sie sehe, Herr von Barring. Ich habe die Absicht, Ihren Schwiegersohn als Hilfsarbeiter ins Innenministerium zu nehmen. Er steht da auf einem Sprungbrett. Das darf er nicht vergessen, wenn ihn der Tausch vielleicht nicht besonders locken sollte.«

»Insofern wird es ihm kaum sehr schwer werden, aus Tilsit

wegzugehen, Euer Durchlaucht, als meine Kinder das Unglück hatten, vor vier Monaten dort ihren ältesten Jungen an Scharlach zu verlieren. Meine Tochter kann den schmerzlichen Verlust gar nicht verwinden. In Tilsit wird sie fortwährend an das Kind erinnert. Eine neue Umgebung wird es ihr erleichtern, mit ihrem Kummer fertig zu werden.«

»Ich habe von dem Tod des Kindes nichts gewußt, Herr von Barring. Mir ist der Verlust eines Kindes gottlob erspart geblieben, aber ich weiß auch nicht, wie ich ihn hätte ertragen sollen. Ihr Schwiegersohn wird hier viel Arbeit finden, so daß ihm für schwere Gedanken keine Zeit bleiben wird, und die vielen neuen Eindrücke hier werden auch ablenkend auf den Schmerz Ihrer Frau Tochter wirken.« Er reichte Barring die Hand. In seine ernsten Augen trat ein Schein von Güte:

»Es geht mir nahe, daß Sie durch den Tod Ihres Enkels so hart getroffen wurden. Bitte, sagen Sie das auch Ihrer Frau Gemahlin. Auf Wiedersehen, Herr von Barring.«

Eine halbe Stunde nach dem Fürsten trat auch Barring aus dem Reichstagsgebäude am Dönhoffplatz und ging mit Fried durch die Charlottenstraße zu den Linden zum Hôtel de Rome hinüber. Er freute sich auf ein paar ungestörte Stunden und konnte doch ein Gefühl des Mißbehagens nicht recht loswerden. Fried war still und gedrückt, und Barring kannte den Grund dieser Depression nur zu gut! Im allgemeinen vermied er es, die Wichtigkeit der Geschehnisse dadurch zu verschärfen, daß er sie erwähnte. Und handelte es sich gar um Fragen zwischen Fried und Gerda, so wies er jede Einmischung von sich. Aber in diesem besonderen Fall hatte er sich entschlossen, aus seiner Zurückhaltung herauszutreten. Durch Mathilde wußte er, daß der ›Baurat‹ zur unverschuldeten Veranlassung eines ernsten Zerwürfnisses zwischen Fried und Gerda geworden war. Gerda hatte keine Ruhe gegeben, bis Fried endlich widerstrebend in die baulichen Veränderungen des Eichberger Hauses gewilligt und ihn mit ihrer Ausführung betraut hatte.

Der ›Baurat‹ Schröter, vor fünfunddreißig Jahren Tischlergeselle in Wiesenburg, war damals der alten Gnädigen durch seine Anstelligkeit aufgefallen, und so hatte sie den jungen Menschen in Berlin zum Baumeister ausbilden lassen. Ihm wurde dann die Aufgabe übertragen, die baulichen Angelegenheiten in Wiesenburg zu bearbeiten und zu leiten. Vor fünfzehn oder zwanzig

Jahren hatte die alte Gnädige dem strebsamen Mann durch Hergabe eines Darlehens die Möglichkeit verschafft, sich selbständig zu machen, und im Laufe der Zeit erwarb sich Schröter mit einem großen Kundenkreis ein hübsches kleines Vermögen, betrachtete es aber nach wie vor als seine erste Pflicht, für Wiesenburg, wo er auch heute noch wohnte, dazusein. Auf den Titel ›Baurat‹ hatte er übrigens keinen offiziellen Anspruch. Zunächst wurde er von der alten Gnädigen scherzweise angewandt, dann aber hatte er sich schließlich so allgemein eingebürgert, daß sogar amtliche Stellen ihn adoptierten. Der ›Baurat‹, der in Wiesenburg eine Vertrauensstellung einnahm, hatte die Arbeiten in Eichberg nicht besonders gern übernommen. Sie schienen ihm überflüssig, teilweise sogar verfehlt. Als nun Gerda fortwährend mit Sonderwünschen kam und ewig neue Pläne faßte, so daß nicht mehr die Möglichkeit bestand, sich im Rahmen des von Fried genehmigten Kostenvoranschlags zu halten, war es zwischen Gerda und dem ›Baurat‹ zu Meinungsverschiedenheiten gekommen. Schröter erklärte, wenn sie auf ihrem Willen bestünde, so erhöhten sich die Kosten um mindestens dreitausend Mark. Gerda sah nicht die Motive, von denen er sich leiten ließ, sondern war über ›den Eigensinn und die Arroganz dieses gräßlichen Schröters‹ empört und benutzte die mehrtägige Abwesenheit Frieds, um sich aus Kallenberg auf Empfehlung Steinbergs einen Bauunternehmer kommen zu lassen. Dieser neidete dem ›Baurat‹ längst seinen großen Kundenkreis und ergriff daher mit Freuden die Gelegenheit, den lästigen Konkurrenten wenigstens in Eichberg aus dem Sattel zu heben. Bereitwillig gab er leichtfertige, auf reellem Wege unmöglich zu erfüllende Zusicherungen und erklärte sich in der Lage, das Projekt nach den Wünschen Gerdas für höchstens fünftausendfünfhundert Mark auszuführen. Diese sonnte sich nun in dem Gefühl, nicht nur über den Eigensinn Schröters zu triumphieren, sondern auch ihre Geschäftsgewandtheit bewiesen zu haben. Achselzuckend hatte Schröter gesagt: »Ich kann es auch für fünftausendfünfhundert Mark machen, gnäd'ge Frau, aber dann nicht so in Material und Ausführung, daß ich damit bestehen könnte«, worauf Gerda erwiderte: »Ja, Herr Schröter, wenn Sie weniger leistungsfähig sind als Ihr Kallenberger Konkurrent, so ist das ja sehr bedauerlich, aber schließlich können Sie nicht erwarten, daß wir darunter leiden sollen.« Ernstlich verletzt, hatte Schröter nun die Arbeiten abgelehnt, und Fried fiel die unangenehme Aufgabe zu, die verfahrene Geschichte, die zwischen ihm und Gerda eine tiefe Mißstimmung zurückließ, wieder einzurenken.

Dem Wiesenburger waren die teuren und völlig überflüssigen baulichen Veränderungen auch gegen den Strich gegangen. Er hatte nicht nur ein Stück Geld in das Eichberger Haus gesteckt, sondern auch viel Liebe darauf verwandt, dem jungen Paar ein hübsches, behagliches Zuhause zu schaffen. Durch die extravaganten Wünsche Gerdas sah er sich schlecht belohnt.

Während er, mit seinen Gedanken beschäftigt, die belebten Linden hinunterging, machte er sich die ganze Lage noch einmal klar. ›Sie verplempert das Geld, die Gerda‹, dachte er. ›Sie ahnt nicht, wie schwer es ist, Geld zu verdienen.‹

Allein über die verfehlte Ausgabe hätte er hinweggesehen. Dagegen drängte sich ihm immer stärker die Überzeugung auf, daß Gerdas Lebensauffassung nicht zum Segen für Wiesenburg werden könne. ›Sie trägt zu leicht an der Verantwortung‹, dachte er, ›die sie Fried und Wiesenburg gegenüber hat.‹ Es schien ihm, als bringe sie der Vergangenheit keine Achtung entgegen, als bleibe sie der Gegenwart die Dankbarkeit schuldig, und an die Zukunft dachte sie wohl nur in einer Weise, die zu seiner eigenen Auffassung und der Frieds im schroffen Gegensatz stand. Er litt unter der Erkenntnis, daß Fried in seinem noblen Empfinden nicht den Weg fand, sich dem Einfluß Gerdas mehr zu entziehen. Aber vorläufig schien jeder Versuch, ihm die Augen zu öffnen, aussichtslos! Wie die Verhältnisse augenblicklich lagen, konnte man nichts anderes tun als versuchen, die Affäre irgendwie in Ordnung zu bringen . . . Er riß sich von seinen sorgenvollen Gedanken los und begann von gleichgültigen Dingen zu sprechen.

Als Karl den Herren die Zylinderhüte und Paletots abgenommen hatte, sagte Barring: »Wir wollen hier oben im Frühstückszimmer essen, wenn's dir recht ist, Fried. Man ist da vor Bekannten ziemlich sicher. Hol uns doch mal die Speisekarte, Karl.«

»Ich hab ihr all mitgebracht, gnäd'ger Herr.«

Barring gab Fried die Karte. »Bestell mir 'n Hammelkotelett, Karl, und 'ne halbe Flasche von meinem Rotwein. Was nimmst du, Fried?«

»Dasselbe, Papa, wenn ich bitten darf. Nur lieber Bier statt Rotwein.«

»Aber davon kannst du nicht satt werden. Du mußt noch irgendwas essen. Willst du nicht etwas Fisch vorher nehmen?«

»Danke, wirklich, Papachen! Ich habe keinen Appetit.«

»In 'ner Viertelstunde laß im Frühstückszimmer anrichten, Karl! Wir wollen uns noch 'nen Moment setzen, Fried. Du siehst übrigens gar nicht so besonders gut aus. Appetit hast du auch nicht. Fehlt dir was, mein Junge?«

»Nichts, Papachen. Ich bin ganz in Ordnung. Kater hab ich, das ist alles! Gestern abend hat mich Emanuel verschleppt, und wir sind dann erst um fünf heute früh nach Hause gekommen. Emanuel hat Sitzfleisch!«

»Na, denn ersäuf man deinen Kater in Bier«, lächelte Barring. »Karl kann ja nachher mal zum Laugaller rumgehn und ihm sagen, er möchte Emanuel heute abend mitbringen.«

»Das wäre ja furchtbar nett, Papa! Soviel ich weiß, hat er nichts vor und kommt sicher sehr gerne.«

»Schön! Wann willst du eigentlich nach Hause fahren, Fried?«

»In fünf, sechs Tagen, Papa.«

»So, so! – Also nicht mit dem Laugaller?«

»Der fährt schon übermorgen, soviel ich weiß.«

»Hm, du triffst dich dann wohl mit Gerda in Königsberg?«

»Das weiß ich noch nicht bestimmt«, murmelte Fried, Barring schien es überhört zu haben. Eben meldete Karl, daß serviert sei.

»Geh doch mal zum Laugaller Herrn rüber, Karl. Grüß ihn von mir, und ob er heute abend nicht den Herrn Leutnant zu Dressel mitbringen möchte. Hast du mich verstanden?«

»Sehr wohl, gnäd'ger Herr.«

»Is gut! Denn geh man 'rüber. Aber es eilt nicht so. Du kannst ruhig erst Mittag essen.«

Karl erlaubte sich ein diskretes Lächeln: »Verzeih'n gnäd'ger Herr, man dem Mittag hab ich all wieder vergessen. Für mir wird je bald Zeit, Vesper zu halten.«

Wie so häufig, wenn trübe Gedanken sein Empfinden allzu stark belasteten, mußte Karl herhalten, um für einen Augenblick als Ventil für das zu dienen, was den Wiesenburger beunruhigte.

»Na – denn vesper also!« murmelte er. »Du kannst wirklich ewig essen.«

Als Karl hinausging, folgten ihm Barrings Augen. »'ne eigentümliche Figur«, sagte er mehr zu sich als zu Fried. »Sie bekommt allmählich was Quadratisches. Ich fürchte ernstlich, der Schlag trifft ihn noch mal.«

»Aber eigentlich ist er doch ganz agil und mordsgesund, Papachen.«

»Na ja . . . das mag ja sein! Bloß diese ewige Esserei! Wie er das eigentlich macht, ist mir schleierhaft. Der Körper läßt sich nur ein bestimmtes Maß von Unvernunft gefallen. Na – ich hab ihn oft genug gewarnt ... Wenn er nich hören will, ich kann's nicht ändern.«

Beim Frühstück begann Barring dann vorsichtig: »So, so – es ist also noch nicht sicher, ob du dich mit Gerda triffst ...«

»Sie bleibt wohl noch etwas in Laugallen, denke ich«, murmelte Fried.

»Hm!« Barring griff zum Rotweinglas, trank langsam einige Schlucke. Es war schwierig, weiterzukommen. Sehr mitteilsam war Fried nicht aufgelegt. »Du hast hoffentlich gute Nachrichten von Gerda?«

»Sie ist unglaublich schreibfaul. Aber es geht ihr sicher gut. Sonst hätt' ich's ja erfahren.«

Barring nickte. Fried wich ihm zwar nicht gerade aus, erleichterte es ihm aber auch nicht, auf das zu kommen, was endlich mal besprochen werden mußte. Es blieb nichts übrig als ein direkter Vorstoß.

»Von Mamachen hörte ich, daß ihr mit eurer Umbauerei in Eichberg fertig seid. Is es hübsch geworden?«

»Meiner Ansicht nach war's vorher mindestens ebenso hübsch«, erwiderte Fried unmutig. »Gerda findet natürlich alles sehr gelungen. Die ganzen Veränderungen waren total überflüssig. Aber die ewige Quengelei ... Na, schließlich hab ich denn eben ja gesagt, und nun hat Gerda ihren Willen.«

»Mein Gott, Fried, man macht öfters mal was Überflüssiges, und wenn Gerdas Herz nu mal dran hing, dann ist es ja ganz gut, daß du nachgegeben hast. In Kleinigkeiten soll man nicht eigensinnig sein. Frauen haben nu mal ihre eignen Ideen.«

»Leider, Papachen!«

Ein Kellner erschien und servierte Butter und Käse.

Während sie dann zum Wohnzimmer hinübergingen, überlegte Barring, daß, wenn er Fried helfen wollte, nur der Ausweg blieb, gegen die eigene Überzeugung nach einer Entschuldigung für Gerdas Verhalten zu suchen.

Fried brachte das ins Stocken geratene Gespräch wieder in Gang. »Die Umkrempelei hat achttausend Mark gekostet! Das ist schließlich 'n Haufen Geld, auf alle Fälle mehr, als Eichberg abwirft. Ich weiß nicht ... aber ich hätte Gerda doch wohl nicht den Willen tun dürfen.«

»Natürlich sind achttausend Mark allerhand Geld, aber das ist nu ja nicht zu ändern. Man muß eben 'n Strich darunter machen. Laß dir keine grauen Haare wachsen, Fried! Bring die Geschichte ins reine! Das ist für alle Teile das beste.«

Der ruhige Klang seiner tiefen Stimme entsprach nicht seinen wirklichen Empfindungen. Gerda hatte gewissenlos gehandelt. Sie hatte keinen zuverlässigen Charakter ... Charakter? Hatte sie den überhaupt? Barring überlegte einen Augenblick, ob die größer wachsenden Schwierigkeiten nicht durch die Scheidung der Ehe am sichersten aus der Welt zu schaffen wären, wies aber den Gedanken daran gleich wieder von sich. Man gelobte sich nicht heute Treue bis in den Tod, um morgen auseinanderzulaufen! Eine derartige Einstellung entsprach nicht der ernsten Vorstellung, die er von der Ehe hatte. Aber Fried in einer glücklosen Ehe? Der Gedanke war furchtbar und hätte ihn vielleicht alle Bedenken gegen eine Scheidung schließlich überwinden lassen, wäre er nur überzeugt gewesen, daß Fried sich von Gerda trennen wollte! Das war aber bestimmt nicht der Fall! So stand man den Verhältnissen ziemlich machtlos gegenüber.

Fried stand auf. »Verzeih, Papa, aber ich kann nicht recht stillsitzen«, sagte er, im Zimmer auf und ab gehend. »Da wir mal von alldem sprechen, so will ich auch ganz offen sein. Die überflüssige Ausgabe ist mir unangenehm genug! Damit müßte man ja aber fertig werden. Was mich besonders schwer verletzt hat, das ist Gerdas Art zum Baurat. Du bist doch orientiert?«

»Wenigstens weiß ich durch Mamachen, daß es da zu Differenzen gekommen ist.«

»Ja, zu sehr unangenehmen und überflüssigen. Und anstatt nun ihre Entgleisung durch ein freundliches Wort gutzumachen, spielt Gerda noch die Gekränkte und tut so, als täte ich ihr wer weiß was für 'n Unrecht, weil ich mich natürlich auf die Seite vom Baurat stellen muß. Darin ist sie wirklich kindisch! Schließlich bin ich ziemlich heftig geworden, aber es tut mir nicht mal leid! Sie hat es reichlich verdient! Sie mußte meine Ansicht mal unverblümt hören. Nun hat sie sich in den Schmollwinkel nach Laugallen zurückgezogen und wartet darauf, daß ich um gut Wetter bitte. Na – da kann sie lange warten! Auf den Kopf will ich die Dinge doch nicht stellen! Ihr Benehmen ist recht albern. Ich hab Veranlassung, pikiert zu sein, aber nicht sie! Dieser verdammte Umbau! Du hattest alles so wunderhübsch machen lassen, und nun diese Umkrempelei! Ich könnte mich wirklich nicht wundern, Papachen, wenn du recht ungehalten wärst.«

Abwehrend hob Barring die Hand: »Ach – – ich denke nicht dran, Fried! Darum brauchst du dir kein Kopfzerbrechen machen. Ist ja Unsinn! Mein Himmel, Frauen haben nu mal mitunter überflüssige Wünsche. Das mit dem Baurat ist natürlich bedauerlich. Aber jeder kann sich mal vergaloppieren, und Gerda wird schon noch die Gelegenheit finden, ihm ein gutes Wort zu geben. Ich kann ja auch mal 'n Wort zu ihm fallenlassen. Die Geschichte bekommen wir schon wieder in die Reihe.«

»Das weiß ich, Papachen, daß du es in Ordnung bringst, wenn du willst. Aber daß du dich mit dieser ... dieser ... na ja – scheußlichen Geschichte befassen sollst, das wurmt mich natürlich.«

Barring sah nach der Uhr und stand auf. Gerade weil er Fried nur zu gut verstand, lag ihm daran, der Angelegenheit möglichst wenig Wichtigkeit zu geben. Er saß nun mal zwischen zwei Stühlen. Gerda hätte einen ganz gehörigen Nasenstüber verdient, aber viel mehr war ihm darum zu tun, Fried zu beruhigen, als Gerda zu erziehen. Er trat auf ihn zu, legte ihm die Hand auf die Schulter:

»Nu nimm die Geschichte nur nich übertrieben wichtig, mein Junge. Stell dich auf den richtigen Standpunkt. Es kommt schließlich immer darauf an, aus welchem Gesichtswinkel man die Dinge sieht. An deiner Stelle würde ich auf der Rückreise in Laugallen Station machen und Gerda sagen: ›Nu is es genug mit den Albernheiten, und jetzt wollen wir 'n Strich drunter machen!‹ Und damit ist die Lage dann geklärt. Überleg dir das, Fried! Vergiß nich, daß das ganze Leben ein Anpassen ist. In der Ehe muß man eben oft genug nachgeben, besonders wenn die Frau kein Schaf ist. Denk auch 'n bißchen an Mamachen. Sie macht sich auch Gedanken, wenn es zwischen euch nicht recht stimmt.«

»Weißt du, Papa, Großmama hat Gerda übrigens auch ziemlich deutlich die Meinung gesagt ...«

»So? Was hat die Großmama denn gesagt?«

»Na ja, sie sagte ihr ganz ruhig, sie fände es unverständlich, so mit dem Geld rumzuschmeißen. Auch sei es sehr bedauerlich, daß Gerda wenig Verständnis für die Achtung gezeigt hätte, die einem Mann wie dem Baurat zukäme. Geschenkt hat sie Gerda jedenfalls nichts!«

»Na – 'n Blatt vor den Mund genommen hat die Großmama nie. – Übrigens hat sie mir das letzte Mal gar nicht so recht gefallen. Sie ist doch schon ziemlich zusammengefallen. Ausfahren tut sie auch kaum mehr. Geistig ist sie ja noch sehr frisch, aber man sieht ihr die hohen Jahre jetzt doch an.«

»Sie ist ja immer sehr sprechabel und guter Dinge. Aber so, wie vor einem Jahr, ist sie leider doch nicht mehr. – Das läßt sich nicht leugnen. Sie spricht auch ab und zu vom Ende, doch immer ein bißchen ironisch und so absolut nicht sentimental, daß man immer zwischen Lachen und Ernst schwankt.«

Barring sah ihn fragend an, und Fried fuhr fort: »Neulich sagte sie, der alte Müllauer sollte ihr die Grabrede halten, nicht der Reder. Sie behauptete, der wirke hinter einem gut gebratenen Fasan viel überzeugender als hinter der Bibel. ›Ich kann mir nicht helfen‹, meinte sie, ›aber ich seh ihn immer vor mir.‹«

Barring lachte leise. »Jaja, 'ne Mördergrube macht sie nicht aus ihrem Herzen! Gottlob ist sie ja soweit auch sehr gesund. Doktor Krüger ist doch ei'ntlich immer erstaunt, wie rüstig sie noch ist. Aber natürlich! Mit bald achtzig läßt die körperliche Beweglichkeit schließlich doch nach. – Sag mal, Fried, Mamachen hat über Gerdas Renkontre mit dem Baurat wohl nicht viel gesprochen?«

»Keine Silbe, Papa! Sie war genau wie immer, aber ich fühlte trotzdem, daß ihr Gerechtigkeitssinn verletzt war.«

»Das kann schon sein! Doch glaub mir man, sie hat sich bestimmt den Kopf darüber zerbrochen, wie man Gerda die Situation erleichtern könnte. Sie würde sich aber natürlich nie aufoktroyieren. Sie wartet ja immer, bis man sie ruft; aber wenn man es tut, überhört sie es nie.«

»Das weiß ich am besten, Papa.« Fried hatte es mit warmer Überzeugung gesagt. »Einen wohlwollenderen Fürsprecher als Mama kann Gerda gar nicht finden! Angedeutet habe ich ihr das auch. Aber sie hat nicht darauf reagiert, und so muß sie eben allein damit fertig werden. In Laugallen wird sie übrigens kaum viel Neigung finden, ihr die Stange zu halten. Ihr Vater ließ so 'ne Bemerkung fallen.« – »So?«

»Ja. Er meinte, Gerda soll sich bloß nicht einbilden, für ihre Albernheiten in Laugallen ihr Publikum zu finden. Dort werde man zuerst zischen, wenn sie aus der Rolle fiele.«

Barring nickte. Er wußte, man stand in Laugallen auf seiten Frieds, und das war auf alle Fälle besser, als hätte man Gerda dort noch bestärkt. Jedoch viel nützen würde es schließlich nicht. Fried mußte sich schon allein mit Gerda auseinandersetzen.

Dreizehntes Kapitel

Kurz vor dem Schlafengehen saß Eyff mit Amélie in seinem Schreibzimmer und versuchte vergeblich, seine Aufmerksamkeit auf die Zeitung zu konzentrieren. Schließlich warf er das Blatt auf den Tisch. »Es ist doch eigentlich unglaublich«, ärgerte er sich, »daß Gerda nu doch nach Königsberg gefahren is! Dieser Besorgungsfimmel bei ihr hat ja was Krankhaftes! Dem Fried müssen sich ja manchmal die Haare sträuben! Hat sie dir eigentlich verraten, was sie nu für Absichten hat?«

Amélie schüttelte den Kopf. »Was Bestimmtes hat sie mir nicht gesagt...«

»Zum Kuckuck! Was denkt sie sich eigentlich dabei, uns hier Rätsel aufzugeben!« fuhr er auf und begann im Zimmer auf und ab zu gehen. »Ich find's uranständig von Fried, daß er übermorgen hier rankommen will. Ich an seiner Stelle tät's bestimmt nicht! 'ne alberne Pute ist sie! Statt dankbar zu sein, daß er ihr die Hand bietet, tut sie so, als wenn das ganz selbstverständlich wäre. Wirklich 'n blödsinniger Standpunkt!«

»Ich habe ihr meine Meinung auch deutlich genug gesagt. Aber sie verträgt schon 'n Puff! Was sie nicht verstehen will, versteht sie eben nicht, und da kommt man denn sehr bald an einen Punkt, wo man einfach still sein muß, wenn man es nicht zu 'ner Szene kommen lassen will.«

Der Laugaller nickte ärgerlich. »Ja, Alie, sie hat wirklich 'ne unglaubliche Art, die Harmlose zu spielen. Es ist wirklich so: entweder man fährt aus der Haut, oder man muß den Mund halten. Was bleibt einem anders übrig? Ich weiß nur so viel, daß Fried 'n viel zu anständiger Kerl für sie ist, und manchmal tut es mir wahrhaftig leid, daß sie nicht an einen gekommen ist, der ihr ab und zu mal gründlich auf die Sprünge hilft. Hast du ihr denn nicht auch gesagt, wie überflüssig ihre Exkursion nach Königsberg ist?«

»Natürlich habe ich ihr das gesagt. Aber wenn sie sich was in den Kopf gesetzt hat, dann ist sie doch durch nichts davon abzubringen, und wenn sie Geld in der Tasche hat, gibt sie doch keine Ruhe, bis nicht alles verplempert ist.«

Eyff schüttelte wütend den Kopf. »Unglaublich«, murmelte er. »Na – ich kann sie nicht mehr ändern!« Er trat an den Tisch und nahm die Lampe. »Ich denke, es ist Zeit, schlafen zu gehen, Alie. Ist es dir recht?«

Im Hôtel de Berlin in Königsberg aßen Axel und Maud Koßwitz und Graf Wilda bei Gerda, die ›Besorgungen gemacht‹ hatte. Das ›Besorgungenmachen‹ war bei ihr zu einer Art Manie geworden, und in den Kallenberger und Königsberger Geschäften war sie bald die geschätzteste Kundin. Sie hatte zwar ihre Schwierigkeiten, die Frau von Barring, doch daran mußte man sich gewöhnen. Die schöne junge Frau hielt es für selbstverständlich, daß alle anderen Kunden hinter ihr zurückzustehen hatten, ihre extravagantesten Wünsche widerspruchslose Erfüllung fanden. Unter Umständen feilschte sie eine Viertelstunde lang um fünfzig Pfennig, zahlte dagegen, ohne mit der Wimper zu zucken, Hunderte von Mark, wenn es sich um ein Kleid handelte, das ihr gefiel, ein echter Teppich oder irgendein Möbelstück ihre Begehrlichkeit reizte. Für Kleider und Hüte reichte ihr Geschmack aus, während er bei der Auswahl von Möbeln, Teppichen oder gar Bildern kein besonders glücklicher Berater war. Fried hatte ihr für ihre Einkäufe bis vor kurzem, wenn auch innerlich widerstrebend, so doch ohne besondere Schwierigkeiten, immer die nötigen Mittel zur Verfügung gestellt, dann aber, als ihre Kauflust immer mehr ausartete, ab und zu ein abmahnendes Wort fallenlassen, worauf Gerda die Gekränkte spielte. So hatte Fried ihr schließlich achselzuckend den Willen gelassen. Er war es müde, fortwährend den Vorwurf zu hören, »seine Engherzigkeit und Pitzligkeit in Geldsachen raubten ihr die persönliche Bewegungsfreiheit und schränkten ihre Selbständigkeit unerträglich ein. Indessen den Umstand, daß die Zinsen aus Laugallen immer sehr unregelmäßig, oft gekürzt und zuweilen gar nicht überwiesen wurden, ignorierte sie. Mein Himmel, die zweitausend Mark! Die machten den Kohl auch nicht fett und spielten für Fried wirklich keine Rolle.

Wenn Gerda, wie Andreas Rottburg es ausdrückte, in ›Königsberg umging‹, wohnte sie nie bei Koßwitzens oder anderen Freunden, sondern zog die Ungebundenheit des Hotels einem Privathaushalt vor, der sie nicht nur zu gewissen Rücksichten gezwungen, sondern sie auch um die willkommene Gelegenheit gebracht hätte, sich in der Öffentlichkeit zu zeigen. Die Rolle der Gastgeberin lag ihr besser als die des Gastes. Sie hatte nicht sehr viel Anpassungsvermögen, die Gerda!

Nun saß sie mit Koßwitzens an der einen Schmalseite der Table d'hôte und aß mit verständnisvollem Genuß den dunkelgrauen, grobkörnigen Kaviar, den sie bei Schischin besorgt hatte. Im stillen ärgerte sich der Wirt zwar darüber, daß die reiche Frau von Barring sich an seinem Tisch ihren eigenen Kaviar servieren ließ, verbarg aber seinen Verdruß wohlweislich. Man hörte ja immer wieder, wie leicht diese Frau von Barring verletzt sei, und da sie immer hohe Rechnungen machte, auch nicht viel nach den Preisen fragte, so fand man sich mit ihren Eigenheiten eben ab. Sie aß auch fast niemals das Menü, hatte immer besondere Wünsche. Heute zum Beispiel hatte sie ein raffiniertes Gratin von Flußfischen bestellt, ein Gericht, das der Wirt übrigens genau kannte, da Graf Wilda, der gerne gut aß, es im Hôtel de Berlin längst eingeführt hatte.

Man aß noch den Kaviar auf Toast mit geeister Butter, als Graf Wilda ›zufällig‹ erschien und ›aus allen Wolken fiel‹, Gerda und Koßwitzens hier zu treffen. Einen Augenblick verlor er fast seine weltmännische Ruhe, ging eine Spur zu hastig auf die Tischecke zu: »Nein, das nenne ich aber mal eine Überraschung!« Gleich darauf saß er neben Gerda, verzehrte bemerkenswerte Mengen Kaviar, machte verliebte Augen und erzählte den neuesten Klatsch, mit dem er immer wie eine Mitrailleuse geladen war und den er auch ganz amüsant anzubringen wußte. Maud und Axel hatten einen schnellen Blick des Einverständnisses getauscht. Auf die Überraschung, die Wilda und Gerda zur Schau trugen, fiel man denn doch nicht rein! Warum sie nur immer Theater spielen mußte! Dabei hätten Axel und Maud geschworen, daß hinter Wildas Courmacherei nicht das geringste steckte, obwohl Gerda sie sehr ernst zu nehmen schien. Axel Koßwitz legte übrigens auf Wildas Gesellschaft wenig Wert. Im Gedanken an Fried war sie ihm sogar lästig, und als nun noch zu allem Überfluß Hannibal Eyff mit seinem Vetter Adam das Lokal betrat und mit einem fatalen Lächeln süffisanter Ironie Gerda begrüßte, ärgerte er sich und wurde einsilbig.

»Was macht denn der Herr Gemahl, wenn man fragen darf?« erkundigte sich Hannibal Eyff im Ton leutseliger Herablassung. Gerda, der das unerwartete Erscheinen ihrer Oheime ganz und gar nicht paßte und deren Laune durch die hochnäsige Art des Waldsteiners auf den Nullpunkt angelangt war, erwiderte maliziös: »Er wird sich in Berlin wahrscheinlich nicht halb so gut unterhalten wie ich mich in deiner liebenswürdigen Gesellschaft,

Onkel Hannibal.« Der Waldsteiner sah sie argwöhnisch an. Aber da sprach sie auch schon weiter: »Wenn man geistig ja auch nicht mit dir mit kann – mein Himmel, man hat hier ewig auf dem Lande gesessen, und du hast in der großen Welt gelebt und Geschichte gemacht –, aber man profitiert doch immer von dir, und dann – – du hast so 'ne reizende Art, wirklich so verwandtschaftlich.«

Nein – diese Person, die Gerda! Eine mechante Art hatte sie! Gerda schien die Verlegenheit des Onkels ganz zu entgehen. In harmlosem Ton erkundigte sie sich nach dem Ausfall der Waldsteiner Ernte und berührte damit wieder eine Frage, die Hannibal Eyff haßte.

»Gott, Gerda«, resigniert zuckte er die Achseln, »zum Totlachen war sie nicht. Du weißt ja, diese Inspektoren ... Auf die Kerls ist ja nu mal kein Verlaß. Sie tun immer so, als könnten sie Rosinen wachsen lassen, und wenn denn zuletzt die Scheunen doch bloß wieder halb voll werden, dann hat natürlich der liebe Gott schuld. Immer die alte Geschichte! Na, dadurch, daß man sich ärgert, wird's auch nicht besser. Schließlich kommt es ja auch nicht so darauf an, daß wer weiß wieviel auf dem Morgen steht. Wenn man bloß genug Land zum Abernten hat, kommt ja doch immer noch ganz nett was zusammen. Übrigens wußte ich gar nicht, daß du dich so für die Landwirtschaft interessierst?! Das war doch früher eigentlich nicht so, wenn ich nicht irre.«

»Das lernt man in Eichberg.« Gerda lachte. »Mein Schwiegervater behauptet immer, ich hätte einen praktischen Blick.«

Es ging auf Mitternacht, als man sich endlich trennte. Wilda bat Gerda, noch länger mit ihm sitzen zu bleiben, sie lehnte das ziemlich kühl ab: »Ach, ich bin schläfrig geworden. Aber natürlich nicht etwa durch Ihre Gesellschaft, Graf Wilda!« Der hatte sich auf die Lippen gebissen.

Fried fuhr wirklich auf dem Rückweg von Berlin nach Laugallen heran. Er tat es in der unangenehmen Erwartung, Gerda verstimmt und gekränkt anzutreffen, und der Gedanke, halb als Narr, halb als der ›starke Mann‹ zu kommen, war ihm höchst lästig. Indessen – er wollte auch wieder nicht gern ohne Gerda nach Eichberg zurückkehren. Das hätte eine undurchsichtige und schiefe Situation geschaffen. Papa hatte ja recht: Wie die Dinge nun mal lagen, war es schon richtiger, Gerda eine goldene Brücke zu bauen.

Daß nicht die Erwägungen des Verstandes allein ihn zu dem Entschluß führten, Gerda zuerst die Hand zu reichen, wollte er sich nicht recht eingestehen. Aber wenn er es vor sich selbst auch nicht zugeben mochte – Gerda fehlte ihm. Trotz allem fehlte sie ihm.

Das erste, was ihm vom Bahnsteig in Rogehnen entgegenlachte, waren Gerdas blaugrüne Augen, und ehe er sich noch recht in die unerwartete Lage gefunden, hatte sie ihm, wie in unbekümmerter Wiedersehensfreude, den Arm um den Hals gelegt und gab ihm in aller Öffentlichkeit einen Kuß.

»Ich fürchte, ich bin ziemlich albern gewesen, Fried! Nun mach es mir nicht zu schwer! Ich habe mir rechte Vorwürfe gemacht. Ich will das mit dem Schröter auch schon irgendwie in Ordnung bringen. Aber nun sag mir schnell, daß du mir nicht mehr böse bist! Das ist das einzige, was ich will.«

Fried sah sie an. Es wurde ihm nicht ganz leicht, sie zu verstehen. Hatte sie wirklich nasse Augen? – Er zog sie an sich: »Es ist alles in Ordnung, Gerda. Mach dir keine Gedanken weiter. Es kommt alles wieder in die Reihe!« – »Fried, lieber Fried«, sagte sie leise, so weich, wie es sonst gar nicht ihre Art war.

Auf der Fahrt nach Laugallen war sie schweigsam. Ab und zu suchten ihre Augen den Blick Frieds, und dann faßte sie nach seiner Hand. Fried, in seiner versöhnlichen Stimmung, sah erst mit etwas ungläubigem Erstaunen, dann aber mit dem Gefühl dankbarer Erleichterung auf Gerda und war glücklich in dem Bewußtsein, sie nun ganz wiederzuhaben, nachdem sie ihren Fehler einsah und gutmachen wollte.

Als sie ihn dann auf sein Zimmer führte, zog er sie zärtlich an sich: »Wie schön, daß nun alles gut ist, Gerda!«

Halb glücklich, halb zweifelnd sah sie ihn an. »Ja, Fried, ich weiß nicht recht. Ist nun wirklich alles gut . . .«

»Aber ich verstehe dich nicht, Gerda«, sagte er betroffen. »Natürlich ist doch jetzt alles gut!« – »Erst muß ich dir noch ein Geständnis machen, Fried«, sagte sie etwas zaghaft.

»Mein Gott, Gerda! Manchmal hast du 'ne Art, einen aus allen Himmeln zu reißen . . . Was gibt es denn noch? Du tät'st mir tatsächlich 'nen Gefallen, wolltest du mich nicht auf die Folter spannen.« – »Ach, Fried, wenn du gleich wieder ungeduldig wirst, dann weiß ich wirklich nicht, wie ich es dir sagen soll. Erst mußt du mir versprechen, bestimmt nicht böse zu werden.«

»Bißchen viel verlangt! Ich kann dir doch nicht etwas versprechen, wenn ich überhaupt keinen Schimmer habe, worum es sich handelt. Also nu sag's schon. Es wird sich ja schließlich ertragen lassen.«

»Natürlich, Fried, eigentlich müßtest du mich sogar sehr loben! Ich hab zwar ziemlich viel Geld ausgegeben, aber damit 'ne ganz ausgezeichnete Anlage gemacht.« Skeptisch sah Fried sie an, atmete aber doch auf. Handelte es sich nur um Geld, so ließ sich am Ende darüber wegkommen. – »Na, Gerda«, sagte er mit leisem Spott, »vor deinen Geldanlagen hab ich allen Respekt. Es wär schon besser, du überließest mir das. Aber nun sag es mir endlich! Worum handelt es sich denn nun eigentlich?«

»Wart doch, Fried! Also weißt du, ich hab mir was gekauft, was du vielleicht auf den ersten Blick nicht ganz richtig finden wirst. Aber es ist nun mal geschehen und außerdem . . .«

»Nun laß schon, Gerda, ob es richtig oder nicht richtig war, das Geld auszugeben, kann ich erst entscheiden, wenn ich weiß, wofür du es ausgabst. Nun bitte, sag mir endlich, was los ist!«

»Du kannst dich darauf verlassen, das Geld ist gut angelegt! Direkt 'n fabelhaftes Geschäft . . .«

»Das ist 'ne zweite Frage«, unterbrach er sie ungeduldig. »Jetzt flatter nich wie 'n Pferd, was nich über 'n Hindernis will. Nu also mal endlich die Katz' aus dem Sack!« – Als sie ihm dann endlich den Ring zeigte, den sie sich in Königsberg für zweitausenddreihundert Mark gekauft hatte, stieg ihm das Blut in die Stirn, doch er bezwang sich. Sie sah ihn so bittend an.

»Gott schütze mich vor deinen Gelegenheitskäufen, Gerda«, seufzte er. »Na, geschehen ist geschehen, und da läßt sich nichts mehr ändern. Er sieht ja auch sehr schön an deiner Hand aus . . . Aber nu sag mal, wo hast du bloß das Geld her?«

»Gespart hab ich's mir! Keinen Silbergroschen brauchst du zu geben. Erstens hab ich was von meinen Zinsen genommen, zweitens 'ne Menge Eier und Geflügel verkauft und drittens so viel Mastschweine und Ferkel, daß ich das Geld zusammen hatte und sogar noch was übrigbehalte. Hab ich das nicht großartig gemacht?«

Fried mußte lachen, obwohl er sich ärgerte. Sie war von einer Harmlosigkeit, die einfach unglaublich war.

»Großartig! Natürlich! Du hast sicher so viel zurückgelegt, um mir das Futter, das ich vom Speicher gab, zu bezahlen?«

»Ach, Fried, nu sei nicht eklig. Das bißchen Futter . . . das gibst du mir doch gern.«

Der Abend in Laugallen wurde schließlich noch sehr nett und behaglich. Eyff geriet in die rosigste Laune, ließ seinen besten Bordeaux kommen und warf alle Sorgen über Bord. Amélie befand sich in jener dankbaren Stimmung, in die man gerät, wenn man sich von einer drückenden Last befreit fühlt. Sie streifte das, was zwischen Fried und Gerda gewesen war, natürlich mit keiner Silbe, zeigte Fried aber auf jede Weise, wie nahe er ihrem Herzen stand. Adelheid war wie immer: liebenswürdig, gesprächig, verwandtschaftlich, und Malte, der Fried bewunderte und liebte, strahlte den Schwager an und beschäftigte sich im übrigen intensiv mit den knusprigen Krammetsvögeln, deren Duft ihm so lieblich einging.

Nur Gisela, die ja nie viel sprach, war vielleicht noch etwas stiller als gewöhnlich, Gerda gegenüber wohl auch ein bißchen kurz. Ab und zu streifte ihr Blick fragend Fried, als verstände sie ihn nicht so ganz.

»Ich soll dich von Papa sehr grüßen, Gisa«, sagte er, als sie dann später in Eyffs Zimmer saßen. »Er läßt dich fragen, ob du nicht für vier oder fünf Wochen nach Wiesenburg kommen willst. Cecilie Bruce hat sich für längere Zeit angesagt, und Papa meinte, vielleicht würde es dir Spaß machen, mit ihr zu reiten. Du könntest ihm überhaupt so gut helfen, sie zu amüsieren, und ihr, du und Cecilie, habt euch ja schon auf unserer Hochzeit angefreundet.« – Sie antwortete nicht gleich, beugte sich über ihre Handarbeit. Ihre Wangen färbten sich eine Spur tiefer. Aber dann sagte sie: »Wenn Mama mich so lange fortlassen will, komme ich natürlich furchtbar gern, Fried.«

»Aber natürlich, Gisa«, nickte Amélie. »Ich freu mich doch für dich! Du wirst in Wiesenburg eine reizende Zeit haben!«

»Papa wird sich sehr freuen, dich zu haben, Gisa«, sagte Fried, wandte sich dann scherzend zu Amélie: »Ich fürchte, er macht ihr richtig den Hof, wenn sie zusammen reiten oder fahren, Mamachen.« – Gisela lachte. »Ach, Fried, ich ließe es mir schon ganz gerne gefallen, aber mir scheint, du verwechselst die Rollen. Ich glaube, ich mache deinem Vater den Hof!«

Sehr reizend hatte sie das gesagt, und Eyff nickte ihr lachend zu: Sie war nun mal sein Liebling, und es war ihm ein lieber Gedanke, daß der Wiesenburger sie so ins Herz geschlossen hatte. – Den raschen, spöttischen Blick, mit dem Gerda die Schwester streifte, bemerkte niemand.

Als man sich endlich gute Nacht wünschte, trennte man sich

mit dem Gefühl, eine schwierige Situation besser überstanden zu haben, als man befürchtet hatte.

Seit einer Viertelstunde lag Fried im Bett. Er hatte das Licht ausgelöscht, sehnte sich nach Gerda, konnte aber den Entschluß nicht recht finden, zu ihr zu gehen. Da wurde die Tür seines Zimmers behutsam geöffnet, und die leisen Schritte bloßer Füße näherten sich seinem Bett. »Schläfst du schon, Fried?« hörte er Gerdas Stimme.

»Nein, Gerda.«
»Bist du müde?«
»Gar nicht, mein Herz. Ich bin viel zu froh, dich wiederzuhaben!«
»Willst du mich wirklich wiederhaben, Fried?«
»Aber Gerda, wie kannst du nur so fragen?«
»Und willst du mich auch immer behalten, und bist du mir auch wirklich wegen des Ringes nicht böse?«
»Wie fragst du nur, Gerda! Selbstverständlich gehören wir doch für immer zusammen! Und den Ring? An den denk ich kaum mehr.« – Sie beugte sich über ihn und küßte ihn.

Er zog sie an sich, und sie kuschelte sich ganz fest an ihn.

In ihren Armen vergaß er das Schwere der letzten Wochen. Die Hoffnung auf ein glückliches Morgen erfüllte ihn, und das trübe Gestern ging unter in dem beglückenden Heute.

Vierzehntes Kapitel

An einem wundervollen Septembermorgen, so voller Farben und lichtdurchflutet, wie nur der ostpreußische Herbst ihn schenken kann, ritt Fried über die Eichberger Wiesen. Er achtete nicht auf seinen Vollblüter, ließ den Braunen bummeln. Die Luft war rein und stark wie alter Wein, der blaue Himmel wölbte sich hoch und wolkenlos über dem weiten Land, der Altweibersommer spann seine silbrigen Fäden, und der herbe Geruch von Erde und Fruchtbarkeit entströmte den geschälten Stoppelfeldern jenseits der Chaussee. Auf den Weiden grasten, aalglatt und blank, die Pferde, lagen behaglich wiederkäuend schneckenfette Ochsen. Den Fluß, der im Schein der Herbstsonne im satten Grün der Wiesen wie Silber schimmerte, glitt mit schwach geblähten Segeln ein großer Frachtkahn geruhsam hinunter, und in der Ferne leuchteten aus dem Schwarzbraun des gepflügten Landes die Stoppeln, die der Schälpflug noch nicht umgebrochen hatte, wie goldene Schachbrettfelder. Ihr gleichmäßig dichter, von keinem Unkrautfleck unterbrochener Stand verriet die gute Ernte, die in diesem gesegneten Jahr selbst Barbknecht, der sonst nie zufrieden war, zugeben mußte. Die Scheunen waren voll bis zum Hahnenbalken, selbst die Dielen hatte Barbknecht bestaken lassen und trotzdem noch neun Roggenmieten, jede zu fünfzig vierspännigen Fudern, setzen müssen! Die Augustenhöfer Kartoffeln versprachen einen hohen Ertrag, und die Runkeln, gleichmäßig und groß wie die Kegelkugeln, standen lückenlos und blattreich in schnurgeraden Reihen.

Frieds Wallach war stehengeblieben und rupfte ein Maulvoll Gras ab. Sein Herr ließ ihn gewähren. War ein braver Kerl, der ›Piqueur‹!

Als schwarze Wolke erhoben sich rauschend Tausende von Staren, schwirrten sausenden Flugs dem Flusse zu. Sie sammelten sich früh in diesem Jahre zum Zug nach dem Süden. Vielleicht, daß man auf einen frühen Winter gefaßt sein mußte.

Hinter den pflügenden Knechten trippelten die Krähen, sie pickten nach Engerlingen und Würmern, und dort – hoch oben im Azurblau der glasklaren Luft – schwamm auf regungslos ausgebreiteten Schwingen kreisend ein Bussard.

Die viereinhalb Jahre, die er nun schon verheiratet war, erschienen Fried wie ein flüchtiger Augenblick. Vieles hatte die Zeit ihm genommen, ihm schließlich aber doch das Beste gegeben, was einem Manne werden kann, als Gerda vor sieben Wochen dem Erben das Leben geschenkt und damit seinen eigenen heißesten Wunsch und den der Eltern und Großmamas endlich erfüllt hatte! Am 9. August, morgens gegen vier Uhr, hatte in Eichberg ein unglaublich dicker Junge von reichlich neun Pfund seinen Einzug in die Welt sehr gewichtig vollzogen und sein Erdenwalten mit so fürchterlichem Gebrüll eingeleitet, daß Fried ängstlich geworden war. Aber Doktor Krüger hatte ihn ausgelacht: »Danken Sie Ihrem Schöpfer für das Organ, lieber Herr von Barring! Der Bengel hat mächtig viel Lebensenergie, sage ich Ihnen, und ist von der Natur mit einem Organismus bedacht, um den ihn die meisten Kinder beneiden können. Lassen Sie ihn in Gottes Namen brüllen! Je doller, je besser! Er weiß, was er will und was ihm frommt.«

Sehr blaß und matt, ein stilles Lächeln auf den Zügen, das ihrem Ausdruck etwas ungewohnt Weiches gab, hatte Gerda in den Kissen gelegen und im Widerschein des jungen Mutterglücks so rührend ausgesehen, daß Frieds Herz vor Dankbarkeit überströmte.

In der Erinnerung an die ersten Lebensstunden seines Jungen schüttelte er noch heute den Kopf. Auf der Chaiselongue in der Wohnstube hatte ein merkwürdiges Etwas gelegen, an dem alles winzig gewesen war, bis auf die überwältigende Häßlichkeit. Die Winzigkeit auf der Chaiselongue war krebsrot, hatte eine Haut wie ein verschrumpelter Bratapfel und glich mehr einem mißvergnügten Frosch als einem kleinen Menschenkind. Fried hatte mit Bestürzung auf das kleine Ungeheuer gestarrt und zwischen ungläubigem Erstaunen und Entsetzen geschwankt. Aber schon nach wenigen Tagen hatte sich ein Wunder vollzogen: Der kleine Schreihals war zu etwas sehr Niedlichem geworden! Mit zu Fäusten geballten Händchen schlief er meistens wie ein Murmeltier im Steckkissen, und wenn er nach einer köstlichen Mahlzeit einmal ein Weilchen wach lag, so sah er, etwas verwundert zwar, aber anscheinend doch durchaus einverstanden mit seiner Lage, in die Welt. Aus dem runden rosigen Gesichtchen blickten die Augen seines Wiesenburger Großvaters.

»Er ist ganz dein Schwiegervater, Gerda«, hatte Amélie gesagt.

»So? Gib ihn doch mal her, Mamachen. Ich muß mal selbst sehen...« Sie hatte den kleinen Kerl lange betrachtet, Amélie dann gebeten, ihn wieder in seine Wiege zu legen. »Ich finde keine Ähnlichkeit mit meinem Schwiegervater, Mama. Das bildet ihr euch ein. Er ist ein Eyff und kein Barring!« Dann hatte sie sich umgedreht: »Ich will etwas schlafen, Mama. Ich bin müde.«

Fried war längst mit seinen Gedanken mitten in der Gegenwart, fand nicht mehr in die Vergangenheit zurück. Er wollte sich auch lieber an das Heute halten als an das Gewesene, das ihm manche Hoffnung zertrümmert hatte. Das Schicksal hatte zwar immer wieder lindernd eingegriffen, so daß unter der Asche schwerer Erfahrungen Lebensmut und Daseinsfreude nicht schließlich begraben wurden. Aber jenes lachende Glück, von dem er geträumt, das hatte ihm seine Ehe nicht geschenkt. Es war da so vieles, was ihn beschwerte. So das Verhältnis Gerdas zu seinen Eltern und seiner Großmutter, das unpersönlich kühl geblieben. »Deine Eltern nehmen das Leben so schrecklich wichtig, Fried«, sagte sie zuweilen. »Außer Wiesenburg und der Familie gibt es nichts für sie auf der Welt. Deine Großmutter traktiert einen mit Ironie und Überlegenheit, deine Mutter mit guten Lehren. Daß mich das begeistern sollte, ist zuviel verlangt.«

Auch im Hause in Eichberg spürte Fried wenig von jenem Behagen, das in Wiesenburg so selbstverständlich war. Gerda verstand es nicht, eine beruhigende Atmosphäre um sich zu schaffen. Das Hauspersonal wechselte ewig, und Fried, von Kindheit auf an die Beständigkeit Wiesenburgs gewöhnt, litt unter den fortwährend neuen Gesichtern. Die häufigen Auftritte in seiner Häuslichkeit lasteten auf ihm. Er wurde still, war zuweilen verdrossen. Es geschah jetzt öfters, daß er sich zur Heftigkeit hinreißen ließ, und dadurch wurde die Lage nicht gebessert.

Gisela, die schließlich mehr in Eichberg gewesen war als in Laugallen und immer ausgleichend und beruhigend gewirkt hatte, fehlte Fried viel mehr, als er selbst wußte. Seit einem Jahr war sie die Frau des Schiffsmaklers Harold Bancroft in London und bewohnte in Kensington Gore gegenüber dem Hydepark ein schönes, altes Haus. Sie hatte Harold Bancroft, einen Neffen George Hamiltons, kennengelernt, als sie bei Cecilie Bruce zu Gast gewesen, und ihn geheiratet, nachdem sie ihn zuerst abgewiesen hatte. In ihrer Ehe loderten zwar nicht die Flammen verzehrender Leidenschaft, dafür schuf aber gegenseitige Sympathie die Grundlage für eine stille Zufriedenheit und jenes liebenswürdige Behagen, das die Zweisamkeit Kensington Gores – die Ehe war bis dahin kinderlos geblieben – vor Disharmonien bewahrte. Die sanften Lüfte, die um das alte, niedrige Haus am Hydepark friedvoll und zuweilen heiter wehten, unterschieden sich sehr von den Stürmen, die oft genug beunruhigend das Eichberger Haus bedrohten, in dem es zuging wie im Taubenschlag. Die vielen Gastzimmer wurden dort nie leer. Das Kommen und Gehen hörte gar nicht auf.

Nach wie vor warf Gerda das Geld für Nichtigkeiten fort. Frieds gelegentliche Mahnungen zur Sparsamkeit ignorierte sie oder beantwortete sie mit Gereiztheit. Den dringendsten Erfordernissen der Außenwirtschaft stand sie mit souveräner Gleichgültigkeit gegenüber. Barbknecht war manchmal am Rande der Verzweiflung, wenn er mitten während des Einfahrens soundso viele Leute in den Garten geben mußte. Nur weil er Fried, an dem er hing, nicht in Verlegenheit bringen und den Wiesenburger, zu dem er in warmer Verehrung aufblickte, nicht enttäuschen wollte, hielt er in Eichberg aus.

Fortwährend schwankend zwischen unberechenbaren Stimmungen, belastete Gerda die Nerven Frieds stärker, als sie verantworten konnte. Allerdings war sie klug genug, den Topf vom Feuer zu nehmen, bevor er überkochte. Aber die Luft war ständig mit Zündstoff geladen, man wußte nie recht, was die nächste Stunde bringen mochte.

Begehrte Fried wirklich einmal auf, so nahm Gerda ihre Zuflucht zu den Evaskünsten, denen er nicht lange widerstehen konnte. Sie kannte ihre Macht hinter der Schwelle des Schlafzimmers und verstand es, die unwiderstehlichen Geheimnisse der Liebe ihren Zwecken dienstbar zu machen. Zwischen ihrem Gefühlsleben und dem Frieds klaffte ein Abgrund, der ihr durchaus bewußt war, den Fried aber gar nicht oder höchstens im Nebel tastenden Suchens ahnte. Ihm wurde die Liebe zum Wunder des Daseins, ihr dagegen zum Mittel selbstsüchtiger Zwecke.

So konnte es nicht ausbleiben, daß unter dem Einfluß der Gegensätze, die Gerda und Fried trennten, das Eichberger Haus schließlich von einer ständigen Krisengefahr bedroht war, und die guten Seiten, die Gerda natürlich auch hatte, waren nicht ausgeprägt genug, um hier abschwächend oder gar ausgleichend zu wirken. Sie war klug, und wenn sie wollte, so konnte sie bestechend liebenswürdig sein, durch Schlagfertigkeit und Witz, Natürlichkeit und Heiterkeit die Menschen nicht nur amüsieren, sondern für sich einnehmen. Ihr reizvolles Äußeres, die Eleganz ihrer Erscheinung, das Rätselhafte ihrer Augen weckte die Begierde der Männer und zog ihr den Neid der Frauen zu. War sie gut aufgelegt, konnte sie in der Sorge um das Wohl ihrer Gäste reizend sein, so daß sie Behagen und Frohsinn schuf. In ihrer Köchin, die sie Mathildens Fürsorge verdankte, hatte sie ein Kochgenie, das die Eichberger Küche schnell berühmt gemacht und Gerda den Ruf einer vollendeten Hausfrau eingetragen hatte. Auch eine gewisse Gutmütigkeit konnte man ihr nicht absprechen, durfte nur nicht nach den Beweggründen ihrer Hilfsbereitschaft forschen, wollte man seiner Bereitwilligkeit zur Anerkennung nicht sehr enge Grenzen ziehen. Ihre Gutherzigkeit war im Grunde nichts weiter als Eitelkeit. Diese veranlaßte sie, die Rolle der gütigen Fee in Eichberg zu übernehmen. Ihr Beglückungsbedürfnis kostete Fried eine Menge Geld, ihr dagegen nur gelegentlich eine halbe Stunde Zeit, wenn sie einen Kranken im Dorf

›heimsuchte‹, der ihr Erscheinen nur als Störung empfand, die man hinnahm, weil sie vielleicht Gelegenheit schuf, sich Vorteile zu sichern.

So war Frieds Ehe weniger zum Hafen des Glücks geworden als zum beunruhigend bewegten Wasser, auf dem der Nachen, dem er sein Leben anvertraut, nur unter ständigen Gefahren Kurs halten konnte.

Fünfzehntes Kapitel

Piqueur wurde ungeduldig, sehnte sich nach der vollen Krippe, wollte sich hier nicht länger langweilen und von den Fliegen peinigen lassen. Allein Fried war mit seinen Gedanken weit fort und achtete nicht auf das unwillige Schnauben seines Pferdes, das mit dem Kopf warf und erbittert nach den Fliegen schlug. Er war längst wieder bei seinem Jungen, dessen Erscheinen die ganze Lage in Eichberg geändert hatte. Gerdas Stimmung war milder und ausgeglichener geworden, ihre Rastlosigkeit einer gewissen Ruhe gewichen. Das Mutterglück verschönte sie, und zuweilen war jetzt in ihren Augen ein warmer Schein. Gegen ihre Umgebung zeigte sie sich duldsamer und freundlicher, zu Fried liebenswürdig und heiter.

Schon zehn Tage nach der Entbindung war sie zeitweise aufgestanden, und nach drei Wochen hatte sie ihre gewohnte Lebensweise wieder aufgenommen. Den Vorwurf der Zimperlichkeit konnte man ihr wirklich nicht machen, und die Rolle der ›mater dolorosa‹ lag ihr ganz und gar nicht.

So war alles glatt und gut verlaufen, und nur ein einziger Mißklang hatte die wohltuende, ja glückliche Stimmung etwas gestört: Doktor Krüger wollte es nämlich durchsetzen, daß Gerda ihr Kind selbst nährte, war dabei aber auf so entschiedenen Widerstand bei ihr gestoßen, daß er mit seinem Willen nicht durchdrang, obwohl Amélie und Fried sich hinter ihn stellten.

»Ich denke ja gar nicht im Traume dran«, hatte Gerda schon einige Zeit vor ihrer Niederkunft eigensinnig erklärt. »Warum sollte ich mir eigentlich die Figur mit Gewalt verderben? Laßt mich damit bitte ein für allemal zufrieden. Ich tu's nicht, und damit Punktum!«

Mathilde hatte nur einmal gesagt: »Es wäre mir entsetzlich gewesen, Marianne und Fried nicht selbst nähren zu können,

Gerda«, worauf diese kühl bis ans Herz erwiderte: »Gott, Mama, schließlich ist der Geschmack verschieden!« Da war Mathilde zum erstenmal scharf geworden: »Es handelt sich hier nicht um eine Frage des Geschmacks, Gerda. Es handelt sich hier um eine Frage der Pflichtauffassung.«

Man hatte also eine Amme besorgen müssen, und Gerda ließ sich nach der Entbindung sorgfältig mit Bandagen behandeln, um ›Figur zu behalten‹. Fried hatte seine Frau immer bezaubernd hübsch gefunden, aber jetzt erschien sie ihm begehrenswerter denn je! Er wollte so wenig als möglich an das Schwere der letzten Jahre denken, und führten seine Gedanken ihn doch einmal an einen Kreuzweg, so stand alsbald sein Junge vor ihm, sah ihn aus großen graublauen Augen an und wies mit dem dicken Patschhändchen den rechten Weg, jenen hoffnungsfrohen Weg zum Glauben an die Zukunft.

Ungehalten klatschte Piqueur mit dem Schweif zwischen die Hinterbeine, schlug zornig nach den Fliegen: sie stachen so scharf um diese Jahreszeit!

Auf dem Nachhausewege war Fried mit seinen Gedanken bald wieder bei seinem kleinen, dicken Bengel, der sich zwar nur durch entsetzliches Gebrüll verständlich machen konnte, trotzdem aber schon dem Leben Frieds eine neue Richtung gegeben und sein Dasein in glückhafte Bahnen gelenkt hatte. Auch nach Wiesenburg hatte der kleine Kerl Sonnenschein gebracht, Mamachen und Gerdas Mutter in herzlicher Freundschaft verbunden und auch dem Leben Papas noch reicheren Inhalt gegeben. War Papa zu Hause, so verging fast kein Tag, an dem er nicht auf ein paar Minuten nach Eichberg herankam. Dann pflegte er – wie in Gedanken – ins Kinderzimmer zu gehen und dort nachdenklich den Enkel zu betrachten, und wenn er sich schließlich zum Gehen wandte, nickte er wohl vor sich hin: »Komischer kleiner Bengel! Aber eigentlich sehr niedlich ... ganz besonders niedlich.« Alle Augenblicke mußte Doktor Krüger den Jungen ansehen und darauf bei Papa zum Bericht erscheinen. »Der Krüger hat schließlich sowieso alle Augenblicke in Wiesenburg oder Gottesfelde zu tun. Da kostet es ihn weiter nicht viel Zeit, wenn er fix mal zu euch rankommt. Laß ihn man ruhig kommen, Fried!« Das ›Besehen‹ nahm nun dem Doktor Krüger wirklich nicht allzuviel Zeit, desto mehr aber der Bericht in Wiesenburg. Karl erschien dann schon immer von selbst mit einer guten Flasche, und unter einer Stunde kam Krüger kaum weg. Papa, sonst immer mit Arbeit überhäuft und gezwungen, sparsam mit seiner Zeit umzugehen, hatte dann plötzlich unglaublich viel Muße und war von einem schwer zu stillenden Wissensdurst.

Großmama hatte damals, als Fried ihr die glückliche Kunde gebracht hatte, in dem großen, bequemen Backenpolstersessel am Fenster gesessen. Seit zwei Jahren benutzte sie ihn immer: er war ihr bequemer als der Sofaplatz. Sie strickte auch nicht mehr oder wenigstens nur noch selten: Die alten Hände waren müde geworden.

»Ein Junge, Großmamachen! Fast neun Pfund wiegt er!«

Auch in diesem Augenblick, den sie so heiß herbeigesehnt, blieb sie sich treu, nahm die Dinge zuerst von der praktischen Seite:

»Brüllt er düchtig?« – »Ganz fürchterlich, Großmamachen!«
»Ballt er die Händchen?« – »Immer macht er Fäustchen.«
»Macht er ordentlich gelb?«

Fried hatte sie nicht gleich verstanden, sie fragend angesehen.

»Herrjees, Fried! Ihr Männer seid doch wirklich alle gleich! Vom Wichtigsten habt ihr keinen Schimmer! Ob er gelb in die Windeln macht, mein ich natürlich!«

»Quittegelb, Großmamachen!«

»Na – denn komm mal her, du mein Herzensjung du, und gib mir 'n Kuß. Gott segne dich und ihn! Und nu klingel mal, mein Junge.« Und erst jetzt hatte sie kurz gefragt: »Und die Gerda? Ist sie munter?«

»Alles in Ordnung, Großmamachen.« – Sie hatte genickt, und dann war auch schon Evert erschienen.

»Besorg mir doch mal mein Strickzeug, Evert. Und denn kannst du mir auch zur Urgroßmutter gratulieren und dem Fried zum Vater. Neun Pfund hat der Bengel gewogen! Erzähl es auch der Lockner. Sonst behauptet sie wieder, ihr wird nie was gesagt, und is stockpikiert. Das bildet sie sich übrigens nur ein. Meistens wenigstens. Denn mitunter, wenn dir der Kopf nich steht, dann sagst du ihr auch wirklich mal nichts. Na – in unseren Jahren kriegen wir alle unsere Eigenheiten. Du kannst uns jetzt mal 'n Glas Champagner bringen, und die Lockner kann auch mal kommen.«

Fried hatte mit Großmama anstoßen müssen, und dann ließ sie mal wieder die Stricknadeln klappern, wie seit Jahren nicht, und als die Lockner ihren Glückwunsch, vor Rührung schluchzend, angebracht – das war nun die vierte Generation, die sie erlebte –, hatte die alte Gnädige gesagt: »Erbarm dich, Lockner, und heul nich! Bei dir weiß man nie, wenn dich die Rührung überkommt.« Zu Fried gewandt, hatte sie weitergesprochen: »Wie sich der Mignon befressen hatte und mir auf den Teppich spie, heulte sie zum Gotterbarm, aber wie ich die greulichen Stiche in der Lunge hatte, da meinte sie bloß: ›Ach Gottchen, gnäd'ge Frau, das bißchen Stiche! Wenn gnäd'ge Frau man sonst hübsch gesund sind!‹ – Na, sie is nu schon über fünfzig Jahr' bei mir, und wie sie war, so bleibt sie. – Über den Jung' brauchst du nich Ströme von Tränen zu vergießen, Lockner. Über den wollen wir lieber lachen! Ja – was ich noch sagen wollte ... Koch doch mal für die junge gnäd'ge Frau recht schönes Hühnergelee ein. Aber recht stark koch es ein und klär es auch recht schön, und denn nimm hier die Flasche Champagner mit runter und trink sie mit dem Evert auf die Gesundheit von unsrem kleinen Bengel aus. Na – denn geh jetzt man, und wir wollen doch jede Woche zwei Gläser Gelee rüberschicken. Was Besseres gibt es gar nicht für die junge gnäd'ge Frau.« – Die geliebte Großmama! Genau wie Papa war sie immer auf der Hut vor ihrem eigenen Herzen, das immer bereit war, dem Verstand ein Schnippchen zu schlagen.

Fried mußte an den Augenblick denken, da sein Junge ihn zum erstenmal angelacht hatte. Eben noch waren die großen Augen wie erstarrt in tiefstem Ernst gewesen, plötzlich aber hatten sie so warm aufgestrahlt, waren so unbeschreiblich schelmisch im Ausdruck geworden, die roten Lippen hatten sich ein wenig geöffnet, um den süßen, kleinen Mund hatte ein Lächeln gespielt, daß Fried wie auf ein holdes Wunder gestarrt hatte. Alles Blut war ihm zum Herzen geströmt, und in glücklicher Ergriffenheit hatte er auf seinen Jungen gesehen. Der lächelte wohl noch unbewußt, doch dies unbewußte Lächeln war unsagbar reizend. –

Fried hörte hinter sich einen Wagen, der in scharfem Trabe rasch näher kam, wandte sich im Sattel um. Papa mit Cecilie Bruce und Gisa. Wahrscheinlich kamen sie aus Gottesfelde und wollten Gisa jetzt in Eichberg absetzten.

»Guten Morgen, Papachen! Darf ich mich nach dem Befinden der Damen erkundigen? Gut? – Das ist ja schön!«

»Wir kommen von Gottesfelde und werden Gisa zurückbringen«, erklärte Cecilie in ihrem stark englisch gefärbten Deutsch, »und heute nachmittag werden wir euch besuchen zum Kaffee. Die kleine, lustige Misses Fink kommt auch, und auch Fräulein Lamberg wird sein von der Partie.«

»Charmant, Cecilie! Gerda wird sich furchtbar freuen. Ich kann euch leider nur 'ne Stunde genießen. Ich wollte doch lieber noch mal nach Kallenberg, Papachen, und im ›Königlichen Hof‹ sehen, ob die Zimmer in Ordnung sind. Sicher ist sicher!«

»Das tu man, mein Junge! Ich denke, es wird alles soweit im Schuß sein, aber es ist doch besser, du siehst noch mal nach. Ob du allerdings den rechten Blick dafür hast, weiß ich nicht recht . . .«

»Da hab ich auch gewisse Zweifel, Papachen.« – Bittend sah er auf Gisela: »Würdest du nicht vielleicht mitkommen, Gisa? Es wäre furchtbar nett von dir!«

»Aber natürlich, Fried, sehr gern! Wann wollen wir denn fahren?«

»Bald nach dem Kaffee. Um fünf Uhr, wenn es dir recht ist. Um sieben sind wir wieder zurück. Dank dir tausendmal, Gisa! – Wir hätten sie doch nicht nach England lassen sollen, Papachen. Sie fehlt uns hier zu sehr.«

Barring nickte ihr freundlich zu. 'ne famose Frau war sie doch. Nie schwierig, immer hilfsbereit, immer liebenswürdig. Und wie nett sie aussah! Brillant angezogen, dabei mit jener Einfachheit, die sofort die wirkliche Dame verriet. Alles saß wie angegossen auf ihrer schönen, hohen Gestalt, und mit ihren frischen Farben, die unter dem Einfluß des englischen Klimas etwas Pastellartiges bekommen hatten, den tiefblauen Augen und reichen blonden Haaren glich sie einer Vollblutbritin. Der Harold Bancroft hatte wirklich das Große Los gezogen. Gerda gab wahrscheinlich mindestens so viel Geld für ihre Toiletten aus wie Gisa, war ja auch immer gut angezogen und galt als sehr elegant, aber dies ganz unbedingt Damenhafte, das hatte sie nicht. Immer war sie eine Idee zu auffallend gekleidet. Gisa, in dem Jahr ihrer Ehe noch schöner geworden, war vielleicht ein wenig stiller als früher. Doch das störte nicht bei ihr. Sie hatte eine gewisse Art, sich hübsch auszudrücken, und mit wenigen Worten, oft nur mit einem Blick, einer Handbewegung, einem Neigen des Kopfes konnte sie mehr sagen als andere mit vielen Worten. Sie sprach nie abfällig von ihren Mitmenschen, und alles, was an Klatsch erinnerte, lag ihr so fern, daß es gar nicht an sie heran konnte. Sie gehörte zu den seltenen Menschen, die ganz instinktiv ausgleichend und beruhigend wirken, allem Unsauberen weit aus dem Wege gehen. Der Wiesenburger, der Gisa längst als Nichte betrachtete, während sie in herzlicher Verehrung an ›Onkel Archibald‹ hing, fühlte sich immer wieder versucht, Vergleiche zwischen ihr und Gerda zu ziehen.

In ihrer lebhaften Art unterbrach Cecilie Bruce den Gedankengang des Wiesenburgers: »Vierzig Menschen werden wir übermorgen sein, glaube ich, Onkel Archibald, und es wird furchtbar amüsant werden. Oh – splendid! Oh – ich freue mich schrecklich auf dies ›Fest der großen Gelegenheiten‹. . . .«

»Ich glaube, wir werden dichter an fünfzig Menschen sein wie an vierzig, Cecilie«, fiel Barring ein. »Ist ja aber egal. Jedenfalls haben wir in Wiesenburg und Eichberg nicht Platz genug für alle Gäste. Aber warum sprichst du von dem ›Fest der großen Gelegenheiten‹? . . .«

»That's allright! Es kommt nur auf die Reihenfolge an. A moment, please! Yes, so ist es: also little Archi wird getauft, und Andreas Rottburg wird als Unterstaatssekretär gefeiert. Das sind doch beides große Gelegenheiten! Isn't it?«

»Na ja, natürlich, gewissermaßen hast du schon recht, Cecilie. Die Taufe eines Barring ist für uns Wiesenburger selbstverständlich immer ein frohes Ereignis, und wenn wir den Erben von Wiesenburg aus der Taufe heben, dann hat das von meinem Standpunkt aus natürlich seine ganz besondere Bedeutung.«

Barring sprach in seiner ruhigen, bedachtsamen Art weiter: »Und weil Andreas nu gerade Unterstaatssekretär geworden ist, müssen wir das natürlich gleich mitfeiern. Schließlich ist es ja auch 'n Grund zum Feiern, wenn auch nur sehr bedingt. Er steht vor 'ner schweren Aufgabe, aber er hat das Zeug, den Platz auszufüllen, auf den ihn das Vertrauen des Fürsten gestellt hat. So, Kinder! Ich muß machen, daß ich weiterkomme. Ich hab vor Tisch noch 'ne Besprechung zu Hause, und 'ne Minute möcht ich doch gern noch zu euch ran, Fried. Auf Wiedersehn, mein Junge! Fahr zu, Hennig!«

»Auf Wiedersehen!« rief Fried, warf seinen Wallach auf der Hinterhand herum und sprang zum Galopp an. Er wollte den Vater in Eichberg empfangen.

Eine Viertelstunde später sah der Wiesenburger auf seinen Enkel nieder, der im angenehmen Gefühl des Sattseins, zufrieden mit sich und der Welt, rund und rosig in den Kissen lag.

»Pummel ihn man übermorgen ordentlich ein, Auguste«, ermahnte der Wiesenburger die Amme. »Er ist doch noch nie im Wagen gefahren. Daß er sich bloß nicht erkältet! Hoffentlich wird er unterwegs nich schrecklich brüllen. Wenn er total verheult zur Taufe kommt, das wäre ja schließlich auch nicht das richt'ge.« – Allein Augustens Vertrauen zu Archis besserer Einsicht war unerschütterlich:

»Der? Nei, gnäd'ger Herr! Der kommt nich verheult hin! Das können der gnäd'ge Herr mich man dreist glauben! Ich muß mir mitunter überhaupt über ihn wundern! Er is all heut so recht luchten, und wenn er einem so ankieken tut, denn muß einer rein denken, daß er sich all allerhand Gedanken machen tut.«

Der Wiesenburger sah Auguste etwas skeptisch an: »I, Guste, red doch kein' Unsinn! Wie soll denn 'n Kind von sieben Wochen sich Gedanken machen! Ich weiß wirklich nich . . .«

»Erbarmung!« fiel ihm Auguste ins Wort. »Ich weiß je auch nich, gnäd'ger Herr. Ich sag man bloß, wie es is! Manch Kind is doch rein so dumm wie e Ferkel, aber der kleine Kret, der is je all heut überstudiert wie e Doktor! Nei, nei, gnäd'ger Herr, da is nuscht nich zu reden, da kommen wir je nu all zusamm' nich mit, so klug und sinnierlich, wie der is!«

Der Wiesenburger sah nachdenklich auf das kleine Weltwunder, das da so unglaublich selbstzufrieden in seinem Bettchen lag. Diese Auguste sagte das so überzeugt. Irgendwas konnte ja schließlich vielleicht doch dran sein . . .

»So?« murmelte er. »Glaubst du, Guste? Na ja, 'n komischer kleiner Kerl is er ja.«

Er zog seine Börse, nahm einen Taler heraus: »Hier, Guste, wirst ja irgendwas brauchen, und paß mir gut auf ihn auf.«

»Das tu ich auch ohne dem Taler, gnäd'ger Herr. Aber brauchen kann ich ihm, und denn bedank ich mir auch schön.«

Der Wiesenburger tippte seinem Enkel mit dem langen Zeigefinger behutsam auf das rosige Bäckchen: »Na – denn bleib mir man hübsch gesund, mein Bengelchen!« Dann nickte er Auguste zu und ging, höchst einverstanden mit seinem Enkelsohn, aus dem Zimmer.

Sechzehntes Kapitel

Um der alten Gnädigen, die zwar noch im Vollbesitz ihrer Geisteskräfte war, körperlich aber doch schon die Bürde der hohen Jahre fühlte, den Weg zur Kirche mit dem unbequemen Besteigen und Verlassen des Wagens zu ersparen und den Täufling der immer etwas feuchten und kellerigen Luft dort nicht auszusetzen, fand die Taufe im großen Eßsaal des Schlosses statt, in dem sich an die siebzig Gäste versammelt hatten.

Die Wachskerzen auf den Kronleuchtern, den hohen silbernen Girandolen auf dem Altar, strahlten in warmem Licht und verbreiteten einen weihnachtlichen Duft. Er mischte sich mit dem der Blumen, die farbenfroh am Rande des grünen Hains der Lorbeeren, Palmen und Blattpflanzen blühten, der den mit scharlachrotem Tuch drapierten Altar umgab.

Trotz seiner sechsundachtzig Jahre waltete Pfarrer Müllauer seines Amtes in beneidenswerter körperlicher und geistiger Frische. Über der denkenden Stirn deckte das volle weiße Haar dies greise Haupt, und aus dem gefurchten Gesicht blickten ruhig und klar die blauen Augen, in welche sich die ganze verlorene Jugend gerettet zu haben schien. Sein angenehmes Organ erfüllte mit warmem Klang den großen Saal, als er zu den Schlußsätzen seiner tiefempfundenen Ansprache kam, der er das Wort der Heiligen Schrift zugrunde gelegt hatte: »Ich will dich segnen, und du sollst ein Segen sein.«

»An euch ist es, ihr lieben Eltern, in die Seele eures Kindes den erlösenden Glauben an die Allmacht und Barmherzigkeit des Herrn, die Treue zum Lande seiner Väter zu senken und in seinem Herzen das Licht jener Menschenliebe zu entzünden, die uns frei und unser Dasein reich macht, weil sie ihm Sinn und Inhalt gibt. Lehrt euer Kind erkennen, wo die Wurzeln seiner Kraft ruhen, auf daß es begreife, was es festhalten muß mit seinem ganzen Herzen! Erzieht euer Kind zu einem guten Kämpfer, zu einem unverzagten Arbeiter an dem Platz, auf den Gott der Herr es gestellt hat. Dann können meine alten Augen getrost in die Zukunft eures Sohnes blicken, und frohen Herzens darf ich es künden: ›Ich will dich segnen, und du sollst ein Segen sein!‹ Das walte Gott der Herr in Gnaden! Amen!«

Während der alte Müllauer mit der abgeklärten Ruhe seiner hohen Jahre und doch mitten aus seinem Herzen heraus zu der Taufgesellschaft sprach, streifte Barrings Blick ein-, zweimal das frische Gesicht Gerdas. Allein ihre hübschen Züge, der Ausdruck ihrer Augen blieben undurchsichtig, fast kühl und verrieten nichts von dem, was in ihrem Innern vorging.

Als Müllauer vom Altar heruntertrat und Pfarrer Reder nun seinen Platz einnahm, kam den Anwesenden der Kontrast im Äußeren der beiden Geistlichen stark zum Bewußtsein.

Müllauer, ein hochgewachsener Greis, voll unbewußter und

deshalb um so eindrucksvoller Würde, Reder – kaum mittelgroß, breit und untersetzt, mit etwas stechendem Blick, stark hervorspringender Hakennase, verkniffenem Mund und fliehendem Kinn. Sein feierliches Gebaren wirkte zu absichtlich, so daß es die Kritik, wenn nicht die Spottlust der Zuhörer herausforderte. Doch die Neigung zum Spott schwand, als er nun die Bibel aufschlug und daraus zu lesen begann. Es war ein Genuß, dem Klang dieser tiefen, vollen Stimme zu lauschen.

Als er dann die Heilige Schrift schloß, setzte in leisem Präludieren Harmoniumspiel ein; Fried, im blauen Koller seines Regiments, mit dem Ehrenritterkreuz des Johanniterordens und dem Eisernen Kreuz auf der Brust, trat neben den Altar, und alsbald erfüllten der klangreiche Baß Reders und Frieds weicher, melodiöser Bariton den Saal: zweistimmig sangen sie das Vaterunser in der Krebsschen Vertonung.

Giselas Augen ruhten auf Fried. Wie gut er aussah! Das braune Haar wellte sich weich über der Stirn. In den Augen lag trotz des Ernstes etwas so Freundliches, die große, gut geschnittene Nase gab dem Gesicht etwas Bedeutendes, und der glattrasierte Mund verriet Willenskraft. Den braunen, sehr gepflegten Backenbart trug er ziemlich lang, wodurch das ausgesprochen Männliche seiner Erscheinung noch stärker hervortrat. Er war älter geworden in den letzten Jahren und sein Mund schmäler. Gisela schien es, als wären die Mundwinkel etwas herabgezogen, was ihm einen seltsamen, etwas bitteren Ausdruck gab, einen Ausdruck, den er früher nicht gehabt hatte.

Pfarrer Müllauer taufte den Jüngsten der Wiesenburger auf die Namen Archibald Friedrich Waldemar Fabian Mathias, und des Täuflings Winzigkeit benahm sich musterhaft: der fünfte Barring heulte weder, noch zeigte er sich sonst obstinat. In gleichmütiger, aber wohltuender Ruhe ließ er alles über sich ergehen, und sogar das Besprengtwerden aus dem silbernen Taufbecken quittierte er nur mit einem erschrockenen Blick aus den großen, runden Augen.

Als erste hielt ihn die alte Gnädige über die Taufe, und Barrings Blick ruhte besorgt auf seiner Mutter, die sich mit tiefem Ernst über den Urenkel beugte. Dann legte Guste den kleinen Archi dem Wiesenburger in den Arm.

Barring hatte außer dem en sautoir getragenen Rechtsritterkreuz des Johanniterordens nur den Roten Adlerorden 2. Klasse angelegt, alle anderen Orden aber im Kasten gelassen, was die entschiedene Mißbilligung Karls fand.

»Mitunter muß einer sich doch wundern!« hatte er zu August bemerkt. »Nach meine Gedanken soll derjenige, wo was zum Raushängen hat, es je denn auch – zum Schinder noch eins – dreist raushängen lassen! Nach dem koddrigsten von unsere Orden möcht sich so manch einer noch das Maul lecken! Aber ich mein man, August, der Mensch is nu mal so gesonnen: Was er noch nicht haben tut, nach dem tut ihm ganz barbar'sch verlangen, aber tut er es erst haben, hernach fragt er dir mit eins keinen Dreck nich nach!«

Der fünfte Barring hatte sein Patschhändchen ins Mäulchen gesteckt, lutschte mit Hingebung daran, machte nach wie vor einen höchst beruhigten Eindruck und schien durchaus über der Situation zu stehen. Aber plötzlich wurden seine Augen größer und größer, mit einem kleinen Ruck drehte er ein wenig das kugelrunde Köpfchen, und wie versteinert in Erstaunen starrte auf den blinkenden Ordensstern seines Großvaters. Doch dann riß er das Händchen entschlossen aus dem Mäulchen und schien nach dem seltsamen und aufregenden Ding greifen zu wollen, wobei er zum Entsetzen Augustens höchst ungeniert auf der Hemdenbrust des Wiesenburgers herumpatschte.

›Erbarmung, Erbarmung!‹ dachte sie in ernster Sorge, ›er saut ihm je ganz ein, dem alten gnäd'ge Herr!‹ Sie tat einen kleinen Schritt auf den eigenmächtigen Archi zu und wollte die blütenweiße Hemdenbrust vor den Sabberpfötchen retten, aber ein unwilliger Blick des Wiesenburgers hieß sie, den jüngsten Barring in seiner Handlungsfreiheit nicht zu beschränken. Und während der Wiesenburger mit einer kleinen Bewegung den Enkel ein wenig näher und höher an seine Brust hob, trat der warme Schein eines leisen Lächelns in seine ernsten Augen: Das einzige, was Archi an der ganzen Begebenheit hier interessierte, schien der glitzernde Orden seines Großvaters zu sein.

Von seinen Armen wurde Archi in die des Laugallers gelegt, der weiß und recht klapprig geworden war.

Den Laugaller löste Mathias Schlenther ab, der nun auch schon stark auf die Siebzig zu ging. Aber die Jahre schienen ihm nichts anhaben zu können.

In mancher Beziehung war er das Gegenteil von Thomas Fabian Barring, der vielleicht nie wirklich jung gewesen war, alles im Leben zu schwer nahm. Auch jetzt sah er auf den Großneffen in seinem Arm, als trüge er hart an der Verantwortung, welche ihm die Patenschaft aufbürdete. Er würde seine Patenpflicht jedenfalls nie verleugnen, zwar nie von selbst kommen, sondern sich immer erst rufen lassen.

Aber Gisa wird ihm mit vollen Händen geben, was ihm der Großonkel vielleicht schuldig bleibt, ging es Barring durch den Kopf, als nun Gisela Bancroft Frieds Sohn im Arm hielt. Den blonden Kopf leicht geneigt, die Lider mit den langen Wimpern gesenkt, ein weiches Lächeln um den vollen Mund, sah sie auf ihr Patchen nieder.

Der alte Pfarrer Müllauer sprach das Schlußgebet und erteilte den Segen, und dann trat jene Situation ein, die bei allen Familienfestlichkeiten unvermeidlich scheint und die ein mixtum compositum von Rührung und Verlegenheit, Aufrichtigkeit und Komödienspiel bildet: Man machte aus der Winzigkeit des Eichberger Stammhalters etwas ungeheuer Wichtiges, beglückwünschte mit gefühlvollem Augenaufschlag und bewegter Stimme die Eltern und Großeltern, machte vor der alten Gnädigen seine Reverenz und tat mit mehr oder weniger Erfolg sein Bestes, sich möglichst natürlich zu geben.

Siebzehntes Kapitel

Im sogenannten ›Kapitelsaal‹, der im Mittelschloß lag und in den bequem an die achtzig Personen gesetzt werden konnten, wurde gegessen.

Der hohe, quadratische Saal, der nur selten benutzt wurde, wirkte in seiner etwas altmodischen, soliden Pracht mit dem spiegelblanken Parkett, den mächtigen Kronleuchtern und riesigen Stehspiegeln in schweren Goldrahmen sehr festlich. In der Mitte der Längsseite der hufeisenförmig gedeckten Tafel präsidierte die alte Gnädige ihrem Sohne gegenüber. Ganz so lebhaft wie einst war sie zwar nicht mehr, unterhielt sich anscheinend aber recht gut mit dem Redauer Warnitz, der – nun auch schon weiß geworden – rechts neben ihr saß, während der Laugaller zu ihrer Linken Mathilde irgend etwas Komisches erzählte. Ulrike Lindtheim, alt geworden, sehr stark und rot, saß zwischen dem Oberstleutnant von Hartwig und Mathias Schlenther und widmete ihre ungeteilte Aufmerksamkeit dem warmen Hummer auf ihrem Teller, während Herr von Hartwig wie ein Buch auf sie einsprach.

Der alte Pfarrer Müllauer saß neben Amélie Eyff, die ihm in

ihrer außerordentlich damenhaften und liebenswürdigen Art mit aufrichtiger Verehrung begegnete, und die in ihrer reifen Schönheit höchst anziehende Cecilie Bruce ließ sich von Emanuel Eyff über die Berliner Gesellschaft orientieren.

Das Schicksal hatte es für die Entwicklung Emanuels nicht besonders glücklich gefügt, als er persönlicher Adjutant des Prinzen August Ferdinand von Preußen wurde, aber auf jeden Fall war es ihm inzwischen gelungen, das Geheimnis der großen Welt zu ergründen: er war durchdrungen vom tiefsten Respekt vor ihren Gesetzen, verstand es, sich brennend für ein Nichts zu interessieren und sich den Anschein zu geben, alles Wichtige für nichts zu achten, tanzte mit Prinzessinnen und flocht französische oder englische Bonmots in die Konversation ein. Kurz – er war ein perfekter Gentleman, ein Hofmann par excellence geworden, dem das Leben keine Rätsel mehr aufzugeben vermochte.

Richard Barring, der zweite Friedrichsthaler Sohn, der seit einigen Jahren als leitender Beamter bei einem Grafen Zech in Schlesien tätig war, führte Hanna Lamberg, die langsam zur alten Jungfer verblühte.

Malte, ein dicklicher, knapp mittelgroßer Unterprimaner, schwieg ebenso standhaft, wie er sich den Tafelfreuden hingab, und empfand die zahlreichen Toaste als höchst überflüssige Störung der angenehmen Beschäftigung mit Hummer, Waldschnepfen, Mastkalbsrücken und Gänseleberpastete.

Endlich hob die alte Gnädige die Tafel auf, und man begab sich in die drei Salons neben dem Kapitelsaal, die hauptsächlich repräsentativen Zwecken dienten. Mit ihren Mahagonimeublements, die im ersten Zimmer mit himmelblauem, im mittelsten mit topasfarbenem Damast, im letzten mit violettem gestreiftem Samt überzogen waren, wirkten sie ein wenig kalt und steif. Man stand und saß rauchend, plaudernd, lachend beisammen, während die Diener auf großen Silbertabletts Kaffee und Liköre herumreichten.

Inzwischen war der perfekte Gentleman Emanuel in eine zunächst etwas verwirrende Unterhaltung mit Hanna Lamberg verwickelt. Er hatte sich den Kopf vergeblich darüber zerbrochen, welches Thema er ihr gegenüber anschneiden sollte, und war endlich auf den Ausweg verfallen, sich nach dem alten Jurleit zu erkundigen, der, wie er wußte, viel in Wiesenburg galt.

»Ich vermisse den alten Jurleit, Fräulein Lamberg«, sagte er sanft. »Hoffentlich ist der alte Mann nicht krank?«

Hanna Lamberg schüttelte leise den Kopf: »Er ist heimgegangen, Herr von Eyff«, erwiderte sie mit Wehmut.

»Ah so – heimgegangen«, lächelte Emanuel etwas zerstreut, aber sehr verbindlich. »Du lieber Himmel, bei dem Alter! Aber er wird es sich kaum nehmen lassen, später doch noch mal zu erscheinen.«

Verwirrt sah Hanna Lamberg ihn an: »Das kann er leider nicht, Herr von Eyff, denn vor acht Wochen ist er für immer entschlafen.«

Sprachlos starrte Emanuel sie an. Daß ein bald Achtzigjähriger das Mißgeschick haben konnte zu sterben, schien in diesem Augenblick über sein Fassungsvermögen zu gehen.

»Oh – das tut mir ja aber ganz schrecklich leid«, stotterte er schließlich, »wirklich ganz schrecklich leid! Wie ist das nur so plötzlich gekommen?«

»Er war ja in den Jahren, Herr von Eyff, in denen man doch schließlich täglich auf das Ende gefaßt sein muß.«

»Jaja, natürlich, Fräulein Lamberg«, gab Emanuel zu. »Aber er war eigentlich doch noch fabelhaft rüstig. Man hätte glauben können, daß er noch Jahre vor sich hatte. Sahen Sie ihn noch kurz vor seinem Tod?«

»Leider nicht, Herr von Eyff. Herr von Barring hatte ihn gerade noch besucht, und am Tag darauf machte der alte Mann die Augen für immer zu.«

Näheres über sein letztes Zusammensein mit dem alten Jurleit hatte Barring nur Mathilde erzählt. Jurleit, schon sehr matt, geistig jedoch noch völlig klar, hatte an sein baldiges Ende zwar kaum geglaubt, sich aber trotzdem in Gedanken viel mit dem Tode beschäftigt. »Weiß der Schinder – aber mitunter ruschelt es mich so kalt dem Puckel runter, daß ich mir rein wundern muß«, hatte er Barring gesagt. »Aber der Herr Doktor meint je, einmal stukert er mir doch noch wieder zurecht. So schad mich je auch nuscht nich. Bloßig daß es mit die Bein nich mehr so richtig will. Na, gnäd'ger Herr, wegsterben muß je ein jeder, und ich denk doch, verfehlt hab ich je soweit nuscht nich. Bestehn werd ich doch wohl? Mit Wissen und Willen hab ich je nuscht nich verfehlt!«

Dann hatte er den Wiesenburger gebeten, unter seinem Kopfkissen sein Sparkassenbuch hervorzuholen. »Das sind so an die neunhundert Daler Geld, gnäd'ger Herr, wo ich all die Jahr erobert hab. Meine Alte tut nuscht nich wissen. Wenn die wo würd gewahr werden, daß ich Geld hab auf die Seit gebracht, denn würd ich mich je nichts Gutes zu versehn haben! Tu ich dem Buch noch länger behalten, hernach spinkuliert sie es womöglich doch noch aus, und denn is de Kron gebrochen! Wer weiß, wie lang ich noch zu leben hab. Wenn ich wo weg mußt, denn teilen der gnädge Herr man dem Fritz und der Lene jedem zu, was ihm zukommen tut. Das wissen der gnäd'ge Herr je besser wie ich. Meine Alte braucht nuscht nich. Der gnäd'ge Herr werden schon sorgen, daß sie zu ihrem Recht kommen tut.« –

»Vielleicht bin ich ihm nichts schuldig geblieben, dem alten Jurleit«, schloß der Wiesenburger, »aber wenn ich ihm in den langen Jahren irgendwas Gutes hab antun können, das hat er mir in seiner letzten Stunde reichlich vergolten, Thilde.« –

Als der alte Jurleit begraben wurde, da war der Wiesenburger im Landauer vorgefahren, um vom Trauerhaus dem Sarg zu Fuß zu folgen. Auf dem Bock saßen Hennig und Karl in Trauerlivree, und die beiden großen Braunen trugen Paradegeschirr. Barring hatte alle Orden angelegt und keinen im Kasten gelassen, und Fried stieg im blauen Koller und Helm aus dem Landauer. Es wäre dem alten Jurleit eine Genugtuung gewesen, mit all diesem Pomp geehrt zu werden. Er hatte immer viel auf Repräsentation gehalten! Die Wiesenburger Leute verstanden die Absicht ihres Herrn: ›He hält wat up sine Lüd, uns' ol gnäd'ge Herr. Ne, ne, allens wat woahr is! He läßt nuscht nich up uns koame und deit uns de Ehr an.‹

Gerda hatte sich eine Viertelstunde zur alten Gnädigen gesetzt. Eine Anstandszeit widmete sie Mathilde und ihrer Mutter, dann warf sie einen Blick in den Gelben Salon, wo Mathias Schlenther, der Friedrichsthaler, Doktor Krüger und Axel Koßwitz plauderten, während Pfarrer Reder ziemlich schweigsam dabeisaß, rauchte und von Zeit zu Zeit einen Likör genehmigte.

Schließlich ging Gerda zum Grünen Salon, wo sie Fried mit Gisela fand.

Kaum hatte sie Platz genommen, als andere Gäste ins Zimmer traten. Eine lebhafte Unterhaltung begann, man lachte, sprach durcheinander, schleppte Stühle herbei, rückte zusammen, kurz, es entstand eine gewisse Unruhe, die Gerda benutzte, um sich mit Fried und Gisela aus der lauten Gesellschaft in eine stille Ecke zurückzuziehen.

»Fried hat uns leider einen Korb gegeben, Gerda. Wir baten

ihn zu singen, aber er scheint keine rechte Lust zu haben«, sagte Gisela.

»Was ich ihm sehr nachfühlen kann«, erklärte Gerda kühl. »Schrecklich, sich fortwährend zu produzieren.«

»Wieso produzieren?« fragte Fried verwundert. »Daß ich mich höchst ungern produziere, könntest du doch eigentlich wissen, Gerda?«

»Na ja, daß du nicht schon wieder singen willst, meine ich. Mit dem Singen bei der Taufe ist es doch schließlich genug, scheint mir.«

»Und da, meinst du, hätte ich mich produzieren wollen?« fragte Fried erstaunt.

Gerda zuckte die Achseln: »Sei bloß nicht gleich wieder empfindlich! Man weiß ja schließlich gar nicht mehr, wie man sich ausdrücken soll! Und schließlich lag es doch in der ganzen Situation, daß es so 'n bißchen wie auf der Bühne wirkte, wenn's natürlich auch sehr hübsch war.«

»So? Fandst du das?« erwiderte Fried ganz ruhig.

Giselas blaue Augen wurden ganz dunkel. Langsam vertiefte sich der rosige Hauch auf ihren Wangen. Ihr Blick streifte prüfend die Züge Frieds.

»Deine Auffassung ist mir wirklich nicht verständlich, Gerda«, sagte sie mit mühsam beherrschter, leiser Stimme.

Dann zu Fried: »Ihr habt wundervoll gesungen. Ich werde es nie . . . es hat mir einen so tiefen Eindruck gemacht.«

»Dank dir, Gisachen«, erwiderte Fried mit Wärme, »ich bin in diesem Fall besonders froh, daß der Geschmack verschieden ist.«

In diesem Augenblick trat der Wiesenburger ein. Er fühlte gleich, daß sich hier ein Mißton eingeschlichen hatte, sah einen Moment fragend von Fried zu Gerda, sagte aber nichts.

»Ich will mal 'n Augenblick zur Schreiberei rübergehn. Kommst du vielleicht mit, Fried?«

Der stand sofort auf: »Sehr gern, Papachen!«

Hannibal Eyff und Emanuel sahen aus ihrer Ecke im Gelben Salon dem Wiesenburger und Fried nach.

›Merkwüdig‹, überlegte der Waldsteiner, ›wie aus reichsunmittelbarem Hause sehen sie aus und nicht wie aus 'ner Memeler Kaufmannsfamilie. Wirklich sonderbar!‹

Albrecht Leßtorff und Richard Barring, der zweite Friedrichsthaler Sohn, setzten sich zum Waldsteiner und Emanuel,

und Hannibal Eyff begann sich seinen sechzigjährigen Kopf darüber zu zerbrechen, was der ›übrigens gar nicht schlecht aussehende‹ Friedrichsthaler Sohn wohl sein mochte. Er konnte ihn nicht unterbringen. Jurist? Wie ein Stubenhocker und Aktenwurm sah er eigentlich nicht aus. Soldat? Dann würde er doch selbstverständlich in Uniform sein. Hatte er selbst ein Gut? Davon hätte man doch mal gehört. Schließlich benutzte er die lebhafte Unterhaltung zwischen Emanuel und Richard Barring, um Leßtorff diskret zu interpellieren:
»Was ist ei'ntlich der junge Barring? Ahnst du es?«
»Ja, gewiß! Er ist bei Gusti Zech in Raulitz.«
»So? Wie kommt Gusti Zech zu ihm?«
»Weiß ich nicht. Ich höre bloß, daß er froh sein soll, ihn zu haben.«
»Ja . . . was macht er denn in Raulitz?«
»Was er da macht? Er wirtschaftet dort!«
»Wirtschaftet dort? Wieso? Ich verstehe kein Wort!«
»Mein Himmel! Er ist dort Inspektor.«
Hannibal Eyff lächelte nachsichtig: »Nimm es mir nicht übel, Albrecht, aber manchmal hat dein Witz was Überraschendes.«
»Aber von Witz kann gar keine Rede sein, Onkel Hannibal! Soviel ich weiß, ist er schon drei oder vier Jahre bei Gusti Zech.«
Der Waldsteiner mußte ernstlich um Haltung kämpfen. Die Welt wurde ihm immer unbegreiflicher. Schweigend starrte vor sich hin. »So, so, Inspektor!« murmelte er endlich. »Na ja – sehr ehrenwert natürlich, höchst ehrenwert . . .«
»Und praktisch außerdem, Onkel Hannibal«, nickte Leßtorff. »Er muß mal Friedrichsthal übernehmen, und als Besitzer klüger zu sein als der Inspektor, ist sicher nur angenehm.«
Der Waldsteiner schwieg mißtrauisch. Was sollte das nun wieder heißen? »Natürlich, lieber Albrecht«, sagte er dann, »auf so 'nem kleinen Besitz muß man sich ja schließlich um alles selbst kümmern.« Darauf wechselte er das Thema. Seine Wißbegier war befriedigt, aber mit dem, was er erfahren hatte, war nicht viel anzufangen.

»Wir wollen den Peter erst holen, Fried«, sagte Barring. »Um den alten Kerl kümmert sich heute kein Mensch, fürchte ich.«
Peter, der Spaniel, lag auf seinem gewohnten Platz am Kamin, und als sein Herr mit Fried eintrat, klopfte er mit der Rute taktmäßig auf den Teppich. Er war alt geworden, der Fang schon et-

was grau. Barring holte einen Keks, gab ihn dem Hunde und ließ ihm Zeit, den Leckerbissen zu verzehren. Dann rief er ihn herbei: »Komm, Alter! Mußt noch 'n bißchen raus.«

Aus der Schreiberei tönte Stimmengewirr, Gelächter und Gläserklang. Hier hatten die Beamten der Begüterung gegessen. Auch der Bladupöner Fink war mit dem dortigen Rendanten Lipp unter den Feiernden, deren Kreis durch Surkau-Wiesenburgkehlen, den Baurat Schröter und dessen Sohn Wilhelm, einen Altersgenossen Frieds, vervollständigt wurde. Wilhelm Schröter, gelernter Kaufmann und ein guter Rechner, der genau wußte, was der Taler wert ist, war Mitinhaber des Kallenberger Konfektionsgeschäfts Millthaler, in das er eingeheiratet hatte.

Als der Wiesenburger mit Fried in die fröhliche Gesellschaft trat, erhoben sich alle ehrerbietig, und der alte, schon ganz weiße Schlüter ging auf Barring zu, um ihn an den Tisch zu führen.

»Ich will Sie nicht stören, meine Herren. Aber wir wollen doch gerne ein Weilchen bei Ihnen sein«, sagte er in seiner bedächtigen Art. »Na«, wandte er sich an Surkau, »das freut mich ganz besonders, daß Sie meinen Enkel mit feiern helfen. Er hat sich übrigens 'n gutes Jahr für sein Erscheinen ausgesucht. Ihre Felder standen ja ausgezeichnet! Nachher werden Sie die Broditter Baronin sehen. Dann wird sie Ihnen ja selbst noch sagen, wie froh sie ist, Ihren Fritz zu haben.«

Dem alten Präzeptor Tumat, der Fried in die ersten Geheimnisse der Wissenschaft eingeweiht hatte, streckte er beide Hände entgegen, wechselte ein paar freundliche Worte mit dem Baurat Schröter, begrüßte dessen Sohn Wilhelm: »Na, Wilhelm, wie geht's denn? Gut? Na – das freut mich! Wie ist es denn, haben Sie sich nach dem Kolonialwarengeschäft von Epha erkundigt?«

Wilhelm Schröter nahm die Haltung des Finanzministers einer Großmacht an, der im Begriff steht, dem Parlament den unerwartet günstigen Ausgleich des Budgets zu verkünden. Als die Verkörperung verantwortungsbewußter Beflissenheit stand er vor Barring, während er mit diskret gedämpfter Stimme erwiderte: »Das Geschäft nährt seinen Mann, Herr von Barring. Es hat sich nicht sprunghaft, dafür aber stetig entwickelt, und Epha will nur abgeben, weil er mit dem Herzen zu tun hat und ohne Erben ist. Da will er sich nicht weiter abrackern. Viertausend Mark kann man reingeben, ohne was zu riskieren, wenn der Mann danach ist, der das Geschäft übernimmt.«

»Soso! Ich kann mich auf Ihre Auskunft verlassen?«

»Herr von Barring!« sagte Wilhelm Schröter nur, und ein kleines Lächeln trat in Barrings ernste Augen.

»Ich weiß, ich weiß, Wilhelm! Wir sprechen noch mal drüber. Vorläufig dank ich Ihnen schön.«

Schließlich brachte der alte Schlüter ein Hoch auf das Haus Wiesenburg aus, und Barring dankte mit wenigen Worten:

»Daß ich mich so ungetrübt über meinen Enkel freuen und für ihn mit Zuversicht in die Zukunft sehen darf, verdanke ich zum großen Teil Ihrer treuen Mitarbeit, meine Herren, ohne die Wiesenburg nicht so dastehen könnte, wie es heute dasteht. Ich nehme die Gelegenheit gerne wahr, Ihnen das zu sagen. Viele Worte sind zwischen uns überflüssig. Sie wissen, daß es keine Redensart ist, wenn ich sage, daß ich mich in gegenseitiger Anhänglichkeit mit Ihnen verbunden fühle und Ihren Lebensweg mit aufrichtiger Teilnahme begleite. Möge uns noch manches Jahr gedeihlicher Zusammenarbeit beschieden sein. In diesem Sinne trinke ich mein Glas auf Ihr Wohl!«

Bald darauf stand der Wiesenburger auf. »Wir sehen uns ja noch auf dem Leutefest. Auf Wiedersehen, meine Herren!«

Die alte Gnädige und der alte Müllauer hatten sich zurückgezogen, und die ganze Gesellschaft war vom Schloß zu der Wagenremise hinübergegangen, in der die Leute der Begüterung sich zusammengefunden hatten, um den Jüngsten der Barrings zu feiern. Die riesige Halle im Schmuck der Tannengirlanden, des Herbstlaubs und der Kornähren bot ein festliches Bild. Die weißgetünchten Wände zierten über Kreuz gehängte Sensen, Forken und Spaten, und auf einer Bühne in der Mitte der einen Längswand saßen die Trompeter der zwölften Ulanen und bliesen zum Tanz auf.

An der Schmalseite der Remise, neben der großen, ausgeräumten Geschirrstube, in der die Diener Bier zapften und ein kaltes Büfett lockte, saßen und standen die Herrschaften mit ihren vielen Gästen. Die Herren in ihren Frackanzügen oder glänzenden Uniformen mit all den glitzernden Orden, die Damen in ihren wunderschönen Toiletten erweckten brennendes Interesse und die Neigung zur Kritik.

»Kick, Wille«, sagte Posneckers Emil zu Luddrigkeits Wilhelm mit einem Blick auf den Waldsteiner Eyff, »se segge joa, dat sull je e Groaf sin. Na – veel los ward mit dem je nich sin. He kickt mi so recht duschackig, groad wie de oal Scheschunk, wenn sine Oalsche em ut 'm Krog to Hus hole deit.«

Wille nickte zerstreut und starrte wie gebannt auf die gigantische Büste der Baronin Lindtheim, die dort in so unerschütterlicher Ruhe saß, als sei sie entschlossen, bis an ihr seliges Ende auf diesem Platz zu verharren. »Dunnerlüttche, Emil, de kommt je nu warraftig nich schlecht ut 'm Harbst im Winter.«

Kalweits August betrachtete Liese Leßtorff mit beifälligem Interesse. »Boarboar'sches Wief«, sagte er anerkennend zu seinem Freund Albert Pimplies.

Der sah versonnen auf Liese Leßtorff: »De Oarsch, de Oarsch«, murmelte er träumerisch.

»Joa, joa, Minschke«, grinste August verständnisinnig, »e Stoat is dat! Warraftig e Stoat! Doa kann e ol' Mann noch moal jung ware! De is hinde to Schick, und de Vöransicht, de deit ok in de Welt passe. Hinde oderst vör, dat 's bei de eingoal: De heft doa wat to wiese un doa.«

Der alte Leutevogt Schukat, der trotz seiner sechsundsiebzig Jahre immer noch bei den Leuten stand und von Ruhe nichts wissen wollte, trat, ein Riese mit schneeweißem, lang wallendem Bart, vor den Wiesenburger: »Is erlaubt, gnäd'ger Herr, paar Worte zu reden?«

»Ja, natürlich, Schukat, man zu, man zu!«

Nun stellte sich der alte Schukat in die Mitte des großen Raumes, und als Stille eingetreten war, begann er zu sprechen. Er habe noch – so sagte er – den Vater vom alten gnäd'gen Herrn gekannt und alles Gute und auch Schlechte in Wiesenburg miterlebt, wo schon sein Vater und Großvater selig gesessen hätten. Sie – die Wiesenburger Leute – hätten es immer gut gehabt und wären zu ihrem Recht gekommen und wüßten, daß sie sich auf ihre Herrschaft verlassen könnten. Und dann kam er zum Schluß seiner Rede: »Und weil das alles an dem is, desderwegen sind wir auch alle zufrieden und können uns heute so richtig dazu freun, daß bei die junge Herrschaft allens in die Reih gekommen is und nu je ein Jung dasein tut. Nu wissen wir doch wenigstens auch, bei wem unsre Kinder und Enkel in Lohn und Brot stehen werden und daß es hier in Wiesenburg allens so wird bleiben tun, wie es nu all die lange Jahr gewesen is und wie das seine Ordnung und Richtigkeit haben tut. Und nu wollen wir unsre gnäd'ge Herrschaft denn je auch hochleben lassen. Der alte gnäd'ge Herr und die alte gnäd'ge Frau und was die ganz alte gnäd'ge Frau is, und die jungen Herrschaften und uns' Fried sein klein' Jung . . . sie sollen alle leben fifat hoch! . . . hoch! . . . und zum drittenmal: hoch!«

Der Wiesenburger und Fried schüttelten dem alten Schukat die Hand, und dann sprach Barring zu seinen Leuten:

»Meine lieben Wiesenburger, Gottesfelder und Bladupöner Leute und ihr Eichberger Leute! Vorhin war ich unten in der Schreiberei, wo die Herren feierten, und da hab ich ihnen gesagt, daß Wiesenburg heut nicht so dastehen könnte, wie es dasteht, wenn die Herren nicht immer auf Posten gewesen wären und mir – und einige von ihnen schon meinem seligen Vater – geholfen hätten, alles in Ordnung zu halten und immer mehr hochzubringen. Was ich den Herren gesagt habe, das gilt für euch alle genauso! Ich bin zu alt geworden und hab zuviel erlebt, um leicht auf etwas stolz zu sein. Aber das erfüllt mich mit Stolz, daß ich weiß, daß ihr nicht bloß euren Herrn in mir seht, sondern auch euren Freund und Berater, der für euch da ist, wenn ihr ihn braucht. Laßt es später auch zwischen euch und meinem Sohn so sein! Er wird sich der Pflichten bewußt sein, die er euch gegenüber hat. Das kann ich euch versprechen. Wir feiern heute die Taufe meines Enkels, der, wenn es im Schoß der Vorsehung nicht anders beschlossen ist, einst hier an meinem Platze stehen wird. Alles, was ich in dieser Stunde in meinem Herzen trage, kann ich nicht besser ausdrücken als durch den alten Spruch, der, sooft ich ihn auch aus eurem Munde gehört habe, mich immer wieder bewegt hat:

> Dies Band, es ist von reinem Korn,
> Es ist gewachsen unter Distel und Dorn,
> Es hat ertragen viel Sturm und Regen,
> Meine Leute, ich wünsch euch Gottes Segen!«

Nun spielten die Trompeter einen langsamen Schottischen, und unter der ungeteilten Aufmerksamkeit der Festgäste machte Barring mit der Frau des Wiesenburger Kämmerers die Ehrenrunde. Er tanzte bedachtsam und gemessen, aber trotz seiner vierundsechzig Jahre mit so elastischen und losgelassenen Bewegungen, als mache es ihm nicht die geringste Mühe, die hundertsechzig Pfund, die er im Arm hielt, in Bewegung zu setzen. Nur sein Gesicht färbte sich etwas tiefer.

Mathildens Blick folgte ihm ein wenig besorgt, und Ulrike

Lindtheim, der Karl eben ein Glas kühle Bowle gebracht, sagte: »Karl, ich weiß nich, aber der gnäd'ge Herr sollte nicht tanzen. Mein Himmel, er ist doch kein Jüngling mehr!« Karl machte ein respektvoll-bedenkliches Gesicht: »Ich hab mich je auch all mein Teil gedacht, Frau Baronin. In die Jahre is er je nu all. Und was haben der gnäd'ge Herr das all nötig, sich da viel mit die olle, dicke Hennigsche rumzuwürgen! Bis die einer so richtig im Schwung kriegen tut, das kost e Stück Arbeit! Aber sagen kannst ihm je nuscht nich. Der gnäd'ge Herr sind je nu so gesonnen: Auf seinem Stück tut er nu mal bestehn, und da kannst nuscht nich mit ihm richten.«

Als Barring, ein wenig echauffiert, neben der Broditterin saß, tanzten Mathilde, Fried und Gerda ihre Ehrenrunden, und dann kam der Tanz bald flott in Gang und die Freude zu ihrem vollen Recht. Selbst Hanna Lamberg tanzte viel, die kleine Fink kam kaum zum Atemschöpfen, und alle jüngeren Gäste aus dem Schloß tanzten mit Hingebung, am unermüdlichsten aber Cecilie Bruce. Sie schwamm in Seligkeit, behauptete immer wieder, noch nie ein so wundervolles Fest mitgemacht zu haben, und versicherte, in England gäbe es etwas so Herrliches nicht. Bei der Damenwahl holte sie Karl. Als sie ihre Verbeugung vor ihm machte, malte sich auf seinem runden Gesicht ein Entsetzen, als stünde die Göttin der Rache in Person vor ihm. Der Wiesenburger schmunzelte, und Ulrike Lindtheim wurde vor Lachen beängstigend rot. Aber Karl faßte sich schnell, legte den rechten Arm entschlossen um Cecilie, stemmte den linken unternehmend in die Seite, wiegte sich erst ein bißchen auf der Stelle, und dann fegte er durch die Remise, daß August ihm mit bewundernden Blicken folgte: »Nu kick eins dem Koarl!« sagte er zu Hennig. »De brust je af mit ehr, dat forts allens bullert.«

Um Mitternacht verließen die Herrschaften das Fest und gingen zum Schloß hinüber. Man saß noch ein halbes Stündchen rauchend und plaudernd im Grünen und Roten Zimmer und in der Blumenstube zusammen, dann wurden die Wagen gemeldet, die Legischker und Kallenberger Gäste verabschiedeten sich, die Eichberger fuhren nach Hause, und in Wiesenburg sagte man einander gute Nacht.

Barring setzte sich noch einen Augenblick zu Mathilde in die Fensternische ihres Schlafzimmers. Sie schälte ihm den gewohnten Gravensteiner und sprach über den gelungenen Verlauf des Tages.

Barring wollte nun Mathilde noch etwas Liebes sagen, und obwohl er sehr gut wußte, daß sie persönlich mit den Vorbereitungen zum heutigen Fest nicht eben besonders viel zu tun gehabt, nickte er ihr, immer bestrebt, sie bei jeder Gelegenheit anzuerkennen, freundlich zu: »Du hast wieder alles so wunderschön gemacht, Thilde. Es klappte alles wie am Schnürchen!«

Sie akzeptierte sein Lob ohne weiteres, trat aber sofort Hanna Lamberg den ihr gebührenden Anteil ab: »Fräulein Lamberg bewährt sich ja immer in solchen Situationen so vorzüglich, Archibald.«

»Jaja, die Hanna«, nickte er. »Sie ist wirklich 'n Schatz! Aber es ist Zeit, schlafen zu gehen, Mathilde. Der Tag hat dich sicher müde gemacht.«

»Daß ich mich auf mein Bett freue, kann ich nicht leugnen! Du solltest nur morgen auch länger schlafen. Du schonst dich nie genug, Archibald! Denk doch ein bißchen an uns, wenn du schon nicht an dich denkst.«

»Laß man, Thilde. Ich denk schon an mich. Aber du weißt ja, ob ich mich früh oder spät hinlege, ich wach doch zur gewohnten Stunde auf und kann dann nicht wieder einschlafen.«

»Versuche es morgen trotzdem mal, Archibald, ich bitte dich darum!«

Als sie sah, daß so etwas wie leise Ungeduld in seine Augen trat, sprach sie sofort von etwas anderem.

»Wie schön hat Fried gesungen! Eine solche Innigkeit, so tiefer Ernst lagen in seinem Gesang! Aber sag, Archibald, bilde ich's mir nur ein, oder war er wirklich nach Tisch stiller als sonst?«

Barring zögerte mit der Antwort. Er wollte sie nicht dadurch beunruhigen, daß er gestand, genau wie sie empfunden zu haben. »Mir ist das ei'ntlich nicht aufgefallen, Thilde«, sagte er endlich. »Mach dir keine Gedanken! Denk lieber an sein Singen! Ich glaube, so wie heute bei der Taufe hab ich ihn auch noch nie singen hören. Aber wart mal . . .« Er faßte in die Innentasche seines Fracks, zog ein braunledernes Etui hervor: »Ein Andenken an heute, das dir hoffentlich Freude machen wird, Thilde.«

Sie öffnete das Etui: ein mattgoldenes Medaillon, gesäumt von einem Kranz schimmernder Perlen, in der Mitte mit Brillanten und Smaragden besetzt.

»Wie entzückend, Archibald! Hab tausend innigen Dank!«

Leise lächelnd strich er ihr über das Haar. ›Wieder ganz und gar die Thilde‹, dachte er. ›Auf das Nächstliegende kommt sie in ihrer Freude und bescheidenen Zurückhaltung nicht!‹ Er nahm ihr das Schmuckstück aus der Hand und wies ihr die Rückseite, auf der das Datum des heutigen Tages in Brillantsplittern eingelassen war, dann öffnete er das Medaillon. Von Künstlerhand auf Elfenbein gemalt, sah ihr Fried mit seinem freundlichen Ausdruck entgegen, während auf der anderen Seite Archis große graublaue Augen aus dem runden Gesichtchen erstaunt in die Welt blickten. Mit einem weichen Ausdruck auf den schönen Zügen betrachtete Mathilde die Bilder. Barrings Hand hielt sie in der ihren: »So wie du Freude zu machen weißt, versteht es kein anderer Mensch auf der ganzen Welt!«

»Na – wenn's dich nur freut, Thilde. Aber nu ist es wirklich Zeit, daß du zur Ruhe kommst. Weißt du, der Archi hat sich übrigens wirklich sehr verständig benommen, das kann man nicht anders sagen! Die Guste übertreibt natürlich. Sie hält ihn ja für das klügste kleine Geschöpf unter der Sonne! Das ist natürlich Unsinn! Aber dumm scheint er mir wirklich nicht zu sein, Thilde! Das ganz und gar nicht!«

Achtzehntes Kapitel

Die zweieinhalb Jahre, die seit der Taufe Archis im Strom der Zeit versunken waren, hatten Wiesenburg und Eichberg manches Enttäuschende gebracht.

Im Frühjahr nach Archis Taufe war der alte Müllauer zur ewigen Ruhe gebettet worden. Der Wiesenburger trauerte dem treuen Freund noch nach, als im August desselben Jahres die alte Gnädige wieder über Lungenstiche zu klagen begann und sich bald darauf niederlegen mußte, um nicht wieder aufzustehen. Am 22. August 1882 saß Barring am Sterbebett seiner Mutter, die das nahe bevorstehende Ende wohl fühlte. Von Fried hatte sie schon Abschied genommen, Gerda, etwas Unverständliches murmelnd, mit einem Blick, in dem ein schwer zu deutender Ausdruck gelegen, die Hand gereicht. Es hatte geschienen, als schauten ihre Augen in weite, weite Ferne, und etwas Suchendes war in ihrem Blick gewesen.

Den kleinen Archi hatte sie nicht sehen wollen: »'ne alte, kranke Frau, das ist nichts für den Jungen. Mir würd es auch zu schwer. Sag ihm später, wenn er älter ist, wie lieb ich ihn hatte, Fried.«

Zu Mathilde hatte sie gesagt: »Ich hab dir wohl das Leben nicht gerade leichter machen können. Du und ich – wir waren zu verschiedene Naturen. Wir verstanden uns gegenseitig manchmal nicht so recht. Aber schließlich fanden wir uns ja doch immer in der Liebe zu Archibald. Das weißt du ja wohl auch, Mathilde, daß ich es immer bei mir anerkannt habe, wieviel du Archibald hast sein können. Ich weiß, daß sein Wohl und das Wiesenburgs in keinen treueren Händen liegen kann.« Einen Kuß hatte sie Mathilde nicht gegeben. Aber als diese sich bewegt über ihre Hand gebeugt, da hatte sie ihr mit zittrigen Fingern übers Haar gestrichen, und mit dieser kleinen, in ihrer Hilflosigkeit rührenden Bewegung gab sie ihr viel von dem, was sie ihr in den langen Jahren an Verstehen und Begreifen schuldig geblieben war.

Dann hatte sie nur noch ihren Sohn um sich haben wollen und alles so ruhig mit ihm besprochen, was ihr am Herzen gelegen, als hätte sie noch ein paar Jahre vor sich. »Der Fried hat so anständige Instinkte. Er kennt schon den rechten Weg! Er muß ihn nur auch gehen und sich nicht von ihm abbringen lassen. Archi, der liebe kleine Bengel! Gut, daß Fried ihn hat.«

Nach einer langen Pause, während der sie mit halb geschlossenen Augen vor sich hingedämmert hatte, sprach sie von ihren alten Leuten: »Für die Lockner und den alten Evert ist für die paar Jahre, die sie noch vor sich haben, gesorgt. Ich hab mir gedacht, sie könnten in das kleine Haus neben der Tischlerei zusammen ziehen. Es ist groß genug für die beiden.«

»Ja, natürlich, Mamachen«, hatte Barring die Mutter zu beruhigen versucht. »Da können sie ganz behaglich wohnen, wenn es mal soweit sein sollte.«

Sie hatte nur eine kleine Handbewegung gemacht, als habe sie sagen wollen: ›Laß man, Archibald! Wir wollen uns doch nichts vormachen‹, und gleich wieder von ihren beiden alten Leuten gesprochen: »Tun können sie nichts mehr. Es ist auch Zeit, daß sie Ruhe bekommen. Du wirst dich ja um sie kümmern?«

»Ja, Mamachen, selbstverständlich! Aber sprich nur nicht soviel. Es greift dich an.«

»Ach, Archibald, besprechen müssen wir doch alles. Sonst hab ich keine Ruhe. Die Lockner ist mitunter albern und hat ihre Launen, aber betun und bekochen wird sie den Evert schon gut. Und jeden Herbst mußt du 'n Schwein für sie schlachten lassen. So an drei Zentner muß es wiegen, dann reicht es für die beiden Alten. Aber du wirst schon selbst dran denken müssen, Archibald. Erinnern tun sie dich doch nicht. Darin sind sie nu mal komisch. Na, du hast ja für so was 'n gutes Gedächtnis.«

Schließlich war sie noch auf Pfarrer Reder zu sprechen gekommen: »Nu wird er doch zu Wort kommen! Es paßt mir ei'ntlich gar nicht so recht, aber es ist ja nicht zu ändern. Der alte Müllauer hat mir wirklich nur einen einz'gen Kummer im Leben gemacht: daß er vor mir ging.«

Wieder sprach sie lange Zeit nichts. Endlich schlug sie langsam die Augen auf: »Wenn ich Marianne und Andreas nicht mehr sehen sollte, dann sag ihnen, wie schön es für mich war, so ruhig an sie denken zu können. Gott sei mit ihnen und den Kindern!«

Einige Stunden vor ihrem Tode verfiel sie in Agonie, aus der sie nur noch einmal für kurze Augenblicke erwachte. Da hatte sie nach Barrings Hand getastet, und als sie die seine in der ihren fühlte, hatte ein glückliches Lächeln ihre verfallenen Züge verklärt. Unsagbar viel Liebe hatte in diesem Lächeln gelegen. »Archibald . . . du mein einziggeliebter Sohn«, hatte sie geflüstert, und das waren die letzten Worte, die der Wiesenburger seine Mutter hatte sprechen hören.

Im November des Jahres 1882 wurde Fried Vater eines Töchterchens, das Pfarrer Reder auf den Namen Amélie taufte, und dem Mädchen war dann am 29. Februar 1884 ein Junge gefolgt, der vom ersten Tage an Gerdas Liebling war. Er hatte ihre blaugrünen Augen mitbekommen, und sie behauptete, der kleine Malte sei in jedem Zug ein Eyff. Von den Barrings könne man nichts an ihm entdecken! ›Er wird mal seinen eigenen Weg gehen‹, behauptete sie, ›sonst hätte er sich nicht so eingerichtet, daß er bloß alle vier Jahre Geburtstag hat.‹

Der Laugaller hatte seine beiden jüngsten Enkelkinder nicht mehr gesehen. Im Januar 1883 hatte der Tod ihn von seinem Leiden erlöst, und Amélie mußte nun die Sorge um Laugallen allein tragen.

Zwei Tage hatte Gerda Ströme von Tränen um ihren Vater vergossen. Die Tränen saßen so locker bei ihr! Zwei Wochen lang war sie in Laugallen geblieben: ›Wer soll Mama in all ihrem Schmerz beistehen?‹ Vielleicht, daß sie wirklich glaubte, ihrer Mutter Trost geben zu können. Sie neigte dazu, ihren wohltuenden Einfluß zu überschätzen. In Wirklichkeit atmete Amélie auf, als sie endlich abfuhr. Ihre etwas gewaltsam gezeigte Teilnahme und ihr gar zu geflissentlich zur Schau gestellter Schmerz waren nicht leicht zu ertragen. Dem vornehmen Empfinden Amélies lag alles Übertriebene, alles Gemachte so fern, und Gerdas Gebaren wirkte nur um so peinlicher auf sie. Immer fremder und unverständlicher wurde ihr die Tochter. Sie gestand sich ein, im Grunde sich Fried näher zu fühlen als Gerda, wenn sie auch versuchte, deren charakterliche Schwierigkeiten mit Nachsicht hinzunehmen, in ihrem Urteil wohlwollend und gerecht zu bleiben. Aber Gerda machte es ihrer Mutter nicht gerade leicht: manchmal war es schwer genug, mit den Schwächen der Tochter immer wieder Geduld zu haben.

Das empfand auch der Wiesenburger, dem die zweieinhalb Jahre, die seit Archis Taufe über das stille, weite Land wie der Hauch des Windes dahingeweht, viel Schweres gebracht hatten.

Er war noch sparsamer mit Worten geworden, und seine Haltung zeigte nicht mehr die alte Straffheit. Die Wunde, die der Tod der Mutter seinem Herzen geschlagen, war zu tief, um je wieder ganz vernarben zu können, die bangen Zweifel, die ihn heimsuchten, wenn er an Frieds Lebensglück dachte, ließen sich nicht bannen, und die Sorge um die Zukunft Wiesenburgs lastete drückender auf ihm, als er sich selbst eingestehen wollte.

Vor Jahresfrist war Andreas Rottburg Minister geworden: Der Fürst hatte ihm das Innenministerium gegeben, und Rottburg ertrank in Arbeit. Aber auch für Marianne war es nicht leicht, die vielen Repräsentationspflichten zu erfüllen, welche die hohe Stellung ihres Mannes ihr auferlegte. Und wenn der Wiesenburger sich auch der glänzenden Laufbahn seines Schwiegersohnes freute, so sorgte er sich doch auch wieder um Marianne, die sich für ihre Kinder aufopferte, aber auch ihre gesellschaftlichen Pflichten so ernst nahm, daß sie sich dabei zuviel zumutete. Er half, soweit er konnte; gab der Tochter eine so hohe Zulage, daß sie vor allen pekuniären Sorgen geschützt war, schenkte seinem Schwiegersohn eine schöne, komplette Equipage, ließ aus Wiesenburg eine Unmenge von Lebensmitteln nach Berlin schicken. Jedoch Marianne ganz oder teilweise von den hohen Anforderungen zu befreien, die in gesellschaftlicher Beziehung an sie gestellt wurden, dazu hatte er ja nicht die Möglichkeit.

So kam der Wiesenburger nicht recht dazu, sich ungetrübt am Glück seiner Kinder zu freuen, zumal er mit immer größeren Sorgen an Eichberg dachte.

Durch die rasch aufeinanderfolgenden Geburten der drei Kinder war Gerda sehr nervös und reizbar geworden, und Fried verlernte das Lachen, das ihm einst so mitten aus dem Herzen gekommen war, mehr und mehr.

Eine kurze Zeit nach Archis Geburt schien in Eichberg mehr Ruhe einzuziehen. Aber lange dauerte das nicht. Bald war das Haus wieder voller Gäste, so daß es kaum möglich war, die Eichberger mal allein zu treffen. Graf Wilda sah man zwar nicht mehr dort: er war Landrat in Schlesien geworden. Dadurch war hinter die Dummheiten der Schlußpunkt gemacht, aber seine Rolle hatten andere Courmacher übernommen. Gerda mußte immer ihre Schleppenträger haben, die sie – ganz wie ihre Laune stand – verwöhnte oder schlecht behandelte.

Unsummen verschlang der Eichberger Haushalt! Der Garten wurde immer mehr zum Anlaß sinn- und uferloser Ausgaben, die Dienerschaft, die nach Gerdas Ansicht nie ausreichte, nahm fortwährend zu, wechselte beständig, Barbknecht war außer sich über die Anforderungen an Arbeitskräften, die der Garten stellte.

Fried sah das alles, machte sich schwere Gedanken, nahm sich immer wieder vor, energisch einzugreifen – und schob die Dinge dann doch immer wieder auf die lange Bank. Der Gedanke, Gerda wochen-, vielleicht monatelang die unverstandene, in ihrer Individualität geknebelte Frau spielen zu sehen, hatte für ihn etwas Unüberwindliches. Öfter dachte er daran, sich von Gerda zu trennen. Aber die Kinder! Den Gedanken, sie hergeben zu müssen, vermochte er nicht zu fassen, und daß Gerda sie im Fall einer Scheidung ihm unter keinen Umständen lassen würde, das wußte er. Überdies würde sie nie und nimmer in die Scheidung willigen, oder doch nur unter unmöglichen Bedingungen. Sie hatte ja nichts begangen, was das Gericht veranlassen konnte, ihr die Schuld zuzusprechen. Nach Lage der Dinge würde er als der schuldige Teil erklärt werden, und Gerda würde die Kinder bei sich behalten.

So litt Fried unter der ganzen Situation, die sich immer mehr zuspitzte und ihn verbitterte und bedrückte. Doch er versuchte, allein damit fertig zu werden. Er hatte zuviel von der Natur seiner Mutter. Mathilde war es ja auch nicht gegeben, sich das Herz dadurch zu erleichtern, daß sie über ihre Sorgen sprach.

Barring hatte sich vorgenommen, einmal mit Fried über alle diese auf die Dauer nicht haltbaren Zustände zu reden. Drei Kinder waren jetzt in Eichberg! Die legten bestimmte Verpflichtungen auf! Man mußte sich ein klares Bild über die Zukunft machen, mußte seinen Weg kennen!

Die beiden letzten Jahre waren schlecht gewesen. Das Jahr 1882 war total verregnet, der schwere Boden hatte völlig versagt. Das Korn war leicht geblieben, gab nichts in den Sack. Die Rüben versoffen, die Kartoffeln waren selbst in Augustenhof knapp gewesen und schon in der Erde angefault, so daß sie in den Mieten verdarben. Bis in den Oktober hinein goß es. Der zweite Schnitt Heu auf den Wiesen verkam und ließ sich kaum noch als Streu verwerten. Das nächste Jahr wurde fast noch schlechter in seiner vernichtenden Dürre. Die Sonne brannte erbarmungslos auf die verdurstende Erde, es herrschte tropische Glut, das Getreide verdorrte auf dem Halm, die Weiden verbrannten, so daß sie das Vieh nicht satt machten.

Dem Wiesenburger hatten diese beiden Hungerjahre schwere Verluste gebracht, und wenn er den Ausfall auch aushalten konnte, so fühlte er ihn doch und würde ihn auch in den nächsten Jahren noch spüren, denn die Felder, welche durch die beiden aufeinanderfolgenden Mißernten stark verunkrautet waren, brauchten ihre Zeit, um wieder in Ordnung zu kommen. Trotzdem – Wiesenburg würde den Ausfall mit der Zeit wieder einholen, und Barring war nicht der Mann, sich über Unabänderliches viel unnütze Gedanken zu machen. Daß Rückschläge in der Wirtschaft unvermeidlich waren, das wußte er – er pflegte sie auch ohne viel Murren hinzunehmen. Aber die Sorge um Eichberg ließ ihn nicht los. Der schwere, strenge Lehm dort hatte noch mehr unter der Nässe und Dürre zu leiden gehabt als Wiesenburg und Bladupönen.

Der Wiesenburger sah das versorgte Gesicht Frieds und litt darunter. Er hoffte immer noch, der Sohn würde mit seinen Sorgen zu ihm kommen, sträubte sich dagegen, unerbetenen Rat zu geben. Aber er wartete vergeblich – Fried fand nicht zum Vater. So würde nichts übrigbleiben, als selbst die Initiative zu ergreifen. –

Archi war nun bald drei Jahre alt und für den Wiesenburger ein rechter Sonnenschein. Der kleine Kerl kannte nichts Schöneres, als wenn der ›Opa‹ ihn abholte und mit Guste nach Gottesfelde mitnahm. Dann saß er neben dem Wiesenburger, der immer eine angenehme Überraschung in der Tasche hatte: Mürbeteigkringel, die so herrlich schmeckten und in Wiesenburg nie ausgingen, oder Honigbonbons oder irgendein Spielzeug. Archi durfte dann in Opas Taschen suchen, und wenn er endlich die Beute ergattert hatte, war die Freude groß. Schrecklich interessant war der Spaniel Peter, der alt und ziemlich griesgrämig auf dem Rücksitz neben Guste saß, und es war immer ein bißchen beängstigend, aber doch wieder sehr merkwürdig und höchst aufregend, wenn der Opa zu ihm sagte: »Wie spricht der Hund?« und Peter erst böse knurrte und dann auf einmal den Kopf zurückwarf und ganz laut bellte. Und dann wieder kletterte Archi auf Opas Schoß und tat so, als sei er müde. Er machte die Augen zu und schien zu schlafen und hörte, wie der Opa zur Guste sagte: »Pst! Wir wollen ihn ja nicht stören.« Aber plötzlich riß er die Augen weit auf und stieß ein entsetzliches Gebrüll aus. Und dann bekam der Opa immer einen ganz furchtbaren Schreck, so daß er kaum sprechen konnte, und Archi mußte sich rein totlachen! Wenn Hennig das jauchzende Kinderlachen hinter sich hörte, schmunzelte er in seinen gewaltigen Schnauzbart hinein: »De klein Kret moakt mit em, wat he will. Sull mi bloßig wundre, wo dat noch moal hensull.«

Übrigens wußten Karl und Hennig ganz genau, wann ihr Herr den Enkel abholen würde. Archi hatte sich von dem Augenblick an, da er fähig war, seinem Willen Ausdruck zu geben, eine Leidenschaft für die Krückstöcke seines Großvaters bewahrt. Schon der knapp Zweijährige hatte, sobald der Opa vor ihm stand, immer kategorisch verlangt: »Tock haben!« Die derben Eichenstöcke, die Barring zu Hause zu benutzen pflegte, waren aber für Archis Winzigkeit zu schwer, und außerdem fürchtete der Wiesenburger, der Enkel könnte sich an den scharfen, spitzen Zwingen weh tun. So nahm er immer einen der leichten Stöcke aus spanischem Rohr mit Elfenbeinkrücke und Hornzwinge, die er in Berlin benutzte, wenn er die Absicht hatte, Archi abzuholen. »Gib mir 'n leichten Stock, Karl«, sagte er dann, und Hennig schielte nur nach dem Stock in der Hand vom ›ole Herr‹, wenn er wissen wollte, wohin es heute gehen würde.

Neunzehntes Kapitel

Bei Surkaus in Wiesenburgkehlen wurde Mitte September der Geburtstag des Hausherrn gefeiert. Wie alljährlich hatten sich die Wiesenburger Beamten schon um die Vesperzeit eingefunden, der alte Präzeptor Tumat, Baurat Schröter und sein Sohn Wilhelm waren erschienen, man hatte ein Meer von Bohnenkaffee ausgetrunken, Berge von Krapfen, Waffeln und Napfkuchen waren verschwunden, die Herren waren durch die Wirtschaft, die Damen durch den Baum- und Gemüsegarten und über den Hühnerhof gegangen, und nun saßen die Damen in der ›Guten Stube‹, häkelten oder strickten, schwatzten und lachten, und die Herren droschen nebenan einen Dauerskat, qualmten wie die Fabrikschlote und tranken von den zwei Dutzend Flaschen Rotwein, die der Wiesenburger dem Nachbarn jedes Jahr als Geburtstagsangebinde schickte, ein Dutzend leer.

Frau Surkau, die in ihrem guten Schwarzseidenen in freundlicher Rundlichkeit neben der kleinen Frau Fink saß, war heute ganz gegen ihre Gepflogenheit etwas zerstreut. Der Gedanke an die Rede, die ihr Mann beim Abendbrot halten wollte und, wie die Dinge lagen, schließlich auch wohl halten mußte, hatte etwas Beklemmendes für sie. Surkau war nämlich leider kein Redner. Nach Ansicht seiner Frau sprach er nur das, was unbedingt gesagt werden mußte, und zuweilen noch nicht einmal das, und nach ihren Erfahrungen war es ihm nicht gegeben, vor einem größeren Kreis von Zuhörern in längerer Rede seinen Gedanken Ausdruck zu verleihen. Er pflegte sich dabei rettungslos zu verheddern, ja, es konnte passieren, daß er sogar steckenblieb. Kurz, die arme Frau Surkau wurde zum Opfer peinlichster Ahnungen und suchte sich von diesen gewaltsam frei zu machen, indem sie ihre Sorgen von ihrem zum Parlamentarier nicht geborenen Mann auf den frischen Schweineschinken lenkte, an dem sich die Gäste zum Abendbrot delektieren sollten.

»Klärchen«, forderte sie ihre einzige, vierundzwanzigjährige Tochter auf, die, mittelgroß, rotbäckig, blond und blauäugig, frisch und blank wie ein Gravensteiner im September, dem Gespräch der Damen zuhörte. »Klärchen, geh doch mal nach dem Schinken sehn. Wer weiß, ob die Jette ihn auch genug begießt! Es ist ja kein Verlaß mehr auf die Marjellens heutzutage. Statt dem Schinken haben sie nichts wie Dummheiten im Kopf. Und denn kannst du auch gleich den Schmandsalat anrühren. 'ne Stunde muß er Zeit haben zum Durchziehen. Denn is er gerad richtig. Die meisten rühren ihn zu spät an, und denn wundern sie sich auch noch, daß er bloß halb so gut schmeckt. Ach, du liebe Güte, wenn er überhaupt keine Zeit zum Ziehen hat, wie kann es denn schon anders sein! Gieß man ruhig 'n Löffel kalt Wasser übern Schinken, denn wird die Kruste schön braun und knusprig. Na, denn geh man, Klärchen.«

Das ›propre Klärchen‹ – ihr Vater pflegte von ihr zu sagen: »Was meine Klara is, die is wirklich 'n pròpres Mädchen« –, das ›propre Klärchen‹ also stand auf, um sich zur Küche zu begeben. Sie trug ein hellblaues Kleid mit rosa Rüschen und Schleifen und war mit ihrem niedlichen Stupsnäschen und dem vollen, zärtlichen Mund ein hübsches Mädchen, das überall beliebt war und ihrem Ruf, in der Wirtschaft hinten und vorn zu sein, Ehre machte. Wer die mal zur Frau bekam, war gut aufgehoben! Das war die allgemeine Meinung.

Beim Abendbrot starrte Surkau düster vor sich hin, raffte sich dann endlich auf und verkündete in einem etwas holprigen Toast die Verlobung seiner Tochter Klara mit dem Inspektor Barbknecht. Und obwohl er damit nur etwas mitteilte, was alle längst erwartet hatten, taten sie doch so, als fielen sie aus allen Wolken und könnten sich vor staunender Ergriffenheit kaum fassen. Es lief übrigens alles besser ab, als Frau Surkau gefürchtet hatte, und nur einmal entgleiste der Redner, als er sich nämlich gedrungen fühlte, das glückliche Brautpaar vor zu hoch gespannten Erwartungen zu warnen: »Glaubt es mir man, ich spreche zu euch aus langer Erfahrung«, ermahnte er Klärchen und den angehenden Schwiegersohn, »vor der Hochzeit sieht sich das ja alles ganz schön an, aber seid man erst sechs Wochen verheirat', dann kommt das alles anders.« Er verlor den Faden, sandte einen hilfesuchenden Blick zu seiner Frau hinüber und blickte in ein in Ablehnung gleichsam gefrorenes Gesicht, dessen unheilverkündende Miene das dringende Bedürfnis in ihm weckte, seinen Lapsus linguae möglichst schnell zu korrigieren. So entschloß er sich zu einer kühnen und überraschenden Schwenkung.

»Daß ihr mich man richtig versteht«, fuhr er mit bemerkenswerter diplomatischer Wendigkeit fort, »ich will euch man bloß so viel wünschen, daß es bei euch so eintreffen möcht wie bei mir, wo alles noch viel schöner sich in der Ehe gemacht hat, wie ich mir das sowieso schon vorgestellt hatte. Und wir wollen man recht herzlich wünschen, daß es bei euch auch so abgehn möcht!«

Bald nach Mitternacht nahm Surkau den Baurat Schröter und den alten Schlüter in eine Ecke und mischte drei vernünftige Glas Grog, wobei er das Wasser mit äußerster Vorsicht verwandte, und dann saßen die drei alten Freunde lange zusammen und sprachen ernst und offen über das, was den Hausherrn beschäftigte.

»Der Liedtke hat ja nu all den zweiten Schlaganfall gehabt und soll im Sterben liegen«, eröffnete Surkau die Unterhaltung. »Die Frau will so schnell wie möglich verkaufen. Wenn einer Milchbude anständig bewirtschaftet und so an die viertausend Daler reinsteckt, denn kann das 'ne Wirtschaft werden, wie sie im Buch steht! Mehr wie fuffzig, wenn's ganz hoch kommt, sechzig Daler wird der Morgen nicht kosten, und das is er auch gut wert.«

»Jaja«, nickte Schlüter, »das wär'n denn hoch gerechnet so an die fünfundvierzigtausend Daler. Da hätt einer denn ja so an die siebzehnhundert bis achtzehnhundertfünfzig Daler rauszuwirtschaften, und das is auf dem Boden und bei dem Wiesenverhältnis nicht zuviel. Der Legischker soll hinterher sein. Er giepert auf die Wiesen. Wenn Sie Milchbude haben wollen, müssen Sie sich ranhalten, Surkau.«

Der kratzte sich den Kopf. »Mit dem Legischker is schlecht Kirschen essen, wenn's ums Geschäft geht . . .«

»Das soll wohl sein, Surkau«, warf Schröter ein. »Der geht über Leichen, wenn sein Vorteil im Spiel ist. Aber ich denk, diesmal kommt er doch nicht durch. Unser alter Herr läßt ihm Milchbude kaum. Als Grenznachbarn will er ihn wohl doch nicht haben.«

»Meinen Sie, Baurat? Aber will der alte Herr denn selbst Milchbude übernehmen?« fragte Surkau den alten Schlüter.

»Das kann ich Ihnen nich sagen, Surkau. Sie wissen doch, er spricht nicht viel über das, was er vorhat. Aber ich glaube es nicht. Er hat schon zuviel um die Ohren und wird sich nich noch mehr aufhalsen, wenn er nich muß. Bloß, wenn einer sich nach Milchbude setzen will, der ihm nich paßt, dann wird er selbst zufassen, denk ich mir.«

Surkau stand auf. »Ich hol uns noch 'ne Buddel Rotspon, und denn können wir mal richtig drüber reden. Vor euch brauch ich ja nicht hinterm Berg zu halten.«

Als sie dann vor vollen Gläsern saßen, sagte der Baurat: »Sie müßten auch wirklich sehn, Milchbude zu bekommen, Surkau. Besser kann es zu Ihrem Grundstück doch gar nicht liegen, und das Geld haben Sie auch. Maddern Sie nich lang und legen Sie die Hand drauf.«

»Alles schön und gut, aber mit dem Handdrauflegen, das geht man nich so einfach. Ich will mich nich so vergrößern. Wir Surkaus sind immer Bauern gewesen und sind ja auch vorwärtsgekommen. Was soll ich mang die Gutsbesitzer gehn? Wer zu schwer lädt, bleibt liegen! So an die hundertfünfzig Morgen, die möcht ich von Milchbude zu meinem Land zuschlagen, und die würd ich auch bar bezahlen. Schulden will ich nich haben auf meinem Grund und Boden. Dann bleiben sechshundertfünfzig Morgen, und die werden so achtunddreißigtausend Daler kosten. So an die zehn- bis zwölftausend Daler Landschaft können wohl drauf Platz haben. Zwölftausend Daler hat der Barbknecht, und neuntausend und keinen Daler mehr kriegt die Klara mit. Denn fehlen immer noch fünftausend Daler, wenn einer sich an die sechshundertfünfzig Morgen nich übernehmen will. So an viertausend Daler muß einer denn doch schon auf der Hand behalten. Denn kann er die Wirtschaft beschicken, wie sich das gehört. Kurz und gut ... fünftausend Daler fehlen um und dumm. Wo soll einer die hernehmen? Das is 'n großes Stück Geld!«

»Na, Surkau«, sagte der Baurat lachend, »denn fragen Sie man mal auf dem Bankverein in Kallenberg nach, wieviel ein gewisser Surkau auf seinem Konto guthat. Vielleicht langt es denn doch für Milchbude.«

Surkau zuckte die Achseln. »Daß ich Geld liegen hab, streit ich gar nich ab. Die Surkaus waren immer mehr fürs Zurücklegen wie fürs Ausgeben. Aber deswegen kriegt die Klara doch nich einen Daler mehr mit wie neuntausend! Wenn ich ihr das geb und hundertfünfzig Morgen von Milchbude zu meinem Land zuschlag und bar auszahle, denn tu ich mir noch nich weh. Aber zu mehr langt es nich! In Sorgen will ich nich sitzen. Wollt ich das, könnt ich ja man ganz Milchbude übernehmen und Gutsbesitzer spielen. Aber auf elfhundert Morgen zwischen Wiesenburg, Eichberg und Legischken Gutsbesitzer spielen, nei, das paßt mir nich! Als Gutsbesitzer wär ich der kleinste, der nichts mitzureden hätte, und als Bauer bin ich der größte, und mein Wort hat Geltung. Nehm ich die hundertfünfzig Morgen zu, denn sitz ich auf fünfhundertdreißig Morgen, und das langt. Das langt auch für meinen Fritz. Will einer wirklich was beschaffen, denn kann er das auf fünfhundertdreißig Morgen. Und nu paßt mal auf, was ich dem Barbknecht gesagt hab: ›Geh zum alten Herrn‹, hab ich ihm gesagt, ›ich denk, wenn du ihm deine Sach vorstellst, denn läßt er dich nich im Stich. Versuch selbst dein Glück! 'ne gute Nummer hast du ja bei ihm. Ich kann nich zu ihm gehn. Komm ich zu ihm, sagt er ja, das weiß ich, und gerad deswegen kann ich nicht zu ihm gehn.‹ Und nu sagt mir mal frei und offen, was ihr davon denkt.«

Der alte Schlüter war der erste, der antwortete:

»Gewiß, lassen Sie den Barbknecht es man dreist versuchen. Aber so viel kann ich ruhig sagen, ohne daß ich mehr sag, wie ich darf: Die beiden letzten Jahre waren schwer genug, und wenn der Verlust mit der Zeit wieder einkommen soll, müssen wir ganz barbar'sch den Daumen draufhalten. Das brauch ich ja nich erst zu sagen. Daß nach den beiden Mißernten keiner zu lachen hat, weiß ein jeder. Der alte Herr wird es nicht gern sehen, wenn der Barbknecht weggeht von Eichberg. Er hält nu mal zu viel von ihm! Aber deswegen sagt er noch lang nich nei; wenn er kann, denn hilft er auch und fragt nich lang, wie es mit seinem Vorteil zusammenpaßt.«

Surkau und Schröter rauchten nachdenklich ihre Zigarren, bis der Hausherr schließlich das Schweigen brach: »Also denn soll der Barbknecht in Gottes Namen zum alten Herrn gehen, oder er soll es unterwegs lassen. Und nu, denk ich, machen wir noch 'ne Partie. Bis zum Hellwerden ist noch viel Zeit.«

Um vier Uhr früh gab es noch mal Kaffee, warmen Blechkuchen und frische Krapfen, bei denen die Korinthen und Rosinen nicht gespart waren. Die Herren genehmigten noch manchen Schnaps zum Abgewöhnen, und die Kutscher aßen, tranken und rauchten die ganze Nacht über und knallten bei ihrer Partie Schafskopf die Karten auf den Tisch, daß es eine Art hatte, und erst gegen fünf Uhr ratterten die letzten Wagen in den dämmernden Herbstmorgen hinein.

Zwanzigstes Kapitel

»Der Herr Inspektor möchte dem gnäd'ge Herr sprechen«, meldete der Diener.

Ein wenig überrascht sah Fried von der Zeitung auf.

»Ich lasse bitten.«

Gleich darauf trat Barbknecht ein. Er war nicht im Wirtschaftsanzug, sondern trug zu einem dunklen Jackett lange Beinkleider.

»Nanu, Barbknecht, so feierlich?« wunderte sich Fried. »Was bringen Sie Gutes? Kommen Sie! Setzen Sie sich . . .«, er hielt ihm eine geöffnete Zigarrenkiste hin, »und brennen Sie sich 'n Tobak an.«

Als die Zigarre brannte, berichtete Barbknecht in seiner klaren, ruhigen Art, er wolle nach Weihnachten mit Klara Surkau Hochzeit machen und bäte zum 1. Januar um seine Entlassung.

Mit einer lebhaften Bewegung reichte Fried ihm die Hand: »Zuerst meinen herzlichsten Glückwunsch, Barbknecht! Sie haben, glaub ich, in jeder Beziehung das Große Los gezogen, und ich freue mich wirklich aufrichtig für Sie! Es scheint mir auch sehr richtig, daß Sie bald heiraten wollen. Worauf noch lange warten? Aber deswegen brauchen Sie doch nicht von Eichberg weg! Das ist doch nicht nötig! Sie können doch auch als Verheirateter hier unterkommen. Das Inspektorhaus ist groß genug. Wenigstens vorläufig. Später kann man ja weitersehen. Nein, Barbknecht, ich denke doch, deswegen brauchen wir uns nicht zu trennen?«

Als Barbknecht dann aber seine Absichten mit Milchbude auseinandergesetzt hatte, nickte Fried sofort zustimmend: »Wenn die Dinge so liegen, dann ist das was andres! Ich will nur wünschen, daß sich alles so macht, wie Sie hoffen. Ihnen gönn ich Milchbude und mir den Nachbarn! Es ist ein erfreulicher Gedanke für mich, Sie in der Nähe zu behalten, Barbknecht, und ich bin überzeugt, daß Sie mit Milchbude einen guten Griff machen würden. Der Boden trägt Mordsweizen, wenn er richtig behandelt wird, und die Wiesen sind ausgezeichnet. Die Gebäude in Ordnung zu bringen, kann auch nicht alle Welt kosten. Sie sind ja alle massiv und soweit leidlich imstande. Die Herde . . . die is ja wohl 'n bißchen zu klein, und ich glaube, an Gespannkraft mag es auch etwas fehlen. Aber das läßt sich ja bald ändern. Etwas Geld werden Sie ja erst mal reinstecken müssen. Aber mir scheint, Sie werden es bald wiederhaben. Also ich kann nur hoffen, daß Sie Milchbude bekommen, Barbknecht, und wünsche Ihnen nochmals aufrichtig alles Gute!«

Er reichte Barbknecht mit warmem Druck die Hand. Mit keiner Silbe verriet er, daß ihm der Inspektorenwechsel durchaus nicht angenehm sei. Eichberg hatte seine Mucken! Schon mehr Fünfminutenboden als Stundenboden! Man mußte mächtig auf Posten sein, jeden Quadratfuß kennen und außerdem für den strengen Boden eine glückliche und schnelle Hand haben. Sonst konnten die übelsten Nackenschläge nicht ausbleiben. So wäre es nicht verwunderlich gewesen, wenn Fried die Pläne seines Beamten mit kühler Reserve oder gar mit einer gewissen verärgerten

Enttäuschung aufgenommen haben würde. Aber davon war keine Rede! Seine freundlichen Augen und seine warmherzige Art bewiesen deutlich, daß er sich aufrichtig an dem Glück Barbknechts freute.

»Wird denn alles mit dem Gelde klappen, Barbknecht? – Sie wissen ja wohl, daß ich nur aus Interesse für Sie frage.«

Als Barbknecht ihm dann seine Lage klar und offen dargelegt hatte, sagte Fried: »Ich würde Ihnen gerne beispringen, Barbknecht, aber Sie wissen ja, daß es mir Schwierigkeiten machen würde. Die beiden schlechten Jahre haben mir doch ziemlich weh getan. Mein Vater hat – fürcht ich – wohl auch größere Ausgaben gehabt, als ihm vielleicht immer bequem war. Trotzdem kann ich mir nicht denken, daß er nein sagen sollte. Jedenfalls will ich Ihnen gern bei ihm Hilfestellung geben, aber ich glaube gar nicht, daß es nötig sein wird. Übrigens scheint es mir richtiger, wenn ich meinem Vater überhaupt nichts sage, bevor Sie nicht mit ihm gesprochen haben. Er soll gar nicht erst auf den Gedanken kommen, ich könnte von Ihnen irgendwie vorgeschickt sein.«

»Ich wäre sehr dankbar, wenn Herr von Barring vorläufig nichts sagen würden. Und wenn ich das noch sagen darf . . .« Barbknecht zögerte, wußte nicht recht, wie er fortfahren sollte, sah Fried aus seinen klugen Augen offen an: »Ich mein man, Herr von Barring, ich werd ja denn an der Grenze sitzen, und wenn ich ja auch weiß, daß Herr von Barring mich nicht werden brauchen, aber gesagt möcht ich es doch haben: Ich bin immer für Eichberg da! Immer! Und ich denk doch, das werden Sie ja auch wohl wissen, Herr von Barring!«

»Das weiß ich, Barbknecht«, sagte Fried überzeugt und herzlich. »Aber daß Sie's mir sagen, freut mich doch sehr. Ich hoffe, Sie werden auch wissen, daß ich genauso denke. Ich rechne darauf, daß Sie zuerst zu mir kommen, wenn Sie mal einen brauchen sollten!« Er stand auf, um zu klingeln: »Nun sollen Sie aber noch gleich einen Wunsch von mir mitbekommen, und nicht den schlechtesten! Ich will Ihnen herzlich wünschen, daß Sie nie in die Lage kommen mögen, ernstlich jemanden zu brauchen, auch nicht mal einen so aufrichtigen Freund wie mich. Aber sollte es doch mal der Fall sein, dann bin ich hoffentlich der nächste dazu, Ihnen unter die Arme zu greifen.«

Einundzwanzigstes Kapitel

Acht Tage später saß Barbknecht in Surkaus Stube in Wiesenburgkehlen, um seinem zukünftigen Schwiegervater zu berichten, was er beim Wiesenburger ausgerichtet hatte.

»Wie der Kerl mich beim alten Herrn anmeldete, war mir doch so 'n bißchen plümerant zumut. Aber wie ich erst vor ihm in der Schreibstube stand, war das vorbei.

›Na, Barbknecht‹, meinte er, ›was bringen Sie denn? Kann ich irgendwas für Sie tun?‹

›Herr von Barring, ich wollt bloß melden, daß ich mich mit Klara Surkau verlobt habe und bald nach Weihnachten heiraten möchte.‹

›Das ist 'ne gute Nachricht, Barbknecht‹, meinte er und gab mir die Hand, ›dazu kann ich Ihnen aufrichtig gratulieren! 'ne bess're Frau konnten Sie sich – glaub ich – gar nicht aussuchen Na, Ihr Haus in Eichberg ist groß genug. Die paar Kleinigkeiten, die noch fehlen, sind bald gemacht. Nach Weihnachten kann die junge Frau einziehen.‹

Na, nu blieb mir ja nichts andres übrig, nu mußt ich denn Farbe bekennen. Er hört' mich ruhig an, und wie ich denn ja sagte, daß mir fünftausend Daler fehlten und ob er mir die nich möcht eintragen lassen, da sagt' er erst 'ne Weil gar nichts, und denn meint' er man: ›Daß als Landwirt auf Sie Verlaß ist, das haben Sie in Eichberg gezeigt, und daß Sie auch mit schwierigen Verhältnissen fertig werden, haben Sie auch bewiesen. Es ist aber für Sie viel schwerer, auf'm kleinen Ding von sechs- oder siebenhundert Morgen einig zu werden wie auf drei- oder viertausend, Barbknecht. Wenn man dran gewöhnt ist, auf großen Gütern zu wirtschaften, muß man umlernen. Das dürfen Sie nicht vergessen! Aber ich denk, Sie werden es schon schaffen! Wenn Sie das Grundstück für den Preis bekommen, ist es nicht überzahlt, und ich denke, mein Geld stünde sicher. Die Liedtke würde auch so viel übrigbehalten, daß sie mit den Kindern nicht in Not kommen könnte, und dafür muß man auch möglichst sorgen. Die Frau war immer auf Posten und hätte es besser im Leben verdient, wie sie's gehabt hat. Ich muß mir mal erst alles durch'n Kopf gehen lassen.‹ Denn fing er wieder an zu sinnieren, und denn stand er auf und ging in der Stub auf und ab, und mit mal meint' er je denn: ›Ja, ich denk, ich werd es machen können. Was Festes will ich noch nicht sagen, aber als nächster Nachbar für Eichberg wären Sie mir lieb, Barbknecht. Na – wollen mal sehn. Sie hören bald von mir.«

Nachdenklich strich sich Surkau über den grauen Schnurrbart:

»Er läßt dich nich im Stich, Albert. Wenn er das Geld nich wollt geben, denn hätt er gleich gesagt: so und so, und er könnt es nich machen. Viel Fisimatentchen macht er nich. Ja oder nei, und denn hat es seine Richtigkeit. Der Baurat kann jetzt mal hinhören, was die Liedtke nu so recht haben will, und denn wollen wir man nich lang maddern, sonst kommt uns doch noch womöglich einer in die Quer. Sag mal, Albert«, fuhr er überlegend fort, »bei euch in Eichberg geht nich alles so, wie es gehen müßt. Man hört so dies und das. Aus 'm Haus wird zuviel unter die Leut getragen. Das tut nich gut! Na – ich mein man so. Mich geht's ja nichts an. Bloß wenn ich an den alten Herrn denk und auch an den Eichberger, denn will mir das alles doch nich so recht gefallen. Weiß der Schinder, aber die junge Gnäd'ge sitzt da doch wie die Mad im Speck. Besser kann sie es doch überhaupt nich haben! Aber nei . . . sie muß Wirtschaft machen!«

Barbknecht erwiderte nichts, und Surkau stand auf. »Na, denn wollen wir uns man die Fohlen ansehn gehn, Albert. Die kommen diesmal von der Weid wie die Äpfel, und die beiden Formidables, die sind wieder die besten weit und breit. Ein Staat is das, was der Hengst für Fohlen macht! Er wird je nu auch langsam alt, aber wenn alles gut geht, kann er doch noch so seine acht Jahre decken.«

Als sie dann von der Weide auf den Hof zurückkehrten, hielt Hennig mit den beiden mächtigen Braunen vor dem Hause, und neben ihm saß der Spaniel Peter. Also war der alte Herr selbst da. Surkau beeilte sich, ins Haus zu kommen, während Barbknecht in den Stall ging, um sein Pferd zu holen.

In der Wohnstube saß Barring mit der dicken Frau Surkau, die Würde und verehrungsvolle Ergebenheit ausstrahlte, und dem ›propren Klärchen‹, das verlegen war. Als Surkau eintrat, stand der Wiesenburger auf: »Tag, Nachbar. Ich wollt doch gerne gratulieren kommen. Sie kriegen 'n dücht'gen, zuverlässigen Schwiegersohn, und denn müssen wir ja man sehen, daß wir ihn nach Milchbude bekommen. Machen Sie nu man Ernst, Surkau. Es ist denn schon besser, Sie bringen es bald ins reine. Na, ich muß machen, daß ich weiterkomme. Mein Sohn erwartet mich. Es gibt immer mal was zu besprechen.«

Bevor Surkau ihm noch richtig hatte danken können, saß er schon wieder in seinem niedrigen Wagen, und Hennig fuhr den Feldweg nach Eichberg hinunter und gab den Braunen den Kopf frei. Die fegten in einem Tempo den Weg hinunter, daß der Spaniel Peter den Fang hob und mißmutig vor sich hin starrte: der Wagen stukerte auf dem Feldweg, und das war nicht angenehm. Man war nicht mehr der Jüngste ... Der Wiesenburger achtete nicht auf den schlechten Weg. Er hatte den Kopf voll, und das, was er mit Fried besprechen wollte, nahm ihn ganz in Anspruch und ließ ihn nicht recht zur Freude an dem schönen, frischen Herbsttag kommen. Vielleicht, daß er längst mit ihm hätte reden sollen ... Geschehen mußte jetzt irgendwas! So ging die Geschichte jedenfalls nicht weiter.

Aber es war nicht leicht, dem fleißigen und sparsamen Fried das Herz noch schwerer zu machen. Das Herz schwer machen? Der Wiesenburger richtete den Blick in die Ferne über das Flußtal, das trotz der vorgeschrittenen Jahreszeit immer noch in sattem Grün leuchtete. Auf den Fluß fielen die Strahlen der Herbstsonne und malten flimmernde Flecke auf das Wasser, und über dem weiten, stillen Land lagen Frieden und Sicherheit. In die ernsten Augen Barrings trat ein warmer Schein. Er wollte Fried das Herz nicht schwer machen! Im Gegenteil! Leichter und freier sollte es wieder werden!

»Fahr zu, Hennig!« befahl er. Der kniff die Lippen zusammen, daß der lange graue Schnurrbart sich sträubte, und machte grimmige Augen: ›Ich fahr je all, daß forts alles bullert‹, dachte er. ›Galopp kann ich auf dem stukrigen Weg doch nich losaasen.‹ Doch dann zischte er leise durch die Zähne und gab den Braunen noch mehr Luft. Die beiden Wallache spielten mit den Ohren, hoben ein wenig die Köpfe und legten sich noch schärfer in den Strang. Sie traten, als sollte es direkt in den Himmel gehen, und Hennig mußte nun doch wieder vor sich hinschmunzeln: ›De Rackersch, de presche moal wedder forts wie dat Dunnerwedder! Na, nu ward dat je woll forsch genunk sind. Duller wie dull, dat geiht je nu doch nich!‹

Als der Wiesenburger in Eichberg vorfuhr, kam Fried heraus und winkte ihm zu: »Bleib sitzen, Papachen, das Haus ist für dich leider gesperrt. Doktor Krüger hat eben bei Amélie und Malte Masern festgestellt.«

Im ersten Augenblick erschrak der Wiesenburger, aber dann fühlte er doch gleich so etwas wie Erleichterung darüber, daß die Aussprache mit Fried von den Verhältnissen nun etwas hinausgeschoben wurde. Da. war unerwünscht und doch auch wieder angenehm.

»Ist man gut, daß der Doktor gleich da war. Und wie steht es mit Archi?«

»Der ist unberufen gesund geblieben. Wollt ihr ihn auf sechs Wochen zu euch nehmen, ja? Schön, Papa! Dann nimmst du ihn vielleicht gleich mit?«

»Natürlich, Fried! Hoffentlich habt ihr keine Sorgen mit Amélie und Malte. Masern sind ja zum Glück meistens nicht weiter schlimm.« Er nickte Archi zu, der gerade mit Guste erschien. »Na, mein Bengelchen, denn komm man! Wir werden schon für dich sorgen in Wiesenburg. Komm, mein Jungchen, komm!«

»Ja, Opa! Aber laß mich doch lieber beim Peter und beim Hennig sitzen. Das ist doch viel schöner!«

»Soooo? Ist es das? – Na – ja, ja, mein Bengelchen, hast ja ganz recht! Denn nimm ihn man zu dir, Hennig! Setz ihn mal rauf, Guste, und denn knöpf den Tambour gut zu. Er sitzt ja doch nicht still, der Archi, und verlieren wollen wir ihn doch nicht unterwegs.«

»Bleib mir man hübsch gesund, mein Jungchen«, sagte Fried. »Darf ich in den nächsten Tagen mal rüberkommen, Papa? Oder lieber nicht wegen der Ansteckung?«

»Unsinn, Fried! Natürlich kannst du kommen. Ich hab sowieso was mit dir zu besprechen. Paßt es dir übermorgen um fünf?«

»Sehr gut, Papachen! Ich werde pünktlich dasein. Die Guste möchte Gerda gern hierbehalten. Ei'ntlich müßte sie ja mit nach Wiesenburg, aber . . .«

»Laß sie man ruhig hier, Fried. Wir werden mit Archi schon fertig werden. Hanna wird schon für ihn sorgen. Zu kurz soll er nicht kommen.«

Archi fühlte sich unaussprechlich gehoben! Er sollte kutschieren! Hennig hatte ihm das Leinenende gegeben: »Is man gut, daß du da bist. Mich sind die Arm all ganz vertot. Ich kann die Lein gar nich mehr recht halten. Die Kreten, die gehn je heut mal wieder, daß dem Deiwel graut.«

Nun saß Archi, stramm wie ein Grenadier, auf dem Bock und wartete, vom schweren Ernst des großen Augenblicks durchdrungen, mit Spannung auf den Befehl zum Anfahren. Was der Opa wohl sagen würde? Fahr zu, Hennig, oder: Fahr zu, Archi? Da strahlten die Augen in dem ernsten Kindergesicht auf: »Fahr zu, Archi!« hatte die tiefe, ruhige Stimme des Wiesenburgers gesagt.

Fried fand in Wiesenburg seine Eltern, Hanna Lamberg und Archi noch am Kaffeetisch. Archi wollte seinem Vater entgegenlaufen, aber der rief ihm zu: »Bleib sitzen, Archi! Vorläufig dürfen wir uns keinen Kuß geben. Bleib man hübsch sitzen. Aber nu sag bloß! Du am Tisch mit den Großen? Nein, mein Jungchen, ich bin ja starr!«

»Oh, er ist schon verständig genug, der Archi. Er benimmt sich tadellos«, versicherte Mathilde. »Nimmst du Kaffee, Fried?«

»Dank dir sehr, Mamachen! Ich hab eben schon zu Hause getrunken. Wird Archi dir nicht zuviel werden, Mama?«

Mathilde lächelte. »Das müssen wir mal sehn! Nicht, Archi? Aber ich denke, die sechs Wochen werden uns schon nicht zu lang werden.«

Archi verstand die Omama nicht recht. Den Opa verstand er immer ganz leicht. Aber die Omama . . . bei der wußte man manchmal nicht so genau. Da trat Karl ein, und Archi war sofort entschlossen, mit diesem zu verschwinden. »Darf ich mit dem Karl mitgehn, Opa?« fragte er.

»Was willst du denn schon wieder beim Karl?«

»Er kann doch so'ne Gesichter schneiden, Opa! Hat er dir das noch gar nich vorgemacht? Karl, schneid doch mal Gesichter! Bitte, Karl, tu es doch! Der Opa will es doch auch mal so furchtbar gerne sehn!«

Karl sah sich unerwarteterweise in eine schwierige Lage verwickelt und versuchte, sich durch ein beschwichtigendes Grinsen aus der Affäre zu ziehen. »Laß man, Archi«, sagte er begütigend, »hier oben kann ich das je nich so, aber unten wirst schon sehn! Na . . . paß man auf!«

Allein Archi wollte dem Großvater doch gar zu gerne zu dem seltenen Genuß verhelfen. »Ja, aber der Opa will es doch so gerne sehn! Nich, Opa, du willst doch?«

Der nickte bedächtig. »Na ja, ja, Archi, natürlich! Aber was soll man machen, wenn der Karl es nu doch mal nich tut?«

Archi verfiel in Nachdenken, und dann hatte er eine glänzende Lösung des Problems gefunden. Strahlend sah er Hanna Lamberg an: »Denn komm du mit, Hanna! Du wirst schon sehn, wie graurig der Karl ist!«

Hanna Lamberg stand auf. »Na – ich bin ja furchtbar gespannt! Denn komm nur, Archi! Wir wollen schon immer vorgehn.«

»Lassen Sie sich den Jungen nicht übern Kopf wachsen, Fräulein Hanna«, warnte Fried lächelnd, aber Hanna Lamberg schüttelte den Kopf: »Oh, da bin ich schon auf der Hut, Herr von Barring. Wenn der Archi doch aber so ein artiger Junge ist, muß man ihn schon ein ganz klein bißchen verwöhnen. Wir haben ihn doch bloß die kurzen Wochen. – Denn komm also, Archi! Aber das sag ich dir gleich, wenn Karl zu schrecklich aussieht, denn lauf ich wieder weg! Denn hätt ich doch wohl zu große Angst.«

Sofort versuchte Archi, sie zu beruhigen: »Aber Hanna, es is doch bloß Spaß! Kein bißchen Angst brauchst du haben! Kein bißchen! Der Karl sieht doch bloß so graurig aus, aber tun tut er dir ganz bestimmt nichts! Nich, Karl?«

Dieser schmunzelte und machte ein rätselhaftes Gesicht, so daß in Archi doch gewisse Zweifel auftauchten. In hochgespannter Erwartung höchst aufregender Ereignisse verließ er mit Hanna Lamberg den Eßsaal.

Fried blickte seinem Jungen nach. »Sogar der Karl scheint den kleinen Racker zu verziehen«, sagte er, »der Jung wird wirklich noch übermütig werden.«

»Ach, Fried, manche Kinder lassen sich gar nicht verziehen, und zu diesen gehört wohl Archi«, meinte Mathilde. Der Wiesenburger nickte zerstreut. Es ging ihm gerade durch den Sinn, daß nicht nur der Peter, sondern auch Karl bei Archi mehr Erfolg hatte als er selbst. ›Mein Gott‹, dachte er, ›wenn man sich so albern benimmt wie der Karl . . . Man kann übrigens gar nicht wissen, ob dies Gesichterschneiden für den Jungen überhaupt gut ist. Mitunter hat der Karl wirklich 'ne unglaubliche Art!‹ Er stand auf: »Fried und ich haben allerhand zu besprechen, Thilde.«

»Laßt euch nicht stören, Archibald. Ich habe zu schreiben. Bleibst du zum Abendbrot, Fried?«

»Ich glaube kaum, Mamachen. Es kommt darauf an, wie lange Papa mich braucht.«

»Willst du nicht rauchen, Fried?« fragte Barring in seiner Schreibstube.

»Danke, Papa! Rauchst du nicht?«

»Dummerweise muß ich mich 'n bißchen in acht nehmen mit dem Rauchen. Ich schlaf nicht recht, wenn ich viel rauche. Ja . . .

was ich sagen wollte . . .«, sprach er dann bedächtig weiter, »also über deine Wirtschaft wollt ich mich mal gern mit dir aussprechen. Wir haben 'n paar miserable Jahre hinter uns. Sie haben mich 'n Batzen Geld gekostet! Ich fürchte, du wirst sie wohl noch mehr gespürt haben. Schließlich ist Eichberg ja noch nicht so eingewirtschaftet wie Wiesenburg, und seine Mucken hat es doch nu mal. Na, kurz und gut, du weißt doch, daß ich dir immer gern beispringen würde!«

Fried fühlte Unbehagen in sich aufsteigen. Er hatte ja auf diese Aussprache gewartet, sie manchmal sogar herbeigesehnt, aber jetzt, da es soweit war, bangte ihn doch vor der Enttäuschung, die er dem Vater bereiten mußte.

Er riß sich zusammen! Es half nun ja nichts, es hieß jetzt den Dingen ins Auge sehen und Farbe bekennen.

»Es steht nicht gut bei mir, Papa«, sagte er bedrückt, »leider sogar recht schlecht.«

Der Wiesenburger hob ein wenig die Hand: »Das wollen wir erst sehen, Fried«, erwiderte er ruhig. »Übrigens wird jede Lage schon dadurch weniger kritisch, daß man ihre Schwierigkeiten erkennt. Daß du in den sieben Jahren nicht zum Krösus geworden bist, kann ich mir schließlich denken. Du wirst natürlich wie jeder, der anfängt zu wirtschaften, Fehler gemacht haben. Dafür muß man bezahlen. Das ist nu mal nich anders, und wenn man in der Patsche sitzt, sieht man die Dinge leicht zu schwarz. Aber nu leg mal deine Karten auf den Tisch, Fried! Wie sieht es also bei dir aus?«

»Auf alle Fälle so, daß ich mich auf Vorwürfe von dir gefaßt machen muß«, erwiderte Fried.

Der Wiesenburger schüttelte leise den Kopf. »Vorwürfe bessern nichts, Fried. Wenn der Wagen nicht spurt, bekommt man ihn nicht dadurch ins rechte Geleise, daß man sich hinstellt und lamentiert.«

Fried wich dem Blick seines Vaters aus, während er sagte:

»Die sechzigtausend Mark, die du mir als Betriebskapital mitgabst, Papa, die sind leider verbraucht.«

»Hm . . .« In den Mienen des Wiesenburgers änderte sich nichts. »Na, 'n Teil davon steckt ja schließlich in Meliorationen. Etwas von dem Kapital wirst du ja auch zugebuttert haben, aber das ist noch kein Grund, die Lage für besonders kritisch zu halten.«

»Na ja, Papa, zum Teil steckt das Geld schon in Meliorationen, der Drainage und so«, erklärte Fried, zögerte, fuhr dann mit Anstrengung fort: »Aber leider hab ich nicht nur das Betriebskapital zugesetzt, sondern noch obendrein Schulden gemacht.«

»Schulden, Fried?« Der Wiesenburger hob ein wenig den Kopf. »Und wie hoch sind sie?«

Als heiße Welle strömte Fried das Blut vom Herzen zur Stirn. »Alles in allem achtzigtausend Mark, Papa.«

»Hm!« Der Wiesenburger stand auf und ging mit drei, vier langen Schritten zum Fenster, legte die Hände auf den Rücken und sah hinaus in den sinkenden Tag. Er wandte sich vom Fenster ab und begann dann langsam im Zimmer auf und ab zu gehen. Das Schweigen wurde bedrückend, es stand wie eine Drohung vor Fried. Die Überzeugung, das Vertrauen seines Vaters getäuscht zu haben, erfüllte ihn plötzlich mit Zorn und Bitterkeit gegen Gerda. Endlich brach Barring das lastende Schweigen:

»Was hat dich die Drainage gekostet?«

»Alles in allem dreißigtausend Mark, Papa.«

»Wenn man die abzieht und außerdem vierzigtausend Mark für die beiden Mißjahre, dann bleiben siebzigtausend Mark, also zehntausend Mark pro Jahr, um die du ärmer geworden bist. Die Rechnung stimmt aber nicht, denn die Ausgaben für die Drainage müßten durch die höheren Ernten wieder reingekommen sein und die beiden Mißjahre durch fünf normale Jahre 'n Ausgleich gefunden haben. Wenn man sich nichts vormachen will, dann hast du Jahr für Jahr mindestens vierzehntausend Mark zugesetzt, wenn man die zwei schlechten Jahre mit vierzigtausend Mark absetzt. Vierzehntausend Mark sind viel Geld, zuviel jedenfalls, um sie jedes Jahr draufzuzahlen.«

»Ich weiß, Papa! Viel zuviel ist es.«

»Und was gedenkst du zu tun?«

»Schluß machen mit dem ›Über-die-Verhältnisse-Leben‹, Papa, unter allen Umständen Schluß damit machen!«

Der Wiesenburger nickte. »Ganz leicht wird das vielleicht nicht sein, Fried. Du hast ja ei'ntlich mehr 'ne sparsame Ader. Ich fürchte aber, Gerda geht der Sinn für Zahlen und Einteilung ab?«

»Jedenfalls wird es ihr schwer, sich einzurichten, Papa. Das ist nicht zu leugnen.«

»Ich kann dir den Vorwurf nicht ersparen, daß du Gerdas ... na, sagen wir Großzügigkeit nicht von vornherein bestimmte Grenzen gesetzt hast, mein Junge.«

Fried stand auf, trat auf den Vater zu. »Papa, das hab ich mir schon selbst oft genug vorgeworfen«, sagte er gepreßt. »Ich hab auch immer wieder versucht, dieser Wirtschaft ein Ende zu machen. 'ne Weile hat es denn auch geholfen, wenn ich Ordnung und Sparsamkeit verlangt habe, aber eben nur für 'ne Weile. Dann riß der alte Schlendrian wieder ein. Man kann aber nicht ewig Szenen hervorrufen, Papa. Man wird schließlich ganz kaputt davon...«

»Halt, Fried! Szenen? Warum denn? Etwas Vernunft und Einsicht, aber doch keine Szenen! Was tust du denn schließlich weiter als deine Pflicht, wenn du auf Ordnung hältst? Von der Verantwortung, die du trägst, kann dich doch kein Mensch befreien. Es ist ein Unglück, wenn die Frau nicht zu wirtschaften versteht! Natürlich! Aber Sache des Mannes ist es dann, den Beutel erst recht zuzuhalten. Das ist nun mal so im Leben, und wer sich nicht danach richtet, der kommt untern Schlitten!«

Er trat auf Fried zu, legte ihm die Hand auf die Schulter: »Sieh mal, mein Junge, bei dir liegt es doch so, daß die Wirtschaft sich nicht bloß tragen, sondern auch genug übriglassen kann, um anständig leben zu können. Aber der Haushalt und euer Leben kosten zuviel. In der Beziehung muß also sparsamer gewirtschaftet werden, wenn ihr wieder in rangierte Verhältnisse kommen wollt, und das ist doch nötig. Man kann nicht einfach drauflosleben, ohne sich zu deklassieren. Du wirst Gerda das klarmachen müssen!«

Der Wiesenburger kam auf den Kern der Dinge zurück. »Es handelt sich hier weniger um den Kapitalverlust. Es handelt sich darum, daß du in Schulden geraten bist. Solange wir Barrings auf Wiesenburg sitzen, haben wir noch nie Schulden gehabt. Sie haben die gefährliche Eigenschaft, sich wie die Kaninchen zu vermehren, und wenn man erst mal drin sitzt in der Tinte, dann ist es sehr schwer, wieder rauszukommen.«

Frieds Augen bekamen etwas Starres, Gequältes. »Wenn die Frau zum Rechnen kein Talent hat«, sagte er bitter, »ist es höllisch schwer, ein Exempel aufzustellen, das aufgeht.«

»Natürlich, Fried! Das weiß ich wohl. Aber was sein muß, muß sein, und was man nicht kann, das kann man lernen! Auf alle Fälle ist es leichter, von seinem Mann Lehren anzunehmen als schließlich von der Not. Die ist 'ne rücksichtslose Lehrmeisterin! Bloß keine Politik des faulen Friedens! Die führt ins Elend. 'ne Frau, die 'ne zu leichte Hand im Ausgeben hat, kann den tüchtigsten

Mann ruinieren. Die berühmte ›große Schürze‹! Die Frau kann wirklich mehr vom Hof runterschleppen, als der Mann mit vier Pferden reinfahren kann. Gerda wird sich dran gewöhnen müssen, den Taler umzudrehen. Das ist nicht zuviel verlangt! Andre Frauen müssen das Dittchen umdrehen.«

»Nein, Papa, das ist es wirklich nicht, und außerdem ... es muß eben sein, und danach muß man sich richten.«

Der Wiesenburger blieb vor seinem Schreibtisch stehen, stützte sich mit der linken Hand auf die Lehne des Schreibtischsessels. »Ja, Fried, es muß sein! Es geht nicht darum, daß ihr zehntausend Mark weniger oder mehr im Jahr ausgebt, sondern es handelt sich um Wiesenburg, also um die Existenz unserer Familie und die Zukunft deiner Kinder!«

»Wenn es um Wiesenburg geht, denk ich genau wie du, Papa«, erwiderte Fried rasch und bestimmt.

»Das hab ich immer geglaubt, Fried, und glaub es auch heut noch. Dann wirst du ja wissen, daß es an der Zeit ist, Gerda zuzurufen: ›Hände weg von Wiesenburg!‹«

Die letzten Worte Barrings hatten in ihrer kategorischen Bestimmtheit so scharf, fast schroff geklungen, daß Fried betroffen aufsah. So absolut endgültig hatte er den Vater nur sehr selten sprechen hören. Hätte er noch irgendwelche Zweifel am Ernst der Lage gehabt, so wären sie jetzt restlos beseitigt. Er kannte den Vater! Es gab keine Verhandlungsbasis mehr, es gab nichts weiter als die Umkehr auf einem verhängnisvollen Weg.

Verwirrt suchte Fried nach einer Antwort: »Ich weiß, daß es so nicht weitergeht, Papa. Verlaß dich darauf, ich sehe meinen Weg! Es wird alles anders werden!«

»An deinem besten Willen zweifle ich nicht, Fried. Ich will dich auch nicht kränken. Das weißt du ja auch. Bloß die Augen will ich dir öffnen. Vergiß nicht, daß die Welt es als Schwäche auslegt, wenn man in seiner Rücksichtnahme auf die Frau zu weit geht. Aber wir wollen jetzt nicht weiter von all dem sprechen. Erst müssen wir mal 'n ganz klares Bild haben. Das können wir nur aus den Büchern bekommen. Der alte Schlüter muß mal deine Buchführung unter die Lupe nehmen, schlag ich dir vor. In vier, fünf Wochen, wenn die Kinder wieder ganz auf dem Damm sein werden, kann er mal auf acht Tage zu dir rüberkommen. Von hier aus läßt es sich nicht machen. Er muß Barbknecht und deinen Rechnungsführer zur Hand haben. Der Schlüter ist ja 'n bißchen pitzlich, aber was er ausrechnet, das stimmt dann wenigstens. Wie denkst du darüber? Ist dir mein Vorschlag recht? Ja? Gut! Und bist du auch damit einverstanden, wenn ich mir dann das ganze Zahlenmaterial geben lasse und mit Schlüter alles durchspreche?«

»Aber, Papa, ich bin dir nur von Herzen dankbar!«

»Gut, mein Junge! Dann sind wir einig!«

Er klingelte nach Karl. »Wenn Schlüter mir gesagt haben wird, was los ist, will ich mir alles durch 'n Kopf gehen lassen. Irgendwie werden wir die Geschichte dann schon in Ordnung bringen. Mit dem Gelde kommst du vorläufig wohl nicht in Schwierigkeiten? Du hast doch wohl noch 'ne ganze Menge zu dreschen?«

»O ja, Papa. Nein, Geld brauche ich jetzt nicht. Bis Anfang Februar hab ich wohl noch zu dreschen, und es schüttet gut in diesem Jahr.«

»Ja, das tut es.«

Karl trat ein, und Barring schwieg, hatte wohl auch nichts weiter zu sagen.

Behäbig und dienstbeflissen stand Karl an der Tür. Sein hellblauer Schoßrock mit den silbernen Wappenknöpfen stand über der blauweißgestreiften Weste, die den Bauch prall umspannte, weit offen, und die schwarzen, schlecht gebügelten Hosen fielen in Korkenzieherfalten auf die Füße hinab, die in ausgetretenen Gummizugstiefeln steckten. Er versuchte, undurchdringlich und reserviert, kurz, diplomatisch-diskret auszusehen. Als die Verkörperung respektvollen Wohlwollens stand er in legerer Haltung so da und wartete auf die Befehle seines Herrn.

»Wie ist es, Fried«, fragte der Wiesenburger, »bleibst du zu Tisch hier?«

»Vielen Dank, Papa, aber wenn du erlaubst, fahre ich nach Hause. Es kommt – glaub ich – Besuch aus Kallenberg.«

»Ah so! Na, denn fahr man, Fried. Wann soll der Willuhn vorfahren?«

»Gleich, wenn es dir recht ist.«

»Denn laß anspannen, Karl, und nach Tisch, so um halb neun, soll der Herr Rendant noch mal rüberkommen, verstehst du?«

Karl nahm eine etwas straffere Haltung ein. Aber er tat das nicht in der Art, wie beispielsweise der Soldat es tut, den sein Rittmeister anspricht, sondern mehr wie der Adjutant, den sein Kommandeur fragt, ob er bei ihm frühstücken wolle.

»Sehr wohl, gnäd'ger Herr!«

»Na, is gut! Denn geh man, Karl!«

Als Karl schon die Hand auf der Türklinke hatte, hielt der Wiesenburger ihn noch mal zurück.

»Ja ... übrigens, wo ist Archi?«

»Die Fräulein Lamberg hat ihm all im Bett gebracht, gnäd'ger Herr.«

»So? Und der Peter?«

Karl schmunzelte. »Der muß je beim Archi vorm Bett liegen. Von dem alten Tier hält der Jung doch gar zuviel! Befehlen der gnäd'ge Herr, daß ich ihm hol?«

»Wen?« fragte Barring leicht gereizt. »Mitunter hast du 'ne Art, dich auszudrücken, daß man dich wirklich kaum versteht.«

»Ich mein man, ob ich dem Peter wo holen sollt, gnäd'ger Herr.«

»Ach Unsinn! Warum denn?«

Aber da fiel ihm auch schon ein, daß Karl dies unwirsche ›Ach Unsinn!‹ nicht verdient hatte. Der wußte ja nun seit Jahren, daß er es gar nicht besonders gern sah, wenn der Hund auf seinem Platz am Kamin fehlte.

»Na ja, du hast mitunter solche Ideen, daß man nicht recht weiß ... Laß man den Peter. Nachher kannst du ihn ja rausholen, wenn der Jung eingeschlafen ist. Aber leise natürlich!«

»Sehr wohl, gnäd'ger Herr!«

»Papachen, bekommt der Jung auch nicht zu sehr seinen Willen hier?« fragte Fried. »Wie soll das nachher in Eichberg werden? Es wird ihm schwerfallen, dann wieder die zweite Geige zu spielen.«

Erstaunt sah der Wiesenburger zu Fried hinüber. »Die zweite Geige? Kinder haben 'n feines Gefühl dafür, ob sie zu ihrem vollen Recht kommen, Fried.«

»Ich geb es ihm auch wohl, Papa, aber sonst dreht sich alles um Malte. Er ist nun mal das Nesthäkchen.«

»Hm! Na ja ... wie das so ist. Aber ich weiß nicht recht, ob es gut ist.«

Fragend sah er auf Karl, der noch immer abwartend an der Tür stand.

»Na, Karl, was ist denn noch?«

»Verzeihen, gnäd'ger Herr, aber der Archi lauert all wieder, daß der gnäd'ge Herr kommen.«

Ein warmer Schein trat in des Wiesenburgers Augen. »So?« sagte er leichthin. »Übrigens mußt du das mit dem Grimassenschneiden nicht übertreiben, Karl. Was du dir ei'ntlich dabei denkst, weiß ich wirklich nicht, und ob so was für Kinder in dem Alter überhaupt gut ist, kann man gar nicht wissen.«

Karl erlaubte sich ein beruhigendes Grinsen: »Verzeihen gnäd'ger Herr, aber schaden kann ihm das je nun nich. Wenn er sich auch e bisje graun tut, aber belachen muß er sich denn doch wieder, daß er rein stickt. Da braucht einer sich keine Gedanken nich zu machen.«

»Hm! Na . . . ich weiß nicht so recht. Jedenfalls mach keine zu greulichen Gesichter.« Er schwieg, schien mit sich zu Rate zu gehen. »Na, is gut, Karl«, sagte er dann, »denn geh man!«

Karl verschwand, und der Wiesenburger schwieg nachdenklich. »Unglaublicher Kerl, dieser Karl«, murmelte er schließlich, »sich auf seine alten Tage noch so albern zu benehmen! Na, is schließlich seine Sache!«

Zwei-, dreimal ging er im Zimmer auf und ab. »Ach ja, richtig«, sagte er dann wie beiläufig, »der Archi muß ja einschlafen. Du gehst vielleicht zu Mamachen rüber, Fried. Ich geh fix noch mal zu ihm. Sonst schläft er nicht ein, der Racker, fürcht ich.« Er stand an der Tür, legte die Hand auf die Klinke. »'n komischer kleiner Kerl, der Archi«, sagte er im Hinausgehen, »na ja, wie Kinder so sind.«

Zweiundzwanzigstes Kapitel

Barbknecht hatte Milchbude unter Bedingungen übernommen, die ihn zufriedenstellten. Trotzdem war der inzwischen verwitweten Frau Liedtke noch so viel übriggeblieben, daß sie und die Kinder vor wirklichen Sorgen geschützt waren.

Vorläufig bewirtschaftete Surkau Milchbude. Er hatte einen seiner langjährigen Deputanten als Kämmerer hingesetzt, und bald kam ein frischer Zug in die verlotterte Wirtschaft. Handwerker hatten die Dächer ausgeflickt, die Insthäuser instand gesetzt, das Wohnhaus in Ordnung gebracht. Die Kartoffeln und Rüben waren kaum mittelmäßig im Ertrag, die Scheunen knapp halb voll. Aber die Wiesen hatten einen schönen ersten Schnitt und eine ausgezeichnete Grummeternte gegeben: Wundervoll war das Heu unter Dach gekommen, hatte eine frische, grüne Farbe und roch aromatisch und stark wie Tee.

»Auf den Boden gehören Pflugochsen, Albert«, hatte Surkau

erklärt. »Dir fehlen sechs Pferde. Kauf dafür man acht Ochsen. Mit dem Heu weißt du sowieso nich wohin. Die Ochsen bezahlen es dir am besten. Im Herbst pflügen sie, und nach 'm Zufrieren stellst du sie denn auf Mast. Zum Frühjahr müssen sie reif sein, und denn bringen sie so viel, daß du die Arbeit umsonst hast. So machst es alle Jahr. Sollst man sehn, das flutscht denn! So 'n Ochs bringt fett immer seine hundertsechzig bis hundertachzig Daler, und nich bloß die Arbeit hast umsonst, sondern den Mist auch noch. Und der Mist von so 'nem Stück Mastvieh is doch was ganz andres! Da kann einer reden, was er will, aber Mist und Mist, das is noch lang nich dasselbe! Weizen muß bei dir wachsen, daß du 'n Wagenrad gegenlehnen kannst. Gib man dem Boden, was er braucht, denn sollst man sehn, denn kannst bald nach Dalerstükken auf deinem Land graben.«

Barbknecht hatte nicht nur acht, sondern vierzehn Ochsen gekauft und den Kleedreesch, der zum Teil schon jahrelang lag, umgepflügt. Die Wiesen gaben Rauhfutter genug, und Milchbude war auf den Klee nicht angewiesen, wenn man vernünftig mit dem Wiesenheu umging.

Auch Schweine wurden angeschafft. Die sechs geringen Zuchtsauen, die Barbknecht übernommen hatte, hatte er gleich auf Mast gelegt.

So kam Leben in die Milchbuder Wirtschaft, die ihr Gesicht bald sehr veränderte.

An diesem weißen, stillen Sonntag, an dem der Geruch von frischgefallenem Schnee in der Luft lag, forderte Surkau nach der Kirche Barbknecht und Klärchen zu einem Gang durch die Ställe auf. Er tat das ziemlich unwirsch, war einsilbig und zugeknöpft. Auch Frau Surkau schloß sich in wohlwollender Behäbigkeit an, nachdem sie in der Küche ihre letzten Befehle gegeben hatte.

Vor einer wundervollen zweijährigen Grauschimmelstute, einer Formidabletochter, stand Surkau dann in düsterem Schweigen, und die begeisterten Worte Barbknechts, der die Stute nicht genug preisen konnte, schienen ihm keinen Eindruck zu machen. Frau Surkau sagte nichts, nickte dafür aber ab und zu gemessen, streifte das Brautpaar mit strengem Blick und starrte auch in unergründlichem Schweigen auf die Stute. Und dann konnte sie schließlich nicht mehr an sich halten. Sie hob den Arm, als wollte sie den Schimmel segnen, richtete sich hoheitsvoll auf, holte tief Luft und setzte zum Sprechen an. Jedoch ihr Mann fiel ihr ins

Wort, und da sie an solche Kühnheit nicht gewöhnt war, verschlug es ihr den Atem, und sie schwieg wirklich.

»Laß man, Mutter«, sagte Surkau, nahm die Mütze ab und kratzte sich den Kopf. Kein Zweifel! Er rang mit sich und wurde von widersprechenden Empfindungen heimgesucht. Nach vielem Hin und Her hatte er sich von seiner zielbewußten Lebensgefährtin endlich den Entschluß abringen lassen, die Stute dem Brautpaar zu schenken, aber jetzt, da er den Schimmel betrachtete, begann ihn seine großmütige Absicht zu reuen.

»Na ja, ich dacht ja, ich wollt euch die Stut nach Milchbude geben, aber sie is mir doch nich ausdrucksvoll genug in den Sprunggelenken, und in den Fesseln könnt sie auch bißchen schräger sein. Wenn ich euch 'ne Stut schenk, denn soll sie auch ohne Tadel sein. Na – denn wollen wir man gehen.«

»Ach, weißt du, Vater, die Sprunggelenke sind doch ei'ntlich breit und trocken und tief angesetzt, und die Fesseln? Nei, zu steil sind sie wirklich nicht!«

»Albert, daß du keinen guten Blick hast, will ich gar nich sagen, aber glaub mir man, meine Augen sehn doch mehr wie deine! Wollen mal abwarten. Mal wird schon 'n Stutfohlen fallen, das wirklich ohne Tadel is, und das kommt denn rüber zu euch.«

»Aber, Vater, du sagst doch immer, 'n Pferd ohne Tadel gibt es bloß auf der Leinwand in Öl oder für solche Leut, die 'n Pferd nich vom Esel unterscheiden können.«

»Stimmt, Klärchen, stimmt! Aber mitunter kann man ja doch nich wissen . . . Na, denn kommt man. Is Zeit, Mittag zu essen.«

Aber da vertrat Frau Surkau ihm, zum Kampf entschlossen, den Weg. Surkau kannte diesen Ausdruck in ihren Augen, die mit festem, ja drohendem Blick den seinen suchte, und gab seine Sache schon halb verloren.

»Surkau! Die Stut kommt nach Milchbude!« Mit stärkerer Überzeugungskraft hatte Galilei den römischen Inquisitoren sein berühmtes Wort: ›Und sie bewegt sich doch!‹ wahrscheinlich auch nicht zuschleudern können.

Surkau begriff: seine Lage war hoffnungslos. Er gab den Kampf auf. »Na, ich seh schon, es hilft alles nichts! Also, Kinder, die Stut . . .« Er sah auf den Schimmel, und sein Blick schien sich in das schöne Pferd förmlich einzubohren, dann gab er sich einen Ruck. »Dunnerschlag noch mal zu! Verstand liegt da ja nu weiß der Himmel nich mehr drin! Aber wenn es denn nu mal sein muß, also denn nehmt die Stut! Ich schenk sie euch, und wenn ihr

Hochzeit gehalten habt, schick ich sie euch rüber nach Milchbude.«

Klärchen fiel ihrem Vater um den Hals, Barbknecht war bewegt, Frau Surkau schwankte zwischen Ergriffenheit und dem Gefühl des Triumphs, und Surkau schwankte zwischen der Frage, ob er sich für den dümmsten oder den edelsten Kerl halten sollte, den die Sonne je beschienen. Da wandte Frau Surkau ihren Sinn wieder den realen Seiten des Daseins zu: »Na, denn woll'n wir jetzt man zu Mittag gehn«, entschied sie. »Sonst verkrischelt womöglich noch die Gans. Ich muß sowieso schon die ganze Zeit über an die Soße denken. Wenn sie man bloß nich was Scharfes bekommen hat!« Surkau nickte resigniert, warf noch einen wehmutsvollen Blick auf die Stute, wandte sich dann ab: »Na, das fehlt' auch noch gerad«, sagte er, zur Stalltür gehend, »wenn die Soße scharf schmeckt, denn is mit der ganzen Gans nich mehr viel los. Aber das merk dir man, Albert: Wer die Henne vom Hof gibt, die mal goldne Eier legen soll, der verdient von Rechts wegen... na... is gut! In Ehren wirst sie ja halten, die Stut!«

Die Ansteckungsgefahr in Eichberg bestand zwar nicht mehr, und Doktor Krüger konnte gegen Archis Rückkehr in sein Elternhaus im Grunde kaum noch etwas einwenden. Als aber der Wiesenburger so nebenbei die Bemerkung fallenließ: »Mir scheint, man sollte doch lieber 'n bißchen zu vorsichtig sein. Man kann schließlich nich recht wissen... was meinen Sie, Doktor? Wär's nicht vielleicht doch besser, Archi wenigstens noch bis zum neuen Jahr hier zu lassen?«, da hatte Doktor Krüger sofort begriffen. »Vorsicht ist auf alle Fälle besser als Nachsicht, Herr von Barring. Wenn Sie den Jungen noch 'n paar Wochen hierbehalten wollen, um so besser natürlich!«

»Hm!« hatte der Wiesenburger genickt. »Na, natürlich! Denn muß er noch hierbleiben, der Archi!« Und dann klingelte er nach Karl und ließ eine Flasche ganz alten Portwein kommen. »Ist 'ne gute Medizin, Doktor, besonders bei dem ekligen Wetter.«

So war Archi in Wiesenburg geblieben, und der Wiesenburger besprach nun oft und ausführlich mit Thilde, Hanna Lamberg und Karl, wie man dem Enkel das Weihnachtsfest verschönen könnte. »Wir können ihn ruhig 'n bißchen verwöhnen. Das ist nun mal das Vorrecht der Großeltern«, behauptete er.

Drei oder vier Tage vor Heiligabend saß Archi nach dem Kaffee auf Großvaters Schoß in der Schreibstube und hörte mit brennendem Interesse die Geschichte, die der Opa ihm – wie immer um diese Stunde – erzählte. Aber so schön wie in letzter Zeit hatte der Großvater noch nie erzählt! Sonst war von Schneewittchen und den sieben Zwergen, von Dornröschen oder dem alten gräßlichen Wolf die Rede, der die arme Großmutter mit Haut und Haaren auffraß. Das waren lauter wundervolle Geschichten, die man immer und immer wieder hören konnte. Aber das, was der Opa jetzt immer vom Weihnachtsmann erzählte, das war denn doch noch tausendmal schöner und so schrecklich aufregend!

So hingenommen war Archi von des Großvaters Erzählung, daß er gar nicht bemerkte, wie die Omama und Hanna leise eintraten und sich an den Sofatisch setzten. Peter lag zusammengerollt vor dem Kamin und schnarchte ein bißchen. Auf dem Schreibtisch und dem Sofatisch brannten die Lampen, und durch die Stille der Stube klang die ruhige Stimme des Großvaters.

»Tief, tief im Walde wohnt der Weihnachtsmann, und wenn die Sterne am Himmel stehen, dann nimmt er einen mächtigen Sack auf den Buckel und 'ne große Rute untern Arm und stapft durch den tiefen Schnee und kommt zu allen Häusern, wo Kinder sind. Und zu den artigen ist er sehr gut, denen bringt er Pfefferkuchen und Äpfel und Nüsse, aber die unartigen, die mag er nicht, und die bekommen was mit der Rute.«

»Furchtbar doll?« fragte Archi bedenklich.

»Das kommt darauf an. Die ganz unartigen, fürcht ich, ja, die ganz doll, aber die, die bloß 'n bißchen unartig sind, die natürlich lange nicht so doll.«

Archi atmete auf. »Kommt er auch zu mir, der Weihnachtsmann?« fragte er mit stockendem Atem zum hundertsten Male.

»Natürlich kommt er auch zu dir!«

»Wann kommt er?«

»Das kann man nicht wissen. Auf einmal ist er da! Meistens dann, wenn man ihn gar nicht erwartet hat.«

»Kommt er durchs Fenster?«

»Nein, Archi, durch die Tür.«

»Ganz bestimmt?«

»Ja, Archi, ganz bestimmt!«

»Weißt du, Opa, wenn er zu mir kommt, bleibe ich lieber auf 'm Schoß bei dir.«

»Ja, mein Bengelchen, aber du mußt doch dein Gedichtchen aufsagen, das du bei Hanna gelernt hast, und ich glaube, da wirst du wohl stehen müssen.«

Archi überlegte angestrengt. Das war eine verzwickte Lage! »Das kann ich aber auch im Sitzen aufsagen, Opa«, meinte er schließlich.

»Na, ich weiß nicht so recht. Ich denke aber fast, der Weihnachtsmann will wahrscheinlich doch lieber, daß du es im Stehen aufsagst.«

Archi wurde sehr nachdenklich. Da hob Peter plötzlich ein wenig den Kopf und knurrte leise, blaffte ein paarmal auf, und dann ... hörte man ... schwere Schritte ... vor der Tür, und es war, als trete jemand sich den Schnee von den Stiefeln, so schwer und dumpf stampfte es draußen. Archi wurde flammend rot, faßte nach der Hand des Großvaters, sah mit weit aufgerissenen, ganz dunkel glänzenden Augen nach der Tür. Und da tat sich diese auch schon auf, und ein uralter, riesiger Mann mit langem, weißem Bart und einer mächtigen Pelzmütze auf dem Kopf trat im langen, ganz verschneiten Pelz ins Zimmer. Auf dem Rücken schleppte er wahrhaftig einen furchtbar dicken Sack, und untern Arm hatte er richtig eine große Rute geklemmt.

Entgeistert starrte Archi auf die unheimliche Erscheinung. Seine kleine Hand faßte die des Großvaters fester. Aber dann ging schließlich alles viel besser ab, als er es für möglich gehalten. Der Augenblick allerdings war schrecklich, als der Weihnachtsmann sagte: »So, so! Du bist mich je nu also der Archi! Nu komm mich denn mal runter von dem Opa seinem Schoß und gib mich denn je man hübsch die Hand.«

»Geh, mein Bengelchen«, sagte der Großvater ruhig, und Archi machte es tiefen Eindruck, daß der Opa ganz genauso war wie immer und kein bißchen Angst zu haben schien ... kein bißchen! »Er tut dir nichts«, versicherte der Großvater, »kannst mir glauben! Geh, geh! Bist doch mein verständ'ges Jungchen.«

Archi riß den Blick vom Weihnachtsmann los und wandte ihn dem Großvater zu, und es war auch sehr beruhigend, daß gerade in diesem kritischen Augenblick Karl ins Zimmer trat, hinter dem Weihnachtsmann Posto faßte und Archi aufmunternd zuplinkte. Da faßte er sich denn ein Herz, warf noch einen letzten hilfeflehenden Blick auf den Großvater und ging mit ganz kurzen, etwas stolpernden Schritten auf den Weihnachtsmann zu. Und da lag auch schon seine kleine, heiße Hand in der mächtigen des Weihnachtsmannes, und mit zitternder Stimme und etwas stockend sagte er sein Gedichtchen auf, während Hanna Lamberg ihn nicht aus den Augen ließ und sofort einsprang, wenn er nicht recht weiterwußte. Und schließlich war's geschafft, und der Weihnachtsmann brummte zufrieden und sagte: »Du bist mich je wirklich 'n art'ger Jung! Bleib mich man hübsch so, bis ich nächstes Jahr wiederkommen tu. Und nu komm denn man bei und tu denn man mal in meinem Sack reinlangen.« Viermal durfte er reinfassen in diesen Sack, der so viele Wunder barg, und jedesmal zog er etwas Herrliches heraus: eine große Schachtel mit Schokolade, ein Riesenpfefferkuchenpaket, eine lange, dicke Wurst aus Marzipan und endlich eine richtige kleine Leberwurst. »Die is je nur für dem Peter«, entschied der Weihnachtsmann, »der muß auch sein Teil kriegen.« Und dann ermahnte er Archi nochmals, hübsch artig zu bleiben, und dann ging er endlich.

Immer noch stand Archi wie versteinert und blickte mit offenem Mäulchen in fassungslosem Staunen. Und dann schöpfte er ganz, ganz tief Atem, drehte sich langsam um und tat einen, zwei kurze, zögernde Schritte auf den Großvater zu. Als der sich dann aber auf seinem Stuhl etwas vorbeugte und die Arme weit öffnete, da wurden Archis Augen plötzlich ganz blank, und mit einem Seufzer der Erleichterung lief er zum Großvater. Der nahm ihn wieder auf den Schoß und strich ihm leise über das Haar. Aber er sagte nichts. Und weil er schwieg, erhielt das Erlebnis, das Archi eben bis ins Tiefste aufgewühlt hatte, eine noch viel stärkere Bedeutung.

Archi wäre sicher starr gewesen, wenn er geahnt hätte, daß der Weihnachtsmann aus der Schreibstube direkt ins Dienerzimmer ging, wo Karl und August ihm aus dem riesigen Schlittenpelz heraushalfen, und als dann der lange weiße Bart noch gefallen war, stand leibhaftig der Hennig da und wischte sich den Schweiß von der Stirn. Dann kam Mamsellchen Reuter und ließ sich berichten, und wie Hennig ihr alles erzählt hatte, sagte sie: »Na – denn is je allens soweit gut abgegangen, und dann werd ich man gehn und bißche Schweinevesper besorgen.« Mit diesem angenehmen Vorsatz ging sie zur Speisekammer hinüber. Zehn Minuten später saßen Hennig, Karl und August vor frischer Wurst, Schinken und Bauchspeck und tranken dazu Bier. Nicht etwa aus Gläsern! Nein, aus der Flasche ließen sie es in den Hals glucksen: »Wenn einer beikommen tut und gießt sich dem Bier erst viel aus die Buddel rein, hernach weiß einer überhaupt noch nich mit Bier umzugehn. Die beste Kraft geht je in die Luft beim Umgießen!«

Sie aßen in besinnlichem Schweigen, bis Karl endlich fragte: »Na, Hennig, wat simulierst all wedder?«

»De Jung, Koarl, de Jung! Loat di doch moal verlutboare, wie verstoah eck dat, dat de jung Gnäd'ge in eene Tour an dem Jung wat rumtotresseere heft?«

Nachdenklich stopfte sich Karl die Pfeife. »Joa, Hennig«, sagte er bedachtsam, »noa mine Pangschang is dat je nu so to verstoahne: Se meint je woll, de Jung is to dull in uns' Oart geschloage, goar to veel noa de Barrings und nich noa ehre Sippschaft, un dat kümmt se nu höllisch verquer, deucht mi.«

»Hm! Na, loat man, Koarl! Noa mine Absicht sin wi soweit je ganz god to Schick! In Wieseburg bruk wi Barrings un keine Eyffs nich!«

Das Weihnachtsfest war vorüber. In Eichberg hatten Emanuel, der seinen Urlaub hier zubrachte, und Angelika Eyff den Heiligen Abend mitgefeiert. Vor Jahresfrist hatte Gerda plötzlich Angelika – sozusagen – entdeckt, und seitdem war diese für Eichberg zur ständigen Gefahr geworden. Wochen-, ja monatelang trieb sie dort ihr Unwesen, genoß das Behagen des Hauses, delektierte sich an der guten Küche, redete Gerda zum Munde und fiel Fried auf die Nerven, der den Anbiederungsversuchen der alten Klatschtüte, die sich plötzlich als die zärtliche Verwandte aufspielte, eine Höflichkeit entgegensetzte, deren untadelige Vollendung ihn mit einem uneinnehmbaren Wall umgab.

Auch Emanuel hatte, wie die meisten Eyffs, eine Vorliebe für Familientratsch, der ihm die immer gern ergriffene Gelegenheit verschaffte, aus dem tiefen Born seiner Lebenserfahrung zu schöpfen, um freigebig nach allen Seiten hin abgeklärten und weisen Rat zu spenden. Es war eine Eyffsche Leidenschaft, alles zu ›besprechen‹. Es kam dabei zwar nie etwas heraus, aber trotzdem war es angenehm und wohltuend, in stundenlangen ›Besprechungen‹ die Unzulänglichkeit anderer festzustellen und dadurch den richtigen Maßstab für die eigenen Qualitäten zu gewinnen.

Bei diesen Unterhaltungen war Fried unerwünscht. Er störte sie auch fast nie durch seine Gegenwart. Ihm lagen diese ›Besprechungen‹, bei denen immer nur leeres Stroh gedroschen wurde, ganz und gar nicht, und er vermied es sorgfältig, seine Zeit damit zu vergeuden. Zudem hatte er andere Dinge im Kopf, die ihn so stark in Anspruch nahmen, daß sogar der Heilige Abend, an dem er Archi sehr vermißt hatte, ziemlich spurlos an ihm vorübergegangen war und schließlich nichts in ihm zurückließ als eine wenig erfreuliche Erinnerung. Gerda war wieder einmal über die kleine Amélie, an der sie immer etwas auszusetzen fand, hergezogen. Ali, von dem Glanz des Lichterbaums tief beeindruckt, hatte wenig Sinn für ihren Gabentisch gezeigt. Von Frieds Schoß hatte sie mit ihren etwas schwermütigen Augen in Selbstvergessenheit den strahlenden Baum angestarrt. Sie suchte den Vater, bei dem sie Liebe und Verstehen fand, während sie der Mutter auswich. Die kühle Art Gerdas, ihr beißender Spott schüchterten das Kind ein, das instinktiv fühlte, im Herzen der Mutter nur sehr wenig Raum zu haben. Gerda fand das ziemlich schweigsame Kind langweilig und behauptete, Ali sei ein Schaf und habe kein Temperament. Darin täuschte sie sich sehr! War Ali mit Fried allein in dessen Schreibstube, so konnte sie sehr gesprächig sein und recht aus dem Herzen heraus lachen; trat dann aber Gerda unvermutet ein, so verstummte das Kind, verkroch sich in sich selbst und vergaß das Lachen.

Gerdas ganzes Herz gehörte dem kleinen Malte. Alles, was sie an Liebe und Zärtlichkeit geben konnte, gab sie ihrem jüngsten Jungen. Für Archi und Ali blieb nicht viel übrig.

Dreiundzwanzigstes Kapitel

Hinter den schwarzgrünen Tannen stieß der von der aufgehenden Sonne noch purpurn flammende Horizont fast mit der weißen Schneedecke zusammen. Fried ließ in der Reitbahn die Laternen löschen. Er ritt eine fünfjährige Schimmelstute, die Formidabletochter Elfe, die schon wie auf dem Teller ging. Trotzdem nahm er die schöne Stute mächtig heran. Die Muskeln spielten auf dem edlen Hals, in Flocken flog der Schaum von der Kandarenstange. Die feinen Ohren waren lauschend gespitzt, und aufmerksam blickten die sanften Augen. Man sah es der Stute an, sie fühlte sich wohl, verrichtete die anstrengende Arbeit gern. Fried war zufrieden. Ein kapitales Pferd, goldtreu und zuverlässig! Er ließ die Zügel lang durch die Hand gleiten, steckte die Füße bequem durch die Bügel, klopfte Elfe den Hals. In seine Gedanken verloren, ließ er die Stute schlendern.

Den Silvesterabend hatte man, wie alljährlich, in Wiesenburg verlebt, wo nur noch Onkel Mathias Schlenther zu Gast gewesen war. Seit Jahren pflegte er zum Heiligen Abend zu kommen und bis zum 2. Januar zu bleiben, und Papa genoß seine Gesellschaft immer sehr. Aber diesmal war Papa ganz besonders aufgeräumt gewesen. Ein Brief Gisas hatte ihm nicht nur ihre Glückwünsche zum Jahreswechsel gebracht, sondern auch die frohe Nachricht, daß sie im Herbst für längere Zeit nach Deutschland kommen würde. »Harold plant eine Geschäftsreise nach Indien«, schrieb Gisa. »Wenn Du mich so lange brauchen kannst, lieber Onkel Archibald, dann komme ich für sechs Wochen zu Euch. Ich sehne mich danach, wieder einmal in Wiesenburg über die Wiesen und Stoppeln zu reiten.« – »Sie kann den Bayard reiten, die Gisa«, hatte Papa gesagt. »Du hast ihn mir brillant in die Hand geritten, Fried, und er ist wundervoll im Temperament: ein richtiger Formidable!« Aber davon konnte keine Rede sein! Den Wallach durfte Papa nicht hergeben. Seit er ihn ritt, saß er noch mal so gern im Sattel, freute sich immer wieder über den Schimmel. Und die Elfe war das geborene Pferd für Gisa. Auf einem besseren konnte sie auch über Englands grüne Wiesen nicht galoppiert sein. Er selbst würde sich auf dem Racker beritten machen, der seinen Namen übrigens zu Recht führte. Der Vierjährige war wirklich ein Racker und zuweilen sogar noch etwas mehr! Er hatte seinen Kopf für sich, zeigte die Neigung zum Steigen und hatte eine verdammt dickfellige und laurige Art zu springen. Aber er sollte schon klein beigeben! Fried sah auf die Uhr. Schon nach neun! Höchste Zeit, durch die Wirtschaft zu fahren. Er pfiff einem Stalljungen, saß ab, lüftete die Gurte, befahl dem Jungen, die Stute noch zwanzig Minuten in der Bahn trockenzuführen, und ging zum Kutschstall hinüber, wo er den kleinen einspännigen Strohschlitten anspannen ließ.

Die scharfe Arbeit auf Elfe hatte ihn erfrischt. Er war jetzt zuweilen müde oder wenigstens niedergedrückt. Ein moralischer Druck lag auf ihm, seitdem der alte Schlüter aus den Büchern nachgewiesen, daß er nicht nur in der Wirtschaft Fehler gemacht, sondern durch eine an Leichtfertigkeit grenzende Nachgiebigkeit Gerdas Neigung, das Geld zu verquasen, schließlich noch Vorschub geleistet hatte. Hätte Papa ihm nun ernste Vorwürfe gemacht, er würde wirklich eingesehen haben, sie redlich zu verdienen. Aber nicht ein einziges hartes Wort hatte Papa gefunden, und durch diese Schonung fühlte sich Fried beschämt. Anklagen und Vorwürfe hätten ihn weniger schwer treffen können als des Vaters Güte, die er, das wußte er sehr genau, nicht verdiente. Für alles hatte der Wiesenburger eine Erklärung gesucht und mit ihr auch schon die Entschuldigung gefunden. »Natürlich, Fried«, hatte er gesagt, »besonders erfreulich liegen die Dinge bei dir schließlich nicht. Aber sie lassen sich ja alle leicht ändern, und dann kommt die Geschichte schon wieder in Ordnung. Man muß nicht immer Katastrophen sehen, weißt du. Für uns Männer darf es die ei'ntlich überhaupt nicht geben.« Und dann hatte er geraten, von den fünfundzwanzig Mutterstuten die Hälfte abzuschaffen und dafür mehr Kühe einzustellen. Damit war er auf sein Lieblingsthema gekommen, in das er sich gerne verlor: auf züchterische Fragen. »Bei dir, Fried, kommt eine Stute auf achtundsiebzig Morgen Acker- und Wiesenland. Bei mir tragen zweihundertsechsundachtzig Morgen das Risiko einer Mutterstute. Das ist, glaub ich, das gesündere Verhältnis.«

Aber noch in mancher anderen Beziehung mußte die Wirtschaft geändert werden. Die Weiden litten unter dem einseitigen Besatz mit Pferden. Mehr Ochsen gehörten herauf! Der zweijährige Klee war überflüssig bei dem guten Wiesenverhältnis.

Noch mehr Fehler blieben abzustellen. Der Wald war zwar tadellos in Ordnung, aber die Kulturen wurden zu teuer. Zwei Jäger konnte Eichberg kaum tragen, und zwei Kutscher und zwei Diener ebensowenig.

Fried nahm sich vor, nächstens mit Gerda zu sprechen. Die Aussprache mußte doch einmal sein und ließ sich nicht gut länger hinausschieben.

Fried hatte längst sein Schlafzimmer für sich und wußte nicht, wann Gerda zu Bett ging. Aber es wurde wohl immer spät. Jedenfalls stand sie vor zehn Uhr fast nie auf. So sah er sie meistens erst zu Mittag, wenn er aus der Wirtschaft kam. Und das war auch ganz gut, weil sie am Vormittag selten in rosiger Laune war.

Fried holte die Büchsflinte aus dem Gewehrschrank, und bald darauf fuhr er in scharfem Trabe den Augustenhöfer Weg hinunter.

Plötzlich hob er den Kopf und sah scharf nach dem Walde hin: ein Schuß war dort eben gefallen. Das war doch 'n Kugelschuß! Was, zum Teufel, hatte der Mai jetzt mit der Kugel zu schießen? Auf 'n Fuchs im Holz mit der Kugel? Unsinn! Er konnte doch höchstens auf 'ne Ricke Dampf gemacht haben. Aber das war doch auch nicht gut möglich, da er Ricken ja nur auf ganz bestimmte Anweisung von ihm schießen durfte. Er bog vom Wege ab und fuhr querbeet in Richtung des Schusses. Nach zehn Minuten sah er den Jäger Mai das Gestell herunterkommen, und gleich darauf hielt er vor dem Mann an. »Worauf hast du denn geschossen?«

»Auf 'ne Ricke, gnäd'ger Herr. Sie liegt keine hundert Schritt weit.«

»Was plagt dich, ohne meine Erlaubnis 'ne Ricke runterzuknallen?«

»Verzeihen gnäd'ger Herr, aber die gnäd'ge Frau hat mich befohlen, eine in die Küch' zu liefern. Die gnäd'ge Frau wollt es dem gnäd'gen Herrn sagen.«

Das Blut stieg Fried zu Kopf. »So? Die gnäd'ge Frau hat wohl vergessen, es mir zu sagen. Aber in Zukunft kommst du zu mir und fragst mich, bevor du den Finger krumm machst, wenn dir deine Stellung lieb ist! Merk dir das! Jetzt komm auf den Schlitten und zeig mir, wo die Ricke liegt.«

Achtzig oder neunzig Schritte weiter lag die Ricke mit einem Halsschuß.

»Warum hast du ihr denn die Kugel auf'n Hals gegeben?«

»Ich hatt bloß den Hals frei, gnäd'ger Herr.«

»Dann hättest du nicht schießen dürfen. So unsichere Schüsse riskiert man nicht. Lad mir die Ricke auf'n Schlitten!«

Er fuhr weiter, und der Jäger sah ihm mit einem bösen Blick nach, zuckte die Achseln und ging seiner Wege.

Fried war innerlich tief aufgebracht. Nun verführte ihm Gerda auch noch die Leute zum Ungehorsam! Das alles ging nicht so weiter! Das Maß ist voll! Das mußte alles anders werden.

Vierundzwanzigstes Kapitel

Es kam dann doch wieder nicht zu der Aussprache mit Gerda, die bei Tisch heiter und gesprächig war. Zum Kaffee fanden sich Herr und Frau von Hartwig ein, und die waren kaum weggfahren, da bimmelte wieder ein Schlitten vorm Haus.

Einige Tage später beim Kaffee überraschte Gerda Fried durch die Eröffnung, sie wolle nun doch zu den Jagden nach Waldstein, Logrimmen und Friedrichsthal mitkommen. »Ich fühle mich ja ei'ntlich ganz wohl und kann ganz gut noch was mitmachen. Ich hab ihnen auch schon geschrieben. Tante Angelika fühlt sich ja leider so angegriffen, daß ihr die Ruhe hier nur guttun wird. Nicht wahr, Tante Angelika?«

Die nickte mit süß-saurer Miene.

Fried ging gleich auf Gerdas Absicht ein. »Das ist ja sehr nett, Gerda! Hoffentlich behalten wir schön Wetter.«

»Es sieht so aus, Fried! Übrigens las ich heute zufällig in der ›Sportwelt‹ deine Anzeige. Du willst deine Mutterstuten verkaufen? Warum denn?«

Überrascht sah Fried auf. Seit wann interessierte sich Gerda für solche Fragen? Pferde waren ihr doch sonst ›die langweiligsten Geschöpfe unter der Sonne‹. Er beschloß, die Gelegenheit, die längst beabsichtigte Aussprache endlich herbeizuführen, diesmal nicht wieder vorüberzulassen.

»Nur einen Teil der Stuten will ich abgeben, Gerda, weil ich mehr Kühe einstelle. Man kommt weiter dabei. Übrigens möchte ich gerne mal mit dir über dies und jenes sprechen. Hast du etwas Zeit? Dann könnten wir in meine Stube gehen.«

Gerda setzte sich an den Kamin, Fried steckte sich eine Zigarre an, setzte sich in den zweiten Sessel und warf ein paar Holzscheite auf die verglimmende Glut: Gerda liebte es, wenn das Feuer hell brannte.

»Ich dachte immer, du hängst so an den Stuten, Fried. Ich verstehe gar nicht, warum du dich plötzlich von ihnen trennen willst?«

»Ich will mich auch nicht von ihnen trennen, Gerda, aber ich muß es leider tun.«

»Du mußt? Warum denn?«

»Weil so viele Stuten 'n Luxus sind, den ich mir nicht länger leisten kann. Wir haben in Eichberg 'ne Menge Geld zugesetzt, Gerda.«

Sie blickte ihn zweifelnd an. »Wir? Entschuldige, Fried, doch höchstens du!«

Mit einer Bewegung der rechten Hand strich er seinen Backenbart zur Seite, ein sicheres Anzeichen aufsteigender Nervosität. »Natürlich ist es meine Schuld, Gerda, aber mitgeholfen hast du schon auch an den Verlusten. Das wirst du doch wohl zugeben?«

»Absolut nicht! Das ist ein Vorwurf, den ich erst hinnehmen muß, wenn seine Berechtigung mir bewiesen ist.«

»Das kann ich dir leicht beweisen, Gerda.«

Er holte vom Schreibtisch die Aufzeichnungen Schlüters. »Wenn du das mal durchstudieren willst, dann wirst du sehen, daß ich nicht mehr gesagt habe, als ich verantworten kann.«

Widerstrebend nahm sie den engbeschriebenen Aktenbogen,

warf einen Blick darauf, verzog das hübsche Gesicht: »O Gott, Fried! Zahlen, nichts als Zahlen! Entsetzlich! Da find ich mich nicht durch! Das Rechnen hat mir nie gelegen.« Sie lachte sorglos: »Die Eyffs haben ihre Exempel mit dem Schwert aufgestellt und nicht mit dem Rechenstift.« Bittend sah sie ihn an: »Kannst du mir das nicht ersparen?«

Achselzuckend nahm er ihr den Bogen aus der Hand, legte ihn auf den Tisch, schob die Aschenschale darauf. »Du wolltest Beweise«, sagte er sachlich, »da hättest du sie gefunden. Na, wie du willst! Wenn es dir zu langweilig ist, es schwarz auf weiß zu lesen, kann ich dir ja auch sagen, daß wir jedes Jahr rund vierzehntausend Mark zugesetzt haben. Weißt du, was das bedeutet? Das bedeutet, daß wir jeden einzigen Tag, den wir in Eichberg verlebt haben, fast um vierzig Mark ärmer geworden sind.«

»Um vierzig Mark ärmer? Na hör mal, Fried, das ist doch wohl nicht dein Ernst? Wie solltest du das wohl angestellt haben?«

Nun sagte er ihr bis ins kleinste, wie die Dinge lagen, und schenkte ihr nichts. Sie folgte aufmerksam seinen Worten. Ihre Züge blieben unbewegt. Ob Frieds Eröffnungen ihr besonderen Eindruck machten, war nicht zu erkennen. Ihre Augen blickten kühl und verrieten weder Unwillen noch Zustimmung. Ab und zu unterbrach sie ihn durch eine Zwischenfrage, die sie immer so zu formulieren wußte, daß schon die Art der Fragestellung stärkere oder schwächere Zweifel an der Stichhaltigkeit oder Folgerichtigkeit seiner Mitteilungen ausdrückte.

Fried hatte sich fest vorgenommen, sich keinesfalls aus der Ruhe bringen zu lassen. Er kannte Gerdas Taktik! Sie verfolgte für gewöhnlich ganz planmäßig und überlegt das Ziel, durch Ironie, Unsachlichkeit und souveräne Mißachtung jeglicher Logik seine Geduld so lange zu mißhandeln, bis seine Nerven versagten und er schließlich heftig wurde.

Fried sah, daß Gerda vom Hundertsten ins Tausendste kam, sich aber am Kern der Dinge vorbeizudrücken suchte. So beschloß er, der Auseinandersetzung dadurch ein Ende zu machen, daß er kurz die reorganisierenden Maßnahmen feststellte, die er als unerläßlich erkannt hatte.

»Wir wollen jetzt nicht untersuchen, wieviel oder wiewenig Schuld du an dem Verlust hast, Gerda. Es liegt mir wirklich fern, hier den Ankläger zu spielen oder gar als Richter aufzutreten. Solche Rolle liegt mir doch gar nicht. Für mich handelt es sich bloß darum, daß die Verlustwirtschaft unbedingt aufhören muß!

Wenn das geschehen soll, dann muß ich rund siebzehntausend Mark mehr aus der Wirtschaft herausholen. Wie ich das machen werde, ist meine Sache. Dich möchte ich nur bitten, mir dabei zu helfen, soweit es dich angeht. Willst du das, Gerda?«

Erstaunt sah sie ihn an. »Aber selbstverständlich, Fried! Sage mir bitte, was ich tun kann.«

Er war sofort bereit, ihren guten Willen anzuerkennen. »Das freut mich, Gerda! Also dann möcht ich dich bitten, erst mal den Hühnerhof ganz bedeutend zu verkleinern. Er kostet zuviel Futter. Wär dir das recht?«

»Natürlich, Fried! Der Verkauf hört dann eben auf.«

»Der ist ja auch gar nicht nötig. Wenn das Federvieh die Eier und das Geflügel für die Wirtschaft bringt, dann hat es ja seinen Zweck erfüllt.«

»Na, schön! Und weiter?«

»Den Schweinestall werd ich dir abnehmen müssen. Ich will mehr auf Schweine gehen. Sie kosten heute gutes Geld.«

»Als sie billig waren, war ich gut genug, Fried! Jetzt, wo die Preise sich bessern, werd ich kaltgestellt. Na, jedenfalls freu ich mich, dir statt der einen kümmerlichen Sau, die ich übernahm, sieben schöne Sauen übergeben zu können.«

›Hol der Deiwel die sieben Sauen!‹ dachte Fried. »Sie haben mich 'ne Stange Geld gekostet, und nicht einen roten Pfennig hab ich wiedergesehen!‹ Aber er nickte ihr freundlich zu: »Sollst auch nicht zu kurz kommen, Gerda. Ich will dir gern 'n bißchen mehr Nadelgeld geben, und mit den Schlachtschweinen hast du dann keine Scherereien weiter.«

»Fried, Fried«, drohte sie lächelnd, »in der einen Hand die Peitsche, in der anderen das Zuckerbrot ... Ich erkenn dich ja gar nicht wieder!«

Ihr Versuch, eine Angelegenheit, die ihn mit so ernster Sorge erfüllte, auf die leichte Schulter zu nehmen, verletzte ihn tief. »Unsinn, Gerda! Unsere Lage ist so, daß sie sehr ernst genommen werden muß. Lavieren oder Vogel-Strauß-Politik verträgt sie nicht mehr. Klarheit verlangt sie und den festen Willen, sie zu ändern. Den wirst du auch für deine Gartengeschichten finden müssen. Park und Obstgarten haben ein Geld gefressen, das geht einfach ins Aschgraue!«

Gerdas Geduld drohte zu reißen. Sollte ihr denn alles genommen werden? Sogar die Freude am Garten?

»Ich will dir mal was sagen, Fried! Meinen guten Willen, dir zu helfen, hab ich dir bewiesen. Nun nimm mir aber nicht alles. Man muß schließlich nicht das Kind mit dem Bade ausschütten!«

Zwischen Frieds Augenbrauen grub sich über der Nasenwurzel eine Falte in die Stirn. »Die Absicht hab ich auch gar nicht. Ich will dir deinen Spaß am Garten nicht rauben. Aber der Gärtner muß in Zukunft mit seinen beiden Gartenjungs auskommen. Die Leute sind für die Wirtschaft da und nicht für den Garten! Und diese entsetzlichen Kerls, diese sogenannten Gartenkünstler, die will ich hier nicht mehr sehen! Sie sind mir denn doch etwas zu teuer geworden! Du wirst schon so freundlich sein müssen, dich so einzurichten. Ich kann dir leider nicht helfen.«

Ihr fiel ein, was Angelika ihr gesagt hatte. Alle Männer ließen sich leiten, hatte sie behauptet; nur dürften sie nicht die Absicht merken.

»Herrjes, Fried, denn mußt du es eben einrichten, wie du willst! Vielleicht hast du ja auch ganz recht. Die Wirtschaft geht ja schließlich vor. Also ich werde tun, was ich kann, um mir deine Zufriedenheit zu verdienen.«

Fried überhörte ihre Ironie. »Das wäre für alle Teile das beste, Gerda. Und bei deiner Einsicht wird es dir ja auch nicht schwerfallen, das Spazierenfahren etwas einzuschränken. Den zweiten Kutscher will ich abschaffen und auch ein paar Pferde. Zwei Diener sind auch zuviel! Einer muß weg! Das geht auch sehr gut. Unsere Geselligkeit muß sowieso bedeutend kleiner werden . . .«

»Kurz und gut, wir müssen unser Haupt mit Asche bestreuen und Buße tun und auf alles verzichten, was einem hier über die Langeweile etwas hinweghalf«, fiel sie ihm mit gereiztem Auflachen ins Wort. »Ach, Fried, mir scheint, dieser alte, pitzliche Schlüter hat dir den Kopf recht heiß gemacht. Aber nimm diesen halbsenilen Greis doch nicht allzu ernst!«

Fried wollte auffahren. Er beherrschte sich jedoch und sagte ruhigen, freilich unnachgiebigen Tones: »Sei überzeugt, Gerda, ich tue nur, was unbedingt nötig ist! Du siehst jetzt klar, und das ist gut! Wenn wir am gleichen Strang ziehen, wird sich mit der Zeit alles wieder einrenken lassen.«

Sie stand auf. »Gehorsam ist des Weibes Pflicht auf Erden«, sagte sie, demütig die Augen niederschlagend.

»Nanu, Gerda, man ist es ja gar nicht von dir gewohnt, daß du klassisch wirst«, lachte Fried. »Aber ich denke, wir versuchen es lieber mit dem Zusammenhalten. Schiller ist schon zu lange tot. Seine Theorien sind vielleicht doch etwas überholt.« Er zog sie an sich. »Kann es zwischen uns nicht wieder werden, wie es früher mal war?«

Verwundert sah sie ihn an. »Wie früher? Aber es ist doch so, Fried! Übrigens, weißt du, warum du mir nicht schon vor fünf oder sechs Jahren gesagt hast, daß du zuviel Geld zusetzt, versteh ich offen gestanden nicht recht. Manchmal hast du dunkle Andeutungen fallenlassen, aber mir wirklich die Augen geöffnet, nein, Fried, das hast du nie ernstlich getan! Ich kann mir nicht helfen, aber ich glaube, es wäre besser gewesen, du hättest mich früher orientiert, statt mir plötzlich Vorwürfe zu machen, die ich nicht verdiene.«

»Natürlich hast du recht«, sagte er in resignierter Bitterkeit. »Gegen deine Auffassung läßt sich nicht viel sagen. Daß ich aus Rücksicht für dich schwieg, beweist nur, daß ich mich abhängiger von dir machte, als ich verantworten kann.«

»Ja aber, Fried, darf denn die Rücksicht des Mannes so weit gehen, daß sie zur Bequemlichkeit wird oder schließlich sogar zur Katastrophenpolitik?«

»Du hast ganz recht, Gerda, absolut recht hast du! Du wirst dich künftig auch nicht mehr darüber zu beklagen haben, daß ich dir gegenüber die Rücksicht zu weit treibe.«

»Na, um so besser, Fried, dann ist man wenigstens vor unangenehmen Überraschungen sicher. Würdest du mir wohl morgen vormittag einen Wagen geben? Es kann ja 'n Einspänner sein. Ich muß zur Schneiderin. Weißt du, wegen Waldstein und Logrimmen. Ich hab überhaupt nichts mehr anzuziehen.«

»Was soll denn das?« Unwillig sah Fried sie an. »Bisher hast du mich ja nie um den Wagen gebeten, sondern du hast ihn dir einfach bestellt! Das tu bitte auch in Zukunft. Wenn ich mal mit Willuhn unterwegs bin, wirst du es ja merken. Wir müssen uns eben gegenseitig einrichten.«

Fünfundzwanzigstes Kapitel

Am 14. Mai 1885, vormittags gegen elf Uhr, wurde Gerda von einem gesunden Mädchen entbunden, das Pfarrer Reder sechs Wochen später auf den Namen Marianne Gisela Elisabeth taufte. Dies Ereignis bot der kleinen Fink und Frau Surkau, die an einem sonnig-heiteren Junisonntag bei dem ›propren Klärchen‹ in Milchbude zum Kaffee waren, allerhand Gesprächsstoff.

In der Wohnstube ließ sich Frau Surkau die vierte Tasse Kaffee eingießen:

»Jaja, Klärchen, gib mir man noch eine. Ich weiß nicht, aber Kaffee trink ich nu mal für mein Leben gern.«

Das ›propre Klärchen‹ holte aus der Küche frische, noch warme Waffeln. »Erbarm dich, Klärchen! Ich kann ja nich mehr! Himmlischer Vater, wo soll das alles hin! Aber schön sind sie ja. So recht locker!« Sie liebkoste die verführerisch duftenden Waffeln mit Blicken. »Sehn sie nich schön aus, Frau Fink?«

»Herrlich, Frau Surkau!«

»Na sehn Sie, denn essen Sie man! Wenn's man schmeckt! Das is die Hauptsach. Denn bekommt es einem auch. Eine werd ich zur Gesellschaft auch noch essen. Nu sagen Sie bloß, wieder 'ne kleine Marjell in Eichberg! Nei, nei, wo die junge Frau von Barring doch durchaus und durchum 'n Jungen haben wollt! Mit den Mädchen hat sie doch nu mal nich viel im Sinn, wie man so hört. Wie is sie denn, die kleine Marjell? Haben Sie sie schon gesehen?«

»Dick und niedlich is sie. Herr von Barring ist auch sehr erfreut. Ihm ist auch 'n Mädchen recht!«

»Das hab ich mir gedacht, Frau Fink«, warf das ›propre Klärchen‹ ein. »Er ist doch überhaupt ganz anders wie sie. Nei, nei, mitunter denk ich . . .«

»Na ja, ja«, fiel Frau Surkau der Tochter ins Wort, »wie man so denkt . . . Schad is es ja auch, daß es kein Jung geworden ist. Aber mein Mann meint je, das wär alles nich so schlimm, und wir vom Land freuen uns ja auch schließlich über jedes Ferkelchen, was geboren wird, meint er man. Es is ja auch wirklich wahr. Sie soll seit der Entbindung nich so richtig auf 'm Damm sein, die junge Gnädige?«

»So richtig auf Posten ist sie noch nich wieder. Herr von Barring hat meinem Mann erzählt, der Doktor Krüger hätt ja gemeint, es wären bloß die Nerven. Soweit wär sie sonst ganz gesund.«

»Nehmen Sie noch 'ne Waffel, Frau Fink! Sie sind ja so leicht! Nehmen Sie man! Eine werd ich auch noch essen. Das Sprechen macht hungrig. Ja, was wollt ich denn man noch schnell sagen? Ach ja, richtig, die Nerven! Schlimm, wenn einer damit zu tun hat! Das weiß ich am besten. Ach Gott, wenn ich so zurückdenk! Der Fritz war gerad fuffzehn, und nichts wie Faxen und Touren hat er im Kopf gehabt. Und die Kälber standen nich, und die Witterung paßte nich. Auf'm Feld verkam alles, und mein Mann ging rum mit'm Gesicht, daß man jeden Augenblick denken konnt, jetzt bricht es aus bei ihm. Erbarmen Sie sich, was hab ich bloß durchgemacht!«

Mit achtungsvoller Teilnahme sah Frau Fink auf die Schwergeprüfte, die noch in der Erinnerung unter dem Kreuz zusammenzubrechen schien, das sie einst hatte tragen müssen. Stille Wehmut auf den abgeklärten Zügen, aß die Märtyrerin längst vergangener Zeiten eine Waffel nach der anderen und ließ sich noch eine Tasse Kaffee eingießen.

»Allmächtiger! Wie haben Sie das bloß alles ertragen, Frau Surkau?«

»Das weiß ich noch heut nich, Frau Fink! Aber nu lassen Sie sich man weitererzählen! Wo willst du hin, Klärchen?«

»Ich bin gleich wieder zurück, Mutter. Ich will bloß mal schnell sehn, ob die Karline die Kuh auch gut ausgemolken hat, die vor drei Tagen gekalbt hat.«

»Das is die Hauptsach, Klärchen! Gerad in den ersten Tagen werden sie so leicht vermolken. Auf die Marjellens is überhaupt kein Verlaß mehr. Denn geh man, geh! Ja, was ich sagen wollt ... ach ja! Also ich konnt überhaupt kein Auge mehr zutun, und eine Nacht träumt ich ja denn von klarem Wasser. So klar wie Glas, sag ich Ihnen! Ich und mein Mann standen davor, und Fische schwammen drin rum. Ich seh sie heut noch vor mir: armlang, und wie Gold und Silber funkelten sie. Und denn meint je mein Mann: ›Na, wenn du grad Lust hast, denn kannst dich ja man gleich bißche abbaden.‹ Ich zieh mich denn ja auch richtig hinterm Busch aus und sag zum Surkau: ›Dreh dich mal bißche um, bis ich aufkreisch‹, und denn kreisch ich auch schon und spring rein. Und indem wach ich auf! Und was soll ich Ihnen sagen! Da is doch ein Wetter draußen, daß einer denkt, nu is alles aus! 'n Gewitter, wie ich es noch nie belebt hatt und auch nich noch mal belebt hab! Und auf einmal 'n Schlag, daß mein Mann im Bett hochfährt und Augen macht, daß ich rein Angst krieg. Und indem fängt auch all de Feuerglock' an zu gehn, und was meinen Sie wohl, Frau Fink, hat der Blitz noch in unsern alten Stall eingeschlagen? Bis auf'n Grund brannt er runter? Ach Gottchen, nei, nei, wenn ich so denk, mir wird heute noch ganz elend.«

»Wie furchtbar!« sagte Frau Fink erschüttert.

»Auf eine Art ja! Aber nu sollt es ja erst richtig losgehn. Also was soll ich Ihnen sagen ... den nächsten Tag kommt 'ne Depesch, und denken Sie bloß an, die Tante Malchen war gestorben. Wissen Sie, Surkaus Vaterschwester, die verwitwete Hübner. Vom Ap'theker Hübner in Gumbinnen, Sie wissen ja.«

»Erbarmung, Frau Surkau, immer ein Schlag auf'n andern! Nei, nei, was haben Sie bloß durchmachen müssen!«

»Ich konnt auch bald nich mehr, aber ich hatt meinen Glauben und sagt mir immer, was Gott tut, das ist wohlgetan, und damit hielt ich mich aufrecht.«

»Na ja, Frau Surkau, das is ja auch wahr! Aber dazu gehört auch was, sich in all dem Unglück das immer wieder zu sagen.«

»Ja, Frau Fink, Kraft gehört je dazu, das muß ich ja selbst sagen. Nich, daß ich mir womöglich was drauf einbild! Daß ich mir auf so was nichts einbild, das weiß ja auch ein jeder! Wie käm ich auch dazu? Unser Herrgott hat uns alle erschaffen nach seinem Willen, und wenn er in seiner Güte und Barmherzigkeit dem einen Kraft und Stärke verlieh und den anderen schwach und kleinmütig erschuf, denn hat er auch gewußt, warum und wieso, und wir müssen ihm in Demut danken. Na, kurz und gut . . . was soll ich Ihnen sagen, das war am 29. Juni, und am 3. Juli – in meinem Leben vergeß ich den Tag nich, und wenn ich hundert Jahr alt werd! – da kommt 'n Hagel, 'n Hagel, sag ich Ihnen, wie die Hühnereier!! Auch nich ein Halm blieb stehen, nich einer! Ach Gottchen, ach Gottchen, wie sah es bloß aus, nei, nei, nei, wie sah es bloß aus!«

Ergriffen sah die kleine Fink auf Frau Surkau, die, von all dem fürchterlichen Erleben wie gebrochen, vor sich hinstarrte, bis sie schließlich wieder die Kraft fand, weiterzusprechen:

»Wenn unser Herrgott mir nicht die Natur dazu gegeben hätt, denn hätt ich das ja auch alles nich überstehen können. Aber in seiner Güte und Barmherzigkeit hatte er alles aufs beste gefügt. Sehn Sie, der Stall! Er war schon gestützt, und aufs Jahr sollt er sowieso abgebrochen werden. Nu war er gut versichert und wurde ja denn auch nich schlecht bezahlt. Und die selige Tante Malchen . . . wissen Sie, Schlechtes will ich ihr nich nachsagen, aber wollt ich sagen, daß 'n leichtes Auskommen mit ihr gewesen wär, denn müßt ich lügen. Und wie sie denn ja die Augen zumacht', da dacht man je denn: Is ja schlimm, wenn einer für immer weggeht, aber sterben müssen wir ja alle mal. Nu hatt sie kein Kind, kein Rind, und 'n Testament hatte sie auch nich gemacht. So überschlau, wie sie immer tat, aber die Hauptsach vergaß sie doch immer. Kurz und gut, mein Mann bekam alles, und wissen

Sie, so 'n Ap'theker dreht sich mit den Jahren schließlich und endlich doch was zusammen. Na, und der Hagel kam auch nich zu unpaß. Die Ernte war in dem Jahr so hundsschlecht, daß sich das Abernten nicht gelohnt hätt, und nu bekam mein Mann von der Versicherung 'n hübsches Stück Geld bar auf'n Tisch. Jaja, daß das alles so zusammentreffen mußte, das war wie 'n Wunder, und da spürte man so richtig Gottes Hand. Meinen Glauben kann mir auch keiner nehmen, Frau Fink! Und wenn ich jetzt mal von klarem Wasser träum und ich seh auch noch Fische, denn bin ich rein wie aufgelebt, und ich sag bloß so viel, wir schwachen Menschen wissen von gar nichts, und wer auf Gott vertraut, hat wohl gebaut!«

»Aber das grenzt ja rein ans Wunderbare, was Sie mir da alles erzählen!«

»Es grenzt nich bloß, es is, Frau Fink, es is! Manch einer lacht übers klare Wasser und sogar über die Fisch, aber ich weiß, was ich weiß, und das wird mir auch keiner nehmen! Aber hören Sie, Frau Fink, vor paar Tagen war der Eichberger Herr hier, wissen Sie, er kommt mir so anders vor. Früher, mein Himmel, was war er bloß immer lustig! Aber jetzt kommt er mir so recht ernst vor. Ich muß mich immer fragen: Was schad' ihm bloß? Mit ihr muß ja doch wohl kein leichtes Hausen sein?«

»Ja, sehn Sie, Frau Surkau, vier Kinder in fünf Jahren, das is ja auch bißchen zuviel. Ich bin ja oft in Eichberg. Zu mir ist sie ja immer sehr nett, die junge Frau von Barring. Das kann ich wirklich nicht anders sagen!«

»Sagen Sie an, Frau Fink! Na ja, wenn sie will, kann sie ja auch so recht freundlich sein. Aber daß sie so sehr beliebt wär in der Gegend, das is doch nu mal nich. Was so gesprochen wird, da soll der Herr von Barring ja nu aufs Sparen halten, und das is ja auch bloß gut, aber passen soll es ihr doch ganz und gar nich.«

»'n bißchen leichte Hand mag sie ja wohl haben.«

»Auch mit den Kindern soll sie die haben. Der Archi und die Ali sollen immer recht still und duschackig sein, wenn die Mutter dabei ist, wie man so hört. Sehn Sie, Frau Fink, ein jeder weiß, daß ich mich um das, was mich nichts angeht, nich kümmer. Aber zu Ihnen kann ich es ja sagen: die Kinder tun mir leid. In dem Alter lassen sie sich leicht biegen, zum Guten, aber auch zum Schlechten.«

Während die kleine Frau Fink erschüttert den Worten Frau Surkaus lauschte, die, in wohlwollender Behäbigkeit und beneidenswertem Gleichgewicht mit dieser und jener Welt, neben ihr auf dem Sofa, in düstere Erinnerungen verloren, eine Waffel nach der anderen aß, während sie das Martyrium ihrer ersten Ehejahre mit dramatischer Wucht und packender Lebendigkeit schilderte, gingen Mathilde und Fried in Wiesenburg durch den abendlichen Park.

Der Friede des sich neigenden Tages lag über dem Park. Im Schein der sinkenden Sonne sangen die Vögel, der Hauch eines sanften Windes spielte in den Kronen der alten Bäume, und der süße, schwere Duft blühender Rosen erfüllte die Luft.

Mathilde wies auf die Bank am Ufer des Teiches im Schatten einer alten Blutbuche. »Wir wollen uns einen Augenblick setzen, Fried. Der Abend ist so schön. Es wäre schade, schon hineinzugehen.«

Peter, der Spaniel, der auf seine alten Tage immer mehr zum Hypochonder wurde, legte sich dicht neben Fried auf den Weg, dessen Kies so angenehm kühlte. Er versuchte, wach zu bleiben, aber seine Augen wurden kleiner und kleiner; bald fielen sie ihm zu, und leises Schnarchen verriet, daß der alte Hund jenseits aller Plage und Mühe angelangt war.

»Was macht Papa, Mama? Geht's ihm gut?«

»Er gibt es natürlich nicht zu, aber so frisch wie noch vor einem Jahr ist er nicht mehr. Er macht sich allerlei Gedanken.«

»Worüber?«

»Über die Zukunft! Der Gedanke an sie beschäftigt ihn fortwährend und läßt ihn gar nicht los.«

Fried schwieg. Die Mutter bestätigte ihm nur, was er selbst seit langem schon gefühlt hatte. Seit der Aussprache, damals im Winter, war der Vater stiller geworden, Gerda gegenüber noch zurückhaltender. In seiner Haltung lag nichts Unfreundliches, aber etwas Abwartendes, wodurch das Trennende zwischen ihm und Gerda noch tiefer wurde.

Seit langem hatte Fried die Absicht, mit seiner Mutter über all dies zu sprechen, allein es war bis heute bei dem Vorsatz geblieben. Jetzt aber wollte er die Gelegenheit nützen, die sich ihm bot.

»Du hast wohl leider recht, Mama, fürchte ich. Ich habe auch den Eindruck, daß Papa sich Sorgen macht, und das Bewußtsein, daß ich die Veranlassung dazu gab, lastet natürlich auf mir.«

»So mußt du die Dinge nicht ansehen, Fried. Papa weiß doch, daß er sich auf dich verlassen kann. Du darfst dir nicht Dinge einreden, die nur in deiner Einbildung existieren.«

»Das tu ich auch nicht, Mama; aber wir wollen doch mal ganz offen sprechen. Ich hatte längst die Absicht. Es kam dann immer nicht dazu. Es ist aber notwendig, daß wir mal über all das reden. Du weißt doch, ich hatte im Winter eine lange Aussprache mit Papa. Er wird dich ja orientiert haben?«

»Wenigstens sagte er mir damals, es ginge bei dir in Eichberg nicht alles ganz nach Wunsch. Der oder die Fehler wären aber zu reparieren. Deine Einnahmen stünden vorläufig noch nicht im ganz richtigen Verhältnis zu den Ausgaben. Du, für deine Person, wärst sparsam und hättest eingesehen, daß manches anders werden müßte. So würde die Geschichte schon wieder in Ordnung kommen.«

»Näheres hat Papa dir nicht gesagt?«

»Nein.«

»Dann erlaube mir, das nachzuholen, Mama. Bitte, laß dir mal alles genau auseinandersetzen.«

Er verschwieg Mathilde nun nichts. Daß er achtzigtausend Mark Schulden nur durch die Aufnahme einer Landschaftshypothek hätte tilgen können, nun aber neuntausend Mark mehr an Zinsen im Jahr aufbringen müßte, sagte er ihr, suchte ihr klarzumachen, wieviel ungünstiger die wirtschaftlichen Voraussetzungen für Eichberg sich infolge der absinkenden Preise gestaltet hätten. In kurzer Zeit sei der Scheffelpreis für Getreide von vierundsechzig Silbergroschen auf einundvierzig gefallen, und man müsse mit einem weiteren Absinken der Preise rechnen, die auch für Vieh wesentlich schlechter geworden wären. Durch das Absacken der Preise sei ihm auch insofern ein Strich durch die Rechnung gemacht, als seine Hoffnungen, Rücklagen machen zu können, um den Verlust allmählich wieder einzubringen, zuschanden geworden wären. Wie die Verhältnisse augenblicklich lägen, so sei – zunächst wenigstens – an Zurücklegen nicht zu denken. Er müsse froh sein, seinen Verpflichtungen pünktlich nachkommen zu können.

Ohne ihn durch Zwischenfragen zu unterbrechen, hatte Mathilde aufmerksam zugehört. Das, was sie erfuhr, erschreckte sie. Achtzigtausend Mark Schulden! Eine Riesensumme für die sparsame Mathilde. Jedoch mehr als über die Schuldenlast erschrak sie über all die Sorgen, in die sie Fried verstrickt sah. Er litt mehr darunter, als er zugeben mochte. Sie wußte, daß er sich in dem Gedanken, seinem Vater Unruhe zu bereiten, schwere Vorwürfe machte. Aber sie wußte auch, daß nicht er Schuld an der Entwicklung der Dinge trug, sondern daß diese bei Gerda lag, mochte Fried sie auch mit keiner Silbe belasten und die ganze Verantwortung auf sich nehmen. Gegen diesen Standpunkt aber sträubte sich ihr Gerechtigkeitsgefühl.

»Wenn wir über all das sprechen, Fried, dann müssen wir es auch ganz tun. Halbe Aussprachen klären nicht, sondern verwirren und entstellen nur zu leicht. Achtzigtausend Mark sind natürlich sehr viel Geld, und daß mich die Summe erschreckt, kann ich nicht leugnen. Daß du an der Entwicklung der Dinge aber die Hauptschuld tragen solltest, das kann ich nicht zugeben. Die Verantwortung für eine Lage, die hauptsächlich ohne dein Dazutun entstanden ist, kann dich auch nur zum Teil treffen.«

»Aber Mamachen! Für das, was in Eichberg geschieht oder nicht geschieht, habe ich doch einzustehen. Daran ist doch nun mal nicht zu rütteln.«

»Selbstverständlich, Fried! Der Mann muß für alles einstehen. Die Frau muß ihm aber helfen, mit den Verhältnissen fertig zu werden, statt sie ihm zu erschweren. Ich suche ja nur nach einer Erklärung für Gerdas Handlungsweise. Nichts liegt mir ferner, als anzuklagen! Sieh mal, Fried, Gerda ist hier in Verhältnisse hineingekommen, die man im Vergleich zu denen in Laugallen fast als großartig bezeichnen kann. Der Gedanke, nun plötzlich aus dem vollen wirtschaften zu können, mußte ja etwas Befreiendes und Verführerisches für sie haben. Mein Gott – wer sollte das nicht verstehen! Wie Gerda nun einmal ist, so verlor sie eben den richtigen Maßstab. Das ist begreiflich. Nun hat sie aber gesehen, wohin das führt, und wird sich in Zukunft schon in acht nehmen. Du siehst, Fried, ich will nichts als eine Erklärung finden. Nur dagegen muß ich mich wehren, daß du die ganze Verantwortung tragen sollst. Das wäre unbillig und würde die Dinge in eine falsche Beleuchtung rücken.«

»Ich fürchte, Mama, wir treffen nicht den Kern der Sache. Es handelt sich hier, wie mir scheint, weniger um den pekuniären Verlust als um die Tatsache, daß ich in gewisser Beziehung versagt habe und infolgedessen Papas Vertrauen zu mir einen Stoß erlitten haben muß...«

»Fried! Wie sehr verkennst du Papa! Glaubst du denn, er übersieht die Verhältnisse nicht bis ins kleinste? Glaubst du denn wirklich, deine nachgebende Haltung Gerda gegenüber könnte ihn auch nur einen Augenblick an dir irre werden lassen? Fried, das kannst du im Ernst nicht glauben! Müßte Papa an seinem Vertrauen zu dir irre werden, er würde furchtbar darunter leiden. Nein, Fried! Er sieht die Dinge so, wie sie sind, und er weiß am besten, daß alles seine Zeit braucht.«

Fried antwortete nicht gleich. Erst nach einem nachdenklichen Schweigen sagte er:

»Weil ich genauso fühle wie du, Mama, darum verstehe ich dich so gut. Aber, siehst du, weil ich Papa gegenüber die gleichen Empfindungen habe, die du hast, deshalb ist das Bewußtsein, ihn enttäuscht zu haben, doppelt schwer für mich.«

»Aber Fried, was anderen zur Enttäuschung wird, die sie ärmer macht, das wird Papa zur Erfahrung, die ihn reicher macht. Daß Papa mit deiner Wahl nicht ganz einverstanden war, weißt du ja. Aus verschiedenen Gründen nahm er Gerda nicht mit offenen Armen auf, aber er nahm sie auf, und damit war er bereit, sie auch in sein Herz aufzunehmen. Doch seine Bereitwilligkeit wurde von Gerda – das muß ich nun leider sagen – nicht verstanden oder beachtet, und so blieb Papa ja nichts weiter übrig, als sich abwartend zu verhalten. Andere hätten nun vielleicht sich um Gerda besonders bemüht. Das tut Papa nicht. Er kapituliert nie aus Bequemlichkeit vor den Tatsachen, und er gab den Vorbehalt gegenüber Gerda nicht auf. Aber ebensowenig schloß er sein Urteil ab und sagte: Gewogen und zu leicht befunden. Im Gegenteil! Was die Gegenwart ihm versagte, das erhofft er jetzt von der Zukunft.«

Fried schien mit sich zu Rate zu gehen. Schließlich sagte er zögernd:

»Die Kinder brauchen mich, Mama, sie brauchen mich unbedingt . . .«

»Aber sie haben dich doch, Fried, haben dich ganz und gar . . .«

»Natürlich haben sie mich, Mama«, murmelte er, »aber sie müssen mich auch behalten.«

Verständnislos sah Mathilde ihn an.

»Na Gott, ja, ich meine bloß so . . . schließlich . . . es kommt doch vor, daß 'ne Ehe getrennt wird . . .«

»Gewiß, Fried! Durch den Tod. Das verhüte Gott der Herr in Gnaden!«

»Nicht bloß durch den Tod, Mama. Daß Ehen geschieden werden, ist heutzutage keine Seltenheit mehr.«

Bestürzt blickte Mathilde ihn an: »Um Gottes willen, Fried, hast du je daran gedacht?«

»Man denkt wohl mal an alles, Mama, wenn die Lage, in der man ist, Stoff zu Konflikten gibt.«

»Natürlich, Fried. Aber wenn du darüber nachgedacht hast, wirst du auch zur Klarheit gekommen sein. Unter Umständen kann für eine kinderlose Ehe der einzige Ausweg aus einem Zustand, der zum Ruin beider Teile führen müßte, wollte man ihn aufrechterhalten, in der Scheidung liegen. Aber eine Scheidung ist unmöglich, wenn Kinder da sind. Man hat unter Umständen die Pflicht, sich den Kindern zu opfern. Auf keinen Fall hat man das Recht, die Kinder in den schwersten Zwiespalt zu stürzen. Sieh, Fried, das ist meine Überzeugung, und daß ich jemals von ihr abgehen könnte, glaub ich kaum.«

»Mamachen, nimm es nicht ernster, als es nötig ist. Es war doch nur so ein Gedanke, den ich aussprach. Wir wollen nicht mehr darüber sprechen. Im Grunde denken wir ja ganz gleich in dieser Beziehung.«

Mit einem Lächeln, hinter dem sich Tränen verbargen, nickte Mathilde ihm zu. Ihr Herz erbebte vor der Ungewißheit, in der sie die Zukunft ihres Kindes sah.

Drittes Buch
Ein Fehler des Schicksals

Sechsundzwanzigstes Kapitel

Der Sommer 1886, in dem der Himmel schon Anfang Mai seine Schleusen geöffnet hatte, um bis tief in den Juli hinein Ströme von Regen herniederrauschen zu lassen, in deren Fluten jede Hoffnung, die ganze Welt unterzugehen schienen – dieser trostlose Sommer, dem der erste Schnitt Heu und ein Teil der Ernte zum Opfer fielen, hatte auf dem schweren, undurchlässigen Eichberger Lehm mit seinem tonigen Untergrund besonders verhängnisvolle Folgen. Die Ernte hatte so schwer gelitten, daß sie kaum die Hälfte des normalen Ertrages bringen konnte.

Fried saß in seinem Schreibzimmer und sah die Post durch.

Unter den sieben oder acht Briefen, die auf dem Schreibtisch lagen, fand sich auch einer von Emanuel. Mit einigem Mißtrauen legte ihn Fried beiseite, und erst nachdem er die Geschäftsbriefe gelesen, öffnete er ihn. Während er sich in den Inhalt der vier Seiten vertiefte, zogen sich seine Brauen unwillig zusammen. Natürlich wieder die alte Geschichte! Vor zwei Jahren hatte der beim Spiel schwer angeschossene Emanuel die Hilfe Frieds erbeten, die ihm dieser denn auch gewährt hatte. Emanuel versicherte damals, spätestens in vier Monaten das Geld – es handelte sich immerhin um sechstausend Mark – auf Heller und Pfennig zurückzuzahlen. Die Einhaltung des nahen Termins würde ihm – so hatte er behauptet – nicht die geringsten Schwierigkeiten machen, da er selbst an mehrere seiner Freunde Forderungen hätte, die zusammen annähernd den gleichen Betrag ausmachten, um den er augenblicklich in Verlegenheit sei. So gehe Fried kein Risiko ein, und er – Emanuel – brauche sich kein Gewissen daraus zu machen, in diesem Fall die Gefälligkeit des Schwagers in Anspruch zu nehmen.

Allein – es war dann doch anders gekommen. Emanuels Schuldner hatten ihn im Stich gelassen, und so wartete Fried noch immer auf sein Geld, was ihm um so weniger paßte, als er in der Wirtschaft sehr fühlbare Verluste erlitten hatte.

Ärgerlich warf Fried den Brief Emanuels auf den Schreibtisch. Abgesehen davon, daß ihm das Geld ernstlich fehlte, hatte er für Unzuverlässigkeit in Geldsachen nicht das geringste Verständnis. Sein Versprechen hatte man zu halten! In Geldangelegenheiten war das aber ganz besonders nötig!

An der Tür kratzte Feldhahn, und Fried ließ ihn ins Zimmer. Der alte Hund sah seinen Herrn voller Hingebung an und legte sich neben seinem Stuhl auf den Teppich, während Fried seine Aufmerksamkeit wieder den Postsachen zuwandte. Doch da kraspelte es schon wieder an der Tür, Archi und Ali erschienen im Schreibzimmer. Die Schatten auf Frieds Zügen wichen einem freundlichen Lächeln, und die Verärgerung über Emanuels Unzuverlässigkeit war vergessen.

»Nanu! Wer kommt mich denn da besuchen? Na – das freut mich aber wirklich! Aber was ist denn los, Kinderchen? Ihr macht ja Gesichter, als wär euch der ganze Weizen verhagelt!«

»Der Malte reitet schon wieder auf'm ›Karl‹, Vati«, klagte Archi, »und der ›Karl‹ is doch mein Pferd! Der Opa hat ihn mir doch geschenkt.«

Fried sah sich vor einer schwierigen Lage. Natürlich hatte Archi recht! Zu seinem fünften Geburtstag hatte der Großvater ihn mit dem Pferdchen überrascht, und nun war es genauso gekommen, wie zu befürchten gewesen: das Pony war zum Zankapfel zwischen Archi und Malte geworden, weil Gerda ihrem Malte, den sie affenartig verzog, die gleichen Rechte an dem kleinen Braunen zusprach, wie sie Archi zustanden.

Beruhigend strich Fried seinem Jungen über den Kopf, streichelte Ali die heißen Bäckchen, stand auf: »Kommt, Kinder! Wir wollen mal rausgehen. Das müssen wir in Ordnung kriegen! Jeder soll zu seinem Recht kommen.«

Draußen übte Malte seine Reitkünste unter der Aufsicht Frieda Schneiders, die seit einigen Monaten kein allzu strenges, aber doch ein festes Regiment über die Kinder führte.

Ohne viel Federlesens hob Fried den empörten Malte aus dem Sattel und setzte Archi hinein: »So, mein Jungchen, nu reit! Malte hat heute genug geritten. Und du, mein Bengelchen, heulst mir jetzt nicht! Der ›Karl‹ gehört dem Archi, und wenn du mal gern reiten willst, mußt du Archi schön darum bitten. Dann wird er dich schon ab und zu reiten lassen.«

»Die Mutti sagt aber, ich darf immer reiten. Ja, das hat die Mutti gesagt!« trotzte Malte schuchzend.

»Wenn der Archi es dir nämlich erlaubt, Malte. Also, Fräulein Frieda, nun wollen wir mal dafür sorgen, daß die Zankerei aufhört«, wies Fried Fräulein Schneider an, »und wenn der Malte immer mehr reiten will, als ihm zukommt, darf er überhaupt nicht mehr reiten!«

Damit trat er ins Haus zurück, und etwas ratlos sah Frieda Schneider ihm nach.

Eine halbe Stunde später fuhr Fried mit Axel Koßwitz und Malte Eyff vom Hof herunter, und gleich darauf stürzte der kleine Malte heulend zu seiner Mutter.

Sie stand auf, um die Sache in ihrem Sinne in Ordnung zu bringen. Den heulenden Malte an der Hand, ging sie durch das Haus zum Hof hinüber.

Halb trotzig, halb zaghaft saß Archi auf dem Pony, während seine Mutter ihn mit jenem Ausdruck betrachtete, den er fürchtete und verabscheute, weil er nicht wußte, was hinter diesem kalten, spöttischen Lächeln lauerte. Sie sah ihn an und sprach dabei doch über ihn weg zu Fräulein Schneider, als sei er gar nicht da.

»Warum lassen Sie es ei'ntlich immer so weit kommen, Fräulein Schneider? Die Kinder machen bei Ihnen, was sie wollen. Das geht so nicht länger! Sie verstehen offenbar nicht, sich Respekt zu verschaffen. Sie haben für Frieden zu sorgen! Sie wissen, daß ich mich nicht aufregen soll. Dann sorgen Sie dafür, daß Ruhe ist!«

Das Mädchen stand da wie mit Blut übergossen. Es hatte ja nicht den geringsten Zweck, sich gegen die ungerechten Vorwürfe zu wehren. Jeder Versuch, dies zu tun, würde als Opposition aufgefaßt werden und die Lage nur noch verschlimmern.

»Die Zankerei hört mir endlich auf, Archi!« sagte Gerda sehr scharf. »Sonst wird das Pony wieder abgeschafft. Diese ewige Heulerei ist nicht mehr auszuhalten! Ich sehe es schon kommen, du mußt mal wieder für 'n paar Stunden in die dunkle Kammer, damit du dir überlegen kannst, wie man mit seinem kleinen Bruder umzugehen hat.« Damit drehte sie sich um und ging ins Haus zurück.

Fassungslos sahen Archi und Ali ihr nach. Malte fühlte sich als Sieger: »Ätsch, Archi! Siehst du! Nu mußt du mich immer reiten lassen, oder der ›Karl‹ kommt weg.«

Archi schien den Hohn nicht zu hören. Immer noch starrte er ratlos, bestürzt zur Haustür, die längst hinter der Mutter zugefallen war. Das, was ihm den Inbegriff allen Glücks bedeutete, sollte ihm genommen werden ... und dann ... die dunkle Kammer. Bei dem Gedanken an sie erbebte das Kind. Dort eingesperrt zu werden, bedeutete eine Marter, vor der er zitterte. Er und Ali kannten diese entsetzliche dunkle Kammer, in der man stehen oder auf der Erde sitzen mußte, wo man nicht die Hand vor Augen sah, wo man fror und sich ängstigte ... so furchtbar ängstigte ... kein Ende schien die Zeit zu nehmen. Das Herz schlug bis zum Halse, man fürchtete sich entsetzlich vor dem schwarzen Mann, der auch darin sein sollte, wie die Mutti immer sagte, und verlor fast jede Hoffnung, je wieder aus dieser entsetzlichen dunklen Kammer erlöst zu werden ... Warum nur die Mutti immer so ... so böse mit ihm war? Warum bekamen er und Ali so oft Prügel und Malte nie, auch wenn er so gräßlich ungezogen war?

Mit erloschenen Augen, in denen trostloses Nichtbegreifen war, sah er immer noch zu der Tür, durch die Gerda ins Haus getreten war. Endlich riß er den Blick von ihr los, wandte ihn Malte zu, der ihn mit triumphierender Schadenfreude ansah. Plötzlich schlug ihm das Blut in die Wangen. In seinen graublauen Augen flammte der Jähzorn auf. Mit einem Satz war er von dem Pony herunter, um sich auf Malte zu stürzen. Doch Frieda Schneider hatte die Katastrophe kommen sehen, faßte mit festem Griff schnell seinen Arm: »Archi! Was tust du! Willst du, daß der ›Karl‹ gleich wegkommt?«

Da kam er zu sich. Er schien wie aus einem bösen Traum langsam zu erwachen. Der Zorn in seinen Augen erlosch. Ihr Ausdruck wurde stumpf und leer. Nichts blieb darin als Not und Hoffnungslosigkeit. Unter den unfaßbaren Widersprüchen des Daseins schien er zusammenzubrechen. In seine Augen traten Tränen. Er fand sich nicht mehr zurecht in der Welt ... »Denn ... laß den Malte ... man wieder reiten, Frieda«, murmelte er mit brechender Stimme.

An einem Fenster von Frieds Schreibstube stand Gerda hinter der Gardine und sah halb amüsiert, halb spöttisch auf die Szene.

In seinem Privatkontor, einem etwas dunklen Zimmerchen, saß Wilhelm Schröter mit seinem Vater, dem ›Baurat‹, in ernstem Gespräch. Das, worüber die beiden sich berieten, nahm ihre ungeteilte Aufmerksamkeit in Anspruch.

Der Baurat, in die Ecke des kleinen schwarzen Ledersofas gelehnt, rauchte seine Zigarre. Plötzlich richtete er sich aus seiner bequemen Lage auf und machte mit der Hand hinter seine Gedanken gleichsam den Abschlußpunkt.

»Ich kann mich da nicht zwischenstecken, Wilhelm. Wem soll ich es sagen? Dem alten Herrn? Das tu ich nicht! Es würd ihn fürchterlich aufregen. Zum Eichberger gehen? Das kann ich erst recht nicht! Das könnt ja so aussehen, als wollt ich sie anschwärzen. Ob das auch wirklich alles so schlimm ist? Die Leute schwatzen viel zusammen! Zwei Drittel muß man immer erst abziehen, denn kann es ungefähr stimmen.«

»Auch denn blieb gerad noch genug übrig, Vater! Auf das Geschabber am Stammtisch im Rhein'schen Hof gebe ich nicht so viel. Man weiß ja, wie sie sind. Wenn sie einem man was Schlechtes nachsagen können, denn besinnen sie sich nicht lange, und nu gerad hier, wo sie bis jetzt nichts reden konnten!«

»Das ist alles richtig, Wilhelm. Für fremde Sorgen haben die Leute ja immer viel mehr Zeit wie für die eigenen.« Ärgerlich warf er seinen Zigarrenstummel in die Aschenschale. »Aber zum Donner noch eins, warum geht der Lachmanski denn nicht einfach zum Eichberger, wenn ihm das Messer an der Gurgel sitzt?«

Wilhelm schob ihm die offene Zigarrenkiste hin. »Wenn alle Stränge reißen, denn wird er das ja wohl auch tun. Aber erst im letzten Augenblick. Ich habe es ihm auch geraten. Aber er meint, wenn er das tut, denn wär er die Eichberger Kundschaft los, das wär so sicher wie das Amen in der Kirche, und die Wiesenburger womöglich auch. Na – und Eichberg nimmt ihm allein so viel ab wie zwanzig andere Kunden zusammen. Daß er da Angst hat, die Kundschaft zu verlieren, willst ihm das verdenken?«

Mit Bedacht steckte der Baurat eine frische Zigarre in Brand, tat ein paar Züge, erwiderte dann: »Ist ja Unsinn! Wo wird ihm der Eichberger die Kundschaft entziehen, wenn er das Geld haben will, das ihm zukommt!«

»Der Fried nicht. Natürlich nicht! Aber die junge Gnädige, die setzt keinen Fuß mehr in das Geschäft, wenn der Lachmanski zum Eichberger geht. Das kannst mir glauben!«

»Na, wenn auch! Besser, er kriegt sein Geld, der Lachmanski, und verliert die Eichberger Kundschaft, als daß er sie behält und der Deiwel holt ihn. Aber ich versteh nicht, daß der Eichberger überhaupt keine Ahnung von der Sauerei hat!«

»Na – wie soll er, Vater! Wer wird ihm was sagen? Ja – hinterm Rücken mit Dreck schmeißen, das natürlich! Aber zu ihm gehen und ihm vor 'n Kopp sagen, wie es steht, nei, Vater, das tut keiner. Und von selbst kann man auf so was doch nicht verfallen! Es wird alles nichts helfen, ich werd ihm doch wohl 'n Wink geben müssen. So geht das auf die Dauer doch nicht weiter.«

»Aber verbrenn dir die Finger nich! Sei vorsichtig und sag erst was, wenn es gar nich anders geht. Na – ich muß machen, daß ich nach Haus komm. Übrigens, sprich noch mal mit mir, bevor du was tust. Ich halt unterdessen die Ohren offen.«

Siebenundzwanzigstes Kapitel

Der Wiesenburger hatte etwas auf dem Herzen, über das er mit seinem Sohn sprechen wollte. Er wartete die nächste Gelegenheit dazu ab, dann sagte er:

»Hör mal, Fried, bilde ich mir das bloß ein, oder ist der Archi in letzter Zeit wirklich stiller geworden?«

»Ich fürchte, er ist es wirklich, Papa.«

»Wie kommt das?«

»Sein Pony hat schuld.«

»Das Pony? Wieso das Pony?«

»Ja, weißt du, er will es natürlich allein für sich haben, und Gerda will, daß Malte auch etwas von dem Pferdchen hat. Na – und wie Kinder eben sind, jedesmal, wenn Malte mal reiten will, gibt es 'n Kampf, und Archi fühlt sich in seinem Recht verletzt, wenn er schließlich nachgeben muß. Ich muß ja zugeben, daß Malte von Archis Entgegenkommen zuviel erwartet.«

»Hm! Da hat Archi ja ei'ntlich gar nicht mal unrecht. Schließlich gehört ihm doch nu mal das Pony.«

»Natürlich, Papa! Aber mach das mal Malte klar! Und Gerda stellt sich selbstverständlich hinter ihn.«

»Na, so selbstverständlich kann ich das ei'ntlich gar nicht finden.«

»Er ist doch nun mal Gerdas Liebling.«

»Leider!« murmelte der Wiesenburger. Als er Frieds leise erstauntem Blick begegnete, fuhr er fort: »Ich glaube ei'ntlich, man sollte keinen Liebling haben oder es wenigstens nicht zeigen, wenn man mehrere Kinder hat. Sie erwarten alle dasselbe von den Eltern, und sie haben ein Recht dazu, das zu tun. Das sind aber Fragen, mit denen sich jeder allein auseinandersetzen muß. Jedenfalls habe ich nicht voraussehen können, daß Archi durch das Pony in Konflikte kommt, mit denen er vielleicht schwer oder gar nicht fertig werden kann. Hätt ich das befürchten müssen, wär das Tier wahrscheinlich nicht nach Eichberg gekommen.«

»Aber, Papa! Nimmst du die Geschichte nicht ein bißchen zu wichtig?«

»Glaub ich kaum, Fried. Ich nehme sie gar nicht so besonders wichtig, aber den Jungen nehm ich sehr ernst und versteh seine Empfindungen. Man sollte Kinder überhaupt immer ernst nehmen und nicht vergessen, daß junge Herzen eindrucksfähiger sind als die, auf denen das Leben schon rumgetrampelt hat.«

»Ist es aber nicht ganz gut, wenn Archi beizeiten lernt, sich unterzuordnen und nachzugeben?«

»Das muß jeder Mensch lernen! Diese Disziplin bleibt keinem erspart. Aber es kommt darauf an, die richtigen Lehrmittel anzuwenden, und zu diesen scheint mir die Mißachtung des Rechtsgefühls, das bei Kindern sehr empfindlich ist, nicht zu gehören.«

»Gerda ist auf dem Punkt wie verrannt. Daß sie auf dem falschen Wege mit Archi und auch mit Ali ist, habe ich ihr schon hundertmal gesagt. Aber sie gibt das nicht zu und behauptet, ich verwöhnte die Kinder, und da sei ein Gegengewicht sehr nötig. Wenn ich da bin, geht auch alles ganz gut. Malte nimmt sich dann auch in acht. Dreh ich aber den Rücken, steckt er sich sofort hinter Gerda, und dann kommt er – fürcht ich – doch immer mit seinem Kopf durch.«

»Da wir mal davon sprechen, will ich dir offen sagen, daß mir Gerdas Art mit Archi und Ali gar nicht so recht gefallen will, und ihr Verhältnis zu der kleinen Marianne schon gar nicht! Es fällt mir nicht leicht, das zu sagen. Natürlich ist deine Lage schwierig. Es ist die alte Geschichte! Die Kinder werden nur zu oft zum Anlaß für Gegensätze zwischen den Eltern. Aber man kann den Konflikten ja nicht immer ausweichen. Manchmal muß man sich mit ihnen auseinandersetzen und den eigenen Willen gegen den des anderen stellen.«

»Gegen die natürliche Veranlagung eines anderen anzukämpfen, ist sehr schwer, Papa. Ich fürchte, es kann wirklich niemand aus seiner Haut heraus, und ist jemand im gewissen Sinne despotisch veranlagt, dann wird es leicht auf einen Kampf gegen Windmühlenflügel hinauslaufen, wenn man dagegen angehen will.«

Barring nickte. »Das ist natürlich richtig, aber man darf sich dabei nicht beruhigen und nu einfach klein beigeben. In jeder Ehe ist es so, daß man für einige Monate nur deshalb mit Blindheit geschlagen wird, um für lange Jahre desto hellsichtiger für die Schwächen des anderen zu werden. Du wirst dich erinnern, daß ich dir vor fünfundzwanzig Jahren, wenn wir Pferde ansahen, immer sagte: ›Jung, werd kein Fehlergucker!‹ Man darf auch nicht zum Fehlergucker werden, wenn man Menschen betrachtet, und die Schwächen, die keinen Schaden anrichten, soll man übersehen. Aber die, die gefährlich werden, die muß man bekämpfen, und wenn das manchmal auch recht schwer scheint, das hilft nichts! Man kann deswegen nicht einfach kapitulieren. Daß Archi aus der Zwickmühle rauskommt, dafür will ich schon sorgen. Wir müssen Ali und Malte eben auch beritten machen. Ich werd das besorgen. Denn hat die liebe Seele Ruh! Also mit den Kindern, das will ich schon kriegen, und du mußt sehen, wie du mit Gerda zurechtkommst.«

Fried lächelte dem Vater zu, aber es war kein befreiendes Lächeln. »Na, die Bälger werden ja selig sein, Papa, und der Stein des Anstoßes wäre dann ja beseitigt. Aber leider kann Gerda ohne gewisse Aufregungen schwer auskommen. Sie hat nicht besonders viel Talent für den Frieden.«

»'n Temperamentsfehler, Fried! Mitunter bessert er sich mit den Jahren, manchmal auch dadurch, daß man aus der Parade zum Angriff übergeht.«

Fried erwiderte nichts darauf. Nachdenklich saß er eine Weile da. Dann sagte er: »Weißt du, Papa, seinen Kopf für sich hat Archi schon. Das kann man nicht leugnen! Wenn er rechtzeitig lernt, sich zu fügen, kann ihm das schließlich nur dienlich sein.«

»Ich habe dir ja vorhin schon gesagt, daß das jedem gesund ist und daß wir das alle lernen müssen. Aber es ist was anderes, ob man ein Kind vorsichtig dahin führt, freiwillig und gerne die bess're Einsicht anzuerkennen, oder ob man ihm langsam das Rückgrat bricht. Das tut man, wenn man es in seinen Empfindungen fortwährend vergewaltigt. Man zieht dann 'ne Kreatur groß. Unsere Aufgabe ist es aber, Persönlichkeiten zu erziehen. Kinder brauchen und suchen 'ne Stütze an den Eltern. Sie wollen zu ihnen aufsehen, aber sie werden an der Gerechtigkeit der Weltordnung irre, wenn man ihr Rechtsempfinden mißachtet, und wenn so 'n kleines, hilfloses Ding schon vor unlösbare Probleme gestellt wird, denn muß es ja kopfscheu werden. Verbitterung und Vergrätztheit sind dann die sehr bedenklichen Folgen, über die Gerda sich nicht recht klar zu sein scheint, fürcht ich.«

»Sie gehört zu den Menschen, die nicht die Fähigkeit haben, die Dinge zu Ende zu denken. Außerdem ist sie davon durchdrungen, immer das Richtige zu tun. Das Wort ›Selbstkontrolle‹ steht nicht in ihrem Lexikon, und sowie man mal in bester Absicht Kritik übt, fühlt sie sich angegriffen und geht in die Defensive. Dadurch entzieht sie sich der Beeinflussung.«

»Na ja, das wird schon so sein, aber das hilft ja nun alles nichts, die Kinder dürfen unter den Eigenheiten der Mutter doch nicht leiden. Na – es ist ja ganz gut, daß wir mal über all das gesprochen haben. Du kannst es dir nu ja mal überlegen.«

Achtundzwanzigstes Kapitel

Zwischen Weihnachten und Neujahr war das Wetter umgeschlagen. Der unangenehm naßkalte Wind, der bis dahin hohl aus dem Westen gepustet, hatte sich endlich gedreht und blies nun kalt und scharf von Nordosten her. Zwei Tage lang schneite es fast ununterbrochen. Leichter Frost setzte ein, und der bis vor kurzem noch graue Himmel, der tief und schwer über der trüben Welt gegangen, wölbte sich jetzt als lichtblaue Kuppel über dem verschneiten Flußtal.

Vor dem Kutschstall musterte Willuhn zwei winzige Shetland-Ponys, die Ali und Malte am Halfterstrick hielten, während Archi, wie ein Spatz neben einem Cochinchinahahn, an der Seite Willuhns stand und sich alle Mühe gab, wichtig und sachverständig auszusehen. In der Stalltür räkelte sich Emil und machte ein albernes Gesicht, das er für überlegen-männlich hielt und mit dem er dem niedlichen Kindermädchen Jette zu imponieren hoffte, das – die kleine, dicke Marianne an der Hand – mit hingenommenem Interesse der Entwicklung der Dinge folgte, so daß für Emil nicht ein einziger Blick aus ihren hübschen braunen Augen abfiel.

Ali und Malte warteten mit fieberhafter Spannung auf die Offenbarungen Willuhns, auf den selbst die kleine Mia mit offenem Mäulchen starrte. Es war ihr zwar nicht klar, worum es sich eigentlich handelte, aber sie schien doch dunkel zu ahnen, daß sich hier Dinge von unerhörter Tragweite und Bedeutung abspielen sollten.

Es war aber auch wirklich schrecklich aufregend, wie Willuhn den Ponys, die nicht viel höher waren als ein starker Bernhardiner, die Zungen seitwärts aus dem Maul zog, ihre Zähne begutachtete, jedes Bein befühlte, die Hufe untersuchte, wie er ihnen mit der riesigen Hand den Schlund zudrückte und befriedigt nickte, als sie hell aushusteten, ihnen den Zeigefinger tief in die

Ohren bohrte, ein Experiment, das die Ponys mit mißfälligem Kopfschütteln ablehnten, was unbegreiflicherweise Willuhn ein beifälliges Brummen abnötigte. Dann strich er den Pferdchen über den Rücken, puffte ihnen mit der Faust in die Rippen, ging tiefsinnig um sie herum, hob ihnen darauf die langen, buschigen Schweife steil in die Luft, um schließlich den Befehl zu geben: »Na, denn geiht man moal hen mit de Peerd.«

Nun musterte er die Pferdchen im Schritt und Trab, und dann endlich . . . endlich legte er die Hände auf den Rücken und nickte wer weiß wie lange vor sich hin. Die Augen der Kinder wurden größer und größer, die Bäckchen röter und röter, allein Willuhn hüllte sich noch immer in Schweigen. Die Spannung stieg ins Unerträgliche! Die Kinderaugen klammerten sich an die rätselhaft verschlossenen Züge Willuhns. Wenn er doch nur endlich, endlich was sagen wollte! Willuhn aber schwieg wie ein Grab.

Nun spitzten sich die Dinge dramatisch zu. Emil mußte die Ponys jetzt nämlich in den Stall führen, Willuhn ging mit hinein, und dann plötzlich hieß er Archi und Ali schnell die Türen schließen. Es dauerte endlos . . . es war geheimnisvoll und ein bißchen unheimlich, was er da in der Dunkelheit des Stalles wohl treiben mochte . . . Schließlich befahl er, die Türen wieder schnell und weit zu öffnen, und man sah, wie er sich an den Augen der Tiere zu schaffen machte, bis er dann die Kinder anwies, aufs neue die schweren Türen zu schließen. Das wiederholte sich vier-, fünfmal und war unerhört aufregend. Endlich schien er mit sich einig, und während die Kinder wie gebannt an seinen Lippen hingen, schickte er sich an, sein Urteil zu künden:

»Ja, Kindersch, da is je nu nuscht nich zu reden! Der Opa hat euch da je zu Heiligabend e paar Pferd geschonken, wo in die Welt passen tun. An die is kein Tadel nich! Wie gemalen sind se, und da kannst lang suchen, bis du so e paar Pferd noch mal wirst finden tun. Und ob einer die überhaupt möcht zum zweitenmal finden, dat is mich noch sehr die Frag!«

»Willuhn!«

»Na, Malte?«

»Willuhn, warum hast du ihnen den Schwanz hochgehoben?«

»Dat will eck di segge, min Jungske! Wenn wo einer e Pferd mustre tut, hernach muß er ihm stets und ständig dem Zagel hochtrecken. Im Zagel sitzt bei so 'n Pferd die Courage, und wenn ihm nich hochtrecken tust, hernach hat de ganze Musterei kein richt'je Art nich.«

Ali und Archi lauschten andächtig, aber Malte hatte noch mehr zu fragen.

»Welcher is besser, Willuhn, der Braune oder der Fuchs?«

»Ein' is so gut wie der andre.«

»Ich will aber den Fuchs haben!«

»Mir dünkt, der Opa hat dich doch dem Braunen zugesprochen, und der Ali dem Fuchs?«

»Ja! Aber ich will doch den Fuchs lieber!«

Ein schneller Blick Willuhns streifte Ali, deren eben noch so helle Augen bang und trübe blickten.

»Denn kannst ihm je man nehmen, Jung, wenn dir willst zum Narren machen. Was 'n richt'ger Kerl is, der huckt sich nie nich auf'm Fuchs! Bist all mal bei einem von die Knecht unterm Sattel e Fuchs gewahr geworden? Na siehst, Malte! Das wirst auch nie nich beleben. Aber denn tu man dreist dem Fuchs'che nehmen!«

Malte wurde sehr nachdenklich. »Denn will ich doch lieber den Braunen haben«, entschied er sich dann.

Alis Augen leuchteten auf in warmem Glanz, und ihre kleine, weiche Hand stahl sich in die riesige Tatze Willuhns, der ihr verständnisinnig zublinkte:

»Na, Marjellke, bist nu tofreed?«

Ali sagte nichts darauf. Sie legte nur mit einer raschen Bewegung das linke Patschhändchen auf den Mund, als fürchtete sie, der Jubel, der in ihr jauchzte, könnte zu laut hervorbrechen.

»Na, denn bringt nu man eure Pferd in'n Stall und schütt' ihn' Futter«, ordnete Willuhn jetzt an, und während die Kinder seiner Weisung mit hingebendem Eifer folgten, zupfte Archi den allwissenden Willuhn an seiner roten Stalljacke. »Aber der ›Karl‹ is doch noch besser wie der ›Tipp‹ und der ›Topp‹, nich, Willuhn?«

»Archi, Minschke, auf dem ›Karl‹ kannst in eine Tour forts bis nach Rußland reiten! Und wenn er da ankommen tut, denn denkt er sich nuscht nich dabei und schlackert sich, und denn is gut! Der ›Tipp‹ und der ›Topp‹, die sind je e paar Pferd, wo einem in die Aug' stechen tun, aber der ›Karl‹ sind sie drum doch nich!«

Vor dem Schlafengehen trat Fried noch einmal vor das Haus und sah zum blauschwarzen Himmel auf, an dem die Sterne ordentlich böse funkelten. Auf dem weiten, viereckigen Hof lag der Schnee knietief, die Dächer der Ställe und Scheunen trugen dicke weiße Hauben, und es war so schneehell, daß man die Zeitung hätte lesen können. In den Ställen rasselten zuweilen die Ketten, prustete ein Pferd, brummte verschlafen eine Kuh. Drüben stapfte der Nachtwächter in seinem schweren Schafpelz und den dicken Filzstiefeln durch den Schnee, der unter seinen Tritten knirschte.

Frieds Gedanken machten einen Sprung zu der großen Jagd, die übermorgen in Wiesenburg und Gottesfelde sein würde. Eichberg sollte in diesem Jahre übergeschont werden. Hasen waren genug da. Wahrscheinlich würden auch ein oder zwei Füchse vorkommen. Man hielt das Rackerzeug kurz, aber es blieben immer noch zu viele übrig. Vielleicht würde einer von den roten Halunken im Kessel an der Geigenincker Grenze sein. Amüsant – so 'n Fuchs im Kessel! Benahm sich merkwürdig dumm, viel dümmer als jeder Hase. Fand nie raus... raste wie blind im Kreise – immer im Kreise... immer im Kreise... mit drehender Lunte, was das Zeug halten wollte, mitten aus dem Leben in den Tod. Ohne Sinn und Verstand... immer im Kreise. Das letzte bißchen Schlauheit von der Angst ums Leben aufgefressen. Genau wie die meisten Menschen, die schließlich auch bloß im Kreise liefen. Ein großer Unterschied war da kaum. Der Fuchs lief vor den Flinten, der Mensch vor den Sorgen, und beiden saß die Angst im Genick und machte sie kopflos und blind. Warum hatte die Vorsehung es eigentlich den meisten Menschen so schwer gemacht, mit dem Dasein fertig zu werden? Wo lagen da der Sinn, der Zweck, die Weisheit und Güte? Doch das waren schwierige Fragen... schwer oder gar nicht zu Ende zu denken! Damit kam man auch nicht weiter. Gedanken gebaren nur Probleme. Schließlich saßen wir alle – im Kessel und liefen im Kreise.

Alle Zweifel schwiegen, gebannt waren die Gedanken, frei von allen Sorgen sank Fried in einen traumlosen, tiefen Schlaf. Ideales Jagdwetter brachte der 29. Dezember! Windstill, vier, fünf Grad Frost, Wald und Felder verschneit, der Himmel hoch und blau, wie Kristall so rein und klar die Luft. Weder zu fest noch zu lose lag der Hase, ließ sich ausgezeichnet treiben. Ununterbrochen knallte es im Gottesfelder Walde, die Treiber gingen ruhig und in tadelloser Ordnung, die zwölf Schützen verstanden mit der Flinte zu hantieren: was ihnen vors Rohr kam, mußte dran glauben. Nur Emanuel, vom Kopf bis zu den Füßen auf englisch zurechtgemacht, pudelte trotz seiner kostbaren Londoner Flinte jeden zweiten Hasen und wünschte in seinem Innern Hasen, Jagd und sämtliche englische Gewehrfabrikanten zur Hölle. Dabei übte er eine unerhörte Anziehungskraft auf die Krummen aus: sie liefen ihn beinahe um und brachten ihn dadurch fast zur Verzweiflung. So wurde er immer kribbeliger, ballerte ein Loch nach dem andern in die Natur und schwor sich, nie wieder in seinem Leben eine Flinte anzurühren.

Neben ihm ließ Oberst von Luckmar keinen Hasen aus, warf die Schnappschüsse hin, als handle es sich um eine kinderleichte Spielerei, und bedachte Emanuel ab und zu mit einem erstaunten Seitenblick. Plötzlich wurden seine Augen scharf und wachsam: ein Fuchs schnürte direkt auf seinen unglücklichen Nachbarschützen zu. Der schien wie mit Blindheit geschlagen, hatte den roten Räuber noch nicht bemerkt, als dieser schon auf knapp vierzig Schritt vor ihm war. Herr von Luckmar stand wie in Erz gegossen, zuckte mit keiner Wimper. Da machte Emanuel eine kleine Bewegung, der Fuchs verhoffte, jeder Muskel seines geschmeidigen Körpers straffte sich. Regungslos, wie zu Stein verwandelt, sicherte er zwei, drei Sekunden zu Emanuel hinüber, fuhr dann, wie von einem elektrischen Schlag getroffen, herum und kam hochflüchtig auf sechzig Schritt breitseit an Luckmar vorbeigefegt. Der hatte die Flinte längst am Kopf, hielt einen guten Meter vor und ließ fliegen. Scharf, hell bellte der Schuß auf, der rote Schurke roulierte, schlug ein-, zweimal mit der Lunte, streckte sich und rührte kein Glied mehr. Ein Hase, der auf Luckmar zugehoppelt kam, schlug auf den Schuß einen Haken, legte die Löffel flach an den Kopf, machte sich lang und kam, wie vom Bösen bejagt, spitz auf Emanuel zu. Bum ... bum! Eine Schneewolke stäubte hinter dem Krummen auf. Überschossen! Ein paar Fasanenhähne strichen, den Wind von hinten, wie die Sternschnuppen über die Baumwipfel, wurden von Luckmar mit eleganter Dublette heruntergeholt. Im Knall kippten die schillernden Vögel in der Luft vornüber, als wären sie gegen eine unsichtbare Wand geprallt, standen für den Bruchteil einer Sekunde kopf, fielen dann wie Bleiklumpen in den tiefen Schnee. Man vernahm keinen Aufschlag, der Schnee verschluckte jeden Laut. Der Übergang von Leben zum Tode vollzog sich hier in einer halben Sekunde: einfach, selbstverständlich, ohne jedes Aufheben wurde das Sterben abgemacht.

Als schließlich das Treiben abgeblasen wurde, sammelten sich Schützen und Treiber auf dem Frühstücksplatz, wo über einem mächtigen Feuer die Erbsensuppe mit Schweinsohren und Würstchen brodelte. Der Wiesenburger, Mathias Schlenther,

Gerda, Hanna Lamberg und die kleine Frau Fink erwarteten hier die Schützen. Mathilde war zu Hause geblieben. Jetzt die Fahrt durch die kalte Luft, im verschneiten Walde herumstehen und dann am Abend das Diner – das wäre ihr zuviel geworden. Karl, August und der Eichberger Diener reichten heiße Suppe, Gänseweißsauer mit Bratkartoffeln und Wildpastete mit Cumberlandsauce herum, gossen Sherry, Punsch und Bier ein.

Dick vermummt, die Pudelmützen über die Ohren gezogen, standen Archi und Ali neben dem Großvater und ließen sich die Erbsensuppe schmecken. Zu Hause machten sie sich gar nicht besonders viel daraus, aber hier draußen war das ganz was anderes. Da mundete die Suppe köstlich! Schon deshalb, weil man genau dasselbe zu essen bekam wie die Großen.

Malte, der nach Tisch immer noch ein paar Stunden schlafen mußte, war zu Hause gelassen worden. Natürlich hatte er zuerst wie am Spieß gebrüllt, sich aber schnell beruhigt, als Gerda ihm eine große Tüte mit seinen Lieblingsbonbons versprach, für die er eine wahre Leidenschaft hatte.

Den Fuchs an der Lunte hochhaltend, trat Oberst von Luckmar auf den Wiesenburger zu: »Der Halunke macht einem doch mehr Freude wie ein Dutzend Hasen, Herr von Barring. Ich habe in Sachsen öfter die großen Hasenschlachten mitgemacht. Man konnte sich da mal richtig sattschießen. Aber hier sind die Jagden doch ungleich poesievoller und amüsanter. Über so 'nen Krummen, den man den Schuß so richtig nachschmeißen muß, wenn er übers Gestell flitzt, kann ich mich zu sehr freuen!«

»Ich wußte gar nicht, daß Sie so ein passionierter Jäger sind, Herr von Luckmar?«

»Jagd und Reiten, Herr von Barring! Ich weiß nie recht, was von beiden das Schönste ist.«

»Die Jagd hab ich seit langem aufgegeben oder vielmehr aufgeben müssen, weil mir die Zeit fehlt, sie mit dem Ernst zu betreiben, der ihr zukommt. Aber im Sattel hoffe ich doch noch ein paar Jahre zu sitzen. Übrigens, mit dem roten Racker da« – er zeigte mit seinem Krückstock auf den Fuchs in Luckmars Hand – »haben Sie sich einen braven Bock ehrlich verdient. Wenn es Ihnen Spaß macht, sollen Sie im Mai einen bei mir schießen.«

»Weidmannsdank, Herr von Barring! Herzlichst Weidmannsdank! Eine größere Freude können Sie mir kaum machen!« Er sah auf Archi und Ali, die mit höchstem Interesse den Fuchs anstarrten: »Na, Kinderchens, wollt ihr ihn mal anfassen?«

Archi trat sofort heran und strich dem Räuber über den roten Balg, aber Ali hielt sich vorsichtig zurück. Mit etwas mißtrauischen Augen sah sie auf das Tier, dem geronnener Schweiß vor dem Fang klebte. Da ließ Herr von Luckmar ein bedrohliches Knurren hören und brachte den halboffenen Fang, in dem die scharfen Zähne weiß leuchteten, in bedenkliche Nähe zu Archis Gesicht, so daß der kleine Kerl ein wenig erschrocken zurückfuhr und dann – ein bißchen beschämt über sich selbst – verlegen wurde. Doch Herr von Luckmar lachte so herzlich auf, daß Archi gleich mit einstimmen mußte, und nun begann auch Ali – von Luckmars Lachen angesteckt und durch Archis Reinfall amüsiert – unbekümmert und herzhaft zu lachen. Das Eis war gebrochen, Luckmar hatte das Vertrauen der Kinder gewonnen. Ali wies auf den Fuchs: »Was meinst du, hat der auch schon mal 'ne Gans gestohlen?«

»Ja, ganz genau weiß ich das nicht, Ali. Aber ich möcht es bestimmt annehmen.«

»Stehlen nicht alle Füchse Gänse?«

»Natürlich, wenn sie bloß irgend können.«

Da trat Gerda auf Herrn von Luckmar zu, und er, dessen Ehe zu seinem Kummer kinderlos geblieben, sagte im Ton ehrlicher Überzeugung: »Meine gnädigste Frau, ich will Ihnen all das Schöne hier von Herzen gönnen, und ich hoffe, Sie wissen das auch . . . bloß um Ihre reizenden Kinder könnte ich Sie fast beneiden. Archi ist übrigens ganz Barringsch und Ali mehr in die Eyffs geschlagen, aber beide sind so, wie sie sind, gerade richtig und ganz prachtvoll geraten.«

»Finden Sie, Herr von Luckmar? Na, Sie sind jedenfalls sehr liebenswürdig. Aber das ist wohl richtig. Archi ist mehr Barringsch, Ali ist aber auch keine richtige Eyff. Dazu sind wir zu trübetümplig, nicht wahr, Ali?«

In ängstlicher Ratlosigkeit sah das kleine Ding an der Mutter vorbei und wußte nicht, was es antworten sollte. Das Kind fühlte das Absprechende in der Äußerung Gerdas, wunderte sich zwar nicht darüber, weil es daran gewöhnt war, fürchtete sich aber vor weiteren Unfreundlichkeiten. Man wußte ja nie, wo die Mutter hinauswollte.

Der Wiesenburger streifte unter leicht zusammengezogenen Augenbrauen Gerda mit einem kühlen Blick, und in Oberst von Luckmars Augen trat für einen Moment ein Ausdruck betroffenen Nichtbegreifens.

Inzwischen sprach Fried mit dem dicken Gottesfelder Fink über die Jagd. »Na, Finkchen, was meinen Sie, kommen wir auf fünfhunder Stück Wild?«

»Leicht, Herr von Barring! In sechs Treiben haben wir zweihundertachtundsiebzig Hasen, dreiundfünfzig Hähne und 'n Fuchs geschossen, das sind dreihundertzweiunddreißig Kreaturen. Da fehlen je man noch hundertachtundsechzig an fünfhundert. Die werden in den vier Treiben, die nu noch in Wiesenburg kommen, leicht geschossen. Über fünfhundert kommen wir! Das Treiben an der Peluksch kommt doch noch. Das bringt allein seine fünfzig, sechzig Hasen!«

»Na hoffentlich! Zur Saat bleiben immer noch genug übrig. 'ne ganze Menge sind durch die Treiber gewutscht, und manche vertragen auch zuviel Schrot und kommen glücklich durch die Schützen.«

Während Fried sich am Silvesterabend zu Tisch umzog, erzählte ihm Emanuel den neuesten Hofklatsch, der aber nicht weiter aufregend war.

Emanuel sah auf die Uhr.

»In 'ner halben Stunde müssen Luckmars dasein. Charmante Leute übrigens! Beide allerbeste Klasse. Er ist mir ja 'n bißchen zu sehr der Generalstäbler. Diese schreckliche Gründlichkeit liegt mir nicht besonders. Hoffentlich reitet er nicht wieder sein Stekkenpferd. Philosophierende Leute können manchmal etwas unbequem werden. Aber hör mal, Fried, ich möcht dir im alten Jahr doch noch gestehen, daß ich ei'ntlich kein besonders gutes Gewissen dir gegenüber habe. Ich wollte es dir immer schon sagen, aber dann kam ich nicht recht dazu. Die sechstausend Mark, weißt du! Die liegen mir etwas im Magen . . .«

»Mir auch!« stellte Fried trocken fest.

Verblüfft sah Emanuel auf. Diesen in seiner Kürze absolut klaren Einwurf hatte er nicht erwartet.

»Na ja, natürlich.« Er lachte etwas krampfhaft. »Das kann ich mir denken! Aber die Kerls haben mich einfach im Stich gelassen. Sonst hättest du das Geld natürlich längst wieder. Mir ist die Geschichte wirklich ganz scheußlich! Es ist mir bloß 'ne Beruhigung, daß ich dich nicht in Unbequemlichkeiten bringe. Du bist ja wohl auf das Geld nicht direkt angewiesen, und von wem du Zinsen bekommst, ist ja schließlich egal.«

Fried, der sich gerade vor dem Frisiertisch die Krawatte band, warf Emanuel im Spiegel einen erstaunten Blick zu: »Zinsen? Entschuldige, Emanuel, ich erinnere mich wirklich nicht, mal welche von dir bekommen zu haben. Aber ich wollte ja auch gar keine haben.«

Etwas gekünstelt lächelnd erwiderte Emanuel: »Na ja, das stimmt schon, du wolltest keine, aber nun hab ich das Geld bald drei Jahre und kann dir wirklich nicht zumuten, noch an die neunhundert Mark Zinsen ans Bein zu binden. Nein, nein, Fried! Die Zinsen habe ich dir selbstverständlich gutgeschrieben. Ich bitte dich! Das geht denn doch nicht, daß dir deine freundliche Hilfsbereitschaft so teuer wird.«

»Wir wollen die Zinsenfrage auf sich beruhen lassen, schlag ich dir vor. Aber es ist mir ganz lieb, daß du auf die Geschichte kommst. Du hast ganz recht! Es werden bald drei Jahre, daß du das Geld hast. Leider sind die Zeiten verdammt schlecht geworden. Vor zwei Jahren verkaufte ich den Scheffel Roggen mit vierundsechzig Silbergroschen, heute bringt er kaum fünfunddreißig. Die Viehpreise sind entsprechend gefallen, und die Löhne sind gestiegen. Und zu allem Unglück nun noch die miserable Ernte in diesem Jahr! Die Hälfte ist in dem ewigen Regen ersoffen; mein Boden läßt sich das fortwährende Gepladder nicht gefallen. Na – es steht jedenfalls so, daß ich nicht einen Scheffel Verkaufsgetreide übrig gehabt habe. Zu allem Pech kam dann noch schwere Druse unter die Remonten. Siebentausend Taler haben mich allein die Verluste bei den Pferden gekostet! Kurz und gut, die Auffassung, daß ich das Geld, das ich dir pumpte, ohne Unbequemlichkeiten entbehren kann, ist zwar sehr schmeichelhaft, stimmt aber leider nicht ganz. Ich könnte es sogar sehr gut brauchen, muß ich dir gestehen.«

Emanuel schien aus allen Wolken zu fallen.

»Ja, mein Gott, Fried«, stotterte er, »das kommt mir ja alles absolut überraschend! Das habe ich überhaupt nicht geahnt . . .«

»Na, nimm es mir nicht übel, Emanuel«, entgegnete Fried, »aber daß du so ahnungslos bist, habe ich wirklich nicht vermuten können. Daß die Zeiten für uns miserabel sind, solltest du doch schließlich aus Laugallen wissen.«

»Verzeih! Aber du weißt ja, daß ich mich möglichst wenig zu Hause um Geldfragen kümmere. Mama liebt das nicht besonders, und es geht mich ja auch schließlich nichts an. Das ist ja aber auch egal! Für mich handelt es sich jetzt darum, wie ich dir am schnellsten wieder zu deinem Gelde verhelfe. Ich werde selbstverständlich mein Bestes tun, Fried, mein Bestes! Davon kannst du überzeugt sein.«

Er stand auf. »Ich muß noch mal fix in meine Stube rüber. Luckmars müssen jeden Moment kommen.« Damit wollte er von der Bildfläche verschwinden, aber Fried hielt ihn noch einen Augenblick zurück: »Sehr nett von dir, Emanuel, daß du dein Bestes tun willst. Sieh doch zu, mir spätestens bis zum 1. April das Geld wiederzugeben. Ich muß da 'n Haufen Zinsen zahlen und komme sonst in Verlegenheit.«

Betroffen starrte Emanuel ihn an. »Herrjees, Fried, das ist ja das reine Ultimatum. Soll ich es so auffassen?«

»Natürlich nicht, Emanuel. Ich will dir die Pistole nicht auf die Brust setzen, aber du mußt mir doch zugeben, 'ne gewisse Geduld habe ich doch ei'ntlich bewiesen. Ich würde mich ja auch weiter darin üben, wenn ich nicht einfach darauf angewiesen wäre, mit dem Geld zu rechnen.«

Emanuel sah, daß es Ernst war, und beschloß, die Taktik zu ändern. Er trat dicht vor Fried, blickte ihm mit sanfter Wehmut in die Augen, legte ihm die Hand auf die Schulter: »Mein alter Fried! Du hast natürlich ganz recht! Selbstverständlich hast du das! Aber, weißt du, mir ist es . . . ja, es wäre mir wirklich . . . na, also kurz und gut – kannst du dir nicht denken, daß es mir 'n schmerzlicher Gedanke ist, wenn es durch das elende Geld zu . . . zu . . . ja, wie soll ich es ausdrücken! Na ja, also zu 'ner gewissen Entfremdung zwischen uns kommen könnte . . .«

Fried klopfte ihm beruhigend auf die Schulter. »Darüber mach dir ja keine Gedanken, Emanuel! Meinerseits ist das ganz ausgeschlossen. Wenn du bar wirst und mir meine Zechinen wiedergibst, das wär ganz sicher kein Grund für mich, mich dir irgendwie entfremdet zu fühlen. Im Gegenteil, möchte ich fast sagen! Meine Gefühle für dich würden, wenn möglich, nur noch herzlicher werden. Ne, ne, Emanuel, in der Beziehung brauchst du dir wirklich keine Gedanken zu machen.«

Etwas konsterniert sah Emanuel ihn an. Er wußte nicht so recht, was er darauf erwidern sollte. Da er aber Sinn für Humor hatte, mußte er schließlich lachen. »Na . . . das beruhigt mich ja sehr, Fried! Nu bin ich mir wenigstens über deinen Standpunkt im klaren! Also – verlaß dich drauf, ich tue selbstverständlich, was ich kann!«

Neunundzwanzigstes Kapitel

Fried hatte alle Hände voll zu tun. In der Überzeugung, daß Gerda jedem Inspektor das Leben schwer machen würde, und geleitet von dem Bestreben, die dringend notwendige Stetigkeit in der Betriebsführung zu sichern, war Fried der Entschluß nicht schwer geworden, die Wirtschaft nun ganz in die Hand zu nehmen.

Zehn Minuten vor dem Klingeln war er Tag für Tag draußen auf dem stockfinsteren Hof, ein-, zweimal in der Woche fand er sich morgens um fünf zum Futterschütten im Ackerstall oder schon um vier Uhr in der Frühe zum Melken im Kuhstall ein, ging durch alle Ställe, kontrollierte den Speicherverwalter, behielt die Arbeiten der Leute und Gespanne scharf im Auge. Hatte er dann um halb neun schnell gefrühstückt, die Post flüchtig durchgesehen, ging er wieder bis zum Mittag in die Wirtschaft, gönnte sich auch nach Tisch höchstens zwanzig Minuten Ruhe, um sich dann bis zum Feierabend im Betriebe aufzuhalten, worauf eingehende Besprechungen, in denen die Arbeiten für den kommenden Tag eingeteilt wurden, mit dem Kämmerer, Gespannvogt und Speicherverwalter sich oft bis kurz vor dem Abendessen hinzogen.

So waren seine Tage mehr als ausgefüllt, und wenn er sich bald nach zehn niederlegte, schlief er meistens wie ein Toter. Daß ihn unter diesen Umständen der viele Besuch, ohne den Gerda nicht existieren konnte, nur störte, war sehr begreiflich. Zum Unterhaltungmachen fühlte er nach der anstrengenden Arbeit des Tages keine besondere Neigung mehr, verlor auch nicht gerne die Stunden nach dem Abendessen am Schreibtisch, auf dem sich die unerledigten Briefe bald unangenehm häuften, wenn sie nicht regelmäßig aufgearbeitet wurden.

Allein Gerda nahm auf die Überbürdung Frieds nicht die geringste Rücksicht. Ließ Fried sich einmal dazu verleiten, bei Tisch wirtschaftliche Fragen anzuschneiden, verzog sie entweder ihr hübsches Gesicht zu einem spöttischen Lächeln oder sagte ungeduldig: »Tu mir den einz'gen Gefallen und laß uns damit zufrieden! Hier gibt es den ganzen Tag nichts anderes. Da muß man wenigstens bei Tisch seine Ruhe vor der Wirtschaft haben.« Fand Fried einmal abends keine Zeit, sich zum Essen umzukleiden, so rümpfte sie die Nase: »Nimm es mir nicht übel, aber zu Tisch könntest du dich wirklich umziehen. Die Reitstiefel riechen nach Stall.«

Fried war zu sehr an diese Sticheleien gewöhnt, um sie noch besonders tragisch zu nehmen. Meistens begnügte er sich mit einem Achselzucken, einem kurzen Wort, das die Frage abschnitt: »Jaja ... du hast ganz recht! Ich werd mich bessern«, sagte er wohl gedankenlos, oder: »Verzeih! Ich wurde draußen zu lange festgehalten.«

Unter der Einwirkung der scharfen Arbeit fühlte er sich weniger abgespannt als vielmehr angeregt, gestärkt in seiner Tatkraft und Energie. Die unermüdliche Tätigkeit, die ihn von Sonnenaufgang bis in die Nacht hinein auf den Beinen, im Sattel, am Schreibtisch hielt, verlieh ihm die Empfindung vollkommener Pflichterfüllung, schenkte ihm eine innere Ruhe, die ihm wohltat. Seine starke, durch und durch gesund empfindende Natur reagierte auf dies ununterbrochene In-den-Sielen-Sein günstig: er fühlte seine Kraft wachsen, gewann in mancher Hinsicht zu den Dingen einen klaren Standpunkt und Abstand. Was ihm früher lästig, unangenehm oder gar als Hindernis erschienen war, das vermochte ihn heute kaum noch zu berühren. Vorfälle, die ihn einst erregt oder wenigstens geärgert hatten, ließen ihn heute kalt und wurden mit einem Achselzucken abgetan. Sein Verhältnis zu den Leuten, für die er grundsätzlich jederzeit zu sprechen war, wurde fester und tiefer. Er merkte, daß seine Leistungsfähigkeit, Pflichttreue und Arbeitskraft nicht nur willig anerkannt wurden, sondern auch auf die Leistungen der Arbeiterschaft einen günstigen Einfluß ausübten. Alles in allem fühlte er sich wohler und freier denn seit Jahren.

Natürlich machte er bei der Betriebsführung auch dann und wann Mißgriffe, doch handelte es sich dabei um keine einschneidenden Fehler, die sich auf die Wirtschaft verderblich auswirken mußten. Daß es ihm in mancher Beziehung an praktischer Erfahrung noch fehlte, wußte Fried, und so versuchte er diesen Mangel dadurch wettzumachen, daß er willig auf die Winke seines Kämmerers achtete, der Eichberg durch und durch kannte. Außerdem besprach er alle schwierigeren Fragen mit Barbknecht, den er fast täglich sah.

So hatte denn sein Leben einen tieferen Inhalt bekommen. Die Arbeit füllte ihn aus, gewährte ihm Befriedigung, sein Selbstvertrauen gewann an Festigkeit, und das Gefühl, den Platz, an der er vom Schicksal gestellt war, wirklich auszufüllen, verlieh ihm die Sicherheit eines Mannes, der weiß, wozu er auf der Welt ist. Zuweilen schoß ihm der Gedanke durch den Kopf, dem Einfluß Gerdas, der sich in einer von ihr weder vorausgesehenen noch beabsichtigten Richtung auszuwirken begann, im gewissen Sinne die Tatsache zu verdanken, sich für seine Familie und Eichberg wirklich nützlich fühlen zu können. Ganz in seiner Tätigkeit aufgehend, hatte er nicht die Zeit, mit seinen Empfindungen in Zwiespalt zu geraten, über unwichtige Fragen nachzugrübeln und Grillen zu fangen.

So, erfüllt von der Sehnsucht nach häuslichem Frieden, körperlich voll überschießender Kraft, begann in ihm unter der Asche der Enttäuschungen der Funke der Hoffnung wieder zu glimmen. Mit der Zeit flackerte ein Flämmchen aus der Asche, das auflohte, zusammenfiel, um wieder aufzuflammen, langsam heller und stärker zu werden. Unbewußt schürte Fried die schwache Flamme. Er gestand sich, gegen die weiblichen Reize Gerdas nie wirklich unempfindlich gewesen zu sein, entdeckte etwas von ihrem alten Charme, sehnte sich nach ihrer körperlichen Nähe und begann den Versuch, sie – sozusagen – neu zu schaffen. Er stellte sie gleichsam in eine andere Beleuchtung, versuchte sie in einem Licht zu sehen, dessen Schein ihre guten Eigenschaften traf, ihre Fehler im Schatten ließ. Trotzdem blieb er in abwartender Stellung.

Die Zeiten hatten das Ihre getan. Gerda näherte sich stark der Vierzig, befand sich also in jenem für die meisten Frauen kritischen Stadium, in dem das kühne, berauschende Lied der Jugend leise verklingt. Eine alte Frau war sie noch nicht, nein, sicher nicht! Aber die Jugend, da die Welt voller Wunder gewesen, da unzählige süßduftende Blumen nur zu blühen schienen, um von jungen Händen gebrochen zu werden, die war dahin.

Man wies ihr in der Gesellschaft einen Platz zu, den sie im stillen verabscheute, weil sie ihn als beschämende Kränkung empfand. Würdenträger mit Schmerbauch und Grundsätzen, Bankkonten und Charakter führten sie jetzt zu Tisch, langweilten sie mit ihrer weisheitstriefenden Würde oder forderten ihren Spott heraus, wenn sie – diese ordensgeschmückten Glatzköpfe – hinter funkelnden Brillengläsern verliebte Augen zu machen versuchten. Da mußte sie zurückdenken an längst vergangene Zeiten. Die Bälle in der Königshalle fielen ihr ein, auf denen jene eleganten Windhunde mit den schwuppen Figuren und weiten

Herzen, den heischenden Augen und falschen Schwüren ihr zu Füßen gelegen, wo man aus dem Becher der Freude in durstigen Zügen getrunken, unbekümmert um das Morgen, nur dem glücklichen Augenblick gelebt hatte. Vorbei ... vorbei! Heute hatten die Leutnants und Referendare nur eine ehrerbietige Verbeugung, einen respektvollen Handkuß für sie übrig. So gerne hätte sie mit ihnen gescherzt und gelacht, wie einst. Aber ... die Welt um sie schien kalt und einsam geworden. Sie mußte sich mit der Rolle der Salondame abzufinden versuchen, mußte froh sein, noch einige Jahre Zeit zu haben, bis die der komischen Alten ihr zufallen würde. Mitunter überkam sie instinktiv die Angst, immer tiefer in den Schatten zu geraten. Ihr Blick fiel wieder öfter auf Fried. Wie elegant, wie jung, ach, so jung wirkte er! Überall machte er eine brillante Figur, überall fiel er auf, der schlanke, sehr große Mann mit den freundlichen Augen, dem frischen, gutgeschnittenen Gesicht, dem der lange, nach den Seiten weggebürstete braune Backenbart so gut stand. Er gehörte zu den Menschen, die man nicht übersieht, bei denen man fragt: ›Wer ist das? Der sieht ja ausgezeichnet aus und dabei so außerordentlich angenehm.‹

Gerdas Wesen Fried gegenüber begann sich zu ändern. Sie wurde aufgeschlossener, liebenswürdiger, heuchelte Interesse für seine Ideen und Pläne, ging auf seine Absichten ein und unterließ die fortwährenden Nörgeleien an ihm und seinem Tun.

Die Tatsache, von diesem Mann, dem die Augen der Frauen so gerne folgten, begehrt zu werden, schmeichelte ihrer Eitelkeit und wurde ihr zur Gewähr für eine Zukunft nach ihren Absichten. So kam sie seinem Begehren willig entgegen. Sie gab ihm, was sie zu geben hatte, und zuweilen geschah es, daß sie, von der Leidenschaft des Augenblicks überwältigt, in seinen Armen zur vollkommenen Geliebten wurde. Doch der Zärtlichkeit ihrer Augen, ihrer Lippen fehlte das Letzte. Ohne für dies Letzte, das sie ihm nicht zu geben vermochte, einen bestimmten, klar umrissenen Begriff zu finden, fühlte Fried dunkel, daß er vergeblich um ihre Seele rang. Ihre Seele gab sie ihm nicht preis, konnte sie ihm nicht schenken, weil man ja nicht hingeben kann, was man nicht besitzt.

Zuweilen überdachte Fried wohl, wie viele seiner Träume in nichts zerronnen waren, und wenn die Enttäuschung auch manchmal niederdrückend auf ihn wirkte, so wehrte er sich doch mit aller Kraft gegen unheilvolle Verbitterung. Seine Gedanken

suchten dann andere Wege. Die Hände seiner Kinder würden
weiter reichen als die seinen und vielleicht in eine vollkommenere
und hellere Welt hinüberlangen.

Dreißigstes Kapitel

An einem Märztage des Jahres 1887 fuhr Fried – bis ins Innerste
aufgewühlt – von Kallenberg nach Hause.

Nach einer Besprechung auf dem Landratsamt war er, wie er
das häufig tat, wenn er in Kallenberg zu tun hatte, bei Wilhelm
Schröter zu einem Plausch vorgefahren und hatte bei dieser Gelegenheit Dinge von ihm erfahren, die über sein Verstehen gingen
und ihn – ahnungslos, wie er war – völlig verstörten. Peinigende
Gedanken steigerten seine innere Unruhe bis an die Grenze des
Erträglichen. Es war ihm unmöglich, vorläufig wenigstens, die
Dinge aus dem klärenden Gesichtswinkel ruhiger Überlegung zu
betrachten. Er vermochte mit dem, was er gehört, nicht fertig zu
werden. Es handelte sich ja gar nicht um materielle Fragen, für
die man schließlich immer eine Lösung fand, sondern hier ging
es um ideelle Werte, denen mit Geld nicht beizukommen war.
Gerda hatte so gewissenlos, unvornehm und unaufrichtig gehandelt, daß der letzte Rest von Hoffnung und Zuversicht, den Fried
sich aus der beunruhigenden Atmosphäre seiner Ehe hinübergerettet hatte, darunter zusammenzubrechen drohte. Mit vernichtender Klarheit erkannte er, auf sumpfigem Boden zu stehen, der
nicht allein ihm persönlich, nein, der auch seinen Kindern, den
Eltern und Wiesenburg verderblich werden mußte.

Seit neun Jahren war er getäuscht, hinters Licht geführt worden. Mit Kompromissen kam man hier nicht mehr weiter. Alle
Zugeständnisse mußten die Sache nur verschlimmern, bargen den
Keim zu neuen Gefahren in sich. Die Umstände verlangten Entschlossenheit. Man durfte den Dingen nicht ausweichen! Zum erstenmal sah er den nackten Tatsachen ins Auge, sagte sich klipp
und klar, daß seine Ehe ihm zum Verhängnis geworden sei. Hatte
er sich bis dahin gegen dies Eingeständnis gewehrt, so gestand er
sich heute ohne jeden Versuch der Beschönigung den Bankerott
seiner Ehe und den Schiffbruch seiner Politik der Kompromisse
ein.

Während Fried unter dem beklemmenden Eindruck der beschämenden Eröffnungen Wilhelm Schröters auf dem Nachhauseweg den Standpunkt zu gewinnen suchte, von dem aus die Dinge zu betrachten waren, schrieb Gerda einen jener ziemlich flüchtigen, nicht besonders inhaltsreichen Briefe, mit denen sie ihre Verwandten und Bekannten von Zeit zu Zeit zu beglücken pflegte. Ohne ihn noch einmal zu überlesen, kuvertierte sie schließlich den Brief, haute die Adresse darauf, klebte die Marke nachlässig in die Ecke und sah mit allen Zeichen gereizter Ungeduld auf die französische Pendule, die in die geniale Unordnung des geräumigen, schön eingelegten Rokoko-Schreibtisches leise, hastig hineintickte.

Unglaublich rücksichtslos von Fried, sie hier einfach anderthalb Stunden warten zu lassen! Sonst betrat er auf die Sekunde pünktlich um halb eins das Eßzimmer zum Mittagessen. Seine pedantische Pünktlichkeit war schon mehr krankhaft!

Verärgert stand sie auf, um in Frieds Schreibstube mit einem Blick in die Zeitung die Zeit totzuschlagen. Unglücklicherweise war zufällig kein Logierbesuch da. So mußte man versuchen, allein mit dem ewigen Einerlei fertig zu werden. Gräßlich, dies Gewarte! Von ihren Magennerven merkwürdig abhängig, steigerte sich die bedenkliche, nervöse Überreizung, von der schon die ganzen letzten Wochen ihre Umgebung ein Lied singen konnte, immer mehr.

Übrigens war dieser Lachmanski hauptsächlich an ihren schlechten Nerven schuld! Unerhörterweise bombardierte er sie seit einiger Zeit mit höchst lästigen Mahnbriefen. Was er sich eigentlich dabei dachte, war ihr schleierhaft. Wie taktlos von dem Mann und dumm dazu! Entzog man ihm daraufhin die Kundschaft, konnte er sich weiß Gott nicht wundern. Mit ganz albernen, haltlosen Behauptungen versuchte er, Eindruck zu machen. Seine Existenz sei ernstlich bedroht, wenn er die sechstausend Mark nicht bekäme. Lächerlich! Von sechstausend Mark konnte wohl schließlich nicht die Existenz abhängen. Außerdem ... stand ihm wirklich das Wasser an der Kehle, so würde er sich doch natürlich an Fried wenden. Aber das tat er selbstverständlich nicht, dieser unangenehme Spießer, weil er Angst hatte, dann die Eichberger Kundschaft loszuwerden. Natürlich würde man seinen Laden nicht mehr betreten, machte er einem ernstliche Unannehmlichkeiten. Was aber konnte ihm an der Kundschaft liegen, durch die nach seiner Behauptung die Existenz seines Geschäfts bedroht wurde? Alles fauler Zauber! Diese gräßlichen Briefe! Erst heute morgen war wieder so ein Wisch einpassiert . . .

Auf die greulichen Briefe Lachmanskis reagierte sie zwar nicht, aber es war trotzdem unbequem, sie zu bekommen. Gelegentlich einer Besprechung in seinem Kontor, wo sie ihre Aufträge für ein größeres Diner aufgegeben, hatte sie ihm gesagt: »Wollen Sie mich nicht mit Ihren unangenehmen Briefen endlich verschonen, Herr Lachmanski? Durch mich werden Sie keinen Pfennig verlieren. Ich denke, Sie haben aus Eichberg schon allerlei bekommen! Wie denken Sie sich das ei'ntlich? Bilden Sie sich wirklich ein, ich kann ohne Unbequemlichkeiten so auf den Plutz sechstausend Mark schaffen? Das glauben Sie doch wohl selbst nicht! Aber wenn Sie auf meine Kundschaft keinen Wert legen, mein Gott, Herr Lachmanski! Sehen Sie – drüben ist Ephas Nachfolger! Da wartet man ja bloß auf mich.«

Als sie die Tür zum Schreibzimmer öffnete, war sie in der richtigen Stimmung, um Fried anzufahren: »Wie lange willst du mich noch warten lassen?«

Ohne darauf einzugehen, fragte Fried mit gefährlicher Ruhe im Tone kalter Sachlichkeit: »Wieviel Schulden hast du in Kallenberg zusammen?«

Diese Frage traf Gerda gänzlich unvorbereitet. Ohne gleich zu wissen, wie sie sich da herauswinden sollte, sah sie ihn an und sah in ein völlig verändertes Gesicht, das sie nicht kannte, das sie noch nie gesehen hatte! Plötzlich hatte sie das sehr bestimmte Empfinden, äußerst vorsichtig verfahren zu müssen, wenn sie nicht etwas Furchtbares heraufbeschwören wollte.

»Schulden? Wie kommst du darauf? Überhaupt keine, selbstverständlich«, sagte sie schließlich mit forcierter Sicherheit.

»Keine Winkelzüge, wenn ich bitten darf! Wieviel Schulden hast du, und wo überall?«

Sie versuchte, die Beleidigte zu spielen. »Was ist das für ein Ton, den du mir gegenüber anschlägst? Was denkst du dir ei'ntlich? Ich werd mich hier doch nicht wie 'ne Aussätzige behandeln lassen . . .«

»Red keinen Unsinn! Ich will dich weder schlecht noch gut behandeln, bloß die Wahrheit will ich wissen! Willst du mir jetzt meine Fragen beantworten, ja oder nein?«

»Warum nicht? Ich habe keine Veranlassung, ihnen auszuweichen. Schulden habe ich überhaupt nicht! Das hab ich dir ja schon gesagt! Ab und zu hab ich mal was anschreiben lassen. Das kann man doch nicht Schulden nennen . . .«

»Genug!« schnitt er ihr das Wort ab. »Neun Jahre hast du mich hinters Licht geführt und belügst mich weiter! Du hast allein bei Lachmanski an die siebentausend Mark Schulden . . .«

»Sechstausendsechshundert oder so, aber nicht siebentausend, und die sind im Verlauf von neun Jahren so aufgelaufen. Das kann man doch unmöglich Schulden nennen!«

»Laß endlich diese sinnlosen Winkelzüge! Keinen Hund hinterm Ofen lockst du damit vor. Wo hast du noch Schulden?«

»Überhaupt keine! 'n paar Rechnungen sind noch bei Hellbusch und bei Hold zu bezahlen, ja und . . . Santher und . . . dann noch Schimanski haben auch noch 'n paar hundert Mark zu bekommen. Das ist alles!«

»So! Das ist also alles! Na – ich finde, es genügt gerade! Sogar mehr als genug ist es, find ich! Du hast dich ganz unerhört, einfach unbeschreiblich benommen! Du hast den Namen Barring mißachtet, hast ihn in den Schmutz gezogen und . . .«

»Weißt du ei'ntlich noch, was du sprichst?«

»Ja in Teufels Namen, ich weiß es«, rief er außer sich. »Dank Gott, daß ich es weiß, du . . . du . . . ach, ich will jetzt nichts weiter sagen! Ich kann es nicht! *Du* hast mich erniedrigt, *du* hast mich bloßgestellt in der ganzen Provinz! Mich und Papa dazu! Pack deine Sachen und fahr weg! Geh nach Laugallen oder wohin du willst! Meinetwegen nach Wiesbaden in irgend'n Sanatorium oder auch nach der Schweiz! Ganz wie du willst! Mir ist es egal! Bloß hier will ich dich jetzt nicht haben. Ich kann nicht jeden Tag mit dir zusammen sein! Ich kann es nicht, und ich will es auch nicht! Das geht über meine Kraft! Wenn ich denke – neun Jahre lang, solange du meine Frau bist, hast du mich Tag für Tag angelogen, mich betrogen, falsches Spiel mit mir getrieben! Der Brechreiz kommt mich an, wenn ich mir das klarmache! Ich will dich nicht mehr sehen! Wenigstens vorläufig nicht.«

Sie starrte ihn an, als verstünde sie kein Wort. Dann stand sie auf. Ihre Augen funkelten wie die einer Katze, die zum Sprung ansetzt. »Du brauchst nicht so dramatisch zu werden. Nach dem, was du mir eben gesagt hast, kann ich selbstverständlich gar nicht hierbleiben. Aber vorher will ich dir doch noch etwas verraten. Es geht dich schließlich genauso an wie mich . . .« Sie hielt inne, stand vor ihm, als sammle sie Kraft zum vernichtenden Schlag.

Mit glitzernden, höhnisch triumphierenden Augen trat sie einen kleinen Schritt auf ihn zu: »Ich erwarte ein Kind ... Mitte November, denk ich!«

Einunddreißigstes Kapitel

Um die Schummerstunde eines der ersten Apriltage ging der Wiesenburger in Königsberg die Französische Straße herunter und betrat das dicht vor dem Burgkirchenplatz am Ende der Straße gelegene zweietagige Haus, neben dessen Tür ein weißes Schild leuchtete, auf dem zu lesen war: »Johannes Mathias Schlenther.« – Die Geschäftsräume der alten Firma waren im Parterre des langgestreckten grauen Hauses untergebracht, dessen glatte Fassade keinerlei Verzierungen verschandelten. Die erste Etage bewohnte Mathias Schlenther, und im obersten Stockwerk befanden sich die Wohnung des ersten Buchhalters und die Räume des Hauspersonals.

Der Wiesenburger stieg die breite Eichentreppe mit dem schönen geschnitzten Barockgeländer bedächtig hinauf. Das Herz verlangte in letzter Zeit eine gewisse Rücksicht. Fünf Minuten später saß er in dem mit altväterischer Behaglichkeit eingerichteten Schreibzimmer Mathias gegenüber.

»Wir haben vor Tisch vielleicht noch so viel Zeit, die Geschichte mit Fried zu erledigen, Mathias. Er hat mir ausführlich geschrieben. Ich bin also orientiert.«

Er zog sein Portefeuille hervor, entnahm ihm ein Papier, reichte das Papier Mathias: »Sei vielmals bedankt, Mathias, daß du Fried ausgeholfen hast. 'ne Anweisung für Goretzki & Krause auf dreitausend Taler. Bitte, lies sie lieber noch mal durch.«

Mathias überlas die Anweisung, steckte sie zu sich. »Alles in Ordnung, Archibald! Vielen Dank!«

»Sag mal, Mathias, wie hat Fried die Geschichte aufgefaßt? Sein Brief klang ziemlich niedergedrückt.«

»Es ist ihm natürlich nahegegangen, scheint mir. Er sah versorgt aus und machte sich wohl rechte Gedanken.«

»Na ja, solche Überraschungen müssen einem ja doch auch an die Nieren gehen. Hat er dir gesagt, wie alles zusammenhängt?«

»Ja. Wenigstens so viel, daß ich die Zusammenhänge übersehen kann. Er meinte, er könnte sich und mir das nicht ersparen, denn wenn er zwei Wochen vor dem Fälligkeitstag zu mir käme, um sich dreitausend Taler zu holen, müßte ich ihn ja für mehr als unüberlegt halten. Dreitausend Taler – das klingt viel. Aber schließlich kommen aufs Jahr bloß tausend Mark.«

»Hm! Na – das langt ja auch, find ich! Jedenfalls ist ja mal wieder für Abwechslung gesorgt in Eichberg, und die Kallenberger Kaufleute müssen sich an andere Verhältnisse gewöhnen. Bisher war's noch nicht passiert, daß sie ihrem Geld in Wiesenburg nachrennen mußten.«

»Dieser Lachmanski hat sich aber ei'ntlich auch reichlich dämlich benommen, Archibald. Sieben oder acht Jahre früher hätt er zu Fried finden müssen. Jahr für Jahr anzuschreiben, bis man selbst in Schwierigkeiten kommt, das ist doch wirklich zu dumm.«

»Kann man so, auch so sehen. Lachmanski mag sich dämlich benommen haben, aber Dummheit muß man entschuldigen. Schließlich ist sie mir doch noch lieber als Leichtsinn und Gewissenlosigkeit. Selbstverständlich bin ich dir dankbar, daß du Fried nicht hast sitzenlassen, Mathias. Es ist 'n ganz scheußlicher Gedanke, wäre es da zum Skandal gekommen mit dem Lachmanski. Ei'ntlich ist mir nicht ganz verständlich, daß Fried von der ganzen Ferkelei nicht früher was gemerkt hat. Ne – wirklich, ganz leicht zu verstehen ist das nicht.«

»Na, hör mal, Archibald, ich finde es – offen gesagt – ei'ntlich ganz begreiflich, daß er nichts ahnte. Ob in so 'nem Haushalt, der wie der Eichberger doch auf 'ner breiteren Basis steht, im Monat achtzig oder neunzig Mark mehr verbraucht werden, das kann er wohl kaum merken, und von selbst konnte er schließlich nicht drauf kommen, daß immer mal wieder angekreidet wurde. Er hat ja, wie er mir sagt, Monat für Monat 'n ordentliches Stück Geld an Lachmanski bezahlt. Nein – daß man ihm da 'n Vorwurf draus machen kann, glaub ich kaum.«

»Kann sein! Jedenfalls wird in Eichberg doch manches anders werden müssen. Es ist wohl an der Zeit dazu! Diese Wirtschaft im Hause hat lang genug gedauert! Andre sind genau der gleichen Ansicht. Zum Beispiel Amélie Eyff. Ich sah sie von Broditten aus und fand sie sehr außer sich über all das. Gerda hat ihr in ihrem starken Mitteilungsbedürfnis, das zuweilen an Indiskretion grenzt, über die ganze Geschichte geschrieben.«

Die alte Penner erschien – verhutzelt klein und überströmend von Fürsorge und Wohlmeinen – in ihrem ›guten Schwarzseidenen‹, mit lila bebändertem Spitzenhäubchen auf dem weißen

Haar, und verneigte sich ehrerbietig vor dem Wiesenburger, der aufgestanden war und ihr die Hand entgegenstreckte: »'n Abend, Pennerchen! Sie sehen zu meiner Freude frisch und munter aus. An Ihnen gehen die Jahre ei'ntlich spurlos vorüber, verändern tun Sie sich überhaupt kaum.«

»Na, ich danke ergebenst, Herr von Barring! Soweit geht es ja noch immer. Herr von Barring sehen aber gottlob auch ganz vorzüglich aus. Na . . . wenn man bloß gesund ist! Das is und bleibt die Hauptsach. Was nutzt einem alles, wenn Krankheit einen befällt? Darf ich die Herren jetzt aber zu Tisch bitten!«

Im Eßzimmer verabschiedete sie sich durch eine zeremoniöse Verbeugung und überließ das leibliche Wohl der Herren nun dem alten Diener, der die berühmte Pennersche Kaulbarssuppe servierte.

In seinem mit alten Chippendale-Möbeln, schönen Persern und hundert kostbaren Kleinigkeiten luxuriös und behaglich ausgestatteten Salon, von dessen mit dunkelrotem Damast bespannten Wänden aus geschnitzten, matt vergoldeten Barockrahmen gepuderte Damen und bezopfte Herren fürstlichen Geblüts unnahbar und erhaben herabblickten, las Emanuel in einem Novellenband Maupassants, klappte das Buch zu, gähnte nervös und warf einen Blick auf die Boulle-Uhr, die auf dem Kaminsims leise und emsig tickte. Gleich sieben! Da mußten seine Gäste, Albrecht Leßtorff und Joachim Eyff, ja gleich erscheinen.

Nachdenklich strich er sich über den langen, braunen Schnurrbart und überließ sich seinen Gedanken.

Wirklich scheußlich, die Geschichte mit Fried! Verdammt deutlich klang übrigens sein letzter Brief. Gerda schien sich aber auch wirklich mal wieder unglaublich benommen zu haben! Die Kalamität, in die Fried geraten, hing irgendwie mit ihr zusammen. Das stand zwar nicht ausdrücklich in seinem Brief, aber man las es doch zwischen den Zeilen. Na – wie es auch sei –, jedenfalls bestand Fried darauf, sein Geld wiederzubekommen. Was – zum Kuckuck – dachte er sich ei'ntlich? Verflucht noch mal zu! Schließlich war man doch kein Dukatenmännchen. Na – man mußte es mal mit Albrecht und Jochen besprechen. Dabei hätte man sich so leicht und gut arrangieren können, wenn dies blödsinnige Zusammentreffen unglaublicher Umstände nicht dazwischenkäme. Zu dumm wirklich! Ach was – dumm? Schon mehr tragisch war's! War wirklich was ganz Reizendes, diese kleine

Lieselotte. Lieselotte ... na ja, so 'n bißchen klingt es ja nach drei Treppen und Gartenhaus und ›Nur ein Viertelstündchen‹, aber das wär ja so egal, so schrecklich egal, wenn alles andere bloß stimmen würde. Bildhübsch war sie, brillante Figur, ausgezeichnet angezogen, gute Manieren, ritt allerliebst, und der Alte – 'n schwerreicher Mann – wollte ihr, wie man ziemlich sicher erfahren hatte, hundertfünfzigtausend Taler gleich mitgeben und außerdem noch zwölftausend im Jahr. Mein Himmel, damit ließ sich leben! Man wäre am Ende auch drüber weggekommen, daß sie bürgerlich war. Nicht angenehm natürlich, ganz und gar nicht angenehm! Außerdem schon insofern schwierig, als man sie nicht zu Hofe bringen konnte. Aber man hätte sich damit abgefunden, jedenfalls ein unüberwindliches Hindernis wäre es nicht gewesen. Nun aber der Name! Dieser schreckliche, ominöse Name! Wie konnte man aber auch bloß so heißen und dann ausgerechnet seine Millionen mit Düngemitteln verdient haben! Ohne Düngemittel wär der Name schon schlimm genug, aber mit Düngemitteln war er einfach unüberwindlich! Guano importierte der Vater! Der Deiwel hatte diese verfluchten Pinguins oder wie diese elenden Kreaturen sonst hießen, erfunden! Über alles wäre man hinweggekommen, selbst über den Namen, aber die Pinguins ... nein! Unmöglich! Was nicht ging, das ging nun einmal nicht!

Der Kammerdiener Emanuels, im schwarzen Frack und schwarzer Krawatte tadellos adjustiert, meldete Herrn Landrat von Eyff, und als gleich darauf Albrecht Leßtorff eintrat, ging man sofort zu Tisch. In dem kleinen, hübschen Eßzimmer brannten nur Wachskerzen. Zwei riesige Lakaien in Eskarpins zogen die schweren, mit burgunderrotem Samt überzogenen Barockstühle von dem runden, mit schönem Altberliner Porzellan, schwerem Silber und blinkendem Kristall gedeckten Tisch ab, der als Haushofmeister fungierende Kammerdiener war Emanuel beim Platznehmen behilflich. Dann wurde die klare Schildkrötensuppe serviert, zu der man alten Sherry trank, der braungelb und ölig im Glase hing und die Stimmung angenehm erwärmte. Die Unterhaltung drehte sich um Klatsch und Hofgeschichten.

Das Diner war über jedes Lob erhaben, der halbsüße Cliquot wundervoll, die Stimmung gehoben. Schade nur, daß es den grobkörnigen, milden Kaviar erst zum Schluß, nach der süßen Speise, zusammen mit den schwarzen Oliven gab. Im Grunde war das auch durchaus nicht nach Emanuels Geschmack, aber er hatte das in England, bei der Herzogin von Manchester, kennengelernt und behauptete seitdem, es sei eine barbarische Unmöglichkeit, den Kaviar vor der Suppe zu essen.

Bei Mokka und Havannas im Salon kam Emanuel auf die leidige Geldangelegenheit zu sprechen, und unter dem Einfluß des belebenden Champagners besonders mitteilsam, begann er seinem bedrängten Herzen Luft zu machen.

»Sag mal, Jochen, ich möchte gerne mal was mit dir besprechen. Du kannst mir vielleicht irgendwie raten. Natürlich muß ich euch bitten, die Geschichte, 'ne recht fatale Geschichte übrigens, ganz vertraulich zu behandeln. Also denk dir mal bitte, du hättest jemanden um sechstausend Mark angepumpt...«

»'n höchst angenehmer Gedanke!«

»Na – nu sei doch mal ernst, Jochen! Es ist wirklich...«

»Aber ich bin absolut ernst. Es ist mir wirklich 'n höchst angenehmer Gedanke, ich könnte 'n so harmlosen Menschen finden, der mir sechstausend Mark pumpt.«

»Herrjes, na ja! Kurz und gut – ich hab ihn gefunden, wie ich mal in Verlegenheit war...«

»Die alte Geschichte! In jeder Minute wird ein Dummer geboren und zwei Kluge, die ihn ausnehmen.«

»Na hör mal, Albrecht, du machst wirklich ganz reizende Randbemerkungen!«

»Verzeih, Emanuel! Es war nur so 'ne allgemeine Betrachtung. Jedenfalls wollt ich damit nicht etwa andeuten, daß ich dich zu denen rechne, die andere ausnehmen. Entschuldige die Unterbrechung.«

Emanuel warf Leßtorff einen mißtrauischen Blick zu.

»Viel zu erzählen ist da nicht mehr. Nun will der Mann eben plötzlich sein Geld zurück haben. Was tut man da, Jochen?«

»Ja – Gott, ich würde den Menschen für 'n krankhaft veranlagten Illusionisten halten und mir ernstliche Sorgen um ihn machen.«

»Kinder – es ist schrecklich, daß ihr nie ernst sein könnt! Mein Himmel, es handelt sich hier doch nicht um 'ne Kleinigkeit! Sonst hätt ich euch doch gar nicht erst gefragt! Also, die Sache ist die: Das Geld hat Fried mir vor einiger Zeit gepumpt, und nun will er es – wie gesagt – plötzlich wiederhaben. Damit, daß ich mir Sorgen um ihn mache, wär ihm kaum gedient. Was tu ich?«

»Was heißt ›vor einiger Zeit‹? Wann hat er die sechstausend Mark ausgespuckt?«

»Wann? Ja, gestern nicht und auch nicht vor 'ner Woche. Schon ziemlich lange ist es her. So vor drei Jahren. Besondre Umstände, müßt ihr wissen. Er behauptet plötzlich, in Verlegenheit zu sein, und will die sechs braunen Lappen zurück haben. 'ne komische Idee ... mir aus heitrem Himmel so 'ne Zumutung zu stellen. Schließlich kann man doch nicht hexen! Was meint ihr, wie ich mich da aus der Affäre ziehe?«

»Es gibt verschiedene Wege«, überlegte Jochen Eyff. »Der einfachste wäre der, ihn auf die nächsten drei Jahre zu vertrösten, der zweite der, 'n Juden totzuschlagen, und drittens könntest du dich durch 'ne gute Heirat arrangieren. Schließlich muß man ja gerecht sein und zugeben, daß dein Schwager selbst nach drei Jahren doch immerhin noch 'n gewisses Recht darauf hat, sich einige Hoffnungen zu machen.«

»Sag mal, Emanuel, könntest du dich nicht an Gisa wenden?« fragte Leßtorff. »Ihr Mann ist doch in 'ner glänzenden Lage.«

»Hätte gar keinen Zweck, nicht den geringsten, Albrecht. Harold ist wirklich in 'ner brillanten Assiette. Selbst nach englischen Begriffen! Aber er hält den Daumen auf den Beutel, kann ich dir sagen. Wie die Engländer nu mal sind. Ganz kaltschnäuzige Rechner, ohne jedes Verständnis dafür, daß andre Leute auch mal Geld brauchen. Sonst wirklich 'n netter Kerl. Aber sowie Geld 'ne Rolle spielt, ich weiß nicht, aber dann hat er direkt was Untergeordnetes, Kleinbürgerliches. Merkwürdig! Dabei ist er aus bester Familie, kriegt mal 'n Riesenbesitz und wird Baronet. Na – man begreift es nicht!«

»Was machen?« rätselte Jochen Eyff. »'nen Juden dotzuschlagen, Emanuel, das liegt dir, wie es scheint, nicht sehr, und dazu kann ich dir auch kaum raten. Die Geschichte kann leicht zu teuer werden. Wie ist es denn aber? Du müßtest doch leicht 'ne gute Partie machen können? Mädchen laufen hier doch genug 'rum. Und wenn du nicht den Anschluß verpassen willst, wird's langsam Zeit für dich.«

»Gott – zu euch kann ich ja offen sein. Ich möchte schließlich schon, aber es geht leider nicht ...«

»Gehen tut alles! Warum sollte es denn hier nicht gehen? Nu gib mal Hals!«

»Na ja, 'n reizendes Mädchen, wirklich was ganz Reizendes! Sie hat mal 'n Pferd von mir gekauft. Dadurch hab ich sie kennengelernt ...«

»Oh ... die Arme!«

»Ach, nu laß doch mal, Albrecht! Leider hat es 'n Haken.

Schwer zu sagen, wißt ihr! Sie ist nämlich . . .«, Emanuel stockte, schien nicht recht weiter zu wissen.

»Na was denn? Bucklig vielleicht, oder schielt sie? Oder was ist sonst los mit ihr?«

»Ach, Unsinn! Bürgerlich ist sie . . .«

»Hm! Natürlich 'n Manko, kommt aber immer noch drauf an. Die alten Hamburger und Lübecker Familien haben auch kein ›von‹ vorm Namen und sind trotzdem genauso alt wie wir oder die Quitzows und Bredows. Wenigstens behaupten sie das. Wie heißt sie denn?«

»Ja, Kinder, das läßt sich nicht so einfach sagen . . .«

»Herrjes, Emanuel, nu hab dich nicht! Sag schon, wie sie heißt! Jette Kackschies wahrscheinlich doch nicht? Oder vielleicht stammt die Familie wirklich aus der Gumbinner Gegend . . .«

»Das allerdings nicht, aber beinahe heißt sie so!«

»Na, nu laß einen hier nicht ewig zappeln, Emanuel!«

Emanuel seufzte auf und sah elegisch aus. »Ich kann's nicht ändern«, sagte er entschlossen, »aber sie heißt Duft!«

»Na, ich bitt dich, das ist doch wirklich nicht schlimm! Mein Himmel, andere Leute heißen Kotze. Find'st du das vielleicht schöner? Womöglich heißt sie mit Vornamen Rose. Rose Duft! Ei'ntlich sehr poesievoll. Ich kann mir nicht helfen! Was ist denn der Vater?«

»Das ist es ja eben! Fabrikbesitzer.«

»Na, das ist doch 'n sehr nützlicher und praktischer Beruf. Ich weiß wirklich nicht, was du ei'ntlich willst! Was fabriziert er denn?«

»Schrecklich zu sagen, aber es ist nu mal so: Düngemittel!«

Die Vettern platzten raus. Das war allerdings eine überraschende Konstellation.

»So, so! Düngemittel! Mein Gott, 'n reizendes Mädchen, Düngemittel und denn auch noch Duft, das muß ich ja zugeben, ist 'ne bißchen komplizierte Zusammenstellung. Hat er denn mit dem Zeug seine Zechinen gemacht?«

»Leider! Er ist auf die absurde Idee verfallen, Guano zu importieren. Weißt du, was die Pelikane oder diese gräßlichen Pinguins machen, oder wie die Bestien sonst heißen. Auf jeden Fall hat er mit dem Zeug 'ne Unmasse Geld verdient.«

»So, so! Na, das läßt sich ja nicht leugnen, Emanuel«, lachte Albrecht Leßtorff, »'ne etwas sehr duftige Angelegenheit ist es ja!«

»Schrecklich ist es, wirklich ganz schrecklich«, seufzte Emanuel. »Direkt tragisch, wenn man denkt ...«

»Vogeldreck im Wappen! Ne, Emanuel, das schmeckt denn doch 'n bißchen sehr nach 'm Proppen! Da laß man lieber die Finger weg, weißt du!« riet Jochen Eyff gefühllos.

Ernst zustimmend nickte Leßtorff. »Ich fürchte, Jochen hat recht, Emanuel. Aber überall duften Blumen, wenn man sie nur finden will. Wenn du überhaupt heiraten willst, wird es allmählich Zeit. Du kommst langsam in das Alter, in dem die meisten Menschen ihrer Verdauung weit liebevolleres Interesse schenken als den Empfindungen ihres Herzens ...«

»Na hör mal, Albrecht, du kannst wirklich manchmal von einem Zynismus sein ...«

»Die Welt ist nu mal so: Wer die Wahrheit sagt, gilt als Zyniker oder anomaler Fanatiker. Nu wollen wir aber fahren, denk ich.«

»Gleich! Ratet mir mal erst in der Geschichte mit Fried! Besonders angenehm ist meine Lage schließlich nicht. Das kann man wirklich nicht behaupten.«

Albrecht Leßtorff stand auf: »Sprich 'n offenes Wort mit ihm, denn wird er schon mit sich reden lassen, wie ich ihn kenne. So! Da hast du meinen Rat! Und jetzt, schlage ich vor, fahren wir zur Oper. Den letzten Akt würde ich ganz gerne noch hören.«

In seinem niedrigen Selbstfahrer fuhr der Wiesenburger mit Mathilde nach Vesper durch den Wald, der, in diesem Jahre früher als sonst, schon etwas Frühlingsmäßiges hatte. Der Aufschlag unter dem Altholz rechts und links vom Wege zeigte bereits den leisen Anflug eines grünen Schimmers. Jetzt, da Sorgen ihn quälten, wollte Barring Mathilde möglichst viel um sich haben. Sie hatte eine so ausgleichende Art, sah die Dinge in so klarem und dennoch milderndem Licht, daß es wohltat, mit ihr über das zu sprechen, was einem auf dem Herzen lag. Sie fuhren allein, ohne Kutscher, so konnte man ungeniert reden.

In den Wipfeln der alten Eichen und Fichten sangen die Drosseln. Noch etwas zaghaft klang ihr Lied, aber es kündete doch den nahen Frühling. Das harte, eifrige Hämmern des Spechtes hallte durch den Wald, ein Eichelhäher begleitete den Wagen mit seinem heiseren Warnungsschrei, und vom Ast einer alten Fichte äugte neugierig ein Eichkater auf die Pferde herunter, die mit langem Halse auf der weichen Grasnarbe des Gestells im behaglichen Zockel vor dem leichten Wagen trabten. Kein Laut störte die Stille ringsum. Nur das Prusten der Pferde, das Knarren des Lederzeugs waren zu hören.

»Morgen will Gerda dich sprechen, Archibald«, sagte Mathilde.

»Warum? Was soll das für'n Zweck haben? Vom Reden wird auch nichts besser. Damit ist es nicht gemacht!«

»Hör sie an, Archibald! In jeder Beziehung wird es gut sein. Fried ist so niedergedrückt . . .«

»Man muß sich doch nicht unterkriegen lassen!«

»Das tut er ja auch nicht. Aber daß ihm das alles sehr nahegeht, ist doch zu verstehen. Er ist ja wirklich ganz auseinander! Er fühlt sich beschämt! Und dann . . . die Unaufrichtigkeit in Gerdas Handlungsweise, die empfindet er so schmerzlich. Natürlich habe ich versucht, ihm das auszureden. Es war ja wahrscheinlich auch weniger unaufrichtig als unachtsam, nachlässig, mit einem Wort leichtsinnig, aber Fried kommt schwer darüber hinweg. Wenigstens vorläufig nicht. Er bleibt dabei, Gerda hätte ihn jahrelang hinters Licht geführt.«

»Na, das hat sie doch auch getan! Aber nicht bloß das hat sie getan, sondern unsern guten Namen hat sie in der ganzen Provinz rumgebracht und außerdem den ehrlichen Kampf anständiger Leute um die Existenz mißachtet. So liegen die Dinge und nicht anders! Wie denkt sie sich das nu ei'ntlich? Was soll denn nu werden?«

»Ja, darüber will sie durchaus mit dir sprechen . . .«

»Aha! Sie hat den Topp zerkeilt, und ich soll nu die Scherben zusammenkleistern. Und Fried? Wie denkt er sich das alles?«

»Er hat dir ja auch gesagt, daß Gerda für eine Zeitlang weggehen soll. Er könnte jetzt nicht täglich mit ihr zusammen sein, behauptet er. Ich fürchte, er hat ernstlich an eine endgültige Trennung gedacht und hat . . .«

»Du fürchtest das? Warum fürchten? Meiner Ansicht nach wär 'ne Trennung das beste, wo nu mal alles so weit gekommen ist. Oder soll sie ihn vielleicht erst ganz untern Schlitten bringen?«

»Entsetzlicher Gedanke! Vorläufig sieht man keinen Ausweg. Aber, eine endgültige Trennung? Nein, Archibald! Es sind vier Kinder da und . . .«

»Von denen drei für die Mutter eine quantité négligeable sind.«

»Das kann man doch nicht sagen, Archibald! Die anderen Kinder treten hinter Malte etwas zurück, das läßt sich ja leider nicht leugnen, aber im Grunde stehen sie dem Herzen Gerdas doch auch nahe. Mein Gott – wie könnte es anders sein! Sie ist doch die Mutter!«

»Leider! Thilde, ich kann mir nicht helfen, ich wär nicht gegen 'ne Scheidung! Das mit Lachmanski hat denn doch dem Faß den Boden ausgeschlagen...«

»Wegen acht- oder neuntausend Mark läßt man sich aber nicht scheiden, Archibald!«

»Nein! Deswegen nicht, natürlich nicht! Aber wenn das Verhalten jedem Gefühl für Vornehmheit hohnspricht, wenn es bar jeder Gewissenhaftigkeit ist, wenn es so ist, daß es unsern guten Namen antastet und den ganzen moralischen Kredit, den wir Barrings uns hier erobert haben, zuschanden zu machen droht, denn hat man sich zu überlegen, wie man die Gefahr beseitigen kann. Es handelt sich hier gar nicht um Gerda. Auch nicht um die paar tausend Taler, die sie verplempert hat. Nein, Thilde, es geht um Fried und die Kinder und schließlich auch um Wiesenburg. Wie Fried und den Kindern zu helfen ist, darum dreht es sich! Um sonst nichts!«

»Gegen deine Argumente vermag ich nichts zu sagen. Trotzdem kann von Scheidung keine Rede sein. Schon deshalb nicht, weil Gerda ein Kind erwartet.«

»Das ändert die Situation natürlich, wenn auch nicht mein Urteil«, sagte er bitter. »Es bringt Gerda gewissermaßen in 'ne unangreifbare Stellung. Man wird also abwarten müssen, wie sich alles entwickelt. Das ganze Leben besteht schließlich aus Abwarten. Irgendwelche mildernden Umstände kann ich für Gerda nicht entdecken. Sie ist ohne jede Spur von aristokratischem Empfinden. Sie hält es für aristokratisch, herrschsüchtig zu sein, Geld zu verplempern, bizarre Ideen und überspannte Wünsche zu haben. Selbst in ihrem Hochmut liegt was ungewöhnlich Untergeordnetes. Sie bildet sich ein, Aristokratin zu sein. Alles andere ist sie mehr als das. Dazu gehört wirkliche Kultur. Die fehlt ihr. Kultur ist der Erzfeind der Selbstüberhebung.«

Unter der schmerzlichen Erbitterung und Sorge, die in seiner Stimme bebten, krampfte sich Mathildens Herz zusammen. Dazu quälte sie die Angst um die Zukunft Frieds und die der Enkel. Wie schwer war doch alles das! Allein – sie durfte Gerda nicht im Stich lassen. Die bedurfte einer Stütze, jetzt mehr denn je, und wo wollte sie die finden, wenn nicht bei ihr!

»Wirst du Gerda morgen anhören? Tu es mir zuliebe!«

»Was es für 'n Zweck haben soll, weiß ich zwar nicht, aber es bleibt mir ja schließlich nichts anderes übrig. Wenn sie durchaus mit mir sprechen will, soll sie kommen.«

»Dank dir, Archibald! Sie wird dir wahrscheinlich sagen, daß sie nicht gerne weggehen möchte . . .«

»In dem Punkt ist mit mir nicht zu reden. Es ist das einzig Richt'ge, sie geht für 'ne Weile weg. Man kann Fried doch ihre Gegenwart nicht aufzwingen. Es würd ja auch 'ne Luft in Eichberg entstehen, die einem den Atem benehmen würde und die auch den Kindern schaden müßte. Den Kindern überhaupt zuerst! Das mußt du mir doch zugeben, Thilde?«

»Ich fürchte, du hast recht, Archibald. Aber mach es ihr nicht zu schwer. Es ist so traurig für sie, mit dem Gefühl zu gehen, keinen Platz in Eichberg zu haben.«

»Zum Kuckuck, wenn das so ist, hat sie ganz allein die Schuld dran! Du tust wirklich so, Thilde, als wenn es sich um 'ne Schwerkranke handelt . . .«

Sie fuhren an einer schmalen Waldwiese vorüber, die zwischen mächtigen, schwarzgrünen Fichten lag, vor denen, hoch aufgeschossen und knorrig, Eichen standen. Mit der Peitsche wies der Wiesenburger auf die Eichen am jenseitigen Rand. »Sehen sie nicht aus wie hundertfünfzigjährige Bäume? Mein Großvater hat sie zusammen mit den Fichten gepflanzt. Knapp siebzig sind sie, die Fichten sind schlagreif. Mein Vater hat mir oft genug erzählt, als der Großvater die Eichen pflanzte, haben die Leute die Köpfe geschüttelt. ›Auf dem sandigen Boden Eichen? Da wird nicht viel draus werden!‹ Sie stehen wirklich auf so 'ner Sandinsel. Weiß der Himmel, wie die hierherkommt! Aber unterm Sand steht Lehm, und nun siehst du, was aus den Bäumen geworden ist. Die Leute sehen eben meistens bloß, was oben ist. In die Tiefe sehen sie nicht. Und darauf allein kommt es doch an.«

Zweiunddreißigstes Kapitel

Der Wiesenburger stand auf dem Sprung, in die Wirtschaft zu fahren; er schrieb nur noch schnell einen eiligen Brief, als Karl ihm Gerda meldete. Er antwortete nicht gleich. Wie in Gedanken starrte er einige Sekunden aus dem Fenster. Er war ja entschlossen, sie zu empfangen, aber der Gedanke an diese Aussprache war ihm nicht angenehm. Schließlich konnte es sich doch bloß um Worte handeln, und was sollten die hier? Damit war wenig anzufangen. Doch – es ließ sich ja nicht ändern, abweisen konnte man sie nicht.

»In zehn Minuten laß ich die gnäd'ge Frau bitten.«

Die Feder fuhr schon wieder über das Papier. Karl verschwand. Pünktlich nach zehn Minuten erschien er wieder:

»Die junge gnäd'ge Frau!«

»Ich lasse bitten.«

Gerda trat ins Zimmer. Der Wiesenburger schrieb noch. Jetzt sah er auf. Über die Brille weg traf sie sein Blick, reserviert, verschlossen, kühl. »Verzeih bitte, wenn ich sitzen bleibe«, entschuldigte er sich mit unpersönlicher Höflichkeit. »Ich will nur schnell den Brief zu Ende schreiben, wenn du erlaubst. Nimm bitte Platz! 'n Augenblick! Ich stehe sofort zur Verfügung.«

Schnell, mit anscheinend konzentrierter Aufmerksamkeit, schrieb er weiter, schien die Anwesenheit Gerdas vergessen zu haben. Diese blickte mit sehr widerspruchsvollen Empfindungen auf ihren Schwiegervater, von dem, wie sie es empfand, eine Ablehnung ausging, die ihn gleich einer Mauer umgab. Kaum zwei Meter saßen sie voneinander getrennt, aber Gerda hatte den Eindruck, als lägen Meilen zwischen Frieds Vater und ihr.

Endlich spritzte der Wiesenburger die Feder aus, streute Sand über das Geschriebene, murmelte: »'n Moment noch, bitte«, und vertiefte sich in den beendigten Brief.

›Er scheint ihn auswendig zu lernen, so andächtig studiert er ihn‹, dachte Gerda, deren Unruhe sich bis an die Grenze des Erträglichen gesteigert hatte. ›Ah! Endlich!‹ Sie atmete auf und erschrak zugleich. Der Wiesenburger faltete den Brief, schob ihn in ein Kuvert, schrieb die Adresse darauf, klebte sorgfältig in die Ecke eine Freimarke. Dann nahm er langsam die große runde Hornbrille ab, legte sie auf die Schreibunterlage und sah fragend zu Gerda hinüber: »Verzeih, daß ich dich warten ließ. Der Brief ist eilig. Aber jetzt stehe ich ganz zur Verfügung.« Es hatte förmlich, unpersönlich, nicht gerade ermunternd geklungen. Gerdas Wangen röteten sich langsam. Sie suchte nach einem Anfang und konnte ihn nicht recht finden, sagte schließlich etwas überhastet:

»Ich wollte mich nur bedanken bei dir, Papa, und dich bitten, mir das nicht nachzutragen.«

Ein leises Erstaunen in den Augen, erwiderte er: »Bedanken? Wofür bedanken, wenn ich fragen darf?«

»Ja, mein Gott, daß du das bezahlt hast in Kallenberg, Papa, dafür wollte ich dir gerne danken«, erklärte sie in wachsender Verwirrung.

»Sehr freundlich, aber deinen Dank kann ich leider nicht akzeptieren. Du bist durchaus nicht in meiner Schuld. Frieds wegen und um das Unrecht an den geschädigten Leuten einigermaßen wiedergutzumachen, hab ich die Rechnungen, die schon vor Jahren und Jahren fällig waren, bezahlt. Deinetwegen – offen gestanden – nicht.«

Gerda biß sich auf die Lippen, senkte die Lider. Die Antwort des Wiesenburgers empfand sie als beabsichtigte Kränkung. Am liebsten wäre sie sofort aufgestanden, um das Zimmer zu verlassen, und nur das Bestreben, es nicht ganz und gar mit ihrem Schwiegervater zu verderben, fesselte sie an ihren Platz.

»Trotzdem fühle ich mich in deiner Schuld«, sagte sie mit Überwindung, »und möchte dich um Verzeihung bitten. Ich sehe ja vollständig ein, daß ich nicht richtig gehandelt habe.«

»So? Du siehst das ein? Hm! Ich weiß nicht recht, was ich darauf sagen soll. Du bringst mich da in 'ne etwas schwierige Lage. Mit Redensarten möcht ich dich doch nicht gern abspeisen. Wenn ich sagen wollte: ›Bitte sehr! Du hast meine Verzeihung‹, denn wär das nicht ehrlich. Verzeihen heißt vergessen, und das kann ich nicht, wenigstens jetzt noch nicht.«

»Aber Papa, ich komme doch in der bestimmten Absicht zu dir, das auf irgendeine Weise wiedergutzumachen.«

»Und stellst dir das, fürcht ich, leichter vor, als es ist.«

»Es muß sich doch aber schließlich alles irgendwie wiedergutmachen lassen, wenn man den festen Willen dazu hat.«

»Alles? Das ist wohl etwas zuviel gesagt, aber vieles natürlich. So ganz einfach wirst du es kaum wieder in Ordnung bringen können. Manches ist recht schwer zu reparieren, scheint mir.«

Gerdas Unsicherheit steigerte sich bis zur Hilflosigkeit. Auf eine so ablehnende Haltung war sie nicht vorbereitet. »Aber was hab ich denn nur getan, Papa?« fragte sie weinerlich. »Achttausend Mark mehr verbraucht, als ich durfte. Aber doch schließlich in neun Jahren! Ich hab falsch gehandelt, ganz falsch! Das gebe ich ohne weiteres zu! Aber schließlich doch nicht so, daß es nun gar nicht wiedergutzumachen sein sollte. Ich werde das Geld ersetzen. Mama wird es mir von meinem Vermögen geben. Mehr kann ich doch nicht tun!«

In die Augen des Wiesenburgers trat ein eisiger Ausdruck. »Erstens würde es deiner Frau Mutter ernste Schwierigkeiten machen, eine so hohe Summe herzugeben, zweitens schuldest du mir kein Geld, weil ich nicht dir welches gegeben habe, sondern Fried, und endlich handelt es sich hier um ganz andere Dinge als um solche, die mit Geld gutzumachen sind. Das Geld spielt bloß eine sehr untergeordnete Rolle dabei.«

»Das begreife ich aber gar nicht! Wie meinst du das, Papa?«

»Durch dein Verhalten ist unser guter Ruf jahrelang gefährdet worden. Mit acht- oder neuntausend Mark ist das nicht wiedergutzumachen. Es gibt Dinge, die mit Geld überhaupt nicht wiedergutzumachen sind. Du scheinst das nicht zu verstehen. Das bedaure ich, weil es mir dadurch sehr schwer gemacht wird, an deine ernsten Absichten zu glauben.«

»Aber deine Auffassung ist doch furchtbar kränkend für mich.«

»Kaum so kränkend für dich, wie es dein Verhalten für mich war.«

»Dich kränken ... das wollte ich doch wirklich nicht, Papa! Das hat mir doch ganz und gar ferngelegen!«

»Trotzdem hast du es getan. Enttäuschungen kränken natürlich immer.«

»Aber dann sage mir doch bitte bestimmter, wodurch ich das getan habe. Ich muß doch wenigstens wissen, wie du das alles ansiehst. Nur dann kann ich doch versuchen, mich irgendwie zu rechtfertigen.«

»Ich fürchte, es wird dir nicht recht möglich sein, dich zu rechtfertigen, aber darauf, meine Auffassung zu erfahren, hast du selbstverständlich 'n gewisses Recht. Ich will sie dir also ganz klar sagen. Daß du 'ne Menge Geld verplempert hast, nehm ich dir weiter nicht so furchtbar übel. Darüber könnte man wegkommen. Worüber ich aber nicht wegkommen kann«, fuhr er mit völlig beherrschter, aber kalter Stimme fort, »das sind die Gewissenlosigkeit und Unaufrichtigkeit, die in deiner Handlungsweise liegen. Du hast überhaupt kein Gefühl für Verantwortung gezeigt, und das ist das, was ich dir so schwer zum Vorwurf machen muß.«

»Wodurch habe ich denn aber nur bewiesen, daß ich, wie du sagst, so wenig Gefühl für Verantwortung habe?«

Mit einer Art neugierigem Erstaunen sah Barring sie an. »Fragst du das ei'ntlich im Ernst? Ja, wirklich? Na, dann will ich dir auch darauf die Antwort nicht schuldig bleiben! Ich halte es für das Zeichen völliger Pflichtvergessenheit und für den absoluten Beweis, kein Verantwortungsgefühl zu haben, wenn man sich an fremdem Eigentum vergreift . . .«

»Papa!«

»Du hast mich gefragt, nu laß mich ausreden! Du hast das moralische Kapital, das die Barrings hier angesammelt haben, in gewissenlosester Weise angetastet. Fried gegenüber hast du eine Unaufrichtigkeit gezeigt, die dich in meinen Augen außerordentlich belastet. Durch deine skrupellose Leichtfertigkeit hast du die Kaufleute in Kallenberg nicht bloß geschädigt, sondern den Lachmanski schließlich in seiner Existenz bedroht, und gegen deine Kinder hast du dich insofern versündigt, als du nicht mit der Sorgfalt, wie es meiner Auffassung nach deine Pflicht ist, darauf geachtet hast, daß die Weste der Barrings rein bleibt.«

Wie die Verkörperung des schlechten Gewissens saß Gerda da. Was hätte sie darum gegeben, diesem alten Mann ins Gesicht lachen zu können und ihn mit seiner großartigen Unfehlbarkeit einfach sitzenzulassen! Aber das war ja nicht möglich. Doch sie brauchte irgendein Ventil für die vibrierende Erregung in ihr. Sonst wäre sie daran erstickt. So brach sie in Schluchzen aus.

»Wenn du meinst . . . ich will's ja ruhig zugeben . . . meinen . . . meinen Leichtsinn also . . . als Kapitalverbrechen ansiehst . . . dann allerdings . . . dann weiß ich ja auch nicht . . . wie ich das wiedergutmachen soll . . . in deinen Augen«, sagte sie unter Tränen, die er völlig unbeachtet ließ.

»Kapitalverbrechen ist nicht der richt'ge Ausdruck. Als charakterliches Delikt sehe ich es an, das ich bei der Frau meines Sohnes und der Mutter meiner Enkel am wenigsten verzeihen kann.«

Gerda begann zu begreifen: bei dem alten, schrecklichen Mann hatte sie ausgespielt. Da war nicht mehr viel zu retten. So beschloß sie, in dem ungleichen Spiel eine hohe Karte zu wagen.

»Wenn du die Überzeugung hast«, sagte sie mit einer Stimme, in der Kummer und verletzter Stolz zitterten, »daß es sich bei mir um ein – wie du es nennst – charakterliches Delikt handelt, dann hat es allerdings keinen Zweck, deine Verzeihung zu erbitten. Schicksalhafte Belastungen sind kaum verzeihlich, weil sie dadurch, daß man sie verzeiht, ja nicht aufgehoben werden können. Andererseits liegt doch in der Tatsache, daß man für das, was die Natur einem mitgab, nicht voll verantwortlich gemacht werden kann, immerhin ein mildernder Umstand, der mir doch eine gewisse Nachsicht sichern könnte.«

Mit unbeweglichem Gesicht hatte der Wiesenburger sie ausreden lassen. Jetzt richtete er sich etwas in seinem Sessel auf. »Nimm es mir nicht übel«, sagte er mit kalter Ironie, »aber deine Auffassung zeugt ei'ntlich nicht von besonderem Stolz. Ich denke es mir wenigstens nicht angenehm, eingestehen zu müssen, auf 'ne gewisse Nachsicht angewiesen zu sein. Aber das ist ja ganz Geschmackssache. Als Engel werden wir übrigens alle nicht geboren. Seine Fehler, die ihm das Leben erschweren, hat jeder. Aber die einen lassen sich dadurch nicht weiter beunruhigen; sie sagen sich, so sind wir nu mal, und so müssen wir verbraucht werden. Die andern wehren sich dagegen, zu Sklaven ihrer Schwächen zu werden, und gehen gegen sie an. Deine Ansichten über schicksalhafte Belastungen – wie du dich ausdrückst – mögen bequem sein, aber deswegen sind sie doch nicht richtig! Es gibt etwas, das man mit Selbsterziehung und Selbstdisziplin bezeichnet. Wer im Leben nicht Schiffbruch leiden will, ist darauf angewiesen, beide an sich anzuwenden. Dadurch, daß man schicksalhafte Belastungen – um deinen Ausdruck zu gebrauchen – verzeiht, damit sind sie allerdings nicht aufgehoben, aber sie können unter Umständen dadurch ausgeglichen werden, daß man mit wirklichem Ernst an sich arbeitet.«

»Was soll ich denn tun, Papa? Schließlich kann ich doch nicht mehr tun, als zu dir kommen, um dich um Verzeihung zu bitten!«

»Mir scheint, du kannst nicht bloß mehr tun, sondern mußt es sogar. Du mußt doch verstehen, warum ich mich durch dein Verhalten so tief verletzt fühle! Du mußt doch begreifen, daß es sich um ganz was andres handelt als um die paar tausend Taler! Du brauchst doch bloß die Augen aufzumachen! Dann mußt du doch sehen, daß hier alles um dich das Ergebnis langer, treuer Arbeit ist. So was fliegt einem doch nicht zu! Es will doch erworben, erarbeitet sein. Barringscher Fleiß und Barringsche Ehrenhaftigkeit haben hier ein greifbares Denkmal errichtet. Kein Mensch darf mir das gefährden! Es soll weiterbestehen, soll nicht ausgelöscht werden! Alles das hast du aber gefährdet. Durch deine Gewissenlosigkeit wäre es um ein Haar zum öffentlichen Skandal gekommen. Du hast das alles nicht beachtet, bist über das alles einfach zur Tagesordnung übergegangen! Über die Sorgen der kleinen Kaufleute in Kallenberg, für die wir mitverantwortlich sind, soweit wir mit ihnen zu tun haben, über das, was mir am Herzen liegt, über meine Stellung in der Öffentlichkeit, über Mamas guten Willen, dir beizustehen, über Frieds Vertrauen, seinen Fleiß und sein Streben, über die Achtung vor dem Werk meiner Vorfahren und schließlich über die Zukunft eurer Kinder. An keinen von uns hast du gedacht, bloß an dich selbst! Vielleicht überlegst du dir das mal alles, dann müßtest du ei'ntlich verstehen, warum ich so schwer über deine Handlungsweise wegkommen kann.«

Der schwere Ernst des Wiesenburgers blieb nicht ohne Eindruck auf Gerda. Obwohl er ohne alle Dramatik, ohne jede Spur von Pathos gesprochen, fühlte sie doch die Sorgen und den Kummer, die er sich machte. Seine einfache, jede Pose verabscheuende Würde imponierte ihr, und in ihrer Impulsivität faßte sie plötzlich gute Vorsätze.

»Ich brauch mir das doch gar nicht zu überlegen«, sagte sie schnell. »Ich weiß schon jetzt, du hast in allem recht, was du mir zum Vorwurf machst. Ich kann nichts weiter tun, als dich bitten – und ich tue es wirklich von Herzen: Versuch es noch mal mit mir! Hilf mir, daß ich das wiedergutmachen kann, und glaube mir bitte, daß ich es so gerne gutmachen will!«

Etwas Nachdenkliches, Prüfendes im Blick, sah er sie an, zögerte noch einen Augenblick, sagte dann aber doch mit einem wärmeren Klang in der Stimme: »Du sollst an meine Hilfsbereitschaft nicht umsonst appelliert haben, Gerda. Wenn dir das alles, was nun gewesen sein soll, gezeigt hat, daß du nicht den richt'gen Weg gingst, dann soll das, was war, begraben sein.«

»Ich dank dir von Herzen, Papa! Und . . . nicht wahr – du glaubst wirklich an meinen guten Willen?«

»Du wirst ja Gelegenheit haben, ihn zu zeigen. Natürlich hoff ich, daß du ihn hast.«

»Ja, Papa, ich hab ihn wirklich! Ich bin so froh, daß ich zu dir gekommen bin! Aber noch eins, wenn du erlaubst. Fried will, daß ich für 'ne Zeitlang weggehe. Mir würde das grade jetzt so schwer werden. Willst du ihn nicht . . .«

»Ich find das 'n sehr vernünft'gen Gedanken, Gerda«, unterbrach er sie. »Man spricht doch immer wieder über alles, wenn man zusammenbleibt, und redet sich dabei leicht noch mehr aus'nander. So was muß man mit sich allein abmachen, und dazu muß man Zeit haben. An deiner Stelle ginge ich ruhig für fünf, sechs Wochen irgendwo in 'n Bad. Wenn so was gewesen ist, denn ist es das beste, sich mal 'ne Weile nicht zu sehen.«

»Aber wenn ich nun plötzlich weggehe, dann ist das doch 'ne schrecklich peinliche Lage für mich. Was sollen die Menschen denken? Ich weiß gar nicht...«

»Unsinn! Laß sie denken, was sie wollen!« Einen Augenblick hatte er die bittere Empfindung, daß sie an das Gerede und die Gedanken der Menschen keine Sekunde der Überlegung verschwendet hatte, als es sich um den Namen Barring handelte. Doch er wies diese Erwägung von sich. »Wenn du willst, sag ich dem Krüger mal 'n Wort. Du kämst mir so 'n bißchen angegriffen vor, und ob dir nicht fünf, sechs Wochen Wiesbaden oder so guttun würden. Denn läßt du ihn dir kommen, klagst über Kopfweh und Schlaflosigkeit, und er verschreibt dir fünf Wochen Wiesbaden oder wo du sonst hin willst. Na – nu muß ich aber machen, daß ich wegkomme. Die Wirtschaft draußen braucht mich.«

Dreiunddreißigstes Kapitel

Im Gegensatz zu der ungewöhnlich milden und sonnigen Witterung, die während der zweiten Hälfte des April die Bestellungsarbeiten mächtig gefördert hatte, hielt ein regnerischer und kühler Mai die Entwicklung der Saaten in gesunden Grenzen, so daß sie dicht und kraus wurden und sich kräftig bestocken konnten, statt geil emporzuschießen. Erst Anfang Juni setzte Wärme ein, dann und wann unterbrachen Gewitterregen für zwei, drei Stunden die sonnigen Tage, und so herrschte ein Wetter, daß selbst die eingefleischtesten Schwarzseher sich zufrieden die Hände rieben und der Ernte mit Zuversicht entgegensahen. Der liebe Gott wirtschaftete diesmal großartig! Man selbst hätte es nicht besser machen können! Richtiges Gedeihwetter! Täglich wurden die Felder vielversprechender. Das Jahr schien den Ehrgeiz zu haben, alle Sünden seiner Vorläufer reichlich wiedergutzumachen.

Das Vieh auf den blaugrünen Weiden verlor schnell das Winterhaar, wurde mit jeder Woche blanker und runder, die Milchkühe bekamen Euter wie die Achteltonnen und molken sich gewaltig auf, die Mutterstuten glänzten wie Atlas, ihre Fohlen wuchsen wie auf Pulver, und auf den Wiesen stand so reiches Futter, daß – wenn die nahe Heuernte nicht völlig verregnete – man dem langen Winter ohne Sorge entgegengehen durfte.

Mehr und mehr traten bei Fried die trüben Eindrücke der enttäuschenden Vergangenheit vor der freundlichen Gegenwart in den Hintergrund, und auch an ihm bewährte sich die tiefste göttliche Barmherzigkeit, die den Menschen die Fähigkeit des Vergessens schenkte.

Mitte Mai war Gerda – nicht nur in ihrem Wesen, sondern auch äußerlich zum Vorteil verändert – aus Wiesbaden nach Eichberg zurückgekehrt. Sie hatte frische Farbe, war wieder so schlank wie vor zehn Jahren, sehr hübsch angezogen und sah um Jahre jünger aus.

Fried entging diese vorteilhafte Veränderung nicht, die ihn um so mehr überraschte, als er ja wußte, daß sie in sechs Monaten ein Kind erwartete. Nicht das geringste verriet ihre Figur von der Mutterschaft. Zuweilen verlangte er lebhaft nach Gerda, war gerne mit ihr zusammen. Sie hatten sich jedoch nicht viel zu sagen, und bald sehnte er sich wieder nach dem Alleinsein. Die oberflächliche Art ihrer Unterhaltung vermochte ihn nicht zu fesseln, wurde ihm schnell langweilig, stieß ihn manchmal sogar ab. Fragen, die ihn bewegten und über die er sich gerne ausgesprochen hätte, versuchte sie mit einem raschen Wort abzutun. Mitunter nahm sie zu seinen Gedanken in einer Weise Stellung, die ihn tief verstimmte. Die Flüchtigkeit und Konsequenz, mit der sie allen Schwierigkeiten auszuweichen suchte, reizten und verletzten ihn, allein längst hatte er begriffen, daß er dagegen kein Heilmittel besaß. So fühlte er sich häufig durch ihre Gegenwart beengt und gehemmt und ließ sich dann zu gereizten Gesten hinreißen. Es ging ihm wie jemandem, der einen schlecht gearbeiteten Anzug trägt, in dem er sich nicht leicht behaglich fühlt, und der nun versucht, durch Zupfen hier und dort, durch Ziehen und Verändern der Stellung das störende Empfinden zu beseitigen. Manchmal gelang es ihm kaum, seine Ungeduld zu unterdrücken. Doch Gerda schien seine Nervosität nicht zu bemerken, ignorierte sie jedenfalls und blieb gleichmäßig liebenswürdig. Ihr offensichtliches Bestreben, keinen Mißton aufkommen zu lassen, das in so wohltuendem Gegensatz zu ihrer früheren aggressiven Art stand, rührte ihn zwar nicht gerade, zwang ihm aber doch Anerkennung ab und ließ ihm ihre Schwächen schließlich immer wieder in milderem Licht erscheinen. Am Ende konnte sie nichts dafür, daß sie nicht über die Fähigkeit verfügte, über ernstere Fragen nachzudenken. An gutem Willen fehlte es ihr ja nicht, und mehr, als er hatte, konnte wohl niemand geben.

Mit den Kindern war sie duldsamer, bemühte sich, sie mit ruhiger Gleichmäßigkeit zu behandeln, ihr Vertrauen zu gewinnen. Wenn auch Malte nach wie vor ihr Vorzug blieb, so stellte sie den Jungen doch nicht mehr so eklatant in den Vordergrund.

Die Leute im Hause atmeten auf. Für jeden von ihnen hatte Gerda ein hübsches Geschenk mitgebracht, und im Gegensatz zu früher, wo niemand es ihr hatte recht machen können, hörten sie jetzt öfters ein anerkennendes Wort, hatten Ruhe vor den ewigen Nörgeleien und brauchten keine Heftigkeitsausbrüche mehr über sich ergehen zu lassen.

Auch für Frieda Schneider begann eine bessere Zeit. Gerda schenkte ihr mehr Vertrauen, verschonte sie mit ungerechten Vorwürfen und ließ ihr in bezug auf die Erziehung und Pflege der Kinder ziemlich freie Hand.

Der Zuschnitt im Hause wurde einfacher, blieb zwar immer noch ein ziemlich breiter, sehr anständiger, hielt sich jedoch in gewissen Grenzen. Das Beste, was die Wirtschaft bot, kam auf den Tisch, die Rechnungen in Kallenberg für Delikatessen und die Leckereien der Saison wurden aber wesentlich kleiner.

Wie Gerda nun einmal war, konnte man ihr vielleicht gar nicht einmal einen besonders schweren Vorwurf daraus machen, daß der günstige Wandel in ihrem Wesen weniger das Ergebnis reuevoller Einsicht und ehrlicher Absichten war als vielmehr das von Berechnung und Strategie.

Fried wurde sich dessen übrigens auch gar nicht klar bewußt. Nicht, daß er über Gerdas Veränderung gedankenlos hinweggegangen wäre. Natürlich nicht! Aber er suchte auch nicht die letzte Erkenntnis. Es wäre ihm als Verrat an Gerda erschienen, ihren Bestrebungen, eine wohltuende Atmosphäre zu schaffen, kritisch und skeptisch gegenüberzustehen. So betrachtete er die freundlichere Gegenwart nicht mit sondierendem Verstand, sondern ließ sich von dem redlichen Willen lenken, Gerda nach Kräften zu helfen, auf einem Wege zu bleiben, der sie selbst, die Kinder und ihn vielleicht einer hoffnungsfrohen Zukunft entgegenführen konnte.

Gerda war mit dem festen Entschluß heimgekehrt, den Einfluß, den sie immer auf Fried gehabt und den sie durch die peinlichen Vorkommnisse ernstlich bedroht sah, nicht nur zurückzugewinnen, sondern möglichst zu vertiefen, und nutzte mit echt weiblicher Schlauheit jeden Vorteil aus, der sich ihr bot, ihrem Ziel näher zu kommen.

Ende Mai war Gisela in Wiesenburg eingetroffen. Die Jahre hatten ihrer Schönheit nichts anhaben können. Ihre Gestalt war vielleicht eine Spur voller geworden, erschien dadurch aber nur um so vollkommener. Auch ihr Wesen war völlig unverändert. Sie hatte sich ihren Zauber, die liebenswürdige Natürlichkeit bewahrt, und durch das Wissende, das in ihre blauen Augen gekommen, waren diese noch schöner und tiefer geworden.

Gerade jetzt kam sie im rechten Augenblick für den Wiesenburger, der ihre Gegenwart sehr wohltuend empfand; die letzte Zeit war für ihn reich an Enttäuschungen und Kümmernissen aller Art gewesen.

Vor einigen Wochen hatte ein Schlaganfall innerhalb weniger Stunden ganz unerwartet den Redauer Warnitz hinweggerafft. Mit ihm hatte Barring einen aufrichtigen und geschätzten Freund verloren, der ihm nicht nur in rein menschlicher Beziehung nahegestanden, sondern an dem er auch in politischer Hinsicht eine sehr aktive und zuverlässige Stütze innerhalb der Deutsch-Konservativen Reichstagsfraktion gehabt hatte. Der Verstorbene hatte ihn zum Testamentsvollstrecker bestimmt, und wenn das Amt auch keine besonderen Schwierigkeiten mit sich brachte – Redau befand sich in vorzüglichem Zustand, und auch für seine Witwe und seine nachgeborenen Kinder hatte Alexander Warnitz vortrefflich gesorgt –, so erforderte es doch Zeit, Arbeit und Verantwortungsfreudigkeit, so daß der Wiesenburger gezwungen war, häufiger nach Redau zu fahren. Sein Rat wurde immer wieder erbeten, und seine reiche Erfahrung schien dort unentbehrlich.

Im März hatte sich dann der Baurat mit einer schweren Erkältung gelegt. Eine Lungenentzündung war hinzugetreten, und ihr war der noch so rüstige, sonst kerngesunde Mann zum Opfer gefallen. Das Hinscheiden dieses ausgezeichneten Menschen bekümmerte den Wiesenburger tief; denn der Tod hatte ihm damit nicht nur einen besonders intelligenten, tüchtigen Fachmann entrissen, sondern auch einen Menschen von seltener Treue und unbedingter Ergebenheit, der ihm viel mehr gewesen war als nur ein brauchbarer Angestellter.

Er stand noch ganz unter diesem traurigen Eindruck, als der alte Hennig, der ihn nun schon über vierzig Jahre fuhr und mit dem er sich fest verbunden fühlte, beim Heruntersteigen vom Bock ausglitt und so unglücklich fiel, daß er sich einen komplizierten Oberschenkelbruch zuzog. Nun lag der Arme im Kallenberger Kreiskrankenhaus in Gips. Die Ärzte machten bedenkliche Gesichter: bei dem vorgerückten Alter des Verunglückten war eine Heilung schwierig, wenn nicht gar zweifelhaft, und es bestand wenig Aussicht dafür, das Bein so vollkommen heilen zu können, daß Hennig seinen alten Posten in Wiesenburg wieder würde einnehmen können. Der Wiesenburger, dem die Trennung von seinen alten Leuten immer schwerfiel, empfand es besonders schmerzlich, seinen alten Kutscher möglicherweise verlieren zu sollen.

So türmten sich Wolken um den Wiesenburger, der Gisas sonnige Gesellschaft, ihre ruhige, stille Art, die etwas so Warmherziges hatte, um so dankbarer empfand, als durch sie die Schatten der Vergangenheit allmählich kleiner, die Sorgen der Gegenwart weniger drückend wurden.

Gisa hatte allen in Wiesenburg treue Anhänglichkeit bewahrt, und es war nur natürlich, daß die Herzen sich ihr willig öffneten und von der ersten Stunde an eine Atmosphäre gegenseitigen Vertrauens und Verstehens herrschte.

Mathilde gegenüber zeigte sie warme Verehrung, war von einer so zarten Rücksicht, daß sie ihre herzliche Liebe gewann. Zu den Kindern in Eichberg fand sie schnell ein reizendes Verhältnis, und besonders zu Archi spannen sich innige Beziehungen an. Auch Hanna Lamberg trat sie freundschaftlich näher. Nur zwischen ihr und Gerda wollte sich kein wirkliches Vertrauen einstellen. Diese neidete ihr weniger die zehn Jahre, um die Gisa jünger war, auch ihre Schönheit trug sie ihr nicht nach, aber sie verdachte ihr die herzliche Verbundenheit mit dem Wiesenburger und mit Mathilde. Barring hatte sehr bald erkannt, daß Gerdas Tränen damals und ihre guten Vorsätze doch hauptsächlich Strohfeuer gewesen waren, das unter dem Einfluß ihres impulsiven und wankelmütigen Temperaments ebenso rasch aufgeflammt war, wie es dann wieder zu Asche wurde, und wenn sein guter Wille und sein Wohlwollen durch diese Erkenntnis auch nicht aufgehoben wurden, so vermochte er doch kein Geheimnis daraus zu machen, daß seine innere Einstellung wieder mehr abwartend und skeptisch geworden war. Gerda fühlte begreiflicherweise, wie sich der Abstand zwischen ihr und ihrem Schwiegervater allmählich wieder vergrößerte; sie warf ihm innerlich seine Zurückhaltung vor, die sie als Mißtrauen und Ablehnung empfand. Mehr und mehr redete sie sich ein, in Wiesenburg einen Kampf gegen Windmühlenflügel zu führen, das Mitleid mit sich selbst wurde immer stärker, sie kam sich verkannt vor, hielt sich für falsch beurteilt und dachte schließlich aufgebracht, ja feindselig an den Wiesenburger, dem sie sein nahes Verhältnis zu Gisela bitter verargte. Vor allem wurmte es sie, daß Gisa sich der allgemeinen Beliebtheit bei den Leuten erfreute, während diese ihr gegenüber zwar immer respektvoll und dienstbeflissen waren, ihr aber jene achtungsvolle Ergebenheit versagten, die sie der Schwester bezeigten. In ihrem Innern wollten die Leute von Gerda nichts wissen, fürchteten ihre unberechenbaren Launen, die Heftigkeitsausbrüche, von denen sie alle ein Lied singen konnten.

So wurde Gisela bei Gerda immer mehr zum Gegenstand scharfer und absprechender Kritik als zu dem schwesterlicher Liebe und Verbundenheit. Vor allem sah sie auch in Gisas Anhänglichkeit an den Wiesenburger eine parteiische Stellungnahme, die sie ihr sehr verübelte. Die äußere Form suchte sie zwar zu wahren, aber die gewisse Spannung, die sich von vornherein bemerkbar gemacht hatte, blieb zwischen den Schwestern nicht nur bestehen, sondern verdichtete sich zu einem Gefühl des Sichfremdbleibens, in dem jene Harmlosigkeit unterging, die zwischen Fried und Gisela so selbstverständlich war.

Ganz von selbst ergab es sich, daß Gisa und Fried viel zusammen und dabei oft allein waren. Entweder sie trafen sich zu Pferde oder Gisela begleitete ihn beim Pirschen, sie gingen zusammen über die Felder und Wiesen. Fried zeigte ihr die Mutterstuten, die Fohlen, das Vieh, erbat öfters ihren Rat und machte sich häufig ihre Meinung zu eigen, die – so schien es ihm – im Gegensatz zu der Gerdas, die meist unüberlegt und einseitig war, sich immer als sachlich abgewogen und klug erwies.

Weder Gisa noch Fried kam es in den Sinn, der Freude, die sie aneinander empfanden, auch nur durch ein andeutendes Wort Ausdruck zu geben. Vielleicht dachten sie auch gar nicht recht darüber nach. Es war ihnen so selbstverständlich, wie man sich am blauen Himmel, am Gesang der Vögel, an duftenden Blumen freut.

Auf seinen Wiesen am ruhig dahinfließenden Fluß, in dessen blaugrauen Wasserspiegel die steil fallenden Strahlen der Mittagssonne eine golden flammende Säule gesenkt hatten, ritt Fried langsam zwischen den endlosen Reihen des gekepsten Heus dahin und blickte seinem Vater und Gisela nach, die auf den Schimmeln nach Hause trabten. Der alte vornehme Mann und die junge schöne Frau bildeten einen reizvollen Gegensatz. Beide machten brillante Figuren im Sattel, beherrschten ihr Pferd in der Vollendung. Wie fast immer zu Pferde, trug der Wiesenburger den grauen Zylinder. Seine hohe, sehr schlanke Gestalt bekleideten ein dunkler, stark taillierter Rock und lange, hechtgraue Reithosen. Gisas blondes Haar verschwand fast ganz unter dem hohen schwarzen Seidenhut. Das lang herabwallende Kleid mit der knapp sitzenden Taille ließ Giselas wundervollen Wuchs besonders hervortreten.

Racker, Frieds brauner Wallach, blieb plötzlich stehen, warf den Kopf auf, spitzte die Ohren und sah voller Unruhe den Schimmeln nach. Ein, zwei Sekunden stand er regungslos, wie zu Stein erstarrt. Er verhoffte wie ein Stück Wild, das eine Gefahr wittert. Dann wieherte er leise, ungeduldig auf, begann nervös auf der Stelle zu tänzeln und wollte den Schimmeln nacheilen. Als Fried ihn verhielt, wurde er ungezogen, warf mit dem Kopf, knirschte auf das Gebiß, stieg schließlich kerzengerade. Fried brachte den Ungebärdigen zwar bald wieder auf andere Gedanken und einigte sich mit ihm, aber ein schwieriges Pferd war der Racker nun doch mal. Unberechenbar, voller Launen, freilich auch stahlhart und zäh wie eine Katze. Aber besonders bequem war er nicht. Man saß eigentlich immer wie auf Pulver und mußte jeden Augenblick auf irgendwelche Überraschungen gefaßt sein. Papa liebte ihn nicht sehr, den Racker. ›Warum plagst du dich mit dem Schinder?‹ sagte er manchmal. »Verkaufen läßt er sich kaum. Wer wird sich 'n halben Verbrecher an 'n Hals kaufen? Aber spann ihn doch an! Hast dich lang genug mit ihm rumgeärgert, scheint mir.‹

Schon wieder warf Racker den Kopf unruhig auf.

Aha! Da näherte sich schnell ein schwarzer Punkt, wurde größer und größer. Archi auf seinem Pony ›Karl‹ kam wie eine Kugel auf seinen Vater zu.

Fried trabte Archi entgegen, der sich dem Vater schnell näherte. »Wo wart ihr, Vati?« schrie er schon von weitem.

»Überall, Archi! Die ganzen Felder hier und in Gottesfelde sind wir abgeritten.«

»Und wo stehn sie besser, bei uns oder in Gottesfelde?«

»Aussehn tun sie in Gottesfelde ebensogut wie hier, zum Teil sogar besser, aber wenn die Witt'rung günstig bleibt, dann werden sie hier diesmal mehr geben als in Gottesfelde, denk ich. Es muß bloß viel Sonne bleiben.«

Archi nickte. »Wenn kommt die Tante Gisa?«

»Heut zum Kaffee. Sie will nachher mit mir zum Pirschen mitkommen.«

»Der Emil hat 'ne Ratz totgeschlagen, Vati«, berichtete Archi eifrig, »so groß wie 'n Kater, sagt er. So 'ne Ratz hast du noch nich gesehen! Er verwahrt sie, bis die Tante Gisa kommt. Ich muß sie ihr zeigen, und denn kann sie auch mal sehn, wie der Emil mit dem Katapult trifft. Kein Spatz kommt weg, wenn er schießt! Jetzt macht er mir 'n Flitzbogen. Er sagt, er muß bloß Krähenfedern haben. Mit Hühnerfedern – das wär nichts für die Pfeile, sagt er. Bitte, Vati, sag doch dem Hauptmann, er soll sie mir geben, wenn er 'ne Krähe schießt.«

»Schön, mein Bengelchen! Ich werd dran denken. Aber bitt du man auch den Hauptmann drum. Er schießt ja oft Krähen. Na, denn wollen wir man! Sonst kommen wir zu spät zu Mittag.«

Bei Tisch meldete Fried Gisa zum Kaffee an: »Wir wollen dann pirschen fahren. Du bist dann leider den Abend über allein. Wirst du dich nicht langweilen?«

»Dazu hab ich gar keine Zeit. Nein, nein! Ich hab alle Hände voll zu tun. Von Langweilen ist keine Rede. Wann kann ich euch zum Abendbrot erwarten, Fried, oder kommt Gisela nicht zu Tisch mit?«

»Ich glaube kaum. Vom Walde aus kann ich sie gleich nach Wiesenburg zurückfahren. Um halb neun ist das Büchsenlicht vorbei, also spätestens um viertel zehn werde ich wahrscheinlich wieder hier sein.«

»Hoffentlich bekommst du endlich den dummen Bock! Ich glaube, du bist schon an die dreißigmal seinetwegen rausgefahren. Ich denk es mir übrigens schrecklich, sich beim Pirschen im Wald von den Mücken halb auffressen zu lassen. Die Gisa hat wirklich 'n merkwürdigen Geschmack. Aber schließlich ist es ja ganz gut, daß ihr so was Spaß macht. Sonst würde sie sich ja totlangweilen.«

»Daß Gisa das Spaß macht, verstehe ich vollkommen. In England hat man nicht die Poesie bei der Jagd wie bei uns. Dort sind die Leute mehr Schießer. Wir sind mehr Heger und wirkliche Jäger.« – »Kann sein! Mir geht jedenfalls das Verständnis für diese Art Poesie ab.«

»Das ist ei'ntlich sehr schade. Es gibt doch kaum was Schöneres, als abends im Wald zu sein.«

»Ohne Mücken vielleicht. Sieh nur zu, daß du den Bock endlich schießt, Fried. Meine Vorratskammer ist ziemlich leer. Ich könnt ihn gut gebrauchen.«

»Ich will mein Bestes tun«, versprach Fried und stand auf, »aber anbinden lassen sich die Böcke ja leider nicht, und so 'n ehrwürd'ger alter Herr wie der, mit dem ich nun schon seit Wochen Verstecken spiele, verdient schon, daß man sich um ihn abrakkert.«

Fried war einsilbig, als er dann gegen Abend mit Gisa in dem niedrigen Pirschwagen den Augustenhöfer Weg zum Walde herunterfuhr. Es wollte ihm gar nicht recht aus dem Kopf, was er heute vormittag erst erfahren, daß Gisa nämlich auch in Irland hinter der Fuchsmeute ritt. Diese Jagden dort waren kein Spaß! Bei Gott nicht! Wie Harold das zulassen konnte, verstand er nicht.

Auch Gisa schwieg. Der Abend war voll stiller Schönheit, und es fiel nicht schwer, in Frieds Gesellschaft zu schweigen. Er und sie konnten auch miteinander schweigen, ohne dadurch an Unbefangenheit einzubüßen.

Plötzlich fuhr Fried aus seinen Gedanken auf. »Jiff ... Jiff ... Häff ... Häff.« Die Jagd kam auf den Wagen zu. »Diese verdammten Köter!« Nichts haßte er mehr als wildernde Hunde. Sie wurden zur ständigen Beunruhigung und Gefahr für das Revier.

»Halt, Willuhn!«

Er stieg aus, lud die Büchsflinte, nahm Deckung im Graben. Das hohe »Jiff ... Jiff« kam näher und näher. Da tauchte auch schon ein Hase auf, der mit angeklemmten Löffeln, wie vom Bösen gehetzt, sechzig Schritt vor dem Wagen über den Weg preschte. Gleich links von diesem stieg das Gelände an, eine Kugel mußte sich also gleich im Anberg verfangen. Fried hob das Glas vor die Augen. Da! Zwei riesige Fleischerhunde mit tiefer Nase auf der Spur des Hasen! Ab und zu blafften sie auf. Mordlustig, blutdürstig schrillte das heisere »Jiff ... Jiff ... Häff ... Häff ...«. Fünfzig, sechzig Schritt von Fried mußten die Bestien den Weg überfallen. Er stellte auf Kugellauf, stach und hob die Büchse. Ruhig visiert er den ersten Fixköter an, faßt ihn vorne an der Schulter an, fährt eine Länge vor, zieht mit ... damm! Scharf, hell wie ein Peitschenknall bricht sich der Kugelschuß. Die Bestie überschlägt sich, rührt kein Glied mehr. Fried hat die Büchsflinte nicht abgesetzt. Bevor der zweite Köter in der windenden Fahrt abstoppen, sich herumwerfen kann, knallt es zum zweitenmal. Siebzig Schritte mögen es sein. Die Flinte trägt weit. Jaulend klagt der Wilderer auf, fährt mit dem Fang zähnefletschend herum, als wolle er sich in die Seite beißen, wird kürzer und kürzer. Seine Bewegungen werden taumelnd, noch ein paar Schritte stolpert er weiter, geht über Kopf, klagt noch einmal winselnd auf, schlägt zwei-, dreimal krampfhaft mit der Rute, streckt sich und verhaucht sein ruchloses Leben.

»Das war ein guter Anfang, Gisa. Die beiden Bestien haben mir lange genug das Revier beunruhigt! Unglaublich geärgert haben sie den Hauptmann und mich! Na – nun sind sie besorgt und aufgehoben. Fahr zu, Willuhn!«

Etwas wie Bewunderung war in Gisas Augen. »Vorbeischießen kannst du, glaub ich, gar nicht, Fried.«

»Leider passiert mir das oft genug«, murmelte er, und nach sekundenlangem Zögern fügte er leiser hinzu: »Wenn auch vielleicht weniger auf der Jagd.« Den fragenden Blick Giselas schien er nicht zu bemerken, sprach schon weiter: »Als Junge gab mir Papa nur 'ne einläufige Flinte in die Hand. Er meinte, wenn man bloß eine Patrone zum Verknallen hat, gewöhnt man sich besser ans genaue Hinhalten. Übrigens, Gisa, du erzähltest heut vormittag, daß du 'ne Menge Jagden in Irland mitreitest. Ich wußte das gar nicht.« – »'ne Menge? Das nicht gerade. Zehn oder zwölf vielleicht im Jahr. Höchstens!«

»Na – das find ich schon mehr als reichlich!«

»Das Doppelte wär mir lieber, Fried«, meinte sie lachend.

»Mir nicht!« sagte er kurz.

»Aber was hast du gegen die Jagden in Irland?«

»Sie sind nichts für 'ne Dame, mit ihren klotzigen Sprüngen. Schon in England bekommt man allerhand vorgesetzt, aber das sind Spielereien im Vergleich zu den Hindernissen in Irland.«

»Aber das macht doch das Reiten dort gerade so schön, daß man was wagen muß.« – »Ach, Gisa – sei nicht so egoistisch!«

Ein rosenroter Hauch färbte ihre Wangen. Sie fand nicht gleich das richtige Wort, sagte dann: »Meine Pferde sind zuverlässig. Wenn man stillsitzt und sie nicht stört, machen sie alles von selbst.« – »Kann sein! Trotzdem sind die irischen Jagden nichts für dich, finde ich. Bist du noch nie gefallen?«

»Ein- oder zweimal bloß. Wer da hinter dem Fuchs reitet, muß das schon in Kauf nehmen.«

»Fürchterlicher Gedanke!« Ihn schauderte. »Wenn ich dein Mann wäre, du kämst mir da bestimmt nicht in den Sattel!«

Sie nestelte an ihrem Handschuh, hielt die Augen gesenkt. »Harold kommt gar nicht auf den Gedanken, mir etwas verbieten zu wollen, was mir Spaß macht«, sagte sie zögernd. »Das wär auch gar nicht englisch. Jeder muß selbst wissen, was er tun und lassen soll, denkt man drüben, und ich finde, das ist ein sehr angenehmer Standpunkt.«

»Angenehm vielleicht, richtig jedenfalls nicht! Es soll keine Kritik an deinem Mann sein. Selbstverständlich nicht! Aber wie er das zulassen kann, daß du dich unnützerweise, wer weiß wie oft, einer ernsten Gefahr aussetzt, begreif ich – offen gesagt – nicht. Im Ernst, Gisa, du solltest die Jagden dort aufgeben.«

Die Lider deckten noch immer ihre Augen. »Ich weiß nicht, Fried, es ist schwierig«, murmelte sie, »sie würden es drüben gar nicht recht verstehen, wenn ich plötzlich nicht mehr . . .«

»Das wär ja auch noch kein Unglück«, fiel er ihr schnell ins Wort. »Jedenfalls längst kein Grund, sich selbst in Gefahr und andre Leute in Unruhe zu bringen. Ich dachte ei'ntlich, wenn man dich um was bittet, würdest du weniger schwierig sein . . .«

»Aber ich will doch gar nicht schwierig sein, Fried, wenn es sich um was wirklich Ernstes handelt . . .«

»Für mich handelt es sich darum, Gisa«, unterbrach er sehr bestimmt. »Du solltest das ei'ntlich wissen. Aber ich hab natürlich kein Recht, von dir die Erfüllung einer Bitte, die mir am Herzen liegt, zu erwarten.«

Ihre Augen wurden unmutig. «Und du solltest ei'ntlich wissen, daß ich dir nicht bloß das Recht zuspreche, mich um was zu bitten, sondern daß ich deine Wünsche auch gerne erfülle, wenn es sich um was handelt, worum dir ernstlich zu tun ist.«

»Wußtest du noch nicht«, fragte er mit ganz leiser Ironie, »daß für mich alles, was dich angeht, Ernst ist?«

Der Wagen bog jetzt in den Wald ein, und Fried gab ihr ein Zeichen, still zu sein.

Schweigend fuhren sie im Schritt weiter, sahen scharf ins Holz zu beiden Seiten des Gestells. Man mußte die Augen gut aufhalten! In dem ziemlich dichten Unterholz war ein Stück Wild leicht zu übersehen.

Abendliche Stille war um sie. Ab und zu hallte das ›Gickgock‹ eines aufbaumenden Fasanenhahns durch den Wald, ein paar Ringeltauben gurrten zärtlich-beschwörend, und aus den Wipfeln der Bäume ertönte verträumt und sehnsuchtsvoll das Abendlied der Drosseln. Zweihundert Meter vor einer schmalen

Wiese, die sich an die dreihundert Meter lang wie ein Handtuch zwischen älteren Beständen, den See und dichten, jüngeren Schonungen hinzog, hielt Willuhn an. Gisa und Fried gingen vorsichtig bis zum Anfang der Wiese und pirschten dann im Walde an dieser entlang. Die Gummisohlen unter ihren Schnürschuhen machten ihren Schritt lautlos. Endlich blieben sie stehen, suchten aufmerksam mit dem Glas die ganze Wiese ab. Nichts als eine Ricke mit Kitz war zu entdecken. Die Ricke hatte sich niedergetan. Ihre Lauscher spielten, um die Mücken abzuwehren. Das Kitz knabberte so unbekümmert an den Gräsern, als habe die ganze Welt nichts zu bieten als süße Gräser und frohe Spiele.

»Es ist noch zu früh«, flüsterte Fried. »Wenn er überhaupt kommt, tritt er erst in 'ner halben Stunde aus. Wir müssen uns hier ansetzen.«

Eine halbe Stunde mochten sie mäuschenstill gesessen haben, da begannen sich drüben am See die Spitzen des Schilfs leise zu bewegen. Fried griff zum Glas. Irgend etwas schlich durch das Schilf. Aber der Himmel mochte wissen, was es war! Es konnte ein Fuchs oder Dachs sein, eine Ricke oder irgendein anderer Bock, der einen heute nicht interessierte. Aber da! Was war das? Ein eisgrauer Grind hob sich für drei, vier Sekunden über den Rand des Schilfes, über den Lauschern leuchtete es weiß auf, und Fried bekam ein Gehörn ins Glas, so klobig, wie er es noch nie gesehen zu haben meinte. Er war es – der Urbock, der nun vorsichtig, wie ein Fuchs schleichend, immer wieder verhoffend, Schritt für Schritt sich aus der Deckung auf die Wiese hinausstahl. Endlich stand er frei, stand wie in Erz gegossen, versuchte Wind zu bekommen, sicherte regungslos wohl an die fünf Minuten. Der Wind stand günstig, konnte dem Bock keine Witterung bringen. Die Minuten dehnten sich endlos! Und dann schien der mißtrauische Einsiedler beruhigt und begann zu äsen. Doch kaum hatte er den Windfang gesenkt, als er auch schon wieder blitzschnell aufwarf. Dies Komödienspiel wiederholte sich wohl eine Viertelstunde lang. Er kannte das Leben, der Alte, war mit allen Salben gerieben! Fried begann nervös zu werden. Das Büchsenlicht hielt bloß noch eine gute halbe Stunde an. Viel Zeit war nicht mehr! Vorläufig stand der Bock für eine sichere Kugel noch fünfzig Meter zu weit ab. Das Jagdfieber, ihm sonst unbekannt, bedrohte Fried. Seit Jahren kannte er den urigen Bock dort, der langsam, schrittweise, immer dicht am Seeufer, sich weiter äste. Wohl hundert und mehr Fehlpirschen hatten ihm gegolten. Aber es war wie behext, immer wieder narrte er einen! Von Minute zu Minute steigerte sich die Erregung in Fried. Er mußte sich ernstlich zusammennehmen, um unter der unerhörten Spannung nicht unüberlegt zu werden. Gisela, die einen Schritt halbrechts hinter ihm saß, erging es nicht viel besser, nachdem auch sie den Bock durch das Glas betrachtet hatte. Langsam, verzweifelt langsam äste er sich weiter. Keine Sekunde ließ er in der Wachsamkeit nach. Immer wieder warf er auf, um zu sichern. Jetzt war er am Ende des kleinen Sees, der Wald begann. Der Bock hielt zwar die Richtung auf Fried, blieb jedoch dicht am Waldesrand. Mit ein paar Fluchten konnte er im Unterholz verschwunden sein. Wieder vergingen bange zwanzig Minuten. Wie Stunden erschienen sie Fried! Sollte es diesmal glücken, war es hohe Zeit, den Finger an den Hahn zu bekommen: es begann schon zu schummern. Näher und näher zog der Bock. Jetzt hätte man vielleicht hinhalten können, aber besser, man ließ ihn noch fünfzehn Schritt näher kommen. Endlich, endlich war's soweit ... Tief atmete Fried auf. Halb spitz stand der Bock, man konnte ihm aber doch die Kugel aufs Blatt setzen.

Langsam hebt Fried die gestochene Büchse, visiert den Bock an ... setzt behutsam wieder ab. Weiß der Deibel, aber so geht das nicht! Die Hand ist nicht so ruhig wie sonst. Gisa hält den Atem an. Wieder geht die Büchse langsam an den Kopf. Das Korn sucht sich das Blatt. Höchste Zeit, das letzte Wort zu sprechen. Der Finger berührt den Hahn. »Knack!« Wie der Blitz fährt der Bock herum. Vier, fünf rasende Fluchten ... weg ist er! Fortgewischt, ausgelöscht, als sei er nie da, als sei alles nur ein Spuk gewesen. Aus dem Walde heraus grollt sein bellendes, tiefes Schrecken, trifft Frieds Ohr mit zornigem Hohn. Der sitzt regungslos, wie erstarrt. Dies blöde, elende Pech! Die Haare könnte man sich raufen! Nach Jahren endlich hat man den Bock vor der Büchse, sieht ihn schon mit einem Blattschuß vor sich liegen ... da kommt dieser verfluchte Versager! Zum Verrücktwerden ist es ... Er nimmt die Patronen aus der Flinte, wendet sich zu Gisa, die ihn ganz erschrocken ansieht: »Nu hast du wenigstens mal gesehen, was Pech ist, Gisa! Na, dagegen gibt's kein Mittel! Denn können wir ja nu beruhigt nach Hause fahren.«

Sie standen auf. Fried empfand es dankbar, daß sie keine Fragen stellte oder Redensarten machte. Er mußte denken: ›Jede andere hätte mir jetzt gesagt, wie schrecklich sie mich bedauerte, hätte dumm gefragt, wie ist so etwas nur möglich, wie kam es nur, nein, sag mir, wie konnte das nur kommen?‹ Gisas Schweigen war wohltuend und beruhigend. Es sprach viel eindringlicher als hundert Worte.

Als sie zum Wagen gingen, schob Gisela ihren Arm unter den Frieds. »Ich werde jetzt mal was Schreckliches sagen, Fried, aber ich fühl es nun mal so. Denk dir, so furchtbar leid es mir auch tut, daß dir das passiert ist, aber – ich kann mir nicht helfen – ei'ntlich freut es mich auch wieder. . . .«

Erstaunt, fragend sah er sie an.

»Ja – ich gönn ihm das Leben. Er hat es so klug und zäh verteidigt, alle die Jahre hindurch. Daß es nun in einer halben Sekunde ausgelöscht werden soll . . . nein, das hat er nicht verdient.« – Er lächelte trübe. »Na ja – ist auch 'n Standpunkt«, murmelte er, »bloß 'n bißen schwacher Trost für mich!«

Am samtenen, tiefblauen Himmel glänzten matt einzelne Sterne. Nur ein einziger funkelte hell in blaugrünem Licht. Auf den Feldern lockten die Rebhühner, ein verliebter Wachtelhahn rief mit besessener Unermüdlichkeit sein begehrliches ›Putperlut‹, und das zynisch kichernde ›Komm mit, komm mit‹ des Kauzes, den der Volksmund den Totenvogel nennt, höhnte aus dem Walde. Nach dem langen Stehen und der Mückenplage im Wald traten die Pferde stechend, kauten auf dem Gebiß, daß der Schaum in Flocken zur Seite flog, und schlugen prustend mit den Köpfen. Das Lederzeug knarrte, die Trensenringe klirrten. Fast lautlos rollte der leichte Wagen auf dem glatten, weichen Weg dahin. Voll und schwer war die Luft vom starken Geruch des Heus, und süß und betörend dufteten abertausend Blumen. Eine weiche, einschmeichelnde Sommernacht neigte sich hernieder, die ganze Welt schien erfüllt von Sehnsucht und Liebe.

Als der Wagen vor dem Schloß hielt, stand August schon wartend vor der Freitreppe. Fried sprang aus dem Wagen und hielt Gisa die Hand hin, um ihr beim Aussteigen behilflich zu sein. »Schlaf wohl, Gisa. Es war ein schöner Tag heute. Trotz des Pechs im Walde.«

»Ja, Fried! Es war auch schön! Übrigens – was ich noch sagen wollte . . . das mit dem Reiten in Irland . . . ich hab mir's überlegt. – Ich werd es aufgeben. Ich versprech es dir hiermit feierlichst!« – Er nahm ihre beiden Hände und drückte seine Lippen darauf. »Liebe kleine Gisa«, murmelte er, »nun freu ich mich wirklich, daß der Bock noch lebt!«

Da trat August einen halben Schritt vor. »Verzeihen, gnädiger

Herr, der Herr Doktor Friebel is da. Mit dem Peter steht es nich gut. Er wird es nich mehr lang schaffen, meint je man der Karl.« – Erschrocken sahen sie auf. »Der Peter? Gestern war er doch noch ganz munter«, fragte Fried.

»Seit ein paar Tagen hat er nicht recht fressen wollen, und heute früh war die Nase auch recht heiß«, fiel Gisa ein.

»So! Dann muß ich noch schnell mal mit reinkommen. Wenn er wirklich eingehen sollte, es würde Papa sehr nahegehen.«

Im Schreibzimmer fanden sie den Wiesenburger mit Doktor Friebel und Karl. Er fragte gar nicht, ob Fried den Bock bekommen hätte, wies nur auf den alten Hund, der apathisch in seinem Schlafkorb am Kamin lag. Sein Atem ging rasselnd.

»Was ist denn bloß, Doktor?« fragte Fried.

»'ne böse Lungenentzündung. Ich hab es Ihrem Herrn Vater leider schon sagen müssen, hier gibt es keine Hilfe mehr. Das kann das alte Tier nicht mehr durchhalten.«

Karl machte ein ratloses Gesicht und schüttelte von Zeit zu Zeit langsam den kugelrunden Kopf. »Ach ne, ach ne«, murmelte er, »wat moakt dat ole Deer bloßig! Ne, so wat aber ok, so wat!«

Gisela kniete nieder und betrachtete den Hund aufmerksam. Dann legte sie ihm behutsam die Hand auf den Kopf, strich ihm ein paarmal sanft darüber. – »Ich fürcht, da gibt es wirklich keine Hilfe mehr«, sagte der Wiesenburger.

»Ich fürchte es auch, Onkel Archibald. Er ist so schrecklich apathisch, und die Nase glüht ja ordentlich.«

»Es kann noch zwei, drei Tage dauern, Herr von Barring, aber zu helfen ist ihm leider nicht mehr. Wär es nicht richtiger, ihn zu erlösen?«

Der Wiesenburger blickte einen Augenblick unwillig auf den Tierarzt. Das war ja wirklich gräßlich! Dieser Friebel setzte einem ja rein die Pistole auf die Brust! Er sollte hier einfach ja sagen, wo es sich darum handelte, dem alten, braven Hund das Todesurteil zu sprechen? Mit einem einzigen Wort ein Band durchschneiden, das lange Jahre geknüpft, gemeinsames Erleben, tiefe Treue gewoben hatte? Viel verlangt von diesem Friebel! Diese Kerls, die Doktors! Greulich war es, mit ihnen zu tun zu haben! Zwei-, dreimal ging er langsam im Zimmer auf und ab, blieb vor dem Hunde stehen, beugte sich zu ihm nieder, streichelte ihn. Er hoffte so, der arme, alte Peter werde irgendwie darauf reagieren. Auf jeden Blick von ihm hatte er ja reagiert. Allein – seine Hoffnung erfüllte sich nicht. Vollkommen teilnahmslos blieb er, nicht das kleinste Bewegen der Rute ließ sich feststellen. Nein, nein – es ging zu Ende mit ihm. Daran war nicht zu zweifeln. Er richtete sich auf.

»Fried, ich hab es schon mit dem Doktor besprochen. Bleib du man hier. Ich geh mit Gisa. Sie muß was essen. Doktor, Sie geben ihm also vor der Spritze erst Chloroform. Er soll sich nicht mehr ängstigen, der alte Hund. Karl, wenn es vorbei ist, komm zu mir.« Er beugte sich noch einmal zu dem treuen Gefährten langer Jahre herab, fuhr ihm leise über den Kopf, murmelte ein liebkosendes Wort. Dann richtete er sich auf. »Komm, Gisa! Du mußt wirklich was essen.«

An der Tür zum Grünen Zimmer blieb er noch einen Augenblick stehen, starrte auf Peter, lauschte auf das rasselnde, gequälte Atmen. »Nein, nein, es hilft nichts! Es ist das letzte, was ich für ihn tun kann.«

Im Schein einer der beiden Lampen, die im Grünen Zimmer brannten, blieb er zögernd stehen: »Ob man vielleicht doch noch die Nacht abwartet?«

»Ich fürchte, er quält sich, Onkel Archibald.«

Er nickte nachdenklich. »Man soll sein Herz nicht an einen Hund hängen. Das ist unpraktisch. Dazu haben sie 'ne zu kurze Lebensdauer.«

»Aber das Herz fragt nicht danach, was praktisch ist oder unpraktisch. Es läßt sich nicht kommandieren.«

»Hm!« Mit einer weichen Bewegung strich er Gisa über das blonde Haar. »Hanna wartet sicher schon auf dich im Eßzimmer. Geh, Kindchen! Du mußt wirklich endlich was essen. Ich werd zu Tante Thilde gehen.«

Vierunddreißigstes Kapitel

Gisa und Fried ritten über die Eichberger Schwarzbrache. Sie war locker und krümelig. Bis über die Fesseln sanken die Pferde ein, zogen die Hufe schwer aus dem Boden, machten lange, weit ausholende Tritte. Hinter den Pferden stand eine lange Staubwolke. Es war Zeit, wieder einmal die Brache zu rühren; sie war schon wieder ganz hübsch eingegrünt.

In den nächsten Tagen wollte Gisela nach England zurückkehren, wo sie spätestens bis zum 22. August eintreffen wollte. Dahin war die schöne Zeit! Wie alles Schöne im Leben, war sie im Handumdrehen vorbeigegangen. Wie schön war es gewesen, zusammen zu reiten, zu sprechen oder zu schweigen! Man hatte viele Gedanken ausgetauscht und ... vielleicht noch viel mehr verschwiegen. Was wußte der eine vom andern?

Ein Volk Hühner ging schwirrend dicht neben den Pferden hoch. Elfe kümmerte sich kaum darum, spitzte nur ein wenig die Ohren, schielte einen Augenblick zur Seite, aber Racker machte eine Lançade, als sei eine Bombe neben ihm krepiert. Nichts wie Faxen hatte er im Kopf! Fried gab dem Wallach ein paar Sporen hinter dem Gurt. Man konnte seine Albernheiten nicht so glatt durchgehen lassen.

Gisa beugte sich etwas im Sattel vor, streifte mit dem Reitstock eine Fliege vom Hals ihrer Stute.

Fried zog die Uhr. »Gleich viertel zehn! Wollen wir über die Wiesen nach Gottesfelde galoppieren? Es macht dir vielleicht Spaß, die Remonten noch mal zu sehen.« – »O ja, Fried! Das wär schön! Aber hält es dich auch nicht zu sehr auf?«

»Hier ist alles im Gange. In 'ner guten Stunde sind wir zurück. Wird es dir aber nicht zuviel werden? Wir müßten etwas Tempo reiten. Ich hab um elf 'ne Besprechung.«

Lächelnd schüttelte sie den Kopf.

Zehn Minuten später galoppierten sie im Handgalopp am Fluß entlang über die weiten Wiesen.

Der Remontenmarkt fiel in diesem Jahr aus irgendwelchen Gründen erst in den September. So gingen die achtzig Dreijährigen noch auf die Weide. Drei berittene Hirten, deren schnelle Pferde den Dienst gut kannten, hüteten die ruhig grasende Herde. Erst als Gisa und Fried auf dreißig Schritt heran waren, gingen die feinen Köpfe wie auf Kommando hoch, und achtzig Pferde, die Ohren gespitzt, die Nüstern gebläht, blickten ihnen aus schönen, feurigen Augen entgegen. Ein herrliches Bild, die vielen edlen Pferde, deren blankes Haar in der Sonne glänzte, auf der tiefgrünen Wiese, durch die der breite Fluß geruhsam dahinfloß, unter einem leuchtend blauen Hochsommerhimmel! Die Hirten ließen kein Auge von ihren Schutzbefohlenen. Die langen Peitschen schlagbereit in der Faust, saßen sie wie die Grasteufel auf ihren drahtigen Pferden, sprachen beruhigend auf die Herde ein. Wenn nur ein einziger von den achtzig auf dumme Gedanken kam und das Traben anfing, dann war es geschehen! Dann schnaubten zehn, zwölf andere schnarchten auf, die Schweife gingen hoch, und einige Sekunden später brauste die ganze Herde ab. Doch da nahmen einige der Pferde schon wieder die Köpfe herunter, bald grasten sie alle, als seien die beiden fremden Pferde gar nicht da. Langsam ritten Gisa und Fried um die Herde, zeigten sich gegenseitig ihre Lieblinge, besonders einen hochedlen Muskatschimmel und einen schnittigen Braunschecken konnte Gisela gar nicht genug ansehen.

»Ihre Zukunft ist wohl ziemlich sicher«, sagte Fried. »Der Schimmel wird 1. Leibhusar und der Schecke Trompeterpferd bei den 3. Husaren.«

Da warf plötzlich ein Dunkelfuchs, der viel vom Vollblüter hatte, den Kopf hoch auf, begann mit dem Schweif zu peitschen und aufgeregt zu schnarchen. Beim ersten Schnarchton fuhren achtzig Pferdeköpfe hoch. Ein allgemeines Schnauben und Prusten setzte ein, wurde stärker, erregter. Achtzig Schweife peitschten erbittert die Flanken. Die Schmeißfliegen stachen entsetzlich heute! Die Hirten wurden unruhig, wickelten die schweren Schläge von den Peitschstöcken. Da schnarchte ein Brauner laut aus. Wie ein Fanfarenruf klang es. Den Schweif auf die Kruppe gelegt, machte er drei, vier lange, tanzende Schritte, warf sich einige Male – wie unschlüssig – in der Schulter von rechts nach links, von links nach rechts herum, schnarchte noch ein-, zweimal fanfarenartig, sprang zum Galopp an ... achtzig Schweife gingen hoch, zwei Sekunden später brauste die ganze Herde geschlossen in windender Fahrt über die Wiese. Wie die Bälle flogen die Hirten neben der durchgehenden Herde hin. Einem von ihnen gelang es, die Tete zu gewinnen. Die Peitschenschnur über dem Kopf langsam im Kreise drehend, schrie er der kopflos dahinstürmenden Herde sein beschwörendes »Ho, ho . . . ha, hoh« zu. Unter dreihundert schlagenden Hufen erzitterte der Boden, die Mähnen wehten im Winde, wie die Standarten flatterten die Schweife. Giselas blaue Augen glänzten. Ihre hochgeschweiften und sensiblen Nasenflügel vibrierten, die vollen, roten Lippen waren halb geöffnet. Alles an ihr verriet die leidenschaftliche Hingabe an den Augenblick. Etwas Hinreißendes lag in ihrer Schönheit. Fried warf einen Blick auf sie. Was hatte sie vor? Hinterherjagen? Unter keinen Umständen! »Gisa, nicht nachreiten!« rief er ihr zu. »Ja, stehenbleiben! Wenn wir nachjagen, werden sie erst recht verrückt.«

Er hatte beide Hände voll zu tun mit seinem Pferd. Der Wallach war so aufgeregt, daß ihm der Schaum dick auf dem Halse stand. Er warf mit dem Kopf, trat auf der Stelle, schnarchte, hob sich vorne hoch. Wie verrückt benahm er sich! Als dickes Netz spannten sich die Adern über seinem Hals, der Schulter und Hinterhand. Giselas Stute fing auch an, nervös zu werden, schlug mit dem Schweif, warf den Kopf. Sie klopfte ihr den Hals, sprach beruhigend auf sie ein. Nach hundert Metern gelang es den Hirten, die Herde herumzuwerfen. In rasendem Karacho kam sie zurück, brauste wie der Sturmwind direkt auf Gisela und Fried zu.

»Komm, Gisa! Wir nehmen die Tete!«

Kopf an Kopf flogen sie über die Wiesen, hinter ihnen die achtzig Pferde, deren Hufe dröhnend die Erde schlugen. Einen Augenblick legte sich Elfe auf die Zügel, aber Gisela gab geschickt nach und bekam die Stute gleich wieder in die Hand. Frieds Wallach dagegen pullte wie verrückt! Er schien den Kopf ganz und gar verloren zu haben. Nach zweihundert Metern gelang es den Hirten, die Herde aufzufangen. Das Tempo wurde kürzer, aus dem Galopp fielen die Pferde in Trab, nach zwei Minuten standen sie, sahen sich ein paar Augenblicke verwundert um, schon nahm einer den Kopf zur Erde, dort wieder einer, dieser folgte, jener machte es ebenso ... bald graste die ganze Herde so ruhig, als sei nie das geringste geschehen. – »Siehst du, Gisa, nun hast du deine Abschiedsparade gehabt«, meinte Fried lachend.

»Was hatten sie nur, Fried?«

Er zuckte die Achseln. »Wahrscheinlich die Stechfliegen. Sie piesacken die armen Pferde schauderhaft, und wenn es ihnen zu doll wird, kriegen sie eben das Rennen.«

Racker benahm sich immer noch, als hätte er glühendes Eisen unter den Hufen. In den Augen einen bösen Ausdruck, die rosigen Nüstern weit gebläht, den Schweif fast auf der Kruppe, tanzte er wie auf Sprungfedern.

»Wir müssen nach Hause, Gisa. Um elf Uhr muß ich in Milchbude sein. Barbknecht erwartet mich.«

Die ersten zwei-, dreihundert Meter ritten sie langsam, sprangen dann zum Galopp an. Erst dicht vor Eichberg stoppten sie ab und ritten auf die Chaussee. Elfe ging wieder artig und ruhig, Racker konnte sich jedoch immer noch nicht beruhigen. Er schäumte über und über und machte Fried zu schaffen. Hinter der Eichberger Fähre, dreißig Meter vor ihnen, bog eine Schwadron Ulanen vom Fluß in die Chaussee ein und trabte auf Wiesenburgkehlen zu. Hinter der Schwadron sah man Oberst Luckmar mit seinem Burschen reiten.

Fried deutete mit dem Reitstock auf ihn. »Luckmar! Die Ulanen scheinen geschwommen zu haben, und er hat sich's wahrscheinlich angesehen. Wollen wir ihm guten Tag sagen?«

Sie trabten an. Das heißt, Gisela trabte. Fried hatte zu tun, um Racker in der Hand zu behalten. Der Wallach war total blödsinnig, zackelte unausgesetzt, machte sich hinter die Zügel, tänzelte wie auf dem Drahtseil, schäumender Schweiß rann ihm in Strömen von den Flanken. – Ein infamer Schinder, dachte Fried. Aber da parierten sie auch schon neben Luckmar, begrüßten sich. Der warf einen erstaunten Blick auf Frieds Pferd. »Donnerwetter, Barring, der ist ja wie aus dem Wasser gezogen. 'n aufgeregter Hund! Schöner Kerl, aber bequem ist anders.«

Sie ließen die Schwadron weiter vor, ritten langsam hinterher, Gisela und Luckmar im abgekürzten Trab, auf zusammengestellten, gehorsamen Pferden, Fried im geschraubten haspeligen Galopp auf einem Pulverfaß. Ab und zu schielte Luckmar zu ihm hin, freute sich, wie ruhig er saß, wie weich er mitging.

Bei der nächsten Kreuzung sagte Fried:

»Auf Wiedersehen, Herr Oberst. Wir müssen hier abbiegen.«

Als Luckmar fünfzehn oder zwanzig Meter ab war, machte Frieds Brauner eine mächtige Lançade, wollte nachstürmen. Fried fing den Wallach geschickt auf, aber jetzt begann ein Kampf zwischen Reiter und Pferd. Racker hob sich vorne, knirschte ins Gebiß, der Ausdruck seiner Augen wurde niederträchtig. Fried setzte sich tief in den Sattel, nahm den Wallach zwischen die Schenkel. Plötzlich brach dieser mit einem gewaltigen Satz vom Sommerweg auf den Chausseedamm weg, versuchte den Kopf frei zu bekommen. Doch Fried war auf der Hut. So gelang es ihm, den Wallach wieder aufzufangen. Da stieg dieser kerzengerade, schlug mit den Vorderbeinen wild in die Luft, verlor plötzlich die Hinterbeine, in der nächsten Sekunde wälzten sich Pferd und Reiter als wirrer Knäuel auf dem Damm ... aber da sprang der Wallach auch schon auf, jagte mit flatternden Zügeln, schlagenden Bügeln Luckmar nach.

Gisela – totenblaß geworden – starrte auf Fried. Um Gottes willen! Er lag ja immer noch regungslos. Alles Blut strömte ihr zum Herzen, siedend heiß überlief es sie, dann fühlte sie Eiseskälte zum Herzen kriechen. Sie hörte nicht die galoppierenden Pferde, die sich schnell näherten. Erst Luckmars Stimme riß sie aus ihrer Erstarrung. Mit einem ganz schwachen Laut, es klang zerbrochen, wie ein halberstickter Seufzer, glitt sie aus dem Sattel, sah Luckmar über Fried gebeugt, sah den tiefen Ernst auf seinem Gesicht. Ihre Knie zitterten. Drei, vier Sekunden mußte sie sich gegen Elfe lehnen. Einen Moment schloß sie die Augen.

Da hörte sie wieder Luckmars Stimme. Ruhig, bestimmt sprach er zu seinem Burschen. Sie glaubte kein Wort von dem, was er sagte, verstehen zu können, aber so scharf fing ihr Ohr jede Silbe auf, daß ihr nichts verlorenging. Wort für Wort hätte sie wiederholen können, was Luckmar sagte. Der Bursche saß auf, jagte hinter der Schwadron her, Luckmar kam zu Gisela, gab ihr die Trensenzügel seines Pferdes in die Hand. Mit vor Angst geweiteten Augen sah sie ihn an.

»Wir müssen abwarten«, sagte er. »Ich kann noch nichts sagen. Ich glaube, er lebt. Vielleicht bloß 'ne leichte Gehirnerschütterung. Frohwald wird gleich dasein. Wir müssen ruhig bleiben.«

Im Exerziergalopp preschte der Rittmeister Frohwald mit sechs Unteroffizieren und Gefreiten heran. Luckmars Bursche auf seinem Vollblüter ritt zwanzig Längen voraus. Während der Bursche sein Pferd absattelte, beugte Frohwald sich über Fried.

Gisela vermochte den Sinn dessen, was um sie her geschah, nicht zu fassen, trotzdem nahm sie alles in sich auf. Sie ließ die beiden Pferde los, schien nicht zu wissen, was sie tat. Mit zwei, drei unsicheren Schritten stand sie vor Fried, kniete neben ihm nieder, betrachtete ihn, fuhr mit der Hand zum Herzen, schwankte. Luckmar faßte schnell zu, stützte sie. »Ruhe, nur Ruhe«, sagte er leise. »Vielleicht ist es viel weniger schlimm, als es aussieht. Man kann noch nichts sagen.«

Es war nicht zu erkennen, ob sie seine Worte überhaupt gehört hatte. Nacktes Entsetzen in den Augen, starrte sie Fried ins Gesicht. Der hatte die Augen halb geschlossen. Sie waren wie gebrochen. Aus der Nase sickerten rote, schwere Tropfen, lösten sich, rannen langsam über die Lippen, das Kinn hinunter. Ein feiner roter Streifen zog sich aus dem Gehörgang über die Wangen und verlor sich im Backenbart. Gisela nahm ihr Taschentuch, wischte mit einer unendlich sanften Bewegung das Blut von Frieds Lippen. Luckmars Bursche kam mit dem Sattel.

»Heben Sie ihm ganz vorsichtig den Kopf an«, sagte Luckmar zu Gisela. »Können Sie das?«

Sie streifte die Handschuhe ab, nahm Frieds Kopf behutsam in beide Hände, hob ihn etwas. Luckmar und Frohwald schoben den Sattel darunter.

Gisela wollte fragen: ›Ist er tot?‹ Aber sie bekam die drei kleinen Worte nicht über die Lippen. Sie hatte nicht die Kraft dazu. Sie hörte Luckmar ruhig und klar seine knappen Befehle geben: »Schicken Sie zwei Unteroffiziere nach Kallenberg, Frohwald. Einer soll zu Doktor Krüger, ihm sagen, was passiert ist, und daß er noch 'n Arzt mitbringt. Schwere Gehirnerschütterung wahrscheinlich.« Er dämpfte seine Stimme, so daß Gisela das Weitere nicht verstehen konnte. »Vielleicht Schädelbruch. Das Blut aus Ohr und Nase ist bedenklich.« Nun sprach er wieder lauter. »Der andre läßt 'n Krümperwagen anspannen, holt Krüger ab und kommt mit ihm zurück. Über die Legischker Wiesen. Der Wagen läßt sich mit der Fähre übersetzen. Er soll fahren, was die Pferde hergeben! Die Unteroffiziere reiten an der Eichberger Fähre über 'n Fluß mit drei Kreuzen!«

Frohwald instruierte die beiden. Es waren gewandte Leute. Sie verstanden ihn sofort. »Stellen Sie 'n Posten fünfzig Meter vor uns, fünfzig Meter hinter uns. Wagen, die kommen, sollen auf die Wiesen abbiegen.«

Dann jagte ein Gefreiter nach Milchbude. Zum Glück traf er Barbknecht auf dem Hof; eine Viertelstunde später war dieser mit einer schnell hergerichteten Tragbahre zur Stelle. Unter der sachkundigen Leitung Luckmars wurde Fried auf die Bahre gelegt, und der traurige Zug setzte sich langsam nach Milchbude zu in Bewegung.

Klärchen Barbknecht hatte schon ein Bett in der Wohnstube aufstellen lassen. Als sie Fried sah, wurde sie kreidebleich, und die Tränen stürzten ihr aus den Augen. Sie konnte nicht sprechen, hatte zu tun, nicht laut aufzuschluchzen.

»Nein!« sagte Luckmar. »Nicht ins Bett! Es ist besser, er bleibt auf der Bahre, bis die Ärzte kommen. Nur nicht rühren! Das ist das wichtigste!«

Der alte Jagd- und Rennreiter hatte reiche Erfahrung mit schweren Stürzen. »Herr Barbknecht, Sie bleiben wohl bei ihm. Wir andern gehen alle raus. Ruhe muß er haben. Unbedingte Ruhe.«

Gisela schüttelte den Kopf. »Ich bleib bei ihm.«

»Kommen Sie einen Augenblick mit heraus. Ich muß was mit Ihnen besprechen. Sie können dann gleich Herrn Barbknecht ablösen.«

Sie warf noch einen Blick auf Fried, dann folgte sie Luckmar.

»Ein schwerer Sturz«, sagte er, »aber er lebt. So was sieht oft schlimmer aus, als es ist. Ich muß zu seinem Vater. Wer soll es Ihrer Schwester sagen? Wollen Sie es tun?«

Sie schüttelte den Kopf. »Ich bleib bei ihm.« Mit den Augen deutete sie auf Rittmeister Frohwald. »Er wird es Gerda sagen, aber erst, wenn Frieds Vater es weiß und die Ärzte da waren.«

Luckmar überlegte, dann nickte er. »Das wird wohl das richtige sein. Ich werd es Frohwald sagen. Wir müssen den Kopf oben behalten, liebe, gnädige Frau! Glauben Sie mir, so was sieht oft auf den ersten Blick sehr böse aus und stellt sich dann als verhältnismäßig harmlos heraus. Das sag ich nicht, bloß um Sie zu beruhigen, sondern weil es wirklich so ist. Ich reit jetzt nach Wiesenburg. Fried darf nicht berührt werden. Nur wenn er sich bewegen sollte, halten Sie ihm sehr vorsichtig den Kopf. Behalten Sie Barbknecht im Zimmer.«

Mit einem gequälten Ausdruck in den erloschenen Augen ging sie ins Haus.

Als Luckmar im langen Trab durch das Tor ritt, trat der Wiesenburger gerade aus dem Hengststall, um zur Schreinerei hinüberzugehen. ›Nanu‹, dachte er, ›Luckmar um diese Zeit? Und scharfen Trab übers Pflaster? Merkwürdig!‹

Da parierte Luckmar auch schon vor ihm, sprang aus dem Sattel, warf dem Burschen die Zügel zu.

»Sie bringen nichts Gutes, Oberst, fürcht ich!«

»Leider nicht, Herr von Barring«, gab der mit etwas mühsamer Stimme zu. »Ihr Sohn hat Pech gehabt . . .«

Scharf sah der Wiesenburger ihn an: »Was ist mit ihm, Oberst?«

»Er ist gefallen mit seinem Wallach . . .«

»Und hat sich weh getan?«

»Ja, leider!«

»Lieber Oberst«, sagte der Wiesenburger bestimmt, »sagen Sie mir alles! Sie haben mir noch mehr zu sagen! Ich weiß es!«

»Vielleicht lassen Sie anspannen . . .«

»Oberst! Was ist mit Fried? Sagen Sie es mir!«

»Wahrscheinlich 'ne Gehirnerschütterung. Er liegt in Milchbude . . .«

Der Wiesenburger winkte einem vorübergehenden Stalljungen zu. »Lauf zum Kutschstall rauf! Der Raudnat soll anspannen. Er soll sich sputen! Hilf ihm! Vorwärts!«

Er starrte auf Luckmar. »Ich bin kein altes Weib, Luckmar. Sagen Sie mir endlich alles!« Er zögerte. »Lebt er?« fragte er schließlich – es klang wie ein Ächzen.

»Er ist ohne Bewußtsein, aber nach meiner Überzeugung lebt er . . .«

»Ist das die Wahrheit?«

»Es ist die Wahrheit!«

Ein tiefer, seufzender Atemzug hob die Brust des Wiesenburgers. Die linke Hand drückte er auf das Herz. Aus seinem Gesicht war die letzte Spur von Farbe gewichen. »Das Herz – das dumme Herz«, murmelte er. »Geben Sie mir Ihren Arm, Luckmar. So! Danke! Kommen Sie in den Stall. Ich möcht mich 'n Augenblick setzen.«

Sie gingen zum Stall, setzten sich auf die Bank in der tiefen Nische, vor der die Hengste gemustert wurden, wenn draußen Schlechtwetter war. Der Wiesenburger winkte einem der Stalleute. »Lauf zum Schloß. Der Karl soll herkommen!«

Nun berichtete Luckmar ihm alles. Schweigend, ohne ihn durch Fragen zu unterbrechen, hörte er ihm zu. »Herr von Barring, ich hab wirklich viel Erfahrung darin. Solche Stürze sehen immer sehr schlimm aus, und nachher stellen sie sich oft als harmlos heraus. Wirklich, Herr von Barring! Immer wieder macht man diese Erfahrung.«

Der Wiesenburger nickte. »Gott gebe, daß Sie recht haben! Er ist mein Einz'ger . . . der Fried.«

Karl erschien, und man hörte auf dem Pflaster den Wagen rattern.

»Der Eichberger Herr ist mit dem Pferde gefallen, Karl. Ich fahr hin. Du sagst vorläufig kein Wort! Bloß zum August. Ihr beide paßt mir auf, daß die gnädige Frau nichts erfährt!«

»Zu befehlen! Verzeihen, gnäd'ger Herr, is es schlimm mit dem Eichberger Herrn?«

»Ich kann noch nichts sagen. Leicht ist es nicht, aber vielleicht sieht es schlimmer aus, als es ist.«

Sie stiegen ein. Dem Wiesenburger schien es Anstrengung zu kosten, den niedrigen Wagen zu besteigen.

»Nach Milchbude!«

Als der Wagen vom Hof herunter war, tippte er Raudnat mit der Krücke seines Stocks in den Rücken. »Der Eichberger Herr ist verunglückt. Er liegt in Milchbude. Fahr Landweg und fahr raus aus den Pferden, was sie haben!«

Der Weg war gut und frei von Verkehr. Raudnat bewies, daß

er fahren konnte. Im langen Galopp brausten die beiden Braunen den glatten, ebenen Weg herunter. Fünf Minuten vor dem Wiesenburger waren die Ärzte auf den Hof gefahren.

Gisela stand vor dem Wiesenburger. »Er lebt!« sagte sie. Den hohen Reithut hatte sie abgelegt. Einige Locken des blonden Haares hatten sich aus der glatten Frisur gelöst und fielen in die weiße Stirn, auf die todblassen Wangen. Die Augen erschienen größer als sonst, ihr Blau noch intensiver. In ihrem Ausdruck lag etwas Gepeinigtes und zugleich Erlöstes.

Zwei, drei Sekunden lang drückte der Wiesenburger die Hand auf seine Augen, dann nahm er langsam den Hut ab, ging zu seinem Stuhl und setzte sich. Er sagte kein Wort, aber sein Blick ließ Gisela nicht los.

»Eben war Doktor Krüger hier. Momentan ist keine Gefahr, sagte er.« Giselas Stimme klang erschöpft.

Den Blick immer noch starr auf sie gerichtet, saß der Wiesenburger vor ihr. Zwischen seinen Knien hielt er senkrecht den Stock. Seine großen, mageren Hände mit den dicken Adersträngen lagen übereinander auf der Krücke. Der lange weiße Schnurrbart hing tief über den festgeschlossenen Mund herab, und die dichten Brauen standen hoch in der Stirn über den Augen, die Gisela zu durchdringen suchten. So saß er unbeweglich, als lausche er angestrengt auf ein Geräusch in der Ferne.

Da sprach Gisela wieder: »Die Ärzte sind jetzt noch bei der Untersuchung. Doktor Krüger kam dazwischen nur einen Augenblick raus. Vielleicht gehst du jetzt nicht rein, Onkel Archibald. Es könnte sie – fürcht ich – stören. Es kann nicht mehr lange dauern.«

Er nickte, suchte nach seinem Taschentuch, fuhr sich über die feuchte Stirn.

»Er lebt... der Fried«, sagte er leise, wie zu sich selbst.

Viertes Buch
Der goldene Sarg

Fünfunddreißigstes Kapitel

Die vier Tage, die Fried in tiefer Bewußtlosigkeit zubrachte, wurden seinen Eltern und Gisela zur Folter.

Auch Gerda brach unter der peinigenden Ungewißheit zusammen. Aber – um die Wahrheit zu sagen – sie litt mehr unter der Angst um ihre Zukunft, die sie plötzlich in düstersten Farben sah, als unter der um das Leben Frieds. Sollte er seinen Leiden erliegen, so würde ihre Rolle ausgespielt sein. Hauptsächlich in dieser Überlegung wurzelte ihre wachsende Angst um ihn. Sie sah ihn plötzlich in einem verklärten Licht, erhob ihn zu ihrem Helden und Ritter. Tiefes Mitleid mit sich selbst überkam sie. In ihrer Phantasie wurde sie zur tragischen Gestalt, die in Demut den bitteren Kelch trank, den Gottes Hand ihr an die Lippen hielt, und in dem Drang, zum Mittelpunkt der Ereignisse zu werden, zeigte sie der Welt das stille Gesicht der edlen Dulderin.

Weder der Wiesenburger noch Mathilde sahen das Posierende in ihrem Gebaren, oder sie achteten vielmehr nicht darauf. Sie hatten mit sich selbst genug zu tun, fanden weder Zeit noch Neigung, sich in ihren Gedanken kritisch mit Gerda zu beschäftigen.

Marianne dagegen, die auf die Hiobspost aus Wiesenburg sofort dorthin geeilt war, und Gisela durchschauten Gerda und fühlten sich durch das Komödienhafte ihres Sichgebens abgestoßen.

Am fünften Tage endlich erwachte Fried allmählich aus der Bewußtlosigkeit, erkannte aber zunächst weder seine Umgebung noch einen seiner Angehörigen. Von seinem Sturz wußte er nichts. Professor Mikulicz, der aus Königsberg hinzugezogen worden war, nahm nun eine eingehende Untersuchung vor, und dann endlich . . . endlich brachte das Wort des Arztes: »Ihr Sohn ist gerettet! Er wird leben!« Erlösung aus dem Fegefeuer marternder Ungewißheit.

»Sie werden ihn behalten«, hatte der Professor gesagt, »nur dürfen keine Fehler bei der Pflege gemacht werden. Überlassen Sie den Patienten ganz der Fürsorge der Schwester und Ihres Dieners. August zeigt sich sehr geschickt und geht der Schwester gut zur Hand. Lähmungserscheinungen, die ich als möglich befürchten mußte, sind zum Glück nicht da. Der Puls ist noch nicht verlangsamt. Das ist insofern ein günstiges Zeichen, als es darauf hindeutet, daß keine Gehirnblutung eingetreten ist. Von dem Transport in eine Klinik wollen wir absehen. Jede Erschütterung muß vermieden werden. Der Kranke ist hier ja auch gut aufgehoben. Nur selten und dann auch immer nur einzeln dürfen Sie, gnädige Frau, und seine Eltern ins Krankenzimmer, und jedesmal nur auf ein, zwei Minuten. Sprechen Sie aber kein Wort zu ihm! Jedes einzige Wort tut ihm weh! Selbstverständlich muß auf größte Ruhe im Hause geachtet werden! Es ist gut, Herr von Barring, daß Sie die Kinder gleich nach Wiesenburg genommen haben. Kinder bringen immer eine gewisse Unruhe ins Haus. Kollege Krüger wird täglich nach ihm sehen. In den ersten acht Tagen morgens und gegen Abend. Ich habe ihn gebeten, mich bei der geringsten Veränderung zum Schlechteren sofort telegraphisch herbeizurufen. Aber ich betone ausdrücklich, daß diese Bitte nur der Arzt aussprach, der zur äußersten Vorsicht verpflichtet ist. Ich bin überzeugt, keine Depesche zu bekommen. Jedenfalls kann ich heute nach Königsberg mit der Gewißheit zurückfahren, daß er gerettet ist, wenn keine Komplikationen eintreten, und das ist nicht anzunehmen. Zum Glück hat Ihr Sohn eine ausgezeichnete Konstitution und damit von vornherein ein Plus, das gar nicht hoch genug eingesetzt werden kann.« Er schwieg überlegend, um dann fortzufahren: »Sie haben ihn wieder! Er ist Ihnen zum zweitenmal geschenkt!« –

Gisela hatte ihren Mann telegraphisch orientiert und ihre Abreise auf unbestimmte Zeit hinausgeschoben. Schon vierundzwanzig Stunden nach Absendung ihrer Depesche traf Harold Bancrofts Antwort ein, in der er Gisela bat, ruhig dortzubleiben, und in einer für seine Verhältnisse sehr warmen Weise seiner Anteilnahme Ausdruck gab.

Giselas Anwesenheit in Eichberg erwies sich denn auch bald als sehr nötig. Gerda gefiel sich weiter in der Rolle der zusammengebrochenen Frau, die in ihrer Angst und Sorge um Fried keinen Sinn für irgend etwas anderes hatte. So kamen die Dienstboten mit all ihren Fragen und Anliegen nur zu Gisela, und diese nahm unter Gerdas stillschweigender Zustimmung die Zügel ganz und gar in die Hand.

Am Tage nach der entscheidenden Untersuchung durch das Konsilium der Ärzte fuhr der Wiesenburger schon um fünf Uhr früh auf den Hof in Eichberg. Unmittelbar hinter dem Tor bog Raudnat links vom Pflaster ab und hielt vor dem Remontenstall.

Eingesponnen in seine Gedanken, ging der Wiesenburger langsam zum Hause hinüber, als ihn der Klang einer tiefen Stimme aus seinem Grübeln weckte.

»Guten Morgen, Herr von Barring!«

»Nanu! Sie, Barbknecht? Ahnen Sie, wie es meinem Sohn geht?«

»Diesen Augenblick sprach ich den August. Er schläft noch. Die Nacht soll ruhig gewesen sein. Die Schwester hat ihm ein Schlafmittel gegeben, weil er sich gegen Abend viel rumgeworfen hat. Der August meint ja, es geht alles soweit gut.«

Der Wiesenburger atmete auf. »Wo kommen Sie so früh her, Barbknecht?«

»Die letzten Tage bin ich schon immer um diese Zeit hier gewesen. Ich dacht, einer muß doch dasein, der 'n bißchen nach allem sieht.«

Der Wiesenburger reichte ihm die Hand. »In diesen Tagen hab ich wirklich an nichts gedacht. Nu muß ich man sehen, 'n Inspektor herzubekommen, oder der Fink muß das hier mit übernehmen. Ich weiß noch nicht recht, wie ich's machen werd. 'n Inspektor für Eichberg ist gar nicht so leicht zu finden.«

»Die Eleven in Wiesenburg und Gottesfelde sind noch zu jung. In Bladupönen soll auch keiner sein, der herpassen könnt, und der Fink hat mit Gottesfelde ja wohl auch genug um die Ohren, Herr von Barring.«

»Jaja, natürlich! Ist wirklich gar nicht ganz einfach ...«

»Wenn es Herrn von Barring recht ist, werd ich die Wirtschaft hier so lang übernehmen. Ich kenn sie doch schließlich am besten, und die Leute kennen mich auch, und denn gibt es kein Aufhalten.«

»Aber Sie haben doch mit Milchbude genug zu tun.«

»Das läuft, wenn es sein muß, auch von selbst, und meine Frau is höllisch auf Posten! Aber ich hab auch schon mit meinem Schwiegervater alles abgesprochen. Er is von früh bis spät da und wirtschaft' wie doll!«

»Für acht Tage oder auch zwei Wochen tut er das wohl mal, aber länger doch wohl kaum.«

»Im Gegenteil! Je länger, je lieber! In den paar Tagen is er schon ganz aufgelebt. Er hat sich das Stillsitzen wohl auch anders gedacht und sich barbarisch gelangweilt. Nu dankt er Gott, daß er wieder was zu tun hat, wenn er das natürlich auch nicht zugibt.«

»So, so! Daß ihm das Stillsitzen nicht so recht schmecken will, kann ich mir schließlich denken.« Sekundenlang starrte er überlegend vor sich hin. »Sie nehmen mir 'ne rechte Sorge ab, Barbknecht, wenn Sie das hier in die Hand nehmen wollen. Ich brauch mich denn nicht drum zu kümmern. Auf'm Rückweg werd ich mal in Milchbude anhalten und mit Ihrem Schwiegervater sprechen. Vorläufig dank ich Ihnen, lieber Barbknecht.«

»Nichts zu danken, Herr von Barring! Was ich tu, ist selbstverständlich und wär für mich 'ne Freude, wenn die Veranlassung keine so traurige wär. Ich möcht bloß bitten, daß Herr von Barring sich nu auch wirklich keine Gedanken mehr machen möchten. Was getan werden kann hier in Eichberg, das soll geschehen!«

Barring nickte. »Das weiß ich, Barbknecht. Sie leisten mir 'n großen Dienst. Mir und meinem Sohn. Gedanken mach ich mir jetzt auch nicht mehr. Mög es Ihnen erspart bleiben, um eins Ihrer Kinder das auszustehen, was ich hab in diesen Tagen ausstehen müssen.« Er reichte ihm die Hand. »Morgen, Barbknecht!«

Langsam ging er weiter dem Hause zu, betrat es durch die Küche, wo die Köchin Alwine vor Schreck fast die Kaffeemühle fallen ließ, die sie gerade zwischen den Knien hielt und mit verbissener Energie drehte. »Erbarmung, Erbarmung«, stotterte sie und sah ihn an, als stünde ein Geist vor ihr.

»Sei nicht so albern!« knurrte er sie an. »Den August will ich haben. Geh mal hin. Aber leise! Hörst du!« Er trat ans Fenster und sah in den Morgen hinaus. Als er August kommen hörte, drehte er sich um.

»Wie geht's?«

»Die Nacht hat er gut geschlafen, gnäd'ger Herr. So um Uhre neun gab ihm die Schwester ja was ein, und da schlief er je denn auch bald ein. Er schläft jetzt noch.«

»Ich geh mal durch die Fasanerie. In 'ner Stunde komm ich wieder. Denn geh man wieder, August.«

»Der gnäd'ge Herr können ruhig bis an die Tür mitkommen und ein Aug auf ihm schmeißen tun. Er schläft so recht fest.«

»Meinst du? Ich fürcht, er könnt aufwachen. Meine Schuhe...«

»Er wacht nich auf, aber ich hol Pantoffel, gnäd'ger Herr!«

»Ja! Das könnt'st du tun. Aber sei ja recht leise.«

Nun stand er in der Tür und sah auf Fried, der ruhig schlief. Sein unrasiertes Gesicht war spitz und eingefallen, trug aber einen ruhigen Ausdruck, und die Brust hob und senkte sich unter tiefen, gleichmäßigen Atemzügen. Die Schwester wandte den Kopf und nickte dem Wiesenburger lächelnd zu. Was sie ihm mit diesem kleinen Lächeln schenkte, wußte sie vielleicht nicht. Er grüßte sie mit den Augen und schlich sich auf den Pantoffeln durch die Zimmer wieder zur Küche. August, der ihm folgen wollte, hatte er bedeutet, zurückzubleiben. Während er sich die Schuhe wieder anzog, sagte er zu Alwine: »Er schläft immer noch.«

»Wenn er man schläft, gnäd'ger Herr! Hernach schläft er sich auch wieder gesund.«

Der Wiesenburger sah sie fast dankbar an. »Mach mir doch 'ne Tasse Kaffee, Alwine. Wenn ich zurückkomm, werd ich sie trinken.«

Durch den Garten ging er zum Teich. Dort kam ihm Gisela entgegen.

»Na, Gisa, so früh schon?«

Ein bißchen übernächtig und blaß sah sie aus, aber in ihren Augen war wieder der warme, leuchtende Schein, der sie so schön machte. – »Er schläft immer noch, Onkel Archibald.«

»Und ruhig?« – Sie nickte. »Ganz ruhig! Er atmet ganz gleichmäßig. Er schläft wirklich tief.«

»Die beste Medizin für ihn. Der Raudnat kann rüberfahren und es Tante Thilde sagen. Um acht rum wollte der Krüger hier sein. Ich bleib so lang hier.« Prüfend sah er sie an. »Hast nicht recht schlafen können? So 'n bißchen blaß siehst du mir aus.«

»Besonders nicht.«

»Leg dich man hübsch hin heut nachmittag. Versprich mir das, Gisa!«

»Ja, Onkel Archibald.«

Er schob seinen Arm unter den ihren. »Diese Kanaille, der Racker! Was fängt man an mit der Bestie?«

»Er muß weg natürlich!« erwiderte sie schnell.

»Ich fürchte nur, Fried wird es nicht recht sein, wenn ich so über seinen Kopf . . .«

»Dann laß ihn vorläufig hier. Später, wenn er soweit sein wird, werd ich es Fried schon beibringen, daß er weg muß, der Rakker.«

»Ja, das tu man, Gisa! – Ich bin wirklich froh, daß du noch bleibst! Ob dein Mann aber auch nicht ungeduldig werden wird?«

»Er weiß ja, daß ich wiederkomm. Es ist ja bloß ein Aufschub.«

Er streifte sie mit einem kurzen Blick. Das klang so ergeben ins Unabänderliche, wie sie das eben gesagt. Ein schwerer Gedanke, sie könnte nicht das Glück gefunden haben, das sie verdiente! Wie unvollkommen war alles in der Welt ... Wie den Soldaten im Kriege ging es den Menschen. Immer den Besten von ihnen grub das Schicksal Fallgruben, gerade wie die meisten Kugeln für die besten Soldaten gegossen waren. Wozu das alles so eingerichtet war, wußte man wirklich nicht.

»Was macht denn Gerda? Sahst du sie schon?« fragte er ablenkend.

»Nein, sie schlief noch.«

»Hm ... na – ist ja gut, wenn sie schlafen kann. Sie darf nicht allein zu Fried, Gisa. Sie ist ganz aus'nander. Ich fürcht, sie könnt ihn aufregen.«

»Sei ohne Sorge, Onkel Archibald. Ich paß schon auf und die Schwester auch. Nein, nein – du kannst ruhig sein.«

»Ein Glück, daß du hier bist, Gisa!«

»Und manchmal muß ich denken, wär ich nicht hier gewesen, das ganze Unglück wär wahrscheinlich nicht passiert.«

»Unsinn! Denk doch so was nicht! Was kommen soll, kommt! Denk lieber dran, wie du ihm und uns allen die letzte Zeit schön gemacht hast. Nein, Gisa, man muß sich keine unnützen Gedanken machen. Das mußt du wirklich nicht tun!«

Sie antwortete nur mit einem kleinen Lächeln. »Nun mußt du aber frühstücken, Onkel Archibald«, sagte sie. »Ich hab alles im Eßzimmer besorgen lassen. Oder wollen wir draußen sitzen? Der Morgen ist so schön.«

»Lieber draußen, Gisa. Erst wollen wir mal sehen, den August zu bekommen. Ich möcht gern ...«

»Ich seh nach Fried! Bleib du hier! Ich bin gleich wieder da.«

»Dank dir, Gisa! Ich geh mal und schick den Raudnat rüber. Tante Thilde wird schon sehr warten.«

Sie lächelte ihm zu und ging ins Haus, während er ihr einen Augenblick nachsah. Im Ausdruck seiner Augen war etwas Suchendes, Nichtverstehendes. Er schüttelte leise den Kopf, hob ein wenig die Schultern, als stünde er vor einer Frage, auf die keine vernünftige Antwort zu finden war. Dann wandte er sich und ging durch den Garten zum Hof hinüber.

In dem Wiesenburger Gartenzimmer, das eine Treppe hoch über der Glasveranda lag, unterwies Hanna Lamberg Archi und Ali in den Disziplinen der Wissenschaft, als Albert, ein gewandter Mann aus dem Hengststall, der seit Jahren die Diener zu vertreten pflegte und jetzt die Funktionen von August übernommen hatte, im Schulzimmer erschien: »Die gnäd'ge Frau lassen Fräulein Lamberg zu sich bitten.«

»Ich komme sofort, Albert. Bitte sagen Sie der gnädigen Frau, ich wollte nur noch die Kinder zu Fräulein Schneider bringen.«

Als sie fünf Minuten später bei Mathilde eintrat, sagte diese tiefbekümmert: »Lassen Sie bitte die Teppichstube herrichten und daneben die Gelbe Stube für die Pflegerin. Meine arme Schwiegertochter wird in zwei Stunden hier sein. Ein neues, namenloses Unglück, Fräulein Lamberg. Eine Frühgeburt. Das Kind, ein Mädchen, ist unmittelbar nach der Geburt gestorben. Furchtbar ist das alles. Gottes Hand liegt schwer auf uns!«

Hanna errötete tief. Ihr sehr ausgeprägtes jungfräuliches Empfinden wurde durch die Mitteilung Mathildens irgendwie getroffen. »Wie entsetzlich! Wie geht es der armen gnädigen Frau?«

»Nicht gut, begreiflicherweise. Wir müssen sie wohl einige Wochen hierbehalten. Aber wir werden sie schon wieder gesund pflegen. Nicht, Fräulein Lamberg?«

»Was an mir liegt, gnädige Frau, so will ich von Herzen tun, was ich nur tun kann . . .«

»Sie Gute! Das weiß ich! Gottlob hat mein Sohn das Unglück verhältnismäßig ruhig aufgenommen. Es ist nur ein Glück, daß Frau Bancroft noch da ist.« Sie nahm ein Blatt vom Schreibtisch. »Eine Depesche nach Laugallen. Schicken Sie sie bitte gleich zur Post. Frau von Eyff wird ja wahrscheinlich herkommen. Auf alle Fälle lassen Sie auch die Bilderstube gleich richten.«

»Jawohl, gnädige Frau! Welch Glück, daß Ihr Herr Sohn das entsetzliche Unglück so ruhig aufgenommen hat!«

»Was für 'n entsetzliches Unglück?« fragte die tiefe Stimme Barrings, der diesen Augenblick ins Zimmer trat.

»Ja, Herr von Barring . . . das mit der jungen gnädigen Frau«, stotterte Hanna verwirrt. Ihr Gefühl für Delikatesse litt schwer unter der Notwendigkeit, derartig heikle Fragen in Gegenwart eines Herrn berühren zu müssen.

»Ach so!« Der Wiesenburger schien es nicht gar so entsetzlich zu finden. »Mein Sohn hat es ruhig aufgefaßt«, fuhr er fort, »das ist die Hauptsache. Um elf Uhr kommen vier oder fünf Herren zu mir. Lassen Sie bitte was zum Frühstücken besorgen. Im Eßzimmer. Aber bloß irgend 'ne Kleinigkeit. Und 'n bißchen Portwein.«

Frieds Zustand besserte sich zwar langsam, doch mit beruhigender Beständigkeit. Nach drei Wochen begann sein Interesse für die Umwelt sich wieder zu regen. Er verlangte nach Gesellschaft, unterhielt sich gern mit seinen Besuchern, fühlte sich aber schon nach kurzer Zeit so ermüdet, daß er selbst darum bat, ihn wieder allein zu lassen. Nach vier Wochen stand er stundenweise auf, ging auch schon einmal in den Garten, war jedoch immer noch nicht recht zu Kräften gekommen. Einmal fand Gisela ihn scheinbar in die Zeitung vertieft, sah dann aber zu ihrem Schrekken, daß er das Blatt verkehrt herum hielt. Endlich legte er es weg. »Es steht nichts Besonderes drin«, sagte er gleichgültig, als habe er den ganzen Inhalt in sich aufgenommen. Täglich mußten Malte und Mia zu ihm kommen. Er war freundlich mit ihnen, aber nicht so herzlich wie früher. »Na, Kinderchens, denn geht man wieder«, pflegte er schon nach einigen Minuten zu sagen. Auch Archi und Ali, die noch in Wiesenburg waren und auch vorläufig dortbleiben sollten, begehrte er zu sehen. Dann kam Hanna Lamberg mit ihnen herübergefahren. Aber auch Archi und Ali wurden immer bald wieder weggeschickt. Seine Sehnsucht nach den Kindern war überhaupt sehr wechselnd. Manchmal wollte er sie täglich sehen, und dann vergingen fünf, sechs Tage, ohne daß er auch nur einmal nach ihnen fragte.

An Zwischenfällen, die auf die fortschreitende Besserung nicht günstig einwirkten, fehlte es nicht. Durch die Gewißheit, daß Fried ihr erhalten bleiben würde, verblaßte bei Gerda allmählich der Eindruck des Schweren, das auf ihr gelastet, und es blieb für sie eigentlich nur noch eine unangenehme Erinnerung, ja schließlich machte sie Fried aus seinem Unglück einen leisen Vorwurf. »Wie konnte er aber auch bloß das greuliche Pferd so lange behalten«, sagte sie einmal zu Gisela, »daß ihm mit dem Biest mal was passieren würde, war doch vorauszusehen!« Dabei hatte sie nie das mindeste Interesse für Frieds Reitpferde gezeigt, kannte sie kaum und verschwendete auch nicht eine Sekunde daran, über sie nachzudenken. »Mein Mann müßte sich vielleicht etwas mehr an den Gedanken gewöhnen, wieder gesund zu sein«, meinte sie zu der Krankenschwester, die darauf ebenso ruhig wie bestimmt erwiderte: »Das ist er aber noch nicht, gnädige Frau, und es wäre durchaus nicht gut, wenn er sich's einbildete und dann unvorsichtig würde.«

Eines Tages fand Doktor Krüger Fried in sehr erregter Verfassung, und es zeigte sich, daß Gerda an diesem schädlichen Zustand die Schuld trug. Sie hatte ihm gegenüber die Bemerkung fallenlassen, man könne August von jetzt an wohl ruhig auch etwas im Haushalt beschäftigen, mit Silberputzen und diesen und jenen leichteren Arbeiten. Da war Fried aber sofort aufgebraust: »Warum? Was soll das für 'n Zweck haben? Damit ich ihn nicht habe, wenn ich ihn brauche? Laß bitte ein für allemal den August zufrieden! Er ist für mich da, nicht für den Haushalt! Wenn er hier überflüssig ist, schick ich ihn nach Wiesenburg zurück. Ich wäre dir dankbar, wenn du mich mit solchen Ideen zufriedenlassen wolltest!« Sie hatte sanft gelächelt, die Achseln gezuckt: »Mein Gott, es war doch nichts als ein bescheidner Vorschlag. Ich hab's gut gemeint, aber er kann ja auch bleiben.« Damit hatte sie das Zimmer verlassen. In sehr bestimmtem Ton erklärte ihr Doktor Krüger, derartige Zwischenfälle müßten als durchaus gefährlich unbedingt vermieden werden. »Ihr Herr Gemahl ist erst im Anfang der Rekonvaleszenz. Ich muß jede Verantwortung ablehnen, wenn er irgendwelchen Aufregungen ausgesetzt wird.«

Frieds Appetit war im allgemeinen gut, artete zuweilen sogar in eine Art von Gier aus; seine Stimmung schwankte stark. Sie schlug leicht von Heiterkeit in Niedergeschlagenheit um und umgekehrt. Manchmal war er lebhaft und gesprächig, dann wieder grüblerisch und schweigsam. Am ruhigsten und ausgeglichensten war er in Giselas Gesellschaft. Sie behandelte ihn nie als Kranken, war aber immer von zartester Rücksichtnahme. Es plauderte sich so behaglich mit ihr wie mit keinem anderen Menschen. Immer blieb sie gleichmäßig freundlich, sprach weder zuviel noch zuwenig, lachte sich nicht über jede Albernheit halbtot, schnitt niemals unangenehme Fragen an, nötigte ihn nicht krampfhaft zum Essen und wußte immer sofort, wann er allein sein wollte. Das Bewußtsein, sie nun bald nicht mehr zu haben, bedrückte ihn. Es war Mitte September, und in drei Wochen – so war es beschlossen – würde sie nach England zurückkehren. Er selbst sollte dann wahrscheinlich noch für einige Tage nach Neukuhren an die See. Der Herbst – er war schön und warm in diesem Jahr – gehörte an der Ostsee zur angenehmsten Jahreszeit. Fried dachte aber nicht besonders gern an Neukuhren. Er scheute die neue Umgebung, das Leben im Hotel; der Gedanke an die vielen Bekannten – die halbe Provinz traf sich in Neukuhren – belästigte ihn.

So standen die Dinge bei Gerdas verfrühter Niederkunft, der unglücklichen Folge eines Sturzes. Auf der Treppe von den Fremdenzimmern war ihr Knöchel, wie schon öfters, umgeknickt, und da sie sich nicht am Geländer gehalten hatte, war sie einige Stufen heruntergefallen. Alles verlief ohne besondere Komplikationen, griff sie aber sehr an, so daß sie ganz gern nach Wiesenburg ging, wo Mathilde und Hanna sie mit rührender Fürsorge umgaben. In Eichberg wurde sie zwar von Malte während der ersten Tage vermißt, Mia aber empfand die Abwesenheit der Mutter als Befreiung aus dem beklemmenden Zustande fortwährender Bedrohung.

Doktor Krüger sah sehr bald, daß Gerda den Zwischenfall verhältnismäßig schnell und ohne alle nachteiligen Folgen überstehen werde. Dennoch beschloß er, sie vor drei Wochen nicht nach Eichberg zurückzulassen, da ihre Gegenwart dort ungefähr die gleiche Wirkung ausüben würde wie das bedrohliche Gesumme einer Wespe, die an einem stillen Sommertag plötzlich durch das offene Fenster den Weg ins Zimmer findet.

Fried und Gisa genossen den Frieden ihrer Zweisamkeit. Bei schönem Wetter ritt Gisa am Morgen ein paar Stunden. Fried hatte darauf bestanden. »Du hast hier überhaupt nichts als bloß alle Haushaltssorgen auf dem Kopf und die Last mit einem angeknacksten Mann. Wenn du nicht reitest, würd mich das wirklich beunruhigen. Nur – wenn du nicht mit Papa reitest, mußt du den Emil mitnehmen. Er kann sich auf den alten Piqueur setzen. Der geht noch immer wie'n Fünfjähriger.« So hatte Gisa ihm den Willen tun müssen.

Einmal fragte sie ihn, ob er ihr einen Gefallen erweisen wolle.

»Jeden, Gisa!«

»Dann versprich mir, dich nicht wieder auf den Racker zu setzen.«

Fried lachte. »Ei'ntlich müßt ich ja erst Rache an ihm nehmen, aber denn will ich darauf verzichten. Der Barbknecht kann sehen, ihn loszuwerden. Irgend jemand wird sich schon finden, der's mit ihm riskiert, wenn er den Wallach billig bekommt.«

Kurz vor Giselas Rückkehr nach England siedelte Gerda von Wiesenburg wieder nach Eichberg über. Wohl und frisch sah sie aus, war noch etwas schlanker geworden, ihre blaugrünen Augen blickten gut gelaunt, und sie verriet offensichtlich die Absicht, sich liebenswürdig zu geben. Deutlich, aber nicht aufdringlich, bemühte sie sich um Fried, so daß ihre Fürsorge auf ihn nicht peinlich wirken konnte, ihn vielmehr zur Anerkennung der guten Absichten Gerdas zwang.

Zwei Tage vor Gisas Abreise überzeugte sich wieder einmal Professor Mikulicz vom Ergehen seines Patienten. Da dem Arzt daran lag, Fried diesmal möglichst gründlich zu beobachten, hatte er sich für einen ganzen Tag frei gemacht. Es zeigten sich noch immer gewisse Erscheinungen im Zustand des Genesenden, die zur äußersten Vorsicht mahnten. Als nach dem Kaffee alle zusammensaßen – der Wiesenburger, Mathilde, Gerda und Gisela –, während Fried sich etwas zurückgezogen hatte, sagte der Professor zu Barring: »Ihr Herr Sohn ist auf dem Wege, gesund zu werden, aber – wie gesagt – auf dem Wege dazu ist er, noch lange nicht am Ziel! Wenn er es erreichen soll, muß er sich an den Gedanken gewöhnen, noch für ein volles Jahr Rekonvaleszent zu sein. Solche Geschichten sind nun einmal sehr langwierig. Das ist nicht anders. Er steckt mir viel zuviel mit den Gedanken in seiner Wirtschaft. Das tut nicht gut! Er darf nicht grübeln und soll nicht sinnieren!«

»Wie soll man ihn aber daran hindern? Gedanken lassen sich nicht kommandieren.«

»Aber ablenken, Herr von Barring! Wir müssen ihn aus Eichberg herausbekommen. Neue Eindrücke, eine fremde Umgebung – das ist die beste Medizin für ihn.«

»Er will ja jetzt auch für 'ne Weile nach Neukuhren . . .«

»Besser als hierbleiben, aber doch nur ein Notbehelf. Der Gedanke, leicht wieder hierher zurückzukönnen, wird ihn entweder beunruhigen und dadurch den Aufenthalt an der See illusorisch machen, oder er wird eben einfach zurückkommen, wenn es ihm gerade einfällt. Eine gewisse Unberechenbarkeit ist typisch für derartige Kranke. Nein – wir müssen ihn weiter wegschicken! Am liebsten hätte ich ihn wenigstens sechs Wochen in Baden-Baden. Bis Ende Februar, sagen wir mal, besser noch länger. Man muß mal sehen, wie er sich dort einrichtet. Und dann, so von Mitte April an, wär die Insel Wight ein idealer Aufenthalt für ihn. Da säß er weit genug vom Schuß und käme wirklich mal von der Wirtschaft hier ganz los. Er muß mal in vollständig neue Verhältnisse. Daran liegt mir sehr! Nur . . . ich weiß nicht recht, wie er da unterzubringen wäre. Ein unruhiges Hotel wär nicht das geeignete, und Pensionen sind manchmal nicht besonders bequem. Über die Sanatorienverhältnisse bin ich im Augenblick nicht orientiert . . .«

»Aber Gisa, du mußt dort doch ganz genau Bescheid wissen«, fiel Gerda lebhaft ein, »ihr seid doch jedes Jahr monatelang dort.«

Interessiert sahen Barring, Mathilde und der Arzt auf Gisela. Sie hatte die Lider über die ratlosen Augen gesenkt. Was sollte sie nur antworten? Die Situation hatte etwas Beunruhigendes für sie, löste allerhand Zweifel aus, brachte sie in einen gewissen Konflikt. »Es sind natürlich bequeme Hotels da«, sagte sie endlich zögernd. »Auch gute Sanatorien, soviel ich weiß. Aber . . . das ist doch . . . darüber brauchen wir doch gar nicht zu sprechen . . . wenn Fried wirklich nach Wight kommen sollte, dann ist es doch ganz selbstverständlich, daß er bei uns wohnt.« Sie schien aufzuatmen, wie jemand, der aus dem Zwiespalt widersprechendster Empfindungen sich zur Klarheit durchgerungen hat. Ruhig sprach sie jetzt weiter, während sie mit gesenkten Lidern vor sich hinsah: »Das Haus, das Harold dort hat, ist sehr bequem. Es liegt in einem hübschen alten Garten dicht an der See. Man kann im Badeanzug vom Hause zum Strand gehen. Harold wird sich so freuen, Fried dazuhaben, und ich . . . natürlich auch. Sehr würde ich mich freuen . . .«

Der Wiesenburger nickte ihr zu, und der Professor rief in seiner lebhaften Art: »Das paßt ja aber wirklich ganz großartig! Besser kann es ja überhaupt gar nicht passen. Wir kommen ums Hotel oder Sanatorium herum, er kann leben wie zu Hause, ist im fremden Milieu und behält trotzdem durch Sie, verehrte gnädige Frau, den engen Zusammenhang mit der Heimat. Nein, etwas Geeigneteres kann es nicht geben! Wir wollen uns gleich in dem Entschluß zusammenfinden: Ihr Herr Gemahl geht nach Wight!«

»Geht er?« fragte Fried, der in diesem Augenblick ins Zimmer getreten war. Seine Augen trafen sich mit denen Giselas. Wem hatte seine Frage gegolten, ihr oder dem Arzt? Gisela schien mit einer gewissen Befangenheit zu kämpfen. Aber dann nickte sie doch gleich: »Ich hoffe, er wird gehen!«

Professor Mikulicz lachte. »Es ist beschlossen im Schoße der Familie, und ich hoffe, Sie werden sich dem Großen Rat fügen. Beneidenswerter Gedanke, sich von Ihrer Frau Schwägerin verwöhnen zu lassen!«

Wieder sah Fried fragend zu Gisela hinüber. »Ich weiß wirklich nicht, ob ich dir zumuten darf, 'n halben Invaliden dir auf'n Hals zu laden ...«

»Ach, Fried! Sag nicht so was!« Sie wurde plötzlich lebhaft. »Du bist kein Invalide! Ganz gesund wirst du heimkommen, und eine sehr hübsche Zeit werden wir zusammen haben. Du mußt doch wissen, wie wir uns freuen würden, dich bei uns zu haben ... Harold und ich.«

»Dank dir, Gisachen! Wenn Harold mich wirklich auch haben will, kann man sich's ja überlegen.«

»Harold schrieb mir neulich schon mal, ich sollte dir sagen, sein Haus auf der Insel Wight stünde zu deiner Verfügung. Er will in diesem Jahr recht lange dort sein. Nach Indien wird ihm die See guttun, glaubt er. Alle Briten halten Wight für 'ne Art irdisches Paradies ...«

»Wozu Sie es Ihrem Herrn Schwager bestimmt auch machen werden, gnädigste Frau.« Der Professor wandte sich an Gerda: »Sie sind auch sehr für Wight, gnädige Frau, und somit ist die Situation geklärt. Nun sprechen Sie bitte mal das letzte Wort, Herr von Barring! Wir wollen es gleich fest beschließen!«

»Das wär natürlich 'ne Beruhigung für Mama und für mich, und für Gerda doch auch, Fried ...«

»Sag doch ja, Fried«, bat Gerda. »Es wird dir so guttun, und es wär uns allen 'ne Erleichterung, wenn du dich entschließen wolltest, hinzugehen.«

Sie hatte es so herzlich gesagt. Es sprach wirkliche Sorge aus ihren Worten. Fried fühlte das. »Wenn der Herr Professor es wirklich für nötig hält, daß ich weiter faulenze, wehr ich mich ja auch gar nicht so schrecklich dagegen. Also, Gisa, wenn du mich haben willst und ich nicht befürchten muß, Harold zuviel zu werden, komme ich im Frühling. Daß mir was dazwischenkommen könnte, ist ja nicht anzunehmen.«

Sechsunddreißigstes Kapitel

An jenem eisigkalten 16. Märznachmittag des verhängnisvollen Jahres 1888 geleitete der Wiesenburger den alten Kaiser zu Grabe, der am 9. März die müden Augen für immer geschlossen hatte.

Von den Fackeln der spalierbildenden Truppen düster umloht,

bewegte sich der unabsehbare Trauerzug zwischen der schweigenden Volksmenge vom Dom die Linden herunter, durch den Tiergarten zum Charlottenburger Schloß.

Im scharlachfarbenen Waffenrock der Johanniter, über den Schultern den schwarzen Ordensmantel mit dem achtspitzigen weißen Kreuz, folgte der Wiesenburger seinem entschlafenen Herrn in der froststarrenden Kälte auf stundenlangem Weg. Er wußte es, mit dem ersten Kaiser sank die alte Zeit eines ruhmreichen Abschnitts preußischer und deutscher Geschichte ins Grab, um einer ungewissen, von dunklen Wolken verhangenen Zukunft zu weichen. Würde der junge Kronprinz, der dort allein, vor allen anderen deutschen Fürsten, hinter dem Sarge schritt, Kraft und Einsicht genug haben, das Erbe seines kaiserlichen Großvaters zu verwalten? Würde der Achtundzwanzigjährige seine weißhaarigen Diener ehren, auf ihre Erfahrung und Erkenntnis hören?

Der Trauerzug bewegte sich am Charlottenburger Schloß vorüber. Zu einem Fenster der Gartenseite grüßte der Kronprinz hinauf. Zu seinem sterbenden Vater, der dort – völlig zusammengebrochen – saß und weinend herunterblickte.

Das Aussehen des noch vor Jahresfrist so reckenhaften Kaisers war erschütternd verändert, die hohe Gestalt zusammengefallen und stark abgemagert, die Gesichtsfarbe gelb, die einst so strahlenden blauen Augen erloschen. Ein quälender Hustenreiz peinigte den sterbenskranken Mann unausgesetzt, und längst schon war sein Mund für immer verstummt. Als ein vom Tode Gezeichneter, dessen Tage gezählt waren, bestieg er den Thron seiner Väter.

Als der Wiesenburger ziemlich spät ins Hôtel de Rome zurückkehrte, sah er alt und verfallen aus. Im Vestibül standen fünf, sechs Herren und blickten ihm nach, wie er langsam und etwas gebeugt die Treppe hinaufging.

»Man erkennt ihn kaum wieder«, sagte einer der Herren. »Das letzte Jahr hat ihn zum alten Mann gemacht.«

»Das Unglück mit seinem Sohn hat ihn umgeworfen. Seitdem kommt er nicht wieder recht hoch.«

Oben in seinem Schlafzimmer legte der Wiesenburger die unbequeme Uniform ab. Karl half ihm beim Umziehen, hielt ihm dann den dicken, weichen Schlafrock hin. Etwas erstaunt, ein wenig unwillig sah der Wiesenburger auf: »Was? Den Schlafrock? Ich hab doch noch gar nicht gegessen!«

»Der gnäd'ge Herr essen doch hier oben in der Wohnstub!«
»Na ja, aber doch nicht im Schlafrock!«
»Er ist schön warm, und der gnäd'ge Herr sind durchgefroren.«

»Ich weiß wirklich nicht, was du dir ei'ntlich mitunter denkst«, murmelte der Wiesenburger, »aber mein'twegen, denn gib ihn her! Mir ist wirklich 'n bißchen schubbrig. Besorg mir doch mal 'n Glas Portwein.«

»Sehr wohl, gnäd'ger Herr.«

Karl wollte den Wein holen, aber der Wiesenburger hielt ihn noch zurück, ging zum Wohnzimmer hinüber. »Kannst mir auch gleich was zu essen bestellen. Irgend 'ne Kleinigkeit. Fisch wär mir's Liebste.«

»Was für 'n Fisch befehlen . . .«

Der Wiesenburger setzte sich in einen Sessel:

»Such mir irgendwas aus. Ist mir ganz egal. Nachher werd ich mich bald hinlegen.«

»Befehlen der gnäd'ge Herr wo 'ne Wärmflasch im Bett?«

Ein unwilliger Blick traf Karl. »Mach dich nicht zum Narren! Besorg mir lieber den Portwein.« – »Wenn der gnäd'ge Herr doch lieberst möchten 'n steifen Grog trinken. Wenn einer so richtig durchgeschubbert is, denn is Grog die beste Mixtur.«

»So? Meinst du? Wär vielleicht nicht schlecht. Aber laß Kognak kommen, keinen Rum. Das Zeug kann ich nicht trinken.«

»Sehr wohl, gnäd'ger Herr! Und denn richtig heiß und hübsch halb und halb. Das kitzelt einen gleich wieder auf'n Damm.«

Wieder streifte Karl ein leise mißbilligender Blick. Dieser Karl . . . aber wie er war, so blieb er!

»Na, ich weiß nicht recht. Aber versuchen kann ich es ja.«

Nachdem er ein Stückchen gekochten Schlei gegessen hatte, schrieb er ein paar Zeilen an Mathilde, einige Worte an Fried und wollte gerade zur Ruhe gehen, als Karl ihm einen Brief brachte. »Von Ihrer Exzellenz! Der Diener wartet auf Antwort.«

Der Brief war nur kurz. Marianne erkundigte sich, wie es dem Vater gehe. Sie mache sich Sorgen, er könne sich auf dem stundenlangen Weg in der eisigen Kälte erkältet haben. Sie würde selbst zu ihm gekommen sein, hätte sie nicht befürchten müssen, ihn zu stören. Schließlich bat sie, dem Boten mündlich Bescheid mitzugeben. Der Vater möge sich keinesfalls die Mühe machen, zu schreiben. Die liebe Marianne! »Wart 'n Augenblick, Karl.« Er schrieb:

»Mein Herzenskind!
Dank für Deine Zeilen. Es geht mir soweit ganz gut. Man war etwas durchgefroren unterwegs, und ich kam ein bißchen durchgeschubbert zu mir ins Hotel. Karl hat mich in den Schlafrock gesteckt und mir einen Grog verordnet. Eben habe ich gegessen und will mich jetzt bald hinlegen. Leb wohl, mein Herzenskind! Immer denkst Du an Deinen alten Vater und hast doch an so vieles zu denken! Morgen hoffe ich Dich zu sehen. Grüß Andreas von Deinem treuen   Vater«

Er gab den Brief Karl. »Ich leg mich jetzt hin.«
»Sehr wohl, gnäd'ger Herr!«
Im Bett fand Barring noch keinen Schlaf. Sorgen um sein Vaterland bedrängten ihn.
Die Tage des jetzigen Kaisers waren gezählt. Sein Leben konnte nur noch Monate währen. Dann würde der Kronprinz kommen. Ein sehr junger Mann noch! Man wußte wenig von ihm und doch zuviel. Zum Glück wußte man auch, daß es ihm nicht gelungen war, dem Fürsten zu imponieren. Das bewies des Kanzlers Verhalten in der Affäre jener voreiligen ›Proklamation an die deutschen Fürsten‹, die der Prinz schon vor fünf oder sechs Monaten dem Kanzler zugestellt hatte, um diesem die Möglichkeit zu geben, das Schriftstück gleich nach dem Thronwechsel entsprechend zu verwenden. Als ›einen kurzen Erlaß an meine künftigen Kollegen, die deutschen Reichsfürsten‹, sollte der Prinz diese sogenannte ›Proklamation‹ in seinem Begleitschreiben an den Kanzler bezeichnet haben. Überlegte man sich, daß sich dies alles fünf Monate vor dem Tode des alten Kaisers ereignet hatte, so konnte man wirklich nicht ohne ernste Sorge an die nahe bevorstehende Thronbesteigung des Prinzen denken. Takt, Delikatesse verriet die Zumutung an den Fürsten, die in der Übersendung dieses ›Erlasses‹ lag, jedenfalls nicht. Der Fürst sollte dem Prinzen – Herbert Bismarck hatte im vertrautesten Kreise bei Hupka ein Wort fallenlassen – erst nach sechs Wochen geantwortet, ihm die ›Proklamation an die deutschen Fürsten‹ zurückgeschickt und in Ehrerbietung anheimgestellt haben, ›sie ohne Aufschub zu verbrennen‹. Wie würde sich das Verhältnis zwischen dem Kanzler und dem Prinzen gestalten, wenn dieser sehr bald schon, wie zu befürchten war, Kaiser sein würde?
Karl störte durch seinen Eintritt den Wiesenburger in seinen Gedanken. »All zehne durch, gnäd'ger Herr.«

»So? Na – denn nimm man die Lampe raus. Gut Nacht, Karl.«
»Untertänigst gut Nacht, gnäd'ger Herr! Sind der gnäd'ge Herr warm geworden?«
»Ja. Der Grog war, glaub ich, ganz gut.«
»Nuscht nichts geht über Grog! Der hält einem gesund und jung! 'n steifen Grog kann einem nie nuscht schaden.«
»Du siehst mir auch nicht so recht munter aus. Was ist das mit dir? Bist du auch nicht so ganz auf Posten?«
Karl gab sich alle Mühe, angegriffen auszusehen. »Wenn ich aufrichtig soll sagen, gnäd'ger Herr . . . nei! So recht, wie es sein sollt – is mich nich!«
»Hm! Was ist denn mit dir?«
»Ja, gnäd'ger Herr, was mich so recht schaden tut, das weiß der Schinder! Man es ruschelt mich immer so kalt den Puckel runter, daß ich mir forts wundern muß.«
»So, so! Ja, denn hilft das ja doch nichts, denn mußt du was für dich tun. Wenn es dir auch nicht schmeckt, aber trink denn man vorm Schlafengehen auch noch 'n Grog. Vielleicht hilft er dir. Aber natürlich nicht zu schwach. Mit dem Wasser mußt du recht vorsichtig sein. Morgen weck mich wie immer.«

Im Broditter Wohnzimmer saß Ulrike Lindtheim mit Amélie und Gerda.
»Also morgen willst du wieder nach Eichberg, Gerda?«
»Ja, Tante Ulrike. Ich bin ja schon acht Tage hier, und es wird Zeit, daß ich wieder nach Hause komme. Es geht doch alles drunter und drüber, wenn man nicht da ist.«
»Hast du gute Nachrichten von Fried?«
»Danke, ja! Er scheint sich bei Gisela sehr wohl zu fühlen und sich auch zu erholen. Wenigstens hat er schon sieben oder acht Pfund zugenommen, schreibt er.«
»Das ist wirklich ein gutes Zeichen! Wann kommt er zurück?«
»Das weiß er noch nicht. Aber ich denke mir, fünf, sechs Wochen wird er wohl noch drüben bleiben.«
Amélie sagte: »Deine Felder am Laugaller Weg stehen ja wieder ausgezeichnet, Ulrike. Meine lassen leider wieder recht zu wünschen übrig.« – »Ich denk immer, bei dir fehlt es 'n bißchen an Stalldung, Amélie.«
»Aber Ulrike! Hofrat Herbst gilt doch wirklich überall als größte Autorität! Auf seinen Rat habe ich das Vieh vor drei Jah-

ren doch abgeschafft. Er behauptet, es wär immer noch zuviel da, und Emanuel und Malte finden das auch.«
»Wenn du 'n neues Rezept von Emanuel für 'ne Béchamelsauce ausprobieren würdest, das könnt ich verstehen, Amélie. Zu seinen landwirtschaftlichen Kenntnissen hab ich aber – offen gesagt – weniger Vertrauen, und Malte muß auch erst seine Dummheiten mit eigenem Gelde bezahlen, bevor er mitreden kann. Deinen Hofrat Herbst in Ehren! Aber erstens ist Vorpommern nicht Ostpreußen, und außerdem versteh ich nicht, wenn einer fünftausend Morgen in Pommern hat, warum er dann Hofrat in Berlin spielen muß. Ich würd den Mann mit Vorsicht genießen. Ich wollte es dir immer schon mal sagen.«
»Verzeih, Tante Ulrike«, griff Gerda ein, »aber warum soll Hofrat Herbst nicht von Berlin aus wirtschaften können? Mein Schwiegervater ist doch auch mehr dort als zu Hause.«
»Wenn zwei dasselbe tun, ist es noch lange nicht dasselbe, liebe Gerda. Was sich dein Schwiegervater erlauben kann, können sich viele andere eben nicht erlauben.«
»Das mag ja sein, Tante Ulrike, aber der Herbst hat sich doch auch Eichberg angesehen und mir vorgerechnet, daß es viel mehr bringen müßte. Er meint, bei der Nähe von Kallenberg müßte man viel intensiver auf Gärtnerei, Obst, Gemüse und Blumen gehen. Auch Wiesenburg könnte dann viel mehr bringen, behauptet er. Er hält die Wirtschaft da für veraltet.«
Ulrike Lindtheim sah über die Brille weg Gerda ärgerlich an. »Laß dir doch keinen Blödsinn einreden, Gerda! Der Herbst wirtschaftet unter Verhältnissen, die mit den Eichbergern überhaupt nicht zu vergleichen sind. Er hat von fünftausend Morgen viertausendsechshundert Morgen Rieselwiesen, und außerdem durch seine Stellung in Berlin gute Beziehungen. Sein ganzes Heu verkauft er an die Proviantämter. Für die vierhundert Morgen Sand und Ödland, die bleiben, braucht er natürlich keinen Stalldung. Da tun es auch Lupinen und Seradella. Unsere Verhältnisse hier übersieht er gar nicht und kann sie auch gar nicht übersehen! Dein Schwiegervater kümmert sich hier bei mir seit zehn Jahren um die Wirtschaft, und in der Zeit sind meine Schulden um achtzigtausend Mark weniger geworden. Vorher wurden sie Jahr für Jahr größer. Der Hofrat scheint mir 'n rechter Esel zu sein! Sonst könnt er nicht behaupten, in Wiesenburg sei die Wirtschaft veraltet. An deiner Stelle hätt ich mir solchen Unsinn verbeten!«

In den letzten Junitagen hatten sich sieben oder acht Herren, die eine Rolle in der Deutschkonservativen Partei spielten, zu einem vertraulichen Gedankenaustausch im Fraktionszimmer im Reichstag zusammengesetzt. Die Besprechung hatte noch nicht begonnen, weil man noch auf Herrn von Schönstedt-Uhlenkamp wartete. Auf einem Ecksofa sitzend, unterhielten sich der Wiesenburger und Herr von Luckmar-Lichtenau, ein Vetter des Kallenberger Brigadekommandeurs.

»Ich hoffe, Sie haben gute Nachrichten von Ihrem Herrn Sohn?«

»Danke, lieber Luckmar! Soweit ganz leidliche. Er hat von den zweiunddreißig Pfund, die er verloren hatte, zwölfe aufgeholt, und die scheußlichen Kopfschmerzen sind zum Glück auch besser geworden. Natürlich – schonen muß er sich noch, aber übern Berg ist er jetzt doch wohl.« – »Das freut mich aber wirklich! Wann erwarten Sie ihn denn zurück?«

»Er drängt natürlich nach Hause, aber sein Arzt drüben will ihn noch nicht loslassen, und ich tu natürlich auch, was ich kann, um ihn möglichst lange drüben zu halten; zu Hause hat er doch nicht die Ruhe, die er braucht.«

»Natürlich nicht! Nein, nein, in so 'nem Fall ist 'ne gründliche Pause das A und O. Aber man weiß ja, wie das ist. Man bildet sich immer ein, ohne einen fährt der Karren fest, und drängt nach dem Stall.«

»Leider!« Der Wiesenburger stand auf. »Da ist Schönstedt.«

Die Diskussion wurde bald sehr lebhaft. Unter dem frischen Eindruck der jüngsten Ereignisse waren die Gemüter erregt. Eine gewisse nervöse Spannung herrschte, und man fühlte das Bedürfnis, in einer offenen Aussprache im vertrauten Kreise all das loszuwerden, was beunruhigend und beklemmend wirkte. Am 15. Juni war Kaiser Friedrich durch den Tod von seinen Leiden erlöst worden, sein ältester Sohn hatte den Thron bestiegen, und schon wehte ein ganz anderer Wind, schon begann man die Faust des jungen Kaisers zu spüren ...

Einer der Herren zog eine Zeitung hervor. »Wissen Sie, die erste Proklamation des Kaisers ... ich kann mir nicht helfen, aber übertrieben glücklich finde ich sie nicht. Ich will Ihnen bloß mal den Schluß vorlesen:

›So gehören wir zusammen. Ich und die Armee – so sind wir füreinander geboren, und so wollen wir unaufhörlich fest zusammenhalten, möge nach Gottes Willen Friede oder Sturm sein. Ihr werdet Mir jetzt den Eid der Treue und des Gehorsams schwören, und Ich gelobe stets eingedenk zu sein, daß die Augen Meiner Vorfahren aus jener Welt auf Mich herniedersehen und daß Ich ihnen dermaleinst Rechenschaft über den Ruhm und die Ehre der Armee abzulegen haben werde.‹

Bloß von der Armee und Marine ist da die Rede, keine Silbe vom Volk! Für das findet der Kaiser erst drei oder vier Tage später 'n paar Worte. Und warum in aller Welt so 'ne scharfe Sprache? Das Ausland wird sich – fürchte ich – fragen: ›Wohin geht die Reise?‹ Die Quittung haben wir ja auch schon. Die ausländische Presse interpretiert die Proklamation teils beunruhigt und erregt, teils gehässig. Man kann doch auch wirklich nicht behaupten, daß sie besonders geschickt wäre.«

»Ne, das kann man allerdings nicht«, stimmte Graf Fürstenau zu. »Mein Vetter Wachterholdt aus dem Auswärtigen Amt erzählte mir, daß da manche Brust sich aufatmend hebt. Das kann ja auf die Dauer gar nicht gut gehen zwischen dem Kaiser und dem Kanzler.«

Der Wiesenburger erhob sich, um zum erstenmal in die Diskussion einzugreifen. »Die Hoffnungen, mit denen wir in die Zukunft blicken, können – das muß zugegeben werden – durch die Ereignisse, die den Regierungsantritt Seiner Majestät einleiteten, nicht gerade besonders gesteigert werden, aber vielleicht ist es auch gar nicht gut, an eine neue Zeit mit zu hoch gespannten Hoffnungen heranzugehen. Meine Herren, der Kaiser ist jung. Jugend berechtigt vielleicht nicht zum allzu schnellen Handeln, aber sie macht es begreiflich. Ich habe in dieser Stunde das Gefühl, als weile unser alter, unvergeßlicher König und Herr, der erst vor drei Monaten von uns ging, mitten unter uns.« Der Wiesenburger schwieg einige Sekunden. Alle Anwesenden hatten sich erhoben und hörten stehend auf seine Worte. »Ich weiß, wir alle tragen die Treue und Liebe zu unserem heimgegangenen König tief im Herzen. Durch nichts anderes können wir ihm die Treue halten als dadurch, daß wir uns, zu jeder Hilfsbereitschaft entschlossen, hinter seinen Enkel stellen und an unserem Teile versuchen, ihm die Bürde tragen zu helfen, die er mit der Krone auf sich genommen hat.«

Unmittelbar nach dem Wiesenburger ergriff Graf Fürstenau das Wort: »Meine Herren, unser Freund Barring hat in ernster Stunde das rechte Wort gefunden. Ich habe dem, was er gesagt hat und was uns allen aus der Seele gesprochen war, nichts hinzuzufügen. Ich schlage vor, daß wir die Diskussion und damit unsere Zusammenkunft schließen.«

Siebenunddreißigstes Kapitel

Fried saß in seinem Wohnzimmer in dem hübschen niedrigen Landhaus, das Harold Bancroft an der Westküste der Insel Wight bewohnte, und sah gedankenvoll in den Garten hinaus, in dem zwischen dunkelgrünen Myrten und uralten Steineichen die Rhododendren und Azaleen wucherten und Hunderte von Rosen blühten.

Bald acht Wochen war Fried nun schon hier, und wenn er überdachte, was die Zeit ihm gebracht, so wußte er nicht, ob sie ihm mehr gegeben oder genommen hatte. Wenn sein körperliches Befinden sich auch gebessert hatte, so litt seine Seele doch unter dem Ansturm der Zweifel, dem fortwährenden Zwiespalt zwischen den Wünschen des Herzens und den Instinkten des verantwortungsbewußten, anständig denkenden Mannes. Gesundheitlich ging es ja langsam bergauf. Er war zwar immer noch sehr mager, nahm aber doch allmählich an Gewicht zu. Die Kopfschmerzen quälten ihn seltener, Lesen oder Schreiben ermüdete ihn nicht mehr so schnell, er schlief auch wieder leidlich. Nur das endlose Wachliegen vor dem Einschlafen war eine schlimme Sache; allerhand feindliche Gedanken überfielen ihn dann wie belfernde, böse Hunde, nach allen Seiten hatte er sich zu wehren, auszuweichen, Deckung zu nehmen. Aber mit der Zeit würde der erlösende Schlaf sich vielleicht auch wieder leichter einstellen. Dumm, daß einen alles so rasch angriff. Es war doch lächerlich, zum Beispiel nur schwer mehrere Menschen ertragen zu können und immer eine gewisse Beklemmung überwinden zu müssen, wenn mal Gäste zu Tisch erwartet wurden. Heute sollten wieder Cecilie Bruce und Irene Faraday mit ihren Männern hier essen. Cecilie und Irene, stets warmherzig und verwandtschaftlich, sprachen zum Glück nicht zuviel, lachten gern und waren hübsch anzusehen. Natürlich . . . neben Gisas Schönheit verschwanden sie. Aber welche Frau tat das nicht neben Gisa? Ja! Sie war berückend, die Gisa, in ihrer blonden, reinen Schönheit, mit ihren stahlenden blauen Augen.

Fried litt darunter, daß es ihm unmöglich war, Harold Bancroft, diesem zuverlässigen, sympathischen Mann, gegenüber, der alles tat, um ihm den Aufenthalt angenehm zu machen, ganz objektiv zu bleiben. Es gelang ihm jedoch kaum, einen gewissen Groll zu unterdrücken, wenn er an Harold dachte. Obwohl dieser in seinem Wesen so angenehm war: durch und durch Engländer, also immer etwas zurückhaltend, überaus diskret und ohne besondere geistige Ambitionen, eine unkomplizierte, praktische Natur, die von Problemen nicht beunruhigt wurde. Er sprach wenig, hörte aber gut zu und überraschte zuweilen durch treffende Bemerkungen. Mann bis in die Fingerspitzen, vereinigte er alle jene Eigenschaften in sich, die den Frauen gefährlich werden. Irgendwelche ernstliche Schwierigkeiten schien es für Harold Bancroft nicht zu geben. Er gehörte zu den Menschen, die deshalb so leicht mit dem Leben fertig werden, weil sie ihm und sich selbst keine übertriebene Wichtigkeit beimessen.

Kurz – er war das, was man unter einem ›ganzen Kerl‹ versteht.

Wie Gisela und Harold zueinander standen, das war schwer zu ergründen. Harold war auch Gisela gegenüber immer etwas kühl und unpersönlich; trotzdem war leicht zu erkennen, daß ihr sein Herz gehörte. Jederzeit bestrebt, ihr eine Freude zu machen, verwöhnte er ihre Hunde, kümmerte sich um ihre Pferde, brachte ihr stets irgend etwas Hübsches aus London mit, schnitt ihr im Garten die schönsten Rosen. Aber über das alles verlor er kaum ein Wort.

Gisa war gleichmäßig freundlich mit ihm und ging auf seine Wünsche ein, doch dabei ließ sie es bewenden. Jedenfalls blieb sie immer der umworbene, mit liebenswürdiger Anmut gewährende Teil. Fried kannte nicht ihre letzten Gedanken, wußte nicht, was sie im tiefsten Herzen fühlte; aber daran konnte kein Zweifel sein, daß eine so wohltuende Atmosphäre, wie sie um Gisa und Harold herrschte, unmöglich war, wo nicht das starke Bindeglied aufrichtiger Sympathie und ausgeglichener Übereinstimmung als Voraussetzung seelischer Gesundheit vorhanden war. Die Gesundheit der Seele konnte aber nur in einem gesunden Körper gedeihen, und damit war Fried in seinem Gedankengang wieder an jenen Punkt gelangt, bei dem sein Herz von den widersprechendsten Empfindungen gequält wurde. Er hatte geradezu Angst davor, an die körperlichen Beziehungen zu denken, die zwischen Gisela und Harold bestehen mußten, erlag indes stets aufs neue dem unwiderstehlichen Zwang, sich mit dieser Frage zu beschäftigen, und geriet dann in einen Zustand peinigender Hellsichtigkeit. Die Eifersucht hatte ihn wie ein schreckliches Übel befallen. Früher hatte er nie an diese Empfindungen gedacht, hatte sie für etwas Albernes, ja Verächtliches gehalten. Heute war er ihr hilflos preisgegeben, und ein tückisches Geschick zwang ihm die tragische Rolle Othellos auf.

Fried stand auf und trat auf den Balkon hinaus. Er mußte seinen Gedanken entrinnen. Sie peinigten ihn, schnürten ihm die Kehle zusammen.

Schon vor einigen Tagen hatte Fried sich zu dem endgültigen Entschluß durchgerungen, nach Eichberg zurückzukehren. Gestern waren ihm die Schiffskarten zugestellt worden, und er hatte dem Wiesenburger und Gerda seine bevorstehende Rückkehr telegraphisch angekündigt. Es war Zeit, hohe Zeit, aus einer Situation herauszukommen, der er sich nicht länger gewachsen fühlte. Er war mit sich zur Klarheit gekommen und hatte erkannt, daß er zum Verzicht verdammt war.

Ein Blick auf die Uhr ließ ihn zusammenschrecken. ›Mein Gott, in zehn Minuten sieben! Höchste Zeit zum Umziehen!‹ In Harold Bancrofts Hause anders als in Frack und weißer Binde zum Dinner zu erscheinen, war so unmöglich, wie zum Ball in Reitstiefeln zu gehen. Im Schlafzimmer stieß er auf August. –

»Na, August, warum erinnerst du mich nicht ans Umziehen? Ich werd ja kaum noch fertig!«

»Die gnäd'ge Frau lassen bitten, sich heut nich umzuziehen. Mister Bancroft mußte plötzlich nach London, und die Herrschaften, die hier essen wollten, haben abgesagt . . .«

»So?« Frieds Augen wurden froh. »Das ist ja wundervoll! Das heißt, ich meine bloß, ein Abend ohne Gäste ist mir ganz lieb.«

»Sehr wohl, gnäd'ger Herr! Mitunter weiß einer ja auch nich, was einer noch viel reden soll, und reden muß einer doch, wenn Damens da sind. Befehlen der gnäd'ge Herr 'n andern Anzug?«

»Gib mir doch 'n dunkles Jackett und 'n Paar gestreifte Hosen, und die niedrigen Frackschuhe werd ich anziehen.«

»Sehr wohl! 'n neues Hemd is nich nötig. Das haben der gnäd'ge Herr man erst heut mittag angezogen.« – »Aber 'n dunklen Schlips, August, und die Perlnadel. Freust du dich auf zu Hause?«

»Na, gnäd'ger Herr, zu Haus is doch immer zu Haus! Hier war ja auch soweit ganz schön, und auszustehen hat einer je nuscht nich gehabt. Bloßig mit dem koddrigen Englisch sich zurechtzufinden. Das hol der Schinder!«

»Du verstehst doch schon alles ganz gut.«

»Na, mit dem Verstehen geht es je. Aber einer will sich doch auch mal verlautbaren lassen, und das kann ich doch nich so richtig.«

»Ich find es ei'ntlich ganz angenehm, wenn man nicht immer zu sprechen braucht.«

»Das stimmt je nu auch wieder auf eine Art, gnäd'ger Herr. Von das viele Geschabber kommt je auch man selten was Gutes raus. Ich werd dem gnäd'ge Herr noch bißche abbürsten tun. Augenblickke! Ich bin gleich fertig. Ich muß mir auch noch schnell umziehen. Die beiden Dieners sind weg, und die gnäd'ge Frau hat mich man gesagt, ich soll servieren tun.«

»So? Na, denn geh man, August. Sonst wirst du nicht mehr fertig. Übrigens – hast du unten schon was gesagt, daß wir abreisen?« August lächelte nachsichtig. »Der gnäd'ge Herr haben mich nuscht nich gesagt, daß ich was sollt verlautbaren lassen.«

»Na ja, August, ist mir auch lieber, daß du nicht darüber gesprochen hast, weil ich es den Herrschaften noch nich gesagt hab. Aber morgen kannst du darüber sprechen. Ich will es der gnädigen Frau heut abend sagen. Aber nu geh man, August.«

In ihrem Wohnzimmer fand Fried Gisa in ein Buch vertieft. Als er eintrat, stand sie auf und kam ihm mit hellen Augen entgegen.

»Heute machen wir es uns recht gemütlich, Fried! August sorgt für uns bei Tisch. Die Diener hab ich weggeschickt, und Parker stört nicht. Ihn kann ich nicht wegschicken, sonst ist er gekränkt.«

Gisela nahm aus einer Vase eine halb erblühte Rose und steckte sie Fried ins Knopfloch. »Damit wir doch ein bißchen festlich zu Tisch gehen.« Er ließ sich die Rose anstecken, zog ihre Hand an die Lippen. »In der Rosenzeit ward das Herz so weit, ward das schönste Röslein mein«, summte er.

»O Fried, heut nach Tisch singst du mal wieder! Ja? Willst du?«

»Wenn ich noch kann.« – »Natürlich kannst du!«

»Darf ich es gleich mal probieren? So viel Zeit ist ja wohl noch?« Er ging zum Flügel, präludierte ein, zwei Minuten, dann füllte sein melodischer Bariton den Raum mit vollem, weichen Wohllaut:

> Aus des Nachbars Haus
> Trat mein Lieb heraus,
> Hielt ein Röslein in der Hand.
> Und ich stand am Zaun,
> Konnt mich satt nicht schaun,
> Nicht ein Wort zum Gruß ich fand.
> Und sie sprach zu mir:
> Sieh dies Röslein hier,
> Sieh, es soll dein eigen sein.
> In der Rosenzeit
> Ward das Herz so weit,
> Ward das schönste Röslein mein.

Ein paar leise, verklingende Akkorde...

Der alte Haushofmeister Parker erschien, mittelgroß, untersetzt, korrekt bis in die Fingerspitzen. Ernst, feierlich meldete er: »Madam, es ist serviert.«

Beim Braten grüßte Fried mit dem Glase Gisela: »Laß dir von ganzem Herzen für die wunderschöne Zeit hier danken, Gisa, und für all deine rührende Fürsorge und Güte.«

Sie sah betroffen auf. »Das klingt ja so ... so ...«

»Nach Abschiednehmen! Ja, Gisa, leider! Ich muß nach Hause. Es wird Zeit, daß ich wieder ins Geschirr komme. Mein Schiff geht Donnerstag.« – Langsam senkten sich die langen Wimpern. »Schon in drei Tagen? Aber warum denn nur, Fried?« fragte sie stockend. »Doktor Brown wird gar nicht einverstanden sein ... und ich ... ja, Fried, ich bin es auch nicht!«

»Ich ja auch nicht, Gisa!« sagte er mühsam lächelnd.

Sie war blaß geworden. Unsicher blickte sie ihn an. –

Als später die süße Speise serviert wurde, sprachen sie von gleichgültigen Dingen. Parker und August waren im Zimmer geblieben, um gleich den Käse und das Obst zu reichen. Den Kaffee tranken sie auf der Veranda.

Am Himmel blinkten die ersten Sterne auf. Über dem Meer stand als schmale Sichel der Mond, und tausend geheimnisvolle Stimmen erfüllten die Dämmerung des Gartens. Ein-, zweimal unterbrach eine Vogelstimme für Sekunden die Stille ringsum. Es klang müde, verträumt.

Nach einer Weile fragte Gisa: »Wollen wir Licht kommen lassen, oder willst du mir noch etwas singen?«

Er stand sofort auf. »Wenn du es willst, natürlich, Gisa!«

»So sing bitte noch mal das Lied, das du vor Tisch sangst.«

Sie setzte sich auf ein Sofa an der Wand ihm gegenüber, und er sang das Lied, ließ diesem ein paar Schubertsche Lieder folgen und sang schließlich noch eines von Schumann. Seine Stimme war wohllautend wie in früheren Tagen, und es erfüllte ihn mit tiefer Freude, daß er noch singen konnte wie einst, in besseren Zeiten.

Er sah zu Gisela hinüber. Ihre Augen schienen in die Ferne zu blicken. Um den vollen Mund lag ein weicher Zug. »Das war schön, Fried«, sagte sie leise. Und dann bat sie: »Sing noch etwas, wenn es dir nicht zuviel wird.«

»Nein, Gisa ... wenn es dir Freude macht.« – Präludierend glitt seine Hände über die Tasten, und dann sagte er:

»Mein letztes Lied, Gisa. Nur für dich will ich es singen.«

Ein paar Akkorde klangen auf, und dann begann er:

> Es fiel vom Himmel ein leuchtender Stern,
> Als du zum Abschied gekommen,
> Mein Lieb, ich hätte so gern, so gern
> Dich mit auf mein Pferd genommen.

> Es fiel eine leuchtende Träne
> Still über ein weißes Gewand,
> Hart griff in die schimmernde Mähne
> Meine gepanzerte Hand!

> Es sank in unendlicher Schöne
> Der Stern aus des Himmels Nacht,
> Mein Lieb, es hat deine Träne
> Mich selig und traurig gemacht.

> Horch – – aus der Ferne verloren
> Ruft Hornruf mich feindeswärts,
> Ich gab meinem Hengste die Sporen
> Und ritt über mein eigenes Herz!

Das Lied verklang, und Fried – die Augen gesenkt – ging über in leise Phantasien. Nach einigen Minuten erst schloß er den Flügel, stand auf und trat zu Gisa. Mit einem Lächeln, wie ein müdes Kind vor dem Einschlafen, sah sie zu ihm auf.

»Diesen Abend werd ich nie vergessen«, sagte sie, »schreib mir das Lied auf, Fried, ja?«

Er zog ein Blatt aus der Tasche, das er zu sich gesteckt hatte. Melodie und Text des Liedes hatte er darauf geschrieben. ›Für Gisa‹ stand darüber. »Hier ist es, Gisa.«

Sie sah auf das Blatt, und langsam quollen zwei Tränen unter ihren Augenwimpern hervor. Wie jemand, dessen Hände gefesselt sind, saß sie da, ohne sich zu rühren. Plötzlich stand sie auf. »Wollen wir uns noch einen Augenblick auf die Veranda setzen?« – »Ja, Gisa.«

Der Himmel, tiefblau, war übersät mit funkelnden Sternen. Fried sah hinauf zu ihnen. »Wie schön, Gisa!«

Sie blickte auf. Aber ihre Augen standen voll Tränen, und sie sah die Sterne nicht.

Achtunddreißigstes Kapitel

Nachdem während des Januars trockene Kälte geherrscht hatte, die Schlitten durch das verschneite Land gebimmelt waren und das leise Plätschern des Flusses unter einer dicken Eisdecke verstummt war, brachte der Februar des Jahres 1890 Patschwetter. Der Wind heulte hohl aus dem Westen, der weiße Schnee wurde zum breiigen Schmutz, ein bleigrauer Himmel lastete schwer und hoffnungslos über dem Flußtal, die Frauen pummelten sich in dicke Wollschals ein und ließen die braune Kaffeekanne in der Ofenröhre gar nicht mehr leer werden, und die Männer bekämpften Mißmut und Schimpfen mit Fluten von Grog. Pferde und Vieh begannen zu husten, blieben stumpf und rauh im Haar, die Hühner gaben die nützliche Beschäftigung des Eierlegens auf und suchten sie durch die unpraktische des Weltschmerzes zu ersetzen.

Fried trat aus dem Eichberger Kuhstall auf den Hof hinaus und ging quer durch den Dreck zum Stutenstall hinüber. Er sah nicht gut aus. Schrecklich mager, die Gesichtsfarbe gelb und krank, die Augen matt, die Haltung müde. Damals, vor anderthalb Jahren, als er von England braungebrannt und weniger mager zurückgekehrt war, hatten der Wiesenburger und Mathilde aufgeatmet. Er schien glücklich über die Kinder, war Gerda mit einer Art programmatischer Entschlossenheit, alles zum besten zu wenden, entgegengekommen; das schrankenlose Vertrauen, die Liebe zu den Eltern hatten so herzlichen Ausdruck gefunden.

Mit Leidenschaft hatte er sich in die Arbeit gestürzt, hatte sich um alle Einzelheiten der Wirtschaft gekümmert, schien von seiner Tätigkeit ausgefüllt und befriedigt, war freundlich und duldsam mit jedermann gewesen, so daß er den Eindruck eines Mannes gemacht hatte, der auf dem besten Weg zur vollen körperlichen und seelischen Gesundung war.

Ali und Archi waren gleich nach der Rückkehr des Vaters mit ziemlich geteilten Gefühlen wieder nach Eichberg übergesiedelt und fuhren nun täglich nach Wiesenburg hinüber, um von Hanna Lamberg weiter unterrichtet zu werden. So schien alles im richtigen Fahrwasser, und vor der beruhigenden Gegenwart, die mit Zuversicht für die Zukunft erfüllen konnte, traten die Sorgen und der Kummer der düsteren Vergangenheit langsam in den Hintergrund.

Allein – bald erwies es sich, daß der scheinbar so hoffnungsvolle Zustand, in dem Fried heimgekehrt war, zu einem trügerischen Optimismus verleitet hatte. Allmählich zeigte sich die Wendung zum Schlechteren immer spürbarer, und daß er nach einem halben Jahr seine Eltern bat, Archi wieder zu sich zu nehmen und vorläufig zu behalten.

So war über die nächste Zukunft Archis entschieden, und zu seiner und der Großeltern Freude kam er nach Wiesenburg. Gerda war ohne weiteres damit einverstanden gewesen.

Immer mehr verlor Fried das Interesse an der Wirtschaft, wurde zum Einzelgänger, zum Grübler, ging immer stärker in der Jagd, der übertriebenen Liebe zu seinen Hunden und Pferden auf. Im gleichen Maße, wie er die Menschen mied, suchte er die Tiere. Bei ihnen fühlte er sich sicher vor Kritik, ihnen mißtraute er nicht. Sie standen ihm mit der gleichen Treue, mit der gleichen selbstlosen Liebe gegenüber wie einst in besseren Tagen. Sie sahen seine Schwächen nicht, mit denen er im fortwährenden Kampf lag, nahmen seine Verstimmungen geduldig hin und unterwarfen sich ihm willig.

Auch die Sehnsucht nach Gisela ließ ihn nicht los. Er schrieb ihr oft und ausführlich. Las er dann aber die sechs, sieben Seiten durch, die seine großen, früher so festen und klaren, jetzt seltsam veränderten Schriftzüge bedeckten, so fand er den Brief inhaltslos und nichtssagend.

Gerda war eine andere geworden, oder – um es richtiger auszudrücken – sie gab sich anders als früher.

Sie hatte sehr bald erkannt, daß Frieds Energie, wenn nicht zerbrochen, so doch geknickt war und durch die verschiedensten

Hemmungen gelähmt wurde. Seine Initiative wurde immer geringer, er verlor die Selbständigkeit des Urteils, seine Entschlußfähigkeit nahm mehr und mehr ab. Es schien, als ginge er allen Entschlüssen in weitem Bogen aus dem Wege, als sei es ihm eine Erleichterung, die Verantwortung dadurch von sich abzuwälzen, daß er die Ansicht Dritter bereitwilligst zu der seinen machte. Er vermied es jedoch, sich um Rat an Menschen zu wenden, deren Überlegenheit ihn erdrückte. Gerda war es nicht verborgen geblieben, daß er sogar zwischen sich und seinem Vater eine Art Schranke aufzurichten begann. Vorläufig war sie noch dünn wie ein Nebelschleier, allein sie war da . . . Offenbar wollte er dem Vater die eigene innere Unsicherheit durch das häufige Einholen von Rat nicht noch deutlicher zeigen. Mehr als früher suchte er seine Mutter. Er wußte, ihre Liebe und Sorge machten sie blind für sein Versagen.

Gerda – berechnend, scharfsinnig und konsequent – sah sofort den Weg, den sie einschlagen mußte, um sich jenen Einfluß auf Fried zu sichern, den sie bisher nicht besessen hatte, den sie aber brauchte, um ihre Zukunft in Bahnen zu lenken, die zur Erreichung ihrer Ziele führen mußten. Sie zeigte sich nun in einer anderen Beleuchtung. Ihrem skrupellosen Egoismus, der durch Oberflächlichkeit und Leichtfertigkeit noch hemmungsloser wurde, gelang es verhältnismäßig schnell, sich in eine Rolle hineinzuspielen, die sie bald mit einer gewissen Meisterschaft beherrschte: die Rolle der nachgiebigen, liebenswürdigen Frau nämlich, die Verständnis für die wechselnden Stimmungen des Mannes hat, seine Wünsche respektiert, Widerspruch vermeidet und durch immer zur Schau getragene Anerkennung seiner Fähigkeiten den Glauben an seine eigene Urteils- und Entschlußfähigkeit nährt.

Mit Geschick verstand sie zu verhüten, daß ihr wachsender Einfluß auf Fried diesem zum Bewußtsein kam, und infolgedessen ging er auch an der Tatsache glatt vorüber, daß seine Entschlüsse immer häufiger der Inspiration Gerdas entsprangen. Gerda hatte für seine Schwächen jenes seltsam feine Gefühl, wie es der Jäger auf der Wundfährte des krankgeschossenen Löwen hat, das ihn die äußerste Vorsicht zwar nicht vergessen, den endlichen Erfolg aber mit Sicherheit voraussehen läßt.

Fried war sehr sensibel geworden, ja, er neigte in letzter Zeit zu einer Weichheit, die zuweilen zur Rührseligkeit werden konnte, und meistens genügte es, wenn Gerda, statt sich an seinen

Verstand zu wenden, an sein Gefühl appellierte, um ihren Willen durchzusetzen.

Immer zum Grübeln geneigt, dachte Fried auch über sein Verhältnis zu Gerda viel nach. Dieses war auf eine ganz neue Grundlage verschoben. Früher – darüber gab er sich keiner Täuschung hin – hatte das erotische Moment in seiner Ehe eine große, vielleicht die ausschlaggebende Rolle gespielt. Er hatte Gerdas körperlichen Reizen nicht widerstehen können und sich von ihnen willig abhängig gemacht. Das war jetzt anders geworden. Seine erotischen Bedürfnisse waren fast erloschen, und auch dieser Vorgang, eine natürliche, um nicht zu sagen selbstverständliche Folge des Unglücksfalles, wurde Fried zum Quell niederdrückender Empfindungen. Er gedachte vergangener Zeiten, da Gerdas körperliche Schönheit ihn fasziniert hatte, da unter der Glut seiner Leidenschaft ihr Empfinden aufgeflammt, ihm die Welt im Einverständnis der Sinne zum Zaubergarten geworden war. Nur zu schnell war er aus dem Rausch erwacht, aber so kurz er auch immer gewesen, er hatte den beseligenden Traum von Glück und Liebe doch geträumt ... Und heute? Ein müder, kranker Mann, ein Invalide, für den die Frauen höchstens noch Mitleid hatten. Wie würde Gerda seine Erschöpfung deuten? Würde sie sich die Objektivität bewahren können und in ihr die Folge des Unglücksfalles erblicken, oder würde sie eine verächtliche Schwäche darin sehen?

Überließ er sich derartigen Grübeleien, so konnte es geschehen, daß ein gewisses Mitleid mit Gerda ihn überkam und daß ihn eine Art von Eifersucht überfiel, wenn er die Möglichkeit in Betracht zog, sie könnte ihm innerlich anders gegenüberstehen, als es äußerlich den Anschein hatte. Geheimnisvolle Befürchtungen suchten ihn heim, verworrene Ideen verstörten ihn, und seine Seele wurde von selbstquälerischem Zwiespalt der Gefühle umdüstert und zerrüttet. Aus längst versunkenen Tagen tönten schwach, halbersterbend Echos, die ihn erregten und mit schwermütiger Sehnsucht erfüllten.

Ruhelos ging der Wiesenburger in seiner Schreibstube auf und ab. Der Ausdruck seiner Gesichtszüge verriet so tiefe Beunruhigung, so drückende Sorge, daß sie fast fremd erschienen. Auf seinen Wangen stand die Röte innerer Erregung, und die Augen blickten in finsterem Zorn unter dicht zusammengezogenen, buschigen Brauen. Zwei-, dreimal blieb er vor seinem Schreibtisch stehen und überlas, die hohe Stirn von tiefen Falten gefurcht, immer wieder das Telegramm, das dort auf dem Schreibtisch lag. Er nahm sich dabei nicht die Zeit, die Brille aufzusetzen. Mit langem Arm, den Kopf etwas in den Nacken gelegt, hielt er das Blatt weit von sich ab. Sooft er die wenigen Worte las, bewegten sich unter dem starken weißen Schnurrbart die Lippen, als buchstabiere er die einzelnen Silben. Dann schüttelte er leise den Kopf, legte das Blatt auf den Schreibtisch zurück und begann wieder sein ruheloses Auf-und-ab-Gehen. Das Damoklesschwert, das seit langem Land und Volk beunruhigte und bedrohte, war nun also endlich niedergezuckt auf Deutschland. Der Vorhang hatte sich über der Szene gehoben und das deutsche Volk zum Zeugen eines Dramas gemacht, das in seinen verhängnisvollen Auswirkungen nur von wenigen übersehen wurde. Bismarck entlassen!

Barring fuhr sich über Stirn und Augen, setzte sich an den Schreibtisch, nahm ein Depeschenformular hervor und griff zur Feder. Lange starrte er vor sich hin, dann setzte er die Feder endlich an und warf schnell, energisch, mit dem Schwung innerer Notwendigkeit ein paar Zeilen auf das Blatt:

»Seiner Durchlaucht dem Fürsten Bismarck
      Berlin, Reichskanzlerpalais.
Euer Durchlaucht wollen mir erlauben, zum Ausdruck bringen zu dürfen, wie schwer mich die erschütternden Ereignisse getroffen haben und mit wie tiefer Sorge ich an die Zukunft denke.
      In dankbarer Treue
      von Barring«

Barring nahm die Depesche Rottburgs und ging durch das Grüne Zimmer zu Mathilde hinüber, legte das Blatt wortlos vor sie hin. Mathilde las, ein tiefes Erschrecken überflog ihre Züge. »Um Gottes willen«, murmelte sie. Mit einem Ausdruck in den Augen, als verstünde sie die Welt nicht mehr, sah sie auf.

»Die Katastrophe, die man ja lange erwartet hat, ist das, Thilde. Aber natürlich – sie trifft einen doch wie der erste furchtbare Donnerschlag, der einen aus dem Schlaf aufstört. Ja, natürlich, man wußte ja, wie es kommen würde, aber jetzt, wo es da ist, ist man doch erschüttert. Ich kann nicht ohne Angst an die Zukunft denken. Wie der Fürst dem Kaiser dringend von seinem Besuch in Spala beim Zaren abriet, der ihn gar nicht haben wollte, weil er am liebsten mit seiner Familie allein ist, war der innere Bruch wohl besiegelt. Der Fürst hat darüber mal zu mir gesprochen. Er fürchtete den engen Verkehr der beiden Hohen Herren in dem kleinen, unbequemen Jagdschloß, weil er – wie er sich ausdrückte – es für bedenklich hielt, die mißtrauische Defensive des Zaren mit der aggressiven Liebenswürdigkeit des Kaisers in zu enge Berührung kommen zu lassen. Deshalb versuchte er, dem Kaiser die Reise nach Rußland auszureden, aber bloß mit dem Erfolg, daß Seine Majestät sich schwer verletzt fühlte und den Fürsten schroff verabschiedete. Das war wohl nur der Schlußpunkt hinter einer Kette von Verstimmungen. Auf dem Kronrat im Januar, wo es sich um die Frage handelte, dem Reichstag die Faust zu zeigen oder vor ihm zu kapitulieren, blieb der Kanzler der Stärkere. Vor allen Ministern hat er dem Kaiser seinen Rücktritt angeboten, und der hat darauf kein ›Ja‹ gefunden. Bloß an die Minister hat er sich gewandt, und die haben sich auf die Seite des Fürsten gestellt. Dann die russische Anleihe! Dem Kaiser ist die Politik zu russenfreundlich. Er verlangte von Herrn von Bismarck, er solle seinen Vater entsprechend beeinflussen. Der hat das abgelehnt und durchblicken lassen, sein Vater könnte nur so lange die Verantwortung tragen, wie ihm niemand in seine auswärtige Politik reinredet. Ach – bis morgen früh könnt ich über all das sprechen und wär auch noch nicht am Ende. Nein, nein – wie es jetzt gekommen ist, so mußt es kommen! Daran ging kein Weg vorbei. Es mag ja auch nicht immer leicht gewesen sein für den jungen Kaiser, mit dem Fürsten fertig zu werden. Das will ich gar nicht bestreiten. Trotzdem hätt er es nicht zum Bruch kommen lassen dürfen! Er hat eine furchtbare Verantwortung auf sich genommen. Wie er mit ihr fertig werden will, weiß ich wirklich nicht.«

»Archibald, wir müssen auf Gott vertrauen und all unsere Sorgen auf ihn werfen.«

»Du mutest dem lieben Gott wirklich 'n bißchen viel zu! Wenn er uns einen Mann wie den Fürsten gegeben hat, denn hat er schon allerhand getan für uns, wie mir scheint. Daß er nu auch noch unsere Dummheiten fortwährend gutmachen soll ... na, hör mal, ich weiß wirklich nicht recht.«

Großvater und Enkel gingen durch den Park. Es war der 21. März. Frühlingsanfang. Der Wiesenburger dachte an diesem nebligen, trüben Abend nicht daran. Ihm schien dieser Weg verhängnisvoll und als der Beginn einer Epoche der Verwirrung, des Rückgangs, der Gefahren.

»Opa, der ›Karl‹ wird so furchtbar dick. Er kriegt 'n richt'gen Heubauch. Kann ich ihm nich 'n Maulkorb auflegen, daß er kein Stroh fressen kann?«

»Das tu man, Archi!«

»Er muß überhaupt mehr schwitzen. Er is schon höllisch faul.«

»Wenn es 'n bißchen wärmer wird, reiten wir wieder zusammen. Denn wollen wir 'n bißchen vorwärts reiten. Denn wird der ›Karl‹ das faule Fleisch bald los sein.«

»Ja! Das is fein!« Archi sah den Großvater an. »Was is dir, Opa?«

»Was soll mir sein, Archi?«

»Du bist aber nich so wie sonst!«

»Ich hab 'ne Nachricht bekommen, die mir Sorgen macht, mein Bengelchen.«

Archi suchte nach einem Rat, der den Großvater von seinen Sorgen frei machen könnte: »Trink doch 'ne Buddel Bier, Opa!«

»Warum?«

»Ja, der Karl sagt immer, solang der Mensch noch alle Tag seine Buddel Bier hat, braucht der Mensch noch nicht zu verzagen.«

»Das hilft vielleicht dem Karl, aber mir hilft das – fürcht ich – nicht, Archi.«

Archi schwieg einen Augenblick nachdenklich. Mit Karls Rezept war dem Großvater also nicht zu helfen. –

»Was war das für 'ne Nachricht?«

»Du kannst das noch nicht recht verstehen, Archi. Dazu bist du noch zu klein. Der Onkel Andreas hat mir depeschiert daß der Fürst Bismarck aus seinem Amt als Reichskanzler weggeht, und das ist sehr schlimm für uns.«

»Für wen is das schlimm?«

»Für Deutschland!«

»Is er so klug?«

»Ja, Archi, klüger als alle andern.«

»Aber doch nich so klug wie du?«

»Viel klüger!«

Archi lachte schallend auf, als hätte der Großvater einen ausgezeichneten Witz gemacht, und schüttelte energisch den Kopf: »Der Karl sagt aber immer zu mir: ›Wenn du mal im Kopf bloß so viel Verstand haben möcht'st, wie der Opa in der Spitz vom kleinen Finger, dann wirst bestehn in die Welt! Aber da fehlt noch verfluchtig viel, Archi!‹ Klüger als du, Opa, das gibt es doch nich!«

»Der Karl red, wie er es versteht, Archi.«

»Aber Opa, der Karl weiß das doch. Alles weiß er!«

»Na . . . alles . . .«

»Aber er sagt doch immer, daß er alles weiß.«

»So? Sagt er das wirklich?« animierte der Wiesenburger Archi, Karl nachzumachen, was er ausgezeichnet konnte.

»Ja, er sagt immer: ›Mich bleibt nuscht nich verborgen, Archi‹, sagt er, ›wenn man alle Menschen bloßig die Hälft von dem sein möchten, was unsereins tut, hernach möcht das je e ganz End besser mit allem und jedem in die Welt sind.‹«

»Aha!« In die Augen des Wiesenburgers trat ein kleines, amüsiertes Lächeln. »Na, so ganz unrecht hat er vielleicht gar nicht mal, der Karl. Es ist ja auch ganz angenehm für ihn, daß er so zufrieden mit sich ist, aber – weißt du – besser ist es doch, wenn man nicht so schrecklich zufrieden mit sich ist.«

»Warum is das besser?«

»Weil man bei allem, was man getan hat, nicht denken soll: das hast du mal wieder großartig gemacht, sondern man soll sich lieber sagen, vielleicht hättst du das noch besser machen können. Denn strengt man sich das nächste Mal noch doller an.«

»Jaja, Opa. Aber der Karl sagt doch immer: ›Nimm dich man bloßig nuscht vor, hernach geht dich auch nuscht nichts vorbei.‹«

»Der Karl ist ja nicht dumm, aber mitunter doch wieder nicht klug genug. Hör man lieber auf mich, Archi, und nimm dir im Leben immer recht viel vor! Was du dir aber mal erst vornimmst, das mußt du denn auch ausführen! Man soll sich bloß das vornehmen, was man auch wirklich leisten kann.«

Archi nickte. Das schien ihm einzuleuchten. Er verfiel in Nachdenken darüber, was er sich vornehmen könnte, und kam zu dem Ergebnis, sich vorzunehmen, vom Großvater ein Taschenmesser geschenkt zu bekommen. Eines mit drei Klingen, 'nem Korkenzieher, 'nem Hufkratzer und 'ner Säge! In Kallenberg bei Heiser gab es sie. Bloß furchtbar teuer waren diese herrlichen Messer! Zwei Mark fünfundzwanzig! Ob der Opa ihm so viel schenken würde, das war doch zweifelhaft. Aber versuchen mußte man es. Unbedingt! Er begann das Messerproblem im Kopf zu wälzen und einen Angriffsplan auf den Großvater zu entwerfen.

Beide mit ihren Gedanken beschäftigt, gingen sie Hand in

Hand weiter. Dann blieben sie stehen und sahen zum grauen Himmel hinauf. Der zerrissene Schrei ziehender Wildgänse klagte – kaum vernommen, schon verhallt – vom Himmel herab zur Welt. Als Triangel flogen zwanzig, dreißig Vögel pfeilschnell, wie gleitende Schatten, am Himmel, tauchten in seinem Grau unter, waren verschwunden. Immer noch starrte der Wiesenburger hinauf. »Vögel im Nebel«, murmelte er, »so schwinden die Jahre dahin und ... unsere Hoffnungen.«

Fragend sah Archi zu ihm hin. »Warum schwinden die Jahre so dahin, Opa?«

»Wenn man alt wird und bloß noch 'n paar Jahre vor sich hat, fängt die Zeit an zu fliegen, Archi.«

»Und unsere Hoffnungen?«

»Das verstehst du noch nicht, Archi, und es ist gut, daß du das noch nicht verstehst.«

»Erklär es mir bitte mal, Opa. Ich werd es schon verstehen!«

»Wir Menschen wünschen uns immer allerhand, und wenn das, was wir uns wünschen, nicht in Erfüllung geht, denn sind wir natürlich mitunter 'n bißchen und mitunter auch sehr traurig über die zerstörten Hoffnungen. Deshalb sollte man sich immer möglichst wenig wünschen.«

Archi war anderer Ansicht! »Ich wünsch mir aber doch immer viel!«

»Ja, denn wirst du auch viel Enttäuschungen haben, fürcht ich. Das Schicksal erfüllt von unseren Wünschen ja nur die wenigsten.«

»Das ist mir aber egal!«

»So? Warum ist dir das egal?«

»Vom Schicksal wünsch ich mir ja überhaupt gar nichts!«

Fragend sah der Großvater den Enkel an, und in Archis Augen trat ein ganz kleines Lächeln der Verwunderung, daß der Opa ihn nicht gleich verstand. Aber dann überströmte den Großvater ein Blick grenzenlosen Vertrauens, ein Blick, so rein und so klar wie Quellwasser: »Doch bloß von dir wünsch ich mir was, Opa!«

Erst viele, viele Jahre später wurde es Archi klar, warum der Großvater, der ihm sonst bloß ab und zu mit der Hand über das Haar strich, sich damals zu ihm niedergebeugt und ihn ans Herz gezogen hatte.

Neununddreißigstes Kapitel

Die Herzbeschwerden, die den Wiesenburger seit dem Unglücksfall Frieds belästigten und sich durch starkes Herzklopfen und zuweilen durch beunruhigende Beklemmungen äußerten, waren allmählich unangenehmer und häufiger geworden. Doktor Krüger, dessen regelmäßiger ärztlicher Kontrolle Barring sich unterwarf, führte die Verschlimmerung des alten Leidens auf die fortwährende Sorge um Fried und die wachsende Beunruhigung um die Zukunft zurück.

Das Scheiden Bismarcks aus seinen Ämtern war dem Wiesenburger auch viel nähergegangen, als er erkennen ließ, und hatte ihn in eine Unruhe versetzt, die sein Befinden ungünstig beeinflußte. Er selbst sprach wenig oder gar nicht über sein Leiden, höchstens daß er einmal Karl gegenüber eine kurze Bemerkung fallenließ. Aber die Tatsache, daß bei körperlichen Anstrengungen seine Wangen sich jetzt oft stark röteten, der Atem knapp wurde und der Schlaf mehr als früher zu wünschen übrigließ, mahnte zur Vorsicht. Dazu kam, daß ihn der plötzliche Tod Ulrike Lindtheims, der Ende Juli infolge eines Schlaganfalls innerhalb weniger Stunden eintrat, schmerzlich traf.

Einige Tage nach dem Begräbnis Ulrikes stand Karl im Schreibzimmer des Wiesenburgers vor seinem Herrn, dem es offenbar einige Schwierigkeiten bereitete, für das, was er zu sagen hatte, den passenden Ausdruck zu finden. Er schloß ein Fach des Schreibtisches auf, suchte ein Papier hervor, setzte die Brille auf und warf einen Blick darauf.

»Du bist heut ja nu sechsundfünfzig Jahr bei mir, Karl«, setzte der Wiesenburger den Gedanken Karls ein Ziel, indem er ihn über die Brille weg ansah. »'ne lange Zeit, die du bei mir ausgehalten hast!«

»Von Aushalten is je nu keine Red nich, gnäd'ger Herr! 'ne andre Stell hab ich nie nich wollt haben.«

»Ich weiß, ich weiß, Karl! Aber sechsundfünfzig Jahr sind 'ne lange Zeit. Mitunter denkt man da doch mal, ob man es auch so gut hat, wie man es nach seiner Meinung verdient.«

»Sehr wohl, gnäd'ger Herr! Einer macht sich je mitunter allerhand Gedankens, man ich hab mir denn doch immer gleich wieder besonnen. Und zu nah is mich je auch keiner nich gekommen in all die Jahr. Nu is man je denn alt und grau geworden, und wenn denn noch immer das Essen schmecken tut und einer is gesund, hernach is einer je all zufrieden!«

»Gesund bist du ja ei'ntlich immer.«

»Klagen kann ich je nich, gnäd'ger Herr. Soweit schad mich je nuscht nich.«

»Ich weiß nicht, Karl, aber mir macht das Herz mitunter Sperenzchen. Ich werd wohl früher rankommen als du.«

Karl, der zuweilen leicht gerührt sein konnte, versuchte das heikle Thema mit einem begütigenden Lächeln abzutun. »Das kann je nu keiner nich wissen, gnäd'ger Herr. Man da braucht sich einer auch keine Gedanken nich machen. Wie sich das treffen tut, so trifft sich das, und da kannst nuscht nichts machen!«

Bedächtig nickte Barring: »Jaja, wie's kommt, so kommt's! Na – wenn ich auch gehen muß, ich bleib ja doch zu Haus.«

»Das stimmt je nu auch wieder, gnäd'ger Herr! Aber gesagt is das je noch lang nich, daß der gnäd'ge Herr früher muß rankommen als ich. Mitunter kommt das allens gerads anders, wie einer hoffen tut. Na – und was sollt ich auch ohne dem gnäd'ge Herr anfangen? Nach mir wird denn je keiner mehr viel fragen. Hernach hab ich auch abgewirtschaft'.«

»Ach, das bild'st du dir bloß ein, Karl. Man muß sich keine unnützen Gedanken machen.«

Er nahm die Brille ab, legte sie auf die Schreibunterlage, stand auf und ging mit dem Papier, das er dem Schubfach entnommen hatte, groß, hager und ein wenig gebeugt auf Karl zu. »Ich möcht gern, daß du bei der gnäd'gen Frau bleibst, wenn ich sollt nicht mehr sein und du es mit den Beinen noch schaffen kannst. Mir wär es lieb, wenn du bei ihr bleiben würdest.«

»Nach meinem Denken wollt ich denn je überhaupt bei die gnäd'ge Frau bleiben. Das hab ich mich all lang zurechtgelegt. Einer muß je denn auch da sind, wo ihr in acht nehmen tut.«

»Jaja, natürlich, Karl! Und . . . ja . . . was ich noch sagen wollt . . . ach ja, richtig! Der Archi! Ja . . . den Jung, den behalt du mir im Aug! Hörst du, Karl?«

»Das sowieso, gnäd'ger Herr! Er hält je nu mal gar zuviel von mich. Und überhaupt, einer is ihm je doch auch zugetan. Er is doch nu mal so 'n trautsten Bengel!«

»Na ja, ja! Das ist er ja auch wirklich! Übrigens – wie geht es deinem Albert in Kallenberg?«

»Er hält sich je soweit, aber abrackern muß er sich ganz niederträchtig. Mitunter meint er je: Vater, meint er je denn, die stenkrigen Zinsen, die können mir noch rein verrückt machen.«

»So? Ja, mein Gott, wer das Geld schwer verdient, der lernt auch gut damit umgehen.«

»Das stimmt je in eine Art nu auch wieder, gnäd'ger Herr. Das werd ich so richtig an mich gewahr, wo ich doch nu all die viele Jahr mit die Groschens vom gnäd'ge Herr wirtschaften tu. Mitunter bin ich so gesonnen, daß ich fünf Dittchen einfachst ausgeben tu wie nuscht, und mich noch nich mal viel Gedankens machen tu.«

»Na ja, wie das so ist mitunter.« Er reichte Karl das Papier. »Das ist der Hypothekenbrief über sechzehnhundertsechsundsechzig und zwei Drittel Taler, die für mich bei deinem Jung eingetragen sind. Ich hab ihn auf dich umschreiben lassen. Von heut ab gehört er dir. Das soll kein Dank sein dafür, daß du mir sechsundfünfzig Jahre treu gedient hast. Für so was kann man mit Geld nicht danken. Aber es soll dir wenigstens zeigen, daß ich dir gern danken möcht. Du kannst dir nu vom Albert die Zinsen zahlen lassen oder sie ihm schenken. Das kannst du machen, wie du willst.«

Karl küßte die Hand seines Herrn. Er brauchte sich kaum zu bücken. Nun sah er auf. Die Korinthen in seinem Vollmondgesicht blänkerten verdächtig. »Hol der Schinder, gnäd'ger Herr«, sagte er mühsam, »aber mich is rein, als wenn ich hätt mit dem Knüppel vor'n Kopp gekriegt. Weiß der Deikert, nu möcht einer man dem gnäd'ge Herr kund und zu wissen tun, was einer so richtig spüren tut, und nu ... und nu ...«

Einen warmen Schein in den Augen, legte ihm der Wiesenburger die Hand auf die Schulter. »Laß man, Karl! Ich weiß schon! Laß man! Wenn man sechsundfünfzig Jahr zusammen ist, versteht einer den andern auch ohne viel Worte. Sag dem Raudnat, er soll anspannen. Ich will in die Wirtschaft fahren.«

»Sehr wohl, gnäd'ger Herr ...«

»Ja, was ich noch sagen wollt ... es wär mir ei'ntlich ganz lieb, wenn du dir neben mir in der Anziehstube 'n Bett aufschlagen würd'st. Wenigstens für 'n paar Wochen. Ich weiß auch nich recht, aber manchmal kann ich nich recht schlafen, und mitunter ... in der Nacht ... is mir so, als wenn mir die Luft knapp wird. Da wär es mir ganz lieb, dich zur Hand zu haben. Aber die gnädige Frau braucht nichts davon zu wissen, hörst du, Karl. Sie würd sich bloß beunruhigen.«

Karl sah ihn erschrocken an. »Von diese Nacht ab schlaf ich in die Anziehstub! Die gnäd'ge Frau kriegt nuscht nich zu wissen. Und wenn sie hernach auch wo sollt schimpfen tun. Wenn man bloßig die Fräulein Lamberg möcht still sind. Die wird das je doch gleich gewahr, wenn ich in die Anziehstub kampieren tu.«

»Ich werd mit ihr sprechen.«

»Sehr wohl, gnäd'ger Herr! Hernach wird sie je auch verschwiegen sind. Und ich hab 'n leisen Schlaf. Ich stell dem gnäd'ge Herr 'ne Klingel auf'n Nachttisch, und wenn wo was is, denn klingeln der gnäd'ge Herr und ich bin forts da! Und nu bedank ich mir auch noch mal für alles, was der gnäd'ge Herr an mich und meinem Albert getan haben.«

Der Wiesenburger ging zu Mathilde hinüber. »Thilde, du hast doch daran gedacht, daß der Karl heute im sechsundfünfzigsten hier ist?«

»Selbstverständlich, Archibald! August kommt zum Abendbrot von Eichberg herüber, und Raudnat ist auch eingeladen. Auch Hennig wird wohl kommen, wenn er sich wohl genug fühlt, und die beiden Jäger. Vielleicht sogar der alte Evert. Er ist ja noch immer ziemlich rüstig.«

»Was gibt es denn?«

»Hanna Lamberg hat das bestimmt. Ich nehme an, Schweineschinken, und natürlich eine Flasche Bier bekommt auch jeder.«

»Na – laß man lieber jedem gleich 'n halbes Dutzend Flaschen geben. Die werden für den ersten Durst denn wohl reichen.«

»Aber ich bitte dich, Archibald, sechs Flaschen Bier kann doch unmöglich jemand trinken!«

»Dir würd es wahrscheinlich Schwierigkeiten machen, Thilde, aber die Leute werden schon damit fertig.«

»Sechs Flaschen Bier«, seufzte Mathilde. »Unfaßbar!« Aber wie sie dem Willen Barrings immer ihren eigenen unterstellte, so tat sie es auch in diesem Fall.

Barring klingelte nach Karl: »Sag doch dem Fräulein Lamberg, sie möcht doch so gut sein und mal 'n Augenblick herkommen.«

Fünf Minuten darauf trat Hanna Lamberg ein. Schon einundzwanzig Jahre war sie nun in Wiesenburg und hatte hier eine feste Heimat gefunden, an der sie mit warmer Liebe hing. Die blonde Anmut von einst war der Altjüngferlichkeit ihrer vierzig Jahre zwar nicht zum Opfer gefallen, aber aus dem blütenduftenden Frühsommer war langsam Herbst geworden.

»Herr von Barring haben befohlen?«

»Unsinn, Kindchen. Is mir gar nich eingefallen, aber ich hab Sie zu mir bitten lassen, weil ich was mit Ihnen besprechen muß. Kommen Sie, setzen Sie sich 'n Augenblick. Es handelt sich um 'n Komplott gegen meine Frau. Ich hab dem Karl vorhin gesagt, er soll sich neben meiner Schlafstube in der Anziehstube 'n Bett aufstellen. Für 'n paar Wochen. Es ist mehr so 'ne Idee von mir, aber mitunter wird mir nachts die Luft so 'n bißchen knapp, und denn wär es mir ganz angenehm, wenn der Karl ... Na, na, Hanna, Sie brauchen nicht gleich so erschrockene Augen zu machen. Das sind so kleine Attacken, die das Alter nu mal mit sich bringt. Aber es wär mir doch ganz lieb, den Karl dann zur Hand zu haben. Aber ich will jedenfalls nich, daß meine Frau etwas davon hört. Sie würd sich bloß unnütz beunruhigen. Kann ich darauf rechnen, daß Sie ihr nichts sagen werden?«

»Jawohl, Herr von Barring! Das verspreche ich! Aber darf ich eine Bitte aussprechen?«

»Man zu, man zu, Hanna! Sie wissen, ich bin immer für Sie da!«

»Dann bitte ich Sie recht von Herzen, Herr von Barring, sich gleich einmal wieder genau untersuchen und Doktor Krüger mindestens jede Woche kommen zu lassen.«

»Sachte, sachte, Hannachen! Mit den Doktors soll man nicht gar zu intim werden. Untersuchen will ich mich aber mal wieder lassen, und denn wird er sowieso von selbst kommen, wenn er denkt, daß es nötig ist. Er ist ja schon jetzt wer weiß wie oft hier. Sagen Sie mal, Hanna, der Archi ist doch soweit ganz gut in der Schule. Dumm ist der doch überhaupt nicht. Das kann man doch ei'ntlich nicht sagen?«

»Durchaus nicht dumm, Herr von Barring! Im Gegenteil! Nur zerstreut ist er oft. Darin müßte er sich ändern.«

»Na, macht er sein Pensum nicht?«

»Doch, Herr von Barring! Das macht er schon. Aber wenn er die Gedanken mehr zusammenhielte, würde es ihm leichter fallen, und bei seinen schönen Gaben könnte er zweifellos noch mehr leisten.«

»So? Aber 'n Schriftgelehrter soll er ja nicht werden. Wiesenburg soll er mal in Ordnung halten, und dazu braucht er was anderes als den Horaz und den Cicero. Wenn er man sein Pensum schafft! Wie er das macht, ist schließlich egal. Aber vielleicht kann ich ja mal 'n Wort zu ihm fallenlassen, daß er besser aufpassen sollte. Übrigens, je mehr Gedanken Kinder haben, um so unaufmerksamer sind sie natürlich. Wir Erwachsenen haben ja schon Schwierigkeiten, unsere Gedanken auf etwas zu konzentrieren, was uns nicht wirklich interessiert. Ich denk, er wird seinen Weg machen. Ja, und wegen der Schlaferei vom Karl verlass' ich mich auf Sie, Hanna! Es wär Unsinn, meine Frau damit zu beunruhigen.«

Vierzigstes Kapitel

Ein paar Wochen später kam der Wiesenburger mit Archi aus der Wirtschaft nach Hause geritten. Archis Stundenplan erlaubte es ihm, zwei-, dreimal in der Woche den Großvater zu begleiten. Heute hatten sie sich in Gottesfelde ein wenig verspätet und infolgedessen auf dem Nachhauseweg ein ziemlich scharfes Tempo vorgelegt, ›Bayard‹ hatte warmes Haar, und der dicke Pony ›Karl‹ schwitzte. Die Stalleute waren schon zu Mittag gegangen. Nur der alte Schukat und ein Stalljunge standen wartend an der Stalltür. Nun wollten sie zum Schloß heruntergehen, um die Pferde abzunehmen, aber der Wiesenburger winkte ihnen mit dem Reitstock: »Bleibt da! Wir kommen zum Stall.«

Als er abgesessen war – so leicht und elastisch wie noch vor zwei Jahren ging es nicht mehr –, zog er die Bügel hoch, beugte sich herunter, um dem Schimmel, wie er immer tat, die Beine zu fühlen. Mit Daumen, Zeige- und Mittelfinger fuhr er über die Sehnen. Sie waren klar und rein wie Glas! Er klopfte dem Wallach Hals und Kruppe und gab ihm ein Stückchen Zucker, und Archi tat mit dem dicken, schwitzenden Pony ›Karl‹ genau das gleiche, wie der Großvater mit seinem schönen, edlen Schimmel getan hatte. Nun nahm der Wiesenburger den grauen Zylinder ab, wischte sich mit dem Taschentuch über die feuchte Stirn, und Archi holte aus der immer bereitstehenden Büchse ein paar Zuckerstücke. Dann gingen Großvater und Enkel den langen, breiten Stalldamm herunter zu den Boxen der Hengste. Archi öffnete die Box, in der Formidable, bis über die Knie in sauberer Streu, in der Ecke vor der Krippe bei seinem Mittagshafer stand. Der alte Hengst trug keine Decke. Bei der schönen, trockenen Witterung war sie überflüssig. Wie blütenweißer Atlas glänzte das feine

Haar. Die lange Mähne fiel, fließendem Silber gleich, über den edlen Hals, und in dem feinen, trockenen Kopf lagen die großen, sanften Augen wie Jettkugeln. Als die Boxentür geöffnet wurde, hob er – wie lauschend – den Kopf, wieherte ganz leise kurz auf – es war nur wie ein stärkeres Ausatmen –, ließ den Hafer im Stich und kam ein, zwei Schritte auf die Tür zu. Er freute sich auf das gewohnte Stück Zucker! Der Wiesenburger reichte es ihm auf der flachen Hand, über die der dicke, braune Lederhandschuh gestreift war, der sehr weit saß. In der Hoffnung auf ein zweites Stück Zucker blieb der alte Schimmel neben seinem Herrn stehen, ließ sich den Kopf tätscheln, den Hals freundlich klopfen. Seine rechte Hand auf den langen, hohen Widerrist des Hengstes gelegt, stand der Wiesenburger vor Archi, für den der Schimmel Formidable so etwas wie eine Respektsperson war.

Archis Gedanken waren noch bei der Begegnung, die der Großvater und er heute auf dem Nachhauseweg, kurz vor Wiesenburg, gehabt hatten. Da war ein alter, abgerissener Mann die Chaussee heruntergekommen, ein Bettler scheinbar, der den Großvater halb scheu, halb mürrisch grüßte. Dieser hatte angehalten, ein paar freundliche Worte zu dem Alten gesprochen und ihm schließlich ein Geldstück gereicht. Es mußte wohl sehr viel Geld gewesen sein, denn der Mann hatte einen hilflosen Blick darauf geworfen, sich gar nicht richtig bedankt, sondern das Geld schließlich zurückgeben wollen. »Nanu, Baldereit, was is denn los?« hatte der Großvater gefragt.

»Was soll unsereins mit so was anfangen? Wenn ich das wollt wechseln, denn hatten sie mir je gleich beim Wickel. Wie soll einer wie ich auf ehrliche Art zu 'nem Goldstück kommen?«

Der Großvater hatte – so war es Archi wenigstens vorgekommen – gar nicht recht gewußt, was er darauf sagen sollte. Einen Augenblick schien er ganz ratlos zu sein, hatte dann aber das Geldstück zurückgenommen, eine ganze Handvoll Kleingeld hervorgesucht und dieses dem Alten gegeben. Dann waren sie weitergeritten. Auf Archis Frage, wer der Bettler gewesen sei, hatte der Großvater bloß gesagt: »Ach, das ist 'ne traurige Geschichte. Ich werd sie dir später mal erzählen.«

Nun kam Archi aber gar nicht von dem Erlebnis los. Es beschäftigte ihn unausgesetzt, und so beschloß er, den Opa doch noch mal zu fragen, was es damit für eine Bewandtnis habe: »Erzähl doch jetzt bitte mal vom Baldereit, Opa.«

»Ja, das ist traurig genug, Archi. Vor vierzig Jahren war er ein junger Kerl, hatte 'ne dücht'ge Frau und auch zwei niedliche Kinder. Ein schönes Grundstück in Geigenincken hat er gehabt. Hundertfünfzig Morgen Weizenboden und gute Wiesen am Fluß. Aber auch viele Schulden hatte er vom Vater übernehmen müssen. Arbeiten tat er Tag und Nacht, und die Frau auch. Aber da starb sie ihm, und er heiratete bald wieder eine andere Frau, und die paßte nicht auf einen Bauernhof. Nu kam er gar nicht mehr zurecht. Die Wirtschaft ging immer mehr und mehr zurück, und die Schulden wurden immer größer. Ja ... es war traurig ... wirklich traurig.«

»Und wie wurd es denn mit ihm?«

»Ja ... wie wurd es! Er mußte runter von seinem Grund und Boden.«

»Nahmen sie ihm alles weg?«

»Ja, Archi.«

»Aber wie er runter war, hätt er doch arbeiten können. Denn braucht er doch heut nich betteln zu gehen.«

»Da hast du vielleicht recht. Wahrscheinlich sogar! Aber wie er runter war von seinem Grund und Boden, da wollt er nicht mehr arbeiten. Wie das mitunter so ist.«

»Warum wollt er da nicht mehr arbeiten?«

»Weil er keinen Zweck mehr in der Arbeit finden konnte. Auf seinem Grund und Boden hätt er sich totarbeiten können. Aber wie er denn runter mußte vom Hof, da ließ er sein Herz zurück und – da war es eben vorbei mit ihm.«

»Und warum ließ er sein Herz zurück?«

»Wenn du von Wiesenburg für immer fortmüßtest, Archi, was meinst du wohl, würdest du dein Herz nicht auch zurücklassen müssen?«

»Von Wiesenburg fort? Und für immer? Nein, Opa, das können wir doch gar nicht! Das geht doch gar nicht! Du und ich und der Vati und die Omama und der Karl und die Hanna, wir können doch gar nicht weg von Wiesenburg.«

»Wenn wir aber müßten?«

»Aber woanders als in Wiesenburg können wir doch gar nicht sein, Opa. Da kann ich doch gar nicht wissen, wie es denn mit meinem Herzen wär. So was kann man sich doch auch überhaupt gar nicht ausdenken.«

»Na, vielleicht würd es anderswo ebenso schön sein oder vielleicht sogar noch schöner als in Wiesenburg. Das kann man doch gar nicht so wissen.«

»Ach – die Mutti sagt immer, in Laugallen is es schöner, aber das find ich nich. Laugallen und Wiesenburg ... das is doch überhaupt ganz was andres. In Laugallen is es doch bloß schön, weil die Omama da is, aber wenn die Omama hier is, is es doch noch schöner. Und die Omama sagt auch immer, Wiesenburg muß für mich immer das Schönste sein. Und das is es doch auch. Und ... ich will nie, nie weg! Ich würd es – denk ich – woanders auch gar nicht aushalten. Und ich muß ja auch nicht weg!«

Fast leidenschaftlich sprudelte Archi dies alles hervor. Jedes Wort, das er sprach, schien mitten aus seinem Herzen zu kommen. Mit einem Ausdruck, in dem Liebe und Sorge waren, sah ihn sein Großvater an. Nur als Archi seine Mutter erwähnte, trat sekundenlang etwas Abweisendes in die blaugrauen Augen Barrings, aber dann wurden sie gleich wieder warm und gütig.

»Wenn du groß sein wirst«, sagte er, »werden vielleicht auch für dich Zeiten kommen, wo du mal denken wirst, du hast es schwer in Wiesenburg, und woanders könntest du es vielleicht leichter haben. Solche Zeiten werden vielleicht nicht ausbleiben. Dann denk dran, daß zu Hause trocken Brot besser schmeckt als in der Fremde Kuchen und Schlagsahne und daß in der Heimat die Sonne heller scheint und die Vögel schöner singen als sonstwo in der Welt. Du bist noch zu klein, mein Bengelchen, du kannst das noch nicht so recht verstehen. Aber merk dir, was ich dir sag, damit du später, wenn du größer sein wirst, darüber nachdenken kannst.«

Der Großvater hatte recht, Archi verstand ihn nicht bis ins letzte, aber er fühlte die tiefe Liebe, die für ihn und Wiesenburg im Herzen des Großvaters als ewige Flamme brannte, und der Ernst der Stunde teilte sich dem Kinderherzen mit und senkte ein Saatkorn hinein, das auf guten Boden fiel, keimte, Wurzel schlug und aufging. In seinen Augen leuchtete das Licht der Wahrheit, und wie an einem warmen Sommertag der endlich niederrauschende Regen die ausgedursteten Felder durchdringt, so durchdrang der Glaube an die Worte des Großvaters das Gemüt des Kindes und ließ ihn ahnen, wo die heiligsten Güter des Lebens zu suchen und zu finden sind. Er sagte nichts, aber aus seinen Augen las der Großvater ein unbewußtes Versprechen, das aus gläubigem Herzen kam, und die Seele des Wiesenburgers wurde mit Zuversicht erfüllt. Die Hand hob sich dem Enkel entgegen, als wolle sie ihn segnen ...

Plötzlich fuhr sie zurück zum Herzen, die Augen öffneten sich weit, etwas Starres trat hinein. Ihr Ausdruck wurde suchend, als wollten sie dort weit in der Ferne etwas erkennen, was sie nur undeutlich sahen. Auf den Wangen zeichneten sich rote Flecken ab.

»Mir wird schlecht, Archi«, murmelte er, während er den Enkel mit einem Blick umfaßte, in dem etwas Unbekanntes, Fremdes lag. Mit einem Blick voll hilfloser Angst sah Archi auf den Großvater. Er begriff nicht, was geschah, allein er fühlte, daß es etwas Furchtbares war. Er wollte schreien, aber er bekam keinen Ton heraus, es war, als hielte eine harte Faust seine Kehle umklammert. Da hörte er den Großvater ganz leise, schon undeutlich sagen: »Mein Bengelchen.« Wie ein müder Seufzer klang es. Dann griff seine Hand haltsuchend in die Mähne des alten Hengstes, und zusammenbrechend sank er ins Stroh.

In fassungslosem Entsetzen starrte Archi auf den Großvater, der regungslos dalag. Dort der hohe graue Hut, der ihm vom Kopf geglitten, hier der Reitstock, der seiner Hand entfallen war. Der alte Hengst war zusammengefahren wie vor einem raschelnden Blatt Papier, das der Wind ihm vor die Hufe geweht hatte, und einen Schritt zurückgetreten. Er blähte die Nüstern weit, schnaubte ein-, zweimal auf. Dann machte er den Hals ganz lang und – die Ohren gespitzt, im Blick den Ausdruck furchtsamer Beunruhigung – beschnupperte er vorsichtig, ängstlich das Unheimliche, das da in der Streu vor ihm lag und sich nicht rührte. Dann schwand das Scheue aus seinen Augen, der Blick wurde wieder ruhig und sanft. Wie in Erleichterung atmete er auf einmal tiefer auf, wandte sich gleichmütig um, trat langsam an die Krippe und begann zu fressen.

Am Nachmittag des 16. September fand die Einsegnung der Leiche des Wiesenburgers im engsten Kreise statt. Außer der Familie waren nur die Beamten und ältesten Leute der Begüterung zugegen.

Im scharlachroten Waffenrock der Johanniter ruhte der Wiesenburger im Sarge. Sein Kopf war etwas zur Seite und ein wenig auf die Brust geneigt, die gefalteten Hände hielten drei rote Rosen, die Mathilde hineingelegt hatte. Seine erstarrten Gesichtszüge waren in tiefem Frieden verklärt.

Bevor der Sarg nach der Einsegnung geschlossen wurde, trat Mathilde dicht an ihn heran. Lange sah sie den Verstorbenen an, beugte sich zu ihm nieder und drückte die Lippen auf seine Stirn und Hände. Ihr Schmerz fand keine Tränen, keine Klagen; nur aus den dunklen Augen sprach namenloser Gram. In diesen achtundvierzig Stunden schien sie zur alten müden Frau geworden zu sein.

Fried, den der unerwartete Tod des Vaters zutiefst getroffen hatte, hielt sich zwar äußerlich aufrecht, und wer ihn nicht sehr genau kannte, ahnte kaum, wie furchtbar er litt, innerlich aber war er völlig zusammengebrochen. In seiner krankhaften Gemütsdepression fühlte er sich plötzlich den Härten und Stürmen des Lebens schutzlos ausgeliefert. Die schwere Verantwortung, die der große Besitz ihm aufbürdete, erfüllte ihn mit Unruhe und Zweifeln. Im trüben Licht des schwärzesten Pessimismus erblickte er Welt und Dinge. Matt und versorgt sahen die tiefliegenden Augen aus dem krankhaft gelben Gesicht, über dem vermagerten Körper schlug der Rock Falten. Nur unter Anspannung der letzten Willenskraft gelang es ihm, die Fassung zu bewahren.

Nichtbegreifendes Kinderentsetzen in den graublauen Augen, starrte Archi auf den toten Großvater. Nach dem schrecklichen Erleben in der Box des alten Hengstes war ihm die Welt wie mit Nebeln verschleiert. Er sah sich jäh vor unlösbare Probleme gestellt und vermochte das Walten der Vorsehung nicht zu verstehen. Denn das ewige Gesetz, das auch hinter das reichste Leben den Schlußpunkt setzt, überstieg das Fassungsvermögen seiner neun Jahre. Seinem verstörten Sinn erschien die Weltordnung schlecht und willkürlich. ›Warum ging er von mir, der Großpapa?‹ fragte er sich. ›Zu wem soll ich jetzt meine Freuden tragen, wer wird mir helfen, mit dem fertig zu werden, was mich betrübt?‹

Das Gefühl, nun keinen mehr zu haben, der – wie der Großvater – immer Zeit, Liebe und Verstehen für ihn haben würde, drückte ihn nieder. Die Welt, bis dahin voller Güte und Schönheit, zeigte ihm plötzlich ein gleichgültiges, ja abweisendes Gesicht.

Solange der Wiesenburger aufgebahrt lag, hatten die Gutsleute Zutritt zu ihrem heimgegangenen Herrn, und alle die vielen, vielen Leute, auch die Bladupöner, waren gekommen, um von dem Abschied zu nehmen, der ihnen in allen Sorgen und Kümmernissen geholfen hatte und der sich mit ihnen gefreut hatte, wenn das Schicksal ihnen freundlich begegnet war.

Die Männer kamen in ihren langen schwarzen Überröcken,

Orden und Ehrenzeichen an der Brust. Sie sagten nichts und trugen das, was sie innerlich bewegte, nicht zur Schau. Allein nicht einer war unter ihnen, der am Sarge seines alten Herrn nicht die verarbeiteten Hände gefaltet hätte und dessen Augen nicht feucht geworden wären.

Die Frauen hatten ihre Kirchgangskleider angelegt und weinten an seinem Totenbett. Sie hatten ihn liebgehabt, denn sie wußten, daß sie selbst und ihre Kinder in seinem Herzen einen breiten Raum eingenommen hatten.

Karl, August und Albert, der alte Hennig, Raudnat und Gerhard, die Jäger Brand und Mattukat, der greise Schlüter, der alte Dahlmann, der dicke Fink, Rohrmoser und der Bladupöner Kalweit – was soll über die Empfindungen gesagt werden, mit denen diese im Dienst ergrauten Männer am Sarge des Wiesenburgers standen? – In unerschütterlichem Glauben an ihn, an seine Lauterkeit und tiefe Einsicht hatten sie zu ihm aufgeblickt. Wie sie ihm, so hatte er ihnen gehört. Er war der Mittelpunkt gewesen, um den sie sich alle zusammengefunden hatten, die starke Säule, die ihnen immer ein fester Halt gewesen war.

Am Vormittag des 17. September lag über dem weiten grünen Flußtal nebliger Dunst, und der Himmel war trübe. Gegen Mittag aber brach die Sonne durch, die Nebel hatten sich verteilt, zwischen den alten Bäumen des Parks spann der Altweibersommer seine silbrigen Fäden, und ein blaßblauer Himmel wölbte sich über der Welt.

Auf der Zinne der Wiesenburg wehte die Flagge halbmast.

Im großen Speisesaal auf der Schmalseite des weiten Raums, auf derselben Stelle, auf der einst die Särge seines Großvaters und Vaters, seiner Großmutter und Mutter gestanden hatten, auf der vor dreiundsiebzig Jahren der Wiesenburger selbst, auf der seine verstorbenen Schwestern, Fried und Marianne und vor neun Jahren Archi getauft worden waren, auf dieser selben Stelle war nun der Wiesenburger aufgebahrt.

Eine illustre Trauerversammlung füllte den großen Saal und die anstoßenden Räume bis auf den letzten Platz.

Unter den Leidtragenden befanden sich, außer dem sehr zahlreich vertretenen Großgrundbesitz der Provinz, viele Bauern der näheren und weiteren Nachbarschaft Wiesenburgs, der Kallenberger Oberbürgermeister, viele Beamte, Kaufleute und Bürger aus Kallenberg. Die glänzenden Uniformen mit den schimmernden Orden verdrängten den einfachen Frack, dessen einzigen Schmuck oft nur der Stern der Johanniter bildete. Der Kommandierende General und der Oberpräsident, die Präsidenten der Regierungen Gumbinnen und Königsberg, die Landräte Kallenbergs und der benachbarten Kreise, Deputationen des Herrenhauses und Reichstags, die verschiedenen Divisions- und Brigadekommandeure, Abordnungen der Landschaft und Landwirtschaftskammer, des Landwirtschaftlichen Zentralvereins, des Jagdschutzvereins, des Provinziallandtags, des Kallenberger Kreisausschusses, der Offizierskorps der ostpreußischen Regimenter waren zugegen.

Leise präludierende Harmoniumklänge, dann stimmte die Trauergemeinde das Lied an »Jesus, meine Zuversicht«. Während der Sarg von zehn Wiesenburger Kämmerern, Vögten und Jägern aus dem Trauerhause getragen wurde, blies das Trompeterkorps der zwölften Ulanen, das auf dem Schloßhof Aufstellung genommen hatte, den Chopinschen Trauermarsch, und der schier endlose Leichenzug begann sich zu ordnen.

Nicht in der Kapelle wurde der Wiesenburger beigesetzt, sondern unter Gottes freiem Himmel, im Schatten dreihundertjähriger Eichen wurde er zur ewigen Ruhe gebettet.

Langsam wurde der Sarg in das Grab gesenkt, während der Kallenberger Gesangverein den ersten Vers des Lieblingsliedes des verstorbenen Wiesenburgers sang:

> Harre, meine Seele,
> Harre des Herrn!
> Alles ihm befehle,
> Hilft er doch so gern.
> Sei unverzagt:
> Bald der Morgen tagt,
> Und ein neuer Frühling
> Folgt dem Winter nach;
> In allen Stürmen,
> In aller Not
> Wird er dich beschirmen,
> Der treue Gott.

Mathilde hatte ihren Arm unter den Frieds gelegt. Weder er noch sie sprachen etwas. Als dann aber von weitem, leise, gleichsam verhallend, vierstimmig aus Waldhörnern das Halali erklang, als der Augenblick kam, da sie von dem frisch aufgeschütteten Grab Abschied nehmen sollte, verlor sie zum erstenmal ihre Selbstbeherrschung. Ihre Kraft versagte. Das Taschentuch fest auf die Lippen gepreßt, lehnte sie sich in hilfloser Schwäche an Fried und umklammerte seine Hand. Allein sie hatte die Schwäche bald überwunden. Sie beugte sich zu Archi nieder, küßte ihn auf die tränenfeuchten Augen: »Wir wollen nicht weinen«, sagte sie leise, »er ist ja nicht von uns gegangen, der Großpapa, er ist ja bei uns geblieben und wird immer bei uns sein.«

Nun ruhte der Wiesenburger schon länger als ein Jahr von seinem arbeitsreichen Leben aus. Aber während die Zeit sonst die Feindin des Erinnerns ist, vermochte sie in diesem Falle das Andenken nicht zu verdunkeln; im Gegenteil, sie vertiefte es nur noch mehr. Das hing zum Teil damit zusammen, daß vieles so ganz anders geworden war für jene, deren Geschick mit Wiesenburg unlösbar verknüpft blieb; und die Ironie des Schicksals erwählte Gerda zu ihrem Werkzeug, um das schmerzliche Gedenken an den Wiesenburger wach und die Trauer um ihn lebendig zu erhalten.

Gerda hatte den Verlust des Schwiegervaters mehr als Befreiung denn als Verlust empfunden, hatte sich jedoch vor Fried als Schwergetroffene gegeben, die seinen Schmerz nicht nur verstand, sondern auch teilte, und Fried war so versunken in seinen Kummer gewesen, so eingesponnen in seine Grübeleien, daß er für das, was um ihn vorging, wenig Gedanken und Sinn hatte. Wie ihm der kalte, fast höhnische Blick entgangen war, mit dem Gerda Archi bedachte, als er auf der Beerdigung des Großvaters in fassungsloses Schluchzen ausgebrochen war und wie schutzsuchend seine Hand in die der Großmutter gelegt hatte, so gingen auch jene Ereignisse, die das Herz Mathildens wie Dolchstiche trafen, im Nebel der gestörten Empfindungswelt Frieds unter.

Archi hätte Mathilde in ihrem Leid zum Trost werden können. Doch schon zwei Wochen nach der Beisetzung des Wiesenburgers hatte Gerda den Jungen nach Eichberg zurückgeholt. Gelegentlich eines Besuchs bei der Schwiegermutter hatte sie kurz, gleichsam nebenbei, der völlig unvorbereiteten Mathilde ihren Entschluß, Archi heute mit sich zu nehmen, mitgeteilt, sich dann zu Archi gewandt: »Geh zur Großmama und bedank dich, und dann bitte Fräulein Hanna, dir beim Packen zu helfen.« Mathilde war innerlich außer sich, ja fassungslos gewesen, blieb äußerlich aber völlig beherrscht.

Auch Archi hatte die Mutter ganz verständnislos aus leeren Augen angestarrt und sich nicht gerührt, bis sie ungeduldig gesagt hatte: »Na – nun mach man! Hast du denn nicht gehört, was ich gesagt habe? Und mach nicht so 'n Gesicht, als wenn dir der ganze Weizen verhagelt wäre. Sput dich jetzt! Ich glaube, es wird gut sein, wenn du dich möglichst schnell daran gewöhnst, immer sofort zu gehorchen, wenn ich dir etwas sage.«

Gerda hatte ihr Handeln Mathilde gegenüber mit der Behauptung zu erklären versucht, Fried habe das alles so gewollt. Hätte er auch nicht darüber gesprochen, so habe er sich doch immer nach Archi gesehnt und nun gemeint, da der Junge ja doch über kurz oder lang nach Eichberg übersiedeln müsse, so sei es für alle Teile besser, den Abschied möglichst bald und ohne viel Aufhebens herbeizuführen. Durch diese Taktik entzog sie Archi dem Einfluß Mathildens, deren Herzen sie eine schmerzliche Wunde schlug.

Genauso verlief ein zweiter Fall, der Mathilde noch tiefer erschütterte als der unerwartete und schmerzliche Abschied von Archi.

Es war ihr ganz selbstverständlich, das Schloß bald zu räumen, aber sie hatte geglaubt, damit bis zum Frühjahr Zeit zu haben, um dann – auch das erschien ihr selbstverständlich – in das Kavalierhaus, den Witwensitz, überzusiedeln.

Daß Gerda über all dies sehr anders dachte als sie selbst, ahnte Mathilde nicht, und deshalb traf es sie um so schwerer, als die Schwiegertochter ihr andeutete, sie würde den Wünschen Frieds, der gerne bald von Eichberg nach Wiesenburg übersiedeln wolle, durch eine rasche Räumung des Schlosses sehr entgegenkommen. Fried sei bestrebt, sich möglichst schnell und gründlich in den großen Verwaltungsapparat hineinzufinden, und glaube, das werde ihm von Wiesenburg aus leichter fallen als von Eichberg. Auch gegen dieses Argument ließ sich wenig oder nichts sagen, ganz abgesehen davon, daß Mathilde unter dem Druck der Angst um die Gesundheit des Sohnes von vornherein entschlossen war, jede Enttäuschung stillschweigend hinzunehmen, um nur ja Fried unter keinen Umständen irgendwelcher Aufregung auszusetzen.

Auf diese intrigante, die Umstände verdrehende und entstellende, die Wahrheit mißachtende Weise gelang es Gerda, die

Dinge nach ihren Wünschen zu gestalten und gleichzeitig den Einfluß Mathildens auf Fried immer mehr zu schwächen, ihren eigenen dagegen zu stärken.

Fried hatte sich zunächst mit großem Eifer und Fleiß in die Arbeit gestürzt. Die Einarbeitung in die Verwaltungsgeschäfte war ihm auch verhältnismäßig leichtgefallen, da der Wiesenburger so klare, durch und durch geordnete Verhältnisse zurückgelassen hatte, daß irgendwelche besonderen Fragen gar nicht auftauchen konnten. Die durch lange Jahre bewährten Gutsbeamten waren bereit und fähig, etwa auftretende Schwierigkeiten aus dem Wege zu räumen, und im Grunde lief der große Betrieb von selbst.

Fried blieb demzufolge eigentlich nur die Aufgabe, in den erprobten Bahnen weiterzuwirtschaften und Eichberg so in den Gesamtbetrieb einzugliedern, daß es, als ein Teil des Ganzen, im Gleichgewicht mit den beiden anderen Gütern zu arbeiten hatte oder als selbständige Wirtschaft auf sich selbst angewiesen blieb.

Fried stand aus der Hinterlassenschaft des Wiesenburgers genügend Bargeld als Betriebskapital zur Verfügung. Irgendwelche besonderen Aufwendungen erforderten die festfundierten, ungewöhnlich vollen Wirtschaften nicht, und eine verhältnismäßig kleine Summe genügte vollauf, um die notwendigen baren Betriebsmittel sicherzustellen.

Infolge seines schweren Leidens zum Schwarzseher geworden, war er wohl der einzige, der seine Lage nicht so günstig beurteilte, wie sie in der Tat war. Er sah eine Mauer von Schwierigkeiten um sich, und die eingebildeten Hindernisse steigerten nicht mehr – wie einst in gesunden Tagen wirklich vorhandene Schwierigkeiten – seine Tatkraft, sondern weckten allerhand trübe Gedanken, die auf der einen Seite seine Initiative und Entschlußfähigkeit lähmten, auf der anderen aber seine Neigung verstärkten, über seine Sorgen mit Gerda zu sprechen. So kam es ganz von selbst, daß Gerda immer mehr zu Frieds Vertrauter wurde und ihr Einfluß auf ihn ständig zunahm. Der körperlich und seelisch kranke Mann geriet allmählich in eine Abhängigkeit von ihr, die ihm selbst zwar nicht zum Bewußtsein kam, von Gerda dagegen deutlich erkannt und als Mittel zum Zweck gewandt ausgenutzt wurde. Nach wie vor beherrschte sie starke Abneigung gegen Wiesenburg, deren Ursprung in bestimmten, wie es schien, unabänderlichen Umständen zu suchen war, die zum größten Teil in der Natur Gerdas wurzelten.

Schon oft hatte sie sich ausgerechnet, was ganz Wiesenburg im

Falle des Verkaufs wohl bringen würde, und war zu dem für sie bestrickenden Ergebnis gelangt, daß man mit einem nach ihren Begriffen enormen Vermögen heruntergehen würde, mit einem Vermögen, das nur durch eine siebenstellige Zahl ausgedrückt werden könnte. Millionär!! Das Wort hatte für sie etwas Faszinierendes, Überwältigendes! Es verwirrte und blendete sie, beraubte sie jeden klaren Urteils. So groß ihre Mißachtung für das Geld auch sein mochte, sobald es galt, es auszugeben, war sie dennoch bereit, sich von ihm blenden zu lassen, wenn es sich nur um Zahlen handelte, die durch ihre Höhe ihrer Phantasie Nahrung gaben. Ihre bodenlose Oberflächlichkeit gesellte sie jenen Leuten zu, die ihr schneller, aber falsch reagierender Verstand zu schlechten Spekulanten macht und die übersehen, daß es Dinge gibt, die man für alle Schätze der Welt nicht kaufen kann.

Einundvierzigstes Kapitel

Gisela und Fried gingen den von alten Linden gesäumten Weg hinunter, der aus dem Laugaller Park zum nahen Walde führte.

Seit Frieds Aufenthalt damals vor sechs Jahren auf der Insel Wight hatten sie sich nicht wiedergesehen. Sie hatten aber durch häufig gewechselte Briefe den engen Zusammenhang aufrechterhalten, der durch das gemeinsame Leid um den Wiesenburger noch tiefer geworden war und sie innerlich noch fester aneinanderband.

Vor vier Tagen hatten sie Amélie – kurz vor Vollendung ihres siebenundsechzigsten Lebensjahres – auf dem stillen Friedhof am Park zum ewigen Schlaf gebettet. Ein langes Siechtum war ihr glücklicherweise erspart geblieben. Binnen acht Tagen hatten die Folgen einer bösartigen Angina, die das Herz in Mitleidenschaft gezogen, sie dahingerafft. Durch ihr Hinscheiden wurde Fried schmerzlich getroffen. Von jeher hatte er Amélie sehr nahegestanden, aber durch die letzten schweren Jahre hatten sich seine Beziehungen zu der Schwiegermutter besonders innig gestaltet, so daß ihm Laugallen so etwas wie ein Buen Retiro wurde, in dem er jederzeit willkommen war, wenn er sich dorthin vor den Sorgen flüchtete, die ihn in Wiesenburg ständig beunruhigten.

Im vorigen Jahr hatte Mathias Schlenther, gerade achtzig geworden, die Augen, die bis kurz vor seinem Tode seltsam hell und jung geblieben, für immer geschlossen.

Der alte Evert war gegangen, Hennig – seit seinem schweren Unfall ein kränkelnder Mann – von seinen Leiden erlöst worden. Und vor zwei Jahren waren zwei der Treuesten abberufen: der alte Schlüter, nach fast acht Jahrzehnten eines arbeitsreichen Lebens, und der dreiundsiebzigjährige Dahlmann, den die Ruhe des Feierabends zum leidenden Mann gemacht hatte.

So ging einer nach dem andern. Es wurde einsamer um einen von Jahr zu Jahr.

Fried schritt schweigend neben Gisa her, der niemand ihre vierzig Jahre ansah. Die erblühte Rose hatte sich inzwischen zur vollen Schönheit erschlossen. Ihr prüfender Blick traf Fried. Immer wieder mußte sie ihn ansehen. Sie vermochte die Verwandlung, die mit ihm vorgegangen war, kaum zu fassen. Äußerlich und innerlich war er ein völlig anderer geworden ... Daß er ein kranker Mann war, verrieten die schlechte gelbe Gesichtsfarbe, der matte Ausdruck seiner Augen, die ungesunde Magerkeit auf den ersten Blick. Seine Bewegungen waren müde, die Haltung wie unter einer zu schweren Last gebeugt. Sein Anblick schnitt Gisa ins Herz, und sein verändertes Wesen erfüllte sie mit banger Sorge. Er ging einsam im Schatten der Sorgen und Zwiespältigkeit seinen Weg und stand den Menschen unfroh, ja oft ablehnend, wenn nicht gar mißtrauisch gegenüber.

Das lange Schweigen begann bedrückend zu werden. In dem Bestreben, es zu beenden, brachte Gisela Fried auf ein Thema, über das er immer gerne sprach.

»Es ist kaum zu glauben, wie die Zeit vergeht, Fried. Wenn ich bedenke, daß Archi nächstens vierzehn wird, Ali ein großes Mädelchen von zwölf Jahren ist und Malte und Mia auch schon zehn oder neun sind, kommt mir das alles ganz unwahrscheinlich vor. Ali soll bildhübsch sein! Du hast mir so wenig bisher von ihr erzählt.«

»Reizend ist sie, Gisa. Sie hat wunderschöne Augen, nur so traurig sind sie zuweilen. Ei'ntlich sind sie das sogar meistens. Mitunter mach ich mir Gedanken, warum das kleine, liebe Ding nur diesen tieftraurigen Ausdruck in den Augen hat.«

»Aber ist sie denn wirklich traurig? Wahrscheinlich ist sie doch im Grunde meistens lustig und vergnügt?«

»Oft ist sie das wohl, Gott sei Dank, aber manchmal auch wieder nicht. Sie kann so was Verschüchtertes haben. Dann denkt man, irgendwas ängstigt das Kind. Ich weiß wirklich nicht, was es sein kann.«

Nach allem, was sie gehört hatte, nach der ganzen Art, in der Gerda sich über Ali geäußert, konnte Gisela sich leicht denken, worauf die melancholischen Augen Alis zurückzuführen waren. Das kleine Ding stand wohl einfach in der Furcht vor der Kälte und dem Spott ihrer Mutter.

Gerda ließ alles, was sie an Liebesfähigkeit besaß, nach wie vor Malte zugute kommen. Für Archi – ein Barring durch und durch und seinem verstorbenen Großvater außerordentlich ähnlich – hatte sie wenig oder gar nichts übrig, und für Mia, die sie nach ihren eigenen Worten ›mordshäßlich‹ fand, empfand sie wohl nichts als Abneigung. Wie begreiflich, nein, selbstverständlich, wenn das Kind unter diesem ewigen Druck still und scheu geworden war.

Gisa nahm den Faden des unterbrochenen Gesprächs wieder auf: »Daß Ali manchmal nicht so furchtbar lustig ist, liegt – glaube ich – in ihren Jahren, Fried. Mit der Zeit wird sich das ganz von selbst geben. Ich würde sie an deiner Stelle möglichst viel in die Ställe, auf die Felder und in den Wald mitnehmen. Dann hat sie weniger Zeit für allerhand Gedanken, und das könnte nur günstig auf sie wirken, scheint mir.«

Fried antwortete nicht gleich. Gisa mochte wohl recht haben, aber ob Ali ihn auch gern begleiten würde? Archi tat es nur, wenn er mußte. Das war allerdings auch etwas anderes. Gegen ihn war er manchmal ungeduldig, ja heftig. Mit Ali würde ihm das aber nicht passieren. Doch da sprach Gisa schon weiter:

»Nun erzähl mir aber mal von Archi! Alles von ihm möcht ich gerne wissen! Wir hatten uns doch so gefunden, der Archi und ich, und ich hab den Jungen wirklich sehr lieb.«

Ein warmer Blick Frieds dankte ihr. »Übertrieben viel Erfreuliches ist da leider nicht zu erzählen. Als er damals – nach dem Tode meines Vaters – zu uns kam, konnte er nicht gleich in ein rechtes Verhältnis zu Gerda kommen. Ich weiß nicht, was es war, aber irgendwas stimmte da nicht. Der Jung war still und oft mißvergnügt oder vielleicht auch mehr bedrückt. Wahrscheinlich sehnte er sich nach Karl und Hanna Lamberg und nach meiner Mutter natürlich auch. Kurz – er konnte sich nicht recht reinfinden, und es war kein besonders erquicklicher Zustand. Malte und er konnten auch nicht so recht zusammen. Damals nahmen wir einen Hauslehrer, mit dem wir Pech hatten. Jedenfalls mochte der Junge den Mann nicht. Schließlich gaben wir ihn denn nach Kallenberg in Pension zu einem Pfarrer Ludolf, und da ging es leidlich, aber eben auch bloß leidlich. Ja . . . es hatte allerhand Schwierigkeiten. Sie lagen aber doch wohl weniger an Archi. Ich wechselte dann auch bald wieder den Hauslehrer, und die drei jüngsten Kinder kamen unter die Fuchtel eines Theologen namens Ebel. Das dauerte aber auch nicht lange. Ich entließ ihn Knall und Fall. Gerda fand das ungerecht, aber das war es absolut nicht, sondern nur notwendig. Kennst du ei'ntlich die Geschichte?«

»Ich hörte bloß mal so was läuten.«

»Dann will ich dir's doch mal genau erzählen. Zwischen Archis Pensionsvater, dem Pfarrer Ludolf, und unserem Hauslehrer Ebel entspann sich sehr bald ein intimer Verkehr. Die beiden unterhielten sich natürlich dabei wohl auch viel über Archi und trugen sich gegenseitig allerhand zu. Als ich mal abends mit dem Hauslehrer und Archi durch den Garten ging, fragte der Mann plötzlich aus heiler Haut den Jungen, ob er das siebente Gebot nicht kenne. Ich verstand den Kerl erst gar nicht, und Archi offenbar noch weniger. Aber er sagte natürlich, ja, er kenne das Gebot. ›Soso‹, meinte da der Hauslehrer, ›dann wundert es mich um so mehr, daß du es übertrittst und dem Herrn Pfarrer Ludolf Zigarren stiehlst.‹ Ich war natürlich erst ganz sprachlos, und Archi wurde blutrot und machte ein Gesicht, als hätte der Kerl behauptet, der Mond würde gleich vom Himmel runterfallen. Er schien das, was der Mann gesagt hatte, gar nicht zu fassen. Dann sah er mich an und sagte, vor Aufregung zitternd und beinah schreiend, mit Augen, daß man einen Schreck bekommen konnte: ›Vati, das ist gelogen! Und wenn der Herr Ebel so was sagt, denn ist er 'n gemeiner Kerl!‹ Der Ebel machte ein wütendes Gesicht und meinte: ›Da haben Sie den Beweis dafür, Herr von Barring, daß Ihre Frau Gemahlin ganz recht hat, wenn sie den Jungen für planlos, jähzornig, verstockt und unwahrhaftig hält.‹ Da riß mir die Geduld und ich wurde leider sehr heftig. Ich sagte dem Mann, vorläufig könnte ich nur ihn als unwahr und grob taktlos sehen, und weiter nichts, und ich verbäte mir jede weitere Bemerkung . . .«

»Das war das einzige, was du sagen konntest, Fried. Und wie kam es dann schließlich?«

»So, wie es natürlich nicht hätte kommen dürfen. Ich war ganz außer mir und schrie Archi an: ›Raus mit der Sprache! Was ist los?‹ Er erschrak natürlich sehr, aber sagte doch mit Trotz und Zorn: ›Ich hab nie Zigarren vom Herrn Pfarrer genommen.

Manchmal hab ich Zigaretten geraucht. Die hat mir der Oskar Ludolf gegeben. Der darf rauchen und hat immer welche.‹ Archi sprach die Wahrheit! Das sah ich dem Jungen sofort an. Ich sagte dem Ebel, er hätte durch seine unerhörte Taktlosigkeit, die man richtiger als Roheit bezeichnen würde, bloß bewiesen, daß er nicht die Qualitäten hätte, die nötig wären, um Kinder zu erziehen. Er sei vom Fleck weg entlassen. Ich würde ihm sein Gehalt für drei Monate auszahlen lassen, und dann möchte er so bald wie möglich Wiesenburg verlassen.«

»Das war ja auch die einzige Lösung, Fried!«

»Das glaub ich auch, Gisa, aber Gerda war anderer Ansicht. Sie ließ sich von dem Kerl, dem Ebel, betümpeln und machte mit Archi eine gräßliche Szene, weil sie sich einbildete, der Junge hätte mir nicht die Wahrheit gesagt. Ich mußte mir das erst sehr scharf verbitten, bevor sie den kleinen Bengel zufriedenließ. Kurz und gut, der Ebel flog raus, und ich gab Archi dann in 'ne andre Pension, wo er soweit auch ganz gut aufgehoben war. Wie er dann glücklich die Untertertia erklommen hatte, tat ich ihn nach Klausenthal, wo er nicht gerade zu den Leuchten gehört, aber seine Sache schließlich doch zu machen scheint.«

»Fühlt er sich wohl dort? Bangt er sich nicht sehr nach Hause?«

»Ob er sich wohl fühlt? Wenigstens nicht direkt unglücklich, denk ich. Und bangen tut er sich wohl, aber es ist merkwürdig, er sehnt sich entschieden nach Wiesenburg, doch an seine Eltern und Geschwister denkt er dabei wenig, scheint mir. An Ali, ja! Die beiden zankten sich ja zwar ewig, konnten aber doch nicht ohne einander auskommen. Und dann bangt er sich sehr nach dem Karl und auch etwas nach Hanna Lamberg. Nach Gerda aber – fürcht ich – gar nicht und nach mir nur sehr bedingt.«

Gisa entgegnete nichts. Wo waren die Zeiten, da sie mit dem Wiesenburger und Archi über die Wiesen am Fluß galoppiert war? In nebelhafte Ferne waren Hoffnungen gerückt, von denen man einst geträumt, versunken im Grau der Alltäglichkeit jener Zauber, durch den die Tage in Wiesenburg so reich und schön geworden waren. Unter dem weiten Dach des alten Schlosses hatten viele Menschen gelebt, Menschen aus sehr verschiedenen Sphären, aber es hatte geschienen, als hätten sie eine gemeinsame Seele, und das hatte die Luft dort so rein und herzquickend gemacht. Oder war es die eigene Jugend gewesen, die ihr dort alles so licht und schön hatte erscheinen lassen?

Frieds Stimme weckte sie aus ihren Gedanken. »Übrigens fragt er oft nach dir, der Archi! Auch in seinen Briefen.«

»O Fried, tut er das?« fragte Gisela in ihrer herzlichen Art. »Der liebe Junge! Ich will ihn auch bestimmt wiedersehen! Wenn ihr mich haben wollt, komme ich auf ein paar Tage zu euch. An Onkel Archibalds Grab will ich, und Tante Thilde möchte ich auch wiedersehen. Und dann fahr ich nach Klausenthal und besuch Archi. Ach, Fried, wieviel verknüpft mich mit dem Jungen!«

In Frieds Augen trat ein warmer Schein. »Tausendmal willkommen in Wiesenburg, Gisa! Von ganzem Herzen willkommen! Einmal wollen wir noch zusammen über die Wiesen am Fluß reiten und zusammen pirschen und . . . an das denken, was gewesen ist. Ja . . . und dann fahr zu Archi, Gisa! Ich glaube, 'ne größre Freude könntest du ihm gar nicht machen.«

Zweiundvierzigstes Kapitel

In Wiesenburg waren große bauliche Veränderungen vorgenommen worden, durch die, wie Gerda behauptete, der unbequeme alte Kasten in seinem Innern und auch äußerlich viel praktischer und schöner gestaltet und stark erweitert worden war.

Im Erdgeschoß des Mittelschlosses und im linken Seitenflügel waren die riesigen Räumlichkeiten, die unter dem verstorbenen Wiesenburger unbenutzt gestanden hatten, von Grund aus renoviert und zu Küchen-, Vorrats- und Dienerschaftsräumen hergerichtet worden. Eine endlose Steintreppe verband die Wirtschafts- und Küchenräume mit den Herrschaftszimmern, so daß die Dienerschaft dazu verurteilt war, die Reise aus dem Erdgeschoß zu den herrschaftlichen Räumen mit dem Erklimmen von vierzig oder fünfzig Stufen zu beginnen. In der sehr großen Küche herrschte ein schwitzender, unangenehmer Koch. Alwine war zur Leuteköchin degradiert, doch hatte die Vorsehung ausgleichend dafür gesorgt, daß sie ihre Bedeutung insofern immer noch behielt, als sie oft genug für den impertinenten Küchenchef in die Bresche springen mußte. Der hatte nämlich eine unbezwingliche Schwäche für Bier und vertilgte davon häufig derartige Quantitäten, daß er sehr bald in einen Zustand geriet, in dem er zwischen einer Olive und einem Kürbis nicht mehr zu unterscheiden vermochte. Versank der Gewaltige dann im Sumpf des Lasters, so erstrahlte Alwinens Ruhm in alter Herrlichkeit, und sie durfte sich im Gefühl ihrer Unentbehrlichkeit sonnen.

Ein Heer von Dienstboten wimmelte im Schloß herum. Die beiden glattrasierten Diener hetzten zwei Dienerjungens umher, ließen die Hauptarbeit von diesen verrichten und erschwerten dem siebzigjährigen August auf jede Weise das Leben.

Gerda wußte das sehr gut, duldete es aber stillschweigend und stellte sich hinter die beiden livrierten Laffen, die beide keine Wiesenburger Kinder waren. Der alte August war Gerda im Wege. Ihm lag nur die persönliche Bedienung Frieds ob, und Gerda fürchtete den Einfluß des treuen Mannes, durch den Fried von dem genialen Betrieb unten in den Wirtschaftsräumen möglicherweise mehr erfahren konnte, als wünschenswert schien.

Die früheren Küchen-, Vorrats- und Dienerschaftsräume oben im Mittelschloß waren zu Kinderspiel- und -schlafzimmern, Baderäumen, Näh- und Plättstuben, Schlafzimmern für die Jungfer und Beschließerin umgebaut. Die Vorfahrt war vom Seitenflügel vor eine mächtige Eckveranda nach dem Schloßhof zu verlegt, aus der man zu einer Art Halle gelangte. Im Speisezimmer, das früher Platz für vierzig Personen geboten, konnten heute infolge des Herausbrechens einer Wand bequem siebzig Menschen placiert werden, und ein großer Raum vor dem Eßsaal diente als Anrichtezimmer.

Die Wohnräume waren anders eingeteilt, neu tapeziert, gestrichen und möbliert. Die frühere Diele hatte sich Gerda zu einem großen, sehr eleganten Zimmer mit einem Rokokokamin aus weißgrauem Marmor und viel Vergoldung einrichten lassen. Er paßte zwar gar nicht zu den modernen Möbeln und der buntgemalten Balkendecke, aber über solche kleine Stilwidrigkeiten war Gerda erhaben.

Die Fremdenzimmer im Schloß waren modernisiert und ebenfalls sehr elegant, dafür aber kalt und ungemütlich geworden. Das Kavalierhaus – von oben bis unten umgekrempelt – hatte seine reizende Eigenart eingebüßt, und die unvergleichlich behaglichen Zimmer der alten Gnädigen waren zu unpersönlichen Gästezimmern herabgewürdigt. Kurz – das alte Wiesenburg war kaum wiederzuerkennen. Sein Cachet hatte es aber jedenfalls verloren.

Gisela, von Gerda durch das Schloß geführt, sah das alles mit betroffenem Staunen. Die Umbauerei, die ihr mehr als überflüssig erschien, mußte eine Unmenge Geld verschlungen haben. Ihrer offenen Natur widerstrebte es, die umfassenden und kost-

spieligen Veränderungen zu bewundern. Sie beschränkte sich vielmehr darauf, die Mißbilligung, die sie über diesen völlig unnützen Aufwand empfand, nicht weiter zu zeigen, und Gerda betrachtete die Zurückhaltung der Schwester als Unliebenswürdigkeit, die sie ihr stark verdachte. In ihrem Zimmer mit den modernen Möbeln und dem unechten Rokokokamin fragte sie:
»Wiesenburg ist doch jetzt ei'ntlich erst wirklich angenehm zu bewohnen und anständig geworden. Findest du nicht, Gisa?«
»Es ist ja alles sehr modern und großartig, Gerda.«
Gerda kniff die Lippen zusammen und sah auf ihre Handarbeit herunter. »Wir mußten das alles machen«, erklärte sie kühl. »Vieles zwang dazu. Jetzt erst entspricht das Schloß den modernen Anforderungen. Vorher war es bloß groß, aber ei'ntlich rasend ungemütlich, überhaupt unmöglich.«
»Wenn ich offen sein soll, kann ich dir darin nicht recht geben, Gerda. Denk doch nur an Laugallen! Dagegen war das alte Wiesenburg doch der Inbegriff des modernen Komforts und der höchsten Eleganz.«
»Gott – Laugallen ... natürlich! Es ist altmodisch und alles andre als komfortabel, in seiner Art aber entschieden vornehmer als dies Schloß hier, das ei'ntlich bloß protzig und unbequem ist. Will man irgendwohin gelangen, dann ist es immer gleich 'ne Reise. Übrigens, so schrecklich teuer war die ganze Umkrempelei gar nicht mal, und außerdem .. sie war eben nötig.«
»So? Ich dachte eigentlich, sie müßte ziemlich viel gekostet haben.«
»Ach wo! Umsonst war es natürlich nicht, aber die Ausgabe hat sich gelohnt. Das meiste haben natürlich die Gutshandwerker gemacht, und Ziegel und Holz und so, das hat die Wirtschaft geliefert. Sonst wär es ja auch teurer geworden. Wart mal ... was hat es denn ungefähr gekostet ... ach ja, richtig – noch nicht dreißigtausend Mark. Das sind die Veränderungen jedenfalls reichlich wert.«
Gisela sagte nichts darauf. Was sollte sie auch schließlich sagen? Mit Gerda ernsthaft über Geldangelegenheiten zu sprechen, war sinnlos. Daß die Gutshandwerker und das Material, das die Wirtschaft geliefert hatte, auch Geld kosteten, hätte Gerda ja doch nicht wahrhaben wollen. Gisela war froh, durch Fried, der eben ins Zimmer trat und sie zu einem Ritt über die Felder aufforderte, der Notwendigkeit irgendeiner Äußerung enthoben zu sein.

Sie ritten vom Wiesenburgkehler Weg über die Stoppeln hinunter zu den Wiesen. Sie kamen von Wiesenburgkehlen, hatten die alten Surkaus besucht, Fritz Surkau guten Tag gesagt und in Milchbude Klärchen Barbknechts vier dicke Kinder bewundert. Immer noch hatte das ›propre Klärchen‹ blanke Augen und rote Backen, war nur etwas behäbig geworden, trotzdem aber hinten und vorne in der Wirtschaft, die durch Zukauf eines angrenzenden Grundstückes um reichlich dreihundert Morgen vergrößert war.

»Daß Barbknecht bei diesen Zeiten noch zukaufen konnte, Fried, imponiert mir wirklich. Er ist doch fabelhaft tüchtig und unternehmend.«

»Ist er auch, Gisa!« Nachdenklich klopfte er Bayard den Hals, fuhr dann mit etwas bitterem Lächeln fort: »Bei ihm wird's mehr, bei mir immer weniger. Die Zeiten sind mehr als schwer.«

»Aber du hast doch so tüchtige Inspektoren?«

»Der dicke Fink macht seine Sache. Barbknecht natürlich auch. Aber der sitzt in Eichberg wie der Vogel auf dem Ast. Surkau wird alt, und die Wirtschaft in Milchbude wird ihm mit dem zugekauften verwahrlosten Grundstück zuviel. Ich fürchte, lange wird Barbknecht nicht mehr bei mir mitspielen. Na – man muß dann sehen, wie es wird. In Wiesenburg hab ich Pech mit den Inspektoren. Gerda ist nicht ganz einfach für die Beamten. Sie nimmt ihnen Leute weg für den Garten und so, und das vertragen die Inspektoren schlecht. Aber man hat den großen Garten nu mal am Hals und muß ihn schließlich auch in Ordnung halten.«

Während sie quer über die Chaussee zu den Wiesen hinunterritten, sagte Fried: »Das sind langweilige Geschichten, Gisa. Komm! Jetzt wollen wir einen Galopp bis Gottesfelde machen. Die Ida Fink freut sich schrecklich darauf, dich wiederzusehen.«

Die beiden Schimmel sprangen zum Galopp an. Das Lederzeug knarrte, die Pferde prusteten, und der Schaum flog in Flokken von den Kandarenstangen. Wie über einen dicken Teppich galoppierten die beiden Schimmel mit leisem, dumpfem Aufschlag über die grünen Wiesen den Fluß entlang. Tadellos am Zügel stehend, in den Gelenken federnd, zogen sie Kopf an Kopf mit spielenden Muskeln in nobler Manier im langen, ruhigen Sprung dahin. Elfe hielt die Ohren halb gespitzt, ihre großen, dunklen Augen blickten ruhig und aufmerksam. In der seidigen Mähne spielte der sanfte Hauch des Windes. Neben der Stute prahlte Bayard dahin. Trotz seiner sechzehn Jahre waren seine

Bewegungen noch schwungvoll und elastisch. Er tanzte unter seinem gefühlvollen Reiter über die Wiesen, man sah es ihm an, er hatte Freude am Dasein und verrichtete seine Arbeit mit Lust.

Als sie von Gottesfelde auf dem Nachhauseweg hinter Geigenincken die Chaussee heruntertrabten, sahen sie Barbknecht links der Chaussee über den Acker reiten.

»Wir wollen machen, daß wir wegkommen, Gisa«, sagte Fried. »Wenn er uns zu fassen kriegt, kommen wir so bald nicht wieder los. Er hat immer endlos von der Wirtschaft zu erzählen. Mit jedem Dreck – verzeih! – kommt er mir. Dabei macht er doch alles genauso, wie er will, und ich will ihm ja auch gar nicht zwischenreden. Aber er bildet sich steif und fest ein, ich müßte mich für jedes neugeborene Ferkel brennend interessieren und mich über jedes zugekommene Kalb fürchterlich freuen. Ich hab mit den Pferden grade genug zu tun und so viel Ämter und Stellungen am Halse, daß ich mich wirklich nicht mit jedem Hofjungenärger befassen kann. Komm, Gisa!«

Er sprang zum Galopp an, winkte Barbknecht zu. »Wir müssen machen, daß wir wegkommen! Sonst fallen wir ihm doch noch in die Hände.«

In ihrem Wohnzimmer saß Mathilde auf dem mit weinrotem Samt bezogenen Sofa und wartete auf Fried und Gisela. Sie las weder noch arbeitete sie an einer Handarbeit. Ihre Augen waren in den letzten Jahren sehr schwach geworden, und das Gehör hatte so nachgelassen, daß man fast schreien mußte, um sich verständlich zu machen. Sie war nun sehr stark und kurzatmig und trug schwer an der Last ihrer bald siebzig Jahre. Seit zwei Wochen war Gisela bei ihr in Eichberg, und Mathilde war ordentlich aufgelebt. Sie liebte Gisela innig und sah mit Kummer das Ende der schönen Zeit herannahen: In sechs Tagen schon wollte Gisela die Rückreise nach England antreten.

An der Längswand, dem Sofa gegenüber, hing ein großes Ölbild. Es stellte den verstorbenen Wiesenburger dar. Fried hatte seinen Vater von einem Berliner Porträtisten nach einer Photographie aus den letzten Jahren malen lassen, und da der Künstler Barring näher gekannt hatte, war ihm ein sprechend ähnliches Bild gelungen.

Vor den Fenstern fielen in schweren Falten die etwas arrangiert wirkenden weinroten Samtvorhänge über breite, leuchtend weiße und licht gestärkte Spitzengardinen, und der Schreibtisch stand schräg ins Zimmer hinein. Es war nicht mehr der weniger praktische als zierliche, an dem Mathilde einst dicke Kontobücher studiert hatte, sondern der große Mahagoniarbeitstisch des Wiesenburgers – bis ins letzte so erhalten, wie er ihn verlassen – stand hier, von Mathilde gehütet und gehegt als teure Reliquie. Sie benutzte den Tisch nie. Jeder Briefbeschwerer, jeder Bleistift lag noch genauso, wie sie ihn vorgefunden hatte, niemand durfte den Schreibtisch berühren, kein anderer ihn abstauben als sie selbst und höchstens noch Hanna Lamberg, wenn Mathilde sich elend fühlte und zu Bett bleiben mußte. Oft saß sie, versunken in Erinnerungen, auf dem alten Sessel vor dem Tisch, an dem der Wiesenburger einen großen Teil seines Lebens zugebracht hatte.

Karl erschien mit einem Tablett, auf dem er eine Schüssel mit belegten Brötchen, eine Karaffe mit Portwein, Bestecke und Gläser trug. Wie einst, so umgab ihn auch heute noch die hellblaue Pracht, die schwarzen Korkzieherhosen fielen weit und mangelhaft gebügelt auf die ausgelatschten Gummizugstiefel, und Karls Gesichtszüge trugen immer noch den Ausdruck submissester Ergebenheit. Trotzdem war er schwer wiederzuerkennen. Aus dem praktischen Philosophen, der mit seinen kurzen, strammen Beinen so fest auf der Erde gestanden hatte, der den dicken Bauch selbstbewußt vor sich hergetragen hatte, der im Gefühl seiner Prominenz und Unentbehrlichkeit von einer Selbstüberzeugung gewesen war, die ihn hoch über alle Probleme stellte, aus diesem abgeklärten, sich seines Wertes voll bewußten Mann, dessen beneidenswertes seelisches Gleichgewicht ihn gleichsam als Rocher de bronze in der Brandung des Lebens stabilisiert hatte, war ein vierundsiebzigjähriger Greis geworden. Die einst so blanken Korinthenaugen blickten weniger zuversichtlich, ja trübe in die Welt. Die ehedem runden, feisten Backen hingen welk und faltig, der kühne Bauch war zu einem Nichts zusammengeschrumpft, das die Knöpfe der blau-weiß gestreiften Weste nicht mehr in die Gefahr brachte, abzuplatzen. Er breitete ein Tischtuch über den Sofatisch, stellte die Brötchen, den Wein darauf, arrangierte Teller und Bestecke, legte kleine, dreieckig gefaltene Servietten auf die Teller.

Mit einer müden Bewegung der immer noch schönen, sehr gepflegten Hand hob Mathilde das Taschentuch an die feine Nase. »Sie riechen wieder schrecklich nach Tabak, Karl.«

Karls Gesichtszüge nahmen den Ausdruck begütigenden Wohlwollens an. Er hörte diesen häufigen Seufzer Mathildens

nicht gar so ungern. Erinnerte er ihn doch jedesmal an seinen alten Herrn, wenn der mit einem mißbilligenden Blick gesagt hatte: ›Du könntest dich endlich mal dran gewöhnen, deinen Rock zuzuknöpfen, Karl‹, und dann, wenn an seinem stolzen Bauch die besten Absichten zuschanden wurden: ›Hm! Na – denn laß man! Du bist wieder dicker geworden, scheint mir. Ich weiß wirklich nicht, wo das noch mal hin soll mit dir.‹ Karl seufzte leise auf. Der Schlagfluß, den ihm sein alter Herr mitunter prophezeit, hatte ihn bis dahin verschont, und seinen alten Herrn hatte er ins Grab legen müssen. ›Hol der Schinder! Mitunter geht es ganz verquer auf dieser Welt . . .‹ Er ruckte sich etwas zusammen, holte Luft und erhob seine Stimme zu einer Höhe, daß die alte Kasenzersche, die auf dem Wege zum Hühnerstall gerade am Fenster vorüberhumpelte, entsetzt zusammenfuhr, dreimal hintereinander ausspuckte und vor sich hinbrummelte: »Nanu ward Tag! Wat dem ol' Kierl woll wedder ankoame deit?«
»Sehr wohl, gnäd'ge Frau«, brüllte Karl, »bißche einstänkern tut man je woll. Die junge gnäd'ge Frau hat mich doch zwei Pfeifens und dem Tabak geschonken. Nu muß einer ihm doch auch wegrauchen tun. Wenn ich aufrichtig soll sagen, denn is er mich je meist bißche zu stark. Einer schwitzt forts immer, wenn einer 'n Pfeifenkopf voll ausgeraucht hat, man wo er doch nu einmal dasein tut, muß einer ihm je auch wegrauchen tun.«
Mathilde hatte nur etwas von ›Schwitzen‹ verstanden, begriff nicht, was das mit dem übermäßigen Rauchen zu tun hatte, fand es aber auf alle Fälle indelikat von Karl, darüber zu sprechen. Sie machte ein abweisendes Gesicht und sagte, die Unterhaltung kühl, aber bestimmt abschließend: »Unbeschreiblich riechen Sie«, worauf Karl halb schuldbewußt, halb beruhigend murmelte: »Kalt stinkt er je bißche, man wenn er dampft, hernach riecht er dir forts strammer wie Rosen und Narzissen.«
Über das Pflaster klapperten Hufe, ein Schatten glitt an den Fenstern vorüber, vor der Treppe stiegen Gisela und Fried aus dem Sattel. Fried wollte Gisela beim Absitzen behilflich sein, aber er kam zu spät. Sie hatte den schmalen Fuß im hohen Stiefel schon aus dem Bügel gezogen, das rechte Bein über die Gabel gelegt und war ohne Hilfe aus dem Sattel geglitten. In den Fußspitzen und Knien federnd, landete sie auf der Erde, der schöne Körper straffte sich elastisch, dann stand sie neben ihrer Stute und hielt ihr auf der flachen Hand ein Stückchen Zucker hin, das der Stalljunge bereitgehalten hatte.

»Sattel die Elfe ab, Fritz«, befahl Fried, »und du führst Bayard rum, Albert.«

Sie traten ins Haus, Gisela ging auf ihr Zimmer, Fried zu seiner Mutter.

»Mein Herzenssohn, geht es dir gut?«

»Dank dir, Mamachen! Hoffentlich fühlst du dich wohl?«

Er beugte sich zu seiner Mutter nieder und küßte ihre Hand, und sie nahm seinen Kopf zwischen ihre Hände und küßte ihn auf die Augen. »Mein einz'ger Junge, du! Wenn ich dich habe, geht es mir immer gut.«

Gisela trat ins Zimmer. Sie war im Reitkleid Gerdas. Den langen Rock trug sie aufgehakt, die knappe Taille brachte ihre schlanke, hohe Figur zur vollen Geltung. Den Hut hatte sie abgelegt, das blonde Haar mit ein paar Griffen geordnet. Ihre Wangen waren rosig überhaucht, und in warmem Glanz leuchteten die blauen Augen.

»Komm, Gisela, du mußt etwas zu dir nehmen nach dem Ritt«, sorgte sich Mathilde. »War es denn schön?«

»Wunderschön, Tante Thilde.«

Hanna Lamberg erschien, goß Portwein ein, bot die appetitlichen Brötchen an.

»Ich habe gar keinen rechten Appetit, Hanna«, sagte Fried. »Aber wer kann Ihrem geräucherten Gänseschinken widerstehen! Dann geben Sie mir man ein Brötchen. So! Danke schön!«

»Gnädige Frau sollten auch ein Schlückchen Wein nehmen«, animierte Hanna Mathilde.

»Meinen Sie? Vielleicht einen kleinen Schluck«, willigte Mathilde ein. »Aber Sie müssen auch etwas genießen, Fräulein Lamberg. Sperren Sie sich nicht immer! Es tut Ihnen gut.«

»Heut abend mußt du Gisa freigeben, Mamachen. Luckmar und der Pfarrer sind zu Tisch da. Die würden sich so freuen, noch mal mit Gisa zusammen zu sein. Du und Hanna, ihr solltet doch auch kommen, Mamachen. Du vergräbst dich hier viel zu sehr.«

»Laß mich nur ruhig hier, mein Herzenssohn. Ich alte Frau passe nicht mehr recht unter Menschen, aber wenn ihr Fräulein Lamberg gerne haben wollt, freut es mich für sie.«

Hanna Lamberg wehrte ab. »Vielen Dank, Herr von Barring! Es ist wirklich zu gütig von den Herrschaften, aber ich kann gnädige Frau unmöglich den ganzen Abend allein lassen. Das ginge wirklich nicht, und ich würde auch gar keine rechte Ruhe finden.«

Gisela kannte diese ewigen Bedenken, die Mathilde ja doch nie gelten ließ. »Tante Thilde«, sagte sie lachend, »Hanna behauptet schon wieder, sie könnte es nicht verantworten, dich allein zu lassen.«

Mathilde warf Hanna Lamberg einen verweisenden Blick zu. »Tun Sie nicht immer so, als sei ich ohne Sie hilflos wie ein Baby, Fräulein Lamberg. Sie fehlen mir zwar immer, das kann ich nicht bestreiten, aber Sie können mich doch nicht zu einer egoistischen alten Frau machen. Selbstverständlich fahren Sie mit heute abend!« Mit einem Blick auf das Bild Barrings fuhr sie, wie zu sich selbst sprechend, fort: »Ich bin ja auch nicht allein . . .« Dann sagte sie zu Fried: »Grüße die Herren bitte von mir. Herr von Luckmar war neulich mal hier. Ich freue mich immer so, ihn zu sehen. Aber leider sagte er mir, er würde wahrscheinlich nicht mehr lange in Kallenberg sein.«

»Ich fürchte, nein, Mamachen. Er hat die Division ja erst ein paar Jahre, aber ich glaube, in Berlin haben sie irgendwas Besondres mit ihm vor. Jedenfalls würde er mir sehr, sehr fehlen. An allen andern liegt mir nicht besonders viel, aber ihn würde ich sehr ungern verlieren. Wir sind uns im Lauf der Jahre wirklich sehr nahegekommen.«

»Ein prächtiger Mann! Ich wünschte dir so, ihn zu behalten. Es beruhigt mich nur, daß dir wenigstens unser lieber Pfarrer auf alle Fälle bleibt. Er ist ja so glücklich in Wiesenburg und fühlt sich inmitten seiner treuen Gemeinde so wohl und am rechten Platz. Aber du ißt gar nichts, Fried? Ist dir nicht gut?«

Fried schien mit einer rasch aufsteigenden Ungeduld nicht ganz leicht fertig zu werden. Es klang ein wenig gereizt, als er die Sorgen der Mutter zu zerstreuen suchte: »Nein, nein, mir ist ganz gut, natürlich, aber man kann schließlich nicht den ganzen Tag essen.« Er schwieg einen Augenblick, sprach dann in seinem alten, freundlichen Ton weiter: »Übrigens – soll ich dir heute abend Ali rüberschicken, Mamachen? Sie kann ja hier schlafen, und morgen früh laß ich sie wieder abholen.«

»Ja, schick sie mir, unseren kleinen Sonnenschein. Fräulein Lamberg, lassen Sie eine recht schöne süße Speise machen. Sie wissen ja, was Ali gerne ißt, und schlafen kann sie auf der Chaiselongue in Ihrem Zimmer. Neben mir gruselt sie sich nicht, und bei Ihnen fühlt sie sich gemütlich.«

Fried stand auf. »Schön, Mamachen! Denn schick ich dir die Ali, und der Wagen bringt dann gleich Gisa und Hanna mit. Leb wohl, Mamachen! Ich muß machen, daß ich nach Hause komme. Auf Wiedersehen, Gisa! Also bis heute abend, Hanna!«

Gisela stand auf, ging mit Fried hinaus. »Bayard muß seinen Zucker haben.«

»Wer wird ihn ihm geben, wenn du nicht mehr hier sein wirst, Gisa? 'ne dumme und überflüss'ge Einrichtung, dies ewige Abschiednehmen. Was meinst du, Gisa, willst du im nächsten Jahr nicht mal wieder für längre Zeit kommen?«

Sie antwortete nicht gleich, sah auf die beiden Spaniels, die auf den Dielen des Flurs fest schliefen und vielleicht davon träumten, endlich auf einen Fasan gestoßen zu sein, der das Fliegen verlernt hatte. »Man soll nicht so weite Pläne machen, Fried«, murmelte sie, »besonders dann nicht, wenn es sich um etwas handelt, was man sich wünscht.«

Die Spaniels erwachten, streckten sich gähnend und kamen auf Gisa zu, um sich vor sie hinzusetzen und sie hingebungsvoll anzuschauen. Sie beugte sich zu den Hunden nieder, tätschelte ihnen die schönen Köpfe, und so entging ihr der seltsame Blick, mit dem Fried sie streifte. Bei ihren letzten Worten waren seine Augen warm und leuchtend geworden, allein das Strahlende darin erlosch gleich wieder unter einem grübelnden Ausdruck. Wie im Nachdenken schob er die Lippen etwas vor. Von der Nasenwurzel senkrecht die Stirn hinauf grub sich eine Falte. Er starrte auf Gisela, die – ein zärtliches Lächeln auf den schönen Zügen – die Hündin Babett liebkoste. Sein Blick verdüsterte sich mehr und mehr.

Gisela richtete sich auf, und Fried wandte schnell den Blick von ihr. »Ich muß reiten, Gisa. Auf Wiedersehen heute abend.«

Gisela sah ihm nach, wie er, etwas in sich zusammengesunken im Sattel sitzend, über den Hof trabte. Als er ihr im Anreiten nochmals zuwinkte, war sie in Versuchung, ihm nachzurufen: ›Natürlich komm ich wieder im nächsten Jahr! Für sechs oder acht Wochen komm ich.‹ Allein sie widerstand der Versuchung.

Dreiundvierzigstes Kapitel

Recht alt und etwas tuntlig erschien Karl in Giselas Zimmer. »Verzeihen, gnäd'ges Frauche, ich wollt man bloßig nach die Koffer sehen, ob die all soweit sind. Der Gepäckwagen muß in dem losfahren.«

»Gleich bin ich fertig, Karl, aber nun kommen Sie erst mal her und setzen Sie sich einen Augenblick zu mir. Mir wird es ordentlich schwer, wegzufahren. Es war so schön und still hier. Was soll ich denn nun Archi von Ihnen sagen, Karl?«

»Na, was sollen die gnäd'ge Frauche dem Jung all viel sagen! Daß ich ihm gut gesonnen bin, das tut er je wissen, und wenn er einem auch fehlen tut, der Jung, das nutzt je nu nuscht nich. Einer muß all Geduld haben, bis er zu die Ferien kommen tut.«

»Also ich werd ihn sehr von Ihnen grüßen, Karl. Er hing doch immer so sehr an Ihnen.«

»Das tat er je woll und das mag er je auch noch heut tun. Man hängt je auch an dem Jungen, und der alte gnäd'ge Herr, der hat mich noch in seine ganz letzten Tag gesagt und anbefohlen: ›Karl‹, meint' er man, ›daß du mich auch immer ein Aug auf dem Jung haben tust! Soviel will ich dich bloßig sagen.‹ Ja, gnäd'ges Frauche, auf die Art hat er sich ausgelassen.« Er fuhr sich mit der schon etwas zittrigen Hand über die Augen. »Weiß der Schinder«, murmelte er und sah an Gisa vorbei, »mich is da was im Aug gekommen.« Etwas ganz Schlimmes schien ihm hineingekommen zu sein; denn die dicken Tränen kullerten ihm über die Bakken, und er mußte sein rotes Taschentuch, so groß wie eine Kinderwindel, hervorsuchen.

Mit Rührung sah Gisela auf den alten Mann. So gut konnte sie ihn verstehen! Wie anders, wie ganz anders war doch nur alles hier geworden, seit der Wiesenburger dort draußen unter den alten Eichen und Tannen schlief. Der Mittelpunkt, um den sich all die vielen Menschen, deren Schicksal mit Wiesenburg verknüpft war, geschart hatten, der Halt, an dem sie alle so feste Stütze gefunden, der Geist, der sie zu einer einzigen großen Familie vereinigt hatte, das alles war mit dem Wiesenburger ins Grab gesunken. Das Gefühl der Sicherheit, des Geborgenseins war abhanden gekommen, die Atmosphäre des ruhevollen Friedens, der unbedingten Verbundenheit einer solchen der Unsicherheit gewichen, und an die Stelle des festen Glaubens von einst waren Zweifel getreten.

»Ach, Karl«, sagte Gisela leise, »der liebe, gute gnädige Herr . . . warum mußte er nur so früh von uns gehen?«

Karl nickte vor sich hin. »Ja, gnäd'ges Frauche, warum? Nach meine dumme Gedanke hätt er noch zehn Jahr bleiben können, so gesund und frisch wie er noch war. Was is nu all ohne ihm? Auch noch nich die Hälft . . . hol der Schinder, noch lang nich die

Hälft!« Er stand auf. »Denn werd ich nu man wieder gehen. Denn grüßen gnäd'ges Frauche man dem Jung von mich, und er möcht doch man bloßig Gut's tun. Sagen gnäd'ges Frauche ihm doch man, er möcht sich doch man ja befleiß'gen, denn wenn das viele Studieren einem auch bloß halb dammlich machen tut, aber es soll nu doch mal sind, und das hilft je denn all zusammen nuscht nich, denn muß er je auch auf Posten sind.«

»Ja, Karl! Das werd ich ihm alles von Ihnen ausrichten. Aber setzen Sie sich noch mal 'n Augenblick. Hören Sie mal, Karl, Sie müssen mir jetzt mal sagen, ob Sie irgendeinen Wunsch haben. Ich möcht – wenn ich irgend kann – so gerne das Meine tun, daß er erfüllt wird. So gerne möcht ich das! Ich weiß, der verstorbene gnädige Herr würd sich sehr freuen, wenn ich Ihnen eine Freude machen könnte.«

Er schien nicht recht zu wissen, was er darauf sagen sollte, aber dann murmelte er: »Das stimmt je nu auch wieder! Das würd je dem alte gnäd'ge Herr ganz barbar'sch freuen tun. Er war je nu mal so gesonnen, daß er einem forts alles vergönnen tat. Da is je nu nuscht nich zu reden, gnäd'ges Frauche, das stimmt je nu in Wirklichkeit.«

»Na, sehen Sie, Karl! Nun verraten Sie mir mal, was ich dazu tun kann, daß Sie eine kleine Freude haben.«

»Erbarmung, gnäd'ges Frauche«, sagte Karl ganz verwirrt, »die Freud haben gnäd'ges Frauche mich doch all gemacht. Die beids forsche Pfeifen und das stramme Pack Knaster . . . wenn das noch nuscht nich sollt gewesen sind, hernach weiß ich je auch nich!«

»Ach – das ist ja längst vorbei . . .«

»Verzeihen, gnäd'ges Frauche, noch nich das erste Drittel! Der Knaster is meist bißche stramm, man schmecken tut er forts wie noch nie!«

»Das freut mich wirklich, Karl! Nun sagen Sie mir aber mal, womit kann ich Ihnen denn nun ein bißchen Freude machen?«

Karl überlegte. »Ja, gnäd'ges Frauche, wenn es denn sein muß, denn will ich man sagen, meine Altsche, die liegt mich all wer weiß wie lang in die Ohren wegen e Paar warme Hosen zum Winter. Reine Woll', meint sie je, müßt sie haben. Weiß der Schinder, auf ihre alte Tag kriegt sie immer dollre Touren! So Paar Hosen, die sind je nich unter drei, vier Taler. Man bis sie sie nich haben tut, krieg ich je doch keine Ruh nich. Wenn die sich was in 'n Kopp setzen tut, hernach is vorbei! Da kannst nuscht nich machen, da mußt ihr zu Willen sind, sonst is die Kron gebrochen.«

»Jaja, Karl, so sind wir Frauen nun mal.« Gisa lachte, zog aus ihrer Geldtasche zwei Hundertmarkscheine und reichte sie Karl. »Einer für Sie, einer für Ihre Frau, Karl, und für mich die große Freude, Ihnen eine kleine machen zu können.«

Fast erschrocken sah er auf die Scheine, traute sich gar nicht, sie zu nehmen. »Erbarmung, Erbarmung, gnäd'ges Frauche! Das is je zuviel, viel zuviel is das! Wo könnt ich so was verlangen tun! Nei, nei, gnäd'ges Frauche, was nich geht, das geht nu einmal nich!«

Gisela faltete die Scheine zusammen, faßte entschlossen die Rockklappe der hellblauen Pracht und versenkte die Banknoten in die Brusttasche. »Das ist nun gar nicht nett von Ihnen, Karl, Sie gönnen mir nicht die Freude, die ich mir machen will!«

»Na, gnäd'ges Frauche, wenn's so gemeint ist, denn bedank ich mir untertänigst und viele Mal, und soviel muß ich je all sagen, wenn ich meine Altsche die Hosen kaufen kann, denn werd ich je auch zufrieden sein. Was ich mich alles hab anhören müssen wegen die stänkrigen Bixen, das glauben gnäd'ges Frauche überhaupt nie nich. Rumgetressiert hat sie mir in eine Tour, das können gnäd'ges Frauche man dreist glauben! Untertänigsten Dank, gnäd'ges Frauche! Aber viel zuviel is es doch!«

»Grüßen Sie Ihre Frau vielmals von mir, und lassen Sie sich's gut gehen, lieber Karl. Sie wissen gar nicht, wie ich mich gefreut habe, Sie wiederzusehen! Aber ich denke ei'ntlich, Sie wissen es vielleicht doch. Alles, alles Gute, lieber Karl, und hoffentlich bald mal auf Wiedersehen!«

Das riesige rote Taschentuch mußte wieder gehißt werden. Karl saßen die Tränen locker auf seine alten Tage. Er murmelte etwas Unverständliches, aber der ›Schinder‹ schien darin wieder eine Rolle zu spielen. Dann versuchte er, Gisela aus strengen Augen anzusehen, was ihm indessen nicht so ganz glücken wollte. »Ich kann mir nich so richtig verlautbaren lassen«, sagte er stockend. »Das Wort steht mich nich so zu. So richtig kann ich nich ausdeuten, was meine Gedanke so recht sind, aber soviel sag ich man, die paar Wochen, wo gnäd'ges Frauche hier waren, das war doch – hol der Schinder – 'ne ganz charmante Zeit! Na – was nutzt das viele Gerede . . . wie ich so richtig denken tu, das wissen gnäd'ges Frauche je auch so.«

Am Abend, als er seiner Alten die beiden Hundertmarkscheine

zeigte und diese ihn, sehr im Gegensatz zu ihren sonstigen Gepflogenheiten, ordentlich ehrfurchtsvoll ansah, warf er sich in die Brust. »Wegen das Geld is es nich«, sagte er. »Hol der Schinder, man das kann mich nich empunieren. Wenn ich so denken tu, bei uns ole Herr . . . Erbarmung, Erbarmung, in Gold und Edelstein hat er mir wühlen lassen. Nei – wegen das Geld is es nich, man einer freut sich doch, weil es von die junge gnäd'ge Frau kommt, und daß ich von die immer verfluchtig viel gehalten hab, das is dir je bewußt . . .«

»Die junge Frauensperson möcht ich mal erst zu sehen kriegen, wo du nich viel von halten tust!«

»Schabber doch nich, Mutter! Reg mir hier nich all wieder auf! Das beste is, einer sagt nuscht nich zu dich. Du legst einem je doch jedes Wort auf deine Art aus. Bloßig soviel will ich doch noch sagen: Sie hält je auch was von mich, die junge gnäd'ge Frau. Aber so 'n großes Stück Geld hat sie mich doch bloßig gegeben wegen dem alte Herr.« Auf einmal wurden die Korinthenaugen ganz giftig. »Hol der Schinder, einer muß sich hier rumtressieren lassen, und er mußt zehn Jahr zu früh wegsterben . . .«

»Wer tut dir rumtressieren?« fragte sie kampflustig. »Möcht'st dir darüber mal auslassen tun?«

Fast amüsiert blickten die Korinthenaugen auf die kampfesfrohe Lebensgefährtin: »Na, wer ward mi rumtressieren? Dat Lewe, Mudder, dat Lewe!«

»Dat Lewe? Joa, Voader, dat heft mi ok nich mit Samthanschkes anfoate don, wo eck doch all die veele Joahr min Last mit di had. Man wenn di dat Lewe ok rumgetresseert heft, desderwege verlehrt e oal Täub'rich dat Gurre noch nich, wie mi schient.«

Erbost sah er sie an, aber dann trat ein Lachen in seine Augen. »Dat stimmt ja nu ok wedder, Mudder. Dat Gurre heb eck god utliert. So wat verget sich nich wedder.«

Empört fuhr sie auf: »Wat schabberst doa all wedder? Utliert hevst et, dat Gurre? Un wo hevst et denn woll utliert? Dat vertell mi doch moal!«

»Dat sull ick di vertelle?« Er legte ihr die schrumplige Hand auf das dünne weiße Haar. »An de füftig Joahr is dat nu je all her. Weetst nich, Mudder, wer mi doatomoal woll utliert heft?«

»Oal Schoapskopp, du«, sie lachte leise auf und versuchte, Spott in Auge und Stimme zu legen, »wat du all wedder veel to rede hevst!« Aber dann stand ein seliges Erinnern in ihren alten Augen, und weich, fast zärtlich klang es, als sie so vor sich hin sagte: »Erbarmung, Erbarmung, wo is de Tid! Man schön wier't do . . . doatomoal . . . vor jene grue Joahr . . .«

Der Zug fuhr ein, und Archi suchte mit den Augen die Coupéfenster ab. Dort aus dem Abteil erster Klasse stieg eine Dame aus. Merkwürdig jung sah sie aus, aber obwohl er seiner Sache nicht ganz sicher war – schließlich waren sechs Jahre ins Land gegangen, seitdem er Tante Gisa zum letztenmal gesehen hatte –, glaubte er doch, daß sie es sei. Da winkte sie ihm auch schon, und er ging auf seinen riesigen Füßen schnell auf sie zu, um etwas verlegen guten Tag zu sagen und sich des Gepäcks anzunehmen.

Auch Gisela hatte den hochaufgeschossenen Jungen, der sie fast schon überragte, kaum wiedererkannt. Mein Gott, die Augen, die sie mit solchem Ernst anblickten, gehörten ja keinem Kinde mehr. Wo war denn nur das Strahlende geblieben, das diesen graublauen Augen früher einen so warmen, lieben Ausdruck gegeben hatte? Warum sahen sie jetzt nur so befangen halb an ihr vorbei, warum wußte der Junge nichts anderes zu sagen als nur dies klägliche, halb verlegene, halb abweisende ›Guten Tag, Tante Gisa‹?

Sie legte den Arm um ihn, gab ihm einen Kuß. »Archi, mein Junge, wie freu ich mich, dich zu sehen! Und wie groß bist du nur geworden! Kaum erkannt hätt ich dich! Ich soll dir viele, viele Grüße bringen von Vati . . .«

»Danke, Tante Gisa.«

»Ja, und von Mutti natürlich auch.«

»Von Mutti?« Die Skepsis, die in dieser Frage lag, ging unter in der vollkommenen Gleichgültigkeit, mit der sie gestellt worden war.

»Ja, natürlich, Archi, und dann so viele von Omama und Hanna und Karl und August und von allen andern. Ali, Malte und Mia lassen dich auch sehr, sehr grüßen.«

»Danke, Tante Gisa.«

Nachdem er sich nach dem Ergehen von ihnen allen, außer seiner Mutter, erkundigt hatte, gingen sie ins Hotel.

Gisela beobachtete ihn mit Sorge. Was war aus dem strahlenden, glücklichen Kind von einst geworden? Völlig verändert war der Junge! Verschlossen, fast verbittert, schien er fortwährend auf der Hut zu sein, ja, sich in Abwehrstellung zu fühlen. So behutsam wie möglich ging Gisela mit ihm um, vermied jede Frage, die ihn möglicherweise hätte peinlich berühren können, plauderte harmlos, erzählte von Wiesenburg, den Menschen dort, den Pferden und Hunden, dem Wald und den Feldern. Allmählich taute Archi auf, wurde lebhafter, stellte mehr Fragen, erzählte selbst.

Auf ihrem Zimmer fragte sie dann schließlich: »Nun sag mir mal, mein Bengelchen, was hast du ei'ntlich? Sag mir doch, Archi, bedrückt dich irgendwas? Willst du mir denn nicht sagen, was es ist? Vielleicht könnte ich dir irgendwie helfen.«

Als er schwieg, sagte er: »Archi, du bist anders geworden. Komm mal her, mein Herzenskind. Willst du mir nicht mal ganz offen sagen, was dich beunruhigt? Irgendwas beunruhigt dich doch! Das weiß ich, Archi!«

Er schüttelte den Kopf, und sein abwehrender Blick wich dem ihren aus.

»Weißt du noch, Archi, wenn wir zusammen mit dem Großpapa ritten? Großpapa auf Bayard, ich auf der Elfe und du auf dem ›Karl‹! Weißt du noch, Archi?«

Seine Augen wurden heller. Es schien, als blicke er in weite Ferne, einem Glück nach, mit dem er einst Hand in Hand gegangen und das ihn dann plötzlich einsam hatte stehenlassen und seinen Weg allein weitergegangen war, ohne sich auch nur noch einmal nach ihm wieder umzusehen.

»Ich weiß, Tante Gisa! Und ich glaube, ich werd es immer wissen. Aber weißt du, daß die Mutti einfach, ohne mich überhaupt zu fragen, den ›Karl‹ dem Malte geschenkt hat? Sie sagte, ich sei zu groß für den ›Karl‹, und daß er mir gehörte, das hätte der Großvater bloß so gesagt. Denk dir, Tante Gisa, wahrhaftig – das hat sie gesagt! Und nu hab ich überhaupt kein Pferd mehr und reit mal das, mal das, aber gehören tut mir keins, und über den ›Karl‹ hab ich nichts mehr zu sagen, und der Malte nimmt ihn viel zu doll ran ... er ist doch schon alt, der ›Karl‹.«

»Du mußt den Vati bitten, dann schenkt er dir ein Pferd. Das möcht ich bestimmt glauben.«

Wieder schüttelte Archi den Kopf. »Wenn die Mutti nicht immerzu dem Vati sagen würde, daß ich so schlecht lernte und faul wär und verlogen und überhaupt nicht reiten dürfte in den Ferien, weil mich das noch mehr ablenkte, dann würd er es vielleicht tun. Aber so tut er es bestimmt nicht! Und ich will den Vati auch gar nicht um was bitten. Er ist oft böse auf mich. Bloß immer mitfahren muß ich mit ihm in die Wirtschaft. Und das ist scheußlich, weil er immer bloß nach der Schule fragt und auch oft schimpft.

Der Großpapa war doch nie böse. Nicht, Tante Gisa? Das weißt du doch auch ganz genau!«

»Der Großpapa? Nein, das war er nie! Aber der Vati meint das bestimmt auch nicht so, wenn er mal ein bißchen ungeduldig ist. Sieh mal, Archi, der arme Vati ist doch immer noch nicht ganz gesund. Oft hat er Kopfschmerzen und so. Das darfst du doch nicht vergessen.«

»Er ist ja auch gar nicht so, aber wenn die Mutti ihm immer vorerzählt, was überhaupt gar nicht stimmt, was soll er denn machen? Denn muß er ja schließlich böse werden.«

»Das wird er ja vielleicht mal, aber er will es bestimmt nicht werden. Davon bin ich ganz fest überzeugt!«

»Das glaub ich manchmal auch, aber wenn er einen anschreit ... und ...«

»Na, was denn, Archi? Erzähl mir doch alles.«

Archi schwieg. Die Unterlippe zwischen den weißen starken Zähnen, sah er abweisend, fast finster vor sich hin.

»Hör mal zu, Archi! Dem Großpapa würdest du doch alles sagen, was du auf dem Herzen hast?«

»Ja, Tante Gisa! Alles würde ich ihm sagen.« Es klang wie ein unterdrücktes Schluchzen.

»Das weiß ich, Archi. Er ist aber nicht mehr bei uns, der Großpapa, aber ich weiß, er würde dir sagen, daß du mir auch alles ruhig sagen kannst. Glaubst du nicht? Weißt du denn nicht, daß ich dich sehr liebhabe?«

Er nickte, und für eine oder zwei Sekunden wurden seine Augen hell und dankbar. »Denn will ich dir alles sagen, Tante Gisa. Wie ich in den großen Ferien zu Hause war, da hat die Mutti dem Vati gesagt, ich wär so naßforsch und spielte mich als den zukünftigen Herrn von Wiesenburg auf, und frech wär ich auch, und lügen tät ich. Da sollt ich der Mutti abbitten, hat der Vati gesagt. Das konnt ich doch nicht, weil ich doch gar nichts getan hatte. Da hat der Vati mir noch zweimal gesagt, ich sollte die Mutti um Verzeihung bitten ...«

»Und wie wurd es da, Archi? Tatest du es dann schließlich?«

»Nein!«

»Und da? Was wurde da?«

Wie mit Blut übergossen, stand Archi vor ihr. Er nagte an seiner Unterlippe, und seine langen, großen Hände ballten sich.

»Da hat ... da hat ... der Vati ... der Vati hat ...« Er stockte. Plötzlich standen seine gequälten Augen voller Tränen, und es war, als erbebte er unter einer vernichtenden Scham. Er schien für das, was ihm angetan war, keinen Ausdruck finden zu können.

Gisela fühlte es deutlich, an diesem Kinde war schwer gesündigt worden, unendlich viel mehr, als es selbst gesündigt hatte ... Vor der Not, unter der diese Kinderseele weinte, erschien ihr plötzlich alles menschliche Tun so klein, Gerdas Handlungsweise niedrig, schlecht und verwerflich, Fried beklagenswerter, als sie auszudrücken vermochte. Sie begann zu sprechen, leise, zärtliche Worte, legte den Arm um den Jungen, zog ihn an sich. »Brauchst mir nichts mehr zu sagen, Archi. Nur wenn es dich erleichtert, dann sag mir alles, mein Junge.«

Da warf er plötzlich die Arme um sie, und zwischen den zusammengebissenen Zähnen stieß er hervor: »Ja ... alles will ich dir sagen ... alles ... du sollst alles wissen ... geschlagen hat er mich ...«

»Geschla ..., aber Archi, das ist ja ...«

»Ja, Tante Gisa«, rief er in zitternder Erregung, »mit der ... Reitpeitsche! Für nichts hat er mich geschlagen. Bloß weil die Mutti ihn ... belogen hat ... und gesagt hat er, ich sollte mir bloß nicht einbilden, daß ich Wiesenburg bekäme. Das bekäme der tüchtigste von uns, und der tüchtigste sei vorläufig nicht ich, sondern der Malte, und überhaupt ... man könnte noch gar nicht wissen, was mal mit Wiesenburg würde. Das hat er gesagt, Tante Gisa! Weil die Mutti ihm das eingeredet hat, deshalb hat er das gesagt. Und Offizier soll ich werden, sagt er, und das will ich nicht werden! Landwirt will ich werden, und in Wiesenburg will ich sein, und wenn ich das nicht soll, denn liegt mir an nichts was ... Der Tüchtigste soll Wiesenburg bekommen. Ja! Das muß auch so sein! Aber der Malte ist nicht der tüchtigste von uns! Er ... er ist bloß ... der Frechste und kann alles machen, weil die Mutti ihm alles erlaubt. Und ... die Ali hat auch Angst vor der Mutti, und die Mia bekommt Prügel, wenn sie es auch gar nicht verdient. Die lügt wirklich, aber bloß, weil sie Angst hat, lügt sie, das arme Ding. Warum ist die Mutti so? Der Vati ist doch gut, wenn er auch mal schimpft. Aber er hätt mich nicht schlagen sollen ... ich hab es nicht verdient. Hätt ich gelogen und so, hätt ich es verdient. Aber das hab ich nicht getan! Der Großpapa ... der hat doch nie geschimpft, Tante Gisa. Bloß angesehen hat er einen, aber denn wußt man gleich, was er meinte. Früher war alles so schön, und jetzt ist alles bloß schlimm ... und ... ach, Tante

Gisa, ich will ja alles tun, aber wissen will ich, wo ich hingehör! Früher war es doch so schön in Wiesenburg, und ... jetzt kann ich mich gar nicht mehr auf die Ferien freuen. Schrecklich ist das! Ich gehör doch nach Wiesenburg, Tante Gisa? Oder gehör ich ... nicht mehr hin?«

Erschüttert sah Gisela in die verzweifelten Kinderaugen. »Aber natürlich gehörst du nach Wiesenburg, mein lieber Junge. Nirgend sonstwohin gehörst du doch wie nach Wiesenburg!«

»Und wenn der Malte es kriegen soll – – wo gehör ich denn hin, Tante Gisa? Woanders wie bloß da kann ich nicht sein, und woanders will ich auch nicht sein.«

Gisela wußte nicht, was sie darauf antworten sollte. Sie nahm Archi in die Arme und küßte ihn auf die Augen.

»Sei ruhig, Archi«, sagte sie schließlich. »Der Großpapa hat gewollt, daß du einmal Wiesenburg bekommst. Er hat es mir oft genug gesagt. Das weiß auch der Vati. Und wenn er mal im Ärger was andres sagt, dann meint er das nicht so. Glaube mir das, Kind! Sieh, Archi, ich hab dich so lieb, und du hattest doch immer solches Vertrauen zu mir. Versuch all das, was gewesen ist, zu vergessen, und sei wieder der alte, lustige Archi. Du sollst sehen, dann ändert sich alles, und es wird alles wieder gut. Schreib mir immer, wenn dich etwas beunruhigt. Ich werde dir immer gleich wiederschreiben, und paß mal auf, wir beide zusammen werden schon mit dem fertig werden, womit du allein vielleicht nicht recht fertig werden kannst. Wollen wir das so machen, Archi?«

Er sah sie zögernd an, aber dann legte er doch plötzlich mit einer ganz kindlichen Bewegung tiefen Vertrauens die Arme um sie: »Ja, Tante Gisa! Ich werd dir schreiben. Und wenn du mir hilfst, denn kann vielleicht alles noch wieder gut werden.«

Vierundvierzigstes Kapitel

Auch die nächsten Jahre hatten das einst so innige Verhältnis zwischen Fried und Archi nicht wiederherstellen können. Längst war Archi nicht mehr in Klausenthal. Als er als sitzengebliebener Sekundaner zu den Ferien nach Hause gekommen war, hatte Fried ihn zwar kühl, aber immerhin ruhig empfangen, während Gerda ihn mit schweren Vorwürfen überhäufte. Schließlich war Fried auch in Harnisch geraten, und das Ende vom Liede bildete eine aufgeregte, häßliche Szene, bei der Fried die Nerven verlor und sehr heftig wurde. Wie ein Verfemter mußte Archi in Wiesenburg umhergehen und sich mit Schularbeiten abplagen, die sein Vater – eine fortwährende Tortur für den Jungen – dann abhörte, wobei es wiederum an schärfsten Zurechtweisungen nicht fehlte.

Damals hatte sich der Gesundheitszustand Frieds, vielleicht oder sogar wahrscheinlich infolge der vielen Aufregungen, wesentlich verschlimmert. Zum erstenmal trat zuweilen vorübergehende Bewußtlosigkeit ein, der eine völlige Abwesenheit – die Ärzte bezeichnen einen derartigen Zustand als ›Absence‹ – folgte. Leichte Zuckungen der Mundwinkel und Hände, hauptsächlich der Finger, zeigten sich, die Merkfähigkeit ließ nach solchen Anfällen jedesmal nach, das Gedächtnis wurde schwächer. Es passierte, daß Fried das, was man ihm gesagt hatte, schon nach einer Stunde nicht mehr wußte, wodurch es wieder Mißverständnisse aller Art gab, die oft zu Auftritten zwischen ihm und Archi führten. Er grollte Archi, der ihm die Veranlassung für die Verschlechterung seines Befindens schien, und ließ ihn das deutlich fühlen.

Archi wieder empfand die kühle, um nicht zu sagen abweisende Zurückhaltung des Vaters als ungerecht. Er wußte, daß er keine besondere Leuchte auf der Schule war, hatte für sein Versagen aber vor sich selbst die Entschuldigung oder mindestens Erklärung, daß ihm infolge des ewigen Wechsels von Lehrern und Schulen ja niemals Zeit und Möglichkeit geblieben waren, seinen Studien ungestört nachzugehen, und außerdem sah er kein wirklich erstrebenswertes Ziel vor sich. Seiner Mutter war es im Laufe der Jahre gelungen, ihm beim Vater den moralischen Kredit mehr und mehr zu entziehen. Malte nahm heute den Platz ein, auf den er, als der älteste, nach seiner Überzeugung Anspruch besaß und den er sich auch nicht durch unwürdiges Verhalten verscherzt hatte. Er war – davon war er fest überzeugt – den Intrigen seiner Mutter zum Opfer gefallen, Intrigen, die sein leidender Vater als solche nicht erkannte. Daß ihm dereinst Wiesenburg zufallen würde, erschien ihm mehr als zweifelhaft, wenn nicht gar ausgeschlossen. Er hielt es aber für sein selbstverständliches, unantastbares moralisches Recht, die Nachfolgeschaft seines Vaters einst anzutreten, und gewann diese Überzeugung aus der Tatsache, daß sein verstorbener Großvater den klaren Willen zum Ausdruck gebracht hatte, seinen ältesten Enkel als den zukünftigen

Herrn in Wiesenburg zu sehen. Außerdem glaubte er auch, sich durch die Liebe zur Heimat und das Interesse für die Wirtschaft die Anwartschaft auf Wiesenburg ehrlich verdient zu haben. Maltes Anhänglichkeit für Wiesenburg war äußerst schwach, Verständnis und Neigung für die Landwirtschaft bei ihm mehr als gering. So empfand Archi die Anstrengungen Gerdas, den jüngeren Bruder an den Platz zu bringen, auf den er – Archi – und kein anderer gehörte, nicht nur als schwere Ungerechtigkeit, sondern als falsches Spiel, ja als Schlechtigkeit gegen ihn selbst, seinen Vater und den verstorbenen Großvater. Die Abneigung, die er seit langem gegen seine Mutter fühlte, begann zur Erbitterung zu werden, in der immer stärker jene ungebändigten Triebe sich seiner bemächtigten, unter denen die Macht der Liebe, der sich dies kindliche Gemüt so gerne unterworfen hätte, unterging in der Kraft des Hasses.

Daß Frieds abweisende Art Archi gegenüber auch einen gewissen Widerhall in der Seele seiner Großmutter weckte und die Haltung Alis, Maltes und Hannas in einer für den Jungen ungünstigen Weise beeinflußte, war um so begreiflicher, als Gerda tat, was immer sie tun konnte, um Stimmung gegen ihren ältesten Sohn zu machen. Archi begegnete ihr zwar artig, aber mit so überzeugter innerer Ablehnung, daß Gerda sich der Einsicht, bei ihrem Jungen das Spiel endgültig verloren zu haben, nicht mehr verschließen konnte. Desto eifriger verfolgte sie ihr Ziel, Archi den Ferienaufenthalt zu vergällen, und da die äußeren Umstände gegen ihn sprachen, Gerda es außerdem zuwege gebracht, daß es niemandem in Wiesenburg geraten schien, sich zu ihr in Gegensatz zu stellen, so erreichte sie, daß schließlich alle Welt, sogar August, dem Jungen, wenn nicht direkt abweisend, so doch mit vorsichtiger Reserve gegenübertrat. Archi hätte sich vollkommen verraten und verkauft gefühlt, hätte er nicht an Pfarrer Romeik einen Halt gefunden und an Karl einen Freund, auf dessen unbedingte Zuverlässigkeit und unerschütterliche Treue er allezeit bauen konnte. Bei ihm suchte er niemals vergeblich Zuspruch und Trost. Uralt war Karl geworden, aber die Worte seines alten Herrn: »Der Archi! Ja... den Jung, den behalt mir immer im Aug! Hörst du, Karl?«, die hütete er als Vermächtnis in seinem treuen Herzen und tat, was in seinen Kräften stand, um dem Jungen die verwirrende und niederdrückende Lage zu erleichtern.

Heute war Archi am frühen Nachmittag wieder einmal mit Karl zusammen in dessen Stube, wo man vor unangenehmen

Überraschungen ziemlich sicher war. Karl war in Hemdsärmeln, hatte eine große blaue Schürze vorgebunden, blies dünne Rauchwolken aus seiner Pfeife vor sich hin, hatte die Brille auf der Spitze seiner Kartoffelnase hängen und putzte Silber. Ihm gegenüber saß Archi und erzählte, es sei nun fest beschlossen, daß er übermorgen nach Königsberg zu dem Professor Bussenius käme, der ihn privatim auf die Unterprima drillen solle.

»Der Vati will, daß ich es in einem Jahr schaffe, Karl. Das kann ja 'ne hübsche Zeit werden! Nach Hause soll ich erst dann wieder kommen, wenn ich die Unterprima erreicht habe. Ich kann dir sagen, der Bussenius ist so 'n richt'ger Pauker. Wie er mich prüfte, behauptete er immer: ›Mein guter Barring‹, meinte er, ›Sie mögen ein guter Mensch sein, aber damit hat es auch geschnappt!‹ Und dann machte er so 'n recht niederträchtig mitleidiges Gesicht.«

Karl warf die Gabel, an der er gerade putzte, unwillig auf den Tisch und blickte Archi über die Brille weg entrüstet an: »Nanu wird Tag! So e dreidammlicher Kret! ... Ich mein man bloßig, daß so'n Professor so schabbern kann, das hätt einer denn doch nich sich versehen. Mit die Schulmeisters hab ich mein Lebtag nie nich viel im Sinn gehabt, Junker. Die sind je alle so überklug, da kommt unsereins je nu doch nich mit. Man dat hilft je nu allzusammen nuscht nich, nu müssen der Junker sich doch man in die Finger spucken und sich richtig belernen tun. Hol der Schinder ... was sind muß, dat muß sind, und da kannst nuscht nich machen! Und denken der Junker man immer, lang wird es je in Kenigsberg auch nich dauern. Die gnäd'ge Frau hat doch nu mal ihre eignen Gedanken und tut nich viel davon halten, wenn der Junker lang auf eine Stell sein tut.«

»Karl, du sollst nicht immer ›Junker‹ zu mir sagen und ›Sie‹. Wie oft soll ich dir das bloß noch sagen! Wenn du ›Sie‹ zu mir sagst, muß ich auch zu dir ›Sie‹ sagen.«

»Na, das möcht je nu noch verrückter sind, Archi! Laß man, wenn wir beids allein sein tun, hernach kann ich je ›Archi‹ und ›du‹ auf dir sagen, wenn wir mang die andre sein tun, hernach gebührt sich das so, daß ich dir mit ›Junker‹ und ›Sie‹ titelieren tu. Hol der Schinder, Ordnung muß nu mal sind!«

»Ich soll nu doch Offizier werden, Karl. Die Mutti hat dem Vati eingeredet, zum Landwirt wär der Malte viel mehr geeignet als ich, und der soll mal Wiesenburg bekommen, sagt sie immer. Was meinst du, Karl, würd der Großpapa wollen, daß der Malte mal Wiesenburg bekommt und nicht ich?«

»Wenn du mir forts ins Gesicht fragen tust, Archi, denn hol der Schinder, hernach muß einer man das Maul halten oder sich so auslassen, wie einer nu auch wirklich denken tut. Nach meine Absicht sollt'st du und kein andrer nich Wiesenburg kriegen. So war der Opa gesonnen, und was dem seine Gedanken waren, die waren mich so bewußt wie meine eignen. Kick man, Archi, dem Opa hab ich je nu sechsundfünfzig Jahr aufgepaßt und belebt, und daß einer einem da erkennen tut wie der Tag die Sonn, das braucht kein einem nich zu wundern. Na siehst! Und nu will ich dich man soviel sagen: Dein Großvaterche, wo zehn Jahr zu früh hat wegsterben müssen, der wußt immer, was er hat wollen und was er hat sollen denken und tun. Und weißt auch, warum er das gewußt hat? Nei? Na, denn laß dir man klug machen von mich. Nich, weil er klüger war wie wir all zusammen, hat er das gewußt, nei, derhalber nich! Er hat seinen Weg immer erkannt, der Opa, weil er besser war wie wir und weil er bloßig gerade Weg gegangen is und krumme nich gesehen hat. Von mich kannst dir nich viel belernen, mein traut'ster Jung. Zu die klugschietrige Sort hab ich nie nich gehört. Und das Wort steht mich auch überhaupt nich so zu, und alt und halb dammlich bin ich je nu auch all. Man so viel kannst dich doch von mich annehmen, daß einer auf'm geraden Weg immer am schnellsten dahin kommen tut, wo er will und soll hinkommen, und daß die ganzen Fisematentkes zuletzt nuscht nich nutzen tun. Behalt man immer deinem Großvaterche in Gedanken, und wenn mal in Schwindel kommst, denn huck dir man dahl und frag ihm. Paß man auf . . . er antwort' dir, Jung! Das kannst mich man dreist glauben!«

»Das glaube ich ja auch, Karl. Ich denk ja auch so oft an den Großpapa, und manchmal hab ich ihn ja auch schon gefragt. Aber nu sag mir doch mal, Karl, wenn ich nu auch ochsen würd wie verrückt, was soll das ei'ntlich für'n Zweck haben? Ich will nicht Off'zier werden, Karl. Landwirt will ich werden! Wozu soll ich erst Soldat spielen? Wenn ich 'n ordentlicher, tücht'ger Landwirt werd, dazu bin ich doch schließlich da. Alles andre is doch bloß verlor'ne Zeit.«

»Das sag nich! Wenn du paar Jahr Leutnant spielen tust, schlecht is das je nu auch nich. Kick mal, der Vati war doch auch bis sechsundzwanzig bei's Kommiß. Das tu man hübsch bedenken, Archi.«

»Der Vati ist doch auch nicht so 'n Landwirt, wie der Großpapa war. Du hast mir doch oft genug erzählt, der konnt jedem Knecht den Pflug richtig einstellen und jedem Instmann die Sense aus der Hand nehmen und ihm den richt'gen Schlag zeigen. Der Vati kann das doch nicht. Oder meinst du, er kann es?«

Karl machte ein etwas ratloses Gesicht, versuchte dann, sich dadurch aus der Affäre zu ziehen, daß er einen strengen Ton anschlug: »Ich werd dich mal was sagen, Archi. Du tust mir hier auf so ne Art fragen, wie sich das für dir nich zustehen tut. Man ich will dich doch mal kund und zu wissen tun, wie sich das verhalten tut ins menschliche Leben. Das ist aller nich so einfach wie Brotessen, und bis du wirst ausgelernt haben, da kannst noch lang lauern. Der eine is auf so 'ne Art klug und der andre auf so 'ne. Daß du einem wo antreffen tust, wo auf jede Art klug is, da kannst lang suchen. So einer war der alte gnäd'ge Herr! Der wußt sich mit allem und jedem zu behelfen, bloßig, daß er je nu nich auf'm Klavier spielen konnt, und von Singen war je nu überhaupt keine Red nich. Wenn ihm mal gerads der Kopp stand, hernach hat er sich mitunter eins gepfiffen, und das war auch man soso. Na siehst, Archi, der Vati, der fingeriert je nu wieder auf'm Klavier rum, das muß man so sein! Und wenn er anfängt und fängt zu singen an, hernach wird einem forts ganz anders zu Sinn. Der eine kann das und der andre das, und überhaupt . . . wenn es drauf ankommen tut, denn kann er dir auch ausdeuten, ob dein Pflug buddeln tut oder nich und ob die Sens richtig im Korn reinsingen tut. Simulier du man bloßig nich zuviel! Die viele Gedankens, die sind dich bloßig zum Schaden, und das viele Sinnieren kommt dich überhaupt auch gar nich zu . . .«

Die Köchin trat ein. »Der Junker Archi möcht mal gleich am Sprechapp'rat kommen, läßt der Herr Rendant sagen.«

Nach fünf Minuten kam Archi aus dem Büro niedergeschlagen zurück. »Das verdammte Telefon, Karl! Das hat der Vati auch bloß einrichten lassen, weil die Mutti es wollte. Sie war natürlich dran. Ich soll gleich nach Hause kommen. Sie meinte, das fortwährende Rumtreiben und die Leute von der Arbeit abhalten, das verbäte sie sich. Es ist gräßlich! Nicht eine Stunde ist man sicher vor ihr!«

»Na, denn sput dir man, Archi, daß du zurückkommst. Denn hilft das je nu nuscht nich. Man abreisen wirst doch nich, ohn daß du mich noch wirst adieu sagen kommen.«

»Ganz bestimmt nicht, Karl! Natürlich komm ich dir noch adieu sagen! Ich muß dir überhaupt noch vieles sagen. Auf Wiedersehen, Karl!«

»Na, ja, ja, denn geh man mit Gott, Archi, un spod di man, dat noah Hus koame deihst. Un denn hol man hübsch dat Mul, min Bengelke. Dat Mul hoale, dat is immer zum beste. Na, denn moak man, min Jungske, moak man!«

Fried und Gerda waren mit ihren Gästen von einer längeren Fahrt durch die Felder und den Wald heimgekehrt, und Hofrat Herbst und Emanuel unterhielten sich, während sie sich auf ihren nebeneinanderliegenden Zimmern zu Tisch umzogen, durch die offene Tür über die draußen gewonnenen Eindrücke. Herbst, der im Gegensatz zu Emanuel außerordentlich scharf beobachtet hatte, verhehlte diesem keineswegs seine Ansicht von der mißlichen Situation Wiesenburgs. Und Emanuel, der von Landwirtschaft nichts oder nur sehr wenig verstand, war über die Eröffnungen des Hofrats einigermaßen bestürzt.

Als sie dann beide hinuntergingen, trafen sie August auf der Treppe, der die Herren zum Essen bitten sollte und erzählte, daß Fried wieder einen Anfall erlitten habe und heute abend nicht erscheinen werde.

Man aß vorzüglich, trank ausgezeichnete Weine. Fried wurde wenig vermißt. Die Stimmung war bald sehr gehoben. Dann ging man ins Grüne Zimmer hinüber, trank Kaffee und Likör, die Herren rauchten, und Frau Steinberg häkelte an einem riesigen Schal, der sich in leuchtender Farbenpracht über ihren Schoß breitete. Gerda unterhielt sich mit dem Legischker, der trotz seines Schmerbauches jünger aussah, als seine zweiundsiebzig Jahre rechtfertigten, und sich die amüsante Art, zu erzählen und Welt und Menschen zu betrachten, erhalten hatte. Ihm vermochten die schlechten Zeiten wenig anzuhaben. Was die Landwirtschaft ihm schuldig blieb, das glichen die zahlreichen Häuser reichlich aus, die er in Kallenberg besaß und die ihm höhere Einnahmen sicherten, als die Welt ahnte. Um die Landwirtschaft kümmerte er sich nicht mehr viel. Die hatte er längst seinem ältesten Sohn übergeben, der, seit neun oder zehn Jahren mit der bildhübschen, leider nur etwas dicklichen Tochter eines Königsberger Großkaufmanns verheiratet, drei- oder vierfacher Vater war und das Talent zum Geldmachen von seinem Vater mitbekommen hatte, so daß Legischken sich bei ihm in besten Händen befand. Er bewohnte das Inspektorhaus eines Nebengutes, das der Legischker praktisch und bequem ausgebaut hatte, und da dieser es streng vermied, seinem Sohn in die Wirtschaft hineinzureden, ging alles vortrefflich. Die Legischker Wirtschaft war, sehr im Gegensatz zu Wiesenburg, durch Pferdezucht so gut wie gar nicht belastet. Auch die eigene Viehhaltung dort beschränkte sich auf eine in ihrer Milchleistung gute Herde und nur so viel Jungvieh, wie nötig war, um dem Acker den genügenden Stalldung zu sichern. Die Wiesen waren zum größten Teil sehr vorteilhaft an Kallenberger Viehgroßhändler und Fleischer verpachtet. Kurz, die Legischker Wirtschaft – mit einem Minimum an Risiko belastet – wurde nach rein kaufmännischen Gesichtspunkten mit klingendem Erfolg für seinen Besitzer selbst in diesen schlechten Zeiten bewirtschaftet und hatte diesen, in Verbindung mit seinen geschickten Grundstücksspekulationen, im Lauf der Jahre aus einem wohlhabenden zu einem schwerreichen Mann gemacht.

»Wie haben Ihnen denn die Felder gefallen?« fragte der Legischker den Hofrat und nahm einen genießerischen, tiefen Zug aus seiner Bock. »Sie sind ja heute die Wirtschaft gründlich abgefahren.«

»Berühmt sind sie ja weiter nicht«, zuckte der Hofrat die Achseln. »Wie sollte es auch anders sein nach dem ewigen Regen. Aber ich fürchte, gnädigste Frau«, fuhr er, zu Gerda gewandt, fort, »Ihr Herr Gemahl wird sich darauf gefaßt machen müssen, in diesem Jahr einen recht erheblichen Ausfall an der Ernte zu haben.«

Gerda machte ein erschrockenes Gesicht. »Glauben Sie wirklich, Herr Hofrat? Es ist 'ne Strafe Gottes, heutzutage mit einem großen Besitz behaftet zu sein. Die Haare vom Kopf kostet es einen, und man kann wirklich rein an den Bettelstab kommen. Was meinen Sie denn, Herr Hofrat, wieviel wird man denn zusetzen müssen?«

»Hm, hm . . . wollen Sie das wirklich wissen? Ich möchte Ihnen nicht gerne die Laune verderben. 'ne schwierige Frage übrigens. Ich fürchte, mehr als sieben Zentner pro Morgen wird das Getreide nicht bringen, an der normalen Ernte würden also vier Zentner fehlen. Von den elftausend Morgen gehen siebentausend Morgen Wald und Wiesen ab, so daß viertausend Acker bleiben. Davon gehen wieder rund tausend Morgen an Brache und Hackfrucht ab, so daß dreitausend Morgen – sogar etwas mehr, denn Brache und Hackfrucht machen, glaube ich, nur achthundert Morgen aus . . . ja, dann würden also rund dreitausend Morgen für Getreide bleiben. Danach fehlen mindestens zwölftausend Zentner, das heißt, auf einen Ausfall von zweiundsiebzigtausend

Mark muß man vorbereitet sein. Aber, gnädigste Frau, ich bitte, mich richtig zu verstehen: das wäre der geringste Verlust! Mehr als sieben Zentner gibt der Morgen bestimmt nicht. Es ist aber leider nicht nur möglich, sondern sogar wahrscheinlich, daß er auch bloß fünf Zentner gibt. Zum Beispiel der Schlag an der Peluksch, der Hafer trägt, der gibt noch keine ... na, Herr Steinberg, Sie sind ja sicher oft genug dran vorbeigefahren. Nun sagen Sie mal, was trauen Sie dem Schlag zu?«

»Erst vor acht Tagen habe ich ihn mir genau angesehen. Ja ... was traue ich ihm zu? Viel nicht! Das muß ich leider sagen. Schätzen, das ist 'n undankbares Geschäft, aber auf den hundertzwanzig Morgen kann man ja beinahe die Halme zählen. Ich sage ja, Eichberg verträgt alles, bloß keinen Regen! Ja, was wird er geben? Mehr als vier Zentner nicht, sollt ich denken.«

»Sehen Sie, gnädigste Frau«, trumpfte der Hofrat auf, »ich wollte ei'ntlich sagen drei Zentner, aber meinetwegen soll er auch vier bringen, dann fehlen an dem Schlag allein noch mal dreihundertsechzig Zentner am normalen Ertrag, und solche Schläge gibt es in Eichberg noch 'n paar, und auch in Wiesenburg gibt es 'n paar. Der Ziegeleischlag zum Beispiel, und mit den Schlägen an der Wiesenburgkehler Grenze ist auch nicht viel Staat zu machen. Es würd mir bedeutend lieber sein, ich könnte Ihnen 'ne Bombenernte prophezeien, aber Sie haben mich gefragt, und damit, daß ich versuche, Ihnen Dunst vorzumachen, wär Ihnen ja kaum gedient.«

»Natürlich nicht! Aber sagen Sie, dann wird es mit zweiundsiebzigtausend Mark ja kaum geschafft sein?«

Der Hofrat machte ein überlegenes Gesicht. »Wenn es damit geschafft sein sollte, wollen wir sehr, aber wirklich sehr zufrieden sein.«

»Es ist schrecklich! Zum Bettler kann man hier werden! Wie das ei'ntlich werden soll, wenn der Nachfolger meines Mannes mal seine Geschwister abfinden und für mich sorgen soll ... das weiß ich wirklich nicht!«

»Ach, wer wird denn so weit denken, liebe Frau Barring«, warf Frau Steinberg ein und häkelte mit zielbewußter Entschlossenheit an der Farbenpracht auf ihrem Schoß. »Mein Gott, die Zeiten sind nu mal eben schlecht. Na schön! Sie können besser werden, und der Archi kann mal 'ne gute Partie machen. Er ist 'n hübscher, forscher Jung, und dumm ist er auch nicht. Dem werden die Mädels schon nachlaufen. Und außerdem wird er es gar nicht nötig haben, auf'n reiches Mädchen zu spekulieren. Ich weiß nicht genau, wie's um Wiesenburg steht, aber so viel weiß ich doch, daß die miserablen Zeiten zwar nicht spurlos dran vorübergegangen sind, daß es aber immer noch besser steht als die meisten anderen Güter hier ...«

»... mit Ausnahme von Legischken natürlich«, unterbrach Gerda, undurchsichtig lächelnd, die Steinberg. »Sehr lange ist es noch nicht her, da war, glaube ich, das Verhältnis vielleicht nicht umgekehrt, aber mindestens doch erheblich weniger unterschiedlich. Aber natürlich ... es wird ja auch heute noch Leute geben, die ganz gerne mit uns tauschen würden.«

»Das glaub ich allerdings auch, liebe Frau von Barring«, sagte Frau Steinberg mit gemütlichem Lachen. »Nein, nein, es ist ja ganz gut, wenn man sich seine Gedanken über die Zukunft macht, aber mit überflüssigen Sorgen soll man sich doch nicht plagen. Archi wird es schon mal machen, und die Ali – ach du lieber Gott, die wird schneller 'n ordentlichen Mann haben, wie Ihnen lieb ist. Die ist ja ganz reizend geworden, und jetzt in der Pension in Berlin wird sie sich noch mehr rausmachen, denk ich mir.«

»Ich weiß nicht recht, Frau Steinberg«, Gerda zuckte die Achseln. »Sie ist ja ganz niedlich, die Ali, aber sie müßte 'n Kopf größer sein. Na, das ist nicht zu ändern ...«

»Die Eyffs sind ja wohl nicht so übermäßig groß, denk ich«, meinte Frau Steinberg trocken, »die Barrings waren ja alle riesige Menschen.«

»Gott ja, das mögen sie ja wohl gewesen sein. Klein sind die Eyffs auch nicht gerade, aber keine Riesen«, stellte Gerda fest. »Übrigens, es ist ja sehr freundlich von Ihnen, Frau Steinberg, Archi so viel Gutes zuzutrauen, aber ich fürchte, Sie überschätzen den Jungen doch etwas. In der Schule versagt er leider total. Denken Sie, seit zwei Monaten ist er schon wieder aus Königsberg von Professor Bussenius weg. Der Mann wollte ihn los sein ...«

Daß Bussenius sich dadurch ihre höchste Ungnade zugezogen, daß er Fried wiederholt seine Zufriedenheit mit Archi ausgedrückt, verschwieg Gerda. Sie war dann öfters bei dem Professor erschienen, hatte ihm über Archi vorlamentiert und drei- oder viermal mit süffisantem Lächeln geäußert, die Ansprüche des Herrn Professors an die Fähigkeiten seines Schülers hielten sich offenbar in so bescheidenen Grenzen, daß es für diesen allerdings nicht weiter schwierig sein könne, sie zu befriedigen. Schließlich war dem Professor die Geduld gerissen, und er hatte erklärt, es sei ihm lieber, Archi loszuwerden.

Überrascht sah Frau Steinberg auf. »Mein Gott, das ahne ich ja nicht! Der arme Junge! Dies ewige Wechseln mit der Schule, das hält ja der Begabteste nicht aus! Da hilft ja auch aller Fleiß nichts! Wo ist er denn jetzt nur?«

»In Berlin auf einer Presse«, gab Gerda gelangweilt Auskunft und wandte sich an den Hofrat. »Sagen Sie mal, Herr Hofrat, sehen Sie die Wiesenburger Verhältnisse auch so couleur de rose wie Frau Steinberg?«

Der Hofrat machte eine bedenklich-ironische Miene, während der Legischker eine unbeteiligte zeigte. »Na, ganz so rosig – offen gestanden – nicht, meine gnädigste Frau. Aber ich kann ja unrecht haben. Übrigens, mehr, als sich seine Rechnung machen und 'ne Ansicht bilden, kann man nicht tun. Ob Herr von Barring es drauf ankommen lassen will, seinen dereinstigen Nachfolger hier in 'ne Situation zu setzen, die . . . na, sagen wir . . . auf alle Fälle mindestens recht unbequem ist und vielleicht mal verdammt schwierig werden könnte, und ob Ihr Herr Gemahl sich mit dem Gedanken, seine anderen Kinder zugunsten des Erben von Wiesenburg mit 'nem Ei und 'nem Butterbrot abzufinden, wird befreunden wollen, das kann ich natürlich nicht wissen und das geht mich ja auch nichts an. Darüber hat selbstverständlich ganz allein Herr von Barring zu entscheiden. Ich – für meine Person – wüßte ganz genau, was ich zu tun hätte. Mein Himmel . . . zwischen 'nem Sack voll Ärger und Sorgen und den Zinsen von anderthalb bis zwei Millionen würde mir die Wahl wahrhaftig nicht schwerfallen. Aber das ist ja ganz Geschmackssache.« Er lachte auf, trank seinen französischen Kognak aus und steckte sich eine neue Importe an. Dann lehnte er sich bequem in seinem Sessel zurück und paffte – ein Bild des Behagens und beneidenswerten Seelenfriedens – blaue Rauchwolken gegen die Decke.

Nebenan in der Roten Stube stand Fried am runden Tisch vor dem Sofa. Er war im Begriff gewesen, ins Grüne Zimmer zu gehen, fühlte sich zwar immer noch schlecht genug, hatte sich aber doch noch für eine Stunde seinen Gästen zeigen wollen. Während er über den dicken Smyrnateppich ging, der seine Schritte bis zur Lautlosigkeit dämpfte, hatte er die Frage des Legischkers an den Hofrat gehört, wie diesem die Felder gefallen hätten, und da ihn eine durch seine eigene Gegenwart unbeeinflußte Antwort interessierte, war er einen Augenblick stehengeblieben, um dies Urteil des Hofrats zu hören. Der hatte nur gesagt, was er schließlich ja längst wußte, aber in der Erwartung, nun auch noch zu erfahren, wie hoch sich der Mann, den er als scharfen Rechner kannte, den diesjährigen Verlust dachte, hatte Fried gezögert, durch seinen Eintritt die Unterhaltung im Grünen Zimmer zu unterbrechen. Es war ihm überhaupt kein angenehmer Gedanke, in diesem Augenblick, da man über seine wirtschaftlichen Verhältnisse sprach, in die Gesellschaft hineinzuplatzen. So blieb er noch stehen, wußte nicht so recht, was er tun sollte, und dann nagelte ihn schließlich das im Nebenzimmer geführte Gespräch an seinem Platz fest, und er hörte Wort für Wort mit an, was dort drüben geredet wurde. Er sank immer mehr in sich zusammen, stützte sich schwer auf den Tisch. Sein Gesichtsausdruck, erst interessiert, dann gespannt, dann betroffen, wurde endlich verstört und tief bestürzt. Ein Zittern in den Knien befiel ihn. Was dort drüben der Hofrat Herbst in der gefühllosen Art des kalten Rechners auseinandersetzte, das war ihm selbst bisher weder recht klargeworden, noch hatte ein anderer jemals den Versuch unternommen, ihm die schiefe Ebene, auf die Wiesenburg geraten war, im Lichte der erbarmungslosen Wahrheit zu zeigen. Dem Gedanken an die wirtschaftliche Zukunft seiner Kinder war Fried bis dahin zwar nicht gerade ausgewichen, aber er hatte es doch vermieden, ihm wirklich auf den Grund zu gehen. Er hatte seine Lage als schwierig, sehr schwierig sogar, angesehen, sie aber nicht für völlig hoffnungslos gehalten, wenn er auch schwer unter der Tatsache litt, Schulden aufgenommen, den Besitz, den sein Urgroßvater, Großvater und Vater lastenfrei gehalten, mit Hypotheken gepflastert zu haben ... Ihm, dem schwerkranken Mann, den sein gütiger, großzügiger Vater vor allen ernstlichen Geldsorgen geschützt hatte, der infolgedessen wirkliche wirtschaftliche Abhängigkeit kaum kannte und den Zwang und die Gefahren, die sie schuf, deshalb wesentlich überschätzte – ihm erschien seine Lage plötzlich trostlos, und in der Nacht tiefster Depression erlosch das mühsam genug flackernde Licht jener Hoffnung auf eine bessere Zukunft, das ihm bis dahin Kraft gegeben hatte, sein schweres Geschick zu tragen. Es wäre ihm unmöglich gewesen, jetzt einem seiner Gäste ins Auge zu sehen. Das Blut strömte ihm zum Herzen, das wie ein Hammer in seiner Brust schlug. Ihm war zumute, als hätte ihm jemand mit der Faust mitten ins Gesicht geschlagen. Tief verstört schlich er zurück in sein Schlafzimmer. Dort fand ihn August in einem Sessel zusammengesunken. Mit gequältem Ausdruck starrten seine vom Leid geweiteten Augen auf das große Bild seines Vaters über dem Bett. Seine Gesichtszüge waren wie versteinert. – Ein Schleier, der die grausame Wahrheit bis dahin barmherzig gemildert hatte, schien plötzlich zerrissen, und mit unerbittlicher Klarheit zeigte sich dem kranken Mann, dem der Maßstab für die Einschätzung der Verhältnisse abhanden gekommen war, die Zukunft in den schwärzesten Farben.

Fünfundvierzigstes Kapitel

Archi trat in Frieds Zimmer, das er im Sanatorium in der Lessingstraße in Moabit bewohnte. Fried saß im leichten Schlafrock in einem bequemen Sessel, hatte die Schildpattbrille auf und las in einem Tolstoischen Roman. Sein Haar war sehr licht geworden, der Bart schon ganz grau. Als er aufsah, wurden seine ernsten, fast düsteren Augen sofort freundlich. Gütig, ja liebevoll sah er auf den riesigen Jungen, der adrett, schlank und rank vor ihm stand und ihn offen und unbefangen ansah. Doktor Ulrich, der Direktor der Presse, hatte sich günstig über Archi ausgesprochen. Seitdem Archi ihn täglich aufsuchte und sie sich gegenseitig ungestört unterhalten hatten, waren sie sich wieder nähergekommen. Archi fühlte die Liebe seines Vaters und erwiderte sie von Herzen. Er beugte sich zu Fried nieder und küßte ihn. »Wie geht es dir, Vati?«

»Dank dir, mein Jungchen, dank dir! Es geht mir ei'ntlich ganz gut soweit. Die Ruhe hier ist doch sehr angenehm. Komm, setz dich! Soll ich dir was zu essen kommen lassen? Worauf hast du App'tit?«

»So schrecklichen Hunger hab ich zwar nicht, aber wenn du mir 'n bißchen Kuchen und 'ne Tasse Kaffee kommen lassen willst, Vati . . .«

»Klingel, mein Jungchen!«

August erschien. »Du, der Archi hat schon wieder Lust auf Kaffee und Kuchen. Besorg ihm doch was.«

»Ja, bitte, August. Wenn es geht, besorg mir doch Napfkuchen.«

»Sehr wohl, Junker! Ich werd sehen, daß ich ihm krieg. So wie zu Haus wird er je nich sind, man schmecken wird er schon.«

»Natürlich, August. Nu sag mal, hat der Vati auch genug gegessen?«

»Na... es geht soweit, Junker. Bißchen mehr hätten der gnäd'ge Herr je woll könnt essen, man einer muß all zufrieden sind.«

»Ich fürcht, ich kann aber gar nicht recht zufrieden mit dir sein, Vati! Sieh mal, nu geht mir das so mit dir und deinem App'tit, wie es dir mit mir und meiner Mathematik ging.«

»Du Schlumski du«, Fried lachte, »ich werd dir gleich helfen! Aber laßt man, Kinder! Ich kann mich doch – bloß weil ihr das wollt – nicht fortwährend befressen.«

»Bessern mußt du dich aber noch 'n bißchen, Vati. Wart mal noch 'n Augenblick, August. – Vati, ich möcht gerne mal mit dem August in den ›Wintergarten‹ gehen. Das würd ihm doch sicher Spaß machen.«

»Weiß ich gar nicht. August, das ist 'n Theater, wo sie singen und tanzen und turnen und was weiß ich! Würd dir das Spaß machen?«

»Erbarmung, gnäd'ger Herr, nei! Wo wird einem so was Spaß machen tun! Im Theater geh ich überhaupt nich rein. Die Kreten machen einen da je doch nuscht nich wie Faxen und Fisematentkes vor. Das einz'ge, was einem in meine Jahr noch Spaß machen tut, Junker, das is, wenn einer sich abends langlegen tut.«

»Ach, August, nu sei doch nicht so! Du sollst mal bloß sehen, wie du dich amüsieren würdest...«

»Na, August, der Archi möcht dir doch gerne mal Berlin zeigen. Denn geh man ruhig mal mit. Ihr könnt erst im ›Pschorr‹ zusammen Abendbrot essen und dann in den ›Wintergarten‹ gehen. Ich denk auch, du wirst dich ganz gut amüsieren. Nu besorg mal Kaffee und Kuchen. Vier oder fünf Stücke wirst schon bringen müssen. Sonst kriegen wir den Archi nicht satt. Na, denn geh man.«

August verschwand, und Fried sagte: »Gestern abend hat der Hofrat Herbst zwei Stunden bei mir gesessen, Archi...«

»Schon wieder? Der weiß auch nie was andres als bloß Unangenehmes...«

»Hast gar nicht so ganz unrecht. Er hat sich ausgerechnet, daß Wiesenburg wieder 'n Riesenverlust in diesem Jahr haben wird. Die entsetzliche Nässe hat 'ne glatte Mißernte gebracht. Kinder, Kinder... wo soll das bloß noch hin! Es ist wirklich ganz schrecklich!«

»Vati, so schlimm, wie es aussieht, ist das gar nicht . . .«

»Red nicht so neunmalklug«, fuhr Fried auf. »Was weißt denn du?«

»Ich nicht, Vati«, sagte Archi fest, »aber der Fink, und der hat mir 'n langen Brief geschrieben, es wär nicht schön, aber auch noch lange nicht zum Verzagen, und Wiesenburg könnt noch ganz was andres aushalten, und du möchtest dir bloß keine Sorgen machen.«

»So? Schreibt er dir das, der Fink?« Frieds Augen waren gleich wieder freundlich geworden. »Ich werd dir was sagen. So was sagt man leichter, wie sich der Ausfall bezahlen läßt. Aber es beruhigt mich doch etwas. Der Fink schreibt nichts, was er nicht wirklich verantworten kann. Hast du seinen Brief bei dir?«

Archi zog den Brief aus der Tasche. »Hier ist er, Vati. Willst du ihn lesen?«

»Ja, mein Jungchen. Kannst ihn mal hierlassen. Wenn ich bloß in Wiesenburg auch so einen hätt wie den Fink. Der Uhlberg, den mir der Hofrat besorgt hat, tut ja so, als wenn er Rosinen wachsen lassen kann, aber schließlich muß er erst mal zeigen, daß er es nicht bloß mit dem Munde versteht.«

»Weißt du, Vati, was ich an deiner Stelle täte?«

»Na, was denn, Archi? Sag es mir mal!«

»Den Barbknecht würd ich über Wiesenburg und Eichberg setzen. Sieh mal, Vati, du zahlst ihm so viel, daß er sich 'n ordentlichen Inspektor für Milchbude halten kann, und denn macht er das spielend, denk ich . . .«

Frieds Mienen verdüsterten sich. »Spielend macht er das, meinst du?« Ein anderer sollte spielend machen, womit er selbst nicht recht fertig werden konnte! Fried kämpfte den aufsteigenden Groll nieder. »Ich weiß nicht so recht, mein Bengelchen. Möglich! Vielleicht ist dein Gedanke gar nicht schlecht. Aha, da ist ja der August! Hast du guten Napfkuchen bekommen, ja? Na, schön! Denn gieß mal dem Archi Kaffee ein und gib mir mal 'ne Zigarre. Der Jung hat mir ei'ntlich allerlei gesagt, was ganz verständig war.«

»Na, gnäd'ger Herr, wird das auch guttun, noch 'ne Zigarre? Eine haben der gnäd'ge Herr heut all geraucht. Wird das nich auch allermeist genunk sind?«

»Herrjes, August, du gönnst einem noch nich mal 'ne Zigarre. Nu gib schon eine her! Ich will es mir doch gemütlich machen mit dem Archi.«

Die Kur im Sanatorium hatte Frieds Befinden nur sehr vorübergehend gebessert. Die Ruhe dort war ihm gut bekommen. Er hatte sich vor Ärger sicher gefühlt, sich an Archi gefreut, dessen Vertrauen und verständige Art ihm wohlgetan hatten.

Allein – kaum war er wieder in Wiesenburg, so fielen die Sorgen über ihn her wie böse Tiere, jeder Verdruß erregte ihn tief, jede unvorhergesehene Ausgabe traf ihn wie ein schwerer Schlag, seine Widerstandskraft wurde immer geringer. Er trug schwer an der Last des Lebens, und in der Nacht des verpfuschten Daseins sah er nirgends den Schimmer irgendeiner Hoffnung.

Die Folgen der Mißernte des unglücklichen Jahres 1898 waren für Wiesenburg und Eichberg katastrophale, und sogar Gottesfelde hatte nicht die Hälfte des normalen Ertrages gebracht.

Fried mußte wieder ein schweres Stück Geld aufnehmen, um die Wirtschaft flottzuhalten und die Zinsen und Läpperschulden bezahlen zu können.

Das alles hätte ihn vielleicht noch nicht umgeworfen, aber sein Herzensliebling und Sonnenschein, die knapp siebzehnjährige Ali, versetzte ihm – sozusagen – den Gnadenstoß.

Von ihren vielen Courmachern hatte der Premierleutnant Freiherr von Gyllenfeld bei Ali den Vogel abgeschossen und ihr Herz gewonnen.

Lothar Gyllenfeld, zehn Jahre älter als Ali, war ein überschlanker, sehr großer Mann, der die etwas mißverstandene Eleganz des unbemittelten Linienkavalleristen mit den nicht ungewandten Allüren des Empfangschefs eines internationalen Hotels verband. Sein Gesicht erinnerte an das eines hübschen Friseurs. Im linken Auge saß ihm, wie angeklebt, ein randloses Monokel, das er ohne Band trug und – stand zu vermuten – wohl auch nachts nicht ablegte. Immer wie auf Draht gezogen, stets wie aus dem Ei gepellt und bis zum Hochmut eingebildet auf seinen alten Namen, war er gegen seine Kameraden von wohlwollender Leutseligkeit, seinen Vorgesetzten bezeigte er einen etwas servilen Respekt, seinen Untergebenen Wohlwollen, da ihm dies bequem erschien. Den hübschen Frauen gegenüber spielte er den ›interessanten Mann‹, in Gesellschaft junger Mädchen agierte er den vielerfahrenen, etwas gelangweilten Schwerenöter. Vermögen besaß er nicht, war ein Durchschnittsfrontoffizier, saß mäßig zu Pferde und war nicht besonders gut beritten. In Kallenberg schwärmten ihn heimlich ein Dutzend Backfische an, während zwei Dutzend Verkäuferinnen ihm, weniger diskret als entschlossen, schöne Augen machten, und wenn er – Kriegsgott von der Nasenspitze bis zu den Sporen – mit seiner Schwadron, das Trompeterkorps vorneweg, über den Alten Markt ritt, dann folgte ihm hinter weißen Spitzengardinen manches Frauenauge.

Für Ali war er das, was man gemeinhin als einen ›verfluchten Kerl‹ bezeichnet. Sie hatte sich schrecklich in ihn verliebt, und als er dann bei Gerda um sie angehalten, hatte diese ihn ohne weiteres freudig gerührt als Schwiegersohn willkommen geheißen und Fried mit der vollendeten Tatsache überrumpelt. Die Gegenwart einer erwachsenen Tochter betonte das Alter der Mutter ja immer stärker, als unbedingt nötig war, und so paßte es Gerda gar nicht schlecht, Ali loszuwerden. Vor allem aber fürchtete sie deren Einfluß auf Fried. Ali hing sehr an Wiesenburg, und es lag daher nahe, daß sie sich gegen eine Trennung von der Heimat sträuben würde. Zu alledem kam hinzu, daß Gyllenfeld aus guter Familie und eine elegante Erscheinung war, auch schmeichelte es Gerdas Eitelkeit, Ali so schnell unterzubringen; sie zögerte deshalb keinen Augenblick, das noch völlig unerfahrene Kind einem ungewissen Schicksal preiszugeben.

Als Fried von dem, was sich hinter seinem Rücken angesponnen hatte, erfuhr, war er außer sich. Er wurde zu Gerda so heftig, wie sie ihn noch nie erlebt hatte, versagte Gyllenfeld schroff seine Einwilligung, bedeutete ihm, er wünsche ihn in Zukunft nicht mehr in Wiesenburg zu sehen. Als jedoch Ali dann immer mit rotgeweinten, verzweifelt traurigen Augen herumschlich, blaß und mager wurde, sagte Fried nach drei Wochen der Pein schließlich ja und amen. Was ihn aber dieses Ja kostete, ahnte Ali nicht.

Im März 99 saß Gerda in dem üppigen Wohnzimmer Emanuels.

»Archi wird gleich hier sein, Emanuel. Ich werde erst mal so vorfühlen bei ihm. Wenn er sich zu albern anstellt, sagt man es ihm natürlich nicht. Warum? Er macht einem höchstens unangenehme Geschichten oder Fried 'ne dramatische Szene. Es geht ihn außerdem ja auch gar nichts an, was seine Eltern tun. Er hat sich einfach zu fügen und froh zu sein, wenn so gut für ihn gesorgt wird.«

Emanuel strich sich über den langen braunen Schnurrbart. Sein etwas unsicherer Blick ruhte nachdenklich auf der Schwester. Alt war sie geworden, stark aus der Façon gegangen, die Züge scharf, der Mund schmallippig und etwas verkniffen. Vom Kinn zum

Hals herunter zeigten sich zwei Falten. Die Jüngste war sie ja auch nicht mehr mit ihren fünfzig Jahren.

Der Kammerdiener, in seinem Äußeren halb Kavallerieoffizier in Zivil, halb Gesandtschaftsrat, ließ Archi eintreten.

»Na, da bist du ja, Archi«, begrüßte Gerda ihren Ältesten ziemlich kühl. »Onkel Emanuel und ich wollen mal was mit dir besprechen.«

Archi küßte seiner Mutter die Hand, begrüßte Emanuel höflich, setzte sich in einen der schönen Chippendale-Sessel, und Emanuel schob ihm Zigaretten hin. »Du kannst doch hoffentlich mit uns frühstücken, Archi? In 'ner halben Stunde! Natürlich mußt du hierbleiben!«

»Vielen Dank, Onkel Emanuel, sehr gerne!«

»Sag mal, Archi, wie geht es denn in der Schule? Wirst du zu Ostern nun das Examen machen? Wie ist es denn damit?«

»Ich denk, ich werd es schaffen, Mutti.«

»So? Denkst du? Na, dann kann ich dir verraten, daß Doktor Ulrich anderer Ansicht ist. Er sieht recht schwarz für dich. Er sagte mir auch, du bummeltest sehr viel. Was soll denn das heißen? Ich würde an deiner Stelle lieber arbeiten. Was denkst du dir ei'ntlich dabei, dich hier rumzutreiben, statt dich hinter die Bücher zu setzen und dafür zu sorgen, daß du endlich von der Schulbank runterkommst?«

»Ich treib mich nicht 'rum. Ab und zu geh ich natürlich mal aus.«

»So? Na, hör mal, so natürlich find ich das ei'ntlich gar nicht. Was sagst du dazu, Emanuel?«

»Ja, ich muß ja gestehen, so recht einleuchten will es mir auch nicht.« Er lachte, bot Archi die Zigaretten an. »Willst du nicht rauchen?«

Archi dankte. Seine Miene war abweisend und verschlossen. Emanuel begann sich zu ärgern, und Gerda machte ihr ironisch-spöttisches Gesicht, das Archi so gut kannte und so tief haßte.

»Später, Archi, als Offizier, wirst du zum Bummeln noch genug Zeit haben«, sagte Emanuel.

Archi sah ihn etwas erstaunt an. »Ich dachte, als Offizier hätt man Dienst und keine Zeit zum Bummeln.«

»Daß man Dienst hat, ist selbstverständlich, mein lieber Junge«, erwiderte Emanuel, verärgert über Archis kühle Antwort, »aber wenn man ein ganzer Kerl ist, macht man seinen Dienst und behält trotzdem mal Zeit zum Amüsieren.«

»Das ist auf der Presse ganz genauso.«

»Bloß mit dem Unterschied, daß du leider kein ganzer Kerl bist, Archibald.«

»Warum soll ich das nicht sein, Mutti?«

»Oh . . . sein sollst du es schon, aber du bist es leider nicht.«

»Nach deiner Ansicht bin ich es nicht, Mutti, nach meiner, ja! Du hast mich ja nie dafür gehalten. Von klein auf!«

Gerda richtete sich aus ihrer bequemen Stellung gereizt auf. »Hör mal, mein Junge, diesen Ton verbitt ich mir! Emanuel, nun siehst du mal, wie er sich benimmt. Was sagst du denn dazu?«

»Daß ich seinen Ton besonders glücklich finde, kann ich allerdings beim besten Willen nicht behaupten. Du hast gegen deine Mutter eine Art, die du dir besser nicht erlauben solltest, Archibald.«

Archi stand auf. »Darf ich denn nicht lieber gehen?«

»Warum? Du bist wohl nicht recht klug! Bildst du dir ein, ich laß dich hier zu Onkel Emanuel kommen, wenn ich nicht was Wichtiges mit dir zu besprechen habe? Weißt du, lieber würd ich dich nicht hier zeigen vor den Lakaien und so. Du müßtest längst Leutnant sein, statt dich auf 'ner Presse 'rumzudrücken!«

»Das würd ich wohl auch nicht mehr nötig haben, wenn ich nicht alle halb Jahr die Schule hätte wechseln müssen.«

»Willst du dich etwa unterstehen, mir daraus 'n Vorwurf zu machen? Der viele Wechsel war leider nötig, weil du nirgendwo mitkamst. Ich hab getan, was ich bloß tun konnte, um dich vorwärtszubringen. Du bist ein ganz undankbarer Bengel! Verstehst du mich?«

»Nein!«

»Hör mal, Archibald, ich muß dich ernstlich bitten, in meiner Gegenwart und hier bei mir dich so gegen deine Mutter zu benehmen, wie sich das gehört.«

»Ich will meine Mutter nicht kränken. Wenn sie mich aber was fragt, dann muß ich ihr doch antworten, und dann antworte ich so, wie ich antworten muß, wenn ich nicht lügen will. Ich will mich hier jedenfalls nicht wegen nichts und wieder nichts abkanzeln und anschnauzen lassen.«

Er stand auf, machte eine Verbeugung und ging zur Tür.

»Du bleibst hier!« schrie Gerda außer sich. »Ich befehle dir, hierzubleiben! Bist du ei'ntlich total verrückt geworden?«

Archi kam sofort wieder zurück. »Wie du befiehlst. Zum Frühstück kann ich leider nicht bleiben. Ich habe 'ne dringende

Arbeit. Wenn du mir was sagen willst, dann tu es bitte vielleicht jetzt gleich.«

Gerda schien plötzlich ganz ruhig. »Darauf gefreut hatte ich mich, bei Onkel Emanuel mit dir zu frühstücken, Archi. Aber nun ist es vielleicht besser, wenn du nicht hierbleibst. Sag mal, warum fragst du ei'ntlich mit keiner Silbe nach deinem Vater?«

»Weil ich dachte, du würdest mir von selbst sagen, wie es dem Vati geht?«

»Was soll das nun wieder heißen? Ach – was soll man sich hier rumärgern! Emanuel, sag ihm bitte, um was es sich handelt.«

»Ja, Gerda ... natürlich! Sehr gerne! Das heißt, ich meine, so besonders gerne natürlich nicht. Wie sollte ich auch ... aber es muß ja sein ... Ja, Archibald, deinem armen Vater geht es nicht sehr gut. Sogar absolut nicht gut geht es ihm. Um die Wahrheit zu sagen, es geht ihm sogar recht schlecht, und wir haben ernste Befürchtungen, daß er sich in Wiesenburg schadet. Ja ... ich meine, oder vielmehr wir meinen, daß er sich da übernimmt, weißt du. Daß er sich dabei wirklich sehr schadet, sogar zugrunde richten muß, wenn das noch lange so weitergeht. Weißt du, wir haben das Gefühl, das absolut bestimmte Gefühl, daß dein armer Vater ... daß wir alle ihn sehr, sehr liebhaben – mein Gott, das weißt du ja! Kurz und gut, wir haben also das ganz bestimmte Gefühl, daß er dem großen Besitz infolge seines schwerleidenden Zustandes nicht mehr lange gewachsen sein wird.« Er atmete auf. Es war heraus! Gerda machte das Gesicht einer edlen Dulderin.

»Wer hat das Gefühl, daß mein Vater dem großen Besitz nicht mehr lange gewachsen sein wird, Onkel Emanuel?«

»Wer das Gefühl hat? Das hab ich doch eben gesagt? Du hast wirklich eine etwas merkwürdige Art, Fragen zu stellen. Ich wiederhole also, wir alle haben das Gefühl.«

»Wen meinst du unter ›wir alle‹?«

»Hör mal, Archi, nun möchte ich dich aber ernstlich bitten, hier nicht so komisch zu fragen. Wen ich damit meine? Deine Mutter natürlich und mich und Onkel Malte.«

»Ach so! Aber verzeih, Onkel Emanuel, du kannst das doch gar nicht beurteilen, und Onkel Malte doch auch nicht.«

»Zum Kuckuck, Archibald, jetzt verbitt ich mir aber denn doch deinen Ton! Du bist 'n ganz unverschämter Bengel! Wie kannst du dich unterstehen, Onkel Emanuel zu sagen, er könnte das nicht beurteilen? Da hört sich denn doch alles und jedes auf! Wie kommst du darauf? Sag mir das sofort!«

»Weil Onkel Emanuel doch kein Landwirt ist und weil er und Onkel Malte Wiesenburg doch gar nicht genau kennen.«

Emanuel erhob sich und stand in seinen Generalshosen und mit den schweren silbernen Fangschnüren prächtig, würdig und stolz vor Archi. »Ich bin leider nicht in der Lage, auf den Ton entsprechend einzugehen, Archibald, den du mir gegenüber für angebracht hältst.« Er wandte sich – Mitleid mit der unglücklichen Mutter des mißratenen Sohnes in Stimme und Blick – an Gerda: »Ich schlage vor, man sagt Archibald jetzt einfach, worum es sich handelt?«

Sie nickte ergeben. »Tu das bitte, lieber Emanuel.«

»Ja, Archibald, dann sage uns doch mal, wie du ei'ntlich darüber denken würdest, wenn dein Vater sich unter dem Zwang der Verhältnisse dazu entschließen würde ... ich will nicht sagen, den Entschluß fassen würde, aber doch wenigstens den Gedanken in Betracht zöge, ich meine also, mit der Möglichkeit rechnete oder sie doch wenigstens ins Auge faßte, oder – sagen wir – nicht so unbedingt von der Hand wiese ... sich von Wiesenburg zu trennen.« Er atmete auf und stand – nichts als Milde und Edelmut, Wohlwollen und tiefe Erkenntnis – vor Archi.

Der sah ihn erst verständnislos an, dann stieg ihm langsam und tief das Blut in die Wangen. »Sich von Wiesenburg ... trennen?« fragte er stockend. »Wie meinst du das?«

»Herrgott, Archi«, fiel Gerda ungeduldig ein, »nu stell dich hier nicht an! Wenn dein Vater es verkaufen würde, natürlich. Was soll Onkel Emanuel denn anders meinen!«

Archi antwortete nicht. Er kniff die Augen etwas zusammen, als müsse er sich anstrengen, um etwas, was er in der Ferne schimmern sah, deutlich zu erkennen. Der Ausdruck seines Gesichts wurde nachdenklich, fast grübelnd, als sei er mit der Lösung einer schwierigen mathematischen Aufgabe beschäftigt. Er sagte noch immer nichts. Das Schweigen lastete über dem Zimmer wie eine Gefahr, wurde drohend, wirkte auf Gerda irritierend, auf Emanuel fast beklemmend, aber beide verpaßten den rechten Augenblick, es zu brechen. Das Grübelnde aus Archis Augen verschwand, um einem finsteren, zur Vorsicht mahnenden Blick zu weichen, der sich dann aber plötzlich erhellte und schließlich fast lachend wurde. Er zuckte die Achseln. »Darauf kann ich natürlich überhaupt nichts sagen.«

»Nanu? Irgendwas mußt du doch schließlich sagen.«

»Ja, Onkel Emanuel, natürlich. Daß das alles doch Unsinn ist.

Erstens denkt mein Vater doch gar nicht im Traum daran, Wiesenburg zu verkaufen, und zweitens ginge das doch auch gar nicht.«

Emanuel sah ziemlich ratlos aus, blickte zu Gerda hinüber, als erwarte er das Stichwort von ihr. Er sah in ein spöttisch lächelndes Gesicht. »Warum soll das nicht gehen, Archi?« fragte sie.

»Weil es nicht geht! Weil wir ohne Wiesenburg nicht sein können. Weil wir dahin gehören. Weil es unser Zuhause ist. Weil der Großpapa das nie für möglich gehalten hat. Weil der Vati es auch nicht für möglich hält! Weil . . . trocken Brot in der Heimat besser schmeckt als anderswo Kuchen und Schlagsahne . . .«

»Mach keine albernen Redensarten . . .«

»Das tu ich nicht! Das sind keine albernen Redensarten! Was ich sag, das hat der Großpapa mir gesagt!«

»Dein Großvater hat nicht wissen können, wie alles gekommen ist. Du bist noch viel zu dumm und unreif, als daß man was Ernstes mit dir besprechen könnte. Nu sag einfach, wärst du unter keinen Umständen dafür«, fragte Gerda lauernd, »daß dein Vater sich von der Last, die ihn elend macht und ihn vielleicht ins Grab bringt, frei macht und Wiesenburg verkauft?«

Ein böses Funkeln trat in Archis Augen. »Frag mich nicht so! Das darfst du nicht! Kein Mensch darf mich so fragen! Als meine Mutter darfst du es aber schon gar nicht! Aber du hast es doch getan! Du dachtest, ich würd nicht wissen, was ich darauf sagen soll. Ich weiß ganz genau, was ich sagen soll. Wenn der Vater aus Wiesenburg wegmüßte, das wär wirklich sein Tod, aber nicht, wenn er in Wiesenburg bleiben muß! Er kann bloß in Wiesenburg leben, der Vati! Das weiß ich ganz genau! Wer uns, den Vati und mich, von Wiesenburg weghaben will, der will unser Schlechtes, und wer das will, um den soll ich mich nicht mehr kümmern und ihn stehenlassen!« Er sah beängstigend rot aus, seine Augen flammten, der Atem schien ihm auszugehen, die Stimme nicht mehr zu gehorchen.

Mit geballten Fäusten trat er – anderthalb Kopf höher als Emanuel – auf diesen zu. »Bist du total blödsinnig geworden?« stotterte der. »Was fällt dir ein?«

»Nein«, schrie Archi, »blödsinnig wär ich bloß dann, wenn ich noch 'ne einz'ge Minute länger hierbliebe!«

Auf den Hacken drehte er sich um, war mit zwei langen Schritten aus dem Zimmer. Fünf Sekunden darauf hörte man die Korridortür zuknallen.

In dem luxuriösen Salon sahen sich Gerda und Emanuel sprachlos an.

Gerda fand zuerst die Sprache wieder: »So ein Lümmel!« entrüstete sie sich in hellem Zorn. »So ein infamer Lümmel! Rein lebensgefährlich ist der Bengel!«

Emanuel – noch immer ganz verstört – machte ein Gesicht wie jemand, der in etwas Übles hineingetreten ist. »Ich muß allerdings auch sagen«, stotterte er, »er müßte ei'ntlich die Aufschrift tragen: ›Mit Vorsicht zu behandeln!‹«

»Oder mit der Reitpeitsche! Das wäre vielleicht noch wirkungsvoller.«

»Dazu ist der Anschluß – fürcht ich – verpaßt, Gerda.«

»Leider! Ich muß sagen, mein verstorbener Schwiegervater hat sich nicht bloß an dem Jungen versündigt, sondern auch an uns, an Fried und mir. Mit seiner Affenliebe hat er ihn wirklich in Grund und Boden verdorben, den Jungen! Es war doch einfach unsinnig, wie er den Bengel verwöhnte. So was muß sich ja rächen!«

»Gott, ich weiß nicht recht, Gerda. Damals war er ja ei'ntlich wirklich 'n reizender Junge, der Archi.«

»Ach, das find ich gar nicht mal. 'n Kind, das einfach alles bekommt, was es haben will, hat ja schließlich auch keine Veranlassung, greulich zu sein. Übrigens, Emanuel, bist du nicht auch ganz starr?«

»Worüber?«

»Worüber? Na, über die merkwürdigen Lehren natürlich, die mein Schwiegervater dem Jungen erteilt hat. Ich muß gestehen, ich war auf allerlei gefaßt, aber so was hätt ich denn doch nicht für möglich gehalten.«

Fragend sah Emanuel sie an. »Was denn? Verzeih, aber ich weiß wirklich nicht recht, was du meinst.«

»Aber Emanuel, was soll ich denn meinen? Daß mein verstorbener Schwiegervater es für richtig gehalten hat, den Jungen gegen die eigenen Eltern aufzuhetzen, mein ich natürlich ...«

»Gerda! Überleg dir, was du sagst«, fuhr Emanuel auf. Sein anständiger Instinkt empörte sich gegen die Auffassung der Schwester. »Daß dein verstorbener Schwiegervater in seiner Gesinnung und Handlungsweise der vornehmste Mann war, den man sich überhaupt denken kann, weißt du genausogut, wie ich es weiß!«

»Herrjes, Emanuel«, lenkte Gerda, die sofort begriff, daß sie entgleist war, schnell ein, »daß er es wirklich darauf angelegt haben sollte, den Jungen aufzuhetzen, will ich natürlich damit nicht sagen. Aber das, was wir heute erleben mußten, ist doch weiter nichts als der Erfolg davon, daß Archibald fast bis zu seinem zehnten Jahr in Wiesenburg war. Das läßt sich doch wohl nicht bestreiten! Mein Gott, das ist ihm doch wohl eingeredet, daß er nirgendwo anders existieren könnte als in Wiesenburg, und der verrückte Erziehungsgrundsatz meines Schwiegervaters, man müßte die Kinder zu Persönlichkeiten zu erziehen suchen, der hat sich ja recht erfreulich bei dem Bengel bewährt. Reizend, wirklich ganz reizend!«

Durch den Eintritt seines Kammerdieners, der meldete, daß angerichtet sei, wurde Emanuel daran gehindert, Gerda zu antworten. Er stand auf und fragte mit einer leichten Verbeugung: »Ist es dir recht, Gerda?«

»Sehr recht, Emanuel! Ich hab ordentlichen Hunger bekommen nach all diesen gräßlichen Geschichten. Nein, so 'n infamer Bengel! Aber man kann ei'ntlich ja bloß darüber lachen, über den Blödsinn, den er sich eingeredet hat. Er kommt sich wahrscheinlich noch schrecklich int'ressant vor, der Schafskopf, und furchtbar edel mit seiner rührenden Liebe zu Wiesenburg. Ach – ist ja alles der reine Unsinn! Übrigens – das ist ja ganz selbstverständlich: keine Silbe erfährt er! Vor 'ne vollendete Tatsache wird er gestellt, der Lümmel. Er ist ja wirklich 'n ganz rabiater Bengel!«

Fried ging mit Karl durch den Eichberger Garten der Fasanerie zu. Die beiden, der baumlange, knochenmagere Fried und der kurze, untersetzte Karl, bildeten – besonders von hinten gesehen – einen in seiner Kraßheit fast komisch wirkenden Gegensatz: ein müder, übertrainierter Vollblüter mit einem dicken, uralten Kunter.

Fried schien die Gegenwart Karls vergessen zu haben. Der tat sein Bestes, um ein möglichst harmloses Gesicht zu zeigen. Doch es gelang ihm nicht recht, hinter einer gleichgültigen Miene seine innere Ratlosigkeit zu verbergen.

Auf die Birkenbank am Abhang über dem Teich, die dort unter der alten Linde stand, setzte sich Fried. Von hier aus sah man, ohne selbst gesehen zu werden, über das Flußtal. Unter den tief herabhängenden Ästen des Baumes in der halben Dämmerung des tiefen Schattens saß man ungestört.

»Komm, Karl! Setz dich zu mir.« Karl zögerte. – »Herrgott, nu komm doch, Karl! Ich hab mit dir was zu besprechen.«

Halb widerwillig setzte sich Karl. In Gegenwart seines Herrn zu sitzen, das schien ihm wohl nicht ganz angemessen.

»Wie behext ist es in den letzten Jahren, Karl«, sagte Fried. »Im vorigen Jahr versoff die halbe Ernte; in diesem der Hagel, der mich 'n kleines Vermögen gekostet hat. Zum Verzweifeln ist es! Und zu allem Unglück denn auch noch die schwerste Druse unter den Remonten und Hengsten, die ich je gehabt hab. Krepiert sind sie mir wie die Fliegen! Es ist wirklich zuviel! Wahrhaftig! Viel zuviel ist es!«

»Dat stimmt, gnäd'ger Herr, dat stimmt! Schlimm is dat alles! Da is je nu nuscht nich zu reden. Man es kann je auch mal wieder anders kommen, und es wird je auch anders kommen. Davon is je nu keine Red nich.«

»Ach, das sagst du so.« Fried zuckte in müder Hoffnungslosigkeit die Achseln. »Wer will denn das wissen? Ich glaub nicht mehr dran! Jetzt auch noch die Trockenheit! Es verkommt ja alles von Tag zu Tag mehr!«

Karl streifte Fried mit einem fragenden Blick. »Es kommt auch wieder mal anders, gnäd'ger Herr«, sagte er. »So kann es jedoch nich immer kommen. Einer muß man bloßig nich verzagen.«

Langsam wandte Fried den Kopf. »Mit mir ist nichts mehr los, Karl«, sagte er bitter. »Ich bin krank! Krank und kaputt! Der Racker, der verfluchte Hund, der hat mich zur Strecke gebracht. Irgendwas stimmt nicht mehr mit mir. Es ist vorbei, Karl. Wie 'n Fuchs, der sich im Schwanenhals 'n Lauf abgequetscht hat und sich nu auf drei Läufen durch die Welt lügen muß, so geht es mir. Was soll ich mir blauen Dunst vormachen, mir und anderen? Das hat ja keinen Sinn.«

»Aber, gnäd'ger Herr! So müssen der gnäd'ge Herr doch nich reden. So 'ne Gedanken . . . hol der Schinder, die tun je doch nich gut! Das kann je allens wieder werden! Der gnäd'ge Herr können doch noch mal so gesund werden, forts wie so'n Fisch ins Wasser. Du liebes Gottche, in die Jahr, in die Jahr! Wenn ich man bedenken tu, ich mit meine achtundsiebzig! Gegen mir sind der gnäd'ge Herr doch noch blutjung.«

»Laß man, Karl! Wir wollen uns doch keine Flausen vormachen. Du glaubst ja doch selbst nich an das, was du sagst.«

Karl riß die Augen auf. »Nanu wird Tag! Gnäd'ger Herr, wo könnt ich so nichtswürdig sind und herkommen und dem gnäd'ge

Herr forts im Gesicht lügen tun! In meinem Leben hab ich nie nich gelogen, bloßig mitunter mußt einer je mal, und denn natürlicherweis mit meine Altsche. Die verträgt dir die Wahrheit nu einmal nich, und da wird einer je nich so dammlich sind und beikommen und immer bloßig so reden, wie es sein tut. Man wenn ich mir hätt unterwunden und wär dem alte gnäd'ge Herr mit so 'ne Fisimatentche gekommen, daß ich ihm womöglich hätt angelogen ... na, gnäd'ger Herr, hernach hätt er mir aber doch ganz niederträchtig auf'n Schwung gebracht.« – Fried erwiderte nichts darauf. Vielleicht hatte er es gar nicht gehört. »Du sollst mir mal was über deine Ansicht sagen, Karl. Das weißt du doch wohl, daß die Landwirtschaft keine guten Zeiten hat?«

»Wiesenburg hält viel ab, gnäd'ger Herr, und bloßig schlechte Jahr können auch nich kommen. Das kann nu einmal nich sein an dem. Mal müssen auch wieder gute kommen. Bloßig abwarten, gnäd'ger Herr, abwarten! Es kommt auch wieder mal anders.«

»Ich hab aber keine Zeit mehr, abzuwarten, Karl.«

Er schwieg. Jenseits des Flusses graste die Legischker Herde. Die meisten Kühe hatten sich schon gelegt. In der Hitze waren sie zu faul zum Fressen, und das harte, auf dem Halm halb vertrocknete Gras schmeckte nicht. Am Fluß lag der Hirt und schlief. Neben ihm saß sein Hund und ließ die Herde nicht aus den Augen. Dort der Hirt, der seinem Hund die Sorge um die Herde überließ und die Verantwortung aufhalste, hier Fried mit Karl, im Begriff, den alten Mann vor eine Frage zu stellen, die ihn verwirren und beunruhigen mußte. Aber man konnte sich selbst und Karl die Frage nicht ersparen, wenn sie einem auch noch so schwer über die Lippen wollte. Man brauchte Karls Zustimmung, war irgendwie darauf angewiesen – ja, ganz einfach darauf angewiesen war man, von ihm – sozusagen – absolviert zu werden. Niemand, kaum Mama, wußte besser, was der Papa zu dem sagen würde, was geschehen sollte, nein geschehen *mußte*. Furchtbar war das Leben! Unerbittlich! Hart und erbarmungslos und ohne Sinn! Wie sollte das nur alles werden? Wo und wie sollte das enden? Aber blieb denn eine andere Möglichkeit, ein Ausweg aus dem Labyrinth der Wirrnisse, eine Rettung aus dem Chaos?

Fried riß den Blick von dem Flußtal vor ihm los und richtete ihn entschlossen auf Karl. Er wollte es kurz machen. Durch lange Vorreden wurde ja auch nichts geändert.

»Hör mal genau zu, Karl«, sagte er hastig, sprach dann überstürzt weiter: »Du wirst ja wohl schon davon haben munkeln hören. Es geht nicht länger. Ich muß an die Kinder denken. Ich kann sterben. Jeder kann sterben von heut auf morgen. Dann müssen die Kinder versorgt sein. Hier könnten sie an den Bettelstab kommen! Ich muß Ali aussteuern, ihr das Kommißvermögen geben. Wo das Geld hernehmen? Ich hab es nicht. Der Archi muß eintreten. Das kostet auch 'n Haufen Geld. Ich weiß so schon nicht, wie ich die Zinsen auftreiben soll. Der Haushalt verschlingt 'ne Masse Geld. Ich habe mit der alten gnädigen Frau gesprochen. Erst hat sie es nicht verstanden. Ganz fassungslos war sie und hat es absolut nicht haben wollen. Aber dann, wie ich ihr alles aus'nandergesetzt hab, da hat sie eingesehen, daß es nicht anders geht ... ja, und da hat sie es denn ja gutgeheißen.«

Wie geistesabwesend blickte Fried in die Ferne. Sein mageres, versorgtes Gesicht, das der graue Vollbart so alt erscheinen ließ, wurde gequält im Ausdruck, als litte er unter unerträglichen körperlichen Schmerzen. Vom Druck der Verhältnisse zermürbt, todesmatt und physisch gebrochen, vermochte er nicht mehr die Willenskraft zu der Frage aufzubringen: ›Handle ich richtig oder falsch? Gehe ich verantwortungsbewußt meinen Weg oder als gewissenloser Schwächling? Ist das, was ich tun will, anständig oder unanständig?‹ Er glaubte zwar nicht an seinen baldigen Tod, stellte ihn jedoch in Rechnung, und der Gedanke, die Kinder mit der untragbaren Belastung einer so schwierigen Verwaltung, wie Wiesenburg sie beanspruchte, zurückzulassen, marterte ihn. Was sollte werden, wenn er vielleicht bald nicht mehr sein würde und Wiesenburg dem unberechenbaren Einfluß Gerdas preisgegeben sein würde? Er wollte, nein, er konnte die Pein nicht noch einmal auf sich nehmen, die ganze Frage, die er hundert-, ach, tausendmal von allen Seiten überlegt, bis ins kleinste durchdacht hatte, aufs neue aufzuwerfen.

»Ich muß weg von Wiesenburg, Karl«, sagte er hastig. »Ich kann nicht mehr, und ich will auch nicht mehr! An meine Kinder muß ich denken. Ich muß das tun, was meine Pflicht ist. Meine verfluchte Pflicht und Schuldigkeit muß ich tun! Auf mich kommt es nicht mehr an, bloß noch auf die Kinder. Ich will ... ich ... ja, Karl ... deshalb hab ich mich entschlossen, nein, das ist falsch ausgedrückt – ich hab mich dazu entschließen *müssen*, Wiesenburg ... zu verkaufen. Sei still! Laß mich erst ausreden! In acht Tagen kommt der Hofrat Herbst. Er bringt den Mann mit, der es kaufen will. Alles ist schon fix und fertig. Ich habe mich gebunden. Fest an die Hand habe ich es dem Mann gegeben. Bloß noch zu unterschreiben brauch ich. Soweit sind wir uns schon einig. Die Kinder werden keine Not haben. Keiner wird Not haben. Auch ihr alten Leute nicht. Natürlich nicht! Für euch ist gesorgt. Alles abgemacht hab ich. Selbstverständlich! Keiner soll mit Dreck nach mir schmeißen. Keiner! Herrgott, Karl, sieh mich nicht so an! Du machst 'n Gesicht, als hätt ich dir gesagt, ich wollt das Schloß in Wiesenburg anstecken. Sei nicht so albern! Quäl mich nicht! Warum tust du das? Ich will das nicht haben! Hörst du, Karl, ich will das nicht haben! Ich bin schon gequält genug. Ich kann nicht mehr. Hilf mir lieber, statt mich anzusehen, als wenn du mich für verrückt oder besoffen hältst. Bildst du dir ein, ich tu das zum Spaß?«

Mit zornigem, erbittertem Ausdruck sah er auf Karl. Immer schneller hatte er gesprochen, seine Stimme immer mehr gehoben. Überlaut schrie er Karl jetzt an: »Bildst du dir das vielleicht ein? Ganz einfach, weil ich gemußt hab, deshalb hab ich mich dazu entschlossen. Weil das verfluchte Muß hinter mir stand, weil ich an die Kinder denken muß. Man kann nicht Kinder in die Welt setzen, bloß um sie später verkommen zu lassen. Das kann man nicht! Begreifst du denn das nicht? Mein Gott, das mußt du doch begreifen . . .«

Obwohl Karl ja längst allerhand hatte munkeln hören, also jetzt nichts erfuhr, worauf er nicht gewissermaßen vorbereitet war, starrte er Fried nun doch sprachlos, ja entsetzt an. In diesem Augenblick, da Fried ihm bestätigte, was er von anderen ja schon öfter gehört und nicht einmal für unmöglich gehalten hatte, in diesem Augenblick, der ihn vor die nackte Tatsache stellte, traf ihn das alles doch erschütternd und überstieg sein Fassungsvermögen. Alles, was ihm bis dahin unumstößlich, für alle Zeit gesichert erschienen war, eine Welt, in die er hineingeboren war, in der er gelebt hatte und alt geworden war, an die er felsenfest geglaubt hatte, die ihn unangreifbar gedünkt hatte gegen alle Wechselfälle des Lebens, alles dies brach plötzlich zusammen wie ein überständiger Baum, der Jahrhunderte überdauert hat, um dann in wenigen Sekunden vom Sturm umgeworfen, vernichtet zu werden.

»Na, nei, nei, gnäd'ger Herr«, stotterte er schließlich verstört, »wenn es denn sein mußt, ja, denn hilft ja nuscht nich! Denn mußt es je woll sein.«

»Natürlich mußt es sein! Ach, was weißt denn du! Was ich hab

durchmachen müssen, bis ich soweit war, das ahnst du ja nicht!«
Den Blick immer starr geradeaus gerichtet, fragte er dann: »Sag mal, Karl, was würd der verstorbene gnädige Herr sagen?«

Die Frage mußte ja kommen, aber sie bestürzte Karl dennoch. Was sollte er darauf antworten? Er wußte es nicht.

»Der würd je nuscht nich gesagt haben, der alte gnäd'ge Herr«, murmelte er endlich. – »Warum nicht? Wie meinst du das?«

»Wenn er möcht das Leben haben, wär es nie nich so weit gekommen«, sagte Karl leise, aber so bestimmt, wie der Pfarrer in der Kirche betet: ›Denn dein ist das Reich und die Kraft und die Herrlichkeit! In Ewigkeit!‹

»Mein Gott, Karl, das kannst du doch nicht sagen! So was kannst du doch gar nicht behaupten. Der alte gnädige Herr hätt doch auch nichts gegen die schlechten Zeiten machen können. Kein Mensch kann das doch! Das mußt du doch einsehen! Siehst du denn das nicht ein, Karl?«

Der schüttelte den dicken runden Kopf, in dem die Korinthenaugen so stumpf und matt waren wie ein Paar schwarze polierte Knöpfe, die man angehaucht hat.

»Na, was denn«, fuhr Fried heftig auf, »bildst du dir denn etwa ein, er hätt gegen die verfluchten Zeiten ankönnen?«

»Wenn ich soll aufrichtig sagen, gnäd'ger Herr – ja, das denk ich! Er wär fertig geworden mit sie!«

»Ach, red doch keinen Unsinn! Ist ja Blödsinn, so was zu behaupten. Wirklich kindisch! Zum Donnerwetter noch mal, siehst du nicht, wie du mich quälst? Wie kommst du dazu? Denkst, es ist noch nicht genug?«

»Gnäd'ger Herr, so was liegt nich in meinem Willen. Das wissen der gnäd'ge Herr ja auch. Man ich bin zu alt. Das geht aller nich mehr in meinen dummen Kopp. Mit bald achtzig kann einer nich mehr richtig denken. Das is nu mal nich anders, und das müssen der gnäd'ge Herr all bedenken. Ich muß man bloßig immer denken ...«

»Na, was mußt du denken, Karl? Sag es doch! Was mußt du denn denken? Nu sag es endlich! Ich will es wissen!«

Karl schwieg zögernd, sagte dann schließlich, während seine Augen noch trüber wurden: »Ich mein man so, gnäd'ger Herr ... einer macht sich so seine Gedanke. An dem ... ja, gnäd'ger Herr, an dem Jung muß ich denken ...«

»An welchen Jung?« fragte Fried leise, stockend.

»Am Archi.«

Aus verzweifelt hilflosen Augen sah Fried Karl an. Ein Gefühl völliger Vernichtung überwältigte ihn. Er wandte den Blick ab und starrte wieder über das Flußtal. »Jaja, der Jung, der Jung«, murmelte er. Mit Mühe, als koste ihn jedes Wort schwere Überwindung, sagte er heiser: »Komm, Karl! Wir wollen zurückgehen. Vom Schwatzen wird auch nichts besser.«

Er erhob sich halb, fiel dann wieder zurück auf die Bank, sackte in sich zusammen. Plötzlich schlug er die Hände vors Gesicht und brach in verzweifeltes Schluchzen aus.

Fünftes Buch
Zugvögel im Nebel

An einem glühendheißen Tage Ende Juli fuhren schon um sieben Uhr früh zwei Wagen vom Wiesenburger Hof herunter. In dem viersitzigen Jagdwagen saßen Hofrat Herbst mit dem rheinischen Großindustriellen Arnoldi und dem Landesökonomierat Rettich. Andreas Rottburg und der Legischker folgten in einer Viktoria. Die Herren wollten eine letzte Besichtigung Wiesenburgs vornehmen, um noch über ein paar nur untergeordnete Fragen Klarheit zu gewinnen. Am nächsten Vormittag sollte dann endlich der Vertrag unterschrieben werden. Hofrat Herbst, der dem Legischker die Zumutung gestellt hatte, dieser solle behilflich sein, die letzten Widersprüche zu überwinden, die Fried dem Verkauf Wiesenburgs entgegensetzte, hatte zu seinem Erstaunen eine glatte Abfuhr erfahren. »Keinen Finger rühr ich, Herr Hofrat! Ich denk gar nicht dran, zu versuchen, den Wiesenburger zu beeinflussen! Will er verkaufen, kann ich's nicht hindern. Schließlich muß er wissen, was er zu tun oder zu lassen hat. Aber zureden werd ich ihm mit keinem Wort. Meiner Überzeugung nach ist der Verkauf 'n Unglück für ihn und die Kinder. Würde Frau von Barring ahnen, wohin die Reise geht, Deiwel noch mal, sie würd sich doch wohl verflucht besinnen, ob sie recht getan hat, ihren Mann so weit zu bringen, Wiesenburg aufzugeben. Ne, wissen Sie, lassen Sie mich aus dem Spiel! Ich will Ihnen offen sagen, wär Frau von Barring anders, wie sie nu mal ist, ich tät, was ich tun kann, um Ihnen in den Arm zu fallen . . .«

»Mir in den Arm zu fallen? Was heißt denn das? Was liegt denn mir dran, ob Barring verkauft oder nicht? Ich will ihm doch bloß aus 'ner Lage heraushelfen, in der er – das sieht doch jeder, der Augen im Kopf hat – schließlich zugrunde gehen muß. Der Mann ist doch total fertig mit den Nerven, einfach am Ende!«

»Und da muß ihm eben nach dem Rezept geholfen werden, nach dem der Fuchs dem Hasen half: ›Du armes Luder hast solche Angst vor mir? Na, komm her! Dir kann geholfen werden!‹ Da biß er ihm die Gurgel durch. Na, wissen Sie, ich will Ihnen mal eins sagen: Wiesenburg steht immer noch auf sehr festem Fundament und hält noch manches schlechte Jahr aus. Hätt Frau von Barring Sinn für das, was ihre Pflicht und zum Wohl der Kinder wäre, nie würd Wiesenburg verkauft werden! Kurz und gut – las-

sen Sie mich aus dem Spiel! Machen Sie den Arnoldi allein glücklich. Streichen Sie Ihre Provision ein und . . .«
»Erlauben Sie mal, Herr Steinberg«, fuhr der Hofrat auf. »Ich muß schon sehr bitten.!«
»Na, was denn? Wissen Sie, Herr Hofrat, wir wollen uns doch hier gegenseitig nichts vormachen. Dazu sind wir beide doch wohl zu alte Knaben. Aus purem Edelmut werden Sie sich ja wohl nicht die Beine ausreißen? Mein Himmel – unter uns Pfarrerstöchtern können wir doch offen reden. Geschäft ist Geschäft, Herr Hofrat!«
Der Hofrat zuckte die Achseln: »Früher waren Sie anderer Ansicht. Da standen Sie, wenn ich nicht irre, auf dem Standpunkt, der Verkauf sei das einzig Richt'ge für den Wiesenburger?«
»Jawohl, das war mein Standpunkt, wenn er sich nämlich nicht dazu entschließen kann, die Wirtschaft aus der Hand zu geben. Er ist doch nu mal leider 'n kranker Mann, der dem Kram nicht mehr gewachsen ist. Na, und wenn so 'n großer Besitz mal erst aus dem Geleise kommt, das kostet teuer und kann verflucht schnell zum Ende führen. Aber, wie gesagt, ich würd trotzdem vom Verkauf abraten, wenn Frau von Barring anders wär, als sie eben ist.«
Gerda war auf Posten, ließ Fried – sozusagen – nicht aus der Zange, das Unglück nahm seinen Lauf, und schließlich war es so gekommen, daß der Legischker zusammen mit Rottburg die Interessen Frieds, der sich aus den Verhandlungen ganz heraushielt, wahrnahm.
Den von dem Hofrat geforderten und von Arnoldi bewilligten Preis von zweihundert Mark pro Morgen hatte Steinberg für indiskutabel erklärt. Auch für den Morgenpreis von dreihundert Mark sei Wiesenburg noch sehr billig, und den Besitz halb verschenken, davon könne gar keine Rede sein. Der Hofrat, der seine Felle wegschwimmen sah, schäumte innerlich, machte aber schließlich gute Miene zum bösen Spiel. Daß Wiesenburg eine runde Million mehr wert sei, als er gefordert, wußte er natürlich sehr gut und hatte dies auch Arnoldi klarzumachen verstanden, mit dem er sich auf einer beide Teile befriedigenden Grundlage geeinigt hatte. Arnoldi, Geschäftsmann durch und durch, hatte sich unschwer dazu bereit finden lassen, dem Hofrat von der am Kaufpreis ersparten Summe von zwei bis drei Millionen eine Provision von fünfundzwanzig Prozent zu zahlen, und der brave Herbst sah sein großes Vermögen schon durch eine verhältnis-

mäßig leicht verdiente, hübsche Summe vermehrt, als der Legischker ihm den dicken Strich durch die Rechnung machte. Arnoldi, ein schwerreicher Mann, der drei Millionen sozusagen aus der Westentasche bezahlen konnte, hatte sich gegen den höheren Preis zwar erst gewehrt, die Verhandlungen sogar scheinbar abgebrochen, endlich aber doch nachgegeben, da er sich nun mal in den Kopf gesetzt hatte, Besitzer des stolzen Wiesenburg und seines bekannten Gestüts zu werden. Das alte Schloß, der herrliche Park, die guten Jagdverhältnisse reizten seine Eitelkeit ebensosehr wie die Tatsache, daß Wiesenburg als eine der schönsten Besitzungen der Provinz galt und weit über die Grenzen Ostpreußens hinaus als solche bekannt war. Deshalb fand sich Arnoldi auch mit den in mancher Hinsicht unbequemen und ungewöhnlichen Bedingungen ab, auf denen Fried bestand und die Mathilde das Wohnrecht in Eichberg, Naturalbezüge, Gartennutzung und Equipage bis ans Lebensende vertraglich sicherten, den alten Dienern, Jägern und Kämmerern Wohnung und Pension garantierten und den Erbbegräbnisplatz der Barrings vom Mitverkauf ausschlossen.

Als die Herren gegen elf Uhr von ihrer Besichtigungsfahrt zurückkehrten, ging Rottburg ins Schreibzimmer zu Fried. »Es ist alles in Ordnung, Fried. Heute nachmittag werden wir uns mit dem Notar zusammensetzen und den Vertrag formulieren, und morgen mittag kann er dann unterschrieben werden. Willst du nicht nach Tisch an unserer Besprechung teilnehmen?«

Fried wehrte ab: »Das ist ja doch nicht nötig. Du vertrittst mich ja freundlicherweise, Andreas. Wenn ich mir den Vertrag dann durchlese, das genügt dann ja. Irgendwelche offenen Fragen gibt es nicht mehr. Es ist ja alles bis ins kleinste besprochen. Nein, es ist wirklich nicht nötig, daß ich bei eurer Besprechung dabei bin. Es handelt sich doch bloß noch um die Formulierung, und das machst du ja viel besser als ich.«

»Das weiß ich nicht. Was du aber willst, liegt ja fest, und ich glaube auch, du kannst es dir ersparen, an der Formulierung mitzuarbeiten. Außerdem hast du immer noch die Möglichkeit, Änderungen vorzunehmen. Arnoldi ist nicht schwierig und scheint den besten Willen zu haben, alles glatt und schnell zu erledigen. Ich will mich denn mal zu Tisch umziehen gehen. Du bleibst wahrscheinlich auch lieber allein?«

»Offen gesagt, ja, Andreas. Du bist mir nicht böse, nicht wahr?«

»Mein alter Fried! Ich verstehe dich so gut.« Er sah Fried in die Augen, in diese leeren Augen, die wie ausgelöscht waren. Tiefes Erbarmen mit dem vom Schicksal so hart geschlagenen Mann überkam ihn. Sein Blick wurde warm und weich. Er trat auf Fried zu und umarmte ihn. »Mein alter, lieber Fried! Ich weiß, was du durchmachst.«

»Es ist schwer, Andreas«, murmelte Fried. »Sehr schwer ist es.«

Rottburg trat einen Schritt zurück, legte Fried die Hände auf die Schultern. »Grenzenlos schwer, Fried!« Er überlegte. ›Soll ich ihm in letzter Stunde abraten? Darf ich ihn von neuem in tiefste Seelennot stürzen?‹

Fried machte den aufkeimenden Zweifeln des Schwagers ein Ende. »Ich bin dazu verdammt, das, was mein ganzes Herz ausfüllt, ja, ich kann ruhig sagen, mich selbst aufzugeben. Für die Kinder muß ich es tun. Aber es ist furchtbar schwer.« Er wandte sich ab, trat ans Fenster.

»Ich gehe jetzt, Fried«, murmelte Rottburg. »Wir sehen uns ja wohl bei Tisch?«

»Ich glaube kaum, Andreas. Ich fühl mich nicht sehr gut. Kopfschmerzen hab ich. Ruhe habe ich nötig.«

»Dann komm ja nicht zu Tisch! Auf Wiedersehen, Fried.«

Ruhelos ging Fried im Zimmer auf und ab. Vor dem Kamin, dort, wo Peter so viele Jahre gelegen hatte, schliefen zusammengerollt die Spaniels Biggi und Babett. Frieds Blick fiel auf die Hunde. Sie und den alten Bayard und die Stute Elfe, die würde er mitnehmen ... Mitnehmen? Wohin eigentlich? Wohin sollte er sich wenden, wenn in Wiesenburg kein Platz mehr für ihn sein würde? Er schauerte zusammen wie unter einem Strahl eisigkalten Wassers. Kein Platz mehr für ihn in Wiesenburg ... Er mußte an Gisela denken. Längere Zeit hatte sie nichts von sich hören lassen, und er hatte sich nie dazu entschließen können, ihr auch nur anzudeuten, wie die Dinge in Wiesenburg lagen. Plötzlich änderte sich der Ausdruck seines todtraurigen Gesichts, spannte sich, wurde nachdenklich. Er setzte sich vor seinen Schreibtisch, sann nach, schien endlich zu einem Entschluß zu kommen. Ein Seufzer der Erleichterung hob seine Brust, und etwas wie der Schimmer einer Hoffnung trat in seine Augen. Er nahm ein Depeschenformular und bedeckte es mit seinen großen Schriftzügen, die sich im Laufe der Jahre merkwürdig verändert hatten. Bald steil aufgerichtet, bald vornübergestellt, dann wieder nach hinten geneigt, zeigten sie fortwährend ein anderes Bild. Schräg nach unten abfallend verliefen die Zeilen, und die Schriftzüge, einst so klar und energisch, waren verschwommen, charakterlos und etwas zittrig geworden, als hätte die Hand eines Greises die Feder geführt. Er nahm ein zweites und ein drittes Formular, schrieb auch diese beiden langsam, oft überlegend nach dem rechten Ausdruck suchend, voll. ›Seltsam‹, dachte er, ›es macht mir Schwierigkeiten, mich in Englisch auszudrücken, und ich sprach es doch mal so fließend wie Deutsch.‹ – Schließlich unterschrieb er das dritte Formular mit ›Fried‹. Sie würde ihm antworten, die Gisa. Ihr gütiges Herz, ihr heller Verstand, ihr anständiges Empfinden . . . ja, und das, was sie für ihn fühlte, würde ihr die Antwort diktieren. Was sie ihm raten würde, das wollte er ohne Besinnen und Schwanken tun.

Ihm war zumute wie einem Kinde, das in finsterer Nacht ratlos und verängstigt umherirrt und plötzlich ein Licht hell und richtunggebend vor sich aufleuchten sieht.

Er stand auf und klingelte. Er zog nicht mehr an dem perlengestickten Klingelzug mit dem blank polierten Steigbügel als Griff, sondern drückte auf den Knopf der elektrischen Leitung. Gerda war für alle diese modernen Einrichtungen, hatte das gräßliche, ewig beunruhigende Telefon durchgesetzt, ihm auch dauernd in den Ohren gelegen, elektrisches Licht einrichten zu lassen. Doch dagegen hatte er sich entschieden gewehrt. Die Petroleumlampen genügten! Sie gaben Licht genug, wenn er am Abend müßig vor dem Schreibtisch saß und sein Schicksal überdachte.

August erschien. Nicht hellblau und prächtig, sondern schwarz befrackt und feierlich. Auf diesem Anzug hatte Gerda bestanden.

Fried reichte ihm die drei beschriebenen Formulare. »Hör mal, August, hier ist 'ne Depesche, die ich gleich besorgt haben will. Sie ist in Englisch geschrieben, damit sie drüben nicht verstümmelt wird. Hast du deine Brille da, ja? Denn überführ dich mal, ob ich auch wirklich deutlich geschrieben habe.«

Aufmerksam und eingehend studierte August die Schrift auf ihre Deutlichkeit. »Sehr wohl, gnäd'ger Herr. Nach meine Absicht is ja jeder Buchstab gut zu lesen. Deutlicher kann je nu keiner nich schreiben.«

»Na, denn ist gut, August. Ei'ntlich wollt ich dich damit nach Kallenberg schicken, aber ich hab's mir überlegt. Gib sie man ruhig hier auf. Krumm kann ja zwar nicht Englisch, aber das ist ja auch nicht nötig. Wenn er jeden Buchstaben genau lesen kann, denn kann er sie auch aufgeben.« Er nahm aus der silbernen Büchse, die er für Goldgeld an der Uhrkette trug, ein Zwanzig- und ein Zehnmarkstück. »Hier, August. Bring sie selbst runter. Ich will nicht, daß ein anderer sie in die Finger kriegt.«

Zur allgemeinen Überraschung erschien Fried nicht nur zu Tisch, sondern war in so guter, aufgeräumter Stimmung, wie man ihn seit langem nicht gesehen hatte.

Er hob sein Glas. »Ihr Wohl, Herr Arnoldi«, rief er mit fast heiterem Lächeln. »Ich hoffe, der Wein schmeckt Ihnen? Sie als Rheinländer sind sicher sehr verwöhnt.«

»Das mag wohl sein, Herr von Barring, aber ich freue mich, es zu sein; denn nun kann ich wenigstens diesen Tropfen würdigen. Würden Sie mir davon wohl ein paar hundert Flaschen überlassen?«

»Nein«, lachte Fried, »das nicht, weil ich bloß noch zwei- oder dreihundert davon habe, und die möcht ich gerne allein austrinken. Ich werd in Zukunft ganz gerne mal wieder 'n anständ'ges Glas Wein trinken, scheint mir. Und außerdem, mein Herr Arnoldi, ich versteh mich auch nicht recht auf den Weinhandel.« Er lachte leise über das etwas verlegene Gesicht Arnoldis. »Aber wenn Sie mir die Freude machen wollen, 'n paar Dutzend Flaschen von mir anzunehmen, laß ich sie Ihnen einpacken.« Er wandte sich an einen Diener: »Sag dem August Bescheid, Fritz. Er soll zwei Dutzend rausgeben, und die packst du dem Herrn Arnoldi ein.«

Am nächsten Morgen stand Fried frisch auf. Seit langem hatte er nicht mehr so gut geschlafen. »Noch keine Depesche da, August?«

»Noch nich, gnäd'ger Herr.«

»Nein? Aber es ist acht. Merkwürdig! Na, dann muß man eben noch warten. Spätestens um elf Uhr muß sie ja dasein. Bring sie mir dann sofort, August.«

»Sehr wohl, gnäd'ger Herr.«

Um elf Uhr kam Rottburg zu Fried ins Schreibzimmer.

»Wir sind soweit, Fried. Hier ist der Vertrag. Lies ihn dir bitte durch, und dann könnt ihr ja unterschreiben.«

»Jaja, Andreas. Dank dir. Ich les ihn dann gleich.«

»Gut, Fried! Ich will dich nicht stören. Wenn du soweit bist, laß ich rufen. Ich bin auf meinem Zimmer.«

Fried sah flüchtig in den Vertrag, legte ihn gleich wieder aus der Hand. Gottlob! Der brauchte ihn nicht mehr zu beschäftigen. Er warf einen ungeduldigen Blick auf die alte englische Standuhr. So ruhig, so selbstverständlich klang ihr Ticktack durch das Zimmer. Er stand auf, ging zu den Hunden am Kamin, beugte sich zu ihnen herab. Die Fahnen kamen sofort in wedelnde Bewegung, klopften leise, taktmäßig den Teppich. Fried lächelte. Die lieben, guten Hunde! Sie bedeuteten so viel für ihn. Auch sie hatte er Gisa zu verdanken. Das Beste kam immer von Gisa. Nun würde sie ihn davor bewahren, sich selbst aufzugeben, bei lebendigem Leibe zu sterben. Ja, sie würde ihn davor bewahren! Das wußte er so genau, wie er wußte, daß hier die beiden Hunde vor ihm lagen und ihn mit Hingebung anstarrten. Er ging zum Bücherrück und nahm aus der buntbemalten Porzellanbüchse ein paar Kekse. Wie oft hatte er dem alten Peter daraus einen Keks gegeben! Plötzlich war ihm, als sei sein verstorbener Vater hier bei ihm in der Schreibstube. Er glaubte ihn zu sehen, seine tiefe, ruhige Stimme zu hören. ›Du verwöhnst mir den Peter zu sehr, Fried. Er ist schon jetzt zu dick! Ich weiß wirklich nicht, wo das noch mal hin soll.‹ Peters Korpulenz, Karls Schmerbauch – die ewige Anfechtung für Papa!

Mit leisem, schnurrendem Geräusch holte die alte Uhr zum Schlage aus. Mit hellem, singendem Klang kündete sie die Zeit. Schon dem Urgroßvater hatte sie jahraus, jahrein gedient mit ihrem unablässigen Ticktack, das hier in dieser Stube an der gleichen Stelle nun schon mehr als achtzig Jahre erklang. Sinnend sah Fried auf das hochgewölbte Zifferblatt, das im Weiß seines Porzellans aus dem rotbraunen Mahagonigehäuse leuchtend hervorsprang. Er fuhr leicht zusammen. Archi mußte es später einmal erfahren, daß er es Gisa zu danken hatte, wenn auch ihm dereinst die alte Uhr an dieser Stelle, in dieser Stube die Stunden schlagen würde. Gebe Gott, daß es nur gute, gesegnete Stunden sein mögen! Gewiß! Das Schicksal keines Menschen ließ sich voraussehen. Und auch in Wiesenburg war man gegen Heimsuchungen nicht gefeit, aber ganz unglücklich konnte ein Barring hier niemals werden. Wieder warf er einen Blick auf das weiß leuchtende Zifferblatt. Gleich zwölf! Jetzt mußte die Depesche jeden Augenblick kommen! Dies Warten – es war eine harte Geduldsprobe. Die Antwort Gisas – er kannte sie ja jetzt schon, aber er wollte sie doch schwarz auf weiß vor sich sehen.

Nun war es gleich Zeit, sich zu Tisch zurechtzumachen, der Vertrag aber war immer noch nicht unterschrieben. Rottburg ging zu Fried hinüber, er fand ihn ganz verändert. Wie weggewischt war die Heiterkeit von gestern. Schrecklich nervös, ja verstört lief er unermüdlich in der Schreibstube auf und ab. Irgend etwas mußte seine Nerven in stärkster Spannung halten, irgendein Umstand ihn tief beunruhigen. »Laßt mich noch 'ne Weile zufrieden, Andreas. Ob wir jetzt oder heut abend unterschreiben, ist total gleichgültig.«

»Du, der Arnoldi wird aber allmählich ungeduldig. Er muß heute abend nach Berlin zurück, behauptet er . . .«

»Herrjes, Andreas, denn soll er fahren! Die Pistole auf die Brust setzen lass' ich mir nicht von dem Mann. Tu mir den einz'gen Gefallen und halt ihn mir vom Leibe. Ich unterschreibe, wann ich will, und nicht eine Sekunde früher.«

»Gut, gut, Fried! Das sollst du auch nicht. Ich will dich bestimmt nicht drängen. Das weißt du doch auch! Kommst du zu Tisch? Es ist gleich Essenszeit.«

»Entschuldige mich bitte bei den anderen. Ich hab gräßliche Kopfschmerzen und kann doch keinen Bissen runterkriegen.«

Andreas ging, und Fried klingelte nach August. »Es ist gleich halb zwei, August. Ich begreife nicht, daß noch immer nichts da ist. Wann hast du dich zuletzt erkundigt unten auf der Post?«

»Indem komm ich von der Post . . .«

»Mein Gott, August, ich begreif nicht, wo die Antwort bleibt! Ganz unverständlich ist es mir.« Er seufzte gepreßt auf. »Aber man kann ja nichts weiter tun als abwarten. Geh doch spätestens um drei wieder runter zur Post.«

»Zu befehlen, gnäd'ger Herr. Man der Krumm will je die Depesch forts raufschicken, wenn sie wird da sind.«

»Aber du könntest trotzdem noch mal nachfragen.«

»Sehr wohl, gnäd'ger Herr. Jetzt müssen der gnäd'ge Herr aber was essen, und wenn es bloß 'ne Kleinigkeit sein soll . . .«

»Laß mich zufrieden! Ich kann nichts essen! Gräßlicher Gedanke! 'ne Tasse Kaffee kannst du mir bringen. Aber recht stark soll er sein.«

»Bei wenigstens doch vorher 'n Teller Supp, gnäd'ger Herr.«

»Zum Donnerwetter, August, fängst du auch schon an, einen zu piesacken! Laß mich zufrieden, sag ich dir! Wenn ich Hunger hab, werd ich schon was essen. Bring mir den Kaffee; der wird mir guttun, denk ich.«

Tick-tack, sagte die uhr, tick-tack, tick-tack ... Die Minuten krochen, kein Ende nahmen die Stunden. Wie Hohn klang der helle, singende Stundenschlag durch das Zimmer. Im Halbdämmer lag die Schreibstube. Ein Gewitter hatte sich zusammengezogen, der ganze Himmel hing voll schwarzer Wolken. Schwül und drückend war es, wie im Treibhaus. An den Bäumen bewegte sich kein Blatt, so still und schwer war die Luft. Keine Vogelstimme ließ sich vernehmen. Alles – die ganze Welt – schmachtete unter der brütenden Hitze, die immer unerträglicher wurde. Das Gewitter konnte anscheinend nicht zur Entladung kommen. Unter dem schwarzgrauen Himmel sah sich die Welt trostlos und unheimlich an. Tausend Gefahren schienen irgendwo zu lauern. ›Gleich sieben Uhr!‹ Fried fuhr sich mit dem Taschentuch über die feuchtkalte Stirn. Nicht mehr zum Aushalten war es! Zur Tortur wurde dies entsetzliche, fieberhafte Warten! Eine Tür fiel ins Schloß, Schritte näherten sich. Fried unterbrach sein ruheloses Auf- und Niedergehen, blieb stehen, sah gespannt nach der Tür. August trat mit einem Tablett in der Hand ein. Mit einem einzigen Schritt stand Fried vor ihm. Endlich, endlich! Gott sei Dank, die Qual hatte ein Ende! Hastig griff er nach dem Blatt auf dem silbernen Tablett, sah gar nicht genau hin, warf August einen fast dankbaren Blick zu. Gott sei Dank, daß es soweit war. Endlich war er erlöst.

Mit fliegenden Händen riß er das Telegramm auf, in dem der Bancroftsche Haushofmeister Parker ihm mitteilte, Madam und Sir Harold kreuzten seit acht Tagen im Mittelmeer, und infolgedessen seien die Herrschaften für Postsachen und Depeschen während der nächsten zehn Tage leider nicht erreichbar.

Fried hob plötzlich die Hand, machte eine Bewegung, als schlüge er in einen Mückenschwarm, der vor seinen Augen tanzte. »Du – mir wird ... auf einmal ... ich kann nichts sehen ... überhaupt nichts kann ich sehen ... was ist ...«

Er wankte. August sprang zu, stützte den Sinkenden, ließ ihn in einen Sessel vor dem Kamin gleiten.

Einen so schweren, lang anhaltenden Anfall hatte Fried noch nie gehabt. Erst nach anderthalb Stunden erwachte er allmählich aus tiefer Bewußtlosigkeit, und der Morgen graute schon, als er endlich aus dem traumhaften Zustand völliger Abwesenheit wieder langsam zu sich kam. Doktor Krüger besuchte ihn bald nach acht Uhr und verordnete ihm Bettruhe bis zum Mittag.

»Aber ich muß ja endlich unterschreiben, Doktor. Ich komm ja nicht zur Ruhe, bevor ich nicht unterschrieben hab. Dieser Zustand ist nicht mehr zu ertragen. Es muß 'n Ende gemacht werden.«

Gegen zehn leistete Fried die Unterschrift, durch die er ›dem Herrn August Gabriel Arnoldi aus Düsseldorf die im Kreise Kallenberg belegene Begüterung Wiesenburg in den Grenzen, wie sie steht und liegt, gegen Zahlung eines Kaufpreises von 3 250 000 Mark übereignet, bestehend aus den im Grundbuch vom Kirchspiel Wiesenburg eingetragenen

1. Rittergut Wiesenburg, Band 57, Blatt Nr. 1, Grundsteuer-Mutterrolle Artikel 1, 3, 143, 37, 41, Gebäudesteuerrolle Nr. 1, 2, 3, 9, 16, 28 usw. usw.
2. Rittergut Gottesfelde usw. usw.
3. Rittergut Eichberg usw. usw.
4. Grundstück Wiesenburgkehlen usw. usw.
5. Grundstück Wiesenburgfelde usw. usw.
6. Grundstück Geigenincken usw. usw.
   mit allen der Begüterung zustehenden Rechten und mit allem Zubehör, insbesondere mit demjenigen lebenden und toten Inventar, das in dem diesem Vertrage beigehefteten Verzeichnis aufgeführt ist, sowie mit allen auf der Begüterung vorhandenen Früchten und Vorräten, sie mögen gesammelt, angewachsen oder erkauft sein.

Der Vertrag sicherte Arnoldi die Übergabe der Begüterung am 1. August, die Verschreibung bis zum 1. September des Jahres zu, während er Fried bis zum 31. Dezember des Jahres das Wohnrecht in Wiesenburg und freie Flinte im ganzen Wiesenburger Revier, Mathilde auf Lebenszeit das Wohnrecht in Eichberg zusprach.

Von dem Augenblick an, da Fried unterschrieben hatte, wurde er immer apathischer und mehr denn je von Kopfschmerzen gepeinigt; kaum ein Wort sprach er mehr. Er ritt auch nicht mehr, betrat nicht die Ställe, mied die Menschen. Seinen eigenen Leuten ging er aus dem Wege. Er schien keinem von ihnen mehr recht in die Augen sehen zu können. Soviel wie möglich hielt er sich mit der Flinte oder Büchse im Walde auf. An einem heißen Tag Anfang August wurde er dort von einem schweren Gewitter überrascht, das ihn bis auf die Haut durchnäßte. Nach dem Gewitter war starke Abkühlung eingetreten, ein unangenehmer, kalter Wind hatte sich aufgemacht, und Fried kam erst gegen Abend sehr durchfroren nach Hause, wo er sich von August eine Tasse Tee ins Schreibzimmer bringen ließ.

»Der gnäd'ge Herr müssen sich aber gleich umziehen«, mahnte August. »Die Sachen sind ja durch und durch naß.«

»Jaja, natürlich! Leg mir alles zurecht und wart in der Anziehstube. Ich komm gleich.«

Es blieb August nichts anderes übrig, als sich damit zufriedenzugeben, und Fried setzte sich an den Kamin. Er verfiel ins Grübeln, holte schließlich ein Paket Briefe aus seinem Schreibtisch, in deren Inhalt er sich vertiefte. Es waren Briefe des verstorbenen Wiesenburgers. Nach zwanzig Minuten erschien August wieder.

»Der gnäd'ge Herr müssen sich doch nu aber umziehen.«

»Zum Kuckuck, laß mich zufrieden! Ich will nicht gestört weden. Ich komm gleich!«

Erst nach einer guten halben Stunde ging Fried endlich zur Anziehstube. Die Zähne schlugen ihm aufeinander.

»Mich friert, August. Ich werd mich zu Bett legen.«

Am nächsten Morgen klingelte er sehr früh. »Mir ist gar nicht gut, August.«

Der erschrak. Fried sah jammervoll elend aus: die Wangen hohl, die Nase spitz, die Lippen fahl. Um die Augen hatte er dunkle Ringe, und ein fremder Zug lag auf seinem Gesicht, ein seltsamer Zug, von dem man nicht recht wußte, ob Angst oder Erlösung aus ihm sprach.

»Das Atmen wird mir so schwer, August. Ich glaub, ich hab auch Fieber.«

»Ich schick gleich nach dem Herr Doktor, gnäd'ger Herr.«

»Unsinn! Laß mich mit dem Doktor zufrieden! Aber ich will niemand sehen. Auch die gnädige Frau nicht. Sorge dafür, daß mich keiner stört. Ich will schlafen.«

Gegen Abend mußte Doktor Krüger dann doch kommen. Er untersuchte Fried sorgfältig. »'ne schöne Erkältung haben Sie sich da an den Hals geholt, Herr von Barring. Machen Sie sich man auf acht Tage Bettruhe gefaßt.«

Draußen sagte er zu Gerda: »Die Sache gefällt mir gar nicht, gnädige Frau. 'ne Bronchopneumonie. In der ganzen Brust hört man rasselndes Röcheln. Dazu vierzig Grad und hundertvierzig Puls. 'ne böse Lungenentzündung.«

»Ist Gefahr vorhanden, Herr Doktor?«

»Lungenentzündungen sind immer gefährlich. Wir müssen abwarten. Vorläufig läßt sich nichts Bestimmtes sagen.«

Am nächsten Tage verlangte Fried nach Ali. Sie saß an seinem Bett, sah ihn verängstigt an, wagte sich kaum zu rühren. »Geh bitte raus, Gerda«, sagte Fried. »Es wird mir zuviel, wenn ihr beide hier seid.«

Gerda warf Ali einen ungehaltenen Blick zu, stand auf und ging aus dem Zimmer.

»Sag, mein Liebling, willst du denn wirklich schon so bald heiraten? Das beunruhigt mich so.«

»Wenn es dich beruhigt, wart ich noch bis zum Frühling, Vati.«

Fried atmete auf. »Ja, mein Herzblatt, das würd mich sehr beruhigen. Versprichst du es mir?«

»Ja, Vati, bestimmt wart ich.«

»Komm, mein Liebling, gib mir deine Hand. So, das ist schön. Nu will ich 'n bißchen die Augen zumachen. Gott sei Dank, Kind, daß du noch nicht weißt, wie schwer das Leben sein kann. Ach, wenn du es doch nie erfahren möchtest! Bleib ein bißchen bei mir. Willst du?«

»Ja, Vati. Natürlich bleib ich bei dir!«

»Dank dir, mein Herzenskind, dank dir. Ja – bleib noch ein bißchen, mein Katzchen, wenn ich ja auch kein sehr guter Gesellschafter bin.«

Am späten Nachmittag kam Mathilde. Sie war vielleicht ebenso krank, vielleicht kränker noch als Fried. Seit dem Verkauf Wiesenburgs war ihre Kraft gebrochen. Sie – die immer tapfer gewesen, die so schwer Tränen gefunden hatte, weinte jetzt so viel. Das Herz versagte. Schwere Herzkrämpfe peinigten sie, und Doktor Krüger war fast täglich in Eichberg. Als Hanna Lamberg ihr vorsichtig beigebracht hatte, wie krank Fried sei, raffte sie sich mit der letzten Kraft auf. Halb ohnmächtig kam sie in Wiesenburg an. Karl und Hanna Lamberg mußten sie fast aus dem Coupé heben.

In der Diele trat ihr Gerda entgegen. »Mama, du . . .?«

»Zu meinem Sohn will ich.«

»Das geht leider nicht. Der Arzt besteht auf unbedingter Ruhe. Fried würde sich schrecklich aufregen. Du könntest nicht ruhig bleiben.«

Mit einem leisen Wehlaut sank Mathilde auf einen Stuhl nieder, starrte die Schwiegertochter aus nichtbegreifenden, verzweifelten

Augen an. »Du kannst mich doch nicht von meinem Kinde fernhalten, Gerda, wenn es so schrecklich krank ist.«

»Ich muß es leider. Der Arzt will es.«

»Um Gottes willen, hab Erbarmen! Siehst du denn nicht, wie du mich quälst?«

»Die Absicht liegt mir selbstverständlich fern, Mama, aber ich muß meine Pflicht tun.«

Mathilde fiel in sich zusammen. Das war ja alles nicht zu fassen, das ging ja über jedes Verstehen und Begreifen. Sie sollte nicht zu ihrem Kind, das vielleicht nur noch Tage zu leben hatte?

Sie hieß Hanna Lamberg und Karl durch einen Wink, sie mit Gerda allein zu lassen. Dann, den vollen Blick auf Gerda gerichtet, sagte sie: »Du sprichst davon, deine Pflicht tun zu müssen. Zweiundzwanzig Jahre bist du hier, und zweiundzwanzig Jahre hast du an deine Pflicht nicht gedacht...«

»Mama! Ich muß dringend bitten...«

»Laß mich ausreden! Du bist Fried keine gute Frau gewesen. Du hast schuld, daß es dazu gekommen ist, daß Wiesenburg verkauft wurde. Hättest du deine Pflicht getan, nie und nimmer wäre es dazu gekommen! Das Herz hat es ihm gebrochen, daß er herunter muß von Wiesenburg. Zwischen dir und mir ist das Tischtuch zerschnitten! Und jetzt laß mich zu meinem Sohn.«

Totenblaß war Gerda geworden. Sie wollte auffahren, heftig werden, aber die Augen Mathildens hielten sie im Bann. »Deine Anklagen sind furchtbar ungerecht! Später wirst du das einsehen. Ich schiebe es auf deine Erregung«, murmelte sie und versuchte vergeblich stolz zu blicken. »Wenn du die Verantwortung auf dich nehmen willst, dann geh zu Fried. Ich für meine Person lehne jede Verantwortung ab.«

Mathilde saß an Frieds Bett. Mit halb geschlossenen Augen schien er vor sich hinzudämmern, von der Gegenwart der Mutter nichts zu wissen. »Mein Kind, mein geliebtes Kind«, flüsterte Mathilde. Mit übermenschlicher Kraft beherrschte sie sich. Ihr ganzer Körper erbebte. Da schlug Fried die Augen auf, und ein Erkennen kam allmählich in seinen Blick.

»Mamachen, du?« Er tastete nach der Hand der Mutter. »Ich bin krank, Mamachen«, sagte er mühsam, »aber beunruhige dich nicht. Ich fühle mich schon wieder besser.«

»Du mein einziggeliebtes Kind!«

Er schwieg wohl an die zehn Minuten. Seine Hand hielt die der Mutter. Endlich begann er wieder zu sprechen: »Mein Herzensmamachen, wir haben uns doch immer so liebgehabt. Nicht, Mamachen? Komm, ich will deine Hand küssen.«

Sie beugte sich zu ihm herab und drückte ihre Lippen auf seine Augen, seinen Mund. »Gott segne dich tausendfach, mein geliebtes Kind.«

»Ich bin müde, Mamachen. Schlafen möcht ich jetzt. Es war so gut von dir, zu kommen.« Er schloß die Augen.

Mathildens Blick schien sich an seinen Zügen festzuklammern. Ihre Lippen bewegten sich in flüsterndem Gebet. Dann winkte sie Hanna zu, ihr aufstehen zu helfen, und ging leise, gebrochen aus dem Zimmer.

In der Diele stand Gerda. Mathilde blieb vor ihr stehen. »Möge dir Gott vergeben, Gerda. Ich . . . ich kann es nicht. – Ich bin nur ein schwacher Mensch.« Ohne ihr die Hand zu geben, ging sie zum Wagen.

Gerda war viel bei Fried, aber er sprach wenig mit ihr. Meistens lag er teilnahmslos mit halb geschlossenen Augen da. Am dritten Tage verfiel er in Fieberphantasien. Das Sprechen wurde ihm schwer. In einem lichten Augenblick schickte er August auf die Post. Er sollte an Archi telegrafieren, er möge sofort kommen.

»Überweis ihm sechzig Mark. Telegrafisch. Nimm dir das Geld aus der Büchse an der Uhrkette. Geh gleich! Sput dich! Ich will den Jungen endlich hierhaben.«

Am nächsten Morgen zu früher Stunde kam Archi in Wiesenburg an.

»Archi, du? Wo kommst du her?« fragte Gerda betroffen. Noch nie war ihr die frappante Ähnlichkeit Archis mit seinem Großvater so in die Augen gesprungen wie in diesem Augenblick.

»Aus Berlin. Ich will zum Vater.«

»Du darfst jetzt nicht zu ihm. Er ist sehr krank. Er darf sich nicht aufregen. Du würdest ihn aufregen. Komm in mein Zimmer.«

»Ich will zum Vater! Er hat mir depeschiert, daß ich kommen soll.«

Bestürzt blickte Gerda auf. »Er hat dir depeschiert? So? Erst komm jedenfalls zu mir. Ich muß dir was sagen.«

»Was?«

»Also, hör mal zu und nimm dir vor, unbedingt ruhig zu bleiben. Der Vater ist sehr krank. Viel kränker – fürcht ich –, als du ahnst. Er konnte nicht mehr den großen Betrieb so leiten, wie das nötig ist. Es wurde zuviel für ihn. Dazu kamen die schlechten Zeiten und die Mißernte im vorigen Jahr. In diesem Jahr wird es wahrscheinlich noch schlimmer werden. Vater hielt das nicht mehr aus. Seine Gesundheit litt schwer darunter. Es ging nicht mehr, Archibald. Da hat er denn also den Entschluß gefaßt, Wiesenburg zu verkaufen.«

»Das glaube ich nicht«, sagte Archi ganz ruhig.

»Das glaubst du nicht? Was denkst du dir ei'ntlich?«

»Nichts! Aber ich glaub es nicht. Der Vati kann überhaupt bloß hier sein. Sonst nirgends. Das weiß ich ganz genau, und das weiß jeder!«

»Red keinen solchen Unsinn! Gegen Krankheit ist man machtlos. Du hast es zu glauben, was deine Mutter dir sagt!«

»Warum? Wenn ich es doch nicht glauben kann ...«

»Nun wird es mir aber zu dumm! Dein Benehmen ist einfach unerhört. Also dann laß dir gesagt sein: Wiesenburg ist vor zehn Tagen verkauft!«

Archi sah sie an, als hätte er keine Silbe von dem, was sie da sagte, verstanden. Seine Augen wurden scharf im Ausdruck, als suche er sich auf etwas zu besinnen. Die Lippen öffneten sich halb, so daß man die starken weißen Zähne sah, und langsam stieg ihm das Blut in die Wangen. »Du kannst mir doch hier nicht Sachen einreden, die ja einfach unmöglich sind. Warum tust du das?« fragte er leise, dann plötzlich fast schreiend. »Warum tust du das?«

»Archibald! Bist du verrückt geworden? Wie kannst du dich unterstehen, mich hier anzuschreien?«

Weiß wie Kalk war sein Gesicht geworden. In seinen Augen stand ein gefährliches Funkeln. »Warum du das sagst!« schrie er mit gellender Stimme und geballten Fäusten. »Warum? Willst du mich bloß quälen?« Er schien, völlig außer sich, nicht mehr zu wissen, was er sagte.

Gerda, dunkelrot geworden, maß ihn mit empörten, bösen Blicken.

»Du infamer Bengel! Du benimmst dich wie ein Blödsinniger. Du bist ein ganz greulicher Lümmel. In dieser entsetzlich schweren Lage benimmst du dich so, daß man dich für total verrückt halten muß. Der Vater ist todkrank. Wir müssen von dem lieben Wiesenburg runter ...«

»Lüg nicht so«, brüllte Archi auf. »Lüg nicht so infam! Sprich du nicht von dem ›lieben Wiesenburg‹! Gehaßt hast du es! Gehaßt, was uns, dem Vater und mir und der Ali, das Liebste auf der Welt ist. Mach mir hier nichts vor! Das ist 'ne Gemeinheit. Ich weiß nicht, was passiert, wenn du noch mal so was sagst!«

Gerda sprang auf, kam drohend, ihrer selbst nicht mächtig, auf Archi zu, hob die Hand.

»Tu das lieber nicht«, sagte er. Plötzlich war er unheimlich ruhig. »Es könnte dir leid tun! Sag mir jetzt: Ist Wiesenburg verkauft, oder wolltest du mich . . . bloß ängstigen?«

Sie zögerte. Der Junge sah aus, als sei er zu allem fähig. Aber dann sagte sie doch: »Ich hab dir doch schon gesagt, der Vater konnt es nicht mehr schaffen, und da hat er denn eben verkauft vor zehn Tagen.«

Drei, vier Sekunden herrschte Totenstille.

Dann gellte ein markerschütternder Schrei durch das Zimmer. Mit einem Schritt stand Archi vor Gerda, hob die geballte Faust. In seinen Zügen war nichts Menschliches mehr. Sie zeigten den Ausdruck eines wütenden Tieres, das sich verzweifelt gegen einen übermächtigen Feind wehrt. Gerda war erbleichend zurückgewichen.

»Archibald – um Gottes willen, komm zu dir! Was tust du? Komm zu dir, um Gottes willen!«

Er ließ die Faust sinken. »Du lügst«, sagte er mit Anstrengung. »Du hast gewollt, daß Wiesenburg verkauft wird, nicht der Vater. Du lügst! Du hast den Vater soweit gebracht. Du hast am Vater und an uns allen infam gehandelt. Du hast mich nie liebgehabt, nie! Und deshalb hab ich dich auch nie liebgehabt, aber jetzt . . . jetzt hass' ich dich!«

Sprachlos vor Entsetzen starrte sie ihn an. Kein Wort fand sie, ihre Lippen bebten, ihre Augen schillerten böse, fast heimtückisch. »O Gott, o Gott, er ist wahnsinnig geworden«, flüsterte sie.

Er schien es nicht zu hören. »Uns alle hast du auf dem Gewissen«, sagte er. »Du bist unser Unglück. Man kann dich wirklich bloß noch hassen. An den Bettelstab wirst du uns noch alle bringen.«

Gerda legte die Hand aufs Herz. Ihr Blick und der Archis verbissen sich ineinander. Haß brannte in den beiden Augenpaaren.

Plötzlich sackte Archi in sich zusammen. Er drehte sich um, fiel auf einen Sessel, schlug die Hände vor das Gesicht, und unter einem furchtbaren Weinkrampf erbebte sein ganzer Körper.

Am Bett Frieds, der mit geschlossenen Augen in den Kissen lag, saß Archi. August hatte den Finger an den Mund gelegt: »Er schläft!«

Endlich schlug Fried die Augen auf, sein tastender, suchender Blick fiel auf Archi. Er schien ihn zu erkennen. Ein kleines Lächeln huschte über seine Züge. Archi faßte nach seiner Hand, fühlte einen ganz schwachen Gegendruck.

»Bist du es, Archi?« fragte Fried leise.

»Ja, Vati, ich bin es, der Archi.«

»Gottlob, daß du da bist! Ich fürchte, ich werde wohl nicht mehr gesund werden. Denk nicht im Groll an mich. Es mußte sein, Archi. Ich hab dich immer sehr, sehr liebgehabt. Vergiß das nie! Meine Krankheit, Archi, sie hat mich kaputtgemacht und manchmal – wohl auch ungerecht. Du bist noch jung. Wärst du vier, fünf Jahre älter, ich hätt es nie getan, glaub ich. Es ist schwer für dich, furchtbar schwer. Für mich war es wohl noch schwerer. Du kannst woanders anfangen. Ich nicht mehr. Gott schütze dich, mein geliebter Junge.« Wie in tiefer Erschöpfung schloß er wieder die Augen.

Archi starrte ihn an. Wie schrecklich abgezehrt war der Vater. Wie jammervoll sah er aus. Wie hätte er Groll fühlen sollen gegen ihn, der so schwach, so hilflos vor ihm lag? Nichts erfüllte sein Herz als Liebe und heißes Mitleid. Er beugte sich herunter und drückte die Lippen auf die vermagerte Hand des Vaters.

Am vierten Tage schien Fried zu schlafen. Gerda stand über ihn gebeugt, sah ihm in das verfallene Gesicht. Da öffnete er die Augen, sah sie an, als hätte er sie noch nie gesehen. Ein verklärendes Lächeln trat auf seine Züge, und in seinen Augen überströmende Zärtlichkeit, sagte er mit Anstrengung: »Ich wußte ja, daß du kommen würdest. Nun ist ja alles gut.« Seine Stimme senkte sich zum Flüstern: »Wenn du Mamachen siehst, sag ihr, wie lieb ich sie immer gehabt habe. Komm, Gisa, gib mir einen Kuß. Ich bin ja so krank.«

Wie von einem Peitschenhieb getroffen, zuckte Gerda zurück. So weiß wurde sie wie der Bezug der Bettdecke. Ohne recht zu wissen, was sie tat, neigte sie sich herab und küßte ihn.

»O Gisa«, flüsterte er, »ich bleib in Wiesenburg.« Er seufzte leise auf und schloß die Augen.

Am nächsten Morgen war das Fieber auf achtunddreißig gesunken.

»Bedeutet es die Rettung?« fragte Gerda die beiden Ärzte. Aber die machten sehr ernste Gesichter. »Das plötzliche Sinken der Temperatur ist kein gutes Zeichen.«

»Nicht?«

»Leider nicht«, sagte Doktor Krüger. »Ich fürchte, Sie müssen sich auf das Schlimmste gefaßt machen.«

Gerda drückte das Taschentuch an die Augen. »So jung ist er noch. Die Kinder brauchen ihn noch so nötig. Lassen Sie ihn nicht sterben!«

Doktor Krüger hob die Schultern. »Wir tun, was in unseren Kräften steht. Wir dürfen die Hoffnung auch nicht aufgeben. Selbstverständlich nicht! Es ist nur schlimm, daß er gar keinen Willen zum Leben mehr hat. Mit dem Augenblick, da er Wiesenburg verkaufte, war er ein gebrochener Mann. Trotzdem kann er durchkommen. Täglich geschehen Wunder. Es hat Fälle in meiner Praxis gegeben, in denen ich voll freudiger Hoffnung war, und dann mußte ich den Patienten doch sterben sehen. Und wieder in anderen Fällen, in denen ich den Kranken schon aufgegeben hatte, trat plötzlich wie ein Wunder und Gnadengeschenk die überraschende Wendung zum Guten ein.«

Gegen Abend stieg das Fieber wieder auf über vierzig Grad, und Frieds Züge verfielen zusehends. Gerda, Archi, Ali, Andreas und Marianne standen am Sterbebett. Gegen ein Uhr früh brach kalter Schweiß aus. Die Ärzte gaben ihm eine Injektion, die ihn ein wenig zu beleben schien. Er öffnete die Augen. »Ich will jetzt nach Hause«, sagte er deutlich. Dann schloß er wieder die Augen. Eine Viertelstunde darauf hatte er ausgelitten. Ohne das Bewußtsein wiedererlangt zu haben, tat er seinen letzten Seufzer.

Sein Gesicht war wie verklärt von einem überirdischen Frieden, dem Frieden der Erlösung aus der bittern Prüfung seines armen Lebens.

»Es ist zu Ende«, sagte Doktor Krüger.

Gerda sank am Sterbebett nieder, küßte die Hände des Entschlafenen, begann mit mühsam beherrschter Stimme zu beten: »Vater unser, der du bist im Himmel . . .«

Archi streifte sie mit einem Blick des Widerwillens. Er empfand ihr Tun als unwürdige Komödie, mit der sie die Ruhe des Vaters störte. Er war weder niedergekniet noch hatte er die Hände zum Gebet gefaltet. Sein Blick war unverwandt auf den toten Vater gerichtet.

Nach dem »Amen« verharrte Gerda, schmerzgebeugt, noch

lange Zeit im stillen Gebet. Endlich erhob sie sich. Mit einer theatralischen Gebärde umarmte sie einen nach dem andern. Zuletzt trat sie auf Archi zu.

»Wollen wir in dieser geheiligten Stunde alles vergessen, was zwischen uns war, mein geliebter Junge?« fragte sie unendlich sanft.

»Nein«, sagte Archi laut und klar, wandte sich ab und ging aus dem Sterbezimmer.

Seit drei Tagen schlief Fried nun schon unter den alten Eichen und Tannen, und die Vögel, die an jedem Morgen und Abend über dem Grab seines Vaters sangen und jubilierten, sie sangen nun auch über dem seinen.

Archi brannte der Boden unter den Füßen. Er wollte fort von hier, nur fort! Wiesenburg, einst der Garten Eden für ihn, war ihm zum Golgatha geworden.

Alles mußte er hier zurücklassen: seine strahlende Kindheit, seine Hoffnung, seine Treue, sein Herz und – so schien es ihm – die Ehre der Barrings. Nichts nahm er dafür mit als unstillbare Sehnsucht, die Not des Vertriebenen, die Schmach des Enterbten, als ein Verfemter, Heimatloser mußte er die Stätte für immer verlassen, an der viele, viele Jahre seine Väter gelebt und gewirkt, Vertrauen und Liebe gegeben und empfangen hatten.

Er ging nicht auf den Hof, nicht in die Ställe. Nur zwischen zwölf und eins, wenn die Leute zu Mittag gegangen waren und er sicher sein konnte, keinem von ihnen in die Augen sehen zu müssen, schlich er sich über den Hof, in die Ställe, brachte Elfe und Bayard Zucker, stand vor dem Formidablesohn Löwenherz, dem würdigen Nachfolger seines großen Vaters, des Schimmelhengstes Formidable, in dessen Box damals – vor neun Jahren – das Schicksal hinter das arbeits- und erfolgreiche Leben des Großvaters den Schlußpunkt gesetzt hatte. Ein halbes Jahr später war der alte Hengst seinem Herrn im Tode nachgefolgt.

Jeden Tag war Archi zu den Gräbern des Vaters und Großvaters gegangen, hatte dort lange gesessen und nachgedacht über diese unbegreifliche Welt, die er einst so schön und beglückend gefunden hatte und die ihm heute so leer, so trostlos erschien, die er verabscheute und der er grollte.

Es war eben fünf Uhr früh. Archi ritt auf Elfe nach Eichberg hinüber. Die Sonne brach strahlend hinter den Wolken hervor. Golden, rosig, orangefarben und nelkenrot lösten die Morgennebel sich über dem flachen grünen Land. Ein rosiger Hauch lag über dem Fluß.

Gegen halb sechs trat Archi zu Karl, der im Sorgenstuhl saß und seine Pfeife rauchte, in die Stube. Der riß die kleinen pechschwarzen Augen erstaunt auf.

»Was Deibel, der Junker? All so früh? Ich mein man bloßig, um Uhre fünf kommst all her, Archi?«

»Komm ich dir auch schon zu früh, Karl?«

»Jungske, Jungske, schabber nich. Komm, huck dir man dahl und denn laß dir man aus, was willst all so früh bei mich?«

Archi antwortete nicht gleich. Endlich sagte er mühsam: »Adieu sagen will ich dir.«

»Erbarm dir, Jung! Adieu willst mich kommen sagen? Na – und wo willst du hin?«

»Wohin? Wohin soll ich wollen? Nach Berlin muß ich. Wo soll ich sonst hin?«

»Archi, min trautste Jung, red bloßig nich so! Eck kann dat nu moal nich höre. Mich is dat doch to und to schwoar. Nu vertell mi moal, wat willst nu so richtig moake?«

»Was soll ich machen? Ich weiß nicht. Soldat werd ich nicht. Erst geh ich zurück nach Berlin.«

Karl stand auf, ging zur Tür.

»Nu war eck di man erst e Tass' Kaffee koake loate. Wacht man!« Er machte die Tür auf: »Male, moak moal Kaffee, man stark, segg eck di! Für uns' Junker! Un denn bring man Floade un Budder. Hefst mi verstoahne?«

»Eck hef verstoahne«, schrie Male. »Glieks sie eck doa mit dem Floade un de Kaffee, de sull woll stark genunk ware!«

Karl setzte sich wieder in seinen Großvaterstuhl. »Jung, loat di dat moal segge von mi: Allerwärts schient de Sonnke un allerwärts pust de Wind. Glöw mi dat man drist! Für dir is dat schwer, ganz barbarsch schwer is dat Runtergehn von Wicsenburg. Hol der Schinder! Da is je nuscht nich zu reden! Man halt dir man stramm, Archi! Kick mal, so jung, wie du noch sein tust. Hoal di stramm, Jung! So veel will eck di bloßig segge. Tu dich man so recht vornehmen, daß du mal wieder wirst festsitzen auf'm Land. Und wenn nich in Wieseburg, hernach woanders. Das nimm dich man vor! Du hast immer auf mir gehört, nu hör auch diesmal auf mir. Loat di man nich wo unnerkreege, Jung! Man joa nich! Immer die Ohre steifhalten, Archi! Dat is immer die Hauptsach ins menschliche Leben!«

Archi nickte: »Denkst, ich will ganz vor die Hunde gehen?« fragte er heftig. »Auch das noch? Sind wir nicht schon verkommen genug . . .«

»Jung, erbarm dir! Red bloßig so was nicht!«

»Laß mich jetzt reden! Sei still jetzt! Wenigstens du sollst wissen, was ich denk. Sag es mir, Karl, ist es nicht gut, daß der Vater tot ist? Sag, Karl, ist das nicht gut?«

Karl sah in die graublauen Augen. Er wollte etwas sagen, wollte widersprechen, aber vor diesen trostlosen Augen konnte er es nicht.

»Hol de Schinder«, murmelte er, »hol de Schinder dat Lewe, dat ganze koddrige Lewe!«

Male brachte den Kaffee, Fladen und Butter. »Nu pleges sich man, Junker! De Floade is frisch, noch ganz luwoarm.«

»Jaja, Archi, nu hau man ein! Die Hauptsach ins menschliche Leben is doch immer, daß einer doch bei wenigstens keinen leeren Bauch nich haben tut. Hernach hält einer auch allens ab.«

Eine Stunde später fuhren sie die Chaussee nach Wiesenburg herunter. Karl saß, hellblau angetan und uralt, in dem einspännigen Korbwagen, den der Kosak in recht bedächtigem Schuckeltrab zog. Der Wallach hatte auch schon seine zweiundzwanzig auf dem Puckel.

Hinter Wiesenburg sagte Archi: »Halt jetzt an, Karl. Ich geh um Kallenberg rum nach Waldheide. Da steig ich in den Zug. Ich will mich nicht in Kallenberg begaffen lassen.«

»Erbarm dir, Archi, da rennst je deine drei Stund! Das is doch zu doll, Jung! Und dein Koffer, wo hast dem?«

»Vorgeschickt hab ich ihn. Ich find ihn in Waldheide. Halte an, Karl! Und grüß Großmama und die Hanna, und den August grüß von mir und den Raudnat, und alle grüß von mir, Karl.«

»Eck war bestelle, eck war bestelle, min Bengelke. Ach ne, ach ne, wat is bloßig dat Lewe! Ach ne, ach ne, eck segg ok all! Wart man, ich komm noch e Endche mit. Der olle Kosak, der steht dir wer weiß wie lang.«

Er zog die Leine an. »Prr!« Der Wallach blieb stehen. Archi stieg aus. Karl wickelte die Leine um die Peitsche und stand auf im Wagen. Das Herz lag ihm so schwer in der Brust wie ein Stein. Da ruckte der alte Kosak noch mal an – er wollte zu dem Gras am Grabenrand – und Karl fiel zurück auf den Sitz. Mit grimmigen Augen sah er auf den alten Braunen. Die Gelegenheit, sich etwas Luft zu machen, war ihm ganz willkommen. »Na, wat schoad dem oale Deer doch nu? Pirr! Kannst nich stoahne? De ward je woll forts ganz dreidammlich up sine oale Doag.« Etwas mühsam kletterte er aus dem Wagen.

Nun gingen sie herunter auf die Wiesen. Archi baumlang, mager und etwas schlaksig, Karl mit fliegenden Rockschößen, schlohweiß unter der blauen Mütze und etwas knickstieblig.

Sie sprachen beide nichts. Endlich sagte Archi: »Du, Karl, ich hab hier noch 'n Bild von mir.« Er zog eine kleine Fotografie aus der Tasche, hielt sie Karl hin: »Willst du es haben?«

Karl sagte nichts. Er nahm das kleine Bild und sah darauf nieder. Mit dem Rockärmel wischte er bald über die Fotografie, bald über seine Augen. »Hol de Schinder«, murmelte er, »doa find eck mi nich mehr torecht. Ne, doa find eck mi nich torecht! Mit all und jedem kumm eck mi stets un ständig behelpe, man nu is aller, nu is doch aller.«

»Adieu, Karl! Ich schreib dir bald.«

»Jung, hoal di stramm, segg eck di! Loat di nich unnerkrege!« Er reckte sich hoch und nahm Archis Kopf zwischen die alten, zittrigen Hände. »Ja, Archi, denn tu mich man bald schreiben, und uns Herrgottche wird dir all beschützen!«

Archi beugte sich herunter und legte beide Arme fest um den alten Mann. Dann machte er sich schnell frei, wandte sich ab und ging über die Wiesen auf Kallenberg zu.

Karl sah ihm nach. Er hatte sein rotes Taschentuch gehißt, aber er vergaß es zu benutzen. Nur immer wieder schüttelte er den dicken Kopf, und die Tränen kullerten ihm in den weißen Borstenbart.

Archi sah sich nicht mehr um. Nicht ein einziges Mal. Erst ging er langsam, zögernd, mit schweren Schritten, als hingen ihm Bleiklumpen an den Füßen. Dann plötzlich reckte sich seine schmale, magere Gestalt auf, als habe er den Feind entdeckt. Seine Schritte wurden länger und schneller. Schließlich lief er fast. Wie gehetzt, als sei der Böse hinter ihm, eilte er über die Wiesen. Vor Kallenberg bog er von den Wiesen auf die Chaussee ab, ging links um die Stadt herum, und erst nach einer guten Stunde blieb er stehen. Müde vom schnellen Gehen ging er langsam herunter zu den Wiesen, die sich rechts der Chaussee dehnten. Hinten, im weiten Bogen, floß der Fluß. Archi legte sich ins verstaubte Gras.

Er starrte vor sich hin. Müde starrte er vor sich hin. Die Augen waren leer, erloschen. An die letzten drei Tage in Wiesenburg dachte er. Zur Tortur waren sie ihm geworden. Seine Mutter war herumgegangen, als kränze der Lorbeer des Siegers ihre Stirn. Nicht ein einziges Mal hatte sie Zeit gefunden, zum Grabe des Vaters zu gehen. Zuviel hatte sie zu tun gehabt mit sich selbst, fühlte sich so unermeßlich reich, sie schien es gar nicht zu fassen, wie reich sie war. »Gott, Emanuel, du ahnst ja gar nicht, wie mir zumute ist«, hatte er sie zur Schönfisch sagen hören. »Ich weiß ja wirklich nicht, wie ich ei'ntlich mit meinen Einnahmen fertig werden soll. Mein geliebter Mann – wie rührend hat er für mich gesorgt!« Sie schien wie berauscht von all dem Geld.

Archi schüttelte sich wie im Ekel. Mit seinen achtzehn Jahren fehlte ihm für den Wert des Geldes noch der richtige Maßstab, aber sein gesunder Instinkt ließ ihn erkennen, daß seine Mutter vor einem hohlen Götzen kniete. Was er mit Wiesenburg verloren, das wußte er. Geld hatte er eingetauscht für sein Herz. Was war schließlich Geld? Jeder geschickt operierende Börsenjobber hatte es. Für dreckiges, gemeines Geld hatte er das Höchste hergeben müssen, die Heimat. Die Heimat, die er so geliebt, die ihn so reich gemacht hatte, wo er jeden einzelnen der alten Bäume kannte und liebte, wo die Sonne so hell geschienen, die Vögel so jubelnd gesungen, die Blumen so süß geduftet hatten. Die Heimat mit ihren grünen Wiesen, auf denen das kühne Wiehern der Pferde erklang, auf denen satte Rinder geruhsam wiederkäuend lagerten. Die Heimat mit dem Fluß, der weiterfließen würde zum Meer hin durch die Jahrhunderte, wenn die Gräber der Barrings längst verschwunden sein würden. Die Heimat war ihm genommen worden, die ihm gehört hatte, wie er ihr gehört hatte. Sie war ihm das Heiligtum seines Herzens gewesen, und nun war dieses Heiligtum verschachert, weggeworfen für elendes Geld, und erdrückt von Scham, als ein Geschändeter, mußte er sich wegstehlen, um sich heimatlos in der Welt herumzudrücken. Für nichts, für gar nichts aller Fleiß, alle Treue, alle Liebe, die Lauterkeit und Ehrenhaftigkeit der Barrings, die seit mehr als achtzig Jahren in Wiesenburg gesät und geerntet, Vertrauen und Liebe gegeben und empfangen, die zu Wiesenburg gehört hatten wie die alten Eichen zum Walde, der Fluß zu den Wiesen. Alles, alles dahin! Für nichts ... für gar nichts!

Plötzlich schreckte er auf, hob den Blick und sah auf zum Himmel.

Der zerrissene Schrei ziehender Wildgänse klagte – kaum vernommen, schon verhallt – zur Welt nieder. Pfeilschnell, wie gleitende Schatten, flogen zwanzig, dreißig Vögel als Triangel im

Azur. Vom Strahl der Sonne getroffen, hoben sie sich leuchtend vom Himmel ab, glitten weiter, waren verschwunden ...

Immer noch starrte Archi den Vögeln nach. Längst waren sie verschwunden, untergetaucht ins Nichts.

Ein Zucken lief über sein Gesicht, sein Kinn begann leise zu beben. Er ballte die Hände zu Fäusten, daß die Knöchel weiß aus der sonnengebräunten Haut hervorsprangen. Er wollte sich nicht umwerfen lassen! Die Tränen sollten nicht fließen! Hart wollte er bleiben, wollte kein Mitleid mit sich selbst aufkommen lassen! Aber dann war das, was in ihm aufschrie, doch stärker als er.

Mit dem Gesicht nach unten lag Archi im Grase. Den Kopf hatte er fest in die gekreuzten Arme gedrückt. Sein langer, magerer Körper streckte sich schlaff, wie muskellos. Seine Schultern bebten. Er weinte. Fassungslos weinte er, als könnten die Tränen niemals wieder aufhören zu fließen.